LA RÉVOLUTION DES FOURMIS

BERNARD WERBER

La Révolution
des fourmis

ROMAN

Albin Michel

BERNARD WERBER

La Révolution
des fourmis

ROMAN

Pour Jonathan.

$$1 + 1$$
$$= 3$$
(du moins, je l'espère de tout mon cœur)

Encyclopédie du Savoir Relatif et Absolu,
EDMOND WELLS.

Premier jeu :

CŒUR

1. FIN

La main a ouvert le livre.

Les yeux commencent à courir de gauche à droite, puis descendent quand ils arrivent au bout de la ligne.

Les yeux s'ouvrent plus largement.

Peu à peu, les mots interprétés par le cerveau donnent naissance à une image, une immense image.

Au fond du crâne, l'écran géant panoramique interne du cerveau s'allume. C'est le début.

La première image représente...

2. BALADE EN FORÊT

... l'Univers immense, bleu marine et glacé.

Examinons de plus près l'image et zoomons sur une région saupoudrée de myriades de galaxies multicolores.

Au bout du bras de l'une de ces galaxies : un vieux soleil chatoyant.

L'image glisse encore en avant.

Autour de ce soleil : une petite planète tiède marbrée de nuages nacrés.

Sous ces nuages : des océans mauves bordés de continents ocre.

Sur ces continents : des chaînes de montagnes, des plaines, des moutonnements de forêts turquoise.

Sous les ramures des arbres : des milliers d'espèces animales. Et parmi elles, deux espèces tout particulièrement évoluées.

Des pas.

Quelqu'un marchait dans la forêt printanière.

C'était une jeune humaine. Elle avait de longs cheveux lisses et noirs. Elle portait une veste noire sur une jupe longue de même couleur. Sur ses iris gris clair étaient dessinés des motifs compliqués, presque en relief.

En ce petit matin du mois de mars, elle avançait d'un pas vif. Par à-coups, sa poitrine se soulevait sous l'effort.

Quelques gouttes de sueur perlaient à son front et au-dessus de sa bouche. Lorsque ces dernières glissèrent aux commissures des lèvres, elle les aspira d'un coup.

Cette jeune fille aux yeux gris clair se nommait Julie et elle avait dix-neuf ans. Elle arpentait la forêt en compagnie de son père, Gaston, et de son chien Achille quand, soudain, elle stoppa net. Devant elle se dressait, comme un doigt, un énorme rocher de grès, surplombant un ravin.

Elle s'avança jusqu'à la pointe du rocher.

Il lui sembla distinguer, en contrebas, un chemin qui menait à une cuvette, hors des sentiers battus.

Elle mit ses mains en porte-voix :

— Hé, papa ! Je crois que j'ai découvert un nouveau chemin. Suis-moi !

3. ENCHAÎNEMENT

Elle court droit devant elle. Elle dévale la pente. Elle slalome pour éviter les bourgeons du peuplier qui s'érigent en fuseaux pourpres autour d'elle.

Applaudissements d'ailes. Des papillons déploient leurs voilures chamarrées et brassent l'air en se poursuivant.

Soudain, une jolie feuille surprend son regard. C'est le genre de feuille délicieuse, apte à vous faire oublier tout ce que vous décidez d'entreprendre. Elle suspend sa course, s'approche.

Admirable feuille. Il suffira de la découper en carré, de la triturer un peu, puis de la recouvrir de salive pour qu'elle fermente jusqu'à former une petite boule blanche pleine de mycéliums suavement aromatiques. Du tranchant de la mandibule, la vieille fourmi rousse sectionne la base de la tige et hisse la feuille au-dessus de sa tête, telle une vaste voile.

Seulement, l'insecte ignore tout des lois de la navigation à voile. À peine la feuille dressée, elle donne prise au vent. En dépit de tous ses petits muscles secs, la vieille fourmi rousse est trop légère pour lui faire contrepoids. Déséquilibrée, elle chavire. De toutes ses griffes, elle s'accroche à la branche mais la brise est trop forte. Emportée, la fourmi décolle.

Elle n'a que le temps de lâcher prise avant de s'envoler trop haut.

La feuille, elle, descend mollement en zigzaguant dans les airs.

La vieille fourmi l'observe choir et se dit que ce n'est pas grave. Il y en a d'autres, plus petites.

La feuille n'en finit pas de tomber en ondulant. Elle met du temps à atterrir benoîtement sur le sol.

Une limace remarque cette si jolie feuille de peuplier. Un bon goûter en perspective !

Un lézard aperçoit la limace, s'apprête à l'avaler puis remarque lui aussi la feuille. Autant attendre que l'autre l'ingurgite, elle sera alors plus dodue. Il épie de loin le repas de la limace.

Une belette repère le lézard et s'apprête à le dévorer quand elle s'aperçoit qu'il paraît attendre que la limace mange la feuille, elle décide de patienter à son tour. Sous les ramures, trois êtres écologiquement complémentaires s'épient.

Soudain, la limace voit une autre limace approcher. Et si celle-ci voulait lui voler son trésor ? Sans perdre plus de temps, elle fonce sur l'appétissante feuille et la dévore jusqu'à la dernière nervure.

Son repas à peine terminé, le lézard lui fond dessus et la gobe à la manière d'un spaghetti. Le moment est venu pour la belette de s'élancer à son tour pour attraper le lézard. Elle galope, bondit au-dessus des racines mais, soudain, elle percute quelque chose de mou...

4. UN NOUVEAU CHEMIN

La jeune fille aux yeux gris clair n'avait pas vu venir la belette. Surgissant d'un fourré, l'animal s'était cogné dans ses jambes.

Elle sursauta sous le choc et son pied dérapa sur le bord du rocher de grès. En déséquilibre, elle considéra le précipice au-dessous d'elle. Ne pas tomber. Surtout, ne pas tomber.

La jeune fille battit des bras, brassa l'air pour se rattraper. Il s'en fallut d'un rien. Le temps sembla ralentir.

Tombera ? Tombera pas ?

Un moment, elle crut pouvoir s'en sortir, mais une brise légère transforma soudain ses longs cheveux noirs en une voile effilochée.

Tout se ligua pour la faire chuter du mauvais côté. Le vent la poussa. Son pied dérapa encore. Le sol se déroba. Les yeux gris clair s'écarquillèrent. Leurs pupilles se dilatèrent. Les cils battirent.

Entraînée, la jeune fille bascula dans le ravin. Dans la chute, ses longs cheveux noirs vinrent lui draper le visage comme pour le protéger.

Elle tenta de se raccrocher aux rares plantes de la pente mais elles lui glissèrent entre les doigts, ne lui abandonnant que leurs fleurs et ses illusions. Elle roula dans les graviers.

La dénivellation était trop abrupte pour lui permettre de se redresser. Elle se brûla à un rideau d'orties, se griffa à un buisson de ronces, dégringola jusqu'à un parterre de fougères où elle espérait bien terminer sa chute. Hélas, les larges feuilles masquaient une seconde ravine, plus raide encore. Ses mains s'écorchèrent à la pierre. Un nouveau massif de fougères s'avéra tout aussi traître. Elle le franchit pour tomber encore. En tout, elle traversa sept murs de plantes, s'égratignant contre des framboisiers sauvages, faisant s'envoler en une nuée d'étoiles un bouquet de fleurs de pissenlit.

Elle glissait encore, glissait toujours.

Elle percuta du pied un gros rocher pointu et une douleur fulgurante lui déchira le talon. En bout de course, une flaque de boue beige la recueillit tel un havre gluant.

Elle s'assit, se releva, s'essuya à l'aide de brins d'herbe. Rien que du beige. Ses vêtements, son visage, ses cheveux, tout était recouvert de terre fangeuse. Elle en avait jusque dans la bouche, et le goût en était amer.

La jeune fille aux yeux gris clair massa son talon endolori. Elle n'était pas encore remise de sa stupeur quand elle sentit quelque chose de froid et de visqueux glisser sur son poignet. Elle frémit. Un serpent. Des serpents ! Elle était tombée dans un nid de serpents et ils étaient là, rampant contre elle.

Elle poussa un cri d'effroi.

Si les serpents ne sont pas dotés d'ouïe, leur langue extrêmement sensible leur permet de percevoir les vibrations de l'air. Pour eux, ce cri résonna comme une détonation. Apeurés à leur tour, ils s'enfuirent en tous sens. Des mères serpentines inquiètes couvrirent leurs serpenteaux en se déhanchant pour former des S nerveux.

La jeune fille passa une main sur son visage, releva la mèche qui gênait son regard, recracha la terre amère et s'efforça de remonter la pente. Elle était trop raide et son talon l'élançait. Elle se résigna à se rasseoir et à appeler.

— Au secours ! papa, au secours ! Je suis là, tout en bas. Viens m'aider ! Au secours !

Elle s'égosilla longtemps. En vain. Elle était seule et blessée au fond d'un précipice et son père n'intervenait pas. Se serait-il égaré lui aussi ? En ce cas, qui la découvrirait au plus profond de cette forêt, au-delà de tant de massifs de fougères ?

La jeune fille brune aux yeux gris clair respira très fort, s'efforçant de calmer son cœur battant. Comment sortir de ce piège ?

Elle essuya la boue qui maculait encore son front et observa les alentours. Sur sa droite, au bord du fossé, elle distingua une zone plus sombre traversant les hautes herbes. Tant bien que mal, elle s'y dirigea. Des chardons et des chicorées dissimulaient l'entrée d'une sorte de tunnel creusé à même la terre. Elle s'interrogea sur l'animal qui avait édifié ce terrier géant. C'était trop grand pour un lièvre, pour un renard ou un blaireau. Il n'y avait pas d'ours dans cette forêt. Était-ce le refuge d'un loup ?

Toutefois, l'endroit bas de plafond était suffisamment spacieux pour laisser passer une personne de taille moyenne. Elle n'en menait pas large en s'y aventurant, mais elle espérait que ce passage lui permettrait de déboucher quelque part. Alors, à quatre pattes, elle s'enfonça dans ce couloir de limon.

Elle progressait à tâtons. Le lieu s'avérait de plus en plus sombre et froid. Une masse recouverte de piquants s'enfuit sous sa paume. Un hérisson pusillanime s'était mis en boule sur son chemin avant de filer en sens inverse. Elle continua dans l'obscurité totale, perçut des frétillements autour d'elle.

Nuque baissée, elle progressait toujours sur les coudes et les genoux. Enfant, elle avait mis longtemps à apprendre à se tenir debout puis à marcher. Alors que la plupart des bambins marchent dès l'âge d'un an, elle avait attendu dix-huit mois. La station verticale lui avait paru trop aléatoire. La sécurité était bien plus grande à quatre pattes. On voyait de plus près tout ce qui traînait sur le plancher et, si on tombait, c'était de moins haut. Elle aurait volontiers passé le reste de son existence au ras de la moquette si sa mère et ses nourrices ne l'avaient contrainte à se tenir debout.

Ce tunnel n'en finissait pas... Pour se donner le courage de poursuivre, elle se força à fredonner une comptine :

> *Une souris verte*
> *Qui courait dans l'herbe*
> *On l'attrape par la queue*
> *On la montre à ces messieurs.*
> *Ces messieurs nous disent,*
> *Trempez-la dans l'huile,*
> *Trempez-la dans l'eau*
> *Et vous obtiendrez un escargot tout chaud !*

Trois ou quatre fois, et de plus en plus fort, elle reprit cet air. Son maître de chant, le Pr Yankélévitch, lui avait enseigné à se draper dans les vibrations de sa voix comme dans un cocon protecteur. Mais ici, il faisait vraiment trop froid pour s'égosiller. La comptine se transforma bientôt en une vapeur émanant de sa bouche glacée puis s'acheva en respiration rauque.

Tel un enfant entêté à aller jusqu'au bout d'une bêtise, elle ne songea pas pour autant à faire demi-tour. Julie rampait sous l'épiderme de la planète.

Une faible lueur lui sembla apparaître au loin.

Épuisée, elle pensa qu'il s'agissait d'une hallucination quand la lueur se divisa en multiples et minuscules scintillements jaunes, certains clignotant.

La jeune fille aux yeux gris clair s'imagina un instant que ce sous-sol recelait des diamants ; en approchant, elle reconnut des lucioles, insectes phosphorescents posés sur un cube parfait.

Un cube ?

Elle tendit les doigts et, aussitôt, les lucioles s'éteignirent et disparurent. Julie ne pouvait compter sur sa vue dans ce noir total. Elle palpa le cube, faisant appel à toutes les finesses de son sens du toucher. C'était lisse. C'était dur. C'était froid. Et ce n'était ni une pierre ni un éclat de rocher. Une poignée, une serrure... c'était un objet fabriqué par la main d'un homme.

Une petite valise de forme cubique.

À bout de fatigue, elle ressortit du tunnel. En haut, un aboiement joyeux lui apprit que son père l'avait retrouvée. Il était là, avec Achille et, d'une voix molle et lointaine, il clamait :

— Julie, tu es là, ma fille ? Réponds, je t'en prie, fais-moi un signe !

5. UN SIGNE

De la tête, elle accomplit un mouvement en forme de triangle. La feuille de peuplier se déchire. La vieille fourmi rousse en attrape une autre et la déguste au bas de l'arbre, sans prendre le temps de la laisser fermenter. Si le repas n'a pas bon goût, au moins il est roboratif. De toute façon, elle n'apprécie pas spécialement les feuilles de peuplier, elle préfère la viande, mais comme elle n'a encore rien mangé depuis son évasion, ce n'est pas le moment de faire la difficile.

Le mets avalé, elle n'oublie pas de se nettoyer. Du bout de sa griffe, elle s'empare de sa longue antenne droite et la courbe en avant jusqu'à l'amener au niveau de ses labiales. Puis, sous ses mandibules, elle la dirige vers son tube buccal et elle suçote la tige pour la débarbouiller.

Ses deux antennes une fois enduites de la mousse de sa salive, elle les lisse dans la fente de la petite brosse placée sous ses tibias.

La vieille fourmi rousse fait jouer les articulations de son abdomen, de son thorax et de son cou jusqu'à leur point extrême de torsion. Avec ses griffes, elle décrasse ensuite les centaines de facettes de ses yeux. Les fourmis ne disposent pas de paupières pour protéger et humidifier leurs yeux ; si elles ne pensent pas à récurer en permanence leurs lentilles oculaires, au bout d'un moment elles ne distinguent plus que des images floues.

Plus ses facettes retrouvent leur propreté, mieux elle voit ce qui se trouve face à elle. Tiens, il y a quelque chose. C'est grand, c'est même immense, c'est plein de piquants, ça bouge.

Attention, danger : un hérisson énorme sort d'une caverne !

Détaler, et vite. Le hérisson, boule imposante recouverte de dards acérés, la charge, gueule béante.

6. RENCONTRE AVEC QUELQU'UN D'ÉTONNANT

Des piqûres, elle en avait par tout le corps. Instinctivement, elle nettoya d'un peu de sa salive ses plaies les plus profondes. En clopinant, elle porta la valise cubique jusqu'à sa chambre. Un instant, elle s'assit sur son lit. Au-dessus, sur le mur, s'étalaient de gauche à droite des posters de la Callas, Che Guevara, les Doors et Attila le Hun.

Julie se releva péniblement pour se rendre dans la salle de bains. Elle prit une douche très chaude et se frotta vigoureusement de son savon parfumé à la lavande. Ensuite, elle se drapa dans une grande serviette, glissa ses pieds dans des babouches d'éponge et entreprit de débarrasser ses vêtements noirs des amas de terre beige qui les souillaient.

Impossible de remettre ses souliers. Son talon blessé avait doublé de volume. Elle chercha au fond d'un placard une vieille paire de sandalettes d'été dont les lanières présentaient le double avantage de ne pas appuyer sur son talon et de laisser ses orteils à l'air libre. Julie avait en effet des pieds petits mais très larges. Or, la vaste majorité des fabricants de chaussures n'imaginaient pour les femmes que des souliers aux formes étroites et allongées, ce qui avait le déplorable effet de multiplier les durillons douloureux.

De nouveau, elle se massa le talon. Pour la première fois, il lui semblait ressentir tout ce qu'il y avait à l'intérieur de cette partie de son pied comme si ses os, ses muscles, ses tendons avaient attendu cet incident pour se manifester. À présent, ils étaient là, tous, en pleine effervescence à l'extrémité de sa jambe. Ils existaient. Ils se manifestaient par des signaux de détresse.

À voix basse, elle salua : « Bonjour, mon *talon.* »

Cela l'amusa de saluer ainsi une parcelle de son corps. Elle ne s'intéressait à son talon que parce qu'il était meurtri. Mais, à bien y réfléchir, quand donc pensait-elle à ses dents sinon lorsqu'elles présentaient des caries ? De même, on ne découvrait l'existence de l'appendice qu'au moment de la crise. Il devait y avoir ainsi dans son corps des tas d'organes dont elle ignorait l'existence, simplement parce qu'ils n'avaient pas eu l'impolitesse de lui envoyer des signaux de souffrance.

Son regard revint sur la valise. Elle était fascinée par cet objet sorti des entrailles de la terre. S'en emparant, elle la secoua. La mallette était lourde. Un système de cinq molettes, chacune nantie d'un code, préservait la serrure.

La valise était faite d'un métal épais. Il aurait fallu un marteau-piqueur pour la percer. Julie considéra la serrure. Chaque molette était gravée de chiffres et de symboles. Elle les manœuvra au hasard. Elle avait peut-être une chance sur un million de découvrir la bonne combinaison.

Elle secoua encore. Il y avait quelque chose à l'intérieur, un objet unique. Le mystère commençait à exacerber sa curiosité.

Son père entra dans la chambre avec son chien. C'était un grand gaillard rouquin et moustachu. Un pantalon de golf contribuait à lui donner des allures de garde-chasse écossais.

— Ça va mieux ? demanda-t-il.

Elle hocha la tête.

— Tu es tombée dans une zone à laquelle on ne peut accéder qu'en traversant une véritable muraille d'orties et de ronces, expliqua-t-il, c'est une sorte de clairière que la nature aurait préservée des curieux et des promeneurs. Elle n'est même pas signalée sur le plan. Heureusement qu'Achille a flairé que tu étais là ! Que serions-nous sans les chiens ?

Il flatta affectueusement son setter irlandais qui, en retour, étala une bave argentée au bas de son pantalon et jappa joyeusement.

— Ah, quelle histoire ! reprit-il. C'est bizarre, cette serrure protégée par une combinaison. Il s'agit peut-être d'une sorte de coffre-fort que des cambrioleurs n'auraient pas réussi à ouvrir.

Julie secoua sa chevelure brune.

— Non, dit-elle.

Le père soupesa la chose.

— S'il y avait des pièces ou des lingots à l'intérieur, ça pèserait plus lourd et s'il y avait des liasses de billets, on les entendrait s'entre-choquer. Peut-être un sac de drogue, abandonné par des trafiquants. Peut-être une... bombe.

Julie haussa les épaules.

— Et s'il y avait dedans une tête humaine ?

— Dans ce cas, il aurait fallu d'abord que des Jivaros se chargent de la réduire, contra le père. Ta mallette n'est pas assez grande pour renfermer une tête humaine normale.

Il regarda sa montre, se rappela un rendez-vous important et s'éclipsa. Son chien, heureux sans aucune raison précise, le suivit en agitant la queue et en haletant bruyamment.

Julie secoua encore la valise. Aucun doute, c'était mou et s'il y avait une tête dedans, à force de la remuer en tous sens, elle lui avait sûrement brisé le nez. Du coup, la valise lui répugna et elle se dit qu'elle ferait mieux de ne plus s'en occuper. Dans trois mois, il y avait le baccalauréat et si elle ne voulait pas passer une quatrième année en terminale, l'heure était aux révisions.

Julie sortit donc son livre d'histoire et entreprit de le relire. 1789. La Révolution française. La prise de la Bastille. Le chaos. L'anarchie. Les grands hommes. Marat. Danton. Robespierre. Saint-Just. La Terreur. La guillotine...

Du sang, du sang et encore du sang. « L'Histoire n'est qu'une suite de boucheries », songea-t-elle, en plaçant un sparadrap sur l'une de ses écorchures qui s'était rouverte. Plus elle lisait, plus elle était écœu-rée. Penser à la guillotine lui rappela la tête coupée à l'intérieur de la valise.

Cinq minutes plus tard, armée d'un gros tournevis, elle s'attaquait à la serrure. La valise résistait. Elle prit un marteau, tapa sur le tour-nevis pour augmenter ses capacités de levier sans plus de résultat. Elle pensa : « Il me faudrait un pied-de-biche », et puis : « Zut, je n'y arriverai jamais. »

Elle retourna à son livre d'histoire et à la Révolution française. 1789. Le tribunal populaire. La Convention. L'hymne de Rouget de Lisle. Le drapeau bleu-blanc-rouge. Liberté-Égalité-Fraternité. La guerre civile. Mirabeau. Chénier. Le procès du roi. Et toujours la guillotine... Comment s'intéresser à tant de massacres ? Les mots lui entraient par un œil et ressortaient par l'autre.

Un grattement dans le bois d'une poutre attira son attention. Ce termite au travail lui donna une idée.

Écouter.

Elle posa une oreille contre la serrure de la valise et tourna lentement une première molette. Elle perçut comme un infime déclic. La roue dentée avait accroché son répondant. Julie recommença quatre fois l'opération. Un mécanisme finit par s'enclencher, la serrure couina. Mieux que la violence du tournevis et du marteau, la seule sensibilité de son oreille avait suffi.

Appuyé au chambranle de la porte, son père s'étonna :

— Tu as réussi à l'ouvrir ? Comment ?

Il examina la serrure qui inscrivait : « 1+1 = 3. »

— Mmh, ne me dis rien, je sais. Tu as réfléchi. Il y a une rangée de chiffres, une rangée de symboles, une rangée de chiffres, une rangée de symboles et une rangée de chiffres. Tu as déduit qu'il s'agissait d'une équation. Tu as ensuite pensé que quelqu'un qui voudrait conserver un secret n'utiliserait pas une équation logique de type 2+2 = 4. Tu as donc essayé 1+1 = 3. Cette équation, on la retrouve souvent dans les rites anciens. Elle signifie que deux talents réunis sont plus efficaces que leur simple addition.

Le père haussa ses sourcils roux et se lissa la moustache.

— Tu t'y es vraiment prise comme ça, hein ?

Julie le considéra, une lueur taquine dans ses yeux gris clair. Le père n'aimait pas qu'on se moque de lui mais il ne dit rien. Elle sourit.

— Non.

Elle actionna le bouton. Le ressort souleva d'un coup sec le couvercle de la valise cubique.

Père et fille se penchèrent.

Les mains égratignées de Julie attrapèrent ce qu'il y avait à l'intérieur et l'apportèrent sous la lumière de la lampe de son bureau.

Il s'agissait d'un livre. Un gros livre épais d'où s'échappaient par endroits des morceaux de feuillets collés.

Un titre était calligraphié sur la couverture en grandes lettres stylisées :

**Encyclopédie du Savoir Relatif et Absolu
par le Professeur Edmond Wells**

Gaston maugréa.

— Curieux titre. Les choses sont soit relatives, soit absolues. Elles ne peuvent être à la fois les deux. Il y a là une antinomie.

Au-dessous, et en caractères plus petits, une précision :

tome III

Au-dessous encore, un dessin : un cercle renfermant un triangle, pointe en haut, contenant lui-même une sorte de Y. À bien y regarder les branches de l'Y étaient formées de trois fourmis se touchant mutuellement les antennes. La fourmi de gauche était noire, la fourmi de droite était blanche et la fourmi du centre, constituant le tronc inversé de l'Y, était mi-blanche, mi-noire.

Enfin, sous le triangle, était répétée la formule déclenchant l'ouverture de la valise cubique : $1+1=3$.

— On dirait un vieux grimoire, marmonna le père.

Julie, considérant la fraîcheur de la couverture, estima qu'il était au contraire très récent. Cette couverture, elle la caressa. Elle était lisse et douce au contact.

La fille brune aux yeux gris clair ouvrit la première page et lut.

7. ENCYCLOPÉDIE

BONJOUR : Bonjour, lecteur inconnu.
Bonjour pour la troisième fois ou bonjour pour la première fois.
À vrai dire, que vous découvriez ce livre en premier ou en dernier n'a guère d'importance.
Ce livre est une arme destinée à changer le monde.
Non, ne souriez pas. C'est possible. Vous le pouvez. Il suffit que quelqu'un veuille vraiment quelque chose pour que cela se produise. Très peu de cause peut avoir beaucoup d'effet. On raconte que le battement d'une aile de papillon à Honolulu suffit à causer un typhon en Californie. Or, vous possédez un souffle plus important que celui provoqué par le battement d'une aile de papillon, n'est-ce pas ?
Moi, je suis mort. Désolé, je ne pourrai vous aider qu'indirectement, par l'intermédiaire de ce livre.
Ce que je vous propose, c'est de faire une révolution. Ou, plutôt, devrais-je dire, une « évolution ». Car notre révolution n'a nul besoin d'être violente ou spectaculaire, comme les révolutions d'antan.

Je la vois plutôt comme une révolution spirituelle. Une révolution de fourmis. Discrète. Sans violence. Des séries de petites touches qu'on pourrait croire insignifiantes mais qui, ajoutées les unes aux autres, finissent par renverser des montagnes.

Je crois que les révolutions anciennes ont péché par impatience et par intolérance. Les utopistes n'ont raisonné qu'à court terme. Parce qu'ils voulaient à tout prix voir de leur vivant le fruit de leur travail.

Il faut accepter de planter pour que d'autres récoltent ailleurs et plus tard.

Discutons-en ensemble. Tant que durera notre dialogue, libre à vous de m'écouter ou de ne pas m'écouter. (Vous avez déjà su écouter la serrure, c'est donc une preuve que vous savez écouter, n'est-ce pas ?)

Il est possible que je me trompe. Je ne suis pas un maître à penser, ni un gourou, ni qui que ce soit de sacré. Je suis un homme conscient que l'aventure humaine ne fait que commencer. Nous ne sommes que des hommes préhistoriques. Notre ignorance est sans limites et tout reste à inventer.

Il y a tant à faire... Et vous êtes capable de tant de merveilles.

Je ne suis qu'une onde qui entre en interférence avec votre onde de lecteur. Ce qui est intéressant, c'est cette rencontre-interférence. Ainsi, pour chaque lecteur, ce livre sera différent. Un peu comme s'il était vivant et adaptait son sens conformément à votre culture, vos souvenirs, votre sensibilité de lecteur particulier.

Comment vais-je agir en tant que « livre » ? Simplement en vous racontant de petites histoires simples sur les révolutions, les utopies, les comportements humains ou animaux. À vous de déduire des idées qui en découlent. À vous d'imaginer des réponses qui vous aideront dans votre cheminement personnel. Je n'ai, pour ma part, aucune vérité à vous proposer.

Si vous le voulez, ce livre deviendra vivant. Et j'espère qu'il sera pour vous un ami, un ami capable de vous aider à vous changer et à changer le monde.

Maintenant, si vous êtes prêt et si vous le souhaitez, je vous propose d'accomplir tout de suite quelque chose d'important ensemble : tournons la page.

Edmond Wells,
Encyclopédie du Savoir Relatif et Absolu, tome III.

8. SUR LE POINT D'EXPLOSER

Le pouce et l'index de sa main droite effleurèrent le coin de la page, le saisirent et s'apprêtaient à tourner le feuillet quand une voix retentit dans la cuisine.

« À table ! » lançait sa mère.

Il n'était plus temps de lire.

À dix-neuf ans, Julie était une fille mince. Une chevelure noire, brillante, raide et soyeuse, tombait en rideau jusqu'à ses hanches. Sa peau claire, presque translucide, laissait apparaître parfois les veines bleuâtres à peine dissimulées aux mains et aux tempes. Ses yeux pâles étaient pourtant vifs et chauds. En amande, semblant receler une longue vie pleine de colères et toujours en mouvement, ils lui donnaient des allures de petit animal inquiet. Parfois ils se fixaient dans une direction précise comme si un rayon de lumière transperçant allait en jaillir pour frapper ce qui aurait déplu à la jeune fille.

Julie s'estimait physiquement insignifiante. C'était pour cela qu'elle ne se regardait jamais dans une glace.

Jamais de parfum. Jamais de maquillage. Jamais de vernis à ongles. À quoi bon d'ailleurs, ses ongles, elle était toujours à les mordiller.

Aucun effort vestimentaire non plus. Elle cachait son corps sous des vêtements amples et sombres.

Son parcours scolaire était inégal. Jusqu'en terminale, elle avait été en avance d'une classe et ses professeurs s'étaient félicités de son niveau intellectuel et de sa maturité d'esprit. Mais, depuis trois ans, rien n'allait plus. À dix-sept ans, elle avait échoué à son baccalauréat. De nouveau à dix-huit. Et à dix-neuf, elle s'apprêtait à repasser pour la troisième fois cet examen alors que ses notes en classe étaient plus médiocres que jamais.

Sa dégringolade scolaire avait coïncidé avec un événement : la mort de son professeur de chant, un vieil homme sourd et tyrannique qui enseignait avec des méthodes originales l'art vocal. Il s'appelait Yankélévitch, il était convaincu que Julie possédait un don et qu'elle devait le travailler.

Il lui avait appris à maîtriser le soufflet de son ventre, le soufflet de ses poumons, son diaphragme et jusqu'à la position du cou et des épaules. Tout influençait la qualité du chant.

Entre ses mains, elle avait parfois le sentiment d'être une cornemuse qu'un maître de musique s'acharnerait à rendre parfaite. À présent, elle savait harmoniser ses battements de cœur avec les gonflements de ses poumons.

Yankélévitch n'avait pas omis non plus le travail du masque. Il lui avait enseigné comment modifier les formes de son visage et de sa bouche pour parfaire l'instrument de son corps.

L'élève et le maître s'étaient complétés à merveille. Même sourd, rien qu'en observant les mouvements de sa bouche et en posant sa main sur son ventre, le professeur chenu pouvait reconnaître la qualité des sons qu'émettait la jeune fille. Les vibrations de sa voix résonnaient dans tous ses os.

— Je suis sourd ? Et alors ! Beethoven l'était aussi et ça ne l'a pas empêché de faire du bon boulot, proférait-il souvent.

Il avait appris à Julie que le chant disposait d'un pouvoir qui allait bien au-delà de la simple création d'une beauté auditive. Il lui avait appris à moduler ses émotions pour venir à bout du stress, à oublier ses peurs par la seule aide de sa voix. Il lui avait appris à écouter les chants des oiseaux pour qu'eux aussi participent à sa formation.

Quand Julie chantait, une colonne d'énergie jaillissait tel un arbre depuis son ventre, et c'était pour elle une sensation parfois proche de l'extase.

Le professeur ne se résignait pas à être sourd. Il se tenait informé des nouvelles méthodes de guérison. Un jour, un jeune chirurgien particulièrement adroit réussit à lui implanter sous le crâne une prothèse électronique qui vint totalement à bout de son handicap.

Dès lors, le vieux professeur de chant perçut les bruits du monde tels qu'ils étaient. Les vrais sons. Les vraies musiques. Yankélévitch entendit les voix des gens et le hit-parade à la radio. Il entendit les avertisseurs des voitures et les aboiements des chiens, le ruissellement de la pluie et le murmure des ruisseaux, le claquement des pas et le grincement des portes. Il entendit les éternuements et les rires, les soupirs et les sanglots. Il entendit partout en ville des téléviseurs perpétuellement allumés.

Le jour de sa guérison, qui aurait dû être un jour de bonheur, en fut un de désespoir. Le vieux professeur de chant constata que les vrais sons ne ressemblaient en rien à ceux qu'il avait imaginés. Tout n'était que tintamarre et cacophonie, tout était violent, criard, inaudible. Le monde n'était pas rempli de musiques mais de bruits discordants. Le vieil homme n'avait pu supporter si forte déception. Il s'était inventé un suicide conforme à ses idéaux. Il avait grimpé jusque sous la cloche de la cathédrale Notre-Dame de Paris. Sous le battant, il avait placé sa tête. À midi pile, il était mort, emporté par l'énergie terrible des douze vibrations monumentales et musicalement parfaites.

Avec cette disparition, Julie n'avait pas seulement perdu un ami, elle avait perdu le guide qui l'aidait à développer son don principal.

Certes, elle avait trouvé un autre professeur de chant, un de ceux qui se contentaient de faire travailler leurs gammes à leurs élèves. Il avait contraint Julie à pousser sa voix jusqu'à des registres trop violents pour son larynx. Elle avait eu très mal.

Peu après, un oto-rhino-laryngologiste diagnostiqua des nodules sur les cordes vocales de Julie. Il lui ordonna d'interrompre ses leçons. Elle subit une opération et, pendant plusieurs semaines, le temps que ses cordes vocales se cicatrisent, elle avait conservé un mutisme total. Ensuite, pour retrouver le simple usage de la parole, la rééducation avait été difficile.

Depuis, elle était à la recherche d'un véritable maître de chant capable de la diriger comme l'avait fait Yankélévitch. Faute d'en découvrir un, elle s'était peu à peu fermée au monde.

Yankélévitch affirmait que, lorsqu'on possède un don et qu'on ne l'utilise pas, on est comme ces lapins qui ne rongent pas quelque chose de dur : peu à peu, leurs incisives s'allongent, se recourbent, poussent sans fin, traversent le palais et finissent par transpercer leur cerveau de bas en haut. Pour visualiser ce danger, le professeur conservait chez lui un crâne de lapin où les incisives ressortaient par le haut à la manière de deux cornes. Il aimait bien montrer à l'occasion aux mauvais élèves cet objet macabre pour les encourager à travailler. Il était allé jusqu'à écrire à l'encre rouge sur le front du crâne du lapin :

Ne pas cultiver son don naturel est le plus grand des péchés.

Privée de la possibilité de cultiver le sien, elle avait connu une période d'anorexie après une première phase de grande agressivité. S'ensuivit alors une phase de boulimie pendant laquelle elle avalait des kilos de pâtisseries, le regard dans le vague, laxatif ou vomitif à portée de la main.

Elle ne révisait plus ses cours, s'assoupissait en classe.

Julie se délabrait. Elle respirait mal et, pour ne rien arranger, depuis peu elle souffrait de crises d'asthme. Tout ce que le chant lui avait apporté de bien se transformait en mal.

La mère de Julie prit place la première à la table de la salle à manger.

— Où étiez-vous cet après-midi ? demanda-t-elle.

— Nous nous sommes promenés en forêt, répondit le père.

— C'est là qu'elle s'est fait toutes ces égratignures ?

— Julie est tombée dans un fossé, expliqua le père. Elle ne s'est pas fait grand mal mais elle s'est blessée au talon. Elle a aussi découvert un livre étrange dans ce fossé...

Mais la mère ne s'intéressait plus qu'au mets fumant dans son assiette.

— Tu me raconteras ça tout à l'heure. Mangeons vite, les cailles rôties, ça n'attend pas. Tièdes, elles perdent toute leur saveur.

La mère de Julie se précipita pour avaler avec ravissement les cailles rôties, recouvertes de raisins de Corinthe.

Un coup de fourchette précis dégonfla la caille à la façon d'un ballon de rugby rempli de vapeur. Elle attrapa le volatile grillé, le suçota par les trous du bec, du bout des doigts, détacha les ailes qu'elle glissa aussitôt entre ses lèvres, enfin elle brisa bruyamment à coups de molaires les petits os récalcitrants.

— Tu ne manges pas ? Tu n'aimes pas ça ? demanda-t-elle à Julie.

La jeune fille scrutait l'oiseau grillé, ficelé par une étroite cordelette, posé bien droit dans son assiette. Sa tête était recouverte d'un raisin qui semblait lui servir de chapeau haut de forme. Ses orbites vides et son bec entrouvert laissaient penser que l'oiseau avait été arraché subitement à ses occupations par un événement terrible, quelque chose comme, à son échelle, l'éruption soudaine du volcan de Pompéi.

— Je n'aime pas la viande..., articula Julie.

— Ce n'est pas de la viande, c'est de la volaille, trancha la mère.

Puis elle se voulut conciliante :

— Tu ne vas pas recommencer une crise d'anorexie. Il faut que tu restes en bonne santé pour réussir ton bac et entrer en faculté de droit. C'est parce que ton père a fait son droit qu'il dirige à présent le service juridique des Eaux et Forêts et c'est parce qu'il dirige le service juridique des Eaux et Forêts que tu as bénéficié du piston nécessaire pour que le lycée accepte que tu triples ta terminale. Maintenant, à toi d'étudier le droit.

— Je m'en fous du droit, déclara Julie.

— Tu as besoin de réussir tes études pour faire partie de la société.

— Je m'en fous de la société.

— Qu'est-ce qui t'intéresse alors ? s'enquit la mère.

— Rien.

— À quoi consacres-tu donc ton temps ? Tu as une histoire d'amour, hein ?

Julie s'adossa à sa chaise.

— Je me fous de l'amour.

— Je m'en fous, je m'en fous... Tu n'as que ces mots à la bouche. Tu dois bien t'intéresser à quelque chose ou à quelqu'un quand même, insista la mère. Mignonne comme tu es, les garçons doivent se bousculer au portillon.

Julie eut une moue bizarre. Son regard gris clair se braqua.

— Je n'ai pas de petit ami et je te signale qu'en plus je suis toujours vierge.

Une expression de stupeur indignée se peignit sur le visage de la mère. Puis elle éclata de rire.

— Il n'y a que dans les ouvrages de science-fiction qu'on trouve encore des filles vierges à dix-neuf ans.

— ... Je n'ai pas l'intention de prendre un amant, ni de me marier, ni d'avoir des enfants, poursuivit Julie. Et tu sais pourquoi ? Parce que j'ai peur de te ressembler.

La mère avait retrouvé son aplomb.

— Ma pauvre fille, tu n'es qu'un paquet de problèmes. Heureusement que je t'ai pris rendez-vous avec un psychothérapeute ! C'est pour jeudi.

La mère et la fille étaient habituées à ces escarmouches. Celle-ci dura encore une heure et, de ce dîner, Julie consomma uniquement la cerise au Grand Marnier qui ornait la mousse au chocolat blanc.

Quant au père, malgré les nombreux appels du pied de sa fille, comme à l'accoutumée, il conserva un visage impassible et se garda bien d'intervenir.

— Allons, Gaston, dis quelque chose, clamait justement son épouse.

— Julie, écoute ta mère, jeta laconiquement le père en pliant sa serviette.

Et, se levant de table, il déclara vouloir se coucher de bonne heure car le lendemain matin il comptait partir dès l'aube faire une grande marche avec son chien.

— Je peux t'accompagner ? demanda la jeune fille.

Le père secoua la tête.

— Pas cette fois. Je voudrais examiner de plus près cette ravine que tu as découverte et j'ai envie d'être un peu seul. Et puis, ta mère a raison. Plutôt que de te balader en forêt, tu ferais mieux de bachoter un peu.

Comme il se penchait pour l'embrasser et lui souhaiter une bonne nuit, Julie chuchota :

— Papa, ne me laisse pas tomber.

Il fit mine de n'avoir rien entendu.

— Fais de beaux rêves, dit-il simplement.

Il sortit, entraînant son chien par la laisse. Tout excité, Achille voulut démarrer en flèche mais ses griffes trop longues et non rétractiles le firent patiner sur le parquet rigoureusement ciré.

Julie ne voulut pas s'attarder en un tête-à-tête avec sa génitrice. Elle prétexta un besoin pressant et courut aux toilettes.

La porte dûment verrouillée, assise sur le couvercle de la cuvette, la jeune fille brune aux yeux gris clair eut l'impression d'être tombée dans un précipice bien plus profond que celui de la forêt. Cette fois-ci, personne ne pourrait la tirer de là.

Elle éteignit la lumière pour se retrouver totalement seule avec elle-même. Pour se réconforter, elle fredonna encore : « Une souris verte, qui courait dans l'herbe... », mais tout en elle était vacant. Elle se sentait perdue dans un monde qui la dépassait. Elle se sentait toute petite, minuscule comme une fourmi.

9. DE LA DIFFICULTÉ DE S'IMPOSER

La fourmi galope de toute la puissance de ses six pattes et le vent rabat ses antennes en arrière tant elle va vite. Son menton rase les mousses et les lichens.

Elle multiplie les tours et les détours entre les soucis, les pensées et les fausses renoncules, mais son poursuivant ne renonce pas. Le hérisson, mastodonte cuirassé de pointes effilées, s'entête à la poursuivre et son affreuse odeur de musc empuantit l'atmosphère. Le sol tremble à chacun de ses pas. Quelques lambeaux d'ennemis sont encore accrochés à ses piquants et si la fourmi prenait le temps de l'examiner, elle verrait des nuées de puces grimpant et redescendant le long de ses épines.

La vieille fourmi rousse saute par-dessus un talus dans l'espoir de semer son poursuivant. Le hérisson ne ralentit pas pour autant. Ses piquants le protègent des chutes et lui servent d'amortisseurs à l'occasion. Il se roule en boule pour mieux cabrioler puis se rétablit sur ses quatre pattes.

La vieille fourmi rousse accélère encore. Soudain, elle distingue devant elle une sorte de tunnel lisse et blanc. Elle n'identifie pas aussitôt ce dont il s'agit. L'entrée est suffisamment large pour laisser passer une fourmi. Qu'est-ce que ça peut bien être ? C'est trop béant pour être un trou de grillon ou de sauterelle. Peut-être un refuge de taupe ou d'araignée ?

Trop rabattues en arrière, ses antennes ne lui permettent pas de flairer la chose. Elle est contrainte d'en appeler à sa vision qui ne lui offre une image nette que de très près. Justement, elle y est et, à présent, elle voit. Ce tunnel blanc n'a rien d'un abri. Il s'agit de la gueule béante d'un... serpent !

Un hérisson derrière, un serpent devant. Décidément, ce monde n'est pas fait pour les individus solitaires.

La vieille fourmi rousse n'aperçoit qu'un seul salut : une brindille où s'accrocher et grimper. Déjà, le hérisson au long museau s'encastre dans le palais du reptile.

Il n'a que le temps de se retirer en toute hâte et de mordre le cou du serpent. Ce dernier s'est immédiatement vrillé sur lui-même. Il n'aime pas qu'on vienne lui visiter le fond de la gorge.

Du haut de sa brindille, la vieille fourmi rousse observe, éberluée, le combat de ses deux prédateurs.

Long tube froid contre chaude boule piquante. Le regard jaune fendu de noir de la vipère n'exprime ni peur ni haine, simplement un souci d'efficacité. Elle s'affaire à bien placer sa gueule mortelle. Le hérisson, lui, panique. Il se cabre et tente de lancer ses piquants à l'assaut du ventre du reptile. L'animal est d'une incroyable agilité. Ses petites pattes griffues matraquent les écailles qui résistent aux piquants. Mais le fouet glacé s'entortille et serre. La gueule de la vipère s'ouvre et déploie dans un déclic ses doubles crochets à venin suintant la mort liquide. Les hérissons résistent très bien aux morsures venimeuses des vipères sauf si celles-ci atteignent précisément la zone tendre du bout de leur museau.

Avant de connaître l'issue de la bataille, la vieille fourmi rousse se sent emportée. À sa grande surprise, la brindille à laquelle elle s'est agrippée se met à se mouvoir lentement. Elle pense d'abord que c'est le vent qui la fait pencher et, lorsque la brindille se détache de son rameau et entreprend d'avancer, elle n'y comprend plus rien. La brindille se déplace lentement en dodelinant et grimpe sur une autre branche. Après une courte étape, elle choisit de gravir le tronc.

La vieille fourmi, surprise, se laisse porter par la brindille ambulante. Elle regarde au-dessous d'elle et comprend. La brindille a des yeux et des pattes. Pas de miracle arboricole. Ce n'est pas une brindille mais un phasme.

Ces insectes au corps allongé et frêle se protègent de leurs prédateurs en poussant le mimétisme jusqu'à adopter l'aspect des brindilles, des branches, des feuilles ou des tiges sur lesquelles ils se posent. Ce phasme-ci a si bien réussi son camouflage que son corps est imprimé de marques de fibres de bois, avec des taches et des coupures marron comme si un termite l'avait un peu entamé.

Autre atout du phasme : sa lenteur participe à son mimétisme. On ne pense pas à s'attaquer à quelque chose de lent, voire de quasi immobile. La vieille fourmi avait déjà assisté à une parade amoureuse de phasmes. Le mâle, de taille plus réduite, s'était approché de la femelle en déplaçant une patte toutes les vingt secondes. La femelle s'était un peu éloignée et le mâle était tellement lent qu'il n'avait même pas été capable de la poursuivre. Qu'importe ! À force d'attendre leurs mâles à la lenteur légendaire, les femelles phasmes ont fini par s'adapter. Certaines espèces ont trouvé une solution originale au problème de la reproduction : la parthénogenèse. Pas de problème d'accouplement : chez les phasmes, pas besoin de trouver un partenaire pour se reproduire, on fait des enfants juste comme ça, en les désirant.

La brindille sur laquelle elle s'est embarquée s'avère une femelle car, soudain, la voilà qui se met à pondre. Un à un, très lentement bien sûr, elle lâche des œufs qui rebondissent de feuille en feuille comme des gouttes de pluie durcies. L'art du camouflage des phasmes est tel que leurs œufs ressemblent à des graines.

La fourmi mordille un peu la brindille pour voir si elle est comestible. Mais les phasmes ne disposent pas que du mimétisme pour leur défense : ils savent aussi jouer les morts. Aussi, dès que l'insecte perçoit la pointe de la mandibule, il se met en catalepsie et se laisse tomber sur le sol.

La fourmi n'en a cure. Comme le serpent et le hérisson ont déguerpi, elle suit son phasme en bas et le mange. L'exaspérant animal ne lui offre même pas un sursaut d'agonie. À moitié dévoré, il reste impassible telle une véritable brindille. Un détail le trahit pourtant : l'extrémité de la brindille continue de pondre ses œufs-graines.

Assez d'émotions pour la journée. Il fraîchit, l'heure est venue de l'hibernation quotidienne. La vieille fourmi rousse s'enfouit dans un abri de terre et de mousse. Demain, elle se remettra en quête d'un chemin pour retrouver son nid natal. Il faut à tout prix « les » avertir avant qu'il ne soit trop tard.

Calmement, avec ses tibias, elle lave ses antennes pour bien percevoir ce qui l'entoure. Puis elle referme avec un caillou son petit abri pour ne plus être dérangée.

10. ENCYCLOPÉDIE

DIFFÉRENCE DE PERCEPTION : On ne perçoit du monde que ce qu'on est préparé à en percevoir. Pour une expérience de physiologie, des chats ont été enfermés dès leur naissance dans une petite pièce tapissée de motifs verticaux. Passé l'âge seuil de formation du cerveau, ces chats ont été retirés de ces pièces et placés dans des boîtes tapissées de lignes horizontales. Ces lignes indiquaient l'emplacement de caches de nourriture ou de trappes de sortie, mais aucun des chats éduqués dans les pièces aux motifs verticaux ne parvint à se nourrir ou à sortir. Leur éducation avait limité leur perception aux événements verticaux.

Nous aussi, nous fonctionnons avec ces mêmes limitations de la perception. Nous ne savons plus appréhender certains événements car nous avons été parfaitement conditionnés à percevoir les choses uniquement d'une certaine manière.

Edmond Wells,
Encyclopédie du Savoir Relatif et Absolu, tome III.

11. LE POUVOIR DES MOTS

Sa main s'ouvrit et se ferma nerveusement avant de se crisper sur le traversin. Julie rêvait. Elle rêvait qu'elle était une princesse du Moyen Âge. Un serpent géant l'avait capturée afin de la dévorer. Il l'avait lancée dans des sables mouvants boueux beiges remplis de serpenteaux rampants et elle s'enfonçait dans la mélasse. Un jeune prince, protégé par une armure de papier imprimé, accourait sur son destrier blanc et se battait avec le serpent géant. Il brandissait une longue épée rouge et pointue et implorait la princesse de tenir bon. Il venait à son secours.

Mais le serpent géant se servit de sa gueule comme d'un lance-flammes. Son armure de papier ne fut pas d'une grande utilité au prince. Une seule flammèche suffit à l'embraser. Ficelés avec une cordelette, lui et son cheval furent servis rôtis dans une assiette, entourés d'une purée livide. Le beau prince avait perdu toute sa superbe : sa peau était marron-noir, ses orbites vides et sa tête déshonorée par un raisin de Corinthe.

Le serpent géant saisit alors Julie avec ses crochets venimeux, la hissa hors de la boue pour la jeter dans une mousse au chocolat blanc au Grand Marnier qui se referma sur elle.

Elle voulut crier mais déjà la mousse au chocolat blanc la submergeait, s'enfonçait dans sa bouche et empêchait les sons de sortir.

La jeune fille s'éveilla en sursaut. Sa frayeur était telle qu'aussitôt elle s'empressa de vérifier qu'elle n'était pas devenue aphone. « A-a-a-a, A-a-a-a » sortit du fond de sa gorge.

Ce cauchemar d'une extinction de voix revenait de plus en plus souvent. Parfois, elle était torturée et on lui coupait la langue. Parfois, on lui remplissait la bouche avec des aliments. Parfois, des ciseaux lui coupaient les cordes vocales. Était-il indispensable qu'il y ait des rêves dans le sommeil ? Elle espéra se rendormir et ne plus penser à rien de toute la nuit.

Elle passa une main brûlante sur sa gorge moite, s'assit contre son oreiller, consulta son réveil et constata qu'il était six heures du matin. Dehors, c'était encore la nuit. Des étoiles pétillaient derrière la croisée. Elle entendit des bruits en bas, des pas et des aboiements. Comme il l'avait annoncé, son père partait de bonne heure se promener en forêt avec son chien.

— Papa, papa...

Pour toute réponse la porte claqua.

Julie se rallongea, chercha le sommeil, en vain.

Qu'y avait-il derrière la première page de l'*Encyclopédie du Savoir Relatif et Absolu* du Pr Edmond Wells ?

Elle s'empara du gros livre. Il y était question de fourmis et de révolution. Ce livre lui conseillait carrément de faire la révolution, évoquait une civilisation parallèle qui pourrait l'y aider. Elle écarquilla les yeux. Parmi de courts textes d'une écriture crispée, ici et là, au beau milieu d'un mot, une majuscule ou un petit dessin surgissait.

Elle lut au hasard :

Le plan de cet ouvrage est calqué sur celui du Temple de Salomon. Chaque tête de chapitre a pour première lettre celle correspondant au chiffre d'une des mesures du Temple.

Elle fronça les sourcils : quel rapport pouvait-il bien exister entre l'écriture et l'architecture d'un temple ?

Elle tourna les pages.

L'*Encyclopédie du Savoir Relatif et Absolu* était un vaste capharnaüm d'informations, de dessins, de graphismes divers. Conformément à son titre, elle contenait des textes didactiques, mais il y avait aussi des poèmes, des prospectus maladroitement découpés, des recettes de cuisine, des listings de programmes informatiques, des extraits de magazines, des images d'actualité ou des photographies érotiques de femmes célèbres disposées là comme autant d'enluminures.

Il y avait des calendriers précisant à quelles dates semer les graines, planter tel légume ou tel fruit, il y avait des collages d'étoffes et de papiers rares, des plans de la voûte céleste ou des métros des grandes villes, des extraits de lettres personnelles, des énigmes mathématiques, des schémas de perspectives issus de tableaux remontant à la Renaissance.

Certaines images étaient très dures, représentations de la violence, de la mort ou de catastrophes. Des textes étaient écrits à l'encre rouge ou bleue ou parfumée. Certaines pages paraissaient avoir été remplies avec une encre sympathique ou du jus de citron. D'autres étaient rédigées en si petits caractères qu'il aurait fallu une loupe pour les déchiffrer.

Elle aperçut des plans de villes imaginaires, des biographies de personnages historiques oubliés par l'Histoire, des conseils pour fabriquer des machines étranges...

Fatras ou trésor, Julie pensait qu'il lui faudrait au moins deux ans pour lire le tout, quand son regard s'arrêta sur des portraits insolites. Elle hésita, mais non, elle ne se trompait pas : il s'agissait bien de têtes. Non pas de têtes humaines, des têtes de fourmis représentées en buste à la manière d'imposants personnages. Aucune fourmi n'était identique à une autre. La taille des yeux, la longueur des antennes, la forme du crâne variaient nettement. D'ailleurs, chacune avait un nom composé d'une suite de chiffres accolé à son portrait. Elle passa.

Parmi les hologrammes, les collages, les recettes et les plans, le thème des fourmis revenait tel un leitmotiv.

Des partitions de Bach, les positions sexuelles prônées par le Kamasûtra, un manuel de codage utilisé par la Résistance française pendant la Seconde Guerre mondiale... quel esprit éclectique et pluridisciplinaire avait pu rassembler tout cela ?

Elle feuilleta encore cette mosaïque.

Biologie. Utopies. Guides, vade-mecum, modes d'emploi. Anecdotes relatives à toutes sortes de gens et de sciences. Techniques de manipulation des foules. Hexagrammes du *Yi king*.

Elle glana une phrase. *Le Yi king est un oracle qui, contrairement à ce qu'on croit habituellement, ne prévoit pas le futur mais explique le présent.* Plus loin, elle trouva des stratégies inspirées de Scipion l'Africain et de Clausewitz.

Elle se demanda un instant s'il ne s'agissait pas d'un manuel d'endoctrinement puis, sur une page, elle lut ce conseil :

Méfiez-vous de tout parti politique, secte, corporation ou religion. Vous n'avez pas à attendre des autres qu'ils vous indiquent ce que vous devez penser. Apprenez à penser par vous-même et sans influence.

Et plus loin une citation du chanteur Georges Brassens :

Plutôt que de vouloir changer les autres, essayez déjà de vous changer vous-même.

Un autre passage attira son regard :

Petit traité sur les cinq sens intérieurs et les cinq sens extérieurs. Il y a cinq sens physiques et cinq sens psychiques. Les cinq sens physiques sont la vue, l'odorat, le toucher, le goût, l'ouïe. Les cinq sens psychiques sont l'émotion, l'imagination, l'intuition, la conscience universelle, l'inspiration. Si on ne vit qu'avec ses cinq sens physiques, c'est comme si on n'utilisait que les cinq doigts de sa main gauche.

Citations latines et grecques. Nouvelles recettes de cuisine. Idéogrammes chinois. Comment fabriquer un cocktail Molotov. Feuilles d'arbres séchées. Kaléidoscope d'images. Fourmis et Révolution. Révolution et Fourmis.

Les yeux de Julie lui picotaient. Elle se sentait ivre de ce délire visuel et informatif. Elle tomba sur une phrase :

Ne pas lire cet ouvrage dans l'ordre, plutôt l'utiliser de la manière suivante : quand vous sentez que vous en avez besoin, vous tirez une page au hasard, vous la lisez et vous essayez de voir si elle vous apporte une information intéressante sur votre problème actuel.

Et plus loin encore :

Ne pas hésiter à sauter les passages qui vous semblent trop longs. Un livre n'est pas sacré.

Julie referma l'ouvrage et lui promit de l'utiliser comme il le lui avait si gentiment proposé. Elle arrangea sa couverture et, cette fois, sa respiration s'apaisa, sa température s'abaissa légèrement et elle s'endormit doucement.

12. ENCYCLOPÉDIE

SOMMEIL PARADOXAL : Durant notre sommeil, nous connaissons une phase particulière dite de « sommeil paradoxal ». Elle dure quinze à vingt minutes, s'interrompt pour revenir plus longuement une heure et demie plus tard. Pourquoi a-t-on appelé ainsi cette plage de sommeil ? Parce qu'il est paradoxal de se livrer à une activité nerveuse intense au moment même de son sommeil le plus profond.

Si les nuits des bébés sont souvent très agitées, c'est parce qu'elles sont traversées par ce sommeil paradoxal (proportions : un tiers de sommeil normal, un tiers de sommeil léger, un tiers de sommeil paradoxal). Durant cette phase de leur sommeil, les bébés présentent souvent des mimiques étranges qui leur font prendre des mines d'adultes, voire de vieillards. Sur leur physionomie se peignent tour à tour la colère, la joie, la tristesse, la peur, la surprise alors qu'ils n'ont sans doute jamais encore connu de telles émotions. On dirait qu'ils révisent les expressions qu'ils afficheront plus tard.

Ensuite, au cours de la vie adulte, les phases de sommeil paradoxal se réduisent avec l'âge pour ne plus constituer qu'un dixième, sinon un vingtième de la totalité du temps de sommeil.

L'expérience est vécue comme un plaisir et peut provoquer des érections chez les hommes.

Il semblerait que, chaque nuit, nous ayons un message à recevoir. Une expérience a été réalisée : un adulte a été réveillé au beau milieu de son sommeil paradoxal et prié de raconter à quoi il était en train de rêver à ce moment. On l'a ensuite laissé se rendormir pour le secouer de nouveau à la phase de sommeil paradoxal suivante. On a constaté ainsi que, même si l'histoire des deux rêves était différente, ils n'en présentaient pas moins un noyau commun. Tout se passe comme si le rêve interrompu reprenait d'une manière différente pour faire passer le même message.

Récemment, des chercheurs ont émis une idée nouvelle. Le rêve serait un moyen d'oublier les pressions sociales. En rêvant, nous désapprenons ce que nous avons été contraints d'apprendre dans la journée et qui heurte nos convictions profondes. Tous les conditionnements imposés de l'extérieur s'effacent. Tant que les gens rêvent, impossible de les manipuler complètement. Le rêve est un frein naturel au totalitarisme.

Edmond Wells,
Encyclopédie du Savoir Relatif et Absolu, tome III.

13. SEULE PARMI LES ARBRES

C'est le matin. Il fait encore nuit mais il fait déjà chaud. C'est là l'un des paradoxes du mois de mars.

La lune éclaire les ramées comme un astre bleuté. Cette lueur la réveille et lui insuffle l'énergie nécessaire pour reprendre son cheminement. Depuis qu'elle s'avance seule dans cette immense forêt, elle ne connaît pas beaucoup de répit. Araignées, oiseaux, cicindèles, fourmilions, lézards, hérissons et même phasmes se liguent pour l'agacer.

Elle ne connaissait pas tous ces soucis quand elle vivait là-bas, en ville, avec les autres. Son cerveau se branchait alors sur l'« esprit collectif » et elle n'avait même pas besoin de fournir un effort personnel pour réfléchir.

Mais là, elle est loin du nid et des siens. Son cerveau est bien obligé de se mettre en fonctionnement « individuel ». Les fourmis ont la formidable capacité de disposer de deux modes de fonctionnement : le collectif et l'individuel.

Pour l'instant, le mode individuel est sa seule possibilité et elle trouve assez pénible de devoir sans cesse penser à soi pour survivre. Penser à soi, à la longue, cela entraîne la peur de mourir. Peut-être est-elle la première fourmi qui, à force de vivre seule, en vient à craindre la mort en permanence.

Quelle dégénérescence !...

Elle avance sous des ormes. Le vrombissement d'un hanneton ventripotent lui fait lever la tête.

Elle réapprend comme la forêt est extraordinaire. Au clair de lune, tous les végétaux virent au mauve ou au blanc. Elle dresse ses antennes et repère une violette des bois recouverte de papillons farceurs qui lui sondent le cœur. Plus loin, des chenilles au dos tigré broutent des feuilles de sureau. La nature semble s'être faite encore plus belle pour célébrer son retour.

Elle trébuche sur un cadavre sec. Elle recule et observe. Il y a là un amoncellement de fourmis mortes, regroupées en spirale. Il s'agit de fourmis noires moissonneuses. Elle connaît ce phénomène. Ces fourmis se sont trop éloignées du nid et lorsque la rosée froide de la nuit est tombée, ne sachant où aller, elles se sont disposées en spirale et elles ont tourné, tourné jusqu'à leur fin. Quand on ne comprend pas le monde dans lequel on vit, on tourne en rond jusqu'au trépas.

La vieille fourmi rousse s'approche pour, du bout de ses antennes, mieux examiner la catastrophe. Les fourmis du bord de la spirale sont mortes les premières et ensuite celles du centre.

Elle considère cette étrange spirale de mort, soulignée par la lueur mauve de la lune. Quel comportement primaire ! Il suffisait de se mettre à l'abri d'une souche ou de creuser un bivouac dans la terre pour se protéger du froid. Ces sottes fourmis noires n'ont imaginé rien d'autre que de tourner et tourner comme si la danse pouvait conjurer le danger.

Décidément, mon peuple a encore beaucoup à apprendre, émet la vieille fourmi rousse.

En passant sous des fougères noires, elle reconnaît des parfums de son enfance. Les exhalaisons de pollen l'enivrent.

Il en a fallu du temps pour parvenir à une telle perfection.

D'abord, les algues vertes marines, ancêtres de tous les végétaux, ont atterri sur le continent. Pour s'y accrocher, elles se sont transformées en lichens. Les lichens ont mis alors au point une stratégie de bonification du sol afin de créer un terreau favorable à une seconde génération de plantes qui, grâce à leurs racines plus profondes, ont pu pousser plus grandes et plus solides.

Chaque plante possède désormais sa zone d'influence mais il subsiste encore des aires de conflit. La vieille fourmi voit une liane de figuier étrangleur partir hardiment à l'assaut d'un merisier impassible. Dans ce duel, le pauvre merisier n'a aucune chance. En revanche, d'autres figuiers étrangleurs qui se figurent aptes à venir à bout d'un plant d'oseille s'étiolent, empoisonnés par sa sève toxique.

Plus loin, un sapin laisse s'abattre ses épines pour rendre le sol acide au point d'exterminer toutes les herbes parasites et les petites plantes concurrentes.

À chacun ses armes, à chacun ses défenses, à chacun ses stratagèmes de survie. Le monde des plantes est sans pitié. Seule différence peut-être avec le monde animal, les assassinats végétaux se déroulent plus lentement et, surtout, en silence.

Certaines plantes préfèrent l'arme blanche au poison. Sont là, pour le rappeler à la fourmi promeneuse, les griffes des feuilles de houx, les lames de rasoir des chardons, les hameçons des passiflores et jusqu'aux piquants des acacias. Elle traverse un bosquet qui ressemble à un couloir tout empli de lames effilées.

La vieille fourmi lave ses antennes puis les dresse en panache au-dessus de son crâne pour mieux capter toutes les fragrances qui circulent dans l'air. Ce qu'elle cherche : un relent de la piste odorante qui mène à son pays natal. Car maintenant, chaque seconde compte. Elle doit à tout prix avertir sa cité avant qu'il ne soit trop tard.

Des bouffées de molécules odorantes lui apportent toutes sortes d'informations sans aucun intérêt sur la vie et les mœurs des animaux du coin.

Elle adapte pourtant le rythme de sa marche pour ne rien perdre des odeurs qui l'intriguent. Elle s'insinue dans le flux des courants d'air pour identifier des parfums inconnus. Mais elle n'arrive à rien et cherche une méthode.

Elle gravit le promontoire que forme le sommet d'une souche de pin, se cambre et doucement fait tournoyer ses appendices sensoriels. Selon l'intensité de ses mouvements antennaires, elle capte toute une gamme de fréquences odorantes. À 400 vibrations-seconde, elle ne perçoit rien de spécial. Elle accentue les mouvements de son radar olfactif. 600, 1 000, 2 000 vibrations-seconde. Toujours rien d'intéressant. Elle ne reçoit que des fragrances de végétaux et d'insectes non-fourmis : parfums de fleurs, spores de champignons, odeurs de coléoptères, de bois pourrissant, de feuilles de menthe sauvage...

Elle accélère encore ses frétillements. 10 000 vibrations-seconde. En tournoyant, ses antennes créent des courants d'air aspirants qui attirent à elle toutes les poussières. Elle doit les nettoyer avant de reprendre ses efforts.

12 000 vibrations-seconde. Enfin elle capte des molécules lointaines témoignant de la présence d'une piste fourmi. C'est gagné. Direction ouest-sud-ouest, 12° d'angle par rapport à la clarté de la lune. En avant.

14. ENCYCLOPÉDIE

DE L'INTÉRÊT DE LA DIFFÉRENCE : **Nous sommes tous des gagnants. Car tous, nous sommes issus de ce spermatozoïde champion qui l'a emporté sur ses trois cents millions de concurrents.**

Il a gagné le droit de transmettre sa série de chromosomes qui ont fait que vous êtes vous et personne d'autre.

Votre spermatozoïde était quelqu'un de vraiment doué. Il ne s'est pas englué dans quelque recoin. Il a su trouver la bonne voie. Il s'est arrangé peut-être pour barrer le chemin à d'autres spermatozoïdes rivaux.

On a longtemps cru que c'était le spermatozoïde le plus rapide qui réussissait à féconder l'ovule. Il n'en est rien. Plusieurs centaines de spermatozoïdes parviennent en même temps autour de

l'œuf. Et ils restent là à attendre, dandinant du flagelle. Un seul d'entre eux sera élu.

C'est donc l'ovule qui choisit le spermatozoïde gagnant parmi toute la masse de spermatozoïdes quémandeurs qui se pressent à sa porte. Selon quels critères ? Les chercheurs se sont longtemps interrogés. Ils ont récemment trouvé la solution : l'ovule jette son dévolu sur celui qui « présente les caractères génétiques les plus différents des siens ». Question de survie. L'ovule ignore qui sont les deux partenaires qui s'étreignent au-dessus de lui, alors il cherche tout simplement à éviter les problèmes de consanguinité. La nature veut que nos chromosomes tendent à s'enrichir de ce qui leur est différent et non de ce qui leur est similaire.

Edmond Wells,
Encyclopédie du Savoir Relatif et Absolu, tome III.

15. ON LA VOIT DE LOIN

Des pas sur la terre. Il était sept heures du matin et les étoiles palpitaient encore plus haut, au firmament.

Tout en s'avançant avec son chien par les sentiers escarpés, Gaston Pinson, au cœur de cette forêt de Fontainebleau, au grand air, au calme avec son chien, se sentait bien. Il lissa ses moustaches rousses. Il suffisait qu'il vienne dans ces bois pour se sentir enfin un homme libre.

Sur sa gauche, un sentier en colimaçon montait jusqu'à un entassement de pierres. Au terme de l'ascension, il parvint à la tour Denecourt, à l'extrémité du rocher Cassepot. De là-haut, la vue était extraordinaire. Par cette aube chaude et encore étoilée, une lune immense suffisait à dévoiler le panorama.

Il s'assit et conseilla à son chien d'en faire autant. Le chien resta debout. Ensemble pourtant, ils contemplèrent le ciel.

— Tu vois, Achille, jadis, les astronomes dressaient des cartes du ciel comme s'il s'agissait d'une voûte plate. Ils l'avaient découpée en quatre-vingt-huit constellations, à la manière de quatre-vingt-huit départements qui auraient défini l'état céleste. La plupart d'entre elles ne sont pas visibles toutes les nuits, à l'exception, pour les habitants de l'hémisphère Nord, d'une seule : la Grande Ourse. Elle ressemble à une casserole qui serait composée d'un carré de quatre étoiles, prolongé d'un manche de trois étoiles. Ce sont les Grecs qui l'ont nommée Grande Ourse, en hommage à la princesse Callixte, fille du roi d'Arcadie. Elle était si belle que, prise de jalousie, Héra, l'épouse de Zeus, la transforma en une grande ourse. Eh oui ! Achille, ainsi sont les femmes : toutes jalouses les unes des autres.

Le chien secoua la tête et émit une petite plainte douce.

— Il est intéressant de repérer cette constellation car, si on prolonge le profil de la casserole de cinq fois sa distance, on découvre qu'au-dessus vole un pop-corn lui aussi facile à discerner : l'étoile Polaire. Tu vois, Achille, on dispose ainsi de la direction parfaite du nord, ce qui permet d'éviter de s'égarer.

Le chien ne comprenait rien à toutes ces explications. Il entendait juste que des « bedebedebe Achille bedebedede Achille ». De tout le langage humain, il ne comprenait que ce seul assemblage de syllabes, A-chi-le, qui, savait-il, le désignait. Exaspéré par tant de babillages, le setter irlandais choisit de se coucher entre ses deux oreilles et arbora un air compassé. Mais son maître éprouvait trop le besoin de parler pour s'en tenir là.

— La seconde étoile en partant du manche de la casserole, poursuivit-il, est constituée non pas d'une, mais de deux lueurs. Jadis, les guerriers arabes mesuraient la qualité de leur vision à leur aptitude à distinguer ces deux étoiles, Alcor et Mizar.

Gaston plissa les yeux vers le ciel, le chien bâilla. Déjà, le soleil commençait à pointer un dard et, discrètement, les étoiles s'estompèrent puis se retirèrent pour lui faire place.

Il tira un casse-croûte de sa musette, un sandwich jambon-fromage-oignons-cornichons-poivre, qu'il dévora en guise de petit déjeuner. Il soupira d'aise. Il n'existait rien de plus agréable que de se lever ainsi, tôt le matin, et de partir en forêt assister au lever du soleil.

Splendide festival de couleurs. L'astre solaire vira au rouge, puis au rose, à l'orange, au jaune et enfin au blanc. Incapable de rivaliser avec tant de magnificence, la lune préféra battre en retraite.

Le regard de Gaston passa des étoiles au soleil, du soleil aux arbres, des arbres au panorama de la vallée. Toute l'étendue de l'immense forêt sauvage apparaissait maintenant nettement. Fontainebleau était constituée de plaines, de collines, de zones de sable, de grès, d'argile, de calcaire. Il y avait aussi une multitude de ruisseaux, de ravins, de futaies de bouleaux.

Le paysage était d'une variété étonnante. C'était sans doute la forêt la plus diversifiée de France. Elle était peuplée de centaines d'espèces d'oiseaux, de rongeurs, de reptiles, d'insectes. À plusieurs reprises, Gaston avait croisé des marcassins et des sangliers, et même, une fois, une biche et son faon.

À soixante kilomètres à peine de Paris, on pouvait toujours croire ici que la civilisation humaine n'avait encore rien gâché. Pas de voitures, pas de klaxons, pas de pollution. Aucun souci. Seulement le silence, le bruissement des feuilles caressées par le vent, le piaillement d'oiseaux chamailleurs.

Gaston ferma les yeux et aspira goulûment l'air tiède du matin. Ces vingt-cinq milles hectares de vie sauvage embaumaient de fragrances non encore répertoriées par les parfumeurs. Profusion de richesses. Gratuites.

Le directeur du service juridique des Eaux et Forêts empoigna ses jumelles et balaya l'ensemble du décor. De cette forêt, il connaissait chaque recoin. À droite, les gorges d'Apremont, le carrefour du Grand-Veneur, la route du Cul-de-chaudron, le grand belvédère, la caverne des Brigands. En face, les gorges de Franchard, l'ancien Ermitage, la route de la Roche-qui-pleure, le belvédère des Druides. À gauche, le cirque des Demoiselles, le carrefour des Soupirs, le mont Morillon.

D'ici, il apercevait les landes, domaine de l'alouette lulu. Plus loin, il y avait la plaine de Chanfroy et ses pics cendrés.

Gaston régla ses jumelles et les braqua sur l'arbre Jupiter, un grand chêne vieux de quatre cents ans culminant à trente-cinq mètres de hauteur. « Que c'est beau, la forêt », s'émerveilla-t-il en déposant ses jumelles.

Une fourmi venait tout juste de s'installer sur l'étui. Il voulut l'en chasser mais elle s'accrocha à sa main avant d'escalader son pull.

Il dit à son chien :

— Les fourmis m'inquiètent. Jusqu'à présent, leurs nids étaient isolés. Mais leurs fourmilières se regroupent pour des raisons mystérieuses. Elles se sont ralliées en fédérations et voici que les fédérations se regroupent entre elles pour former des empires. Comme si les fourmis étaient en passe de se livrer à une expérience que nous, les humains, n'avons jamais été capables de mener à bien, celle de la « suprasociabilité ».

Gaston avait en effet lu dans les journaux qu'on repérait de plus en plus de supercolonies de fourmilières. En France, on avait recensé dans le Jura des rassemblements de mille à deux mille cités reliées entre elles par des pistes. Gaston en était persuadé, elles étaient en train de pousser l'expérience de la société jusqu'à son stade le plus accompli.

Comme il examinait les alentours, son regard fut soudain attiré par une vision insolite. Il fronça les sourcils. Au loin, dans la direction du rocher de grès et de la ravine qu'avait découverts sa fille, un triangle brillait entre les futaies. Cette fois, il ne s'agissait pas d'une fourmilière.

La forme scintillante était masquée par des branches mais ses arêtes trop droites la dénonçaient. La nature ignore les lignes droites. Il devait donc s'agir soit d'une tente dressée par des campeurs qui n'avaient rien à faire là, soit d'un gros déchet abandonné en pleine forêt par des pollueurs insouciants.

Irrité, Gaston dévala le sentier en direction de cette lueur triangulaire. Son esprit continuait à lui présenter des hypothèses : une caravane d'un modèle nouveau ? Une voiture métallisée ? Un placard ?

Il mit une heure à travers les ronces et les chardons pour parvenir jusqu'à la forme mystérieuse. Il était fourbu.

De près, la chose était encore plus insolite. Ce n'était ni une tente, ni une caravane, ni un placard. Se dressait devant lui une pyramide d'à peu près trois mètres de haut, aux flancs entièrement recouverts de miroirs. Quant à la pointe du sommet, elle était translucide comme du cristal.

— Eh bien ça ! mon brave Achille, pour une surprise, c'est une surprise...

Le chien acquiesça en aboyant. Il grogna en exhibant ses crocs cariés et lâcha son arme secrète : une haleine fétide qui avait déjà mis en déroute plus d'un chat de gouttière.

Gaston contourna le bâtiment.

De grands arbres et des touffes de fougères aigles dissimulaient assez bien la pyramide au premier regard. Si le soleil matinal ne l'avait éclairée d'un rayon précis, jamais Gaston ne l'aurait remarquée.

Le fonctionnaire scruta l'édifice : ni portes, ni fenêtres, ni cheminée, ni boîte aux lettres. Pas même un sentier pour s'en approcher.

Le setter irlandais grognait toujours en reniflant le sol.

— Tu penses comme moi, Achille ? J'ai déjà vu des trucs comme ça à la télé. Ce sont peut être des... extraterrestres.

Mais les chiens accumulent d'abord les informations avant d'émettre des hypothèses. Surtout les setters irlandais. Achille semblait s'intéresser à la paroi-miroir. Gaston y colla son oreille.

— Ça alors !

Il percevait des bruits à l'intérieur. Il crut même discerner une voix humaine. De la main, il toqua contre le miroir :

— Il y a quelqu'un là-dedans ?

Pas de réponse. Les bruits cessèrent. L'auréole de buée laissée par la phrase sur la paroi-miroir se dissipa.

À y regarder de très près, la pyramide n'avait rien d'extraterrestre. Elle avait été construite en béton et recouverte ensuite de plaques de glace comme on en trouve dans n'importe quel magasin de bricolage.

— Qui peut bien avoir eu l'idée d'ériger une pyramide au beau milieu de la forêt de Fontainebleau, tu as une idée Achille ?

Le chien aboya la réponse, mais l'humain ne la comprit pas vraiment.

Il y eut un infime bourdonnement derrière lui.

Bzzz...

Gaston n'y prêta pas attention. La forêt était remplie de moustiques et de taons en tout genre. Le bourdonnement se rapprocha.

Bzzz... Bzzz...

Il sentit une légère piqûre au cou, leva la main comme pour chasser l'insecte importun, mais suspendit son geste. Il ouvrit toute grande la bouche, tournoya sur lui-même. Il lâcha la laisse de son chien et ses yeux s'exorbitèrent quand il s'effondra, tête en avant, dans un bouquet de cyclamens.

16. ENCYCLOPÉDIE

HOROSCOPE : En Amérique du Sud, chez les Mayas, existait une astrologie officielle et obligatoire. Selon le jour de sa naissance, on donnait à l'enfant un calendrier prévisionnel spécifique. Ce calendrier racontait toute sa vie future : quand il allait trouver du travail, quand il allait se marier, quand il lui arriverait un accident, quand il mourrait. On le lui chantonnait dans son berceau, il l'apprenait par cœur et lui-même le fredonnait pour savoir où il en était de sa propre existence.

Ce système fonctionnait assez bien, car les astrologues mayas se débrouillaient pour faire coïncider leurs prévisions. Si un jeune homme avait dans les paroles de sa chanson la rencontre de telle jeune fille un certain jour, la rencontre s'opérait car la jeune fille détenait exactement le même couplet dans sa chanson-horoscope personnelle. De même pour les affaires, si un couplet annonçait qu'on allait acheter une maison tel jour, le vendeur avait dans sa chanson l'obligation de la vendre tel jour. Si une bagarre devait éclater à une date précise, tous les participants en étaient informés depuis belle lurette.

Tout fonctionnait à merveille, le système se renforçant de lui-même.

Les guerres étaient annoncées et décrites. On en connaissait les vainqueurs et les astrologues précisaient combien de blessés et de morts joncheraient les champs de bataille. Si le nombre de morts ne coïncidait pas exactement avec les prévisions, on sacrifiait les prisonniers.

Comme ces horoscopes chantés facilitaient l'existence ! Plus aucune place n'était laissée au hasard. Personne n'avait peur du lendemain. Les astrologues éclairaient chaque vie humaine du début à sa fin. Chacun savait où menait sa vie et même où allait celle des autres.

Comble de prévision, les Mayas avaient prévu... le moment de la fin du monde. Elle surviendrait tel jour du dixième siècle de ce qu'ailleurs on appela l'ère chrétienne. Les astrologues mayas s'étaient tous accordés sur son heure exacte. Si bien que la veille, plutôt que de subir la catastrophe, les hommes mirent le feu à leurs villes, tuèrent eux-mêmes leur famille et se suicidèrent ensuite. Les quelques rescapés quittèrent les cités en flammes pour n'être plus que de rares errants dans les plaines.

Pourtant, cette civilisation était loin d'être l'œuvre d'individus simplistes et naïfs. Les Mayas connaissaient le zéro, la roue (mais ils n'ont pas compris l'intérêt d'une telle découverte), ils ont construit des routes ; leur calendrier, avec son système de treize mois, était plus précis que le nôtre.

Lorsque les Espagnols sont arrivés au Yucatan, au seizième siècle, ils n'ont même pas eu la satisfaction d'anéantir la civilisation maya puisque celle-ci s'était autodétruite fort longtemps auparavant. Cependant, il subsiste de nos jours des Indiens qui se prétendent lointains descendants des Mayas. On les nomme les « Lacandons ». Et, chose étrange, les enfants lacandons fredonnent des airs anciens énumérant tous les événements d'une vie humaine. Mais nul n'en connaît plus la signification précise.

Edmond Wells,
Encyclopédie du Savoir Relatif et Absolu, tome III.

17. RENCONTRE SOUS LES BRANCHAGES

Où mène ce chemin ? Elle est fourbue. Il y a déjà plusieurs jours qu'elle chemine entourée de ces odeurs de piste fourmi.

À un moment, il lui est arrivé quelque chose d'étrange, elle ne sait pas ce qu'il s'est passé : tout d'un coup elle est montée sur un objet lisse et sombre, puis elle a été soulevée, elle a marché sur un désert rose planté d'herbes noires éparses, a été jetée sur des fibres végétales tressées, elle s'est agrippée puis a été projetée loin dans les airs.

Ce devait être l'un d'« Eux ».

« Ils » viennent de plus en plus nombreux dans la forêt.

Peu importe. Elle est toujours vivante et c'est tout ce qui compte.

D'abord faibles, les fragrances phéromonales se confirment. Elle est bien sur une route myrmécéenne. Aucun doute : ce sont des odeurs de piste que dégage ce chemin, entre bruyère et serpolet. Elle hume et identifie immédiatement ce cocktail d'hydrocarbones : du $C_{10}H_{22}$, provenant de glandes émettrices placées sous l'abdomen de fourmis exploratrices belokaniennes.

Soleil dans le dos, la vieille fourmi rousse suit à la trace ce rail olfactif. Alentour, de vastes fougères forment des arceaux verts. Les belladones s'élèvent comme autant de colonnes de chlorophylle. Les ifs lui offrent leur ombrage. Elle perçoit, l'épiant, des milliers d'antennes, d'yeux et d'oreilles blottis dans les herbes et les feuillages. Tant qu'aucun animal ne surgit devant elle, elle peut considérer que c'est elle qui effraie et intimide. Elle enfonce sa tête dans son cou pour accentuer ses allures de guerrière et quelques yeux disparaissent.

Soudain, au détour d'un bouquet de lupins bleus, douze silhouettes myrmécéennes se révèlent. Comme elle, ce sont des fourmis rousses des forêts. Elle reconnaît jusqu'à l'odeur de leur cité natale : Bel-o-kan. Elles sont de la famille. Des petites sœurs !

Mandibules en avant, elle court vers ces présences civilisées. Les douze s'arrêtent, dressant l'antenne de surprise. Elle reconnaît en elles de jeunes soldates asexuées, appartenant à la sous-caste des exploratrices-chasseresses. La vieille fourmi rousse s'adresse à la plus proche et lui demande une trophallaxie. L'autre signifie son acceptation en rabattant ses deux antennes en arrière.

Aussitôt les insectes procèdent au rituel immuable de l'échange de nourriture. En se tambourinant mutuellement de la pointe des antennes sur le haut du crâne, les deux fourmis s'informent, l'une des besoins de son interlocutrice, l'autre de ce qu'elle a à lui proposer. Puis, mandibules écartées, elles se placent face à face, bouche contre bouche. La donneuse fait remonter de son jabot social de la nourriture liquide, à peine entamée, et la roule en une grande bulle qu'elle transmet à l'affamée, laquelle l'aspire goulûment.

Une partie dans l'estomac principal pour retrouver immédiatement des forces, une autre en réserve dans le jabot social pour, le cas échéant, être capable, elle aussi, de réconforter une de ses sœurs. La vieille fourmi rousse frémit d'aise tandis que les douze cadettes agitent leurs antennes pour lui demander de se présenter.

Chacun des onze segments antennaires lâche sa phéromone particulière, telles onze bouches aptes à s'exprimer simultanément sur onze tonalités olfactivement différentes. Ces onze bouches émettent mais elles peuvent aussi recevoir, à la manière alors de onze oreilles.

La jeune fourmi donneuse touche le premier segment, en partant de son crâne, de la vieille fourmi rousse solitaire et déchiffre son âge : trois ans. Sur le second, elle découvre sa caste et sa sous-caste, soldate asexuée et exploratrice-chasseresse extérieure. Le troisième précise son espèce et sa cité natale : fourmi rousse des bois, issue de la cité mère de Bel-o-kan. Le quatrième donne le numéro de ponte et donc l'appellation de celle-ci : le 103 683e œuf pondu au printemps par la Reine lui a donné naissance. Elle se nomme donc « 103 683e ». Le cinquième segment révèle l'état d'esprit de celle qui se prête à ses attouchements : 103 683ᵉ est à la fois fatiguée et excitée car elle détient une information importante.

La jeune fourmi arrête là son décryptage olfactif. Les autres segments ne sont pas émetteurs. Le cinquième sert à détecter les molécules des pistes, le sixième à mener les conversations de base, le septième est réservé aux dialogues complexes, le huitième aux seuls entretiens avec la Reine mère pondeuse. Les trois derniers, enfin, peuvent être utilisés à l'occasion comme petites massues.

À son tour, 103 683ᵉ sonde les douze exploratrices. Il s'agit de jeunes soldates, toutes âgées de cent quatre-vingt-dix-huit jours. Elles sont jumelles et pourtant très différentes les unes des autres.

5ᵉ est, à quelques secondes près, l'aînée. Tête allongée, thorax étroit, mandibules effilées, abdomen en forme de bâton, elle est tout en longueur et ses gestes sont précis et réfléchis. Ses cuissots sont massifs, ses griffes longues et très écartées.

6ᵉ, sa sœur directe, est, par contre, tout en rondeurs : ronde de la tête, galbée de l'abdomen, tassée du thorax jusqu'aux antennes qui présentent de légères spirales aux extrémités. 6ᵉ a un tic, elle se passe toujours la patte droite sur l'œil comme si quelque chose la démangeait.

7ᵉ, mandibules courtes, pattes épaisses et allure très distinguée, est parfaitement lavée. Sa chitine est si luisante que le ciel s'y reflète. Ses gestes sont gracieux et du bout de l'abdomen elle ne peut s'empêcher de tracer nerveusement des Z qui ne veulent rien dire.

8ᵉ est poilue de partout, même du front et des mandibules. Tout en force, tout en poids, ses gestes sont maladroits. Elle mâchouille une brindille qu'elle s'amuse parfois à faire passer de ses mandibules à ses antennes puis qu'elle fait revenir à nouveau dans ses mandibules.

9ᵉ a une tête ronde, un thorax triangulaire, un abdomen carré et des pattes cylindriques. Une maladie infantile a criblé de trous son thorax cuivré. Elle a de belles articulations, le sait et en joue en permanence. Cela fait un bruit de charnières bien huilées qui n'est pas désagréable.

10ᵉ est la plus petite. C'est tout juste si elle ressemble encore à une fourmi. Pourtant, ses antennes sont très longues, ce qui fait d'elle le radar olfactif du groupe. Les mouvements de ses appendices sensoriels traduisent d'ailleurs une grande curiosité.

11ᵉ, 12ᵉ, 13ᵉ, 14ᵉ, 15ᵉ, 16ᵉ sont de mêmes observées dans les moindres détails.

L'inspection terminée, la vieille fourmi solitaire s'adresse à 5ᵉ. Non seulement elle est la plus ancienne, mais ses antennes sont toutes poisseuses de communications olfactives, signe de grande sociabilité. Il est toujours plus facile de s'entretenir avec les bavards.

Les deux insectes se touchent les antennes et dialoguent.

103 683e apprend que ces douze soldates appartiennent à une nouvelle sous-caste militaire, les commandos d'élite de Bel-o-kan. On les envoie en avant-garde pour infiltrer les lignes ennemies. Elles se battent à l'occasion contre d'autres cités fourmis et participent aussi aux chasses contre des prédateurs volumineux, tels que les lézards.

103 683e demande ce que font ces fourmis si loin du nid natal. 5e répond qu'elles sont chargées d'une exploration longue distance. Depuis plusieurs jours, elles marchent vers l'est, à la recherche du bord oriental du monde.

Pour les gens de la fourmilière de Bel-o-kan, le monde a toujours existé et existera toujours. N'ayant pas de naissance il ne connaîtra pas de mort. Pour eux, la planète est cubique. Ils se figurent ce cube d'abord entouré d'air puis cerné d'un tapis de nuages. Au-delà, pensent-ils, il y a de l'eau qui parfois transperce les nuages, d'où les pluies.

Telle est leur cosmogonie.

Les citoyennes de Bel-o-kan croient se trouver tout près du bord oriental et, depuis des millénaires, elles envoient des expéditions pour en déterminer l'emplacement exact.

103 683e signale être, elle aussi, une fourmi exploratrice belokanienne. Elle revient de l'orient. Elle a réussi à atteindre le bord du monde.

Comme les douze refusent de la croire, la vieille fourmi rousse leur propose, à l'abri d'une anfractuosité de racine, de former une ronde en se touchant les antennes.

Là, elle va vite leur narrer l'histoire de sa vie et ainsi toutes pourront connaître son incroyable odyssée vers le bord oriental du monde. Et elles apprendront ainsi la sombre menace qui pèse sur leur cité.

18. SYNDROME DU VER

Un drapeau noir claquait à l'avant de la limousine garée devant la maison. À l'étage, s'achevaient les préparatifs.

Chacun s'approcha du cadavre pour embrasser une dernière fois sa main.

Ensuite, le corps de Gaston Pinson fut introduit dans un grand sac en plastique, nanti d'une fermeture à glissière et empli de boules de naphtaline.

— Pourquoi de la naphtaline ? demanda Julie à un employé des pompes funèbres.

L'homme en noir arborait une mine très professionnelle.

— Pour tuer les vers, expliqua-t-il, d'une voix guindée. La chair humaine morte attire les asticots. Heureusement, grâce à la naphtaline, les cadavres modernes peuvent s'en protéger.

— Ils ne nous mangent donc plus ?

— Impossible, assura le spécialiste. En plus, les cercueils sont désormais recouverts de plaques de zinc qui empêchent les animaux d'y pénétrer. Même les termites ne réussissent pas à les percer. Votre père sera enterré propre et le restera très longtemps.

Des hommes en casquette sombre installèrent le cercueil dans la limousine.

Le cortège funèbre patienta plusieurs heures dans les embouteillages enfumés par les pots d'échappement avant de parvenir au cimetière. Y pénétrèrent dans l'ordre la limousine-corbillard, puis la voiture où avait pris place la famille directe, puis celle de parents plus éloignés, puis celles des amis et, en queue de la procession, les véhicules des collègues de travail du défunt.

Tout le monde était habillé de noir et affichait des airs désolés.

Quatre fossoyeurs portèrent sur leurs épaules le cercueil jusqu'à la tombe ouverte.

La cérémonie se déroula très lentement. Battant la semelle pour se réchauffer, les gens se chuchotaient les phrases de circonstance : « C'était un homme formidable », « il est mort trop tôt », « quelle perte pour le service juridique des Eaux et Forêts », « c'était un saint homme, d'une bonté et d'une générosité extraordinaires », « avec lui disparaît un professionnel hors pair, un grand protecteur de la forêt ».

Le prêtre survint enfin et prononça les mots qu'il convenait de dire : « Poussière, tu retournes à la poussière... Cet époux et ce père de famille remarquable était un exemple pour nous tous... Son souvenir restera à jamais dans nos cœurs... Il était aimé de tous... c'est la fin d'un cycle, *amen*. »

Tout le monde s'empressait à présent autour de Julie et de sa mère pour les condoléances.

Le préfet Dupeyron s'était déplacé en personne.

— Merci d'être venu, monsieur le préfet.

Mais le préfet paraissait particulièrement désireux de s'adresser à la fille :

— Toutes mes condoléances, mademoiselle. Cette perte doit être terrible pour vous.

Se rapprochant jusqu'à l'effleurer, il glissa dans l'oreille de Julie :

— Étant donné l'estime que je portais à votre père, sachez qu'il y aura toujours pour vous une place dans nos services préfectoraux. Vos études de droit achevées, venez me voir. Je vous trouverai un bon poste.

Le haut fonctionnaire consentit enfin à s'adresser à la mère :

— J'ai d'ores et déjà chargé l'un de nos plus fins limiers d'élucider le mystère de la mort de votre mari. Il s'agit du commissaire Linart. Un as. Avec lui on saura tout, très vite.

Il poursuivit :

— Évidemment, je respecte votre deuil mais il est bon parfois de se changer les idées. À l'occasion du jumelage de notre cité avec une ville japonaise, Hachinoé, il y aura samedi prochain une réception à la salle de gala du château de Fontainebleau. Venez donc avec votre fille. Je connaissais Gaston. Ça lui aurait fait plaisir de vous voir vous distraire.

La mère hocha la tête tandis que les uns et les autres jetaient quelques fleurs séchées sur le cercueil.

Julie s'avança sur le bord de la tombe béante et murmura entre ses dents :

— Je regrette que nous n'ayons jamais réussi à nous parler vraiment. Je suis sûre que, quelque part, tu étais un type bien, papa...

Un moment, elle fixa le cercueil de sapin.

Elle se rongea l'ongle du pouce. C'était le plus douloureux. Quand elle se rongeait les ongles, elle pouvait décider du moment où la douleur s'arrêterait. C'était l'un des avantages qu'elle voyait à se faire souffrir elle-même, elle contrôlait sa souffrance au lieu de la subir.

— Dommage qu'il y ait eu tant de barrières entre nous, termina-t-elle.

En dessous du cercueil, infiltrés par une minuscule faille du béton, un groupe d'asticots affamés tapait contre la plaque de zinc. Eux aussi se disaient :

Dommage qu'il y ait tant de barrières entre nous.

19. ENCYCLOPÉDIE

RENCONTRE DE DEUX CIVILISATIONS : La rencontre entre deux civilisations différentes est toujours un instant délicat.
On aurait pu craindre le pire lorsque, le 10 août 1818, le capitaine John Ross, chef d'une expédition polaire britannique, rencontra les habitants du Groenland : les Inuit (Inuit signifie « être humain » tandis qu'Esquimau veut dire plus péjorativement « mangeur de poisson cru »). Les Inuit se croyaient depuis toujours seuls au monde. Le plus ancien d'entre eux brandit un bâton et leur fit signe de partir.

John Saccheus, l'interprète sud-groenlandais, eut alors l'idée de jeter son couteau à ses pieds. Se priver ainsi de son arme en la jetant aux pieds de parfaits inconnus ! Le geste dérouta les Inuit qui s'emparèrent du couteau et se mirent à crier tout en se pinçant le nez.

John Saccheus eut la présence d'esprit de les imiter sur-le-champ. Le plus dur était fait. On n'éprouve pas l'envie de tuer quelqu'un qui présente le même comportement que vous.

Un vieil Inuit s'approcha et, tâtant le coton de la chemise de Saccheus, lui demanda quel animal fournissait une si mince fourrure. L'interprète répondait de son mieux (grâce au langage pidgin proche du langage des Inuit) que déjà, l'autre lui posait une nouvelle question : « Venez-vous de la lune ou du soleil ? » Puisque les Inuit considéraient qu'ils étaient seuls sur la terre, ils ne voyaient pas d'autre solution à cette arrivée d'étrangers.

Quand Saccheus parvint enfin à les convaincre de rencontrer les officiers anglais, les Inuit montèrent sur leur navire et, là, furent d'abord pris de panique en découvrant un cochon, puis hilares face à leurs reflets dans un miroir. Ils s'émerveillèrent devant une horloge et demandèrent si elle était comestible. On leur offrit alors des biscuits qu'ils mangèrent avec méfiance et recrachèrent avec dégoût. Finalement, en signe d'entente, ils firent venir leur chaman qui implora les esprits de conjurer tout ce qu'il pouvait y avoir comme esprits mauvais à bord du bateau anglais.

Le lendemain, John Ross plantait son drapeau national sur le territoire et s'en appropriait les richesses. Les Inuit ne s'en étaient pas aperçus mais, en une heure, ils étaient devenus sujets de la couronne britannique. Une semaine plus tard, leur pays apparaissait sur toutes les cartes à la place de la mention *terra incognita*.

Edmond Wells,
Encyclopédie du Savoir Relatif et Absolu, tome III.

20. LA PEUR DU DESSUS

La vieille fourmi rousse solitaire leur parle de terres inconnues, d'un voyage, d'un monde étranger. Les douze exploratrices ont du mal à en croire leurs antennes.

Tout a commencé alors que 103 683e, simple soldate, se promenait dans les couloirs de la Cité interdite de Bel-o-kan, à proximité de la loge royale. Deux sexués, un mâle et une femelle, avaient surgi pour lui réclamer son aide. Ils affirmaient qu'une expédition de chasse avait été exterminée en son entier par une arme secrète capable d'anéantir une dizaine de soldates à la fois.

103 683ᵉ avait mené son enquête, déduit que le coup était l'œuvre de leurs ennemis héréditaires, les fourmis naines de la cité de Shi-gae-pou. Une guerre avait été déclenchée contre elles, mais les naines n'avaient pas lancé d'armes géantes aplatissantes dans la bataille. Elles n'en possédaient donc pas.

Il avait donc été décidé de rechercher cette arme du côté d'un autre ennemi ancestral : les termites. Avec une expédition de chasse, 103 683ᵉ était partie vers la termitière de l'Est. Elles n'y trouvèrent qu'une cité anéantie par du gaz chloré empoisonné. La reine des termites était l'unique survivante. Elle affirma que toutes ces catastrophes qui se multipliaient depuis peu étaient l'œuvre de « monstres géants gardiens du bord du monde ».

103 683ᵉ se dirigea donc vers l'est, au-delà du grand fleuve, et après mille péripéties, elle découvrit ce fameux bord du monde oriental.

D'abord, comme le monde n'est pas cubique, son bord ne consiste pas en un vertigineux précipice. Selon elle le bord du monde est plat. 103 683ᵉ essaie de le décrire. Elle se souvient d'une zone grise et noire aux forts relents d'essence. Dès qu'une fourmi s'y avançait, elle était pulvérisée par une masse noire qui sentait le caoutchouc. Beaucoup de fourmis avaient tenté de forcer le passage et avaient péri là. Le bord du monde est plat mais c'est une zone de mort instantanée.

103 683ᵉ s'apprêtait à faire demi-tour quand l'idée lui était venue de creuser un tunnel sous cette bande infernale. Elle était ainsi passée de l'autre côté du bord du monde et avait découvert le pays exotique où vivent ces fameux animaux géants, les gardiens du bord du monde évoqués par la reine des termites.

Le récit fascine les douze exploratrices.

Qui sont ces animaux géants ? demande 14ᵉ, intriguée.

103 683ᵉ hésite, puis répond d'un mot :

DOIGTS.

Aussitôt les douzes soldates, pourtant habituées à chasser les pires prédateurs, sursautent et, de surprise, se débranchent de la ronde de communication.

Les Doigts ?

Pour elles, ce mot signifie un cauchemar incarné.

Toutes les fourmis connaissent des histoires plus abominables les unes que les autres sur les Doigts. Les Doigts sont les monstres les plus terrifiants de toute la Création. Certains disent qu'ils se déplacent toujours par troupeaux de cinq. D'autres assurent qu'ils tuent les fourmis juste comme ça, sans raison, sans même les manger après.

Dans l'univers de la forêt, la mort est toujours légitimée. On tue pour manger. On tue pour se défendre. On tue pour accroître son territoire de chasse. On tue pour s'emparer d'un nid. Mais les Doigts, eux, ont un comportement absurde. Ils exterminent les fourmis... pour rien !

Du coup, les Doigts ont pris dans le monde myrmécéen une réputation de bêtes démentes dont le comportement est au-delà de l'horreur absolue. Chacun connaissait les anecdotes affreuses qui couraient à leur sujet.

Les Doigts...

Certaines fourmis affirment que les Doigts éventrent des cités entières et creusent dedans en faisant tournoyer des quartiers d'où sortent des grappes de citoyennes épouvantées. Ils déchiquettent même les zones de pouponnières, les soulevant alors que, vision ignoble, il en dégouline des chapelets de couvains à moitié aplatis.

Les Doigts...

À Bel-o-kan, on raconte que les Doigts ne respectent rien, pas même les reines. Ils saccagent tout. On dit qu'ils sont aveugles et que c'est pour se venger d'être privés de vision qu'ils tuent tout ce qui voit.

Les Doigts...

Tous les récits les décrivent comme d'immenses boules roses sans yeux mais aussi sans bouche, sans antennes, sans pattes. De grosses boules roses et lisses dotées d'une puissance phénoménale, qui assassinent tout sur leur passage et ne mangent rien.

Les Doigts...

Certains prétendent qu'ils arrachent une par une les pattes des exploratrices qui se hasardent trop près d'eux.

Les Doigts...

Nul ne sait plus ce qui relève de la réalité et ce qui appartient à la légende. Dans les cités myrmécéennes, on leur donne mille surnoms : « boules roses tueuses », « mort dure qui vient du ciel », « maîtres de la sauvagerie », « terreur rose », « épouvante qui marche par cinq », « férocité lisse », « éventreurs de cités », « innommables »...

Les Doigts...

Il y a encore des fourmis qui pensent qu'ils n'existent pas réellement mais que les nourrices se plaisent à les évoquer pour faire peur aux larves précoces qui veulent sortir trop tôt du nid.

N'allez pas dehors, le grand extérieur est plein de Doigts !

Qui n'a pas entendu cette injonction durant son enfance ? Et qui n'a pas entendu les mythologies des grandes guerrières héroïques partant chasser les Doigts à mandibules nues ?

Les Doigts...

Les douze jeunes soldates tremblent rien que de les évoquer. On dit aussi que les Doigts ne s'acharnent pas que sur les fourmis. Ils s'en prennent à tous les êtres vivants. Ils empalent des vermisseaux sur des épines courbes et les plongent dans l'eau du fleuve jusqu'à ce que des poissons généreux viennent les délivrer !

Les Doigts...

On prétend qu'en quelques instants, ils mettent à bas des arbres millénaires. On affirme qu'ils détachent les pattes postérieures des grenouilles avant de les rejeter, mutilées mais encore vivantes, dans leur mare.

Et si ce n'était que ça ! On a entendu dire que les Doigts crucifient les papillons avec des piques. Ils abattent les moustiques en plein vol. Ils criblent les oiseaux de petites pierres rondes, ils transforment les lézards en bouillie, ils arrachent la peau des écureuils. Ils pillent les ruches des abeilles. Ils étouffent les escargots dans de la graisse verte qui sent l'ail...

Les douze fourmis considèrent 103 683e. Ainsi, cette vieille guerrière prétend les avoir approchés et être revenue indemne.

Les Doigts...

103 683e insiste. Ils se répandent sur les pourtours du monde. Ils commencent à hanter la forêt. On ne peut plus les ignorer.

5e demeure circonspecte. Elle darde ses antennes :

Pourquoi alors n'en voit-on pas ?

La vieille fourmi rousse a une explication :

Ils sont tellement grands et hauts qu'ils en deviennent invisibles.

Les douze exploratrices en restent coites. Se pourrait-il que cette vieille fourmi ne raconte pas de balivernes...

Les Doigts existeraient donc pour de bon ? Leurs antennes olfactivement silencieuses ne savent plus quoi émettre et recevoir. C'est tellement fou. Les Doigts existeraient vraiment et s'apprêteraient à envahir la forêt. Elles essaient d'imaginer le bord du monde et les Doigts qui en sont les gardiens.

5e demande à la vieille fourmi exploratrice pourquoi elle veut rejoindre Bel-o-kan.

103 683e veut informer toutes les fourmis de la planète que les Doigts approchent et que plus rien ne sera pareil maintenant. Il faut la croire.

Elle envoie ses molécules les plus lourdes et les plus convaincantes.

Les Doigts existent.

Elle s'obstine. Il faut alerter l'univers. Toutes les fourmis doivent savoir que, là-haut, dissimulés quelque part au-dessus des nuages, des Doigts les épient et s'apprêtent à tout changer. Que les douze reforment le cercle, 103 683e a encore d'autres choses à leur conter.

Car son récit ne s'arrête pas là. Après sa première odyssée, quand elle a regagné Bel-o-kan, sa cité natale, et rapporté ses aventures à la nouvelle reine, celle-ci s'est alarmée et a décidé de lancer une grande croisade afin d'effacer tous les Doigts de la surface de la terre.

Les Belokaniennes ont rapidement mis sur pied une armée de trois mille fourmis aux abdomens surchargés d'acide formique. Mais la route était longue et, parties à trois mille, elles arrivèrent à cinq cents sur le bord du monde. Là, la bataille fut mémorable. Tout ce qui subsistait encore de la glorieuse armée périt sous des jets d'eau savonneuse. 103 683ᵉ fut l'une des rares, sinon la seule, rescapée.

Elle pensa alors rentrer au nid, informer les autres de la mauvaise nouvelle mais sa curiosité fut la plus forte. Plutôt que de revenir, elle décida de surmonter sa peur et de continuer tout droit pour visiter l'autre côté du monde, le pays où vivent les Doigts géants.

Et elle les vit.

La reine de Bel-o-kan se trompait. Trois mille soldates étaient bien incapables de venir à bout de tous les Doigts du monde car ils sont bien plus nombreux qu'on ne l'imagine.

103 683ᵉ décrit leur monde. Dans leur zone, les Doigts ont détruit la nature et l'ont remplacée par des objets qu'ils fabriquent eux-mêmes, des objets bizarres car parfaitement géométriques.

Partout, au pays des Doigts, les choses sont lisses, froides, géométriques et mortes.

Mais la vieille exploratrice s'interrompt. Elle hume au loin une présence hostile. Vite, sans réfléchir, avec les douze autres, elle court se cacher. Qui cela peut-il bien être ?

21. LOGIQUE PSY

Pour mettre à l'aise ses patients, le médecin avait conçu son cabinet comme un salon. Des tableaux modernes aux grandes flaques rouges parvenaient à ne pas jurer avec des meubles anciens en acajou. Au centre de la pièce, un lourd vase Ming, rouge aussi, s'efforçait de conserver son équilibre sur un frêle guéridon cerclé d'un métal doré.

C'était ici que la mère de Julie avait mené sa fille dès sa première crise d'anorexie. Le spécialiste avait immédiatement soupçonné quelque chose de sexuel. Son père aurait-il abusé d'elle dans son enfance ? Un ami de la famille se serait-il permis quelques privautés ? L'adolescente aurait-elle subi des attouchements de la part de son professeur de chant ?

Cette idée avait révulsé la mère. Elle se figurait sa petite fille aux prises avec ce vieillard. Tout viendrait donc de là...

— Vous avez peut-être raison, car elle présente aussi un autre trouble, comme une phobie. Elle ne supporte pas qu'on la touche.

Pour le spécialiste, il était évident que la petite avait subi un fort choc psychologique et il lui était difficile de croire qu'il soit dû à un simple manque de vocalises.

En fait, le psychothérapeute était convaincu que la plupart de ses clientes avaient été abusées sexuellement dans leur enfance. Il en était tellement persuadé que, lorsqu'il n'y avait pas de traumatisme de ce genre à découvrir derrière un comportement maladif, il proposait à ses patientes de s'en autosuggérer un. Ensuite, il lui était facile de les soigner et elles devenaient ses abonnées à vie.

Lorsque la mère avait téléphoné pour prendre rendez-vous, il lui avait demandé si elle mangeait normalement maintenant.

— Non, toujours pas, avait-elle répondu. Elle chipote, elle refuse d'avaler tout ce qui ressemble de près ou de loin à de la viande. À mon avis, elle traverse toujours une phase anorexique même si les manifestations en sont moins spectaculaires qu'auparavant.

— Voilà qui explique sans doute son aménorrhée.

— Son aménorrhée ?

— Oui. Vous m'avez confié qu'à dix-neuf ans votre fille n'a encore jamais eu ses règles. Il y a là un retard plutôt anormal dans son développement. Qu'elle mange si peu en est probablement la cause. L'aménorrhée est souvent liée à l'anorexie. Le corps possède sa sagesse propre. Il ne produit pas d'ovule s'il ne se sent pas capable de nourrir par la suite un fœtus pour le mener à terme, n'est-ce pas ?

— Mais pourquoi se conduit-elle ainsi ?

— Julie présente ce que, dans notre jargon, nous appelons un « complexe de Peter Pan ». Elle veut retenir son état d'enfance. Elle refuse de devenir adulte. Elle espère, en ne mangeant pas, que son corps ne se développera pas, qu'elle demeurera à jamais une petite fille.

— Je vois, soupira la mère. Ce sont sans doute les mêmes raisons qui font qu'elle ne souhaite pas réussir son baccalauréat.

— Évidemment, le bachot signifie lui aussi un passage à l'âge adulte. Et elle ne veut pas devenir adulte. Alors, Julie se cabre comme un cheval rétif pour ne pas passer cette haie, n'est-ce pas ?

Par l'interphone, une secrétaire signala l'arrivée de Julie. Le psychothérapeute la pria de la faire entrer.

Julie était venue en compagnie du chien Achille. Autant profiter de cette séance pour assurer la sortie quotidienne de l'animal.

— Comment allons-nous, Julie ? interrogea le psychothérapeute.

La jeune fille contempla cet homme massif, qui transpirait toujours un peu, et sa maigre chevelure nouée en catogan.

— Julie, je suis là pour t'aider, l'assura-t-il d'une voix ferme. Je sais qu'au fond de ton cœur tu souffres de la mort de ton père. Mais les jeunes filles ont leur pudeur et tu n'oses donc pas exprimer ta douleur. Il faut pourtant que tu l'exprimes pour t'en libérer. Sinon, elle macérera en toi comme une bile amère et tu n'en souffriras que davantage. Tu me comprends, n'est-ce pas ?

Silence. Aucune expression sur le visage fermé.

Le psychothérapeute quitta son fauteuil et la prit aux épaules.

— Je suis là pour t'aider, Julie, répéta-t-il. Il me semble que tu as peur. Tu es une petite fille qui a peur, seule dans le noir, et qu'il faut rassurer. C'est justement mon travail. Ma tâche est de te redonner confiance en toi, d'effacer tes craintes et de te permettre d'exprimer ce qu'il y a de meilleur en toi, n'est-ce pas ?

D'un signe discret, Julie indiqua au chien Achille que le précieux vase chinois contenait un os. Le chien la considéra, paupières tombantes, comprit presque mais n'osa bouger en ce décor inconnu.

— Julie, nous sommes là pour dénouer ensemble les énigmes de ton passé. Nous allons examiner un par un tous les épisodes de ton existence, même ceux que tu t'imagines avoir oubliés. Je t'écouterai et, ensemble, nous verrons comment crever les abcès et cautériser les plaies, n'est-ce pas ?

Julie continuait à exciter discrètement le chien. Le chien regardait Julie, regardait le vase et essayait de son mieux de comprendre le lien entre les deux. Son cerveau de chien était très déconcerté car il sentait que la jeune fille lui indiquait qu'il avait quelque chose de très important à faire.

Achille-vase. Vase-Achille. Quel est le rapport ? Ce qui contrariait beaucoup Achille dans sa vie de chien était de ne pas trouver les rapports entre les choses ou les événements du monde humain. Il avait mis longtemps à comprendre par exemple le rapport entre le facteur et la boîte aux lettres. Pourquoi cet homme remplissait-il la boîte aux lettres avec des morceaux de papier ? Il avait fini par se rendre compte que ce naïf prenait la boîte aux lettres pour un animal se nourrissant de papier. Tous les autres humains le laissaient faire, par pitié probablement.

Mais que voulait Julie à cet instant ?

Dans le doute, le setter irlandais jappa. Peut-être cela suffirait-il à la satisfaire ?

Le psychothérapeute fixa la jeune fille aux yeux gris clair.

— Julie, je fixe deux objectifs principaux à notre travail commun. D'abord, te redonner confiance en toi-même. Ensuite, mon problème sera de t'enseigner l'humilité. La confiance est l'accélérateur de la personnalité, l'humilité en est le frein. À partir du moment où l'on maîtrise et son accélérateur et son frein, on contrôle sa destinée et on profite pleinement de la route de la vie. Tu peux comprendre ça, Julie, n'est-ce pas ?

Julie consentit enfin à regarder le médecin dans les yeux, et elle lui lança :

— Je m'en fous de votre frein et de votre accélérateur. La psychanalyse n'a été conçue que pour aider les enfants à ne pas reproduire les schémas ratés de leurs parents, voilà tout. Et en général, ça ne marche qu'une fois sur cent. Cessez de vous adresser à moi comme à une gamine inculte. Tout comme vous, j'ai lu l'*Introduction à la psychanalyse* de Sigmund Freud et vos trucs de psy, je les connais. Je ne suis pas malade. Si je souffre, ce n'est pas d'un manque mais d'un excès. J'ai trop bien compris ce que ce monde a de vieillot, de réactionnaire, de sclérosé. Même votre soi-disant psychothérapie n'est qu'un moyen de macérer encore et encore dans le passé. Je n'aime pas regarder en arrière, et quand je conduis, je ne reste pas les yeux fixés sur le rétroviseur.

Le médecin fut surpris. Jusque-là Julie s'était toujours montrée discrète et muette. Aucun de ses clients ne s'était permis de le remettre en cause directement.

— Je ne dis pas de regarder en arrière, je dis de bien se regarder soi-même, n'est-ce pas ?

— Je ne veux pas non plus me voir. Quand on conduit, on ne se regarde pas, et si on ne veut pas avoir d'accident, il vaut mieux regarder devant, et le plus loin possible. En fait, ce qui vous ennuie, c'est que je suis trop... lucide. Alors vous préférez penser que c'est moi qui ne suis pas normale. C'est vous qui me semblez malade avec votre manie de ponctuer chacune de vos phrases d'un « n'est-ce pas ? ».

Julie poursuivit, imperturbable.

— Et la décoration de votre cabinet. Y avez-vous réfléchi ? Tout ce rouge, ces tableaux, ces meubles, ces vases rouges ? Vous êtes fasciné par le sang ? Et cette queue de cheval ! C'est pour mieux exprimer vos tendances féminines ?

Le spécialiste eut un mouvement de recul. Ses paupières battirent comme deux boucliers intermittents. Ne jamais entrer en conflit avec un patient sur son propre terrain était une règle de base de sa profession. Se dégager et vite. Cette jeune fille visait à le déstabiliser en retournant contre lui ses propres armes. Elle devait effectivement avoir lu quelques livres de psychologie. Tout ce rouge... c'était vrai qu'il lui faisait penser à quelque chose de précis. Et son catogan...

Il voulut se reprendre mais sa supposée patiente ne lui laissa pas de répit.

— D'ailleurs, choisir le métier de psy, c'est déjà en soi un symptôme. Edmond Wells a écrit : « Regarde quelle spécialité choisit un médecin et tu comprendras où est son problème. Les ophtalmos portent généralement des lunettes, les dermatos souffrent fréquemment d'acné ou de psoriasis, les endocrinos présentent des problèmes hormonaux et les psys sont... »

— Qui est Edmond Wells ? coupa le médecin, saisissant à la volée cette chance de détourner la conversation.

— Un ami qui, lui, me veut du bien, répliqua sèchement Julie.

Il n'avait fallu qu'un instant au « psy » pour retrouver sa contenance. Ses réflexes professionnels étaient trop enracinés en lui pour n'être pas prêts à jouer à tout moment. Après tout, cette fille n'était qu'une cliente, le spécialiste, c'était lui.

— Mais encore ? Edmond Wells... Il y a un rapport avec H.G. Wells, l'auteur de *L'Homme invisible* ?

— Aucune. Mon Wells à moi est beaucoup plus fort. Lui a écrit un livre qui « vit et qui parle ».

Il voyait à présent comment se sortir de l'impasse. Il s'approcha.

— Et il raconte quoi, « le livre qui vit et qui parle » de ce monsieur Edmond Wells ?

Il était maintenant si près de Julie qu'elle pouvait percevoir son haleine. Elle détestait respirer l'haleine de qui que ce soit. Elle détourna son visage de son mieux. L'haleine était forte et mêlée à des relents de lotion mentholée.

— C'est bien ce que je pensais. Il y a dans votre vie quelqu'un qui vous manipule et vous pervertit. Qui est Edmond Wells ? Et peux-tu me montrer son « livre qui vit et qui parle » ?

Le psy s'emmêlait entre vouvoiement et tutoiement mais, peu à peu, il reprenait les rênes de la conversation. Julie s'en aperçut et refusa de poursuivre l'escarmouche.

Le praticien s'épongea le front. Plus cette petite patiente le défiait et plus il la trouvait belle. Elle était étonnante, cette jeune fille, avec ses allures de gamine de douze ans, l'aplomb d'une femme de trente et une sorte de bizarre culture livresque qui ajoutait à son charme. Il la dévorait des yeux. Il aimait qu'on lui résiste. Tout en elle était ravissant, son parfum, ses yeux, sa poitrine. Il se retint de la toucher, de la caresser.

Déjà, vive comme une truite, elle s'était dégagée, éloignée et se tenait près de la porte. Elle lui adressa un sourire empreint de défi, enfila les bretelles de son sac à dos après avoir vérifié en le palpant que l'*Encyclopédie du Savoir Relatif et Absolu*, tome III, s'y trouvait toujours.

Elle partit en claquant la porte.

Achille la suivit.

Dehors, elle gratifia l'animal d'un coup de pied. Ça lui apprendrait à casser le vase Ming qu'elle lui indiquait au moment où elle le lui indiquait.

22. ENCYCLOPÉDIE

STRATÉGIE IMPRÉVISIBLE : Un esprit observateur et logique est capable de prévoir n'importe quelle stratégie humaine. Il existe cependant un moyen de demeurer imprévisible : il suffit d'introduire un mécanisme aléatoire dans un processus de décision. Par exemple, confier au sort d'un tirage aux dés la direction dans laquelle lancer la prochaine attaque.

Non seulement l'introduction d'un peu de chaos dans une stratégie globale permet des effets de surprise mais, de plus, elle offre la possibilité de garder secrète la logique qui sous-tend les décisions importantes. Personne ne peut prévoir les coups de dés.

Évidemment, durant les guerres, peu de généraux osent soumettre aux caprices du hasard le choix de la prochaine manœuvre. Ils pensent que leur intelligence suffit. Pourtant, les dés sont assurément le meilleur moyen d'inquiéter l'adversaire qui se sentira dépassé par un mécanisme de réflexion dont il ne saisit pas les arcanes. Déconcerté et désorienté, il réagira avec peur et sera dès lors complètement prévisible.

Edmond Wells,
Encyclopédie du Savoir Relatif et Absolu, tome III.

23. TROIS CONCEPTS EXOTIQUES

En dressant les antennes au-dessus de leurs abris, 103 683e et ses douze compagnes repèrent les nouvelles venues. Ce sont des fourmis naines de la cité de Shi-gae-pou. Des fourmis de petite taille, mais très hargneuses et très combatives.

Elles s'approchent. Elles ont repéré l'odeur de l'escouade belokanienne et cherchent l'affrontement. Mais que font-elles là, si loin de leur nid ?

103 683e pense qu'elles sont là pour les mêmes raisons que ses nouvelles compagnes : la curiosité. Les naines, elles aussi, veulent explorer les limites géographiques orientales du monde. Elle les laisse passer.

Elles se replacent en cercle sous une racine de hêtre, ne se frôlant que du bout de leurs antennes. 103 683e reprend son récit.

Donc, elle s'est retrouvée seule en plein pays des Doigts. Là, elle est allée de découverte en découverte. Elle a commencé par rencontrer des blattes qui prétendaient avoir dompté les Doigts au point que ceux-ci leur déposaient tous les jours d'énormes quantités d'offrandes dans des vasques vertes monumentales.

103 683ᵉ a visité ensuite les nids des Doigts. Ils étaient évidemment gigantesques mais ils présentaient aussi d'autres caractéristiques. Ils étaient parfaitement durs et parallélépipédiques. Il était impossible d'en creuser les murs. Dans chaque nid de Doigts, circulent de l'eau chaude, de l'eau froide, de l'air et de la nourriture morte.

Mais là n'est pas le plus extraordinaire. Par chance, 103 683ᵉ avait découvert un Doigt n'éprouvant aucune hostilité à l'égard des fourmis. Un Doigt incroyable qui voulait faire entrer en communication leurs deux espèces.

Ce Doigt avait fabriqué une machine permettant de transformer le langage olfactif fourmi en langage auditif Doigt. Il l'avait lui-même mise au point et savait s'en servir.

14ᵉ se retire du cercle des antennes.

Cela suffit. Elle en a assez entendu. Cette fourmi est en train d'affirmer qu'elle a « parlé » à un Doigt ! Les douze sont d'accord : plus de doute, 103 683ᵉ est folle.

103 683ᵉ demande qu'on l'écoute sans idées préconçues.

5ᵉ rappelle que les Doigts éventrent les cités. Dialoguer avec un Doigt, c'est collaborer avec le pire ennemi des fourmis, sans nul doute le plus monstrueux.

Ses compagnes secouent leurs antennes en signe d'assentiment.

103 683ᵉ riposte qu'il faut toujours s'efforcer de bien connaître ses ennemis, ne serait-ce que pour mieux les combattre. Si la première croisade anti-Doigts s'est transformée en un carnage, c'est parce que les fourmis, ignorant tout des Doigts, s'en étaient fait des représentations chimériques.

Les douze hésitent. Elles n'ont pas vraiment envie d'entendre la suite du récit de la vieille fourmi solitaire tant il leur paraît stupéfiant. Mais chez les fourmis, la curiosité est d'ordre génétique. Le cercle se reforme.

103 683ᵉ évoque sa conversation avec « le Doigt qui sait communiquer ». Grâce à ses explications, que de choses elle va maintenant enseigner à ses cadettes ! Ce que voient les fourmis des Doigts, ce ne sont que les prolongements du bout de leurs pattes. Les Doigts sont bien au-delà de ce qu'une fourmi est capable d'imaginer. Ils sont mille fois plus grands qu'elles. Si elles n'ont pas discerné de bouche ni d'yeux chez les Doigts, c'est parce qu'ils sont situés tellement haut qu'elles ne peuvent pas les voir.

N'empêche, les Doigts possèdent bel et bien une bouche, des yeux et des pattes. Ils n'ont pas d'antennes car ils n'en ont pas besoin. Leur sens de l'ouïe leur permet de communiquer et leur sens de la vue leur suffit pour percevoir le monde.

Mais ce ne sont pas là leurs seules caractéristiques. Il y a plus extraordinaire encore : les Doigts se tiennent verticalement en équilibre sur leurs deux pattes postérieures. Sur deux pattes seulement ! Ils ont le sang chaud, ils sont sociables, ils vivent dans des cités.

Combien sont-ils ?

Plusieurs millions.

5ᵉ n'en croit pas ses antennes. Des millions de géants, ça prend de la place tout de même, ça se voit de loin, comment ne s'est-on pas avisé plus tôt de leur existence ?

103 683ᵉ explique que la terre est bien plus vaste que ne le croient les fourmis et que la plupart des Doigts habitent loin.

Les Doigts sont une toute jeune espèce animale. Les fourmis peuplent la Terre depuis cent millions d'années, les Doigts, depuis trois millions seulement. Longtemps, ils sont restés sous-développés. Ce n'est que très récemment, il y a quelques milliers d'années tout au plus, qu'ils ont découvert l'agriculture et l'élevage, entrepris de construire des villes.

Cependant, si les Doigts constituent une espèce relativement attardée, ils n'en possèdent pas moins un énorme avantage sur tous les autres hôtes de la planète : l'extrémité de leurs pattes, ce qu'ils nomment leurs mains, est formée de cinq doigts articulés capables de pincer, d'agripper, de couper, de serrer, d'écraser. Cet atout leur sert à pallier les lacunes de leurs corps. Comme ils n'ont pas de carapace solide, ils fabriquent des « vêtements » à l'aide de fragments de fibres végétales tressées. Faute de mandibules pointues, ils utilisent des couteaux fabriqués avec des minéraux taillés et polis jusqu'à ce qu'ils deviennent coupants. Comme ils n'ont pas de pattes aptes à les propulser à grande vitesse, ils se servent de voitures, c'est-à-dire de nids mobiles mus par une réaction de feu et d'hydrocarbure. Ainsi, grâce à leurs mains, les Doigts sont parvenus à rattraper leur retard sur les espèces plus avancées.

Les douze jeunes fourmis ont du mal à croire les assertions de l'ancienne.

Avec leur « machine à traduire », les Doigts lui ont raconté n'importe quoi, émet 13ᵉ.

6ᵉ estime, quant à elle, que le grand âge de 103 683ᵉ trouble son entendement. Elle délire, les Doigts n'existent pas, ils ne sont qu'invention de nourrices pour effrayer les couvains.

La vieille fourmi lui demande alors de lécher cette marque qu'elle porte là, sur son front. C'est une marque spéciale, que lui ont apposée les Doigts, pour qu'ils la reconnaissent, elle, entre toutes les fourmis qui courent partout sur cette Terre. 6ᵉ accepte l'expérience, lèche, flaire. Ce n'est pas de la fiente d'oiseau, ni un reste de nourriture. 6ᵉ en convient : elle rencontre cette matière pour la première fois.

Normal, triomphe 103 683e. Cette substance dure et collante n'est que l'une des glus mystérieuses que savent concocter les Doigts.

Ils appellent cela du « vernis à ongles » et c'est l'un de leurs produits les plus rares. Ils honorent avec cet onguent les êtres qui leur semblent importants.

103 683e profite de cette preuve concrète de sa connaissance des Doigts pour pousser son avantage. Pour bien comprendre son aventure, insiste-t-elle, il faut la croire sur parole.

L'assistance écoute à nouveau.

Dans leur pays pour géants, les Doigts présentent des comportements aberrants, inconcevables pour une fourmi normale. Mais de toutes leurs idées insolites, trois ont particulièrement intéressé 103 683e et lui ont semblé dignes d'être approfondies.

L'humour,

l'art,

l'amour, énonce-t-elle.

L'humour, explique-t-elle, c'est ce besoin maladif qu'éprouvent certains Doigts de raconter des histoires qui provoquent chez eux des spasmes nerveux et leur permettent de mieux supporter la vie. Elle ne comprend pas très bien ce dont il s'agit. Même son Doigt communicant lui a narré des « blagues », qui n'ont suscité aucun effet chez elle.

L'art, c'est le besoin tout aussi intense qu'ont les Doigts de confectionner des choses qu'ils trouvent très jolies et qui pourtant ne servent à rien. Ni à manger ni à se protéger ni à subsister en quoi que ce soit. Avec leurs « mains », les Doigts produisent des formes, badigeonnent des couleurs ou bien associent des sons qui, liés les uns aux autres, leur semblent particulièrement mélodieux. Cela aussi provoque chez eux des spasmes et leur permet de mieux supporter la vie.

Et l'amour ? interroge 10e, très intéressée.

L'amour, c'est encore plus énigmatique.

L'amour, c'est quand un Doigt mâle multiplie les comportements bizarres pour parvenir à ce qu'un Doigt femelle lui accorde une trophallaxie. Car, chez les Doigts, les trophallaxies ne sont pas automatiques. Parfois même ils se les refusent !

Refuser une trophallaxie... les fourmis sont de plus en plus étonnées. Comment peut-on refuser d'embrasser quelqu'un ? Comment peut-on refuser de régurgiter de la nourriture dans la bouche d'autrui ?

Le cercle d'audience se resserre pour tenter de comprendre.

Selon 103 683e, l'amour provoque chez eux des spasmes et leur permet de mieux supporter la vie.

C'est la parade nuptiale, suggère 16e

Non, c'est autre chose, répond 103 683ᵉ, mais elle ne peut en dire plus car, là encore, elle n'est pas sûre d'avoir tout bien compris. Mais cela lui semble un sentiment exotique inconnu des insectes.

La petite troupe balance.

10ᵉ voudrait mieux les connaître. Elle est curieuse de l'amour, de l'humour et de l'art.

Nous n'avons que faire de l'amour, de l'humour et de l'art, répond 15ᵉ.

16ᵉ désire situer leur royaume, ne serait-ce que pour les cartes chimiques.

13ᵉ dit qu'il est temps d'ameuter l'univers, de rassembler en une immense armée toutes les fourmis et tous les animaux et, ensemble, de détruire ces Doigts monstrueux.

103 683ᵉ secoue la tête. Les tuer tous, la tâche est impossible. Il serait plus simple de les... apprivoiser.

Les apprivoiser ? s'exclament ses interlocutrices, surprises.

Mais oui ! Les fourmis apprivoisent déjà des multitudes de bêtes : pucerons, cochenilles... Alors, pourquoi pas les Doigts ? Après tout, les Doigts nourrissent bien déjà les blattes. Ce que les blattes réussissent pourrait être reproduit ici, à beaucoup plus grande échelle.

103 683ᵉ, qui a dialogué avec les Doigts, estime qu'il ne s'agit pas que de monstres insensés et semeurs de mort. Il faut nouer avec eux des relations diplomatiques, coopérer afin que les Doigts bénéficient du savoir des fourmis et, réciproquement, les fourmis de celui des Doigts.

Elle est revenue afin de transmettre cette suggestion à toute son espèce. Que les douze exploratrices lui apportent leur soutien. Si l'idée n'est pas facile à faire accepter par l'ensemble des fourmis, l'effort en vaut la peine.

L'escouade est stupéfiée. Son séjour parmi ces êtres bizarres a troublé l'entendement de 103 683ᵉ. Coopérer avec les Doigts ! Les apprivoiser comme de simples troupeaux de pucerons !

Autant faire alliance avec les habitants les plus féroces de la forêt, les plus énormes lézards, par exemple. D'ailleurs, les fourmis n'ont pas coutume de nouer des alliances avec qui que ce soit. Elles ne parviennent déjà pas à s'entendre entre elles. Le monde n'est que conflits. Guerres de castes, guerres de cités, guerres de quartiers, guerres fratricides...

Et cette vieille exploratrice au front sali et à la carapace marquée des coups reçus toute une existence durant propose de faire alliance avec des... Doigts ! Des êtres si colossaux qu'on n'en aperçoit ni la bouche ni les yeux !

Quelle idée saugrenue.

103 683ᵉ insiste. Elle répète encore et encore que, là-haut, des

Doigts, certains Doigts en tout cas, entretiennent ce même objectif : parvenir à une coopération fourmis-Doigts. Elle soutient qu'il ne faut pas mépriser ces animaux sous prétexte qu'ils sont différents et méconnus.

On a toujours besoin d'un plus grand que soi, affirme-t-elle.

Après tout, les Doigts savent abattre très rapidement un arbre entier et le découper en tronçons. Ils sont susceptibles de devenir des alliés militaires très intéressants. En cas de coalition, il suffira de leur indiquer à quelle cité s'en prendre pour qu'ils l'éventrent aussitôt.

La guerre étant la première préoccupation des fourmis, l'argument porte. La vieille fourmi rousse s'en rend compte et renchérit :

Vous vous rendez compte : de quelle force nous disposerions si nous alignions dans une bataille une légion de cent Doigts apprivoisés !

Blottie dans l'anfractuosité du hêtre, l'escouade est consciente de vivre un moment crucial dans l'histoire des fourmis. Si cette vieille soldate parvient à les convaincre, elle pourra peut-être un jour convaincre la fourmilière en son entier. Et alors...

24. BAL MAGIQUE AU CHÂTEAU

Les doigts s'entremêlèrent. Les danseurs enlacèrent fermement leurs cavalières.

Bal au château de Fontainebleau.

En l'honneur du jumelage de la ville de Fontainebleau avec la cité nippone d'Hachinoé, il y avait fête en la demeure historique. Échange de drapeaux, échange de médailles, échange de cadeaux. Représentations de danses folkloriques. Chorales locales. Présentation du panneau : « FONTAINEBLEAU-HACHINOÉ : VILLES JUMELÉES », qui marquerait désormais l'entrée des deux lieux.

Dégustation enfin de saké japonais et d'eau-de-vie de prune française.

Des voitures arborant les drapeaux des deux nations se garaient encore dans la cour centrale et des couples de retardataires en sortaient, en vêtements de gala.

Encore drapées dans le noir de leur deuil, Julie et sa mère débouchèrent dans la salle de bal. La jeune fille aux yeux gris clair n'était guère habituée à un tel déploiement de luxe.

Au centre de la pièce illuminée, un orchestre à cordes entamait une valse de Strauss et les couples virevoltaient, mêlant le noir du smoking des hommes au blanc des robes de soirée des femmes.

Des serveurs en livrée circulaient, portant sur des plateaux d'argent des rangées de petits-fours multicolores alignés dans leurs barquettes en papier.

Les musiciens accélérèrent : le tourbillon final du *Beau Danube bleu*. Les couples ne furent plus que toupies noires et blanches exhalant des parfums lourds.

Le maire attendit la pause pour prononcer son discours. Rayonnant, il dit sa satisfaction devant ce jumelage de sa chère ville de Fontainebleau et de celle, si amicale, d'Hachinoé. Il loua l'indéfectible amitié nippo-française et espéra qu'elle durerait à jamais. Il énuméra les principales personnalités présentes : grands industriels, éminents universitaires, hauts fonctionnaires, militaires gradés, artistes renommés. Tout le monde applaudit très fort.

Le maire de la cité japonaise répondit par un petit exposé sur le thème de la compréhension entre les cultures, si différentes soient-elles.

— Nous avons cependant, vous ici et nous là-bas, la même chance de vivre dans de petites villes paisibles ; la beauté de la nature y croît au rythme des saisons et ajoute aux talents des hommes, déclara-t-il.

Sur ces fortes paroles et de nouveaux applaudissements, la valse reprit. Pour varier les plaisirs, les danseurs s'accordèrent pour tourner cette fois dans le sens inverse des aiguilles d'une montre.

Difficile de s'entendre dans un tel brouhaha. Julie, sa mère et Achille s'assirent à une table dans un coin où le préfet vint les saluer. Il était accompagné d'un homme plutôt grand, blond, au visage mangé par deux immenses yeux bleus.

— Voici le commissaire divisionnaire Maximilien Linart, dont je vous ai déjà parlé, précisa le préfet. Il est chargé de l'enquête sur la mort de votre mari. Vous pouvez avoir toute confiance en lui. C'est un policier hors pair. Il enseigne à l'école de police de Fontainebleau. Il saura déterminer rapidement les causes du décès de Gaston.

L'homme tendit la main. Échange de sueurs métacarpiennes.

— Enchantée.

— Enchantée.

— Moi de même.

N'ayant rien d'autre à ajouter, ils se retirèrent. Julie et sa mère contemplèrent à distance la fête qui battait son plein.

— Vous dansez, mademoiselle ?

Un jeune Japonais, très guindé, s'inclinait devant Julie.

— Non, merci, répondit-elle.

Surpris par cette rebuffade, le Japonais resta un instant indécis, se demandant ce qu'exigeait la politesse française quand un cavalier était éconduit lors d'une manifestation officielle. La mère vint à sa rescousse :

— Excusez ma fille. Nous sommes en deuil. En France, le noir est la couleur du deuil.

À la fois soulagé de n'être pas personnellement en cause et confus d'avoir commis une bévue, le garçon se cassa en deux devant la table.

— Pardonnez-moi de vous avoir dérangées. Chez nous, c'est le contraire, le blanc est la couleur du deuil.

Le préfet décida de donner du piquant à la soirée en racontant une blague à un petit groupe de convives qui l'entouraient :

— C'est un Esquimau qui creuse un trou dans la glace. Il lance son fil de pêche avec un hameçon et un appât. Il attend, lorsque soudain résonne une voix très forte qui fait trembler le sol : « IL N'Y A PAS DE POISSON ICI ! » Apeuré, l'Esquimau s'en va un peu plus loin creuser un autre trou. Il lance son hameçon et attend. La voix terrible tonne à nouveau : « IL N'Y A PAS DE POISSON ICI NON PLUS. » L'Esquimau va encore plus loin creuser un troisième trou. À nouveau la voix se manifeste : « PUISQUE JE VOUS DIS QU'IL N'Y A PAS DE POISSON ICI ! » L'Esquimau fouille des yeux les alentours, n'y voit personne et, de plus en plus effrayé, lève son regard vers le ciel : « Qui me parle ? Est-ce Dieu ? » Et la voix puissante de retentir : « NON. C'EST LE DIREC-TEUR DE LA PATINOIRE... »

Quelques rires. Félicitations. Puis deuxième vague de rires pour ceux qui ont compris à retardement.

L'ambassadeur du Japon tient lui aussi à présenter une histoire.

— C'est l'histoire d'un homme qui s'assoit à une table, ouvre un tiroir, en sort un miroir et le scrute longuement, croyant y voir l'image de son père. Sa femme remarque qu'il tripote souvent ce cadre et s'en inquiète, s'imaginant qu'il s'agit de la photo d'une éven-tuelle maîtresse. Un après-midi, elle profite de l'absence de son mari pour en avoir le cœur net. Elle va voir quelle est cette étrange image que son mari garde cachée. À peine est-il revenu qu'elle le questionne jalousement : « Mais qui est cette vieille femme acariâtre dont tu gardes le portrait dans ton tiroir ? »

Nouvelles esclaffades et rires polis. Deuxième vague de rires pour ceux qui ont compris à retardement. Plus une troisième vague de rires pour ceux qui se la sont fait expliquer.

Le préfet Dupeyron et l'ambassadeur nippon, ravis de leur succès, sortirent d'autres blagues. Ils s'aperçurent qu'il n'était pas facile d'en trouver qui soient aussi amusantes pour les deux peuples, tant les blagues abondent en références culturelles n'ayant de sens que dans leur pays d'origine.

— Croyez-vous qu'il existe un humour universel capable de faire rire tout le monde ? demanda le préfet.

Le calme ne revint que lorsque le maître d'hôtel sonna la clochette pour annoncer que tout le monde pouvait s'installer à table car le dîner allait être servi. Des serveuses déposèrent devant chaque assiette des petits pains ronds.

25. ENCYCLOPÉDIE

RECETTE DU PAIN : **À l'usage de ceux qui l'ont oubliée.**
Ingrédients :
600 g. de farine
1 paquet de levure sèche
1 verre d'eau
2 cuillerée à café de sucre
1 cuillerée à café de sel, un peu de beurre.
Versez la levure et le sucre dans l'eau et laissez-les reposer pendant une demi-heure. Une mousse épaisse et grisâtre se forme alors. Versez la farine dans une jatte, ajoutez le sel, creusez un puits au centre pour y verser lentement le liquide. Mélanger tout en versant. Couvrez la jatte et laissez reposer un quart d'heure dans un endroit tiède et à l'abri des courants d'air. La température idéale est de 27°C mais, à défaut, il vaut mieux une température plus basse. La chaleur tuerait la levure. Quand la pâte a levé, travaillez-la un peu à pleines mains. Puis laissez-la à nouveau lever pendant trente minutes. Ensuite vous pouvez la faire cuire pendant une heure dans un four ou dans des cendres de bois.
Si vous n'avez pas de four ni de cendres, faites-la cuire sur une pierre en la laissant au grand soleil.

Edmond Wells,
Encyclopédie du Savoir Relatif et Absolu, tome III.

26. UNE MENACE

103 683ᵉ exige encore un peu d'attention de ses douze compagnes. Elle n'a pas tout dit. Si elle tient à rejoindre au plus vite sa cité natale, c'est qu'un danger terrible pèse sur Bel-o-kan.

Les Doigts communicants sont très bricoleurs. Ils peuvent œuvrer longtemps pour réussir à produire ce dont ils ont besoin. Ainsi, comme ils voulaient à tout prix lui faire comprendre leur monde de visu, ils ont travaillé pour lui fabriquer une mini-télévision à son échelle.

C'est quoi une télévision ? demande 16ᵉ.

La vieille fourmi a du mal à se faire comprendre. Elle agite ses antennes pour dessiner un carré. La télévision, c'est une boîte nantie d'une antenne qui, au lieu de percevoir les odeurs, perçoit les images qui traînent dans l'air du monde des Doigts.

Les Doigts ont donc des antennes ? s'étonne 10ᵉ.

Oui, mais des antennes particulières, incapables de dialoguer entre elles. Elles servent uniquement à recevoir des images et des sons.

Elle explique que ces images montrent tout ce qui se passe dans le monde des Doigts. Elles en sont la représentation et apportent toutes les informations nécessaires pour le comprendre. 103 683ᵉ sait bien que ce n'est pas facile à expliquer. Là encore, il faut la croire sur parole. Grâce à la télévision, et sans même avoir à se déplacer, la vieille fourmi rousse a réussi à tout voir et tout connaître du monde des Doigts.

Or, un jour, elle a vu à la télévision, dans une émission régionale, une pancarte blanche plantée précisément à quelques centaines de pas de la grande fourmilière de Bel-o-kan.

Les douze soldates dressent leurs antennes de surprise.

C'est quoi, une pancarte ?

103 683ᵉ explique : quand les Doigts apposent des pancartes blanches quelque part, cela signifie qu'ils s'apprêtent à couper des arbres, saccager des cités et tout aplatir. En général, les pancartes blanches annoncent la construction d'un de leurs nids cubiques. Ils en mettent une et toute la région est vite transformée en un désert plat, dur, sans herbe, sur lequel s'élève bientôt un nid à Doigts.

C'est ce qui est en train de se passer. Il faut à tout prix prévenir Bel-o-kan avant que ne commencent les travaux de destruction et de mort.

Les douze réfléchissent.

Chez les fourmis, il n'y pas de chef, il n'y a pas de hiérarchie, il n'y a donc pas d'ordres donnés ou reçus, pas d'obligation d'obéissance. Chacun fait ce qu'il veut quand il veut. Les douze se concertent à peine. Cette vieille exploratrice leur a signalé que la cité natale est en danger. Il n'y a pas à pinailler. Elles renoncent à explorer le bord du monde et décident de regagner rapidement Bel-o-kan pour avertir leurs sœurs du danger que représente l'effroyable « pancarte des Doigts ».

En avant vers le sud-ouest.

Cependant, même s'il fait chaud, la nuit tombe et il est trop tard pour se mettre en route. L'heure est venue de la mini-hibernation vespérale. Les fourmis se regroupent dans l'anfractuosité d'un arbre, replient pattes et antennes et se pelotonnent les unes contre les autres pour bénéficier quelques instants encore de leur chaleur mutuelle. Puis, presque simultanément, les antennes doucement se rabattent et elles s'endorment en rêvant du curieux monde des Doigts, ces géants aux têtes perdues loin là-haut, vers les cimes des arbres.

12ᵉ les imagine en train de manger.

27. ON COMMENCE À PARLER DE LA PYRAMIDE MYSTÉRIEUSE

Une multitude de serveurs surgirent, brandissant des plateaux de victuailles. Le responsable du protocole surveillait leur ballet de haut et de loin, comme un chef d'orchestre, donnant des ordres par de petits gestes frénétiques de la main.

Chacun des plateaux constituait une véritable œuvre d'art.

Des cochons de lait aux sourires figés, la gueule fourrée d'une belle tomate rouge, étaient accroupis parmi des montagnes de choucroute. Des chapons rebondis se prélassaient comme si la purée de châtaignes dont ils étaient farcis ne les gênait pas. Des veaux entiers présentaient leurs filets en offrande. Des homards se tenaient par les pinces pour former une ronde joyeuse au travers d'affriolantes macédoines de légumes badigeonnées de mayonnaise luisante.

Le préfet Dupeyron se chargea de porter un toast. Sentencieusement, il sortit sa « feuille habituelle de jumelage » déjà très écornée et très jaunie car elle avait servi à plusieurs dîners avec des ambassadeurs étrangers, puis il déclara :

— Je lève mon verre à l'amitié entre les peuples et à la compréhension entre les êtres de bonne volonté de toutes les contrées. Vous nous intéressez et j'espère que nous vous intéressons. Quelles que soient les mœurs, les traditions, les technologies, je crois que nous nous enrichissons mutuellement, d'autant que nos différences sont importantes...

Enfin, les impatients furent autorisés à se rasseoir et à se concentrer sur leurs assiettes.

Le souper fut encore l'occasion d'échanger des plaisanteries et des anecdotes. Le maire d'Hachinoé parla d'un de ses habitants extraordinaires. C'était un ermite né sans bras qui vivait en peignant avec ses pieds. On l'appelait le « maître des orteils ». Non seulement il savait peindre mais il contrôlait suffisamment ses orteils pour tirer à l'arc et se laver les dents.

L'anecdote passionna l'assistance qui voulait savoir s'il était marié. Le maire d'Hachinoé prétendit que non ; en revanche, le maître des orteils avait de nombreuses maîtresses et les femmes en étaient folles pour des raisons inexpliquées.

Ne voulant pas être en reste, le préfet Dupeyron signala que la ville de Fontainebleau possédait aussi son lot de citoyens hors du commun. Mais de tous, le plus extravagant avait été sans conteste un savant fou, du nom d'Edmond Wells. Ce pseudo-scientifique avait carrément cherché à convaincre ses concitoyens que les fourmis constituaient une civilisation parallèle avec laquelle les hommes auraient tout intérêt à communiquer sur un plan d'égalité !

D'abord, Julie n'en crut pas ses oreilles, mais le préfet avait bel et bien prononcé le nom d'Edmond Wells. Elle se pencha pour mieux l'entendre. D'autres convives aussi s'approchaient pour écouter cette histoire de savant fou des fourmis. Ravi de captiver son auditoire, le préfet poursuivit :

— Ce professeur Wells était tellement persuadé de la justesse de son obsession qu'il a pris contact avec le président de la République pour lui proposer de créer... de créer... vous ne devinerez jamais quoi !

Ménageant ses effets, il énonça lentement :

— ... Une ambassade fourmi. Avec un ambassadeur des fourmis chez nous !

Il y eut un long silence. Chacun essayait de comprendre comment on pouvait même envisager ce genre de concept saugrenu...

— Mais comment lui était venue cette étrange idée ? interrogea l'épouse de l'ambassadeur nippon.

Dupeyron expliqua :

— Ce professeur Edmond Wells affirmait avoir mis au point une machine capable de traduire les mots fourmis en mots humains et vice versa. Il pensait qu'ainsi un dialogue serait possible entre civilisations humaine et myrmécéenne.

— Que signifie « myrmécéen » ?

— Cela signifie « fourmi » en grec.

— Et c'est vrai qu'on peut dialoguer avec les fourmis ? demanda une autre dame.

Le préfet haussa les épaules.

— Pensez-vous ! À mon avis, cet éminent savant avait un peu trop forcé sur notre excellente eau-de-vie locale.

Là-dessus il fit signe aux serveurs de remplir à nouveau les verres.

Il y avait à la table un directeur de bureau d'études, très désireux d'obtenir des commandes et des subsides de la ville. Il se jeta sur cette occasion d'attirer sur lui l'attention des édiles. Se levant presque de sa chaise, il intervint :

— Moi, j'ai entendu dire qu'on arrivait à quelques résultats en fabriquant des phéromones de synthèse. Il paraît qu'on sait leur dire deux mots : « Alerte » et « Suivez-moi »..., des signaux basiques, en quelque sorte. Il suffit de reconstituer la molécule. On sait le faire depuis 1991. On peut donc imaginer qu'une équipe ait développé cette technique au point d'étendre ce vocabulaire à d'autres mots, voire à des phrases entières.

Le sérieux de la remarque jeta un froid.

— Vous en êtes sûr ? releva le préfet.

— Je l'ai lu dans une revue scientifique très sérieuse.

Julie aussi l'avait lu, mais elle ne pouvait pas citer comme source l'*Encyclopédie du Savoir Relatif et Absolu*.

L'ingénieur poursuivit :

— Pour reconstituer les molécules du langage olfactif des fourmis il suffit d'utiliser deux machines : un spectromètre de masse et un chromatographe. C'est une simple analyse-synthèse de molécules. On pourrait dire qu'on photocopie un parfum. Les phéromones du langage fourmi ne sont que des parfums. C'est à la portée de n'importe quel apprenti parfumeur. Avec un ordinateur, on associe ensuite à chaque molécule odorante un mot audible et vice versa.

— J'avais entendu parler de déchiffrage du langage dansé des abeilles mais pas du langage olfactif des fourmis, signala un autre convive.

— On s'intéresse plus aux abeilles parce qu'elles ont un intérêt économique, elles produisent du miel, alors que les fourmis ne produisent rien du tout d'utile à l'humain, c'est peut-être pour cela qu'on a ignoré les études sur leur langage, rétorqua l'ingénieur.

— Et aussi peut-être parce que les études sur les fourmis ne sont financées que par les boîtes... d'insecticides, remarqua Julie.

Il s'établit un silence gêné que s'empressa de rompre le préfet. Après tout, ses hôtes n'étaient pas venus au château pour recevoir une leçon d'entomologie. Ils étaient venus pour rire, danser et bien manger. Le préfet détourna l'attention pour revenir sur les aspects comiques de la proposition d'Edmond Wells.

— Quand même, vous vous imaginez la scène : si on créait une ambassade des fourmis à Paris ? Moi, je la vois très bien : une petite fourmi en queue-de-pie et nœud papillon circulerait parmi les invités à l'occasion d'une réception officielle. « Qui dois-je annoncer ? demanderait l'huissier. — L'ambassadeur du monde des fourmis, répondrait le petit insecte en tendant sa minuscule carte de visite ! — Oh, excusez-moi, dirait par exemple l'ambassadrice du Guatemala, je crois que je vous ai marché dessus tout à l'heure. — Je sais, répondrait la fourmi, je suis précisément le *nouvel* ambassadeur du monde des fourmis, le quatrième qui se fait écraser depuis le début du repas ! »

La blague improvisée fit rire tout le monde. Le préfet était content. Il avait à nouveau accaparé les regards.

Puis lorsque les rires se calmèrent :

— Et... en admettant qu'on puisse leur parler, quel intérêt de créer une ambassade fourmi ? interrogea la femme de l'ambassadeur japonais.

Le préfet demanda aux gens de s'approcher comme s'il allait confier un secret.

— Vous n'allez pas le croire. Ce type-là, ce professeur Edmond Wells, prétendait que les fourmis forment une puissance économique et politique terrienne, à moindre échelle que la nôtre, mais considérable malgré tout.

Le préfet ménageait ses effets. Comme si l'information était en soi si énorme qu'il fallait un peu de temps pour la digérer.

— L'année dernière, un groupe de ces « fous de fourmis », rallié à ce savant, a contacté le ministre de la Recherche et même le président de la République pour leur demander de réaliser cette ambassade fourmi auprès des hommes. Oh, attendez, le président nous a fait parvenir une copie. Allez la chercher, Antoine.

Le secrétaire du préfet partit fouiller dans une mallette et lui tendit une feuille.

— Écoutez ça, je vais vous la lire, proclama le préfet.

Il attendit le silence puis déclama :

« Nous vivons depuis cinq mille ans avec les mêmes idées : la démocratie avait déjà été inventée par les Grecs de l'Antiquité, nos mathématiques, nos philosophies, nos logiques datent toutes d'au moins trois mille ans. Rien de neuf sous le soleil. Rien de neuf parce que ce sont toujours les mêmes cerveaux humains qui tournent de la même manière. En outre, ces cerveaux ne sont pas utilisés à plein rendement car ils sont bridés par les gens de pouvoir qui, ayant peur de perdre leurs places, retiennent l'émergence de nouveaux concepts ou de nouvelles idées. Voilà pourquoi il y a toujours les mêmes conflits pour les mêmes causes. Voilà pourquoi il y a toujours les mêmes incompréhensions entre les générations.

Les fourmis nous offrent une nouvelle manière de voir et de réfléchir sur notre monde. Elles ont une agriculture, une technologie, des choix sociaux bizarres susceptibles d'élargir nos propres horizons. Elles ont trouvé des solutions originales à des problèmes que nous ne savons pas résoudre. Par exemple, elles vivent dans des cités de plusieurs dizaines de millions d'individus sans banlieues dangereuses, sans embouteillages et sans problèmes de chômage. L'idée d'une ambassade fourmi est le moyen de créer un pont officiel entre les deux civilisations terriennes les plus évoluées qui se sont trop longtemps ignorées mutuellement.

Nous nous sommes assez longtemps méprisés. Nous nous sommes assez longtemps combattus. Il est temps de coopérer, humains et fourmis, d'égal à égal. »

Un silence suivit la fin de la phrase. Puis le préfet émit un petit rire, qui peu à peu fut repris par les autres convives et amplifié.

Leurs gloussements ne cessèrent que lorsqu'on apporta le plat de résistance, de l'estouffade d'agneau au beurre.

— Assurément, ce monsieur Edmond Wells était un peu dérangé ! dit la femme de l'ambassadeur japonais.

— Un fou, oui !

Julie réclama la lettre. Elle voulait l'examiner. Elle la médita longuement, comme si elle avait voulu l'apprendre par cœur.

Ses hôtes en étaient au dessert quand le préfet tira le commissaire Maximilien Linart par la manche et le convia à discuter avec lui à l'abri des oreilles indiscrètes. Là, il l'informa que ce n'était pas seulement pour l'amitié entre les peuples que tous ces industriels japonais s'étaient déplacés. Ils appartenaient à un gros groupe financier, lequel souhaitait ériger un complexe hôtelier en pleine forêt de Fontainebleau. Situé à la fois parmi des arbres centenaires et une nature encore sauvage, proche d'un château historique, il attirerait, selon eux, les touristes du monde entier.

— Mais la forêt de Fontainebleau a été déclarée réserve naturelle par arrêté préfectoral, s'étonna le commissaire.

Dupeyron haussa les épaules.

— Évidemment, nous ne sommes pas ici en Corse ou sur la Côte d'Azur où les promoteurs immobiliers mettent le feu à la garrigue pour pouvoir lotir des zones protégées. Mais nous devons tenir compte des enjeux économiques.

Comme Maximilien Linart demeurait perplexe, il précisa, d'un ton qu'il voulait persuasif :

— Vous n'êtes pas sans savoir que la région a un taux de chômeurs assez important. Cela entraîne l'insécurité. Cela entraîne la crise. Nos hôtels ferment les uns après les autres. Notre région se meurt. Si nous ne réagissons pas rapidement, nos jeunes déserteront le pays et les impôts locaux ne suffiront plus à subvenir aux besoins de nos écoles, de l'administration et de la police.

Le commissaire Linart se demanda où Dupeyron voulait en venir avec ce petit discours prononcé pour son seul bénéfice.

— Qu'attendez-vous donc de moi ?

Le préfet lui tendit du gâteau aux framboises.

— Où en êtes-vous dans l'enquête sur le décès du directeur du service juridique des Eaux et Forêts, Gaston Pinson ?

— C'est une affaire étrange. J'ai réclamé une autopsie au service médico-légal, répondit le policier en acceptant le dessert.

— J'ai lu dans votre rapport préliminaire que le corps a été retrouvé à proximité d'une pyramide de béton d'une hauteur d'environ trois mètres, passée inaperçue jusqu'ici parce que camouflée par de grands arbres.

— C'est bien cela. Et alors ?

— Alors ! Il existe donc déjà des gens qui ne tiennent aucun compte de cette interdiction de construire au milieu d'une réserve naturelle protégée. Ils ont bâti en toute quiétude, sans que nul ne s'en émeuve, ce qui constitue à coup sûr un précédent intéressant en ce qui concerne nos amis investisseurs japonais. Qu'avez-vous appris sur cette pyramide ?

— Pas grand-chose, sinon qu'elle ne figure pas au cadastre.

— Il faut absolument en savoir davantage, insista le préfet. Rien ne vous empêche d'enquêter à la fois sur le décès de Pinson et sur l'érection de cette mystérieuse pyramide. Je suis certain que les deux événements sont liés.

Le ton était péremptoire. Leur conversation fut interrompue par un administré qui voulait obtenir l'aide du préfet pour une place dans une crèche.

Après le dessert les gens se remirent à danser.

Il était tard. La mère de Julie consentit à s'en aller. Comme elle s'éloignait avec sa fille, le commissaire Linart se proposa pour les raccompagner.

Un valet leur remit leurs manteaux. Linart lui glissa une pièce. Ils étaient sur le perron, attendant qu'un voiturier amène la berline du commissaire, quand Dupeyron lui glissa à l'oreille :

— Elle m'intéresse vraiment beaucoup cette pyramide mystérieuse. Vous m'avez compris ?

28. LEÇON DE MATHÉMATIQUES

— Oui, madame.

— Alors, si vous avez compris, répétez donc la question.

— Comment faire quatre triangles équilatéraux de taille égale avec six allumettes.

— Bien. Approchez de l'estrade pour nous fournir la réponse.

Julie se leva de son pupitre et marcha jusqu'au tableau noir. Elle n'avait pas la moindre idée de la réponse qu'exigeait la prof de maths. La dame la dominait de tout son haut.

Julie lança alentour un regard éperdu. La classe la lorgnait, goguenarde. Tous les autres élèves connaissaient sans aucun doute cette solution qui lui échappait.

Elle regarda l'ensemble de la classe, espérant que quelqu'un viendrait à son secours.

Les visages oscillaient entre l'indifférence amusée, la pitié et le soulagement de n'être pas à sa place.

Au premier rang, trônaient les fils à papa, impeccables et studieux. Derrière, il y avait ceux qui les enviaient et s'apprêtaient déjà à leur obéir. Venaient ensuite les moyens et les « peut mieux faire », les besogneux qui se donnaient beaucoup de mal pour peu de résultats. Tout au fond enfin, les marginaux avaient pris leurs aises près du radiateur.

Il y avait là les « Sept Nains », du nom du groupe de rock qu'ils avaient formé. Ces élèves-là se mêlaient peu au reste de la classe.

— Alors, cette réponse ? réclama le professeur.

L'un des Sept Nains lui adressa des signes. Il joignait et rejoignait ses doigts, comme pour composer une forme dont elle ne distinguait pas la signification.

— Voyons, mademoiselle Pinson, je comprends que vous soyez affectée par la mort de votre père mais cela ne change rien aux lois mathématiques qui régissent le monde. Je répète : six allumettes forment quatre triangles équilatéraux de taille égale à condition... qu'on les dispose comment ? Tâchez de penser autrement. Ouvrez votre imagination. Six allumettes, quatre triangles, à condition de les disposer en...

Julie plissait ses yeux gris clair. Quelle était cette forme là-bas ? À présent, le garçon articulait soigneusement quelque chose, détachant bien les syllabes. Elle s'efforça de lire sur ses lèvres. Pi... ro... ni... de...

— Pironide, dit-elle.

Toute la classe éclata de rire. Son allié afficha un air désespéré.

— On vous a mal soufflé, annonça le professeur. Pas « pironide ». Py-ra-mi-de. Cette forme représente la troisième dimension, elle signifie la conquête du relief. Elle rappelle qu'il est possible d'ouvrir le monde afin de passer d'une surface plane à un volume. N'est-ce pas... David ?

En deux enjambées, elle était déjà au fond de la classe, près du susnommé.

— David, apprenez que dans la vie on peut tricher, à condition de ne pas se faire prendre. J'ai bien vu vos manigances. Regagnez votre place, mademoiselle.

Elle inscrivit sur le tableau : le temps.

— Aujourd'hui, nous avons étudié la troisième dimension. Le relief. Demain, le cours portera sur la quatrième : le temps. La notion de temps a également sa place en mathématiques. Où, quand, comment ce qui a lieu dans le passé produit son effet dans le futur. Je pourrais ainsi vous poser demain la question : « Pourquoi Julie

Pinson a-t-elle pris un zéro, dans quelles circonstances et quand en obtiendra-t-elle un nouveau ? »

Quelques rires moqueurs et courtisans fusèrent des premiers rangs. Julie se dressa.

— Asseyez-vous, Julie. Je ne vous ai pas demandé de vous lever.

— Non, je tiens à rester debout. J'ai quelque chose à vous dire.

— Au sujet du zéro ? ironisa le professeur. Il est trop tard. Votre zéro est déjà inscrit sur votre carnet de notes.

Julie braquait ses yeux de métal gris sur le professeur de mathématiques.

— Vous avez dit qu'il importait de penser autrement, mais vous, vous pensez constamment de la même façon.

— Je vous prierais de demeurer correcte, mademoiselle Pinson.

— Je suis correcte. Mais vous enseignez une matière qui ne correspond à rien de pratique dans la vie. Vous cherchez simplement à briser nos esprits pour les rendre dociles. Si l'on s'enfonce dans le crâne vos histoires de cercles et de triangles, ensuite, on est prêt à admettre n'importe quoi.

— Vous cherchez un deuxième zéro, mademoiselle Pinson ?

Julie haussa les épaules, prit son sac, marcha jusqu'à la porte qu'elle claqua dans l'étonnement général.

29. ENCYCLOPÉDIE

DEUIL DU BÉBÉ : À l'âge de huit mois, le bébé connaît une angoisse particulière que les pédiatres nomment « le deuil du bébé ». Chaque fois que sa mère s'en va, il croit qu'elle ne reviendra plus jamais. Cette crainte suscite parfois des crises de larmes et les symptômes de l'angoisse. Même si sa mère revient, il s'angoissera à nouveau lorsqu'elle repartira. C'est à cet âge que le bébé comprend qu'il y a des choses dans ce monde qui se passent et qu'il ne domine pas. Le « deuil du bébé » s'explique par la prise de conscience de son autonomie par rapport au monde. Drame : « je » est différent de tout ce qui l'entoure. Le bébé et sa maman ne sont pas irrémédiablement liés, donc on peut se retrouver seul, on peut être en contact avec des « étrangers qui ne sont pas maman » (est considéré comme étranger tout ce qui n'est pas maman et, à la rigueur, papa).

Il faudra attendre que le bébé atteigne l'âge de dix-huit mois pour qu'il accepte la disparition momentanée de sa mère.

La plupart des autres angoisses que l'être humain connaîtra plus tard, jusqu'à sa vieillesse : peur de la solitude, peur de la perte d'un être cher, peur des étrangers, etc., découleront de cette première détresse.

Edmond Wells,
Encyclopédie du Savoir Relatif et Absolu, tome III.

30. PANORAMIQUE

Il fait froid, mais la peur de l'inconnu leur donne de la force. Au matin, les douze exploratrices et la vieille fourmi marchent. Il faut se hâter par les pistes et les sentes afin de mettre en garde leur cité natale contre la menace de la « pancarte blanche ».

Elles parviennent à une falaise qui surplombe une vallée. Elles stoppent pour contempler le paysage et chercher le meilleur passage pour descendre.

Les fourmis disposent d'une perception visuelle différente de celle des mammifères. Chacun de leur globe oculaire est composé d'un amoncellement de tubes, eux-mêmes formés de plusieurs lentilles optiques. Au lieu d'apercevoir une image fixe et nette, elles en reçoivent une multitude de floues qui, par leur nombre, aboutissent enfin à une perception nette. Ainsi elles perçoivent moins bien les détails mais détectent beaucoup mieux le moindre mouvement.

De gauche à droite, les exploratrices voient les sombres tourbières des pays du Sud que survolent des mouches mordorées et des taons taquins, puis les grands rochers vert émeraude de la montagne aux fleurs, la prairie jaune des terres du Nord, la forêt noire peuplée de fougères aigles et de pinsons fougueux.

L'air chaud fait remonter des moustiques que prennent aussitôt en chasse des fauvettes aux reflets cyan.

En matière de spectre des couleurs aussi, la sensibilité des fourmis est particulière. Elles distinguent parfaitement les ultraviolets et moins bien les rouges. Les informations ultraviolettes font ressortir fleurs et insectes parmi la verdure. Les myrmécéennes voient même sur les fleurs des lignes qui sont autant de pistes d'atterrissage pour les abeilles butineuses.

Après les images, les odeurs. Les exploratrices agitent leurs antennes-radars olfactives à 8 000 vibrations-seconde pour mieux humer les relents alentour. En faisant tournoyer leurs tiges frontales, elles détectent les gibiers lointains et les prédateurs proches. Elles hument les exhalaisons des arbres et de la terre. La terre a pour elles une senteur à la fois très grave et très douce. Rien à voir avec son goût âcre et salé.

10ᵉ, qui a les plus longues antennes, se dresse sur ses quatre pattes postérieures pour, ainsi surélevée, mieux capter les phéromones. Autour d'elle, ses compagnes scrutent de leurs antennes plus courtes le formidable décor olfactif qui s'étend devant elles.

Les fourmis souhaiteraient emprunter le chemin le plus rapide pour regagner Bel-o-kan, passer par les bosquets de campanules qui embaument jusqu'ici et que survolent des nuées de papillons vulcains aux ailes constellées d'yeux ébahis. Mais 16ᵉ, spécialiste en cartographie chimique, signale que ce coin est infesté d'araignées sauteuses et de serpents à long nez. De plus, des hordes de fourmis cannibales migrantes sont en train de traverser l'endroit et même si l'escouade tentait de passer en hauteur, par les branchages, elle se ferait sans doute capturer par les fourmis esclavagistes que les fourmis naines ont repoussées jusqu'au nord. 5ᵉ estime que le meilleur chemin reste encore de descendre la falaise, sur la droite.

103 683ᵉ écoute attentivement ces informations. Beaucoup d'événements politiques se sont produits depuis qu'elle a quitté la fédération. Elle demande à quoi ressemble la nouvelle reine de Bel-o-kan. 5ᵉ répond qu'elle a un petit abdomen. Comme toutes les souveraines de la cité, elle se fait appeler Belo-kiu-kiuni mais elle n'a pas l'envergure des reines d'antan. Après les malheurs de l'an passé, la fourmilière a manqué de sexués. Alors, pour assurer la survie de la reine fécondée, il y a eu copulation sans envol dans une salle close.

103 683ᵉ remarque que 5ᵉ ne semble pas accorder beaucoup d'estime à cette pondeuse mais, après tout, nulle fourmi n'est obligée d'apprécier sa reine, fût-elle sa propre mère.

À l'aide de leurs coussinets plantaires adhésifs, les soldats descendent la falaise presque à la verticale.

31. MAXIMILIEN FÊTE SON ANNIVERSAIRE

Le commissaire Maximilien Linart était un homme heureux. Il avait une femme charmante nommée Scynthia et une adorable fille âgée de treize ans, Marguerite. Il vivait dans une belle villa et jouissait de ces deux éléments, symboles de prospérité, que sont un grand aquarium et une large et haute cheminée. À quarante-quatre ans, il lui semblait avoir tout réussi. Bon élève, bardé de diplômes, il était fier de sa carrière. Il avait résolu tant d'affaires qu'on l'avait réclamé comme enseignant à l'école de police de Fontainebleau. Ses supérieurs lui faisaient confiance et n'intervenaient pas dans ses enquêtes. Depuis peu, il s'intéressait même à la politique. Il appartenait au cercle des intimes du préfet, qui l'appréciait de surcroît comme partenaire au tennis.

En rentrant chez lui, il lança son chapeau sur le perroquet et ôta sa veste.

Dans le salon, sa fille était en train de regarder la télévision. Ses nattes blondes ramenées en arrière, elle avançait imperceptiblement son minois vers l'écran. Comme pour environ trois autres milliards d'êtres humains en cette même seconde, une lumière bleue mouvante s'inscrivait sur son visage entièrement tendu vers les images. Télécommande en main, elle zappait en quête de l'introuvable émission idéale.

Chaîne 67. Documentaire. Les parades sexuelles compliquées des chimpanzés bonobos du Zaïre ont retenu l'attention des zoologues. Les mâles se battent entre eux en se servant de leur sexe en érection comme d'une épée. Cependant, en dehors de ces parades, les bonobos ne se querellent jamais. Mieux : il semblerait que cette espèce soit parvenue à inventer la non-violence par le sexe.

Chaîne 46. Social. Les employés des services de nettoyage de la voirie sont en grève. Les éboueurs ne reprendront le ramassage des poubelles que lorsque leurs revendications seront satisfaites. Ils exigent une revalorisation de leur salaire et de leur retraite.

Chaîne 45. Film érotique. « Oui. Ahahaaa, aah, ooohaah, aah, oooh, oh, non ! oh, oui ! OUI ! Continue, continue... Ohahah... non, non, non, bon d'accord, si, oui. »

Chaîne 110. Informations. Dernière minute. Carnage dans une école maternelle devant laquelle avait été garée une voiture piégée. Le bilan est actuellement de dix-neuf tués et de sept blessés parmi les enfants, de deux morts parmi le personnel enseignant. Des clous et des boulons avaient été ajoutés aux explosifs afin de causer davantage de dégâts dans la cour de récréation. L'attentat a été revendiqué dans un message adressé à la presse par un groupe déclarant s'appeler « I.P. », « Islam Planétaire ». Le texte précise qu'en tuant le plus grand nombre d'infidèles, ses militants sont sûrs d'aller au paradis. Le ministre de l'Intérieur demande à la population de garder son calme.

Chaîne 345. Divertissement. Émission « La Blague du jour ». Et voici notre petite histoire drôle quotidienne que vous pourrez raconter à votre tour pour amuser vos amis : C'est un scientifique qui étudie le vol des mouches. Il coupe une patte et dit à la mouche : « Envole-toi. » Et il s'aperçoit que même sans cette patte la mouche vole toujours. Il coupe deux pattes et dit : « Envole-toi. » Là encore, la mouche vole. Il coupe une aile et il répète : « Envole-toi. » Il s'aperçoit que la mouche ne vole plus. Alors, il inscrit dans son calepin : « Lorsqu'on coupe une aile à une mouche, elle devient sourde. »

Marguerite nota mentalement l'histoire. Mais comme tout le monde avait dû l'entendre au même moment, Marguerite savait déjà qu'elle ne pourrait la placer nulle part.

Chaîne 201. Musique. Nouveau clip de la chanteuse Alexandrine : « ...le monde est amour, amour toujours, amooooour, je t'aime, tout n'est que... »

Chaîne 622. Jeu.

Marguerite s'avança et reposa sa télécommande. Elle aimait bien ce jeu télévisé, « Piège à réflexion » où il fallait résoudre une énigme de pure logique. Elle estimait qu'à la télévision, c'était sans doute ce qui se faisait de plus décent. L'animateur salua la foule qui l'ovationnait et s'effaça devant une femme plutôt ronde, assez âgée et engoncée dans une robe de nylon à fleurs. Elle semblait perdue derrière d'épaisses lunettes d'écaille.

L'animateur exhiba une denture d'un blanc éblouissant. Il s'empara du micro :

— Eh bien, madame Ramirez, je vais vous énoncer notre nouvelle énigme : en conservant toujours six allumettes, sauriez-vous construire non plus quatre, ni six, mais HUIT triangles équilatéraux de taille égale ?

— Il me semble que nous atteignons à chaque fois une dimension supplémentaire, soupira Juliette Ramirez. D'abord, il a fallu découvrir la troisième dimension, puis la fusion des complémentaires et à présent...

— Le troisième pas, intervint l'animateur. Il vous faut trouver le troisième pas. Mais nous vous faisons confiance, madame Ramirez. Vous êtes la championne des championnes de « Piège à...

— ... Réflexion », compléta l'assistance à l'unisson.

Mme Ramirez réclama qu'on lui apporte les six allumettes en question. On lui remit aussitôt six fins et très longs morceaux de bois ourlés de rouge, afin que spectateurs et téléspectateurs ne perdent pas une miette de ses manipulations comme cela aurait été le cas avec de simples allumettes suédoises.

Elle réclama une phrase de secours. L'animateur décacheta une enveloppe et lut :

— La première phrase qui va vous aider est : « Il faut agrandir son champ de conscience. »

Le commissaire Maximilien Linart écoutait d'une oreille quand son regard s'arrêta sur son aquarium. Des poissons morts flottaient, ventre en l'air, à la surface.

Ses poissons, les nourrissait-il trop ? À moins qu'ils ne soient décimés par des guerres intestines. Les forts exterminaient les faibles. Les rapides exterminaient les lents. Dans le monde clos de la cage de verre régnait un darwinisme particulier : seuls survivaient les plus méchants et les plus agressifs.

Il profita de ce que sa main était déjà plongée dans l'eau pour redresser, au fond de l'aquarium, le bateau de pirates en stuc et quelques plantes marines en plastique. Après tout, peut-être les poissons tenaient-ils pour vrai ce décor d'opérette.

Le policier remarqua que la pompe du filtre ne fonctionnait plus. Il nettoya avec ses doigts les éponges gorgées d'excréments. « Vingt-cinq guppys, qu'est-ce que ça produit comme déchets ! » Pendant qu'il y était, il rajouta de l'eau du robinet.

Il distribua un peu de nourriture aux survivants, vérifia la température du bac et salua sa population.

Dans l'aquarium, les poissons se moquaient tout à fait des efforts de leur maître. Ils ne comprenaient pas pourquoi des doigts avaient retiré les cadavres des guppys qu'ils avaient dûment placés à l'endroit précis où ils fermenteraient le mieux jusqu'à ce que leurs chairs amollies soient plus faciles à découper. Ils n'avaient même pas le droit de se manger mutuellement leurs crottes puisqu'elles étaient aussitôt aspirées par la pompe. Les plus intelligents parmi les occupants de l'aquarium réfléchissaient depuis longtemps au sens de leur vie sans parvenir à comprendre pourquoi de la nourriture apparaissait tous les jours par miracle à la surface des flots, ni pourquoi cette nourriture était toujours inerte.

Deux mains fraîches se posèrent sur les yeux de Maximilien.

— Joyeux anniversaire papa !

— J'avais complètement oublié que c'était aujourd'hui, fit-il en embrassant femme et fille.

— Nous pas ! Nous t'avons préparé quelque chose qui te plaira, annonça Marguerite.

Elle brandit un gâteau au chocolat et aux cerneaux de noix sur lequel était plantée une forêt de bougies en feu.

— On a fouillé dans tous les tiroirs mais on n'en a trouvé que quarante-deux, fit-elle remarquer.

D'un souffle, il éteignit toutes les bougies puis se servit une part de gâteau.

— Et nous t'avons aussi acheté un cadeau !

Sa femme lui tendit une boîte. Il avala une dernière bouchée au chocolat, découpa le carton qui révéla un ordinateur portable de la dernière génération.

— Quelle excellente idée ! s'émerveilla-t-il.

— J'ai choisi un modèle léger, rapide et doté d'une très grande capacité de mémoire, souligna sa femme. Je pense que tu t'amuseras bien avec.

— Sûrement. Merci, mes amours.

Jusqu'ici, il s'était contenté du volumineux ordinateur de son bureau qu'il utilisait comme machine à traitement de textes et instrument comptable. Avec ce petit portable à la maison, il allait enfin pouvoir explorer toutes les possibilités de l'informatique. Sa femme avait le chic pour dénicher le cadeau idéal.

Sa fille prétendait avoir, elle aussi, un cadeau. Elle avait adjoint à l'ordinateur un logiciel de jeu qui s'intitulait *Évolution*. « Recréez artificiellement une civilisation et comprenez votre monde comme si vous en étiez le dieu », annonçait la publicité.

— Tu passes tellement de temps à t'occuper de ton aquarium à guppys, déclara Marguerite, que j'ai pensé que cela t'amuserait d'avoir tout un monde virtuel à ta disposition, avec des gens, des villes, des guerres, tout ça, quoi !

— Oh, moi, les jeux..., dit-il en embrassant quand même la donatrice pour ne pas la décevoir.

Marguerite introduisit le disque C.D.-Rom et se donna beaucoup de mal pour lui expliquer les règles de ce dernier-né, et très à la mode, produit de l'informatique. Il s'ouvrait sur une vaste plaine où, en 5000 av. J.-C., le joueur avait mission d'installer sa tribu. Ensuite, à lui de créer un village, de le protéger par une palissade puis d'agrandir son territoire de chasse, construire d'autres villages, maîtriser les guerres avec les tribus avoisinantes, développer les recherches scientifiques et artistiques, construire des routes, dessiner des champs, mettre en route une agriculture, transformer les villages en villes pour que la tribu forme une nation, survive et évolue le plus rapidement possible.

— Au lieu de t'amuser avec vingt-cinq poissons, tu disposeras de centaines de milliers d'hommes virtuels. Ça te plaît ?

— Bien sûr, dit le policier, pas encore convaincu mais soucieux de ne pas désappointer sa fille.

32. ENCYCLOPÉDIE

COMMUNICATION DES BÉBÉS : Au treizième siècle, le roi Frédéric II voulut faire une expérience pour savoir quelle était la langue « naturelle » de l'être humain. Il installa six bébés dans une pouponnière et ordonna à leurs nourrices de les alimenter, les endormir, les baigner, mais surtout... sans jamais leur parler. Frédéric II espérait ainsi découvrir quelle serait la langue que ces bébés « sans influence extérieure » choisiraient naturellement. Il pensait que ce serait le grec ou le latin, seules langues originelles pures à ses yeux. Cependant, l'expérience ne donna pas le résultat escompté. Non seulement aucun bébé ne se mit à parler un quelconque langage mais tous les six dépérirent et finirent par mourir. Les bébés ont besoin de communication pour survivre. Le lait et le sommeil ne suffisent pas. La communication est aussi un élément indispensable à la vie.

Edmond Wells,
Encyclopédie du Savoir Relatif et Absolu, tome III.

33. PSOQUES, THRIPS ET MÉLOÏDES

Le monde de la falaise a sa végétation et sa faune spécifiques. En descendant le long de la roche verticale, les douze jeunes exploratrices et la vieille guerrière découvrent un décor inconnu. Les fleurs accrochées à la paroi sont des œillets roses aux calices cylindriques rougeâtres, des orpins brûlants aux feuilles charnues et à l'odeur poivrée, des gentianes aux longs pétales bleus, des trique-madame dont les feuilles rondes et lisses taquinent les petites fleurs blanches, des artichauts de muraille aux pétales pointus et aux feuilles serrées.

Les treize fourmis dévalent ce mur de grès en s'y cramponnant au moyen des coussinets adhésifs de leurs pattes.

Au détour d'une grosse pierre, l'escouade myrmécéenne tombe soudain sur un troupeau de psoques. Ces petits insectes, sorte de poux des roches, possèdent des yeux composés très saillants, une bouche broyeuse et des antennes si fines qu'on les en croit à première vue dépourvus.

Les psoques, affairés à lécher les algues jaunes qui poussent sur la roche, n'ont pas perçu l'approche des fourmis. Il est quand même rare de rencontrer des fourmis alpinistes dans le coin. Les psoques ont toujours cru jusqu'ici que leur monde vertical leur assurait une certaine tranquillité ; si les fourmis se mettent à gravir et dévaler les falaises, on ne s'en sortira plus !

Sans demander leur reste, ils s'enfuient.

En dépit de son âge avancé, 103 683e réussit quelques beaux tirs d'acide formique qui atteignent à chaque fois les psoques en pleine course. Ses compagnes l'en félicitent. Elle a l'anus encore très précis pour son âge.

L'escouade mange les psoques et constate avec grande surprise qu'ils ont un peu la même saveur que les moustiques mâles. Pour être plus exact, leur goût se situe entre le moustique mâle et la libellule verte, mais sans les arômes mentholés typiques de cette dernière.

Les treize fourmis rousses contournent de nouvelles fleurs : des casse-pierres blancs, des coronilles panachées et des saxifrages perpétuelles aux minuscules pétales immaculés.

Plus loin, elles mettent à sac un attroupement de thrips. 103 683ᵉ ne les avait même pas reconnus. À force de vivre parmi les Doigts, elle a oublié nombre d'espèces. Il faut avouer qu'il y en a tellement. Les thrips, petits herbivores aux ailes frangées, claquent sèchement sous les labiales. Ils sont certes croustillants mais laissent, une fois avalés, un arrière-goût citronné qui ne ravit pas les papilles des Belokaniennes.

Les exploratrices tuent encore des hespéries sautillantes, des pyrales purpurines qui sont des papillons pas très jolis mais bien épais, des cercopes sanguinolentes, des odonates paresseux et des lestes aux mouvements gracieux : toutes espèces paisibles et sans autre intérêt que d'être comestibles pour les fourmis rousses.

Elles tuent des méloïdes, insectes dodus dont le sang et les organes génitaux contiennent de la cantharidine, substance excitatrice, même pour des fourmis.

Sur la paroi, le vent leur rabat les antennes telles des mèches rebelles. 14ᵉ tire sur un bébé coccinelle orange à deux points noirs. L'animal pleure un sang jaune puant par toutes les articulations de ses pattes.

103 683ᵉ se baisse pour mieux l'examiner. Il s'agit d'un leurre. Le bébé coccinelle fait semblant d'être mort mais le tir d'acide a ricoché sur sa carapace hémisphérique sans le blesser. La vieille fourmi solitaire connaît ce stratagème. Certains insectes sécrètent un liquide, de préférence nauséabond, dès qu'ils se sentent en danger, afin d'éloigner leurs prédateurs. Tantôt ce liquide gicle par tous les pores, tantôt des vésicules gonflent puis crèvent au niveau des articulations. Dans tous les cas, ce phénomène ôte tout appétit aux prédateurs affamés.

103 683ᵉ s'approche de l'animal suintant. Elle sait que ces hémorragies volontaires cesseront d'elles-mêmes mais, pourtant, cela l'impressionne. Elle signale aux douze jeunes fourmis que cet insecte n'est pas mangeable et le bébé coccinelle reprend sa route.

Mais les Belokaniennes ne font pas que descendre, tuer et manger. Elles sont aussi à l'affût du meilleur chemin. Elles évoluent entre corniches et parois lisses. Parfois, elles sont obligées de se suspendre, de se retenir par les pattes et les mandibules pour franchir des passes vertigineuses. De leurs corps, elles forment des échelles ou des ponts. La confiance est de rigueur ; qu'une seule des treize fourmis n'assure pas suffisamment sa prise et c'est tout leur pont vivant qui s'effondrerait.

103 683ᵉ a perdu l'habitude d'accomplir autant d'efforts. Là-bas,

au-delà du bord du monde, dans l'univers artificiel des Doigts, tout était à portée de mandibules.

Si elle ne s'était pas évadée de leur monde, elle serait amorphe et fainéante comme un Doigt. Car, elle l'a vu à la télévision, les Doigts sont toujours partisans du moindre effort. Ils ne savent même pas fabriquer leur propre nid. Ils ne savent plus chasser pour se nourrir. Ils ne savent plus courir pour fuir leurs prédateurs. D'ailleurs, ils n'en ont plus.

Comme le dit bien un adage myrmécéen : *La fonction fait l'organe, mais l'absence de fonction défait l'organe.*

103 683ᵉ se souvient de sa vie là-bas, au-delà du monde normal.

Que faisait-elle de ses journées ?

Elle mangeait la nourriture morte qui lui tombait du ciel, elle regardait la mini-télévision et elle discutait au téléphone (celui de la machine à traduire ses phéromones en mots auditifs) des Doigts. « Manger, téléphoner, regarder la télévision » : les trois principales occupations des Doigts.

Elle n'avait pas tout confié à ses douze cadettes. Elle ne leur avait pas dit que ces Doigts communicants étaient peut-être très causants sans être pour autant efficaces. Ils n'étaient même pas parvenus à convaincre d'autres Doigts de l'intérêt de prendre en considération la civilisation des fourmis et de dialoguer avec elles d'égal à égal.

C'était parce qu'ils avaient échoué que 103 683ᵉ tentait à présent de réussir le projet en sens inverse : convaincre les fourmis de faire alliance avec les Doigts. De toute façon, elle était convaincue que c'était l'intérêt des deux plus grandes civilisations terriennes. Fonctionner en additionnant leurs talents et non en les opposant.

Elle se souvient de son évasion. Cela n'avait pas été facile. Les Doigts ne voulaient pas la laisser partir. Elle avait attendu qu'on annonce une météo clémente à la mini-télévision et avait profité d'un interstice de la grille supérieure pour fuir, tôt le matin.

Maintenant, le plus dur reste à faire. Convaincre les siennes. Que les douze jeunes exploratrices n'aient pas d'emblée rejeté son projet lui semble cependant de bon augure.

La vieille fourmi rousse et ses comparses ont terminé leur mouvement pendulaire pour rejoindre l'autre bord de la crevasse. 103 683ᵉ signale aux autres que, par commodité, elles peuvent l'appeler comme les soldates de la croisade par un diminutif odorant plus court.

Mon nom est 103 683ᵉ. Mais vous pouvez m'appelez 103ᵉ.

14ᵉ signale que ce n'est pas le nom fourmi le plus long qu'elles aient connu. Avant, dans leur groupe, il y avait une toute jeune fourmi portant le nom de 3 642 451ᵉ. On perdait un temps fou à l'appeler. Heureusement, elle avait été mangée par une plante carnivore durant une chasse.

Elles continuent leur descente.

Les fourmis font une halte dans une caverne rocheuse et s'échangent des trophallaxies aux psoques et aux méloïdes triturés. La vieille a un frisson de dégoût. Décidément, ce n'est pas bon, le méloïde. Trop amer. Même trituré.

34. ENCYCLOPÉDIE :

COMMENT S'INTÉGRER : **Il faut imaginer que notre conscient est la partie émergée de notre pensée. Nous avons 10 % de conscient émergé et 90 % d'inconscient immergé.**

Quand nous prenons la parole, il faut que les 10 % de notre conscient s'adressent aux 90 % de l'inconscient de nos interlocuteurs.

Pour y parvenir, il faut passer la barrière des filtres de méfiance qui empêchent les informations de descendre jusqu'à l'inconscient.

L'un des moyens d'y réussir consiste à mimer les tics d'autrui. Ils apparaissent nettement au moment des repas. Profitez donc de cet instant crucial pour scruter votre vis-à-vis. S'il parle en mettant une main devant sa bouche, imitez-le. S'il mange ses frites avec les doigts, faites de même, et s'il s'essuie souvent la bouche avec sa serviette, suivez-le encore.

Posez-vous des questions aussi simples que : « Est-ce qu'il me regarde quand il parle ? », « Est-ce qu'il parle quand il mange ? » En reproduisant les tics qu'il manifeste en son moment le plus intime, la prise de nourriture, vous transmettrez automatiquement le message inconscient : « Je suis de la même tribu que vous, nous avons les mêmes manières et donc sans doute une même éducation et les mêmes préoccupations. »

Edmond Wells,
Encyclopédie du Savoir Relatif et Absolu, tome III.

35. LEÇON DE BIOLOGIE

Après les mathématiques, la biologie. Julie gagna directement le département des « sciences exactes », avec ses paillasses de faïence blanche, ses bocaux renfermant des fœtus animaux baignant dans du formol, ses éprouvettes sales, ses becs Bunsen noircis et ses microscopes encombrants.

À la sonnerie, élèves et professeurs pénétrèrent dans la salle de biologie. Chacun savait que, pour ce cours, il convenait de se déguiser en s'habillant d'une blouse blanche. Accomplir ce geste suffisait à donner l'impression de revêtir l'uniforme de « ceux qui savent ».

Pour la première partie, dite théorique, le professeur avait choisi pour thème « le monde des insectes ». Julie sortit son cahier, déterminée à tout noter soigneusement pour vérifier si ses propos correspondraient aux passages afférents de l'*Encyclopédie*.

Le professeur commença :

— Les insectes constituent 80 % du règne animal. Les plus anciens, les blattes, sont apparus il y a au moins trois cents millions d'années. Sont arrivés ensuite les termites, il y a deux cents millions d'années, puis les fourmis, il y a cent millions d'années. Pour mieux vous rendre compte de l'antériorité de la présence des insectes sur notre planète, il suffit de vous rappeler que notre plus lointain arrière-grand-père connu est daté tout au plus de trois millions d'années.

Le professeur de biologie souligna que les insectes n'étaient pas seulement les plus anciens habitants de la Terre mais aussi les plus nombreux.

— Les entomologistes ont décrit environ cinq millions d'espèces différentes et, chaque jour, on en découvre une centaine d'inconnues. À titre de comparaison, sachez que, par jour également, seule une espèce inconnue de mammifère est détectée.

Au tableau noir, il inscrivit, très gros, « 80 % du règne animal ».

— Donc, les insectes sont, de tous les animaux de la planète, les plus anciens, les plus nombreux et, j'ajouterai, les moins connus.

Il s'interrompit et un *bzzz* envahit la pièce. D'un geste précis, le professeur attrapa l'insecte qui troublait son cours et exhiba son corps écrasé en une sorte de sculpture tordue d'où émergeaient encore deux ailes et une tête munie d'une unique antenne.

— C'était une fourmi volante, expliqua l'homme. Sans doute une reine. Chez les fourmis, seuls les sexuées possèdent des ailes. Les mâles meurent au moment de la copulation en vol. Les reines continuent sans eux à voler à la recherche d'un lieu où pondre. Comme vous pouvez le constater vous-mêmes, avec l'augmentation générale des températures, la présence des insectes se fait davantage sentir.

Il regarda le corps écrabouillé de la reine fourmi.

— Les sexuées s'envolent généralement juste avant qu'un orage n'éclate. La présence de cette reine parmi nous indique qu'il risque de pleuvoir demain.

Le professeur de biologie jeta la reine écrasée agonisante en pâture à un troupeau de grenouilles qui vivaient dans un aquarium d'à peu près un mètre de long sur cinquante centimètres de hauteur. Les batraciens se bousculèrent pour déguster la proie.

— De manière générale, reprit-il, on assiste à une multiplication exponentielle des insectes, et d'insectes de plus en plus résistants aux insecticides. Dans l'avenir, nous risquons d'avoir davantage encore de cafards dans nos placards, de fourmis dans notre sucre, de termites dans les boiseries, de moustiques et de princesses fourmis dans les airs. Nantissez-vous de produits insecticides pour vous en débarrasser.

Les élèves prirent des notes. Le professeur annonça qu'il était temps maintenant de passer à la partie « travaux pratiques » de son cours.

— Nous allons nous intéresser aujourd'hui au système nerveux et tout particulièrement aux nerfs périphériques.

Il demanda à ceux du premier rang de venir prendre sur la paillasse des bocaux contenant chacun une grenouille et de les distribuer à leurs condisciples. S'emparant lui-même d'un bocal, il précisa la suite de la manœuvre. Pour endormir leur grenouille, tous devaient d'abord jeter dans le flacon un coton imbibé d'éther, sortir ensuite la bête, la crucifier avec des aiguilles dans un bac, sur une plaque de caoutchouc, puis la laver au robinet afin de ne pas être gêné par les filets de sang.

Ils devaient ensuite enlever la peau à l'aide de pinces et d'un scalpel, dégager les muscles puis, avec une pile électrique et deux électrodes, chercher le nerf commandant la contraction de la patte droite.

Tout ceux qui parviendraient à provoquer des mouvements saccadés de la patte droite de la grenouille obtiendraient automatiquement un vingt sur vingt.

Le professeur contrôla à tour de rôle où en étaient ses élèves dans leurs travaux. Certains ne parvenaient pas à endormir leur bête. Ils avaient beau multiplier les cotons d'éther dans le bocal, elle continuait à se débattre. D'autres croyaient être parvenus à anesthésier la leur mais lorsqu'ils tentaient de la crucifier avec des aiguilles sur le support de caoutchouc, la grenouille brassait désespérément l'air de sa patte encore libre.

Silencieuse, Julie contemplait sa grenouille et, un instant, elle eut l'impression que c'était elle-même qui, de l'autre côté du bocal, la fixait. Près d'elle, Gonzague avait déjà transpercé sa grenouille d'une vingtaine d'aiguilles inoxydables, avec des gestes précis.

Gonzague considéra sa victime. L'animal ressemblait à saint Sébastien. Mal endormie, elle cherchait à se débattre mais les aiguilles, savamment placées, l'empêchaient de se mouvoir. Comme elle ne

pouvait pas crier, nul ne pouvait comprendre sa souffrance. La grenouille réussit seulement à lâcher un faible « coaa » plaintif.

— Tiens, j'en connais une bien bonne. Tu sais quel est le nerf le
plus long du corps humain ? demanda Gonzague à un de ses voisins.

— Non.

— Eh bien, c'est le nerf optique.

— Ah oui ! et pourquoi ?

— Il suffit de tirer un poil des fesses pour que ça nous arrache
une larme !

Ils s'esclaffèrent et, satisfait de sa bonne blague, Gonzague écorcha
prestement la peau, puis le muscle et trouva le nerf. Habilement, il
appliqua les électrodes et la patte droite de sa grenouille fut très
nettement agitée d'un soubresaut. Elle se tortilla entre les aiguilles
qui la transperçaient et ouvrit la bouche, sans plus produire le moindre son tant elle était paralysée de douleur.

« Bien, Gonzague, vous avez vingt », annonça le professeur. Ayant
terminé le premier, désœuvré, le meilleur élève de la classe se mit à
la recherche d'autres nerfs susceptibles de provoquer d'autres mouvements réflexes tout aussi intéressants. Il dégagea de grands lambeaux de peau, souleva des muscles gris. En quelques secondes, la
grenouille encore bien vivante fut entièrement débarrassée de sa peau
tandis que Gonzague dénichait de nouveaux nerfs capables eux aussi
de produire des spasmes curieux.

Deux de ses copains vinrent le féliciter et profiter du spectacle.

Derrière, des maladroits qui n'avaient pas osé employer suffisamment d'éther ou enfoncer suffisamment les aiguilles avaient la surprise de voir leur grenouille sauter hors du bac, le corps plus
transpercé que celui d'un patient d'acupuncteur. Des grenouilles
couraient à travers la salle, en dépit d'une patte totalement écorchée,
et bringuebalaient leurs muscles gris-rose, provoquant à la fois gloussements et plaintes chez les élèves.

D'horreur, Julie ferma les yeux. Son propre système nerveux se
transformait en un ruisseau d'acide chlorhydrique. Elle n'avait plus
le courage de rester.

Elle s'empara de son bocal et de sa grenouille. Puis quitta la salle
de classe sans un mot.

Elle traversa en courant le préau du lycée, longea la pelouse carrée
avec son mât central orné d'un drapeau où s'affichait la devise de
l'établissement : « De l'intelligence naît la raison. »

Elle déposa le bocal et décida d'allumer un incendie dans le coin
des ordures. Elle s'y reprit à plusieurs fois avec son briquet, rien à
faire, le feu ne voulait pas prendre. Elle alluma bien un bout de
papier et le jeta dans une poubelle mais la feuille s'éteignit aussitôt.

« Quand je pense que les journaux rappellent tout le temps qu'il suffit d'un simple mégot jeté négligemment dans la forêt pour en déboiser des hectares alors que moi, avec du papier et un briquet, je n'arrive même pas à enflammer une poubelle ! » maugréa-t-elle tout en persévérant.

Il y eut enfin un début d'incendie qu'elle et la grenouille fixèrent avec autant d'attention.

— C'est beau le feu, ça va te venger, petite grenouille..., lui confia-t-elle.

Elle regarda la poubelle brûler. Le feu, c'est noir, rouge, jaune, blanc. La poubelle flambait, transformant de hideux détritus en chaleur et en couleurs. Des flammes noircirent le mur. Une petite fumée âcre s'éleva du coin des ordures.

— Adieu, lycée cruel, soupira Julie en s'éloignant.

Elle libéra la grenouille qui, sans plus contempler l'incendie, galopa à grands sauts se dissimuler dans une bouche d'égout.

Julie attendit, de loin, pour voir si le lycée allait s'embraser entièrement.

36. AU BAS DE LA FALAISE

Ça y est. C'est fini.

Les treize fourmis sont parvenues au bas de la falaise.

Soudain, 103e est prise de hoquets. Elle remue des antennes. Les autres s'approchent. La vieille exploratrice est malade. L'âge... Elle a trois ans. Une fourmi rousse asexuée jouit normalement d'une durée de vie de trois ans.

Elle a donc atteint le terme de son existence. Il n'y a que les sexuées, et plus précisément les reines, qui vivent jusqu'à quinze ans.

5e est inquiète. Elle redoute que 103e ne meure avant d'avoir tout raconté sur le monde des Doigts et la menace de la pancarte blanche. Il est indispensable de mieux les connaître. Que 103e parte maintenant serait une perte terrible pour toute la civilisation myrmécéenne. Chez les fourmis, on a plus le sens de la préciosité des couvains que de celle des vieillards mais, pour la première fois, 5e pressent un concept commun, ailleurs, exprimé dans une autre dimension : « Chaque fois qu'un vieillard meurt, c'est une bibliothèque qui brûle. »

5e gave l'ancienne d'une trophallaxie aux psoques. Si manger n'a jamais ralenti la vieillesse, cela la rend plus confortable.

À nous toutes de chercher une solution pour sauver 103e, ordonne 5e.

Dans le monde des fourmis, on prétend qu'il y a des solutions pour tout. Lorsqu'on n'en trouve pas, c'est qu'on cherche mal.

103ᵉ commence à émettre des odeurs d'acide oléique, relents de mort caractéristiques des vieilles fourmis en fin de parcours.

5ᵉ rameute ses compagnes pour une communication absolue. La Communication Absolue consiste à brancher son cerveau sur des cerveaux étrangers. En se disposant en rond, les antennes ne se touchant que par leurs extrémités, leurs douze cerveaux n'en feront plus qu'un.

Question : Comment désamorcer la bombe à retardement biologique qui menace cette si précieuse exploratrice ?

Les réponses se bousculent. Les idées les plus folles s'expriment. Chacune a un remède à présenter.

6ᵉ propose de gaver 103ᵉ de racines de saule pleureur, l'acide salycilique soignant, selon elle, toutes les affections. Mais on lui répond que la vieillesse n'est pas une maladie.

8ᵉ suggère qu'étant donné que c'est son cerveau qui renferme les informations précieuses, on sorte de son crâne celui de 103ᵉ pour le placer dans un corps sain et jeune. Celui de 14ᵉ par exemple. 14ᵉ n'est pas séduite par l'idée. Les autres non plus. Trop hasardeux, estime le groupe.

Pourquoi ne pas aspirer au plus vite toutes les phéromones de ses antennes ? émet 14ᵉ.

Il y en a trop, soupire 5ᵉ.

103ᵉ toussote et toussote encore, ses labiales tremblent.

7ᵉ rappelle que si 103ᵉ était une reine, elle aurait encore douze années à vivre.

Si 103ᵉ était une reine...

5ᵉ soupèse l'idée. Faire de 103ᵉ une reine, ce n'est pas complètement impossible. Toutes les fourmis savent qu'il existe une substance saturée d'hormones, la gelée royale, qui possède la vertu de transformer un insecte asexué en sexué.

La communication s'accélère. Impossible d'utiliser la gelée royale produite par les abeilles. Les deux espèces ont désormais des caractéristiques génétiques trop différenciées. Cependant, abeilles et fourmis ont un ancêtre commun : la guêpe. Les guêpes existent toujours et certaines d'entre elles savent comment fabriquer de la gelée royale afin de créer artificiellement des reines-guêpes de substitution au cas où leur unique reine décéderait par accident.

Enfin un moyen de repousser la vieillesse. Les antennes des douze s'agitent de plus belle. Comment trouver de la gelée royale de guêpe ?

12ᵉ assure connaître un village guêpe. Elle prétend avoir assisté une fois, par hasard, à la métamorphose d'un asexué en femelle. La reine était morte d'une maladie inconnue et les ouvrières avaient élu l'une des leurs pour la remplacer. Elles lui avaient donné une mélasse sombre à ingurgiter et l'impétrante avait dégagé au bout de quelques instants des odeurs de femelle. Une autre ouvrière avait été alors désignée pour lui servir de mâle. Une substance similaire lui avait été donnée et elle avait effectivement émis des relents mâles.

12ᵉ n'a pas assisté à l'union des deux sexués artificiels créés en état d'urgence, mais lorsque plusieurs jours plus tard elle était repassée par là, elle avait constaté que non seulement le nid était toujours actif mais que, de plus, sa population avait augmenté.

Pourrait-elle retrouver ce lieu où vivent ces guêpes chimistes ? interroge 5ᵉ.

C'est près du grand chêne septentrional.

103ᵉ est prise d'une grande excitation. Devenir sexuée... Posséder un sexe... Ce serait donc possible ? Même dans ses espérances les plus folles, elle n'aurait osé espérer un tel miracle. Cela lui redonne aussitôt courage et santé.

Si vraiment c'est possible, elle veut un sexe ! Après tout, il est injuste que, simplement par le hasard de leur naissance, certaines aient tout et d'autres rien. La vieille exploratrice rousse dresse ses antennes et les tourne en direction du grand chêne.

Demeure pourtant un problème de taille : le grand chêne se dresse fort loin d'ici et, pour le rejoindre, il faut traverser la grande zone aride des territoires septentrionaux, celle qu'on appelle le désert sec et blanc.

37. PREMIER COUP D'ŒIL SUR LA PYRAMIDE MYSTÉRIEUSE

Partout des arbres humides et de la verdure.

Le commissaire Maximilien Linart se dirigeait à pas prudents vers la mystérieuse pyramide de la forêt.

Il avait aperçu un serpent curieusement recouvert de piques de hérisson mais il savait que la forêt recelait toutes sortes de bizarreries. Le policier n'aimait pas la forêt. C'était pour lui un milieu hostile, infesté d'animaux rampants, volants, grouillants et visqueux.

La forêt était le lieu de tous les sortilèges et de tous les maléfices. Jadis, les voyageurs y étaient détroussés par des brigands. Les sorcières s'y terraient pour se livrer à leurs pratiques ésotériques. La plupart des mouvements révolutionnaires y organisaient leurs guérillas. Déjà, Robin des Bois s'en était servi pour mener la vie dure au shérif de Sherwood.

Quand il était plus jeune, Maximilien avait rêvé de voir la forêt disparaître. Tous ces serpents, tous ces moustiques, toutes ces mouches et ces araignées n'avaient que depuis trop longtemps nargué l'homme. Il rêvait d'un monde bétonné où il n'y aurait plus la moindre once de jungle. Rien que des dalles à perte de vue. Ce serait plus hygiénique. En outre, cela permettrait de circuler en patins à roulettes sur de grandes distances.

Pour passer inaperçu, Maximilien s'était habillé en promeneur.

« Le vrai camouflage n'est pas celui qui copie le paysage mais celui qui s'intègre naturellement au paysage. » Il l'avait toujours enseigné aux jeunes recrues de l'école de police : dans le désert on remarque plus facilement un homme en tenue couleur sable qu'un chameau.

Enfin, il repéra le bâtiment suspect.

Maximilien Linart sortit ses jumelles et observa la pyramide.

Le reflet des arbres se multipliant sur les grandes plaques de miroir camouflait le bâtiment au premier regard. Mais un détail pourtant trahissait le lieu. Il y avait deux soleils. Un de trop.

Il s'avança.

Le miroir était un excellent choix de revêtement. C'est à l'aide de miroirs que les prestidigitateurs font disparaître des filles dans des malles transpercées de sabres acérés. Simple effet d'optique.

Il sortit son calepin et nota soigneusement :

1) Enquête sur la pyramide de la forêt.

a) Observation à distance.

Il relut ce qu'il avait écrit et s'empressa de déchirer le feuillet. Il ne s'agissait pas d'une pyramide mais d'un tétraèdre. La pyramide a quatre flancs, plus celui de la surface au sol. Soit en tout cinq côtés. Le tétraèdre a trois flancs plus la surface au sol. Soit en tout quatre côtés. Quatre se dit *tétra* en grec.

Il rectifia donc :

1) Enquête sur le tétraèdre de la forêt.

L'une des grandes forces de Maximilien Linart était justement sa capacité de désigner précisément ce qu'il voyait et non ce que l'on croyait voir. Ce don d'« objectivité » lui avait déjà évité nombre d'erreurs.

L'étude du dessin avait renforcé chez lui cette aptitude. Quand on dessine, si l'on voit une route, on pense à une route et on est tenté de tracer deux traits parallèles. Mais si on retrace « objectivement » ce qu'on voit, la perspective fait que de face, une route se représente par un triangle, ses deux bords servant de lignes de fuite et se rejoignant au fond, à l'horizon.

Maximilien Linart rajusta ses jumelles et se remit à examiner la pyramide. Il s'étonna. Même lui se laissait obséder par le terme « pyramide ». Il était vrai que « Pyramide » avait une connotation énigmatique et sacrée. Il déchira donc le feuillet. Pour une fois, il ferait exception à son souci de parfaite exactitude.

1) Enquête sur la pyramide de la forêt.

a) Observation à distance.

— Édifice assez haut. Environ trois mètres. Camouflé par des arbustes et des arbres.

Le croquis achevé, le policier se rapprocha. Il était à peine à quelques mètres de la pyramide quand il repéra dans la terre meuble des traces de pas humains et de pattes de chien sans doute laissées par Gaston Pinson et son setter irlandais. Il les dessina elles aussi.

Maximilien contourna l'édifice. Pas de porte, pas de fenêtre, pas de cheminée, pas de boîte aux lettres. Rien qui évoquât une habitation humaine. Seulement du béton recouvert de miroirs et une pointe translucide.

Il recula de cinq pas et observa longuement la construction. Ses proportions et sa forme étaient harmonieuses. Quel que soit l'architecte qui avait érigé cette étrange pyramide en pleine forêt, il avait abouti à une perfection architecturale.

38. ENCYCLOPÉDIE

NOMBRE D'OR : Le nombre d'or est un rapport précis grâce auquel on peut construire, peindre, sculpter en enrichissant son œuvre d'une force cachée.

À partir de ce nombre ont été construits la pyramide de Chéops, le temple de Salomon, le Parthénon et la plupart des églises romanes. Beaucoup de tableaux de la Renaissance respectent eux aussi cette proportion.

On prétend que tout ce qui est bâti sans respecter quelque part cette proportion finit par s'effondrer.

On calcule ce nombre d'or de la manière suivante : $\dfrac{1 + \sqrt{5}}{2}$

Soit 1,6180335.

Tel est le secret millénaire. Ce nombre n'est pas qu'un pur produit de l'imagination humaine. Il se vérifie aussi dans la nature. C'est, par exemple, le rapport d'écartement entre les feuilles des arbres afin d'éviter que, mutuellement, elles ne se fassent de l'ombre. C'est aussi le nombre qui définit l'emplacement du nombril par rapport à l'ensemble du corps humain.

Edmond Wells,
Encyclopédie du Savoir Relatif et Absolu, tome III.

39. SORTIE DE L'ÉCOLE

Le lycée était un bâtiment parfaitement carré.

Ses trois ailes de béton en U se fermaient sur une haute grille métallique traitée à l'antirouille.

« Un lycée carré afin de former des têtes carrées. »

Elle espérait que les flammes lécheraient bientôt les murs de cet établissement qui ressemblait pour elle à une prison, à une caserne, à un hospice, à un hôpital, à un asile d'aliénés, bref, à l'un de ces endroits carrés où l'on isole les gens qu'on veut voir le moins possible traîner dans les rues.

La jeune fille guettait la fumée qui s'échappait, épaisse, du côté des poubelles. Le concierge surgit bientôt, armé d'un extincteur, et noya le début de sinistre dans un nuage de neige carbonique.

Pas facile de s'attaquer au monde.

Elle marcha dans la ville. Tout, autour d'elle, remuglait la pourriture. En raison de la grève des éboueurs, les rues étaient pleines de poubelles débordant des détritus classiques des humains : petits sacs bleus éventrés remplis d'aliments en putréfaction, de papiers sales, de mouchoirs collants...

Julie se boucha les narines. Elle eut l'impression d'être suivie en s'avançant dans la zone pavillonnaire, déserte à cette heure-ci. Elle se retourna, ne vit rien et poursuivit son chemin. Mais, comme l'impression se faisait plus forte, elle jeta un coup d'œil dans le rétroviseur d'une voiture garée au bord du trottoir et constata qu'en effet elle ne s'était pas trompée. Il y avait trois types, là-bas, derrière elle. Julie les reconnut. C'étaient des élèves de sa classe, tous membres de la caste du premier rang, avec à leur tête Gonzague Dupeyron, toujours en chemise et foulard de soie.

Instinctivement, elle pressentit le danger et déguerpit.

Ils se rapprochaient, elle accéléra le pas. Elle ne pouvait pas courir, son talon encore endolori par sa chute dans la forêt l'en empêchait. Elle connaissait mal ce quartier. Ce n'était pas son chemin habituel. Elle tourna à gauche, puis à droite. Les pas des garçons résonnaient toujours derrière elle. Elle tourna encore. Zut ! Cette voie s'achevait en impasse, impossible de faire demi-tour. Elle se dissimula sous un porche, serrant sur sa poitrine le sac à dos contenant l'*Encyclopédie du Savoir Relatif et Absolu* comme si elle avait pu lui servir d'armure.

— Elle est sûrement quelque part par là, annonça une voix. Elle n'a pas pu s'échapper. La rue est sans issue.

Ils entreprirent d'explorer les porches, les uns après les autres. Ils se rapprochaient. La jeune fille sentit une sueur froide couler le long de son échine.

Il y avait une porte au fond du porche, une sonnette. « Sésame, ouvre-toi », implora Julie en appuyant désespérément sur le bouton.

Quelques bruits derrière la porte qui ne s'ouvrit pas.

— Où es-tu, petite Pinson, petit, petit, petit, ricana la bande.

Julie se recroquevilla au bas de la porte, genoux sous le menton. Trois visages hilares surgirent d'un coup.

Dans l'incapacité de fuir, Julie fit front. Elle se leva.

— Que me voulez-vous ? demanda-t-elle d'une voix qui se voulait ferme.

Ils se rapprochèrent.

— Fichez-moi la paix.

Ils avançaient toujours, lentement, posément, jouissant de la terreur dans les yeux gris clair et voyant bien que, pour la jeune fille, il n'y avait pas d'échappatoire.

— Au secours ! Au viol !

Dans l'impasse, les rares fenêtres ouvertes se fermèrent aussitôt et des lumières s'éteignirent prestement.

— Au secours ! Police !

Dans les grandes villes, la police était difficile à joindre, lente à arriver, ses effectifs étaient peu nombreux. Il n'y avait pas de protection individuelle réellement efficace.

Les trois dandys prenaient tout leur temps. Déterminée à ne pas se laisser attraper, Julie tenta une ultime manœuvre : tête baissée, elle fonça. Elle parvint à contourner deux de ses ennemis, s'empara du visage de Gonzague comme pour un baiser et, du front, lui frappa le nez. Il y eut comme un bruit de bois sec qui se fend. Comme il portait la main à son appendice nasal, elle en profita pour lui envoyer un coup de genou dans l'entrejambe. Gonzague descendit la main vers son sexe et émit un léger râle, plié en deux.

Julie savait depuis toujours que le sexe était un point faible et non un point fort.

Si Gonzague était momentanément hors de combat, les autres non, qui lui attrapèrent les bras. Elle se débattit et, dans ses efforts, son sac à dos tomba et l'*Encyclopédie* en jaillit. Elle eut un mouvement du pied pour le récupérer et un garçon comprit que cet ouvrage était important pour elle. Il se baissa pour ramasser le livre.

— Touche pas à ça ! glapit Julie, tandis que le troisième acolyte, sans se soucier de ses coups de reins, lui tordait les bras dans le dos.

Gonzague, encore grimaçant mais affichant un sourire qui voulait signifier « tu ne m'as même pas fait mal », s'empara du trésor de la jeune fille.

— En-cy-clo-pé-die du sa-voir re-latif et ab-solu... tome III, énonça-t-il. Qu'est-ce que c'est que ça ? On dirait un manuel de sorcellerie.

Le plus fort la retenait fermement, les deux autres feuilletèrent le livre. Ils tombèrent sur des recettes de cuisine.

— N'importe quoi ! Un truc de fille. C'est nul ! s'exclama Gonzague en envoyant valser dans le caniveau le grimoire d'Edmond Wells.

À chacun, l'*Encyclopédie* présentait un visage différent.

En tapant vivement de son bon talon sur les orteils de son tortionnaire, Julie parvint à se dégager momentanément et à rattraper le livre de justesse avant qu'il ne soit avalé par la bouche d'égout. Mais déjà les trois garçons étaient sur elle. Elle distribua des coups de poing dans la mêlée, voulut griffer des visages mais elle n'avait pas d'ongles. Une arme naturelle lui restait : ses dents. Elle enfonça ses deux incisives tranchantes dans la joue de Gonzague. Du sang coula.

— Elle m'a mordu, la furie. La lâchez pas, grogna son tourmenteur. Vous autres, attachez-la !

Avec leurs mouchoirs, ils la ligotèrent à un réverbère.

— Tu vas me payer ça, marmonna Gonzague, en frottant sa joue sanguinolente.

Il sortit un cutter de sa poche et en fit cliqueter la lame.

— À moi de t'entailler les chairs, ma douce !

Elle lui cracha au visage.

— Tenez-la bien, les gars. Je vais lui graver quelques symboles géométriques qui l'aideront à réviser ses cours de maths.

Faisant durer le plaisir, il entailla de bas en haut la longue jupe noire, y tailla un carré de tissu qu'il glissa dans sa poche. Le cutter remontait avec une lenteur insupportable.

« La voix aussi peut se transformer en une arme qui fait mal », lui avait enseigné Yankélévitch.

— YIIIAAAAIIIIAHHHHHHHH...

Elle modula son cri en une sonorité insupportable. Dans la rue, des vitres vibrèrent. Les garçons se bouchèrent les oreilles.

— Il va falloir la bâillonner pour travailler tranquillement, constata l'un d'eux.

Ils s'empressèrent de lui enfoncer un foulard de soie dans la bouche. Julie haleta désespérément.

L'après-midi touchait à sa fin. Le réverbère s'éclaira grâce à sa cellule photoélectrique, sensible à la baisse de la clarté du jour. L'irruption de la lumière ne troubla pas les tourmenteurs de la jeune fille. Ils demeurèrent là, dans le cône d'éclairage, à jouer avec leur cutter. La lame parvenait aux genoux. Gonzague érafla d'une ligne horizontale la peau fine de Julie.

— Ça, c'est pour le coup au nez.

— Un trait vertical pour former une croix.

— Ça, c'est pour le coup dans l'entrejambe.

Troisième entaille au genou, dans le même sens.

— La morsure sur la joue. Et ce n'est qu'un début.

Le cutter reprit sa course lente vers le haut de la jupe.

— Je vais te découper comme la grenouille en biologie, lui annonça Gonzague. Je sais tout à fait bien m'y prendre. J'ai eu un vingt sur vingt, tu te souviens ? Non. Tu ne te souviens pas. Les mauvais élèves quittent le cours avant la fin.

Il fit encore cliqueter la lame du cutter pour mieux la dégager.

Elle suffoqua, paniquée, au bord de l'évanouissement. Elle se souvint avoir lu, dans l'*Encyclopédie*, qu'en cas de danger impossible à fuir, il faut imaginer une sphère au-dessus de sa tête et y faire pénétrer peu à peu tous ses membres, toutes les parties de son corps jusqu'à ce que celui-ci ne soit plus qu'une enveloppe vide, privée d'esprit.

Belle théorie, facile à se représenter quand on est assise bien tranquillement dans un fauteuil, mais difficile à mettre en pratique lorsqu'on est liée à une colonne métallique et que des voyous s'acharnent sur vous !

Émoustillé par cette si jolie fille réduite à l'impuissance, le plus gros des trois lui souffla à la figure une haleine lourde et caressa les longs cheveux noirs, doux et soyeux de Julie. De ses doigts tremblants, il effleura le cou blanc translucide où battaient les jugulaires.

Julie se trémoussa dans ses liens. Elle était capable de supporter le contact avec un objet, fût-ce la lame d'un cutter, mais en aucun cas celui d'un épiderme humain. Ses yeux s'écarquillèrent. Elle devint d'un coup pivoine. Tout son corps frémit et parut sur le point d'exploser. Elle souffla bruyamment par le nez. Le gros recula. Le cutter interrompit sa course.

Le plus grand avait déjà vu pareil état.

— Elle fait une crise d'asthme, déclara-t-il.

Les garçons reculèrent, effrayés de voir que leur victime souffre d'un mal qu'ils ne lui avaient pas eux-mêmes infligé. La jeune fille devenait écarlate. Elle tirait sur ses liens au point de s'entamer la peau.

— Laissez-la, fit une voix.

Une ombre longue, nantie de trois jambes, s'étirait à l'entrée de l'impasse. Les assaillants se retournèrent et reconnurent David ; la troisième jambe, c'était sa canne qui l'aidait à marcher malgré une spondilarthrite juvénile.

— Alors, David, on se prend pour Goliath ? se moqua Gonzague. Désolé, mon vieux, mais on est trois et toi, tu es seul, tout petit et pas du genre musclé.

La bande s'esclaffa. Pas longtemps.

D'autres ombres s'alignaient déjà à côté des trois jambes. De ses yeux presque exorbités, Julie distingua les Sept Nains, les élèves du dernier rang.

Ceux de la première rangée leur foncèrent dessus mais les Sept Nains ne reculèrent pas. Le plus gros des sept distribua des coups de ventre. L'Asiatique pratiqua un art martial très compliqué du genre taekwondo. Le Maigre giflait à tour de bras. La Costaude aux cheveux courts donnait des coups de coude. La Mince à la chevelure blonde usa de ses dix ongles comme d'autant de lames. L'Efféminé visa habilement les tibias de ses pieds. Apparemment, il ne savait faire que ça mais il le faisait bien. Enfin, David fit tournoyer sa canne, frappant de petits coups secs les mains des trois agresseurs.

Gonzague et ses acolytes refusaient d'abandonner aussi facilement la partie. Ils se regroupèrent, distribuant eux aussi des horions et fouettant l'air de leur cutter. Mais à sept contre trois, le combat tourna vite en faveur de la majorité et les tourmenteurs de Julie préférèrent s'enfuir en faisant des bras d'honneur.

— On se retrouvera ! cria Gonzague en déguerpissant.

Julie étouffait toujours. Cette victoire n'avait pas mis un terme à sa crise d'asthme. David s'empressa autour du réverbère. Il enleva délicatement le bâillon de la bouche de la jeune fille puis, du bout des ongles, dénoua les nœuds des liens qui emprisonnaient ses poignets et ses chevilles et qu'elle avait resserrés en se débattant.

À peine libérée, elle fonça sur son sac à dos et en sortit un vaporisateur de Ventoline. Bien que très affaiblie, elle parvint à trouver suffisamment d'énergie pour placer l'embout dans sa bouche et le presser de toutes ses forces. Avidement, elle aspira. Chaque bouffée lui redonnait des couleurs et la calmait.

Son second geste fut de récupérer l'*Encyclopédie du Savoir Relatif et Absolu* et de le ranger prestement dans son sac à dos.

— Heureusement qu'on passait par là, remarqua Ji-woong.

Julie se massa les poignets pour rétablir la circulation du sang dans ses mains.

— Leur chef, c'est Gonzague Dupeyron, dit Francine.

— Ouais, c'est la bande à Dupeyron, confirma Zoé. Ils appartiennent au groupuscule des Rats noirs. Ils ont déjà fait toutes sortes de bêtises, mais la police laisse faire parce que l'oncle de Gonzague, c'est le préfet.

Julie se taisait, elle était trop occupée à retrouver son souffle pour parler. Des yeux, elle fit le tour des Sept. Elle reconnut le petit brun à la canne, David. C'était celui qui avait cherché à l'aider au cours de maths. Des autres, elle ne connaissait que les prénoms : Ji-woong l'Asiatique, Léopold, le grand taciturne, Narcisse l'efféminé narquois, Francine, la svelte blonde rêveuse, Zoé, la costaude grincheuse et Paul, le gros placide.

Les Sept Nains du fond de la classe.

— Je n'ai besoin de personne. Je m'en sors très bien toute seule, proféra Julie en continuant à récupérer son souffle.

— Eh bien, on aura tout entendu ! s'exclama Zoé. Quelle ingratitude ! Allons-nous-en, les gars, et laissons cette pimbêche se tirer sans nous de ses ennuis.

Six silhouettes rebroussèrent chemin. David traîna des pieds. Avant de s'éloigner, il se retourna et confia à Julie :

— Demain, notre groupe de rock répète. Si tu veux, viens nous rejoindre. On s'exerce dans la petite salle, juste au-dessous de la cafétéria.

Sans répondre, Julie rangea soigneusement l'*Encyclopédie* tout au fond de son sac à dos, serra fort la lanière et s'éclipsa par les ruelles sinueuses et étroites.

40. DÉSERT

L'horizon s'étend à l'infini, sans la moindre verticale pour le briser.

103e marche à la recherche du sexe promis. Ses articulations craquent, ses antennes s'assèchent sans cesse et elle perd beaucoup d'énergie à les lubrifier nerveusement de ses labiales tremblotantes.

À chaque seconde, elle éprouve davantage les atteintes du temps. 103e sent la mort planer sur elle comme une menace permanente. Que la vie est brève pour les gens simples ! Elle sait que si elle n'obtient pas un sexe, toute son expérience n'aura servi à rien, elle aura été vaincue par le plus implacable des adversaires : le temps.

La suivent les douze exploratrices qui ont décidé de l'accompagner dans son odyssée.

Les fourmis ne s'arrêtent de marcher que lorsque le sable fin se fait bouillant sous leurs pattes. Elles repartent au premier nuage masquant le soleil. Les nuages ne connaissent pas leur pouvoir.

Le paysage est alternativement de sable fin, de graviers, de cailloux, de rochers, de cristaux en poudre. Il y a ici toutes les formes minérales, mais pratiquement pas de forme végétale ou animale. Quand un rocher se présente, elles l'escaladent. Quand surgissent des flaques de sable si fin qu'il en devient liquide, elles les contournent plutôt que de s'y noyer. Autour des treize fourmis s'étendent de splendides panoramiques de sierras roses ou de vallées gris clair.

Même lorsqu'elles sont obligées d'effectuer de grands détours pour éviter les lacs de sable trop fin, elles retrouvent leur cap. Les fourmis disposent de deux moyens d'orientation privilégiés : les phéromones-pistes et le calcul de l'angle de l'horizon par rapport au rayon du soleil. Mais pour voyager à travers le désert, elles en utilisent encore un troisième : leur organe de Johnston, constitué de petits canaux crâniens emplis de particules sensibles aux champs magnétiques terrestres. Où qu'elles soient sur cette planète, elles savent se situer par rapport à ces champs magnétiques invisibles. Elles savent même ainsi repérer les rivières souterraines car l'eau légèrement salée modifie ces champs.

Pour l'instant, leur organe de Johnston leur répète qu'il n'y a pas d'eau. Ni dessus, ni dessous, ni tout autour. Et, si elles veulent rejoindre le grand chêne, il faut marcher tout droit dans l'immensité claire.

Les exploratrices ont de plus en plus faim et soif. Il n'y a pas beaucoup de gibier dans ce désert sec et blanc. Par chance, elles distinguent une présence animale qui peut leur être utile. Un couple de scorpions est là, en pleine parade amoureuse. Ces gros arachnides sont susceptibles d'être dangereux, aussi les fourmis préfèrent-elles attendre qu'ils aient fini leurs ébats pour les tuer lorsqu'ils seront fatigués.

La parade commence. La femelle, reconnaissable à son ventre pansu et à sa couleur brune, attrape son promis par les pinces et le serre comme si elle voulait l'entraîner dans un tango. Ensuite, elle le pousse en avant. Le mâle, plus clair et plus mince, marche à reculons, soumis à sa donzelle. Leur promenade est longue et les fourmis les suivent sans oser troubler leur danse. Le mâle s'arrête, saisit une mouche sèche qu'il a déjà tuée et l'offre à manger à la scorpionne. Comme elle n'a pas de dents, à l'aide de ses pinces, la dame amène la nourriture sur ses hanches équipées de bords tranchants. Lorsque la mouche est réduite en copeaux, la scorpionne les suçote. Puis, les deux scorpions se reprennent par les pattes et recommencent à danser. Enfin, tenant sa douce par une pince, de l'autre, le mâle creuse une grotte. S'aidant de ses pattes et de sa queue, il balaie et creuse.

Lorsque la grotte est assez profonde pour accueillir le couple, le mâle scorpion invite sa future dans son nouvel appartement. Ensemble, ils s'enfoncent sous la terre et referment la grotte. Curieuses, les treize fourmis exploratrices creusent à côté, pour voir. Le spectacle souterrain ne manque pas d'intérêt. Ventre contre ventre, dard contre dard, les deux scorpions s'accouplent. Et puis, comme l'action a donné faim à la femelle, elle tue le mâle épuisé et l'avale sans faillir. Elle ressort seule, repue et réjouie.

Les fourmis jugent que c'est le bon moment pour attaquer. Des lambeaux de son mâle encore collés à son flanc, la scorpionne n'a cependant pas envie de combattre ces fourmis qu'elle pressent hostiles. Elle préfère fuir. Elle court plus vite que les fourmis.

Les treize soldates regrettent de ne pas avoir profité de la copulation pour l'abattre. Elles lui tirent dessus à l'acide formique mais la carapace de la scorpionne est suffisamment blindée pour y résister. Le groupe en est quitte pour achever les restes du mâle fécondateur.

Cela leur apprendra à jouer les voyeuses. La viande de scorpion n'a pas bon goût et elles ont encore faim.

Marcher, marcher encore, marcher toujours dans le désert infini. Du sable, des rochers, de la rocaille, encore du sable. Au loin, elles aperçoivent une forme sphérique incongrue.

Un œuf.

Que fait un œuf posé en plein milieu du désert ? Est-ce un mirage ? Non, l'œuf semble bien réel. Les insectes l'entourent comme s'il s'agissait d'un monolithe sacré, posé au milieu de leur route pour leur donner à méditer. Elles hument. 5e reconnaît l'odeur. Il s'agit d'un œuf pondu par un oiseau du Sud, d'un œuf de gigisse.

La gigisse ressemble à une hirondelle blanche, au bec et aux yeux noirs. Cet oiseau présente une particularité : sa femelle ne pond qu'un seul œuf et elle ne possède pas de nid. Elle pose donc son œuf n'importe où. Vraiment n'importe où. Le plus souvent en déséquilibre sur une branche, sur une feuille tout en haut d'un rocher, sans même chercher le refuge d'une niche ou d'une zone bien protégée. Il ne faut pas s'étonner alors si les prédateurs qui les découvrent ensuite, lézards, oiseaux ou serpents, s'en donnent à cœur joie. Et quand ce ne sont pas les prédateurs qui le mettent à mal, un simple coup de vent suffit pour renverser cet œuf en équilibre. Lorsqu'un poussin chanceux éclôt sans faire basculer lui-même sa coquille, il doit encore prendre garde à ne pas choir du haut de la branche ou du rocher. Mais, le plus souvent, l'oisillon fait tomber son œuf alors qu'il s'efforce de le briser et, du coup, s'écrase. Si bien qu'il est étonnant que ce maladroit oiseau ait pu survivre jusqu'à nos jours.

Les fourmis tournent autour de cet objet insolite.

Cette fois, l'œuf a été apporté par une gigisse encore plus insouciante que la moyenne. Son unique et précieux héritier, elle l'a déposé au beau milieu d'un désert. À la merci de tous.

Quoique... Ce n'est finalement pas si bête, pense 103e. Car s'il existe un endroit où un œuf ne risque pas de tomber de haut, c'est bien en plein désert.

5e se précipite et percute de son crâne la surface dure de la coquille. L'œuf résiste. Tout le groupe le pilonne. Petits bruits mats de grêlons, sans résultat. Il est rageant d'être si proche d'une aussi grande réserve de nourriture et de liquide et de ne pouvoir la consommer.

103e se souvient alors d'un documentaire scientifique. Il y était question du principe du levier et de son utilité pour soulever les poids les plus lourds. C'est le moment de mettre cette connaissance en pratique. Elle suggère de ramasser une brindille sèche et de la placer sous l'œuf. Que les douze avancent ensuite progressivement sur le levier de manière à former une grappe qui servira de contre-poids.

L'escouade obtempère, se suspend dans le vide, agite les pattes pour augmenter l'impulsion. 8ᵉ, complètement fascinée par ce concept est la plus active. Elle sautille pour peser plus lourd. Ça marche : le monumental ovoïde est déséquilibré et, tour de Pise, se met à pencher, pencher, jusqu'à enfin tomber.

Problème : l'œuf a basculé mollement sur le sable meuble, mais pour se stabiliser, intact, à l'horizontale. 5ᵉ éprouve quelques doutes sur les techniques doigtières et décide d'en revenir aux pratiques fourmis. Elle ferme étroitement ses mandibules jusqu'à constituer un triangle pointu qu'elle applique contre la coquille en tournant la tête de gauche à droite telle une vrille de perceuse. La coquille est vrai-ment solide : une centaine de mouvements n'ont pour résultat qu'une mince rayure claire. Que d'efforts pour un si piètre résultat ! Chez les Doigts, 103ᵉ s'est habituée à voir les choses fonctionner immédia-tement et a perdu la patience et la ténacité qui habitent ses compagnes.

5ᵉ est épuisée. 13ᵉ vient la relayer, puis 12ᵉ, puis une autre encore. À tour de rôle, elles transforment leur tête en vrille. Il faut plusieurs dizaines de minutes pour qu'une petite fissure apparaisse et qu'en gicle un geyser de gelée transparente. Les fourmis se précipitent sur le liquide nourricier.

Satisfaite, 5ᵉ dodeline des antennes. Si les techniques des Doigts sont très originales, celles des fourmis ont prouvé leur efficacité. 103ᵉ remet le débat à plus tard. Elle a mieux à faire. Elle enfonce sa tête dans le trou pour aspirer, elle aussi, la succulente substance jaune.

Le sol est tellement chaud et sec que l'œuf gigissien se transforme en omelette blanche sur le sable. Mais les fourmis ont trop faim pour observer ce phénomène.

Elles mangent, boivent, dansent dans l'œuf.

41. ENCYCLOPÉDIE

L'ŒUF : L'œuf d'oiseau est un chef-d'œuvre de la nature. Admirons tout d'abord la structure de la coquille. Elle est composée de cris-taux de sels minéraux triangulaires. Leurs extrémités pointues visent le centre de l'œuf. Si bien que, lorsque les cristaux reçoi-vent une pression de l'extérieur, ils s'enfoncent les uns dans les autres, se resserrent, et la paroi devient encore plus résistante. À la manière des arceaux des cathédrales romanes, plus la pression est forte, plus la structure devient solide. En revanche, si la pression provient de l'intérieur, les triangles se séparent et l'ensemble s'effondre facilement.

Ainsi, l'œuf est, de l'extérieur, suffisamment solide pour supporter le poids d'une mère couveuse, mais aussi suffisamment fragile de l'intérieur pour permettre à l'oisillon de briser la coquille pour sortir.

Celle-ci présente d'autres qualités. Pour que l'embryon d'oiseau se développe parfaitement, il doit toujours être placé au-dessus du jaune. Il arrive cependant que l'œuf se renverse. Qu'importe : le jaune est cerné de deux cordons en ressort, fixés latéralement à la membrane et qui servent de suspension. Leur effet ressort compense les mouvements de l'œuf et rétablit la position de l'embryon, à la façon d'un ludion.

Une fois pondu, l'œuf subit un brutal refroidissement, entraînant la séparation de ses deux membranes internes et la création d'une poche d'air. Celle-ci permettra au poussin de respirer quelques brèves secondes pour trouver la force de casser la coquille et même de piailler pour appeler sa mère à l'aide en cas de difficulté.

Edmond Wells,
Encyclopédie du Savoir Relatif et Absolu, tome III.

42. LE JEU « ÉVOLUTION »

Alors qu'il était en train de se préparer une omelette aux fines herbes dans la cuisine de l'institut médico-légal, le médecin légiste fut dérangé par une sonnerie. C'était le commissaire Maximilien Linart venu prendre connaissance des causes du décès de Gaston Pinson.

— Vous voulez un peu d'omelette ? proposa le médecin.

— Non, merci, j'ai déjà déjeuné. Avez-vous terminé l'autopsie de Gaston ?

L'homme happa rapidement son plat, le fit passer avec un verre de bière, puis consentit à enfiler sa veste blanche pour guider le policier jusqu'au laboratoire.

Il sortit un dossier.

L'expert avait analysé certaines composantes du sang du défunt et s'était aperçu qu'il s'était produit une très forte réaction allergique. Il avait repéré une marque rouge sur le cou du cadavre et avait conclu à la mort par... piqûre de guêpe. Les morts par piqûre de guêpe n'étaient pas rares.

— Il suffit que la guêpe pique par hasard une veine reliée directement au cœur pour que son venin devienne mortel, affirma le médecin légiste.

L'explication surprit le policier. Ainsi, ce qu'il avait cru être un assassinat se révélait un simple accident de forêt. Une banale piqûre de guêpe.

Restait cependant la pyramide. Même s'il ne s'agissait que d'une simple coïncidence, il n'était pas normal de décéder d'une piqûre de guêpe au pied d'une pyramide construite sans autorisation en plein milieu d'une forêt protégée.

Le policier remercia le médecin légiste de sa diligence et s'en fut par la ville, le front plissé par la réflexion.

— Bonjour, monsieur !

Trois jeunes gens s'avançaient vers lui. Maximilien reconnut parmi eux Gonzague, le neveu du préfet. Son visage était marqué de bleus et d'ecchymoses, et il y avait une trace de morsure sur sa joue.

— Tu t'es battu ? interrogea le policier.

— Un peu ! s'exclama Gonzague. On a cassé la figure à toute une bande d'anars.

— Tu t'intéresses toujours à la politique ?

— Nous faisons partie des Rats noirs, l'avant-garde du mouvement de jeunesse de la nouvelle extrême droite, précisa un autre garçon en lui tendant un tract.

« Dehors, les étrangers ! », lut le policier qui marmonna :

— Je vois, je vois.

— Notre problème, c'est que nous manquons d'armement, confia le troisième acolyte. Si on avait un revolver chromé, comme le vôtre, monsieur, les choses seraient « politiquement » beaucoup plus faciles pour nous.

Maximilien Linart constata que son baudrier dépassait de sa veste ouverte et s'empressa de la boutonner.

— Tu sais, un revolver, ce n'est rien, remarqua-t-il. Ce n'est qu'un outil. Ce qui compte, c'est le cerveau qui contrôle le nerf au bout du doigt qui appuie sur la détente. C'est un très long nerf...

— Pas le plus long, s'esclaffa l'un des trois.

— Eh bien bonsoir, conclut le policier en pensant que ce devait être de l'« humour jeune ».

Gonzague le retint.

— Monsieur, vous savez, nous, nous sommes pour l'ordre, insista-t-il. Si vous avez un jour besoin d'un coup de main, n'hésitez pas, faites-nous signe.

Il tendit une carte de visite que Maximilien glissa poliment dans sa poche en poursuivant son chemin.

— Nous sommes toujours prêts à aider la police, lui cria encore le lycéen.

Le commissaire haussa les épaules. Les temps changeaient. Dans sa jeunesse, lui ne se serait jamais permis d'interpeller un policier, tant cette fonction l'impressionnait. Et voilà que, sans la moindre formation, des jeunes se proposaient pour jouer les flics bénévoles ! Il hâta le pas, pressé de retrouver son épouse et sa fille.

Dans les artères principales de Fontainebleau, les gens s'affairaient. Des mères poussaient des landaus, des mendiants exigeaient une pièce, des femmes tiraient un Caddie, des enfants sautaient à cloche-pied, des hommes fatigués par leur journée de travail se hâtaient de retrouver leur logis, des gens fouillaient les poubelles malodorantes entassées à cause des grèves.

Cette odeur de pourriture...

Maximilien accéléra le pas. Il était vrai que l'ordre manquait dans ce pays. Les humains se répandaient dans tous les sens, sans la moindre organisation, sans le moindre objectif commun.

Tout comme les forêts envahissaient les champs, le chaos gagnait les villes. Il se dit que son métier de policier était un beau métier puisqu'il consistait à couper les mauvaises herbes, protéger les grands arbres, aligner les futaies. En fait, c'était un métier de jardinier. Entretenir un espace vivant pour qu'il soit le plus propre et le plus sain possible.

Arrivé chez lui, il nourrit les poissons et remarqua qu'une femelle guppy avait accouché et poursuivait ses alevins pour les dévorer. Il n'y a pas de morale dans les aquariums. Il contempla un instant le grand feu de bois dans la cheminée avant que sa femme ne l'appelle pour le dîner.

Menu du jour : tête de porc sauce ravigote et salade d'endives. À table, on parla de la météo jamais favorable, des nouvelles toujours mauvaises, on se félicita cependant des bonnes notes de Marguerite à l'école et de l'excellence de la cuisine de Mme Linart.

Après le repas, tandis que sa femme rangeait les assiettes sales dans le lave-vaisselle, Maximilien demanda à Marguerite de lui expliquer comment jouer à ce jeu informatique bizarre qu'elle lui avait offert pour son anniversaire : *Évolution*. Elle répondit qu'elle avait ses devoirs à finir. Le plus simple, c'était encore qu'elle installe un autre programme sur son ordinateur : *Personne*.

Personne était, précisa-t-elle, un logiciel capable d'aligner des phrases comme s'il entretenait une conversation. Les phrases étaient ensuite prononcées au moyen d'un synthétiseur vocal et émises au travers de deux haut-parleurs, placés de chaque côté de l'écran. Marguerite expliqua à son père comment lancer le programme et s'en fut.

Le policier s'assit face à l'ordinateur qui bourdonnait. Un grand œil apparut sur l'écran.

— Mon nom est *Personne* mais vous pouvez m'appeler comme il vous plaira, annonça l'ordinateur par les petits haut-parleurs. Souhaitez-vous changer mon nom ?

Amusé, le policier s'approcha du micro interne.

— Je vais te donner un nom écossais : Mac Yavel.

— Désormais, je suis Mac Yavel, annonça l'ordinateur. Que voulez-vous de moi ?

L'œil cyclopéen battit des paupières.

— Que tu m'apprennes à jouer au jeu *Évolution*. Le connais-tu ?

— Non, mais je peux me brancher sur sa notice d'emploi, répondit l'œil unique.

Après avoir déclenché différents fichiers, probablement pour lire les règles, l'œil de Mac Yavel se réduisit à une petite icône dans un coin de l'écran et lança le jeu.

— Il faut commencer par créer une tribu.

Le programme Mac Yavel était plus qu'un mode d'emploi du programme du jeu *Évolution*. C'était une véritable assistance. Il lui indiqua où placer sa tribu virtuelle, de préférence près d'une rivière virtuelle, afin qu'elle dispose d'eau douce virtuelle. Le village ne devait pas être trop proche d'une côte, afin d'éviter les attaques des pirates. Il ne devait pas non plus être situé trop en hauteur pour que les caravanes de commerçants puissent y accéder facilement.

Maximilien l'écouta et bientôt apparut sur l'écran, représenté en perspective et en volume, un petit village d'où s'échappaient des fumées sorties tout droit des toits de chaume. Des petits personnages bien dessinés entraient et sortaient par les portes, vaquant probablement de manière aléatoire à des activités aléatoires. C'était assez réaliste.

Mac Yavel lui montra comment indiquer à sa tribu l'intérêt de fabriquer des murs en torchis, des briques en glaise et des épieux aux pointes durcies par le feu. Il ne s'agissait évidemment que de simulation sur un écran, mais, à chaque intervention de Maximilien, le village représenté sur l'écran devenait plus fonctionnel, du foin s'entassait dans les granges, des pionniers partaient fonder des bourgades voisines et la population s'accroissait, signe de réussite.

Dans ce jeu, après chaque choix politique, militaire, agricole ou industriel, il suffisait d'appuyer sur la touche « espace » pour que dix ans s'écoulent. Il pouvait ainsi constater immédiatement l'effet de ses décisions à moyen et long terme. Il surveillait son niveau de réussite en haut à gauche de son écran dans une sorte de tableau de bord qui lui indiquait le nombre d'habitants, leur richesse, leur réserve de nourriture, leurs découvertes scientifiques acquises et leurs recherches en cours.

Maximilien réussit à lancer une petite civilisation qu'il orienta de façon à la doter d'un art de type égyptien. Il parvint même à lui faire construire des pyramides. D'ailleurs, ce jeu était en train de lui prouver tout l'intérêt qu'il y avait à construire des monuments, ouvrages qu'il estimait jusque-là être des gaspillages d'argent et d'énergie. Les monuments créent l'identité culturelle du peuple. De plus, ils attirent les élites culturelles des peuples voisins et ils assurent la cohésion des membres de la communauté autour du monument en tant que symbole.

Hélas ! Maximilien n'avait pas fabriqué de poteries, ni stocké de céréales dans des cuves hermétiques. Son peuple vit donc ses réserves alimentaires détruites par des insectes genre charançons. Le ventre vide, son armée affaiblie ne put soutenir les attaques d'envahisseurs numides venus du sud. Tout était à recommencer.

Ce jeu commençait à l'amuser. On n'enseignait nulle part aux enfants qu'il est vital de fabriquer des poteries. Une civilisation pouvait mourir de n'avoir pas penser à mettre des céréales à l'abri dans des jarres bien fermées, les protégeant des charançons ou des ténébrions de la farine.

Toute « sa » population virtuelle, soit six cent mille personnes, avait péri dans le jeu mais son conseiller Mac Yavel lui indiqua qu'il lui suffisait de lancer une nouvelle partie pour tout recommencer avec une population « neuve ». Dans *Évolution*, on avait droit à des brouillons de civilisations pour s'exercer.

Avant d'appuyer sur la touche qui allait tout réinitialiser, le commissaire considéra sur le petit écran couleur la vaste plaine, avec ses deux pyramides abandonnées. Ses pensées vagabondèrent.

Une pyramide n'était pas une construction anodine. Elle représentait un puissant emblème.

Que pouvait donc receler la pyramide, bien réelle celle-là, de la forêt de Fontainebleau ?

43. COCKTAIL MOLOTOV

Un havre de paix. Après mille détours pour rentrer chez elle, Julie s'était à demi allongée sous le drap de son lit et, éclairée par sa lampe de poche, lisait confortablement l'*Encyclopédie du Savoir Relatif et Absolu*. Elle voulait comprendre de quel genre de révolution exactement parlait cet Edmond Wells.

La pensée de l'écrivain lui paraissait confuse. Par moments, il parlait de « révolution », à d'autres, d'« évolution » et dans tous les cas « sans violence » et « en évitant le spectaculaire ». Il voulait changer les mentalités discrètement, presque en secret.

Tout cela était pour le moins contradictoire. Il y avait des pages racontant des révolutions et il fallait en tourner beaucoup d'autres avant d'apprendre que, jusqu'ici, aucune n'avait abouti. Comme s'il était fatal qu'une révolution pourrisse ou échoue.

Julie n'en découvrit pas moins, comme à chaque fois qu'elle ouvrait le livre, quelques passages intéressants et, entre autres, quelques recettes pour fabriquer des cocktails Molotov. Il en existait de plusieurs sortes. Certains prennent feu grâce à leur bouchon de tissu, d'autres, plus efficaces, se déclenchent avec des pastilles qui, en se brisant, libèrent des composants chimiques inflammables.

« Enfin, des conseils pratiques pour faire la révolution », songea-t-elle. Edmond Wells précisait les dosages des composants du cocktail. Il ne restait plus qu'à le confectionner.

Elle ressentit une douleur à son genou meurtri. Elle souleva le pansement et scruta la plaie. Elle percevait chacun de ses os, chaque muscle, chaque cartilage. Jamais son genou n'avait autant existé. À haute voix, elle dit :

— Bonjour, mon *genou*.

Et elle ajouta :

— ... C'est le vieux monde qui t'a fait mal. Je vais te venger.

Elle se rendit dans la remise, où étaient rangés les produits et les outils réservés au jardinage. Elle y trouva tous les ingrédients nécessaires pour confectionner une bombe incendiaire. Elle s'empara d'une bouteille en verre. Elle y versa du chlorate de soude, de l'essence et les autres produits chimiques indispensables. Un foulard de soie piqué à sa mère en guise de bouchon, son cocktail était prêt.

Julie serra sa petite bombe artisanale. Il n'était pas dit que la forteresse du lycée lui résisterait indéfiniment.

44. LE TEMPS DU SABLE

Elles sont fourbues. Il y a longtemps que les exploratrices n'ont pas mangé et elles commencent à souffrir des premières affres du manque d'humidité : les antennes se rigidifient, les articulations des pattes se soudent, les sphères oculaires se recouvrent d'une pellicule de poussière et elles n'ont pas de salive à gaspiller pour les laver.

Les treize fourmis se renseignent sur la direction du grand chêne auprès d'un collembole des sables. À peine leur a-t-il répondu qu'elles le mangent. Il y a des moments où dire « merci » est un luxe au-dessus de vos forces. Elles suçotent jusqu'aux articulations des pattes de l'animal pour récupérer la moindre molécule de son humidité.

Si le désert se poursuit encore sur une grande distance, elles périront. 103ᵉ commence à éprouver des difficultés à mettre une patte devant l'autre.

Que ne donneraient-elles pas, ne serait-ce que pour une demi-goutte de rosée ! Mais depuis quelques années, la température a grimpé en flèche sur la planète. Les printemps sont chauds, les étés caniculaires, les automnes tièdes et il n'y a qu'en hiver que le froid et l'humidité se font un peu sentir.

Elles connaissent par chance une manière de marcher qui épargne l'extrémité de leurs pattes. C'est la technique des fourmis de la ville de Yedi-bei-nakan. Il faut avancer en n'utilisant que quatre de ses six pattes puis alterner avec quatre autres. On dispose ainsi constamment de deux pattes fraîches reposées des brûlures du sol.

103ᵉ, toujours intéressée par les espèces étrangères, admire des acariens, ces « insectes des insectes », qui hantent tranquillement ce désert, hors de portée de leurs prédateurs. Ils s'enterrent quand il fait chaud et sortent quand le temps fraîchit. Les fourmis décident de les copier.

Ils sont sans doute aussi minuscules pour nous que nous le sommes pour les Doigts et pourtant, dans cette épreuve, ils nous donnent un exemple de survie.

Voilà qui prouve encore à 103ᵉ qu'il ne faut sous-estimer ni les dimensions supérieures ni les dimensions inférieures.

Nous sommes en équilibre entre les acariens et les Doigts.

Le temps fraîchissant, les fourmis sortent de leur couverture de sable.

Un coléoptère rouge file devant elles. 15ᵉ veut le mettre en joue mais 103ᵉ lui dit que cela ne servirait à rien de l'abattre. Si cet insecte est rouge, ce n'est pas par hasard. Il faut le savoir, dans la nature, tout ce qui arbore des couleurs tape-à-l'œil est toxique ou dangereux.

Les insectes ne sont pas fous. Ils ne vont pas s'afficher en rouge écarlate aux yeux de tous pour le plaisir d'attirer leurs prédateurs. S'ils le font, c'est bien pour signaler à tout le monde qu'il est inutile de leur chercher noise.

14e prétend que certains insectes se font rouges pour faire croire qu'ils sont toxiques alors qu'ils ne le sont pas.

7ᵉ ajoute qu'elle a vu des évolutions parallèles et complémentaires. Deux espèces de papillons ont exactement les mêmes motifs sur leurs ailes. L'un a les ailes toxiques, l'autre pas. Mais l'espèce non toxique est tout autant préservée que l'autre, car les oiseaux reconnaissent le motif des ailes et, croyant qu'ils sont toxiques, les évitent.

103ᵉ estime que, dans le doute, mieux vaut ne pas risquer de s'empoisonner.

15ᵉ, navrée, laisse partir le coléoptère. 14ᵉ, plus tenace, le poursuit et l'abat. Elle le goûte. Toutes pensent qu'elle va mourir, mais non. C'était bien un mimétisme pour faire croire à la toxicité.

On se régale de l'insecte rouge.

Tout en marchant, les fourmis discutent du sens du mimétisme et de la signification des couleurs. Pourquoi certains êtres sont-ils colorés et d'autres non ?

Au milieu de la canicule et de la sécheresse, cette discussion sur le mimétisme semble bien incongrue. 103ᵉ se dit que ce doit être sa mauvaise influence, son côté dégénéré au contact des Doigts. Mais elle reconnaît que, même si parler est un gaspillage d'humidité, cela présente l'intérêt de ne pas sentir la fatigue et la douleur.

16ᵉ raconte qu'elle a vu une chenille prendre la forme d'une tête d'oiseau pour faire peur à un autre oiseau. 9ᵉ prétend avoir vu une mouche prendre la forme d'un scorpion pour repousser une araignée.

Était-elle à métamorphose complète ou à métamorphose incomplète ? demande 14ᵉ.

Chez les insectes, c'est un thème de discussion récurrent. On aime bien parler de la métamorphose. Il y a toujours eu un clivage entre les insectes à métamorphose complète et ceux à métamorphose incomplète. Ceux qui ont la métamorphose complète connaissent quatre phases : œuf, larve, nymphe, adulte. C'est le cas des papillons, des fourmis, des guêpes, des abeilles, mais aussi des puces, des coccinelles. Ceux qui ont la métamorphose incomplète ne connaissent que trois phases : œuf, larve, adulte. Ils naissent à l'état d'adulte miniature et connaissent des transformations graduelles. C'est plutôt le cas des sauterelles, des perce-oreilles, des termites et des blattes.

On l'ignore souvent, mais il existe une certaine forme de mépris chez les « métamorphosés complets » envers les « métamorphosés incomplets. » Il y a toujours eu ce sous-entendu : « n'ayant pas eu de nymphose » ils ne sont pas complètement « démoulés », ils ne sont pas complets. Ce sont des bébés qui deviennent de vieux bébés et non des bébés qui deviennent adultes.

C'était une mouche à métamorphose complète, répond 9ᵉ, comme s'il s'agissait d'une évidence.

103ᵉ marche et regarde le soleil se dérober lentement à l'horizon dans une débauche de jaunes et d'orangés. Des idées étranges, peut-être dues à une insolation, lui viennent. Le soleil est-il un animal à métamorphose complète ? Les Doigts ont-ils des métamorphoses complètes ? Pourquoi la nature l'a-t-elle mise en contact avec ces monstres, et uniquement elle ? Pourquoi un seul individu a-t-il une aussi lourde responsabilité ?

Pour la première fois, elle éprouve quelques doutes sur sa quête. Désirer un sexe, souhaiter faire évoluer le monde, vouloir créer une alliance entre Doigts et fourmis, cela a-t-il vraiment un sens ? Et, si oui, pourquoi la nature passe-t-elle par des chemins si hasardeux pour arriver à ses fins ?

45. ENCYCLOPÉDIE

CONSCIENCE DU FUTUR : Qu'est-ce qui différencie l'homme des autres espèces animales ? Le fait de posséder un pouce opposable aux autres doigts de la main ? Le langage ? Le cerveau hypertrophié ? La position verticale ? Peut-être est-ce tout simplement la conscience du futur. Tous les animaux vivent dans le présent et le passé. Ils analysent ce qui survient et le comparent avec ce qu'ils ont déjà expérimenté. Par contre, l'homme, lui, tente de prévoir ce qui se passera. Cette disposition à apprivoiser le futur est sans doute apparue quand l'homme, au néolithique, a commencé à s'intéresser à l'agriculture. Il renonçait dès lors à la cueillette et à la chasse, sources de nourriture aléatoires, pour prévoir les récoltes futures. Il était désormais logique que la vision du futur devienne subjective, et donc différente pour chaque être humain. Les humains se sont donc mis tout naturellement à élaborer un langage pour décrire ces futurs. Avec la conscience du futur est né le langage qui le décrirait.
Les langues anciennes disposaient de peu de mots et d'une grammaire simpliste pour parler du futur, alors que les langues modernes ne cessent d'affiner cette grammaire.
Pour confirmer les promesses de futur, il fallait, en toute logique, inventer la technologie. Là a résidé le début de l'engrenage.
Dieu est le nom donné par les humains à ce qui échappe à leur maîtrise du futur. Mais la technologie leur permettant de contrôler de mieux en mieux ce futur, Dieu disparaît progressivement, remplacé par les météorologues, les futurologues et tous ceux qui pensent savoir, grâce à l'usage des machines, de quoi demain sera fait et pourquoi demain sera ainsi et non autrement.

Edmond Wells,
Encyclopédie du Savoir Relatif et Absolu, tome III.

46. LE POIDS DES YEUX

Maximilien Linart demeura longtemps, silencieux, à scruter la pyramide. Il la représenta de nouveau sur son calepin pour mieux en saisir la forme et son incongruité au milieu de cette forêt. Il examina ensuite soigneusement son dessin pour s'assurer qu'il était en tout point similaire à ce qu'il voyait devant lui. À l'école de police, le commissaire Linart assurait que si l'on observe longtemps quelqu'un ou quelque chose, on finit par en recevoir des milliers d'informations précieuses. Et cela suffisait le plus souvent à résoudre toute l'énigme.

Il appelait ce phénomène le « syndrome de Jéricho », si ce n'est qu'au lieu de tourner autour de l'objectif en sonnant des trompettes et en attendant qu'il s'ouvre de lui-même, lui tournait en le dessinant et en l'observant sous tous les angles.

Il avait utilisé cette même technique pour séduire sa femme, Scynthia. Celle-ci était du genre grande beauté altière, habituée à envoyer promener tout prétendant.

Maximilien l'avait remarquée dans un défilé de mannequins où elle était de loin la plus « pneumatique » et donc la plus convoitée par tous les hommes présents. Lui l'avait longuement observée. Au début, ce regard fixe et perçant avait gêné la jeune femme, puis il l'avait intriguée. Rien qu'à la regarder, il avait découvert toutes sortes d'éléments qui, par la suite, lui avaient permis de se brancher sur la même longueur d'onde qu'elle. Elle portait un médaillon orné de son signe astrologique : Poissons. Elle portait des boucles d'oreilles qui lui infectaient les lobes. Elle s'imprégnait d'un parfum très lourd.

À table, il s'était assis à côté d'elle et avait lancé la conversation sur l'astrologie. Il avait développé la force des symboles, la différence entre les signes d'eau, de terre et de feu. Scynthia, après une méfiance initiale, s'était laissée aller tout naturellement à donner son avis. Puis ils avaient discuté boucles d'oreilles. Il avait évoqué une toute nouvelle substance antiallergique qui permettait de supporter les bijoux aux alliages les plus divers. La conversation avait ensuite roulé sur son parfum, son maquillage, les régimes, les soldes. « Dans un premier temps, il faut mettre l'autre à l'aise en se plaçant sur son terrain. »

Après avoir évoqué les sujets qu'elle connaissait, il avait abordé ceux qu'elle ne connaissait pas : films rares, gastronomie exotique, livres à tirage limité. Dans ce second temps, sa stratégie amoureuse avait été simple, il jouait sur un paradoxe qu'il avait remarqué : les femmes belles aiment qu'on leur parle de leur intelligence, les femmes intelligentes aiment qu'on leur parle de leur beauté.

Dans un troisième mouvement, il avait saisi l'une de ses mains et observé les lignes sur sa paume. Il n'y connaissait strictement rien mais il lui avait dit ce que tout être humain a envie d'entendre : elle avait un destin particulier, elle allait connaître un grand amour, elle serait heureuse, elle aurait deux enfants : deux garçons.

Enfin, dans un dernier temps, pour assurer sa prise, il avait fait semblant de s'intéresser à la meilleure amie de Scynthia, ce qui avait eu aussitôt pour effet d'éveiller sa jalousie. Trois mois plus tard, ils étaient mariés.

Maximilien considéra la pyramide. Ce triangle-ci serait plus difficile à conquérir. Il s'en approcha. Il le toucha. Il le caressa.

Il lui sembla détecter un bruit à l'intérieur de la construction. Rangeant son calepin, il appliqua son oreille sur le flanc-miroir. Il perçut des voix. Aucun doute, il y avait des gens à l'intérieur de cet étrange bâtiment. Il écoutait attentivement quand il entendit un coup de feu.

Surpris, il eut un mouvement de recul. Chez le policier, le sens privilégié est la vue et il n'aimait pas avoir à se livrer à des déductions à partir de sa seule ouïe. Il était pourtant certain que la détonation provenait de l'intérieur de la pyramide. Il appliqua de nouveau son oreille contre la paroi et, cette fois, perçut des cris suivis des grincements des roues d'une voiture. Un tintamarre. De la musique classique. Des applaudissements. Des hennissements de chevaux. Le crépitement d'une mitrailleuse.

47. LE CALOPTÉRYX DE LA DERNIÈRE CHANCE

Les treize fourmis n'en peuvent plus. Elles n'émettent plus la moindre phrase phéromonale. Il leur faut économiser jusqu'à l'humidité de ces vapeurs qui leur permettent de communiquer.

103e discerne soudain un mouvement dans le ciel uniforme. Un caloptéryx. Ces grandes libellules, dont la présence vient du fond des temps, sont pour les fourmis comme les mouettes pour le marin égaré : elles indiquent la proximité d'une zone végétale. Les soldates reprennent courage. Elles se frottent les yeux pour affiner leur vision et mieux suivre les évolutions du caloptéryx.

La libellule descend, les frôlant presque de ses quatre ailes nervurées. Les fourmis s'immobilisent pour observer le majestueux insecte. Dans chacune des nervures circule du sang qui bat. La libellule est vraiment la reine du vol. Non seulement elle est capable de se stabiliser en vol géostationnaire, mais avec ses quatre ailes indépendantes, elle est le seul insecte à savoir voler en arrière.

L'immense ombre s'approche, se stabilise, redémarre, tourne autour d'elles. Elle semble vouloir les guider vers le salut. Son vol tranquille indique que son corps ne souffre nullement d'un manque d'humidité.

Les fourmis la suivent. Elles sentent enfin l'air se rafraîchir un peu. Une frise de poils sombres apparaît au sommet d'une colline au front chauve. De l'herbe. De l'herbe ! Et là où il y a de l'herbe, il y a de la sève et donc de la fraîcheur et de l'humidité. Elles sont sauvées.

Les treize fourmis galopent jusqu'à ce havre. Elles se goinfrent de pousses et de quelques insectes trop petits pour revendiquer leur droit à la survie. Au-dessus des herbes, quelques fleurs s'offrent à leurs antennes avides : des mélisses, des narcisses, des primevères, des jacinthes, des cyclamens. Il y a des myrtilles sur des arbustes et aussi des sureaux, du buis, des églantiers, des noisetiers, des aubépines, des cornouillers. C'est le paradis.

Elles n'ont jamais vu de région aussi luxuriante. Partout des fruits, des fleurs, des herbes, du petit gibier fouineur et courant moins vite qu'un jet d'acide formique. L'air magnifique est empli de pollens, le sol est jonché de graines en germe. Tout respire l'opulence.

Les fourmis se gavent, comblent à ras bord leur jabot digérant et leur jabot social. Tout leur paraît succulent. D'avoir très faim et très soif dote les aliments d'un goût extraordinaire. La moindre graine de pissenlit s'imprègne de milliers de saveurs, allant du sucré au salé en passant par l'amer. Jusqu'à la rosée qu'elles aspirent sur le pistil des fleurs et qui est pleine de nuances gustatives auxquelles les fourmis n'avaient jusque-là guère accordé d'importance.

5e, 6e et 7e se repassent des étamines pour le seul plaisir de les lécher ou de les mâchouiller comme du chewing-gum. Un simple bout de racine leur est mets délicat. Elles se baignent dans le pollen d'une pâquerette, s'en enivrent et s'en lancent des boules jaunes à la manière de boules de neige.

Elles émettent des phéromones pétillantes de joie qui les picotent quand elles les reçoivent.

Elles mangent, elles boivent, elles se lavent puis mangent encore, boivent encore et se lavent encore. Lasses enfin, elles se frottent dans des herbes et restent là, à savourer leur bonheur d'être vivantes.

Les treize guerrières ont traversé le grand désert blanc septentrional et en sont ressorties indemnes. Elles sont repues, elles se calment, se réunissent, discutent.

Enfin tranquilles, 10e réclame que 103e leur parle encore des Doigts. Peut-être craint-elle que la vieille exploratrice ne meure sans avoir dévoilé tous ses secrets.

103e évoque une déconcertante invention des Doigts : les feux tricolores. Il s'agit de signaux qu'ils posent sur les pistes dans le but d'éviter les embouteillages. Quand le signal est de couleur verte, tous les Doigts avancent sur la piste. Quand il passe au rouge, tous s'immobilisent sur place comme s'ils étaient morts.

5ᵉ dit que ce pourrait être là un bon moyen d'arrêter les invasions de Doigts. Il suffirait de placer partout des signaux rouges. Mais 103ᵉ objecte qu'il y a des Doigts qui ne respectent pas les signaux. Ils passent comme bon leur semble. Il faudra trouver autre chose.

Et l'humour, c'est quoi ? demande 10ᵉ.

103ᵉ consent à leur narrer une blague doigtesque, mais elle constate que n'en ayant compris aucune, elle n'en a retenu aucune. Elle se souvient vaguement d'une histoire avec un Esquimau sur la banquise, mais elle n'est jamais parvenue à apprendre ce qu'était un Esquimau, ni d'ailleurs une banquise.

Quoique. Il y en a peut-être une qu'elle peut raconter. La blague de la fourmi et de la cigale.

Une cigale chante tout l'été et va demander de la nourriture à une fourmi. L'autre répond que, non, elle ne veut rien lui donner.

À ce niveau du récit, les douze ne saisissent pas pourquoi la fourmi n'a pas encore dévoré la cigale. 103ᵉ répond que c'est justement ça, les blagues. On n'y comprend jamais rien et, pourtant, elles provoquent des spasmes chez les Doigts. 10ᵉ réclame la fin de cette histoire bizarre.

La cigale s'en va et meurt de faim.

Les douze apprécient le récit tout en trouvant la fin désolante. Elles posent des questions pour tenter d'en saisir le fil. Pourquoi la cigale chante-t-elle tout l'été alors que tout le monde sait que les cigales ne chantent que pour attirer leurs partenaires sexuels et puis se taisent après l'accouplement ? Pourquoi la fourmi ne cherche-t-elle pas à récupérer le cadavre de la cigale morte de faim pour le couper en morceaux et en faire des pâtés ?

La discussion s'interrompt soudain. La petite troupe a senti les herbes frémir, les pétales se crisper, les framboises modifier la saveur de leur sève. Alentour, les animaux se terrent. Il y a du danger dans l'air. Que se passe-t-il ? Sont-ce les treize fourmis rousses des bois qui les effraient à ce point ?

Non. Une sourde menace fait vibrer les ramures. Il rôde une odeur de peur. Le ciel s'obscurcit. Il n'est que midi, il fait chaud et pourtant le soleil, comme résigné face à un adversaire supérieur, lance encore quelques rayons et disparaît.

Les treize fourmis dressent leurs antennes. Un nuage sombre se rapproche, tout là-haut dans le ciel. Elles croient d'abord que la nuée apporte l'orage. Mais non. Il ne s'agit ni de pluie ni de vent. 103ᵉ pense que, peut-être, des Doigts volants passent par là par hasard ; ce n'est pas ça non plus.

Si les fourmis ne possèdent pas une vision suffisante pour voir très loin, peu à peu elles comprennent ce que signifie ce long nuage sombre en altitude. Un bourdonnement se répand. Une odeur saisissante imprègne les segments antennaires. Ce nuage en flocons dans le ciel, ce sont...

Les criquets !

Un nuage de criquets migrateurs !

Normalement, ils sont exceptionnels en Europe. On n'en a connu que quelques rares invasions en Espagne et en France, sur la Côte d'Azur mais, depuis que la température générale s'est élevée, les animaux du Sud franchissent la Loire. Les monocultures ont accru encore la taille de leurs dangereux nuages.

Des criquets migrateurs ! Autant les criquets que l'on rencontre seuls sont de charmants insectes, en tout point gracieux, polis et délicieux à manger, autant en groupe ils représentent le pire des fléaux.

Quand il est seul, le criquet adopte une couleur grisâtre et une attitude très modeste. Mais dès qu'il se retrouve avec d'autres criquets, il change de teinte pour virer au rouge, puis au rose, puis à l'orange et enfin au jaune. Le safran indique qu'il est au sommet de sa phase d'excitation sexuelle. Dès lors, il se goinfre et s'accouple avec toutes les femelles qu'il trouve à sa portée. Sa frénésie sexuelle est tout aussi spectaculaire que sa frénésie alimentaire. Pour satisfaire les deux, il est prêt à tout détruire sur son passage.

Solitaire, le criquet vit la nuit en sautillant. En groupe, le criquet vit le jour en volant. Le criquet solitaire se traîne dans les déserts, adapté qu'il est à la sécheresse. Le criquet grégaire supporte parfaitement l'humidité et envahit sans crainte cultures, brousses et forêts.

Est-ce là encore une manifestation de ce qu'à leur télévision les Doigts nomment le « pouvoir des foules » ? Le nombre abolit les inhibitions, détruit les conventions, affecte le respect de la vie des autres.

5e lance l'ordre de rebrousser chemin mais toutes savent qu'il est déjà trop tard.

103e regarde le nuage de mort s'approcher.

Ils sont là-haut, des milliards en suspension et, dans quelques secondes, ils s'abattront sur le sol. Les treize Belokaniennes dressent des antennes curieuses et apeurées.

La sombre nuée tournoie dans le ciel comme pour tuer d'abord d'effroi tout ce qui palpite sous elle. Les courants aériens entraînent cette masse en des volutes semblables au ruban de Möbius. Quelques exploratrices souhaitent très fort, sans y croire vraiment, s'être trompées et qu'il ne s'agisse que d'un nuage de poussières, de très épaisses poussières.

La nuée sombre s'étire et forme des symboles ésotériques, annonciateurs de ruine.

En bas, plus personne ne bouge. Toutes attendent. Attendent surtout que 103e, si riche d'expérience, trouve une solution originale.

103e ne possède pas de solution. Elle vérifie sa réserve d'acide formique, dans son abdomen, et se demande combien de criquets elle va pouvoir descendre avec ça.

Le nuage descend doucement, en tourbillonnant. On entend de plus en plus distinctement le crépitement d'une myriade de mandibules avides. Les herbes se recroquevillent, elles savent intuitivement que ces criquets voraces sont leur fin.

103e constate que le ciel ne cesse de s'obscurcir. Les treize se regroupent en cercle, abdomen dardé, prêtes à tirer.

Ça y est, comme les parachutistes venus en éclaireurs d'une colossale armée volante, les premiers criquets s'abattent sur le sol avec de maladroits rebonds. Très vite, ils se rétablissent sur leurs pattes et entreprennent de se gaver de tout ce qui vit alentour.

Ils mangent et ils copulent.

À peine une femelle criquet parvient-elle à terre qu'un mâle la rejoint pour l'accouplement. À peine l'accouplement est-il terminé que les femelles se mettent à pondre des œufs dans la terre, en une stupéfiante et terrible fécondité. La grande arme du criquet est sa promptitude à répandre massivement ses œufs.

Plus puissant que le jet d'acide des fourmis, plus effroyable que le bout rose des Doigts : le sexe des criquets !

48. ENCYCLOPÉDIE

DÉFINITION DE L'HOMME : **Avec tous ses membres développés, un fœtus de six mois est-il déjà un homme ? Si oui, un fœtus de trois mois est-il un homme ? Un œuf à peine fécondé est-il un homme ? Un malade dans le coma, qui n'a pas repris conscience depuis six ans, mais dont le cœur bat et les poumons respirent, est-il encore un homme ?**

Un cerveau humain, vivant mais isolé dans un liquide nutritif, est-il un homme ?

Un ordinateur capable de reproduire tous les mécanismes de réflexion d'un cerveau humain est-il digne de l'appellation d'être humain ?

Un robot extérieurement similaire à un homme et doté d'un cerveau similaire à celui d'un homme est-il un être humain ?

Un humain clone, fabriqué par manipulation génétique afin de

constituer une réserve d'organes pour pallier d'éventuelles défi-
ciences de son frère jumeau, est-il un être humain ?
Rien n'est évident. Dans l'Antiquité et jusqu'au Moyen Âge, on
a considéré que les femmes, les étrangers et les esclaves n'étaient
pas des êtres humains. Normalement, le législateur est censé être
le seul capable d'appréhender ce qui est et ce qui n'est pas un
« être humain ». Il faudrait aussi lui adjoindre des biologistes, des
philosophes, des informaticiens, des généticiens, des religieux,
des poètes, des physiciens. Car, en vérité, la notion d'« être
humain » va devenir de plus en plus difficile à définir.

Edmond Wells,
Encyclopédie du Savoir Relatif et Absolu, tome III.

49. PASSAGE AU ROCK

Face à la grande et solide porte de chêne du porche arrière du
lycée, Julie se débarrassa de son sac à dos. Elle sortit le cocktail
Molotov qu'elle avait confectionné. Elle actionna la molette de son
briquet qui produisit des étincelles mais pas de flamme : la pierre
était usée. Elle chercha dans le fouillis de son sac et trouva enfin une
boîte d'allumettes. Cette fois-ci, rien ne l'empêcherait de lancer son
cocktail Molotov contre la porte. Elle frotta l'allumette et regarda la
petite lueur orange qui allait tout déclencher.
— Ah ! Tu es venue, Julie ?
Instinctivement elle rangea sa bombe incendiaire. Quel était ce
nouvel empêcheur d'incendier tranquille ? Elle se retourna. Encore
David.
— Tu t'es finalement décidée à venir entendre notre groupe de
musique ? demanda-t-il, sibyllin.
Le concierge, méfiant, avançait dans leur direction.
— Exactement, répondit-elle en dissimulant mieux sa bouteille.
— Alors, suis-moi.
David conduisit Julie vers la petite salle sous la cafétéria où les
Sept Nains tenaient leurs activités. Certains accordaient déjà leur ins-
trument.
— Tiens, on a de la visite..., signala Francine.
La pièce était petite. Il y avait juste la place pour une estrade
jonchée d'instruments de musique. Les murs étaient tapissés de pho-
tos de leur groupe, animant des anniversaires ou des soirées dan-
santes.
Ji-woong ferma la porte pour s'assurer que nul ne les dérangerait.

— On craignait que tu ne viennes pas, dit Narcisse, narquois, à l'adresse de Julie.

— Je voulais juste voir comment vous jouiez, c'est tout.

— Tu n'as rien à faire ici. On n'a pas besoin de touristes ! s'exclama Zoé. On est un groupe de rock, soit on joue avec nous, soit on s'en va.

Le seul fait d'être rejetée donna à la jeune fille aux yeux gris clair envie de rester.

— Vous en avez de la chance, d'avoir un coin à vous dans le lycée, soupira-t-elle.

— Nous en avions absolument besoin pour pouvoir répéter, lui expliqua David. Sur ce coup-là, le proviseur s'est vraiment montré très coopératif.

— Il avait surtout intérêt à prouver que, dans son lycée, on développait des activités culturelles, compléta Paul.

— Le reste de la classe pense que vous avez simplement envie de faire bande à part, dit Julie.

— On sait, fit Francine. Ça ne nous gêne pas. Pour vivre heureux, vivons cachés.

Zoé releva la tête.

— Tu n'as pas compris ? insista-t-elle. Nous, on répète et on tient à rester entre nous. Tu n'as rien à faire ici.

Comme Julie ne bougeait pas, Ji-woong intervint gentiment.

— Tu sais jouer d'un instrument ? demanda-t-il.

— Non. Mais j'ai pris des cours de chant.

— Et qu'est-ce que tu chantes ?

— J'ai une voix de soprano. Je chante surtout des airs de Purcell, Ravel, Schubert, Fauré, Satie... Et vous, quel genre de musique pratiquez-vous ?

— Du rock.

— Rock tout court, ça ne veut plus rien dire. Quel rock ?

Paul prit la parole :

— Nos références sont Genesis première période, album *Nursery Crime*, *Foxtrot*, *The Lamb Lies Down On Broadway*, jusqu'à *A Trick of Tail*... et tout Yes, avec une préférence pour les albums *Close to the Edge*, *Tormato*... et tout les Pink Floyd avec, là encore, une préférence pour *Animals*, *I Wish You Were Here* et *The Wall*.

Julie hocha la tête en connaisseuse.

— Ah oui ! du très vieux rock progressif poussiéreux des années soixante-dix !

La remarque fut mal perçue. Visiblement, c'était leur musique de référence. David la remit en selle :

— Tu as appris le chant, dis-tu. Alors, pourquoi n'essaierais-tu pas de chanter avec nous ?

Elle secoua sa chevelure brune.

— Non, merci. Ma voix est blessée. On m'a opérée pour des nodules et le médecin m'a conseillé de ne plus forcer sur mes cordes vocales.

Elle les considéra les uns après les autres. En fait, elle avait très envie de chanter avec eux et tous le sentaient, mais elle avait tellement pris l'habitude de toujours dire non, qu'à présent elle refusait toute proposition d'instinct.

— Si tu n'as pas envie de chanter, alors, on ne te retient pas, répéta Zoé.

David ne laissa pas la conversation s'envenimer.

— On pourrait essayer un vieux blues. Le blues, c'est entre la musique classique et le rock progressif. Toi, tu improviseras les paroles que tu voudras. Tu n'es pas obligée de te forcer la voix. Tu n'as qu'à fredonner.

À l'exception de Zoé qui demeurait sceptique, tous approuvèrent.

Ji-woong désigna le micro, au centre de la pièce.

— Ne t'inquiète pas, dit Francine. Nous aussi, nous avons une formation classique. Moi, j'ai fait cinq ans de piano, mais mon professeur était tellement conformiste que j'ai vite eu envie de passer au jazz puis au rock rien que pour lui casser les pieds.

Chacun prit sa place. Paul s'approcha de la table de la sono et régla les potentiomètres.

Ji-woong posa un battement simple à deux temps. Zoé l'appuya d'un mouvement répétitif et impatient de basse. Narcisse pinça les accords habituels du blues : huit *mi*, quatre *la* et de nouveau quatre *mi*, deux *si*, deux *la*, deux *mi*. David les reprit en arpège à la harpe électrique, de même que Francine à son synthétiseur. Le décor musical était planté. Ne manquait plus que la voix.

Julie s'empara lentement du micro. Un instant, le temps lui parut s'être arrêté et puis ses lèvres se décollèrent, ses mâchoires se détendirent, sa bouche s'ouvrit et elle s'élança du plongeoir.

Sur cet air de blues, elle chantonna les premières paroles qui lui vinrent à l'esprit.

Une souris verte, qui courait dans l'herbe...

Sa voix lui sembla d'abord comme brouillée ; au deuxième couplet, réchauffées, ses cordes vocales donnèrent plus de puissance. Julie doubla un par un tous les instruments de musique sans que Paul ait besoin de toucher à une molette de sa sono. On n'entendit plus la guitare, la harpe, le synthétiseur, seulement la voix de Julie résonnant dans la petite pièce avec, en arrière-fond, la batterie de Ji-woong.

Et vous obtiendrez un escargot tout chauuuuud.

Elle ferma les yeux et émit une note pure.

Ooooooooooooo.

Paul chercha à régler l'amplificateur mais il n'y avait plus rien à amplifier. La voix sortait de la zone de tolérance du micro.

Julie s'arrêta.

— La salle est petite. Je n'ai pas besoin de sono.

Elle lança une note et, effectivement, les murs résonnèrent. Ji-woong et David étaient impressionnés, Francine plaqua de fausses notes, Paul scrutait, médusé, les aiguilles de ses cadrans. La voix de Julie occupait l'espace tout entier, elle se répandait dans la pièce, elle pénétrait dans les conduits auditifs comme un ruisseau d'eau fraîche.

Il y eut un long silence. Francine se détacha de son clavier et applaudit la première, vite suivie par l'ensemble des Sept Nains.

— C'est certes différent de ce qu'on fait d'habitude, mais c'est intéressant, constata Narcisse, pour une fois sérieux.

— Tu as réussi l'examen d'entrée, annonça David. Si tu veux, tu peux rester avec nous et faire partie du groupe.

Jusqu'ici, Julie n'avait travaillé correctement qu'avec un professeur. Mais elle voulait bien essayer de fonctionner en groupe.

Ils recommencèrent l'expérience et entonnèrent ensemble un morceau plus construit : « The Great Gig in the Sky » des Pink Floyd. Julie put monter et remonter sa voix jusqu'à ses extrêmes, se livrer à des effets vocaux majestueux. Elle n'en revenait pas. Sa gorge s'était réveillée. Ses cordes vocales étaient de retour.

« Bonjour, mes *cordes vocales* », salua-t-elle intérieurement.

Les Sept Nains lui demandèrent comment elle avait appris à si bien maîtriser sa voix.

— C'est de la technique. Il faut beaucoup s'exercer. J'ai eu un professeur de chant formidable. Il m'a appris à contrôler parfaitement mon volume sonore. Il m'installait dans des pièces closes où, dans le noir, je devais émettre des sons qui me permettaient d'identifier la taille du local puis d'en occuper tout le volume, en veillant à arrêter le son juste avant le mur pour ne pas qu'il résonne. Il me faisait aussi chanter tête en bas ou sous l'eau.

Julie raconta que Yankélévitch, son maître, faisait parfois travailler ses élèves en groupe pour qu'ils tentent de former un « Egrégor », ce qui signifiait que tous émettaient un chant jusqu'à ce qu'ils parviennent exactement à la même note, comme s'ils ne formaient qu'une seule bouche.

Julie proposa aux Sept Nains de renouveler avec elle cette tentative. Elle émit une note précise ; les autres tentèrent tant bien que mal de la suivre et de la rejoindre. Le résultat ne fut pas très convaincant.

— En tout cas, pour nous, tu es adoptée, souligna Ji-woong. Si le cœur t'en dit, tu seras dorénavant notre chanteuse attitrée.

— C'est que...

— Cesse de faire ta mijaurée, lui souffla Zoé à l'oreille. Ça va finir par nous fatiguer.

— Eh bien... d'accord.

— Bravo ! s'exclama David.

Tous la félicitèrent et chaque membre du groupe lui fut présenté.

— Le grand brun aux yeux bridés assis à la batterie, c'est Ji-woong. Dans l'imagerie des Sept Nains, il serait Prof. C'est la tête. Il demeure imperturbable même dans les pires galères. En cas de besoin, demande-lui conseil.

— C'est toi, le chef ?

— Nous n'avons pas de chef ! s'exclama David. Nous pratiquons la démocratie autogérée.

— Et ça veut dire quoi, « démocratie autogérée » ?

— Que chacun fait ce qu'il lui plaît tant que ça ne gêne pas les autres.

Julie s'éloigna du micro et s'assit sur un petit tabouret.

— Et vous y parvenez ?

— Nous sommes soudés par notre musique. Quand on joue ensemble, on est bien obligés d'accorder nos instruments. Je crois que le secret de notre bonne entente, c'est que nous formons un vrai groupe de rock.

— Il y a aussi que nous sommes peu nombreux. À sept, ce n'est pas difficile de pratiquer la démocratie autogérée, remarqua Zoé.

— Elle, Zoé, à la basse, elle correspondrait à Grincheux. Enfin, Grincheuse...

La grosse fille aux cheveux courts fit une grimace à l'énoncé de son surnom.

— Zoé, elle râle d'abord et elle cause après, expliqua Ji-woong.

David poursuivit :

— Paul à la sono, notre Simplet. Il est potelé. Il a toujours peur de commettre une gaffe et il en fait. Tout ce qui passe à sa portée et qui a l'air de nourriture, il le porte à sa bouche pour le goûter. Il considère que c'est par la langue que l'on peut le mieux connaître le monde qui nous entoure.

Le prénommé Paul se renfrogna.

— Léopold, le flûtiste, c'est Timide. On le dit petit-fils de chef indien navajo mais comme il est blond aux yeux bleus, ce n'est pas évident.

Léo s'efforça de conserver la face impassible propre à ses ancêtres.

— Lui, il s'intéresse surtout aux maisons. Dès qu'il a un instant de libre, il dessine sa demeure idéale.

Les présentations se poursuivirent.

— Francine, à l'orgue, c'est Dormeur. Elle rêvasse sans cesse. Elle consacre beaucoup de temps à jouer à des jeux informatiques, de sorte qu'elle a toujours les yeux rouges à force de fixer l'écran.

La jeune fille blonde aux cheveux mi-longs sourit, puis alluma une cigarette de marijuana et émit une longue volute bleue.

— À la guitare électrique, Narcisse, notre Joyeux. Il a l'air d'un petit garçon sage comme ça mais, tu t'en rendras vite compte, il a toujours le mot pour rire ou refroidir l'ambiance. Il se moque de tout. Comme tu peux le voir, il est très coquet, toujours bien habillé. En fait, il fabrique lui-même ses vêtements.

Le garçon efféminé lança un clin d'œil à Julie et compléta :

— Enfin, à la harpe électrique, c'est David. On le nomme Atchoum. Il s'angoisse en permanence, peut-être à cause de sa maladie des os. Il est toujours inquiet, presque parano, mais on arrive quand même à le supporter.

— Je comprends maintenant pourquoi on vous appelle les Sept Nains, lança Julie.

— « Nain » ça vient de gnome et gnome, ça vient du grec *gnômê*, c'est-à-dire « connaissance », reprit David. Nous privilégions chacun un domaine qui nous est propre et nous nous complétons ainsi parfaitement. Et toi, qui es-tu ?

Elle hésita :

— Moi... Moi, je suis Blanche-Neige, bien sûr.

— Pour une Blanche-Neige, tu es plutôt sombre, remarqua Narcisse, en désignant les vêtements noirs de la jeune fille.

— C'est que je suis en deuil, expliqua Julie. Je viens de perdre mon père dans un accident. Il était directeur au service juridique des Eaux et Forêts.

— Et sinon ?

— Sinon... je porte quand même du noir, reconnut-elle, mutine.

— Est-ce que, comme la Blanche-Neige de la légende, tu attends qu'un prince charmant t'éveille d'un baiser ? demanda Paul.

— Tu confonds avec la Belle au bois dormant, rétorqua Julie.

— Paul, tu as encore gaffé, signala Narcisse.

— Pas sûr. Dans tous les contes, il y a une fille qui somnole en attendant d'être réveillée par son bien-aimé...

— On rechante un peu ? proposa Julie, qui commençait à y reprendre goût.

Ils choisirent des morceaux de plus en plus difficiles. « And You and I » de Yes, « The Wall » des Pink Floyd, enfin « Super's Ready » de Genesis. Celui-là durait vingt minutes et permettait à chacun de se faire remarquer en solo.

Julie maîtrisait si bien son chant maintenant qu'elle parvint à produire des effets intéressants sur chacun des trois morceaux, en dépit des différences de style.

Enfin, ils décidèrent de rentrer chez eux.

— Je me suis disputée avec ma mère et je n'ai pas très envie de regagner le domicile familial, ce soir. Est-ce que quelqu'un peut m'héberger pour cette nuit ? demanda Julie.

— David, Zoé, Léopold et Ji-woong sont pensionnaires et dorment au lycée. Mais Francine, Narcisse et moi, on est externes. Nous t'hébergerons à tour de rôle si tu en as besoin. Tu peux venir chez moi ce soir, proposa Paul, on a une chambre d'amis.

L'idée ne sembla pas enthousiasmer Julie. Francine comprit qu'elle n'avait guère envie de loger chez un garçon et lui offrit de dormir plutôt dans son appartement. Cette fois, Julie acquiesça.

50. ENCYCLOPÉDIE

MOUVEMENT DE VOYELLES : **Dans plusieurs langues anciennes : égyptien, hébreu, phénicien, il n'existe pas de voyelles, il n'y a que des consonnes. Les voyelles représentent la voix. Si, par une représentation graphique, on donne la voix au mot, on lui donne trop de force, car on lui donne en même temps la vie.**
Un proverbe dit : « Si tu étais capable d'écrire parfaitement le mot armoire, tu recevrais le meuble sur la tête. »
Les Chinois ont eu le même sentiment. Au deuxième siècle après J.-C., le plus grand peintre de son temps, Wu Daozi, fut convoqué par l'Empereur qui lui demanda de dessiner un dragon parfait. L'artiste le peignit en entier sauf les yeux. « Pourquoi as-tu oublié les yeux ? » interrogea l'Empereur. « Parce que si je dessinais les yeux, il s'envolerait », répondit Wu Daozi. L'Empereur insista, le peintre traça les yeux et la légende prétend que le dragon s'envola.

Edmond Wells,
Encyclopédie du Savoir Relatif et Absolu, tome III.

51. ÉMISSAIRES DES NUAGES

103ᵉ et ses compagnes s'exténuent depuis plusieurs minutes à se battre contre les criquets. La poche abdominale à acide de 103ᵉ est presque vide. La vieille fourmi n'a pas d'autre choix que de frapper à la mandibule, et c'est encore plus fatigant.

Les criquets n'offrent pas de réelle résistance. Ils ne se battent même pas. C'est leur multitude qui constitue une menace car, sans arrêt, ils pleuvent des cieux en une sinistre grêle de pattes et de mandibules affamées.

Aucun répit à cette pluie terne.

Sur plusieurs couches, peut-être six ou sept épaisseurs de criquets migrateurs, le sol est maintenant recouvert d'insectes à perte de vue. 103e lance ses mandibules dans la masse et tranche, tranche, tranche les corps comme une faucheuse. Elle n'a pas franchi victorieusement tant d'obstacles pour céder face à une espèce dont la seule intelligence consiste à produire des enfants en masse.

Chez les Doigts, se souvient-elle, quand il y a surpopulation humaine, les femelles avalent des hormones, appelées pilules, pour être moins fertiles. C'est cela qu'il faudrait faire : gaver de pilules ces criquets envahissants. Quel mérite de fabriquer vingt enfants là où l'on n'en a besoin que d'un ou deux ? Où réside l'intérêt de pondre une population massive alors qu'on sait pertinemment qu'on ne pourra ni la soigner ni l'éduquer, et qu'elle ne pourra croître qu'en parasitant toutes les autres espèces ?

103e refuse de se soumettre à la dictature de ces pondeuses frénétiques. Les tronçons de criquets volent autour d'elle. À force de tuer, ses mandibules sont prises de crampes.

Un rayon de soleil perce soudain le sombre nuage et illumine un myrtillier. C'est un signe. 103e s'empresse d'y grimper avec ses acolytes. Pour se redonner vigueur et vaillance, elles se gavent de baies qui éclatent, ballons bleu marine, sous la pointe en canif de leurs mandibules.

Fuir est la solution.

103e tente de retrouver son calme. Elle lève ses antennes vers le ciel. Le sol n'est qu'une écume d'élytres mais, là-haut, la pluie de criquets s'est arrêtée et le soleil est réapparu. Pour reprendre courage, elle fredonne l'antique chanson belokanienne :

> *Soleil, pénètre nos carcasses creuses*
> *Remue nos muscles endoloris*
> *Et unis nos pensées divisées.*

Les treize fourmis sont suspendues à l'extrémité des branches les plus élevées du myrtillier et le flot de criquets les rejoint. Elles sont comme sur une aiguille au milieu d'une mer de dos gesticulants.

52. CHEZ FRANCINE

Septième étage. Sans ascenseur, c'est fatigant. Elles reprirent leur souffle sur le palier. Cela faisait du bien d'arriver. Là-haut, elles se sentaient à l'abri des périls rampants de la rue.

C'était l'avant-dernier étage, mais les remugles des ordures délaissées par les éboueurs grévistes y parvenaient quand même. La jeune fille blonde aux cheveux mi-longs chercha ses clefs au fond de la grande poche qui lui servait de sac et, après avoir longtemps fouillé dans une masse de petits objets hétéroclites, en sortit victorieusement un gros trousseau.

Elle ouvrit les quatre serrures de sa porte puis donna un bon coup d'épaule « parce que le bois avait gonflé à cause de l'humidité et que la porte bloquait ».

Chez Francine, il n'y avait que des ordinateurs et des cendriers. Ce qu'elle nommait pompeusement son « appartement » n'était en fait qu'un minuscule studio. Une inondation ancienne chez les voisins du dessus avait orné le plafond d'une auréole suintante. C'est une règle dans les immeubles : les voisins du dessus laissent toujours déborder leur baignoire. Ceux du dessous bloquent le vide-ordures avec des sacs-poubelle trop volumineux.

Le papier peint était marron. Francine ne devait pas consacrer beaucoup de temps à son ménage. Partout, la poussière s'accumulait. Julie jugea l'ensemble plutôt déprimant.

— Fais comme chez toi, installe-toi, lui dit Francine en lui désignant un fauteuil défoncé, récupéré sans doute dans une décharge.

Julie s'assit et Francine remarqua que son genou suppurait.

— C'est les blessures que t'ont infligées les Rats noirs ?

— Je ne souffre pas mais c'est comme si je sentais chacun de mes os à l'intérieur. Comment t'expliquer ? C'est comme si je prenais conscience de l'existence de mes genoux. Je perçois mes rotules, mes articulations, tout ce système compliqué qui permet à deux os de fonctionner ensemble.

Francine examina la plaie et son pourtour livide et se demanda si Julie n'était pas un peu masochiste. Elle avait l'air d'aimer sa blessure parce qu'elle lui rappelait que son genou existait...

— Dis-donc, tu te drogues à quoi, toi ? demanda Francine. Tu fumes de la moquette ? Je vais quand même t'arranger ça. Je dois bien avoir du coton et du mercurochrome quelque part.

Avec des ciseaux, Francine coupa d'abord la longue jupe de Julie qui collait à la plaie et, sans violence cette fois, la jeune fille aux yeux gris clair dévoila ses cuisses.

— Ma jupe est définitivement fichue !

— Tant mieux, rétorqua l'autre en la soignant. Comme ça, on verra enfin tes jambes. En plus, elles sont jolies. Première concession à la féminité : montre-les. Ta plaie séchera plus vite.

Francine alluma ensuite une cigarette de sensemillia et la lui tendit :

— Je vais t'apprendre à t'enfuir dans ta tête. Je ne sais peut-être pas faire grand-chose, mais j'ai appris à vivre dans plusieurs réalités parallèles et, crois-moi, ma vieille, c'est super d'avoir le choix. Dans la vie, tout te déçoit sauf si tu parviens à zapper entre les réalités, et là c'est plus supportable.

Elle se dirigea vers ses ordinateurs. Lorsqu'elle alluma ses écrans, la pièce se transforma en un cockpit d'avion supersonique. Des voyants clignotaient, des disques durs grésillaient et on oubliait la misère des murs.

— Tu as une superbe collection d'ordinateurs, admira Julie.

— Oui, toute mon énergie et toutes mes économies y passent. Ma passion, c'est les jeux. Je mets un vieux morceau de Genesis en fond sonore, je m'allume un petit joint et puis je m'amuse à fabriquer des mondes artificiels. Actuellement, c'est *Évolution* qui me plaît le plus. Avec ce programme, tu reconstitues des civilisations et tu les envoies guerroyer les unes contre les autres. En même temps, tu leur développes un artisanat propre, une agriculture, une industrie, un commerce, tout, quoi ! Ça passe agréablement le temps et ça donne l'impression de refaire l'histoire de l'humanité. Tu veux essayer ?

— Pourquoi pas ?

Francine lui expliqua comment mettre en place des cultures, commander la progression technologique, diriger les guerres, bâtir des routes, envoyer des explorateurs sur les mers, passer des accords diplomatiques avec les civilisations voisines, lancer des caravanes de commerçants, utiliser des espions, ordonner des élections, prévoir les effets pervers, les conséquences à court, long et moyen terme.

— Être le dieu d'un peuple, même dans un monde artificiel, ce n'est pas un job facile, souligna Francine. Lorsque je me plonge dans ce jeu, il me semble que je comprends mieux notre histoire passée et je pressens notre avenir probable. C'est, par exemple, en jouant à ça que j'ai compris que, dans l'évolution d'un peuple, il était nécessaire d'avoir une première phase despotique et que, si l'on voulait sauter cette phase pour créer directement un état démocratique, le despotisme revenait plus tard. Un peu comme dans une voiture, la boîte de vitesses. On doit passer progressivement la première puis la seconde puis la troisième. Si on veut démarrer en troisième, ça cale. C'est comme ça que j'équipe mes civilisations. Une longue phase de despotisme, suivie par une phase de monarchie, puis enfin, quand le peuple commence à devenir responsable, je lui relâche la bride pour envisager la démocratie. Et il apprécie. Mais les États démocratiques sont très fragiles... Tu t'en apercevras en jouant.

À force de séjourner dans les mondes artificiels de ses parties d'*Évolution*, Francine paraissait avoir abouti à l'analyse de son propre monde.

— Et tu ne crois pas que, nous aussi, nous avons un joueur géant qui nous manipule ? demanda Julie.

Francine éclata de rire.

— Tu veux dire un dieu ? Oui, peut-être. Probablement. Le problème c'est que, si Dieu existe, il nous a laissé notre libre arbitre. Plutôt que de nous indiquer ce qu'il faut faire en bien ou en mal, comme je le fais avec mon peuple dans *Évolution*, il nous laisse le découvrir par nous-mêmes. C'est à mon avis un dieu irresponsable.

— Peut-être qu'il le fait volontairement. C'est parce que Dieu nous a laissé notre libre arbitre que nous avons ce droit suprême de faire des bêtises. De faire même d'énormes bêtises sans qu'il intervienne.

La remarque sembla donner beaucoup à réfléchir à Francine.

— Tu as raison. Peut-être qu'il nous a laissé notre libre arbitre par curiosité, pour voir ce que nous en ferions, répondit-elle songeuse.

— Et s'il nous laissait notre libre arbitre parce que ce n'était pas amusant pour lui de voir une masse de sujets obéissants et en tout point monotones dans leur gentillesse et leur servilité ? Peut-être que c'est parce que Dieu nous aime qu'il nous a offert cette si grande liberté. Le libre arbitre total, c'est la plus grande preuve d'amour d'un dieu pour son peuple.

— Dommage, dans ce cas, que nous ne nous aimions pas nous-mêmes suffisamment pour en jouir intelligemment, conclut Francine.

Pour l'instant, elle préférait indiquer à ses sujets leurs comportements. Elle pianota sur son ordinateur pour ordonner à son peuple de se lancer dans des recherches agronomiques afin d'améliorer la culture des céréales.

— Chez moi, je les aide à faire des découvertes. L'informatique nous ouvre enfin le droit à la mégalomanie totale et inoffensive. Moi, je suis une déesse directive.

Elles jouèrent une heure à observer et à diriger un peuple virtuel. Julie se frotta les yeux. Normalement, chaque battement de paupières dépose un film de 7 microns de larmes toutes les cinq secondes pour lubrifier, nettoyer, assouplir la cornée. Mais rester longtemps devant l'écran lui desséchait les yeux. Elle préféra détourner son regard du monde artificiel.

— En tant que jeune déesse, dit Julie, je demande un arrêt. Surveiller un monde, ça finit par faire mal aux yeux. Je suis sûre que même notre dieu ne reste pas vingt-quatre heures sur vingt-quatre à scruter notre planète. Ou alors, il a de bonnes lunettes.

Francine éteignit l'ordinateur et se frotta les paupières.

— Et toi, Julie, tu as d'autres passions que le chant ?

— Moi, je possède bien mieux que tes ordinateurs. Ça tient dans la poche, pèse cent fois moins lourd que celui-ci, offre un écran très large, dispose d'une autonomie pratiquement illimitée, fonctionne immédiatement dès qu'on l'ouvre, contient des millions d'informations et ne tombe jamais en panne.

— Un superordinateur ? Tu m'intéresses, dit-elle en se mettant des gouttes de collyre sur la cornée.

Julie sourit.

— J'ai dit « mieux que tes ordinateurs ». En plus, ça ne fait pas mal aux yeux.

Elle brandit l'épais volume de l'*Encyclopédie du Savoir Relatif et Absolu.*

— Un livre ? s'étonna Francine.

— Pas n'importe quel livre. Je l'ai découvert au fond d'un tunnel en forêt. Il s'intitule l'*Encyclopédie du Savoir Relatif et Absolu*, et il a été rédigé par un vieux sage qui sans doute a fait le tour du monde pour ainsi accumuler toutes les connaissances de son temps sur tous les pays, toutes les époques et dans tous les domaines.

— Tu exagères.

— Bon. Je reconnais tout ignorer de celui qui l'a écrit, mais lis-le un peu, tu seras vraiment surprise.

Elle le lui tendit et, ensemble, elles le feuilletèrent.

Francine découvrit un passage affirmant que l'informatique était un moyen de transformer le monde mais que, pour y parvenir, il fallait posséder un ordinateur de très grande puissance. Les ordinateurs de modèle courant n'étaient dotés que de capacités limitées parce qu'ils étaient hiérarchisés. Comme dans une monarchie, un microprocesseur central dirigeait des composants électroniques périphériques. Il était donc nécessaire de créer une démocratie au sein même des puces d'ordinateurs.

En lieu et place d'un gros microprocesseur central, le professeur Edmond Wells proposait d'utiliser une multitude de petits microprocesseurs qui travailleraient simultanément, se concerteraient en permanence et, à tour de rôle, prendraient des décisions. L'engin qu'il appelait de ses vœux, il le nommait « ordinateur à architecture démocratique ».

Francine était intéressée. Elle examina les plans.

— Cette machine du futur, si elle tient ses promesses, reléguera au musée tous les ordinateurs existants. Ton type avait des idées marrantes. Il décrit là un ordinateur d'un genre nouveau, doté non pas d'un seul ou même de quatre cerveaux fonctionnant en parallèle, mais de cinq cents œuvrant ensemble. Tu t'imagines la puissance d'un tel appareil ?

Francine comprit que l'*Encyclopédie* n'était pas qu'un recueil d'aphorismes mais un ouvrage en prise directe avec la vie, proposant des solutions tout à fait pratiques et réalisables.

— Jusqu'ici, on ne fabriquait que des ordinateurs à architecture parallèle. Mais avec la machine que décrit ton encyclopédie, cette « architecture démocratique », n'importe quel programme verra ses possibilités multipliées par cinq cents !

Les deux filles se regardèrent. Une complicité très forte venait de naître. À cet instant, sans se parler, toutes deux surent qu'elles pourraient toujours compter l'une sur l'autre. Julie se sentit moins seule. Elles éclatèrent de rire sans raison.

53. ENCYCLOPÉDIE

RECETTE DE LA MAYONNAISE : **Il est très difficile de mélanger des matières différentes. Pourtant, il existe une substance qui est la preuve que l'addition de deux substances différentes donne naissance à une troisième qui les sublime : la mayonnaise. Comment composer une mayonnaise ? Tourner en crème dans un saladier le jaune d'un œuf et de la moutarde à l'aide d'une cuillère en bois. Ajouter de l'huile progressivement, et par petites quantités, jusqu'à ce que l'émulsion soit parfaitement compacte. La mayonnaise montée, l'assaisonner de sel, de poivre et de 2 centilitres de vinaigre. Important : tenir compte de la température. Le grand secret de la mayonnaise : l'œuf et l'huile doivent être exactement à la même température. L'idéal : 15 °C. Ce qui liera en fait les deux ingrédients, ce seront les minuscules bulles d'air qu'on y aura introduites juste en battant. 1+1=3**

Si la mayonnaise est ratée, on peut la rattraper en rajoutant une cuillerée de moutarde qu'on ajoutera peu à peu, en tournant, au mélange d'huile et d'œuf mal amalgamé dans le saladier. Attention : tout est dans la progression.

Outre l'aliment, la technique de la mayonnaise est à la base du fameux secret de la peinture à l'huile flamande. Ce sont les frères Van Eyck qui au quinzième siècle eurent l'idée d'utiliser ce type d'émulsion pour obtenir des couleurs d'une opacité parfaite. Mais en peinture on utilise non plus un mélange eau-huile-jaune d'œuf, mais un mélange eau-huile-blanc d'œuf.

Edmond Wells,
Encyclopédie du Savoir Relatif et Absolu, tome III.

54. TROISIÈME VISITE

Pour sa troisième visite à la pyramide, le commissaire Maximilien Linart s'était muni d'un matériel de détection qu'il sortit de sa besace. Parvenu au pied de la construction, il en tira un micro amplificateur. Il l'appliqua contre la paroi et écouta.

Des détonations encore, des rires, une sonatine au piano, des applaudissements.

Il tendit mieux l'oreille. Des gens parlaient.

— ...omment avec seulement six allumettes dessiner non pas quatre, ni six mais bien huit triangles équilatéraux de taille égale, sans coller, plier, ni casser les allumettes ?

— Pouvez-vous me donner une nouvelle phrase pour m'aider ?

— Bien sûr. Vous connaissez le principe de notre jeu. Vous avez le droit de revenir plusieurs jours de suite et, à chaque fois, nous vous fournirons un nouvel élément pour vous aider. Aujourd'hui, la phrase est la suivante : « Pour trouver... il suffit de réfléchir. »

Maximilien reconnut l'énigme des six allumettes que proposait actuellement l'émission « Piège à réflexion ». Tous ces sons ne provenaient que d'une télévision allumée !

Celui, celle ou ceux qui se trouvaient à l'intérieur de cette pyramide sans porte ni fenêtres regardaient tout bonnement la télévision. Le policier se livra à diverses conjectures. La plus probable, c'était encore un ermite emmuré là afin de pouvoir passer le restant de ses jours face à un téléviseur, sans être dérangé. Il devait disposer de réserves de nourriture, peut-être même était-il sous perfusion, et il restait là, face à son écran, le volume au maximum.

« Dans quel monde de fous nous vivons », songea le commissaire. Certes, la télévision prenait de plus en plus d'importance dans la vie des gens, partout fleurissaient des antennes sur les toits, mais de là à s'enfermer dans une prison sans porte ni fenêtres pour mieux la regarder... Quel être humain était assez dément pour choisir semblable forme de suicide ?

Maximilien Linart mit ses mains en porte-voix et se colla contre la paroi.

— Qui que vous soyez, ordonna-t-il, vous n'avez pas le droit de rester là. Cette pyramide a été bâtie dans une zone protégée, interdite à la construction.

Instantanément, les bruits cessèrent. Le son avait été coupé. Plus d'applaudissements. Plus de rires. Plus de crépitements de mitrailleuse. Plus de « Piège à réflexion ». Mais pas de réponse non plus.

Le commissaire réitéra son appel :

— Police ! Sortez ! C'est un ordre !

Il entendit un bruit sourd, comme une petite trappe qui s'ouvrait quelque part. À tout hasard, il sortit son revolver, inspecta les environs, refit le tour de la pyramide.

Sentir la crosse d'acier dans sa main lui donnait un sentiment d'invincibilité. Mais le revolver n'était pas un atout : c'était un handicap. Il le rendait moins attentif. Maximilien ne perçut donc pas l'infime bourdonnement derrière lui.

Bzzz... bzzz.

Il ne prit pas garde non plus à la petite piqûre dans son cou, une fraction de seconde plus tard.

Il fit encore trois pas et sa bouche s'ouvrit toute grande, sans qu'il parvienne à proférer un son. Ses yeux s'écarquillèrent. Il s'effondra sur les genoux, lâcha son arme et, tête en avant, s'étala de tout son long.

Avant de fermer les yeux il vit les deux soleils, le vrai et celui que reflétait le miroir de la paroi. Il ne put retenir le poids de ses paupières qui tombèrent comme un lourd rideau de théâtre.

55. ILS SONT DES MILLIONS

Le niveau de la mer de criquets ne cesse de monter.

Vite, vite, trouver une idée. Quand on est une fourmi il faut toujours trouver des idées originales pour survivre. Suspendues à l'extrémité des dernières branches du myrtillier, les treize fourmis se regroupent et joignent leurs antennes. Leur esprit collectif se partage entre panique et envie de tuer. Certaines sont déjà résignées à mourir. Pas 103e. Elle a peut-être une solution : la vitesse.

Les carapaces des criquets forment en bas un tapis discontinu mais en galopant dessus suffisamment vite, pourquoi ne pas s'en servir comme d'un support ? Lors de sa traversée du fleuve, la vieille guerrière a vu des insectes courir sans s'enfoncer à la surface, accomplissant simplement un nouveau pas à chaque fois qu'ils s'apprêtaient à couler.

L'idée paraît tout à fait saugrenue, les dos de criquets ne ressemblant en rien à la surface d'un fleuve. Mais puisque personne n'a d'autre suggestion et que l'arbrisseau commence à ployer sous les assauts des acridiens, on décide de tenter le tout pour le tout.

103e s'élance la première. Elle fonce sur le dos des criquets si promptement qu'ils n'ont pas le temps de comprendre ce qui se passe. De toute façon, ils sont tellement occupés à manger et à se reproduire qu'ils ne prêtent que peu d'attention à cette présence fugace sur leur dos.

Les douze plus jeunes suivent. On zigzague entre les antennes et les cuissots repliés qui dépassent des dos. À un moment, 103e dérape sur une carapace en mouvement et 5e la retient de justesse par la collerette de son corselet. Les Belokaniennes galopent de leur mieux, mais la distance est longue.

Des dos de criquets, rien que des dos de criquets à perte de vue. Un lac, une mer, un océan de dos de criquets.

Les fourmis rousses filent au-dessus de la foule. Ça cahote pas mal. À côté d'elles, les arbustes fondent sous les mandibules acridiennes. Noisetiers et autres groseilliers se délitent sous la pluie vivante et corrosive.

Enfin, la troupe myrmécéenne distingue au loin l'ombre rassurante de grands arbres. Ceux-là forment des donjons de résistance difficiles à ronger. Le flot des criquets a été stoppé là par ces potentats végétaux. Encore un effort et les fourmis y parviendront.

Ça y est ! Elles y sont. Les exploratrices abordent à une longue branche basse et s'empressent de monter.

Sauvées !

Le monde retrouve momentanément sa normalité. Qu'il est agréable de reprendre patte sur un arbre ferme après avoir navigué si longtemps dans les lacs de sable du désert et la mer mouvante des dos de criquets !

Elles se réconfortent en échangeant caresses et nourriture. Elles tuent un criquet isolé et le mangent. Avec ses percepteurs de champs magnétiques, 12e fait le point et détermine la direction du grand chêne. Aussitôt, la troupe se remet en marche. Pour éviter le sol, où la marée de criquets se répand encore par-dessus les racines, les fourmis cheminent en altitude, de branche en branche.

Enfin se dresse devant elles un arbre immense. Si les grands arbres sont des donjons, le grand chêne est assurément la plus large et la plus haute de ces tours. Son tronc est si large qu'il en paraît plat. Ses branchages sont si hauts qu'ils masquent le ciel.

Les treize fourmis foulent l'épaisse moquette de velours formée par la colonie de lichens qui recouvre la face septentrionale du grand chêne.

Chez les fourmis on prétend que ce grand chêne a douze mille ans d'âge. C'est beaucoup. Mais celui-ci est vraiment particulier. En tout point de son écorce, de ses feuilles, de ses fleurs, de ses glands il recèle de la vie. En bas, les Belokaniennes croisent toute une faune chênienne. Des charançons cigariers forent des trous dans les glands au moyen de leurs rostres pour pondre des œufs de quelques millimètres. Des cantharides aux élytres métalliques dégustent des rameaux encore tendres tandis que des larves de grand capricorne du chêne creusent des galeries dans la partie centrale de l'écorce. Des chenilles de géomètres ou de phalènes grossissent dans des feuilles roulées en cornets et liées en paquets par leurs parents.

Plus loin, des chenilles tordeuses vertes du chêne se suspendent au bout d'un fil dans le vide pour atteindre les branches inférieures.

Les fourmis coupent leur filin de rappel et les mangent sans autre forme de procès. Quand la nourriture pend des branches, il n'y a pas de raison de s'en priver. L'arbre, s'il parlait, leur dirait merci.

103e se dit que les fourmis au moins assument leur rôle de prédateurs. Elles tuent et elles mangent toutes les espèces de gibiers sans états d'âme. Les Doigts, eux, veulent oublier leur place dans le cycle écologique. Ils ne peuvent pas manger l'animal qu'ils voient tuer. Ils n'ont d'ailleurs d'appétit que pour les aliments qui ne leur rappellent pas l'animal dont ils sont issus. Tout est donc coupé, haché, coloré, mélangé pour ne plus être identifiable. Les Doigts se veulent innocents de tout, même de l'assassinat des bêtes qu'ils consomment.

Mais l'instant n'est pas à la réflexion. Devant elles, des champignons s'alignent en demi-cercles comme autant de marches d'escalier autour du tronc. Les fourmis prennent leur souffle et montent.

103e aperçoit des signes gravés à même l'arbre : « Richard aime Liz », inscrit dans un cœur percé d'une flèche. 103e ne sait pas décrypter l'écriture doigtesque, elle comprend seulement que l'agression d'un canif fait souffrir l'arbre. La flèche ne déclenche pas les sanglots du cœur fictif, en revanche, l'éraflure fait pleurer l'arbre d'une larme de résine orange.

L'escouade contourne un nid d'araignées sociales. Des corps fantomatiques y sont accrochés, sans tête ou sans membres, noyés dans une forêt de soie blanche. Les Belokaniennes montent encore dans les hauteurs de la large tour chênienne. Enfin, vers les étages médians, elles découvrent comme un fruit rond, dont la base est prolongée d'un tube.

C'est le guêpier du grand chêne, indique 16e, en dardant son antenne droite en direction du fruit de papier.

103e s'immobilise. La nuit tombant, les fourmis décident de se mettre à l'abri d'un nœud du bois. Elles reviendront demain.

103e a du mal à dormir.

Est-il possible que son sexe futur soit contenu à l'intérieur de cette boule de papier ? Est-il possible que son accession au statut de princesse soit là, à portée de patte ?

56. ENCYCLOPÉDIE

MOBILITÉ SOCIALE : Les Incas croyaient au déterminisme et aux castes. Chez eux, pas de problème d'orientation professionnelle : la profession était déterminée par la naissance. Les fils d'agriculteurs deviendraient obligatoirement agriculteurs, les fils de soldats, soldats. Pour éviter tout risque d'erreur, la caste était d'emblée inscrite dans le corps des enfants. Pour cela les Incas plaçaient les têtes à la fontanelle molle propre aux nouveau-nés dans des étaux spéciaux en bois qui modelaient leurs crânes. Ces étaux plats donnaient ainsi la forme désirée aux têtes des enfants : carrées pour ceux de roi, par exemple. L'opération n'était pas douloureuse, pas plus en tout cas que celle qui consiste à faire porter un appareil dentaire pour obliger les dents à pousser dans un certain sens. Les crânes mous se solidifiaient dans le moule de bois. Ainsi, même nus et abandonnés, les fils de rois restaient rois, reconnaissables par tous puisqu'ils étaient seuls à pouvoir porter les couronnes, elles-mêmes de forme carrée. Quant aux crânes des enfants de soldats, ils étaient moulés de façon à prendre une forme triangulaire. Pour les fils de paysans, c'était une forme pointue.
La société inca était ainsi rendue immuable. Aucun risque de mobilité sociale, pas la moindre menace d'ambition personnelle, chacun portait imprimés à vie, sur son crâne, son rang social et sa fonction professionnelle.

Edmond Wells,
Encyclopédie du Savoir Relatif et Absolu, tome III.

57. LEÇON D'HISTOIRE

Les élèves s'installèrent chacun à leur place et, dans un bel ensemble, sortirent leur cahier et leur stylo. C'était l'heure du cours d'histoire.

Comme s'il ne s'était rien passé l'autre soir, Gonzague Dupeyron et ses deux acolytes ne jetèrent aucun regard à Julie et aux Sept Nains quand ils remontèrent l'allée pour s'asseoir côte à côte.

En grosses lettres blanches sur le tableau noir, le professeur d'histoire inscrivit : « La Révolution française de 1789 », puis, sachant qu'il ne faut jamais longtemps tourner le dos à une classe, il se retourna pour toiser les élèves et sortit une liasse de feuillets de sa serviette.

— J'ai corrigé vos copies.

Parcourant les travées, il les distribua à leurs auteurs avec, pour chacun, de brefs commentaires. « Soignez davantage votre orthographe », « Quelques progrès », « Désolé, Cohn-Bendit, ce n'était pas en 1789 mais en 1968. »

Il avait commencé par les notes les plus élevées et continuait en ordre décroissant. Il en était à 3 sur 20 et Julie n'avait toujours pas récupéré sa copie.

La sentence tomba comme un couperet :

— Julie : 1 sur 20. Je ne vous ai pas mis zéro car vous développez une théorie assez particulière à propos de Saint-Just qui serait, selon vous, le pourrisseur de la Révolution.

Comme pour montrer qu'elle assumait totalement ses opinions, Julie leva la tête.

— Je le pense, en effet.

— Qu'avez-vous donc contre cet excellent Saint-Just, un homme charmant, très cultivé et qui devait probablement avoir obtenu de meilleures notes que vous sur les bancs de l'école ?

— Saint-Just, dit Julie sans se départir de son calme, pensait impossible de réussir une révolution sans violence. Il l'a écrit : « La Révolution vise à améliorer le monde et si certains ne sont pas d'accord avec elle, il faut les éliminer. »

— Je constate avec plaisir que vous n'êtes pas totalement ignare. Au moins, vous avez en tête quelques citations.

La jeune fille ne pouvait pas lui avouer qu'elle avait forgé ses idées sur Saint-Just à la lecture de l'*Encyclopédie du Savoir Relatif et Absolu*.

— Mais cela ne change rien sur le fond, reprit le professeur. Évidemment, Saint-Just avait raison sur le fond, il est impossible de faire une révolution sans violence...

Julie plaida :

— Je crois, moi, que dès que l'on tue, dès qu'on force les gens à faire ce qu'ils n'ont pas envie de faire, on prouve qu'on manque d'imagination, qu'on est incapable de trouver d'autres façons de répandre ses idées. Il existe sûrement des moyens de faire une révolution sans violence.

Intéressé, l'enseignant provoqua sa jeune interlocutrice :

— Im-po-ssible. De révolution non violente, l'histoire n'en connaît pas. Les deux mots sont pratiquement antinomiques.

— Dans ce cas, elle reste à inventer, lança Julie sans se démonter.

Zoé vint à sa rescousse :

— Le rock'n' roll, l'informatique... ce sont bien des révolutions sans violence qui ont transformé les mentalités sans effusion de sang.

— Ce ne sont pas des révolutions ! s'offusqua le professeur. Le rock'n' roll et l'informatique n'ont en rien modifié la politique des pays. Ils n'ont pas chassé les dictateurs, ils n'ont pas donné davantage de liberté aux citoyens.

— Le rock a changé davantage la vie quotidienne des individus que la Révolution de 1789 qui, en fin de compte, n'a abouti qu'à plus de despotisme, reprit Ji-woong.

— Avec le rock, on peut renverser la société, renchérit David.

L'ensemble de la classe s'étonna de voir Julie et les Sept Nains s'accrocher à des convictions ignorées de leur livre d'histoire.

Le professeur retourna à son bureau, se cala confortablement dans son fauteuil, comme pour affirmer ses propres opinions.

— Très bien, ouvrons le débat. Puisque notre groupe de rock local tient à remettre en question la Révolution française, allons-y ! Parlons de révolutions.

Dépliant au mur une mappemonde, il promena sa règle sur différents secteurs.

— De la révolte de Spartacus à la guerre d'Indépendance américaine, sans oublier la Commune de Paris au dix-neuvième siècle, Budapest 1956, Prague 1968, la révolution des Œillets au Portugal, les révolutions mexicaines de Zapata et de ses prédécesseurs, la Longue Marche de Mao et des siens en Chine, la révolution sandiniste au Nicaragua, l'avènement de Fidel Castro à Cuba, tous ceux, je dis bien TOUS CEUX qui ont voulu changer le monde, convaincus que leurs idées étaient plus justes que celles des gouvernants en place, tous ont dû se battre et lutter pour les imposer. Beaucoup sont morts. Rien sans rien : c'est le prix à payer. Les révolutions se font dans le sang. C'est ainsi et c'est d'ailleurs pour cela que les drapeaux révolutionnaires arborent toujours la couleur rouge quelque part.

Julie refusa de plier sous cet assaut d'éloquence.

— Notre société a changé, dit-elle avec fougue. On doit pouvoir sortir d'une sclérose sans mouvement brusque. Zoé a raison : le rock et l'informatique constituent bel et bien des exemples de révolutions douces. Pas de rouge dans leur drapeau et on n'a pas pu encore en prendre l'exacte mesure. L'informatique permet à des milliers de gens de communiquer vite et loin, sans contrôle gouvernemental. La prochaine révolution se fera grâce à ce genre d'outils.

Le professeur hocha la tête, soupira et, d'un ton détaché, s'adressa à la classe :

— Vous croyez ? Eh bien, je vais vous raconter une petite histoire, à propos de ces « révolutions douces » et des réseaux de communication moderne. En 1989, sur la place Tian An Men, les étudiants chinois croyaient pouvoir user des technologies de pointe pour inventer une révolution différente. Tout naturellement, ils ont pensé à se servir des fax. Des journaux français ont suggéré à leurs lecteurs d'envoyer des fax pour soutenir les conjurés. Résultat : en surveillant les appels de France, la police chinoise a repéré et arrêté un par un les révolutionnaires équipés d'ordinateurs et de fax ! Ces jeunes Chinois qui sont enfermés dans des geôles, torturés, et à qui, on le sait maintenant, on a ôté des organes sains afin de les greffer sur de vieux dirigeants usés par l'âge, sont sûrement très reconnaissants envers ces Français qui, par fax, leur ont adressé des messages de « soutien » ! Vous avez là un bel exemple de l'apport des technologies de pointe à la réussite des révolutions...

L'élève et l'enseignant se dévisagèrent.

L'anecdote avait quelque peu déstabilisé Julie.

La confrontation avait enchanté la classe et le professeur aussi. Grâce à ce débat d'idées, il s'était senti rajeunir. Il avait été autrefois communiste et avait connu une grande déception lorsque son parti l'avait sommé de saborder sa section pour d'obscures raisons d'alliances électorales locales. « Là-haut », à Paris, on les avait rayés d'un trait, lui et les siens, pour s'assurer de conserver un siège, on ne lui avait même pas dit où. Écœuré, il avait abandonné la politique mais cela, il ne pouvait pas le raconter à ses lycéens.

Julie sentit une main sur son épaule.

— Laisse tomber, chuchota Ji-woong. Il ne te laissera pas le dernier mot.

Le professeur consulta sa montre.

— L'heure est passée. Vous serez contents la semaine prochaine : nous étudierons la révolution russe de 1917. Encore des famines, des massacres, des souverains tronçonnés mais, au moins, sur fond de décor de neige et de musique de balalaïka. Somme toute, les révolutions se ressemblent, seuls l'environnement et le folklore les différencient.

Il eut un dernier coup d'œil en direction de Julie :

— Je compte sur vous, mademoiselle Pinson, pour m'opposer des arguments intéressants. Julie, vous faites partie de ce que je pourrais appeler les « anti-violents » violents. Ce sont les pires. Ce sont eux qui font cuire les homards à feu doux parce qu'ils n'ont pas le courage de les jeter d'un coup dans l'eau bouillante. Résultat : la bête souffre cent fois plus et beaucoup plus longtemps. Et puisque vous êtes si douée, Julie, tachez de trouver comment les bolcheviques auraient pu, « sans violence », se débarrasser du tsar de toutes les Russies. Intéressante hypothèse de travail...

Là-dessus la cloche grise se mit à sonner.

58. LE GUÊPIER

Ça ressemble à une cloche grise. Des sentinelles guêpes papetières aux dards noirs acérés tournoient autour.

Comme les blattes sont les ancêtres des termites, les guêpes sont les aïeules des fourmis. Chez les insectes, espèces anciennes et espèces évoluées continuent parfois à cohabiter. C'est comme si les humains d'aujourd'hui côtoyaient encore les Australopithèques dont ils sont issus.

Pour être primitives, les guêpes n'en sont pas moins sociales. Elles vivent en groupes dans des nids de carton, même si ces ébauches de cités ne ressemblent en rien aux vastes constructions de cire des abeilles ou de sable des fourmis.

103ᵉ et ses comparses s'approchent du nid. Il leur paraît très léger. Les guêpes construisent ce type de village en pâte à papier en mâchant longuement des fibres de bois mort ou vermoulu avec leur salive.

Des éclaireuses guêpes papetières lâchent des phéromones d'alerte en apercevant ces fourmis qui grimpent dans leur direction. Elles s'adressent des signaux de connivence avec leurs antennes et foncent, dard dressé, prêtes à tout pour repousser les intruses myrmécéennes.

Le contact entre deux civilisations est toujours un instant délicat. La violence est souvent le premier réflexe. Alors 14ᵉ imagine un stratagème pour amadouer ces guêpes papetières. Elle régurgite un peu de nourriture qu'elle tend aux guêpes. On est toujours surpris lorsque des gens censés être vos ennemis vous offrent un cadeau.

Les guêpes papetières atterrissent et s'avancent, méfiantes. 14ᵉ rabat ses antennes en arrière en signe d'absence de volonté de combattre. Une guêpe lui tapote le crâne du bout des siennes pour voir comment elle va réagir ; 14ᵉ ne réagit pas. Les autres Belokaniennes rabattent aussi leurs antennes en arrière.

Une guêpe papetière émet en langage olfactif qu'ici elles se trouvent en territoire guêpe et que des fourmis n'ont rien à y faire.

14ᵉ explique que l'une d'elles veut se nantir d'un sexe et que l'opération est indispensable à la survie de leur groupe tout entier.

Les éclaireuses guêpes papetières dialoguent entre elles. Leur façon de converser est très particulière. Elles ne font pas qu'émettre des phéromones, elles se parlent aussi par de grands mouvements d'antennes. Elles expriment la surprise en les dressant, la méfiance en les dardant en avant et l'intérêt en n'en pointant qu'une seule. Parfois, l'extrémité de leurs antennes molles caresse l'extrémité de celles de leur interlocutrice.

103ᵉ s'avance à son tour et se présente. C'est elle qui désire un sexe.

Les guêpes lui tapotent le crâne puis lui proposent de les suivre. Qu'elle vienne, mais seule.

103ᵉ pénètre dans le fruit de papier qui s'avère bien être un nid.

L'entrée est surveillée par de nombreuses sentinelles. C'est normal. Il n'y a pas d'autre issue, c'est seulement par là que des ennemis peuvent attaquer le nid et c'est par ce trou aussi qu'il est possible de maîtriser la température interne de la cité. Les sentinelles agitent leurs ailes, précisément pour créer des courants d'air à l'intérieur de celle-ci.

Bien qu'elles soient les ancêtres des fourmis, ces guêpes-ci semblent très évoluées. Leur nid est composé de rayons parallèles en papier, horizontaux, supportant chacun une seule rangée d'alvéoles. Comme dans les ruches d'abeilles, ces alvéoles sont de forme hexagonale.

Des piliers de dentelle grise finement mâchouillés relient les divers rayons. Plusieurs couches de papier mâché et de carton protègent les cloisons externes du froid et des chocs. 103ᵉ connaît déjà un peu les guêpes. À Bel-o-kan, des nourrices instructrices lui ont appris comment vivent ces insectes.

À l'inverse d'une ruche d'abeilles, cité permanente, le guêpier, lui, ne dure qu'une saison. Au printemps, une reine guêpe, chargée d'une multitude d'œufs, part à la recherche d'un lieu où implanter son nid. Lorsqu'elle l'a trouvé, elle construit une alvéole de carton dans laquelle elle dépose ses œufs. Quand ils éclosent, elle nourrit les larves de proies qu'elle passe ses journées à tuer. Les larves mettent quinze jours à se transformer en ouvrières opérationnelles. Après quoi, la mère fondatrice se cantonne à la ponte.

103ᵉ voit les couvains. Comment les œufs et les larves peuvent-ils tenir sans tomber dans des alvéoles dirigées vers le bas ? 103ᵉ observe et comprend. Les nourrices collent œufs et jeunes larves au plafond au moyen d'une sécrétion adhésive. Les guêpes n'ont pas inventé que le papier et le carton, elles ont aussi découvert la colle.

Il faut dire que, dans le monde animal, le clou et les vis n'ayant pas été inventés, la colle est le moyen le plus répandu pour lier les matières. Certains insectes savent d'ailleurs fabriquer une colle si dure et au séchage si rapide qu'elle se transforme en matière rigide en une seconde.

103ᵉ remonte le couloir central. Il y a des passerelles de carton à chaque étage. Chaque niveau est percé en son centre d'un trou qui lui permet de communiquer avec les autres. L'ensemble est cependant beaucoup moins impressionnant que la grande ruche d'or des abeilles. Tout ici est gris et léger. Des ouvrières jaune et noir, le front bardé de dessins effarants, fabriquent de la pâte à papier en broyant du bois. Elles en tricotent ensuite des murs ou des alvéoles, en vérifiant régulièrement l'épaisseur de leur ouvrage à l'aide de leurs antennes recourbées en pinces.

D'autres transportent de la viande : mouches et chenilles anesthésiées qui ne comprendront que trop tard leur malchance. Une partie de ce butin est destinée aux larves, ces vers affamés qui se tortillent sans cesse pour réclamer à manger. Les guêpes sont les seuls insectes sociaux à nourrir leur progéniture avec de la viande crue même pas triturée.

La reine des guêpes circule au milieu de ses filles. Elle est plus grosse, plus lourde, plus nerveuse. 103e la hèle de quelques phéromones. L'autre consent à s'approcher et la vieille fourmi rousse lui explique la raison de sa visite. Elle a plus de trois ans et sa mort est proche. Or, elle est seule détentrice d'une information capitale qu'il lui faut délivrer à sa cité natale. Elle ne veut pas mourir avant d'avoir accompli sa mission.

La reine des guêpes papetières palpe 103e du bout de ses antennes pour bien percevoir ses odeurs. Elle ne comprend pas pourquoi une fourmi réclame de l'aide à une guêpe. Normalement, c'est chacun pour soi. Il n'existe pas d'entraide entre les espèces. 103e souligne que dans son cas, il lui est impossible d'agir sans s'adresser à des étrangères. La fourmi ne sait pas préparer la gelée hormonale indispensable à sa survie.

Le reine des guêpes papetières répond qu'en effet, ici, on sait concocter une gelée royale saturée d'hormones mais elle ne voit pas pourquoi elle en donnerait à une fourmi. Le produit est un bien précieux à ne pas gaspiller.

103e émet avec beaucoup de mal une phrase phéromonale qui décolle de ses antennes et arrive une seconde plus tard aux antennes de la reine des guêpes.

Pour avoir un sexe.

L'autre est étonnée. Pourquoi vouloir un sexe ?

59. ENCYCLOPÉDIE

TRIANGLE QUELCONQUE : Il est parfois plus difficile d'être quelconque qu'extraordinaire. Le cas est net pour les triangles. La plupart des triangles sont isocèles (2 côtés de même longueur), rectangles (avec un angle droit), équilatéraux (3 côtés de même longueur).

Il y a tellement de triangles définis qu'il devient très compliqué de dessiner un triangle qui ne soit pas particulier ou alors il faudrait dessiner un triangle avec les côtés les plus inégaux possibles. Mais ce n'est pas évident. Le triangle quelconque ne doit pas avoir d'angle droit, ni égal ni dépassant 90°. Le chercheur Jacques Loubczanski est arrivé avec beaucoup de difficulté à mettre au point un vrai « triangle quelconque ». Celui-ci a des caractéristiques très... précises. Pour confectionner un bon « triangle quelconque » il faut associer la moitié d'un carré coupé par sa diagonale, et la moitié d'un triangle équilatéral coupé par sa hauteur. En les mettant l'un à côté de l'autre, on doit obtenir un bon représentant de triangle quelconque. Pas simple d'être simple.

Edmond Wells,
Encyclopédie du Savoir Relatif et Absolu, tome III.

60. L'ÉPREUVE

Pourquoi vouloir un sexe ?

Il n'existe aucune raison biologique pour qu'une asexuée, née dans une caste asexuée, éprouve soudain le désir d'avoir un sexe, en dépit de ses origines naturelles.

103e comprend que cette reine des guêpes est en train de lui faire passer un examen. Elle cherche une réponse intelligente, n'en trouve pas et se contente de rappeler qu'« un sexe permet de vivre plus longtemps ».

Peut-être qu'à trop écouter les dialogues anodins et dénués d'informations des feuilletons télévisés doigtesques, elle a oublié comment communiquer en fonçant droit à l'essentiel.

En revanche, la reine des guêpes papetières sait très bien, elle, introduire une grande intensité dans ses phrases odorantes. Un dialogue se noue. Comme toutes les reines, cette sexuée est capable de parler d'autre chose que de nourriture et de sécurité. Elle sait évoquer des idées abstraites.

La reine des guêpes papetières s'exprime par les odeurs mais aussi en faisant tournoyer ses antennes en tous sens pour mieux accentuer ses intonations. Chez les fourmis on appelle cela « parler avec ses antennes ». La reine signale que, de toute manière, la fourmi finira par mourir. Alors, pourquoi chercher à vivre plus longtemps ?

103e se rend compte que la partie est plus ardue qu'elle ne le pensait. Son interlocutrice n'est toujours pas convaincue de la validité de son projet. Et d'ailleurs, c'est vrai, en quoi une vie longue présente-t-elle plus d'intérêt qu'une vie courte ?

103ᵉ prétend vouloir un sexe pour jouir des qualités émotionnelles des sexués : une plus grande sensibilité des organes sensoriels, une meilleure aptitude à ressentir les émotions...

La guêpe papetière rétorque que cela lui apparaît davantage comme une gêne que comme un agrément. La plupart de ceux qui entretiennent des sens raffinés et des émotions à fleur de peau vivent dans la crainte. C'est la raison pour laquelle les mâles ne survivent pas longtemps et les femelles vivent enfermées et protégées du monde. La sensibilité est source de douleur permanente.

103ᵉ cherche de nouveaux arguments plus convaincants. Elle veut un sexe parce qu'un sexe permet de se reproduire.

Cette fois, la reine des guêpes papetières semble intéressée. Pourquoi désirer se reproduire ? En quoi son existence en tant que spécimen unique ne lui suffit-elle pas ?

Étrange tournure d'esprit. En général, chez les insectes, et tout particulièrement chez les hyménoptères sociaux comme les fourmis et les guêpes, la notion de « pourquoi » n'existe pas. Seule existe la notion de « comment ». On ne cherche pas à connaître la raison des événements, on cherche uniquement à apprendre comment les contrôler. Que cette guêpe lui demande « pourquoi » prouve à 103ᵉ qu'elle aussi a déjà accompli un parcours spirituel au-delà des normes.

La vieille fourmi rousse explique qu'elle souhaite transmettre son code génétique à d'autres êtres vivants.

La reine des guêpes papetières agite ses antennes de mouvements dubitatifs. Certes, cette envie légitime le désir de posséder un sexe mais, demande-t-elle à la fourmi, en quoi son code génétique serait-il intéressant à transmettre ? Après tout, elle a été pondue par une reine qui a conçu au moins dix mille individus jumeaux dotés de spécificités génétiques quasiment identiques aux siennes. Toutes les sœurs jumelles d'une cité se ressemblent et se valent.

103ᵉ comprend où la guêpe veut l'amener. Elle tient à lui démontrer qu'aucun être n'a d'importance en particulier. Y a-t-il au fond plus grande prétention que de se figurer la combinaison de ses gènes suffisamment précieuse pour être digne d'être reproduite ? Une telle pensée implique qu'on accorde une plus grande importance à soi-même qu'aux autres. Chez les fourmis, et même chez les guêpes, ce type de pensée a un nom, cela s'appelle la « maladie de l'individualisme ».

103ᵉ, qui a livré tant de duels physiques, se retrouve, pour la première fois, à mener un duel spirituel. Et c'est beaucoup plus difficile.

Cette guêpe est futée. Tant pis, il faut que la vieille guerrière assume cela. Elle entame sa phrase phéromonale par le mot tabou :

« je ». Elle articule lentement dans son esprit une phéromone odorante avant de l'émettre par ses segments antennaires.

« Je » suis quelqu'un de particulier.

La reine sursaute. Alentour, des guêpes qui ont perçu le message reculent, déconcertées. C'est si contraire à toutes les convenances, un insecte social qui emploie « je ».

Mais ce duel dialogué commence à amuser la reine des guêpes papetières. Elle ne contre pas 103ᵉ sur le thème du « je », plutôt sur le nouveau terrain qu'elle vient de lui offrir. Elle dandine des antennes et lui demande d'énumérer ses qualités personnelles. Les guêpes jugeront ensuite si la vieille fourmi est suffisamment « particulière » pour mériter de transmettre son code génétique à une descendance. Dans ce dialogue, la reine use d'une formule phéromonale correspondant au collectif « nous les guêpes papetières ». Elle veut montrer ainsi qu'elle reste dans le camp de ceux qui sont en communauté avec leurs congénères et non du côté de ceux qui ne cherchent à obtenir des avantages que pour leur propre personne.

103ᵉ est allée trop loin pour faire demi-tour. Elle sait que pour toutes ces guêpes, désormais, elle fait figure de fourmi dégénérée qui ne se soucie que d'elle-même. Elle va pourtant au bout de sa pensée. Ses qualités personnelles, elle va les énumérer.

Elle a la capacité, peu répandue dans le monde insecte, d'étudier les choses nouvelles.

Elle possède des talents de guerrière et d'exploratrice de l'inconnu qui ne pourront qu'enrichir et fortifier son espèce.

La conversation enchante de plus en plus la reine des guêpes papetières. Ainsi, cette vieille fourmi à bout de souffle considère comme des qualités la curiosité et l'aptitude au combat ? La reine signale que les cités n'ont pas besoin de va-t-en-guerre, et surtout pas de va-t-en-guerre qui se mêlent de tout en s'imaginant tout comprendre.

103ᵉ baisse les antennes. La reine des guêpes papetières est beaucoup plus retorse qu'elle ne le croyait. La vieille fourmi peine de plus en plus. L'épreuve lui rappelle celle que lui avaient fait subir les blattes dans le monde des Doigts. Elles l'avaient placée face à un miroir et lui avaient déclaré : *Nous nous comporterons avec toi comme tu te comporterais avec toi-même. Si tu te combats dans la glace, nous te combattrons, si tu t'allies à l'individu qui apparaît dans le miroir, nous t'accepterons parmi nous.*

Intuitivement, cette épreuve-là, elle avait su la résoudre. Les blattes lui avaient enseigné à s'aimer elle-même. Or cette guêpe lui propose maintenant une tâche beaucoup plus délicate : justifier cet amour.

La reine réitère sa question.

La vieille guerrière fourmi revient à plusieurs reprises sur ses deux principales qualités, la combativité et la curiosité, qui lui ont permis de survivre là où tant d'autres ont péri. Les mortes possédaient donc un code génétique moins efficace que le sien.

La reine des guêpes papetières remarque que beaucoup de soldates maladroites ou sans courage survivent dans les guerres par simple hasard. Alors que des soldates habiles et courageuses décèdent. Cela ne signifie rien, c'est une question de hasard.

Déstabilisée, 103e finit par lâcher son argument-choc :

Je suis différente des autres parce que j'ai rencontré les Doigts.

La reine marque un temps d'arrêt.

Les Doigts ?

103e explique que les phénomènes bizarres qui apparaissent de plus en plus souvent en forêt sont dus la plupart du temps à l'apparition d'une nouvelle espèce animale, géante et inconnue : les Doigts. Elle, 103e, elle les a rencontrés et a même dialogué avec eux. Elle connaît leur force et leurs faiblesses.

La reine des guêpes ne se laisse pas impressionner. Elle répond qu'elle aussi connaît les Doigts. Il n'y a rien d'exceptionnel à cela. Les guêpes en rencontrent souvent. Ils sont grands, lents, mous et transportent toutes sortes de matériaux sucrés inertes. Parfois, ils enferment des guêpes dans une caverne transparente mais quand la caverne s'ouvre, les guêpes piquent les Doigts.

Les Doigts... La reine des guêpes ne les a jamais craints. Elle prétend même en avoir tué. Certes, ils sont grands et gros mais ils ne possèdent pas comme nous de carapace et il est donc très facile de percer du dard leur épiderme mou. Non, désolée, une rencontre avec les Doigts ne lui apparaît pas comme un argument suffisant pour justifier son désir d'amputer en quoi que ce soit le trésor de gelée hormonale royale du guêpier.

103e ne s'attendait pas à ça. Toute fourmi à qui on parle des Doigts réclame encore et encore des informations. Or, voici que les guêpes papetières, elles, se figurent tout savoir. Quel signe de décadence ! C'est sans doute la raison pour laquelle la nature a inventé la fourmi. Les guêpes, leurs ancêtres vivants, ont perdu leur curiosité originelle.

En tout cas, ça n'arrange pas les affaires de 103e. Si les guêpes papetières refusent de lui donner de la gelée, c'est sa fin. Tant d'efforts pour survivre et au bout du compte être fauchée tout simplement par le plus minable des adversaires : la vieillesse. C'est dommage.

Dernière ironie de la reine des guêpes papetières : elle signale que si, d'aventure, 103e avait un sexe, rien ne certifierait que ses enfants auraient aussi cette capacité à rencontrer les Doigts.

Évidemment, rencontrer des Doigts n'est pas une qualité héréditaire. 103e s'est fait piéger.

Soudain, il y a de l'agitation. Des guêpes nerveuses atterrissent et décollent depuis l'entrée de carton.

Le nid est attaqué. Un scorpion grimpe vers la cloche de papier gris.

L'arachnide a sans doute été chassé par la marée des criquets et lui aussi cherche refuge dans les frondaisons. Normalement, les guêpes repoussent les assaillants à coups de dards empoisonnés, mais la chitine des scorpions est trop épaisse pour eux et donc infranchissable.

103ᵉ propose de se charger de l'ennemi.

Si tu réussis seule, nous te donnerons ce que tu demandes, énonce la reine des guêpes.

103ᵉ sort par le tube-couloir central du guêpier et aperçoit le scorpion. Ses antennes reconnaissent les odeurs. Il s'agit de la scorpionne que les Belokaniennes ont déjà croisée dans le désert. Elle porte sur son dos vingt-cinq bébés scorpions, reproductions miniatures de leur mère. Ils s'amusent à se chamailler de la pointe de leurs pinces et de leur dard caudal.

La fourmi décide d'intercepter la scorpionne dans la terrasse circulaire, petite arène plate que forme un nœud du chêne immense.

103ᵉ nargue la scorpionne d'un tir de jet acide. L'autre ne voit dans la petite fourmi qu'un gibier à sa portée. Elle dépose ses petits et s'avance pour la manger. Le bout de sa longue pince la pique.

Deuxième jeu :

PIQUE

61. TRAVAIL SUR LA PYRAMIDE MYSTÉRIEUSE

Pointe translucide. Triangle blanc. Maximilien était à nouveau face à la pyramide mystérieuse. La dernière fois, son inspection avait été interrompue par une piqûre d'insecte qui l'avait mis groggy pendant une petite heure. Aujourd'hui, il était bien décidé à ne pas se laisser surprendre.

Il s'approcha à pas précautionneux.

Il toucha la pyramide. Elle était toujours tiède.

Il posa son oreille contre la paroi et entendit des bruits.

Il se concentra pour les comprendre et il lui sembla percevoir une phrase intelligible en français.

— Alors, Billy Joe, je t'avais dit de ne pas revenir.

Encore la télévision. Un western américain, sans doute.

Le policier en avait assez entendu. Le préfet exigeait des résultats, il allait en obtenir. Maximilien Linart s'était muni du matériel indispensable à la réussite de sa mission. Ouvrant sa grande gibecière, il en sortit un long maillet de chantier et le brandit en direction de son propre reflet. De toutes ses forces, il frappa.

Dans un fracas étourdissant, le miroir s'émietta en fragments coupants. Vite, il recula pour éviter d'être touché par un éclat.

— Tant pis pour les sept ans de malheur, soupira-t-il.

La poussière dissipée, il inspecta la paroi de béton. Toujours pas de porte, ni de fenêtre. Seulement la pointe translucide au sommet.

Deux faces de la pyramide restaient camouflées de miroirs. Il les fit aussi exploser sans discerner la moindre ouverture. Il posa l'oreille sur la paroi de béton. À l'intérieur, la télévision s'était tue. Quelqu'un réagissait à sa présence.

Il devait quand même bien y avoir une issue quelque part... Une porte basculante... Un système quelconque de charnières... Sinon, comment l'actuel occupant se serait-il introduit dans la pyramide ?

Il lança un lasso vers le sommet de la pyramide. Après plusieurs tentatives infructueuses, il parvint à le crocheter. Avec ses chaussures antidérapantes, le policier entreprit d'escalader la surface plane en béton. Il examinait la paroi de près mais pas la moindre fissure, pas le moindre trou, pas la moindre rainure permettant d'enfumer le ou les occupants. Du sommet, il scruta les trois faces · le béton était épais et en tout point homogène.

— Sortez ou je vous garantis que nous trouverons bien un moyen de vous faire déguerpir !

Maximilien se laissa redescendre sur sa corde.

Il était toujours persuadé qu'un ermite s'était emmuré dans ce bâtiment de béton. Il savait qu'au Tibet certains moines particulièrement zélés se faisaient ainsi enfermer dans des cabanes de briques closes sans porte ni fenêtres et y restaient des années durant. Mais ces moines laissaient cependant une petite trappe ouverte pour que les fidèles leur déposent des aliments.

Le policier imagina la vie de ces emmurés vivants dans leurs deux mètres cubes, assis parmi leurs excréments, sans air et sans chauffage !

Bzzz... bzzz.

Maximilien sursauta.

Ce n'était donc pas un hasard si, à sa première interpellation, il avait été piqué par un insecte. Celui-ci avait partie liée avec la pyramide, le policier en était maintenant convaincu. Il ne se laisserait pas vaincre à nouveau par le minuscule ange gardien de l'édifice.

L'origine du bourdonnement était un gros insecte volant. Probablement une abeille ou une guêpe.

— Va-t'en, fit-il en agitant la main.

Il dut se contorsionner pour le suivre du regard. C'était comme si cet insecte comprenait que, pour l'attaquer, il fallait d'abord échapper aux yeux de cet humain.

L'insecte se mit à faire des huit. Soudain, il monta, puis fonça en piqué sur lui. Il tenta de planter son dard dans le sommet du crâne mais les cheveux blonds de Maximilien étaient drus et il ne parvint pas à franchir ce qui était pour lui une forêt de herses dorées.

Maximilien se donna de grandes tapes sur la tête. L'insecte redécolla mais ne renonça pas à ses piqués de kamikaze.

Il la défia de la voix :

— Que me veux-tu ? Vous, les insectes, vous êtes les derniers prédateurs de l'homme, non ? On n'arrive pas à vous éliminer. Vous nous ennuyez, nous et nos ancêtres, depuis trois millions d'années, et vous continuerez à ennuyer nos enfants pendant combien de temps encore ?

L'insecte ne sembla pas prêter attention au discours du policier. Lui n'osait pas lui tourner le dos. L'insecte se maintenait en position géostationnaire, prêt à plonger dès qu'il aurait trouvé une faille dans la défense antiaérienne ennemie.

Maximilien saisit une chaussure et, la tenant comme une raquette de tennis, se prépara à smasher dans l'insecte dès que celui-ci attaquerait.

— Qui es-tu, grosse guêpe ? La gardienne de la pyramide ? L'ermite sait apprivoiser les guêpes, c'est ça ?

Comme pour lui répondre, l'insecte fonça. En approchant de son cou, il vira, contourna l'humain, redescendit en piqué vers le mollet dénudé du policier mais avant d'avoir pu le toucher de son dard, il reçut en plein front une énorme semelle de chaussure.

Maximilien s'était baissé comme pour faire un lob et, d'un mouvement sec du poignet, il était arrivé à intercepter son minuscule adversaire volant.

Avec un bruit mat, l'insecte percuta la semelle et rebondit, complètement aplati.

— Un à zéro. Jeu, set et match, fit le policier, pas mécontent de son coup.

Avant de s'éloigner, il posa encore sa bouche contre la paroi.

— Vous, là-dedans, n'imaginez pas que je vais abandonner si facilement. Je reviendrai jusqu'à ce que je sache qui se cache à l'intérieur de cette pyramide. On verra bien combien de temps vous tiendrez, isolé du monde dans votre béton, monsieur l'ermite amateur de télévision !

62. ENCYCLOPÉDIE

MÉDITATION : Après une journée de travail et de soucis, il est bon de se retrouver seul au calme.

Voici une méthode simple de méditation pratique.

D'abord, se coucher sur le dos, pieds légèrement écartés, bras le long du corps sans le toucher, paumes orientées vers le haut. Bien se détendre.

Commencer l'exercice en se concentrant sur le sang usé qui reflue des extrémités des pieds, depuis chaque orteil, pour remonter s'enrichir dans les poumons.

À l'expiration, visualiser l'éponge pulmonaire gorgée de sang qui disperse le sang propre, purifié, enrichi d'oxygène, vers les jambes, jusqu'à l'extrémité des orteils.

Se livrer à une nouvelle inspiration en se concentrant cette fois sur le sang usé des organes abdominaux afin de l'amener jusqu'aux poumons. À l'expiration, visualiser ce sang filtré et plein de vitalité qui revient abreuver notre foie, notre rate, notre système digestif, notre sexe, nos muscles.

À la troisième inspiration, aspirer le sang des vaisseaux des mains et des doigts, le rincer et le renvoyer sain d'où il est venu.

À la quatrième enfin, en respirant encore plus profondément, aspirer le sang du cerveau, vidanger toutes les idées stagnantes, les envoyer se faire purifier dans les poumons puis ramener le sang propre, gorgé d'énergie, d'oxygène et de vitalité dans le crâne.

Bien visualiser chaque phase. Bien associer la respiration à l'amélioration de l'organisme.

Edmond Wells,
Encyclopédie du Savoir Relatif et Absolu, tome III.

63. DUEL

Le dard empoisonné du scorpion s'abat non loin de la vieille fourmi rousse qui le sent frôler ses antennes.

C'est le troisième coup de pince et le quatrième coup de dard qu'elle esquive. À chaque fois, elle est déstabilisée et évite de justesse l'arme fatale du monstre cuivré.

103ᵉ voit maintenant de très près cette scorpionne suréquipée en armes de guerre. À l'avant, deux pinces pointues, les chélicères, sont là pour bloquer la victime avant de lui porter le coup de crochet venimeux.

Sur les flancs, huit pattes pour se mouvoir à toute vitesse dans toutes les directions et même latéralement. À l'arrière, une longue queue qu'articulent six segments flexibles et qui s'achève par une pointe acérée, comme une épine de ronce, une énorme épine jaune, gluante de jus mortel.

Où sont les organes des sens de l'animal ? La fourmi ne distingue pratiquement pas d'yeux, seulement des ocelles frontaux, pas d'oreilles, pas d'antennes. Faisant mine de toujours esquiver le monstre, elle le contourne et comprend : les véritables organes sensoriels du scorpion, ce sont ses pinces recouvertes de cinq petits poils sensitifs.

Grâce à eux, la scorpionne perçoit les plus infimes mouvements de l'air autour d'elle.

103e se souvient d'une corrida, sur la télévision des Doigts. Comment s'en tiraient-ils déjà ? Avec une cape rouge.

103e saisit un pétale de fleur pourpre apporté par le vent pour s'en faire une muleta qu'elle brandit avec ses mandibules. Pour ne pas donner prise au vent et ne pas être renversée par cette voile improvisée, elle prend garde à toujours se placer dans le sens des courants d'air. La vieille guerrière fatiguée multiplie les véroniques, en esquivant, au dernier moment, la corne unique de son adversaire.

Les coups de dard se font plus précis. À chaque tentative, 103e voit la lance poisseuse remonter, la viser puis partir en avant à la manière d'un harpon. Un dard est plus difficile à éviter qu'une paire de cornes et elle se dit que si un Doigt toréador avait à affronter un scorpion géant, il connaîtrait sans doute beaucoup plus de difficultés que dans ses arènes habituelles.

Quand 103e tente de s'approcher de son ennemie, les pinces ouvertes foncent sur elle. Quand elle essaie de tirer un jet d'acide avec son abdomen, les pinces se ferment en bouclier. Elles sont à la fois arme d'attaque et de défense. Les huit pattes si rapides remettent toujours la scorpionne au meilleur endroit pour parer et frapper.

À la télévision, le toréador n'arrêtait pas de gesticuler pour dérouter son taureau. De même, la fourmi bondit en tous sens essayant d'épuiser son adversaire tout en esquivant ses coups de pince et de harpon.

103e se concentre et cherche à se souvenir de tout ce qu'elle a vu en la matière. Quels étaient les commentaires à propos de la stratégie du toréador ? De l'homme et de la bête, il y en a toujours un qui est au milieu et l'autre qui lui tourne autour. Celui qui tourne autour se fatigue plus vite mais il a la possibilité de prendre l'autre à contre-pied. Les toréadors très doués parviennent à faire trébucher leur adversaire sans même les toucher.

Pour l'instant, son pétale-muleta sert surtout de bouclier à 103e. Chaque fois que le harpon s'abat, elle l'intercepte de son pétale cramoisi. Mais il est peu résistant et la pointe du dard le transperce aisément.

Ne pas mourir. Au nom de sa connaissance des Doigts. Ne pas mourir.

Dans son acharnement à survivre, le vieille fourmi oublie son âge et retrouve l'agilité de sa jeunesse.

Elle tourne toujours dans le même sens. La scorpionne s'agace de la résistance de cet être si chétif et ses pinces claquent de plus en plus bruyamment. Elle accélère les mouvements de ses pattes quand, soudain, la fourmi s'arrête et se met à tourner en sens inverse. Le mouvement déséquilibre la scorpionne qui trébuche, bascule et se retrouve sur le dos, dévoilant ainsi ses parties plus fragiles que la fourmi ne manque pas d'arroser d'un jet précis d'acide formique. La scorpionne ne semble pas trop en souffrir. Déjà, elle est rétablie sur ses pattes et charge.

Suivi des deux pinces chélicères, le harpon s'abat à quelques millimètres du crâne de 103e.

Vite, une autre idée.

La vieille guerrière se souvient que les scorpions ne sont pas immunisés contre leur propre venin. Dans les légendes myrmécéennes, on raconte que, lorsqu'ils ont peur, notamment lorsqu'ils sont encerclés par le feu, les scorpions se suicident en se piquant de leur dard. 103e ne sait pas fabriquer du feu si vite.

Les effluves de pessimisme des spectatrices guêpes ne lui remontent pas le moral.

Une autre idée, vite.

La vieille fourmi étudie la situation. Où réside sa force ? où réside sa faiblesse ?

Sa petite taille. Là sont sa force et sa faiblesse.

Comment transformer sa faiblesse en force ?

Dans le cerveau de la vieille fourmi, mille suggestions se croisent et sont soupesées de toute urgence. La mémoire propose tout son stock de parades de combat. L'imagination les rassemble pour en faire naître de nouvelles, mieux adaptées à un affrontement avec un scorpion. Tandis que ses yeux épient l'adversaire, ses antennes s'efforcent de découvrir une solution dans le décor de ramures. C'est l'avantage de disposer d'un double système de perception de son environnement. Visuel et olfactif.

Soudain, elle voit un trou dans l'écorce. Cela lui rappelle un dessin animé de Tex Avery. La fourmi galope et s'engouffre dans le tunnel de bois. La scorpionne la poursuit. Elle commence à entrer dans le tunnel mais bientôt son ventre la bloque. Il n'y a plus que son appendice caudal hors du trou.

103e continue, elle, de cheminer dans son petit tunnel de bois et en ressort par une autre issue sous les acclamations de ses alliées.

Le dard empoisonné jaillit de l'écorce comme un bourgeon sinistre. Sa propriétaire se débat de son mieux pour se dégager, se demandant s'il vaut mieux s'enfoncer encore ou bien essayer de se tirer en marche arrière de cette mauvaise passe.

Déjà, peu confiants dans la réussite de leur maman, les petits scorpions préfèrent s'éloigner.

103e s'approche tranquillement. Elle n'a plus qu'à scier proprement la si dangereuse pointe avec ses mandibules crénelées. Puis, en prenant bien garde à ne pas effleurer le venin, elle lève haut l'arme empoisonnée et pique son adversaire engoncée dans son trou.

Les légendes fourmis ont raison. Les scorpions ne sont pas immunisés contre leur propre venin. L'arachnide se débat, est pris de convulsions et meurt enfin.

Toujours attaquer les ennemis avec leurs propres armes, lui avait-on appris dans sa pouponnière. Voilà qui est fait. 103e a aussi une pensée pour le dessin animé de Tex Avery, si riche en enseignements tactiques. Peut-être un jour confiera-t-elle aux siennes tous les secrets de combat de ce grand stratège Doigt.

64. UNE CHANSON

Julie fit signe d'arrêter. Tout le monde jouait faux et elle-même chantait mal.

— On n'ira pas loin comme ça. Je crois que nous devons affronter un problème de fond. Interpréter la musique des autres, c'est nul.

Les Sept Nains ne comprenaient pas où leur chanteuse voulait en venir.

— Que proposes-tu ?

— Nous sommes nous-mêmes des créateurs. Il nous faut inventer nos propres paroles, notre propre musique, nos propres morceaux.

Zoé haussa les épaules.

— Pour qui tu te prends ? Nous ne sommes qu'un petit groupe de rock de lycée à peine encouragé du bout des lèvres par le proviseur pour qu'il puisse inscrire « activités musicales » dans ses rapports sur la vie culturelle extra-scolaire de son établissement. On n'est pas les Beatles !

Julie secoua ses longs cheveux noirs.

— Dès l'instant où l'on crée, on est des créateurs parmi d'autres créateurs. Il ne faut pas avoir de complexes. Notre musique peut valoir n'importe quelle autre musique. Il faut juste essayer d'être originaux. Nous pouvons composer quelque chose de « différent » de ce qui existe déjà.

Les Sept Nains, surpris, ne savaient comment réagir. Ils n'étaient pas convaincus et certains commençaient à regretter d'avoir laissé cette étrangère s'immiscer dans leur groupe.

— Julie a raison, trancha Francine. Elle m'a montré un ouvrage, l'*Encyclopédie du Savoir Relatif et Absolu*, il contient des conseils qui nous permettront de concevoir des choses nouvelles. Moi, j'y ai déjà découvert les plans d'un ordinateur capable de surclasser et d'envoyer aux oubliettes tous ceux qui existent dans le commerce.

— Impossible d'améliorer l'informatique, objecta David. Les puces informatiques vont pour tout le monde à la même vitesse et on ne peut pas en fabriquer de plus rapides.

Francine se leva.

— Qui parle de faire des puces plus rapides ? C'est évident que nous ne pouvons pas façonner nous-mêmes des puces électroniques. En revanche, nous allons les agencer différemment.

Elle demanda à Julie son *Encyclopédie* et se mit à chercher les pages avec les plans.

— Regardez. Au lieu d'une hiérarchie de puces électroniques, c'est une démocratie de puces qui est représentée ici. Plus de microprocesseur supérieur dominant des puces exécutantes, tous chefs et au même niveau. Cinq cents puces microprocesseurs, cinq cents cerveaux égaux et aussi efficaces les uns que les autres qui, du coup, communiquent en permanence.

Francine désigna un croquis dans un coin.

— Le problème, c'est de trouver leur disposition. Tout comme une maîtresse de maison lors d'un dîner, il faut s'interroger sur la façon de répartir son monde. Si on assoit les gens normalement autour d'une longue table rectangulaire, ceux des extrémités ne se parleront pas, seuls ceux du milieu accapareront l'auditoire. L'auteur de l'*Encyclopédie du Savoir Relatif et Absolu* conseille de disposer toutes les puces en rond afin que toutes soient face à face. Le cercle est la solution.

Elle leur montra d'autres graphiques.

— La technologie n'est pas une fin en soi, dit Zoé. Ton ordinateur ne répond pas à la préoccupation de créativité musicale.

— Je comprends ce qu'elle veut dire. Si ce type a des idées pour renouveler l'outil le plus sophistiqué existant, l'ordinateur, il peut sûrement nous aider à renouveler la musique, remarqua Paul.

— Julie a raison. Il faut élaborer une poésie qui nous soit propre, renchérit Narcisse. Peut-être que ce livre nous y aidera.

Francine, qui avait toujours l'*Encyclopédie* en main, l'ouvrit au hasard et lut à haute voix :

Fin, ceci est la fin.
Ouvrons tous nos sens.
Un vent nouveau souffle ce matin,
Rien ne pourra ralentir sa folle danse
Mille métamorphoses s'opéreront dans ce monde endormi.
Il n'est pas besoin de violence pour briser les valeurs figées
Soyez surpris : nous réalisons simplement la « Révolution des fourmis ».

Après ce couplet tous réfléchirent.

— « Révolution des fourmis » ? s'étonna Zoé. Ça ne veut rien dire.
Personne ne releva.

— Si on veut en faire une chanson, il manque un refrain, souligna Narcisse.

Julie se tut un instant, ferma les yeux, puis suggéra :

Il n'y a plus de visionnaires
Il n'y a plus d'inventeurs.

Peu à peu, couplet après couplet, ils mirent au point les paroles d'une première chanson, en puisant largement dans les paragraphes de l'*Encyclopédie*.

Pour la musique, Ji-woong dénicha un passage qui expliquait comment construire des mélodies comme des architectures. Edmond Wells y décomposait les constructions de morceaux de Bach. Ji-woong dessina au tableau une sorte d'autoroute sur laquelle il traça la trajectoire d'une ligne musicale. Chacun vint tracer autour de cette ligne simple la trajectoire de son instrument propre. La mélodie finit par ressembler à un grand lasagne.

Ils ajustèrent leurs instruments et combinèrent des effets de mélodies croisées qu'ils notèrent sur le schéma.

Chaque fois qu'un membre du groupe percevait où il convenait d'apporter une rectification, il effaçait au chiffon un bout de trajectoire et en redessinait une forme modifiée.

Julie fredonna la mélodie et ce fut comme un air vivant, partant de son nombril pour escalader sa trachée-artère. Il n'y eut d'abord qu'une œuvre sans paroles puis la jeune fille aux yeux gris clair chanta ce qu'elle lisait : le premier couplet : « Fin, ceci est la fin », le refrain : « Il n'y a plus de visionnaires, il n'y a plus d'inventeurs », puis un second couplet, issu d'un autre passage du livre :

N'as-tu jamais rêvé d'un autre monde ?
N'as-tu jamais rêvé d'une autre vie ?
N'as-tu jamais rêvé qu'un jour, l'homme trouve sa place dans l'Univers ?
N'as-tu jamais rêvé qu'un jour, l'homme communique avec la nature, toute la nature, et qu'elle lui réponde en partenaire et non plus en ennemie vaincue ?
N'as-tu jamais rêvé de parler aux animaux, aux nuages et aux montagnes, d'œuvrer ensemble et non plus les uns contre les autres ?
N'as-tu jamais rêvé que des gens se regroupent pour tenter de créer une cité où seraient différents les rapports humains ?
Réussir ou échouer n'aurait plus d'importance. Personne ne s'autori-

serait à juger quiconque. Chacun serait libre de ses actes et préoccupé pourtant de la réussite de tous.

La tessiture de Julie Pinson était changeante. Parfois, sa voix présentait des aigus de petite fille pour basculer ensuite dans des graves rauques.

À chacun des Sept Nains, elle rappelait un interprète différent. Paul trouva qu'elle faisait penser à Kate Bush, Ji-woong à Janis Joplin, Léopold à Pat Benatar avec sa sensualité *hard rock*, pour Zoé, elle présentait plutôt l'intensité de la chanteuse Noa.

La vérité, c'était que chacun discernait en Julie ce qui, dans une voix féminine, le saisissait le plus.

Elle interrompit son chant et David se lança dans un incroyable solo échevelé de harpe électrique. Léopold s'empara de sa flûte pour dialoguer avec lui. Julie sourit et entama un troisième couplet :

N'as-tu jamais rêvé d'un monde qui ne craindrait pas ce qui ne lui ressemble pas ?
N'as-tu jamais rêvé d'un monde où chacun saurait trouver en lui sa perfection ?
J'ai rêvé, pour changer nos vieilles habitudes, d'une Révolution.
Une Révolution des petits, une Révolution des fourmis.
Mieux qu'une révolution : une évolution.
J'ai rêvé, mais ce n'est qu'une utopie.
J'ai rêvé d'écrire un livre pour la raconter et que ce livre vivrait à travers le temps et l'espace bien au-delà de ma propre vie.
Si j'écris ce livre, il ne sera qu'un conte. Un conte de fées qui jamais ne se réalisera.

Ils se réunirent en une ronde et ce fut comme si un cercle magique qui aurait dû exister depuis longtemps venait enfin de se recomposer.

Julie ferma les paupières. Un charme s'empara d'elle. De lui-même, son corps se dandina au rythme de la basse de Zoé et de la batterie de Ji-woong. Elle qui n'aimait pas la danse était prise d'une irrésistible envie de se mouvoir.

Tous l'y encouragèrent. Elle ôta son pull de laine informe et, en étroit tee-shirt noir, s'agita harmonieusement, micro en main.

Narcisse y alla de son riff à la guitare électrique.

Zoé assura qu'une bonne chute était nécessaire pour équilibrer le tout.

Yeux toujours clos, Julie improvisa :

Nous sommes les nouveaux visionnaires,
Nous sommes les nouveaux inventeurs.

Voilà, ils avaient maintenant la chute.

Francine fit un final à l'orgue et tous s'arrêtèrent ensemble.

— Super ! s'exclama Zoé.

Ils discutèrent de ce qu'ils venaient d'accomplir. Tout semblait fonctionner sauf le solo de la troisième partie. David affirma qu'il fallait innover dans ce domaine aussi, chercher autre chose que le traditionnel riff à la guitare électrique.

C'était leur premier morceau original et ils se sentaient quand même assez fiers d'eux. Julie essuya son front en sueur. Embarrassée de se retrouver en tee-shirt, elle se rhabilla vite en marmonnant des excuses.

Pour faire diversion, elle leur dit que le chant pouvait être encore mieux contrôlé. Son maître de chant, Yankélévitch, lui avait appris à se soigner avec les sons.

— Comment ça ? demanda Paul qui s'intéressait à tout ce qui concernait les sons. Montre-nous.

Julie expliqua que par exemple la sonorité « O » prononcée dans les tonalités graves agit sur le ventre.

— « OOO », cela fait vibrer les intestins. Si vous avez du mal à digérer, faites vibrer votre système digestif avec ce son. « OOOO. » C'est moins cher que des médicaments et toujours disponible. Juste une vibration. À la portée de toutes les bouches.

Sept Nains entonnèrent un bel « OOOO », en essayant de percevoir l'effet sur leur organisme.

— Le son « A » agit sur le cœur et les poumons. Si vous êtes essoufflés vous le faites naturellement.

Ils reprirent en chœur : « AAAAAA ».

— Le son « E » agit sur la gorge. Le son « U » sur la bouche et le nez. Le son « I » sur le cerveau et le sommet du crâne. Prononcez profondément chaque son et faites vibrer vos organes.

Ils répétèrent chacune des voyelles et Paul proposa de mettre au point un morceau thérapeutique qui soulagerait les souffrances de ceux qui l'entendraient.

— Il a raison, soutint David, on pourrait mettre au point une chanson rien qu'avec des successions de OOO, de AAA et de UUU.

— Et passer en basse des infrasons qui calment, compléta Zoé. Ce serait l'idéal pour soigner les gens qui nous écoutent. « La musique qui guérit », ce pourrait être un bon slogan.

— Ce serait complètement inédit.

— Tu plaisantes ? dit Léopold. C'est connu depuis l'Antiquité. Pourquoi crois-tu que nos chants indiens ne sont construits qu'à partir de voyelles simples répétées à l'infini ?

Ji-woong confirma que la tradition coréenne contenait des chants uniquement composés de voyelles.

Ils décidèrent d'élaborer un morceau qui profiterait au corps de leurs auditeurs. Ils allaient s'y mettre quand un coup de batterie qui ne provenait pas des tambours de Ji-woong résonna dans le petit local.

Paul alla ouvrir la porte.

— Vous faites trop de bruit, se plaignit le proviseur.

Il était vingt heures. Ils avaient généralement le droit de jouer jusqu'à vingt et une heures trente mais ce jour-là, le proviseur s'était attardé dans son bureau pour finir sa comptabilité.

Il entra dans la pièce et dévisagea chacun des huit musiciens.

— Je n'ai pas pu m'empêcher de vous écouter. J'ignorais que vous aviez des morceaux originaux. C'est vraiment pas mal ce que vous faites. D'ailleurs, ça tombe peut-être bien.

Il s'assit en retournant le dossier d'une chaise.

— Mon frère inaugure un centre culturel dans le quartier François Iᵉʳ et il est en quête d'un spectacle pour essuyer les plâtres, régler la sonorisation, installer la billetterie, mettre tout au point, quoi ! Il avait retenu un quatuor à cordes mais deux des musiciens ont attrapé la grippe et un quatuor à deux, même dans un centre de quartier, ça ne fait pas sérieux. Depuis hier, il cherche quelqu'un capable de les remplacer au pied levé. S'il ne trouve rien, il va devoir repousser l'ouverture du centre. Ce qui ferait mauvais effet auprès de la mairie. Vous pouvez sans doute lui sauver la mise. Ça ne vous intéresserait pas de jouer là-bas pour l'ouverture ?

Les huit s'entre-regardèrent, ne parvenant pas à croire à leur bonne fortune.

— Et comment ! proféra Ji-woong.

— Bon, eh bien, préparez-vous vite, vous jouez samedi prochain.

— Ce samedi ?

— Bien sûr, ce samedi.

Paul faillit dire que non, ce n'était pas possible, ils n'avaient pour l'instant qu'un seul morceau à leur répertoire, quand le regard de Ji-woong lui intima de se taire.

— Aucun problème, affirma Zoé.

Ils étaient inquiets et ravis à la fois.

Ils allaient enfin jouer devant un vrai public, terminées, les soirées minables et les fêtes de quartier.

— Parfait, dit le proviseur. Je compte sur vous pour mettre de l'ambiance.

Il leur adressa un clin d'œil complice.

De surprise, Francine, qui n'en revenait pas, glissa du coude sur le clavier de son orgue et produisit un arpège discordant qui sonna comme un coup de canon.

65. ENCYCLOPÉDIE

CONSTRUCTION MUSICALE — LE CANON : En musique, le « canon » présente une structure de construction particulièrement intéressante. Exemples les plus connus : « Frère Jacques », « Vent frais, vent du matin » ou encore le canon de Pachelbel.

Le canon est bâti autour d'un thème unique dont les interprètes explorent toutes les facettes en le confrontant à lui-même. Une première voix commence par exposer le thème. Après un temps prédéterminé, une seconde voix le répète puis une troisième voix le reprend.

Pour que l'ensemble fonctionne, chaque note a trois rôles à jouer :

1. Tisser la mélodie de base.
2. Ajouter un accompagnement à la mélodie de base.
3. Ajouter un accompagnement à l'accompagnement et à la mélodie de base.

Il s'agit donc d'une construction à trois niveaux dans laquelle chaque élément est, selon son emplacement, à la fois vedette, second rôle et figurant.

On peut sophistiquer le canon sans ajouter une note, simplement en modifiant la hauteur, un couplet dans l'octave au-dessus, un couplet dans l'octave au-dessous.

Il est aussi possible de compliquer le canon en lançant la seconde voix rehaussée d'une demi-octave. Si le premier thème est en *do*, le second sera en *sol*, etc.

On peut compliquer davantage encore le canon en agissant sur la rapidité du chant. Plus vite : tandis que la première voix interprète le thème, la deuxième le répète deux fois à toute vitesse. Plus lent : tandis que la première voix interprète la mélodie, la deuxième la répète deux fois plus lentement.

De même, la troisième voix accélère ou ralentit encore le thème, d'où un effet d'expansion ou de concentration.

Le canon peut encore se sophistiquer par l'inversion de la mélodie. Quand la première voix s'élève en jouant le thème principal, la seconde alors descend.

Tout cela est bien plus facile à réaliser lorsqu'on dessine les lignes de chant comme les flèches d'une grande bataille.

Edmond Wells,
Encyclopédie du Savoir Relatif et Absolu, tome III.

66. MAXIMILIEN FAIT LE POINT

On n'entendait que le bruit des mandibules. Maximilien avala silencieusement son plat.

Au sein de sa famille, finalement, il s'ennuyait ferme. À bien y réfléchir, il avait épousé Scynthia pour épater ses copains.

Elle représentait un trophée et il était vrai que les autres l'avaient envié. Le problème, c'est que la beauté ne se mange pas en salade. Scynthia était belle, mais ce qu'il s'ennuyait ! Il sourit, embrassa tout le monde puis se leva pour s'enfermer dans son bureau et jouer au jeu *Évolution*.

Évolution le passionnait de plus en plus. Il s'empressa de créer une civilisation aztèque qu'il parvint à amener jusqu'en 500 av. J.-C., en bâtissant une dizaine de villes et en envoyant des galères aztèques sillonner les mers à la recherche de nouveaux continents. Il pensait que ses explorateurs aztèques découvriraient l'Occident vers 450 av. J.-C. mais une épidémie de choléra décima ses cités. Des invasions barbares finirent d'anéantir ses métropoles malades, de sorte que la civilisation aztèque du commissaire Linart fut détruite avant l'an 1 de son calendrier.

— Tu joues mal. Quelque chose te préoccupe, signala Mac Yavel.

— Oui, concéda l'humain. Mon travail.

— Veux-tu m'en parler ? proposa l'ordinateur.

Le policier tiqua. Jusqu'alors, l'ordinateur n'avait été pour lui qu'une sorte de majordome qui l'accueillait lorsqu'il allumait sa machine et le guidait dans les méandres d'*Évolution*. Qu'il quitte le domaine du virtuel pour s'ingérer dans sa « vraie » vie était pour le moins inattendu. Pourtant, Maximilien se laissa aller.

— Je suis policier, dit-il. Je mène une enquête. Une enquête qui me cause beaucoup de souci. J'ai sur le dos une histoire de pyramide qui a poussé comme un champignon, en pleine forêt.

— Tu peux m'en parler ou c'est un secret ?

Le ton badin, la voix presque sans accent synthétique, de la machine surprit Maximilien, mais il se rappela que depuis peu il existait sur le marché des « simulateurs de conversation » capables de donner le change en faisant croire à un dialogue naturel. En fait, ces programmes se contentaient de réagir à des mots-clefs et répondaient au moyen de techniques de discussion simples. Ils inversaient la question : « Tu crois vraiment que... » ou bien ils recentraient : « Parlons plutôt de toi... » Rien de sorcier là-dedans. Mais Maximilien n'en était pas moins conscient qu'en acceptant de converser avec son ordinateur, il établissait un lien privilégié avec une simple machine.

Il hésita ; il n'avait au fond personne avec qui parler vraiment. Il ne pouvait discuter d'égal à égal ni avec ses élèves de l'école de police ni avec ses subordonnés, lesquels prendraient le moindre relâchement pour un signe de faiblesse. Dialoguer avec le préfet, qui était son supérieur, était impossible. Comme la hiérarchie isolait tous les humains ! Il n'était jamais parvenu, non plus, à communiquer avec sa femme ou avec sa fille. De communication, Maximilien ne connaissait finalement que le dialogue unilatéral proposé par son téléviseur. Ce dernier lui racontait en permanence des tas de jolies choses mais ne voulait rien entendre en retour.

Peut-être cette nouvelle génération d'ordinateurs était-elle destinée à combler cette lacune.

Maximilien s'approcha du micro de l'engin.

— Il s'agit d'un bâtiment construit sans autorisation dans une zone protégée de la forêt. Lorsque je colle une oreille contre la paroi, j'entends à l'intérieur des bruits qui semblent provenir d'émissions télévisées. Mais dès que je frappe, les bruits cessent. Il n'y a pas de porte, pas de fenêtres, pas le moindre trou. J'aimerais bien savoir qui réside à l'intérieur.

Mac Yavel lui posa plusieurs questions précises en rapport avec son problème. Son iris s'étrécit, signe d'intense attention. L'ordinateur réfléchit un moment puis lui signala qu'il ne voyait aucune autre solution que de retourner à la pyramide avec une escouade d'artificiers et d'en faire sauter les parois de béton.

Décidément les ordinateurs ne font pas dans la nuance.

Maximilien n'en était pas encore arrivé à cette décision extrême, mais il admit qu'il aurait fini par y parvenir. Mac Yavel n'avait fait qu'accélérer son analyse. Le policier remercia la machine. Il voulut se remettre à jouer à *Évolution* ; à ce moment l'appareil lui rappela qu'il avait oublié de nourrir ses poissons.

À cet instant, pour la première fois, Maximilien se dit que l'ordinateur était en train de devenir un ami et cela l'inquiéta un peu car il n'avait jamais eu de vrai ami.

67. LE TRÉSOR SEXUEL

103ᵉ est venue à bout de la scorpionne. Les petits scorpions orphelins, qui observaient la scène de loin, détalent cette fois-ci sans se retourner, conscients qu'ils doivent désormais se débrouiller seuls dans un monde sans lois autres que celles qu'ils parviendront à imposer par la force de leur fouet caudal empoisonné.

Les douze fourmis exploratrices qui ont été invitées à entrer ovationnent olfactivement leur vieille championne. La reine des guêpes papetières consent à lui délivrer sa gelée hormonale. Elle entraîne la soldate dans un recoin de sa cité grise de papier et lui désigne un endroit où patienter.

Ensuite, la reine des guêpes se concentre et régurgite une salive brune qui sent très fort. Chez les hyménoptères, ouvrières, soldates et reines contrôlent parfaitement leur chimie interne. Elles sont capables d'augmenter ou de baisser à volonté leur sécrétion hormonale, afin de diriger aussi bien leurs fonctions digestives que leur endormissement, leur perception de la douleur que leur nervosité.

La reine des guêpes papetières parvient à produire de la gelée royale composée d'hormones sexuelles presque pures.

103ᵉ s'approche, veut humer des antennes avant de goûter, mais la reine des guêpes se plaque à elle, la contraignant à un bouche-à-bouche.

Baiser interespèces.

La vieille fourmi rousse aspire et déglutit. D'un coup, l'aliment magique pénètre en elle. Toutes les guêpes savent fabriquer de la gelée royale en cas de nécessité, mais il est évident que celle d'une reine est bien plus forte et délicate que le produit d'une simple ouvrière. Les relents sont si lourds qu'alentour, les autres Belokaniennes en perçoivent les vapeurs opiacées.

C'est fort. Acide, sucré, salé, piquant, amer en même temps.

103ᵉ avale. La gelée brune se répand dans son système digestif. Dans l'estomac, la pâte se dilue et se dissémine dans son sang, elle remonte dans ses veines pour rejoindre son cerveau.

Au début, il ne se passe rien et la vieille exploratrice pense que l'expérience a échoué. Et puis, tout d'un coup, elle bascule. C'est comme une bourrasque. La sensation est plutôt désagréable.

Elle se sent mourir.

La reine des guêpes lui a tout simplement donné du poison et elle l'a absorbé ! Elle sent le produit qui se disperse dans son corps, répandant cette sensation de noir et de brûlure dans toutes ses artères. Elle regrette d'avoir fait confiance à la reine. Les guêpes détestent les fourmis, c'est bien connu. Elles n'ont jamais admis que leurs cousines génétiques les surpassent.

103ᵉ se souvient de toutes les fois où, durant sa jeunesse chasseresse, elle a saccagé des nids de papier gris, fusillant à l'acide des défenseresses guêpes désemparées qui tentaient de se cacher derrière les morceaux de carton.

C'est une vengeance.

Tout s'obscurcit affreusement. Si ses traits étaient mobiles, ils présenteraient une terrible grimace.

Dans son esprit, tout n'est que douleur. Elle a du mal à ranger ses pensées. Le noir, l'acide, le froid, la mort l'envahissent. Elle tremble. Ses mandibules s'ouvrent et se ferment sans qu'elle puisse les contrôler. Elle perd la maîtrise de son corps.

Elle veut attaquer la reine des guêpes empoisonneuse. Elle avance, mais s'écroule sur ses pattes avant.

Sa perception du temps se modifie, il lui semble que tout se passe au ralenti et qu'il y a un moment très long entre l'instant où elle décide de bouger une patte et l'instant où celle-ci bouge vraiment.

Elle renonce à tenir sur ses six pattes et s'effondre.

Elle se voit comme si elle était à l'extérieur d'elle-même.

Surgissent de nouveau des images du passé. D'abord du passé direct, puis du passé plus lointain. Elle se voit en train de combattre la scorpionne, elle se voit surfant sur la marée des dos de criquets, elle se voit en train de traverser le désert.

Elle se revoit en train de s'enfuir du monde des Doigts, elle se revoit dialoguant pour la première fois avec les Doigts. Les mots sont olfactivement étourdissants.

Tout défile comme dans un film projeté à l'envers sur l'écran d'un téléviseur.

Elle revoit 24e, son amie de croisade, qui a créé sa cité libre de l'île du Cornigera, au milieu du fleuve. Elle se revoit volant pour la première fois sur le dos d'un scarabée rhinocéros et slalomant entre les gouttes de pluie dures et dangereuses comme des colonnes de cristal.

Elle revoit sa première expédition vers le pays des Doigts et sa découverte du bord du monde mortel, la route où leurs voitures éliminent toute forme de vie.

Elle se revoit luttant contre le lézard, luttant contre l'oiseau, luttant contre ses sœurs aux odeurs de roche qui complotaient dans la fourmilière.

Elle revoit le prince 327e et la princesse 56e lui parler pour la première fois du Mystère. Là commençait l'exploration, la découverte de l'autre dimension, celle des Doigts.

Sa mémoire roule et elle ne peut la ralentir.

Elle se revoit dans la guerre des Coquelicots, en train de tuer pour ne pas être tuée. Elle se revoit, fendant de coups de mandibules des cuirasses ennemies. Elle se revoit au milieu de foules de millions de soldates, se coupant mutuellement les pattes, les têtes et les antennes dans des combats dont elle avait oublié l'issue.

Elle se revoit courir entre les herbes, suivant des pistes odorantes qui fleurent bon le parfum de ses sœurs.

Elle se revoit toute jeune fourmi dans les couloirs de Bel-o-kan, se chamaillant avec d'autres soldates plus âgées.

103e remonte encore plus loin dans son passé. Elle se revoit nymphe, elle se revoit larve ! Elle est une larve séchant dans le solarium du dôme de branchettes. Elle se revoit incapable de se mouvoir par ses propres moyens, hurlant des phéromones pour que des nourrices empressées s'occupent d'elle plutôt que des larves voisines.

À manger ! Nourrices, donnez-moi vite à manger, je veux manger pour grandir, clame-t-elle.

Et c'est vrai qu'à l'époque, tout ce qu'elle espérait, c'était de vieillir plus vite...

Elle se revoit dans son cocon, de plus en plus petite.

Elle se revoit œuf pondu, empilé dans la salle de stockage des œufs.

Quel étrange effet de se revoir réduite à cette petite sphère nacrée emplie de liquide clair. C'était déjà elle. Elle a été ça.

Avant d'être une fourmi, j'étais une sphère blanche.

La pensée ronde s'impose.

Elle croit qu'on ne peut pas remonter plus loin que l'œuf, dans son passé. Mais si ! Sa mémoire emballée continue de lui envoyer des images.

Elle revoit le moment de sa ponte. Elle remonte l'abdomen maternel et elle se voit ovule. Ovule venant tout juste d'être fécondé.

Avant d'être sphère blanche, j'étais sphère jaune.

En arrière. Encore plus loin, toujours plus loin.

Elle assiste à la rencontre entre gamète mâle et gamète femelle au cœur de l'ovule. Et là, 103e se retrouve à cet instant imperceptible où s'opère le choix entre masculin, féminin et neutre.

L'ovule frémit.

Masculin, féminin, neutre ? Tout vibre au cœur de l'ovule. Masculin, féminin, neutre ?

L'ovule danse. Des liquides étranges se mêlent, se décomposent dans son noyau, formant des sauces molles aux reflets moirés. Les chromosomes s'entremêlent comme de longues pattes. X, Y, XY, XX ? C'est finalement le chromosome féminin qui l'emporte.

Ça y est ! La gelée royale a modifié le cours de sa propre évolution cellulaire en remontant jusqu'au premier aiguillage, celui qui a défini son sexe.

103e est maintenant femelle. 103e est maintenant princesse.

Dans sa tête, un feu d'artifice se déchaîne comme si, tout à coup, son cerveau ouvrait toutes leurs petites portes pour laisser rentrer la lumière.

Toutes les vannes s'ouvrent. Tous ses sens se décuplent. Elle ressent tout plus fort, plus douloureusement, plus profondément. Elle perçoit son corps comme un ensemble très sensible, qui vibre à la moindre onde extérieure. Ses yeux sont envahis de taches multicolores, ses antennes lui piquent comme si elles étaient soudain recouvertes d'alcool pur et elle craint de les perdre.

Ce n'est pas vraiment agréable, mais c'est très fort.

Elle se sent si impressionnable qu'elle a envie de creuser le sol pour se cacher et se protéger de toutes ces myriades d'informations auditives, olfactives, lumineuses, qui affluent de partout pour se déverser dans son cerveau. Elle perçoit des émotions inconnues, des sensations abstraites, des odeurs qui s'expriment par des couleurs, des couleurs qui s'expriment par des musiques, des musiques qui s'expriment par des sensations tactiles, des sensations tactiles qui s'expriment par des idées.

Ces idées affluent en remontant de son cerveau comme une rivière souterraine qui jaillirait pour se transformer en fontaine. Chaque goutte d'eau de cette fontaine est un instant de son passé qui revient, mais éclairé par ses nouveaux sens et sa capacité nouvelle de percevoir émotions et abstractions.

Tout s'éclaire d'un jour nouveau. Tout est différent, plus subtil, plus complexe, tout émet bien plus d'informations qu'elle ne le croyait.

Elle prend conscience que jusqu'ici, elle n'a vécu qu'à moitié. Son cerveau s'élargit. Elle l'utilisait à 10 % de sa capacité, avec cette mixture hormonale, elle est peut-être passée à 30 %.

Qu'il est agréable d'avoir ses sens décuplés ! Qu'il est agréable pour une fourmi si longtemps asexuée de devenir soudainement, par la magie de la chimie, une sexuée sensible.

Elle reprend peu à peu contact avec le réel. Elle est dans un guêpier. Dans la chaleur artificielle de ce nid de papier gris, elle ne sait même plus s'il fait nuit ou s'il fait jour. Il doit probablement faire nuit. C'est peut-être déjà le matin.

Combien d'heures, de jours, de semaines se sont écoulés depuis qu'elle a ingurgité la gelée royale ? Elle n'a pas perçu le temps passer. Elle a peur.

La reine lui dit quelque chose.

68. LEÇON DE GYMNASTIQUE

— Allez, vous vous mettez en short et vous commencez par une petite foulée.

Tout autour ça bourdonnait. Certains étiraient leurs membres, beaucoup s'activaient et prenaient leur place sur la ligne de départ.

La journée débutait par la leçon de gymnastique.

— En ligne, j'ai dit. Je ne veux voir qu'une tête. À mon top départ, vous courez le plus vite que vous pouvez, levez bien les cuisses, allongez vos foulées, donnez-vous à fond, vous faites huit tours et je vous chronomètre, annonça le professeur. Vous êtes vingt, vous aurez donc la note de votre place. Le premier aura vingt et le dernier un.

Coup de sifflet strident, départ.

Julie et les Sept Nains obtempérèrent sans grande conviction. Ils avaient hâte que les cours se terminent afin de retourner à la salle de musique élaborer de nouveaux morceaux.

Ils arrivèrent bons derniers.

— Alors, on n'aime pas courir, Julie ?

Julie haussa les épaules et ne prit pas la peine de répondre. La prof de gym était très costaude. Ancienne nageuse sélectionnée pour les jeux Olympiques, elle avait été en son temps repue d'hormones masculines pour lui donner du muscle et de la vigueur.

La prof annonça que le prochain exercice consisterait à grimper à la corde.

Julie s'accrocha, se balança d'avant en arrière, fit mine de prendre son élan, grimaça joliment sous l'effort sans parvenir à se soulever de plus d'un mètre.

— Allez, du nerf, Julie !

La jeune fille sauta à terre.

— Dans la vie, ça ne sert à rien de savoir grimper à la corde. On n'est plus dans la jungle. Il y a des ascenseurs et des escaliers partout.

Déconcertée, la prof de gym préféra lui tourner le dos et s'occuper d'élèves plus soucieux de leur musculation.

Récréation, suivie d'un cours d'allemand dont l'enseignante était régulièrement chahutée par ses élèves. Ils lui lançaient des œufs, des boules puantes, des boulettes de papier mâché à l'aide de sarbacanes. Julie ne supportait pas ces persécutions mais elle n'avait pas le courage d'intervenir contre l'ensemble de la classe.

Il était finalement plus facile d'affronter les professeurs que les élèves. Elle se trouva lâche. Elle ressentit de la compassion pour cette femme.

La cloche. Le cours de philosophie succédait à celui d'allemand. Le professeur entra dans la salle de classe et salua sa malheureuse consœur avec beaucoup de courtoisie. Il était son exact contraire. Toujours détendu, toujours le mot pour rire, il était très populaire dans l'établissement. Il donnait l'impression de tout savoir et de se promener nonchalamment dans l'existence en ignorant l'angoisse. Beaucoup de filles en étaient plus ou moins amoureuses. Certaines allaient jusqu'à lui confier leurs problèmes d'adolescentes et il jouait alors à la perfection le rôle de confident.

Thème du jour : la « révolte ». Il inscrivit le mot magique au tableau, prit son temps puis commença :

— On constate vite dans l'existence que le plus facile est toujours de dire « oui ». « Oui » permet de s'intégrer parfaitement dans la société. Acquiescez à leurs demandes et les autres vous accueilleront volontiers. Pourtant, il survient un moment où ce « oui » qui, jusque-ici, ouvrait les portes soudain nous les ferme. C'est peut-être cela le passage à l'adolescence : l'instant où l'on apprend à dire « non ».

Une fois de plus, il était parvenu à captiver ses élèves.

— Le « non » a au moins autant de pouvoir que le « oui ». Le « non », c'est la liberté de penser différemment. « Non » affirme le caractère. « Non » effraie ceux qui disent « oui ».

Le professeur de philosophie préférait arpenter la classe plutôt que de dispenser son savoir depuis son bureau. De temps en temps, il s'arrêtait, s'asseyait sur le rebord d'une table et prenait un élève à partie. Il poursuivit :

— Mais tout comme le « oui », le « non » a ses limites. Dites « non » à tout et vous vous retrouverez bloqués, isolés, sans plus d'échappatoires. Le passage à l'âge adulte, c'est le moment où l'on a appris à alterner les « oui » et les « non » sans plus acquiescer à tout ou tout refuser de façon systématique. Il ne s'agit plus de vouloir intégrer la société à tout prix ou de la rejeter en bloc. Deux critères doivent motiver le choix du « oui » ou du « non » : 1) l'analyse des conséquences futures à moyen et long terme ; 2) l'intuition profonde. Distribuer les « oui » et les « non » à bon escient relève plus de l'art que de la science. Ceux qui savent dire « oui » ou « non » à bon escient finissent par gouverner non seulement leur entourage mais, ce qui est plus important, par se gouverner eux-mêmes.

Les filles du premier rang buvaient ses paroles, plus attentives au son de la voix qu'aux mots qu'il prononçait. Le professeur de philo-sophie mit les mains dans les poches de son jean et s'assit sur le pupitre de Zoé.

— Pour résumer, je vous rappellerai ce vieil adage populaire : « Il est stupide de ne pas être anarchiste à vingt ans mais... il est encore plus stupide de l'être encore passé trente. »

Il inscrivit la phrase au tableau.

Des stylos avides de tout noter grattaient les pages des cahiers. Certains élèves prononçaient en silence la phrase pour bien en mémoriser les syllabes au cas ou on la leur demanderait à l'oral du bac.

— Et quel âge avez-vous, monsieur ? interrogea Julie.

Le professeur de philosophie se retourna.

— J'ai vingt-neuf ans, répondit-il avec un sourire espiègle.

Il s'avança vers la jeune fille aux yeux gris.

— ... Je suis donc encore anarchiste pour quelque temps. Profitez-en.

— Et être anarchiste, ça signifie quoi ? demanda Francine.

— N'avoir ni dieu ni maître, se sentir un homme libre. Je me sens un homme libre et je compte bien vous apprendre à l'être aussi.

— Ni dieu ni maître, c'est facile à dire, intervint Zoé. Mais pour nous, ici, vous êtes notre maître et nous sommes donc bien obligés de vous écouter.

Le philosophe n'eut pas le temps de répondre. La porte s'ouvrit brusquement et le proviseur pénétra en trombe dans la salle. Rapidement, il monta sur l'estrade.

— Restez assis, demanda-t-il aux élèves. Je suis venu vous parler d'un sujet grave. Un pyromane rôde dans l'établissement. Il y a quelques jours, il y a eu un incendie dans le coin des poubelles et le concierge a découvert un cocktail Molotov près de la porte de derrière, laquelle est en bois. Notre lycée est en béton mais il n'en contient pas moins de faux plafonds garnis de laine de verre, des plastiques facilement inflammables et qui se consument très vite en dégageant des fumées extrêmement toxiques. J'ai donc décidé de nous doter d'un système anti-incendie des plus efficaces. Nous sommes désormais équipés de huit bornes contenant des lances à incendie déployables en quelques secondes et capables d'atteindre n'importe quelle zone de notre établissement qui pourrait se trouver en proie aux flammes.

Une sirène résonna mais le proviseur continua, de la même voix tranquille :

— ... De plus, j'ai fait blinder la porte arrière qui est désormais à l'abri du feu et, je peux vous le garantir, tout à fait solide. Quant à la sirène que vous entendez maintenant, c'est un signal d'alarme avertissant qu'il y a un début d'incendie. Dorénavant, dès que vous l'entendrez vous vous mettrez en rang et, sans vous bousculer, vous quitterez au plus vite la classe pour vous regrouper dans la cour devant l'entrée. Faisons un essai.

La sirène devenait assourdissante.

Les élèves se livrèrent volontiers à l'exercice d'évacuation, enchantés de la diversion. En bas, des pompiers leur montrèrent comment ouvrir les bornes, sortir les tuyaux, ajuster les raccords. Ils leur enseignèrent quelques mesures de survie, comme de placer des linges humides autour des portes, ou de se baisser pour chercher l'oxygène sous le nuage de fumée. Dans le brouhaha, le proviseur s'adressa à Ji-woong :

— Alors, ce concert, vous le préparez activement ? C'est pour après-demain, n'oubliez pas.

— Nous manquons de temps.

Il se donna quelques secondes pour réfléchir, puis annonça :

— Bon, à titre exceptionnel, je vous dispense de cours. Sautez-les tous, mais montrez-vous dignes de ce privilège.

La sirène consentit enfin à se taire. Julie et les Sept Nains se précipitèrent vers leur local. Dans l'après-midi, ils mirent encore de nouveaux morceaux au point. Ils en disposaient maintenant de trois, plus
deux en cours d'élaboration. Ils puisaient les paroles dans l'*Encyclopédie* et s'acharnaient ensuite à les doter de la musique apte à les
mettre en valeur.

69. ENCYCLOPÉDIE

INSTINCT GUERRIER : **Aime tes ennemis. C'est le meilleur moyen
de leur porter sur les nerfs.**

Edmond Wells,
Encyclopédie du savoir relatif et absolu, tome III.

70. QUITTONS LA TOUR DU CHÊNE

Vous devez partir.
La reine des guêpes réitère son message sous forme de signes
antennaires. Alors que d'une antenne elle tapote impatiemment le
crâne de la fourmi, de l'autre elle lui désigne l'horizon. Voilà des
signes compréhensibles par tout le monde. Il faut partir.
À Bel-o-kan, les vieilles nourrices disaient :
*Chaque être se doit de connaître une métamorphose. S'il rate cette
étape, il ne vit que la moitié de sa vie.*
103ᵉ entame donc la deuxième partie de sa vie. Elle dispose désormais de douze années d'existence supplémentaires et elle compte
bien les mettre à profit.
103ᵉ a maintenant un sexe. Elle est princesse et elle sait que si elle
rencontre un mâle, elle pourra se reproduire.
Les douze demandent à leur nouvelle princesse quelle direction
prendre. Le sol foisonne toujours de criquets et Princesse 103ᵉ juge
que le mieux est de continuer en hauteur sur les branches et de se
diriger vers le sud-ouest.
Les douze sont d'accord.
Elles descendent le long de l'immense tour que forme le grand
chêne et bifurquent vers une longue branche ; ainsi cheminent-elles
de ramure en ramure, sautant parfois pour se rattraper, ou se suspen-
dant par les pattes comme des trapézistes pour rejoindre d'un mouve-

ment pendulaire une feuille éloignée. Elles marchent longtemps avant de cesser de percevoir l'odeur amère des criquets.

Prudemment, Princesse 103ᵉ en tête, le groupe descend le long d'un sycomore et touche le sol. La nappe des criquets s'étale à quelques dizaines de mètres à peine.

5ᵉ signale aux autres de se faufiler discrètement en sens inverse mais cette prudence s'avère inutile. Soudain, comme répondant ensemble à un invisible appel, tous les criquets s'élèvent dans le ciel.

Ils s'envolent, les flocons de mort.

Le spectacle est impressionnant. Les criquets sont équipés de muscles de pattes mille fois plus puissants que ceux des fourmis. Ils peuvent ainsi s'élancer à des hauteurs égales à vingt fois la longueur de leur corps. Parvenus au sommet de leur saut, ils déploient le plus largement possible leurs quatre ailes et les agitent à très grande vitesse pour s'élever encore plus loin dans les airs. Tant de mouvement produit un vacarme incroyable. Innombrables sont les criquets et dans le nuage, leurs ailes se percutent. Certains sont broyés dans la masse de leur propre population.

Autour d'elles, les criquets n'en finissent pas de décoller. À terre, ils ont tout mangé et ils laissent derrière eux une terre ruinée où se dressent encore quelques arbres dépouillés sur lesquels ne subsiste plus ni feuille, ni fleur, ni fruit.

Par moments l'excès de vie tue la vie, émet 15ᵉ en regardant les criquets s'éloigner. Mais c'est bien une réflexion de chasseuse précisément habituée à ôter la vie à son entourage.

Pourtant, Princesse 103ᵉ qui les regarde aussi s'envoler ne comprend pas quel intérêt a la nature à produire un spécimen tel que le criquet. Peut-être font-ils alliance avec le désert pour détruire la vie animale et la vie végétale et ne laisser subsister que la vie minérale ? Là où ils passent le désert s'étend, les animaux et les végétaux reculent.

Princesse 103ᵉ tourne le dos au spectacle désolant de la prairie ravagée. Au-dessus d'elle, les bourrasques de vent donnent au nuage de criquets la forme d'un visage qui grimace et s'étire en tous sens avant que le vent ne le pousse vers le nord.

Il lui faut maintenant réfléchir aux trois grandes spécificités doigtesques : l'humour, l'amour, l'art. 10ᵉ, qui entend ses pensées, s'approche et lui propose de produire une phéromone-mémoire zoologique, dans laquelle elle rassemblera tout ce que Princesse 103ᵉ lui confiera maintenant que sa mémoire et ses capacités d'analyse sont surdéveloppées. Elle ramasse une coquille d'œuf d'insecte et compte y stocker le liquide odorant.

103ᵉ approuve.

Jadis, elle aussi avait pensé composer un tel objet, mais prise dans le tumulte de ses aventures, elle avait égaré l'œuf rempli d'informations. Elle est contente que 10e prenne le relais.

Les treize fourmis prennent le chemin du sud-ouest, direction la civilisation, direction la cité natale : Bel-o-kan.

71. DU PASSÉ FAISONS TABLE RASE

C'était la veille du grand soir. Tôt le matin, Julie rêvait encore. Elle était devant le micro et aucun son ne sortait de sa gorge. Même le micro se moquait d'elle. Elle s'approchait d'un miroir et s'apercevait qu'elle n'avait plus du tout de bouche. À la place, il n'y avait qu'un grand menton lisse. Elle ne pouvait plus ni parler, ni crier, ni chanter. Elle pouvait juste hausser les sourcils ou écarquiller les yeux pour se faire comprendre. Le micro riait et riait. Elle pleurait sur sa bouche perdue. Sur la table de maquillage, il y avait un rasoir et elle eut envie de se tailler une nouvelle bouche. Mais la mutilation lui faisait peur. Alors, pour faciliter l'opération, elle entreprit de dessiner avec du rouge à lèvres la forme d'une bouche. Elle avança la lame au milieu du dessin...

La mère de Julie ouvrit bruyamment la porte de la chambre.

— Il est neuf heures, Julie. Je sais que tu ne dors plus. Lève-toi, il faut que nous parlions.

Julie se redressa sur ses coudes et se frotta les yeux. Puis, instinctivement, elle se frotta la bouche. Elle sentit les deux bourrelets humides. Ouf ! Elle tâta avec sa main pour vérifier si elle avait bien une langue et des dents.

Sa mère s'immobilisa sur le seuil, la fixant avec l'air de se demander si, cette fois, ce n'était pas un psychiatre qu'il fallait contacter.

— Allons, lève-toi.

— Oh non ! maman ! Pas maintenant, pas si tôt !

— J'ai deux mots à te dire. Depuis la mort de ton père, tu vis comme si rien ne s'était passé. Es-tu sans cœur ? C'était ton père, tout de même.

Julie enfonça sa tête sous l'oreiller pour ne plus l'entendre.

— Tu t'amuses, tu traînes avec une bande de lycéens comme si de rien n'était. La nuit dernière, tu es allée jusqu'à découcher. Alors, Julie, nous devons discuter toutes les deux.

Elle souleva un coin d'oreiller, contempla sa mère. La douairière avait encore maigri.

La mort de Gaston semblait avoir apporté un regain de forces à sa veuve. Il faut dire qu'en plus d'un nouveau régime la mère avait entamé une psychanalyse. Cela ne lui suffisait pas de faire rajeunir son corps, elle voulait de surcroît régresser en esprit.

Julie savait que, se conformant à la grande mode, sa mère consultait un psychanalyste *rebirth*. Non seulement ces praticiens remontaient à l'enfance afin d'y déceler et d'y dénouer les traumatismes oubliés mais ils faisaient revenir leurs patients au lointain stade fœtal. Julie se demanda si sa mère, qui veillait toujours à assortir son âge spirituel à son âge vestimentaire, ne finirait pas par se vêtir d'une grenouillère garnie d'une couche-culotte ou même par se lover dans un cordon ombilical en plastique.

Encore heureux que sa mère n'ait pas opté pour un psychanalyste « réincarnation ». Ceux-là poursuivaient la marche arrière plus loin que le fœtus, plus loin que l'ovule, jusqu'à la vie précédente. Julie aurait alors vu sa mère revêtir la défroque de la personne qu'elle était avant sa renaissance.

— Julie, allons, ne fais pas l'enfant ! Lève-toi !

Julie ne fut plus qu'une petite boule pelotonnée au fond de son lit et s'enfonça les doigts dans les oreilles. Ne plus voir, ne plus entendre, ne plus sentir.

Mais la main de la réalité vint soulever les draps et le visage maternel lui apparut au fond de son terrier.

— Julie, je suis sérieuse. Il faut que nous parlions franchement, face à face.

— Laisse-moi dormir, maman.

La mère hésitait quand son regard fut attiré par un livre ouvert, sur la table de chevet.

Encyclopédie du Savoir Relatif et Absolu par le Pr Edmond Wells. tome III.

L'ouvrage avait été mis en cause par le psychothérapeute. Sa fille étant toujours sous les draps, sans un bruit, elle s'en saisit.

— D'accord, tu peux dormir encore une heure mais, ensuite, on parle.

La mère ramena le livre dans la cuisine et le feuilleta. Il y était question de révolution, de fourmis, de remise en question de la société, de stratégies de combat, de techniques de manipulation des foules. Il y avait même des recettes permettant de confectionner des cocktails Molotov.

Le psychothérapeute avait raison. Il avait bien fait de lui téléphoner pour la mettre en garde contre cette prétendue encyclopédie qui pervertissait sa fille. Ce livre était un manuel subversif, elle en était sûre.

Elle le dissimula au fond du placard, sur l'étagère la plus haute.

— Où est mon livre ?

La mère de Julie se félicita. Elle avait découvert la clé du problème.

Supprimez la drogue et l'intoxiqué entre en manque. Sa fille était toujours en quête d'un maître, ou d'un père. Il y avait eu d'abord ce professeur de chant, maintenant cette mystérieuse encyclopédie. Elle se promit de détruire un par un ces tigres de papier jusqu'à ce que sa fille reconnaisse qu'elle n'avait qu'un seul recours : sa mère.

— Je l'ai caché et c'est pour ton bien. Un jour, tu m'en remercieras.

— Rends-moi mon livre, gronda Julie.

— Inutile d'insister.

Julie avança vers le placard ; sa mère y rangeait toujours tout. Elle répéta, détachant soigneusement les mots :

— Rends-le-moi, immédiatement.

— Les livres peuvent-être dangereux, plaida la mère. Avec le *Capital*, on a eu soixante-dix ans de communisme.

— Oui, et à cause du Nouveau Testament, on a eu cinq cents ans d'Inquisition. Dont tu es issue.

Julie découvrit l'*Encyclopédie* et la tira du placard où elle était prisonnière. Ce livre avait tout autant besoin d'elle qu'elle avait besoin de lui.

Sa mère resta les bras ballants à la regarder le serrer contre elle. Julie tourna les talons. À une patère, dans le couloir, elle décrocha le long imperméable noir qui lui tombait aux chevilles, en recouvrit sa chemise de nuit, prit son petit sac à dos, fourra le livre dedans et sortit en courant.

Achille la suivit, assez satisfait qu'on ait enfin compris qu'il préférait faire sa promenade le matin et au pas de course.

— Waf, waf, waf ! émit le chien, galopant de bonne humeur.

— Julie, reviens tout de suite ! cria la mère, depuis le seuil de la maison.

La jeune fille héla un taxi en maraude.

— Et où va-t-on, ma petite dame ?

Elle lui donna l'adresse du lycée ; elle devait rejoindre au plus vite l'un des Sept Nains.

72. EN CHEMIN

ARGENT :
L'argent est un concept abstrait unique inventé par les Doigts.
Les Doigts ont trouvé ce mécanisme astucieux pour ne pas avoir à échanger des objets encombrants.
Plutôt que de transporter un grand volume d'aliments, ils transpor-

tent des morceaux de papier peints et ces morceaux ont la même valeur que les aliments.

Vu que tout le monde est d'accord, cet argent peut être échangé contre de la nourriture.

Quand on parle d'argent avec les Doigts, tous vous disent qu'ils n'aiment pas l'argent et qu'ils regrettent que leur société ne soit construite que sur l'importance de l'argent.

Pourtant, leurs documentaires historiques le montrent ; avant l'argent, le seul moyen de faire circuler les richesses était... le pillage.

C'est-à-dire que les Doigts les plus violents arrivaient dans un endroit, tuaient les mâles, violaient les femelles et volaient tous leurs biens.

10e profite d'un instant de repos dû à un excès de fraîcheur pour interroger 103e. À l'abri d'une caverne, elle prend sous la dictée les précieuses informations sur la vie et les mœurs doigtesques pour en remplir sa phéromone-mémoire zoologique. Princesse 103e ne se fait pas prier.

Les autres fourmis s'approchent pour bénéficier elles aussi du récit. 103e parle ensuite de la reproduction des Doigts.

Quand elle regardait leur télévision, 103e aimait tout particulièrement voir ce qu'ils nommaient des « films pornographiques ».

Les douze se rapprochent encore pour mieux humer ce nouveau trait des mœurs doigtesques.

C'est quoi des « films pornographiques » ? demande 16e.

103e explique que les Doigts accordent beaucoup d'importance à leur copulation. Ils filment les meilleurs copulateurs pour les donner en exemple aux mauvais copulateurs.

Et qu'est-ce qu'on voit dans les films pornographiques ?

103e n'a pas tout compris, mais, en général, il y a une femelle doigte qui arrive et qui mange le sexe du mâle. Puis ils s'emboîtent parfois à plusieurs comme les punaises des lits.

Ils ne copulent pas en planant, ailes déployées ? demande 9e.

Non, 103e affirme que les Doigts copulent au sol, en se roulant comme des limaces. D'ailleurs, le plus souvent ils bavent comme des limaces.

Les fourmis sont très intéressées par cette forme de sexualité primitive. Toutes savent que les ancêtres des fourmis il y a plus de 120 millions d'années avaient une sexualité de ce type. Juste se traîner au sol et se frotter en s'emboîtant. Les fourmis se disent que, dans ce domaine-là, les Doigts sont bien en retard. L'amour en vol, en planant dans les trois dimensions, est bien plus exaltant que l'amour en deux dimensions, collés au sol.

Dehors le temps se réchauffe.

Les fourmis et leur princesse n'ont plus de temps à perdre en bavardages. Il faut faire vite si elles veulent sauver la Cité de la terrible menace de la pancarte blanche.

À l'avant, Princesse 103ᵉ n'en finit pas de s'enivrer du bonheur d'avoir un sexe. Même son organe de Johnston, sensible aux champs magnétiques terrestres, fonctionne mieux.

C'est beau la vie. C'est beau le monde.

Grâce à cet organe particulier, la fourmi perçoit avec une étonnante acuité les ondes telluriques.

La Terre est, à sa surface, traversée d'ondes vibratoires. L'écorce terrestre est parcourue de veines d'énergie magnétique que 103ᵉ percevait à peine lorsqu'elle était asexuée mais qu'elle est maintenant presque à même de visualiser comme de longues racines.

Elle conseille aux douze de continuer à marcher sans plus quitter un de ces canaux vibratoires.

En suivant les veines invisibles de la Terre, on la respecte et, en échange, elle nous protège.

Elle pense aux Doigts qui, eux, ne savent pas discerner les champs magnétiques. Ils construisent leurs autoroutes n'importe où, ils coupent de murs les pistes ancestrales des migrations animales. Ils bâtissent leurs nids dans des zones magnétiquement néfastes et s'étonnent après d'avoir des migraines.

Pourtant, certains Doigts, paraît-il, connaissaient jadis le secret des veines magnétiques de la Terre. Elle en avait entendu parler à la télévision. Jusqu'au Moyen Âge, la plupart des peuples attendaient que leurs prêtres aient détecté un nœud magnétique positif avant d'ériger un temple. Tout comme les fourmis, qui, elles aussi, avant d'installer leur cité recherchent un « nœud magnétique ». Et puis, à la Renaissance, les Doigts se sont mis à croire qu'avec leur seule raison, ils pouvaient tout comprendre et n'avaient donc plus besoin d'interroger la nature avant d'entreprendre quoi que ce soit.

Les Doigts ne cherchent plus à s'adapter à la Terre, ils veulent que la Terre s'adapte à eux, se dit la princesse.

73. ENCYCLOPÉDIE

STRATÉGIE DE MANIPULATION DES AUTRES : **La population se divise en trois groupes. Il y a ceux qui parlent avec pour référence le langage visuel, ceux qui parlent avec pour référence le langage auditif, ceux qui parlent avec pour référence le langage corporel. Les visuels disent tout naturellement : « Tu vois », car ils ne parlent que par images. Ils montrent, observent, décrivent par cou-**

leurs, précisent « c'est clair, c'est flou, c'est transparent ». Ils utilisent des expressions comme « la vie en rose », « c'est tout vu », « une peur bleue ».

Les auditifs disent tout naturellement : « Tu entends. » Ils parlent avec des mots sonores évoquant la musique et le bruit : « sourde oreille », « son de cloche » et leurs adjectifs sont : « mélodieux », « discordant », « audible », « retentissant ».

Les sensitifs corporels disent tout naturellement : « Tu sens. » Ils parlent par sensations : « tu saisis », « tu éprouves », « tu craques ». Leurs expressions : « En avoir plein le dos », « à croquer ». Leurs adjectifs : « froid », « chaleureux », « excité/calme ».

L'appartenance à un groupe se reconnaît à la façon dont un interlocuteur bouge les yeux.

Si, lorsqu'on lui demande de rechercher un souvenir, il commence par lever les yeux vers le haut, c'est un visuel. S'il dirige son regard vers le côté, c'est un auditif. S'il baisse les yeux comme pour mieux rechercher les sensations en lui, c'est un sensitif.

Une telle connaissance permet d'agir sur tous les types d'interlocuteurs en jouant sur les trois registres linguistiques.

De là, on peut aller plus loin en créant des points d'ancrage physiques. L'action consiste à appliquer un point de pression sur une partie de son interlocuteur lorsqu'on veut le stimuler au moment de lui transmettre un message important, tel que « je compte sur toi pour mener à bien ce travail ». Si, à ce moment, on exerce une pression sur son avant-bras, il sera stimulé à chaque nouvelle pression sur ce même avant-bras. C'est là une forme de mémoire sensorielle.

Attention cependant à ne pas la faire fonctionner à l'envers. Un psychothérapeute qui accueille son patient en lui tapotant l'épaule tout en le plaignant : « Alors, mon pauvre ami, cela ne va donc pas mieux », aura beau pratiquer la meilleure thérapie du monde, son patient retrouvera instantanément toutes ses angoisses si, au moment de le quitter, il réitère son geste.

Edmond Wells,
Encyclopédie du Savoir Relatif et Absolu, tome III.

74. DES PORCS ET DES PHILOSOPHES

Le chauffeur était un boute-en-train. Il devait s'ennuyer à mourir tout seul dans son taxi car il parlait sans reprendre haleine à sa jeune cliente. En cinq minutes, il lui narra sa vie qui, naturellement, était particulièrement inintéressante.

Comme Julie demeurait coite, il proposa de lui raconter une histoire drôle. « Ce sont trois fourmis qui se promènent à Paris sur les Champs-Elysées et soudain, une Rolls Royce s'arrête avec, dedans, une cigale vêtue d'un costume de fourrure et de paillettes. "Salut les copines", dit-elle en baissant la vitre. Les fourmis considèrent avec étonnement la cigale qui mange du caviar et boit du champagne. "Salut, répondent les fourmis. Tu as l'air d'avoir bien réussi, dis donc ! — Ah ouais ! le show-biz, ça paie bien de nos jours. Je suis une star. Vous voulez un peu de caviar ? — Euh, non, merci", disent les fourmis. La cigale remonte sa vitre et ordonne à son chauffeur de démarrer. La limousine partie, les fourmis se dévisagent, atterrées, et l'une d'elles exprime ce que toutes sont en train de penser : "Quel imbécile, ce Jean de La Fontaine !" »

Le taxi rit tout seul. Julie esquissa une petite moue d'encouragement et elle se dit que plus la crise spirituelle de la civilisation approchait, plus les gens racontaient des blagues. Ça évitait de dialoguer vraiment.

— Vous voulez que je vous en raconte une autre ?

Le conducteur continua à parler tout en empruntant de prétendus raccourcis qu'il assurait être seul à connaître.

L'artère principale de Fontainebleau était bloquée par une manifestation d'agriculteurs, lesquels réclamaient davantage de subventions, moins de terres en jachère et l'arrêt des importations de viande étrangère. « Sauvons l'agriculture française » et « Mort aux cochons d'importation », proclamaient leurs pancartes.

Ils s'étaient emparés d'un camion transportant des porcs en provenance de Hongrie et entreprenaient d'inonder de pétrole les cages des animaux. Ils lancèrent des allumettes. Les hurlements des bêtes en train de brûler vives s'élevèrent, horribles. Julie n'aurait jamais cru qu'un cochon pouvait ainsi vociférer. Les cris étaient presque humains ! Et l'odeur de chair grillée était épouvantable. À l'heure de l'agonie, les cochons semblaient vouloir révéler leur parenté avec l'homme.

— Je vous en conjure, partons d'ici !

Les porcs hurlaient toujours et Julie se souvint qu'en cours de biologie, le professeur avait dit que le seul animal propre à des greffes d'organes sur des humains était le cochon. Soudain, la vision de mort de ces cousins inconnus lui fut totalement insupportable. Les cochons la regardaient avec des airs suppliants. Leur peau était rose. Leurs yeux étaient bleus. Julie voulait s'éloigner de ce lieu de supplice, et vite.

Elle jeta un billet au chauffeur et quitta la voiture pour s'enfuir à pied.

Tout essoufflée, elle parvint enfin au lycée et se dirigea droit vers la salle de musique en espérant que personne ne la remarquerait.

— Julie ! Que faites-vous ici ce matin ? Votre classe n'a pas cours.

Le philosophe aperçut un coin de chemise de nuit rose sous le col de l'imperméable noir.

— Vous allez prendre froid.

Il lui proposa une boisson chaude à la cafétéria et, comme les autres n'étaient pas encore arrivés, elle accepta.

— Vous êtes un type bien. Vous ne ressemblez pas à la prof de maths. Elle, elle ne cherche qu'à me dévaloriser.

— Vous savez, les professeurs sont des gens comme les autres. Il y en a des bien et des moins bien, des intelligents et des moins intelligents, des gentils et des moins gentils. Le problème, c'est que les enseignants, eux, ont l'occasion d'influencer quotidiennement au moins trente êtres jeunes et donc malléables. Énorme responsabilité. Nous sommes les jardiniers de la société de demain, comprends-tu ?

D'un coup, il était passé au tutoiement.

— Moi, ça me ferait peur d'être prof, déclara Julie. En plus, quand je vois comme la prof d'allemand se fait chahuter, ça me donne des frissons dans le dos.

— Tu as raison. Pour enseigner, il faut non seulement bien connaître sa matière mais, en plus, être un brin psychologue. Entre nous d'ailleurs, je pense que tous les professeurs sont inquiets à l'idée d'affronter une classe. Alors, certains revêtent le masque de l'autorité, d'autres jouent les savants ou, comme moi, les copains.

Il repoussa son siège de plastique et lui tendit un trousseau de clés.

— J'ai un cours maintenant mais si tu veux te reposer ou te restaurer un peu, j'habite l'immeuble là, au coin de la place. Troisième étage à gauche. Tu peux y aller, si tu veux. Après une fugue on a besoin d'un petit havre de paix.

Elle remercia tout en déclinant l'offre. Ses copains du groupe de rock devaient bientôt arriver et ils l'hébergeraient sans problème.

Le professeur la considérait avec un regard franc et cordial. Elle se sentit obligée de lui donner quelque chose en retour. Une information. Ce fut plus sa bouche qui parla que sa cervelle.

— C'est moi qui ai mis le feu dans le coin des poubelles.

L'aveu ne parut pas particulièrement surprendre le professeur de philosophie.

— Mmm... Tu te trompes d'adversaire. Tu agis à courte vue. Le lycée n'est pas une fin mais un moyen. Sers-t'en au lieu de le subir. Ce système scolaire, il a quand même été conçu pour vous aider. L'éducation rend les êtres plus forts, plus conscients, plus solides.

Tu as de la chance de fréquenter ce lycée. Même si tu t'y sens mal, il t'enrichit. Quelle erreur que de vouloir détruire ce que tu ne sais pas utiliser !

75. DIRECTION LE FLEUVE D'ARGENT

Les treize fourmis utilisent une branchette pour franchir un ravin vertigineux. Elles sillonnent une jungle de pissenlits. Elles dévalent une pente abrupte de fougères.

En bas, elles aperçoivent une figue qui a éclaté après avoir chuté de son arbre. Ce volcan de sucre en éruption richement coloré de violet, de vert, de rose et de blanc attire déjà des moucherons hystériques. Les fourmis s'autorisent un arrêt-buffet. Que c'est bon, les fruits !

Il y a des questions que les Doigts ne se posent plus. Par exemple : pourquoi les fruits ont bon goût ? Pourquoi les fleurs sont belles ?

Nous, les fourmis, savons.

Princesse 103ᵉ se dit qu'il faudrait qu'il y ait, comme 10ᵉ, un Doigt qui prenne la peine un jour de faire une phéromone zoologique sur le savoir myrmécéen. Elle pourrait ainsi leur apprendre pourquoi les fruits ont bon goût et pourquoi les fleurs sont belles.

Si elle rencontrait ce Doigt, elle lui dirait que les fleurs sont belles et odorantes pour attirer les insectes. Car ce sont les insectes qui répandent leur pollen et permettent leur reproduction.

Les fruits sont délicieux, dans l'espoir d'être mangés par des animaux qui vont les digérer et recracher leur noyau ou leurs pépins durs plus loin parmi leurs excréments. Subtile stratégie végétale : non seulement la semence de l'arbre fruitier se répand mais, de plus, elle est aussitôt approvisionnée en compost pour la fertiliser.

Tous les fruits sont en concurrence pour se faire manger et donc se répandre dans le monde. Pour eux, évoluer, c'est améliorer encore leur saveur, leur aspect et leur parfum, les moins tentants étant condamnés à disparaître.

À la télévision cependant, 103ᵉ avait vu que les Doigts parvenaient à produire des fruits sans graines : melon, pastèque ou raisin sans pépins. Simplement par paresse à recracher ou à digérer les graines, les Doigts étaient en train de rendre stériles des espèces entières. Elle se dit que la prochaine fois qu'elle aurait l'occasion de parler avec des Doigts, elle leur conseillerait de laisser leurs pépins aux fruits, et tant pis si cela les obligeait à les recracher.

En tout cas, cette figue fraîche qu'elles dévorent n'aurait pas de difficulté à se faire manger et digérer. Les treize se baignent dans son jus sucré. Elles se fourrent la tête dans sa chair molle, elles se crachent au visage les graines, elles nagent dans la gelée de sa pulpe.

Leurs jabots stomacal et social remplis à ras bord de fructose, les fourmis reprennent la route. Elles passent par des sentiers cernés de chicorées et d'églantiers. 16e éternue. Elle est allergique au pollen d'églantier.

Bientôt, elles aperçoivent au loin un trait d'argent : le fleuve. Princesse 103e lève les antennes et se repère très bien. Elles sont au nord-est de Bel-o-kan.

Par chance, le fleuve coule du nord au sud.

Elles gagnent une plage de sable noir. Des troupeaux de coccinelles détalent à leur approche, abandonnant des cadavres de pucerons à moitié déchiquetés.

103e n'a jamais compris pourquoi les Doigts trouvaient les coccinelles « sympathiques ». Ce sont des fauves qui dévorent le bétail puceron. Autre étrangeté doigtesque : ils accordent des vertus positives aux trèfles alors que n'importe quelle fourmi sait bien que le trèfle est une plante dont la sève est toxique.

Les exploratrices avancent sur la grève.

Alentour, les roseaux sveltes dissimulent des crapauds dont les coassements sinistres remuent l'air.

Princesse 103e suggère de descendre le fleuve en bateau. Les douze exploratrices ne savent pas du tout ce qu'est un « bateau » et pensent qu'il s'agit encore d'une invention doigtesque.

Princesse 103e leur montre qu'on peut utiliser une feuille comme support pour avancer sur l'eau. Jadis, elle a traversé le fleuve sur des feuilles de myosotis, mais là où elles se trouvent, il n'y a pas de myosotis. Des yeux et des antennes elles fouillent les environs en quête d'une feuille insubmersible. Et puis surgit l'évidence : les nénuphars. Ils flottent sur l'eau depuis la nuit des temps, peut-on rêver meilleur insubmersible ?

Avec un nénuphar, nous allons traverser sans nous noyer.

L'escouade grimpe sur un petit nénuphar blanc et rose mollement accoudé à la berge. Ses feuilles longuement pétiolées sont de forme ovale. La surface supérieure forme comme une plate-forme verte et ronde, lisse et comme vernissée, ce qui facilite l'écoulement de l'eau. Sous la feuille principale, de jeunes feuilles encore immergées sont enroulées en cornet. Les pétioles sont souples et nantis d'une quantité de conduits pleins d'air qui assurent encore une meilleure flottaison.

Les fourmis montent sur la plante mais celle-ci ne bouge pas. Une inspection révèle une ancre qui l'immobilise. Le nénuphar se prolonge d'un long rhizome qui plonge sous l'eau telle une corde. Cet appendice est très solide, il a plus de cinq centimètres d'épaisseur et s'enfonce à près d'un mètre de profondeur pour fixer la plante à la terre. Princesse 103e se penche sous l'eau pour le cisailler, interrompant de temps en temps son travail pour reprendre un peu d'air.

Les autres l'aident mais, avant de donner le dernier coup libérateur, Princesse 103e leur indique qu'il leur faut capturer des dytiques. Ces coléoptères aquatiques serviront de propulseurs. Les fourmis les appâtent avec quelques gibiers morts capturés à la surface du fleuve. Quand les dytiques s'en approchent, 103e suscite un contact antennaire et trouve des phéromones pour les convaincre de les assister dans leur croisière fluviale.

Princesse 103e constate, avec sa nouvelle vue de sexuée, que la berge d'en face est très éloignée et que, de surcroît, les feuilles mortes qui flottent sur l'eau tournoient très vite, signe de remous. Aucune embarcation ne pourrait traverser là. Il vaut mieux descendre plus bas en guettant un endroit où le fleuve se rétrécit.

Les Belokaniennes entreprennent d'aménager leur navire et le remplissent de victuailles qui les aideront à supporter les vicissitudes de leur croisière. Pour l'essentiel, ces réserves sont constituées de coccinelles qui n'ont pas déguerpi assez vite et de dytiques qui ont refusé de coopérer.

Princesse 103e affirme que cela ne sert à rien de partir maintenant, elles ne pourront pas naviguer de nuit. Elle conseille d'embarquer plutôt demain matin. La vie étant une succession de jours et de nuits, on n'est plus à un cycle près.

Elles se réfugient donc sous un rocher et mangent les coccinelles pour reprendre des forces. Un grand voyage se prépare.

76. ENCYCLOPÉDIE

VOYAGE VERS LA LUNE : **Il est des moments où les rêves les plus fous semblent réalisables à condition d'oser les tenter.**

En Chine, au treizième siècle, sous le règne des empereurs de la dynastie Song, il se produisit un mouvement culturel visant à admirer la lune. Les plus grands poètes, les plus grands écrivains, les plus grands chanteurs n'avaient plus pour source d'inspiration que cette planète dans le ciel.

Un des empereurs Song, lui-même poète et écrivain, voulut en avoir le cœur net. Il admirait si fort la lune qu'il souhaita être le premier homme à y prendre pied.

Il demanda à ses savants de fabriquer une fusée. Les Chinois savaient déjà fort bien se servir de la poudre. Ils placèrent donc de

volumineux pétards sous une petite cahute au centre de laquelle trônerait l'empereur Song.

Ils espéraient que la puissance de l'explosion projetterait le souverain jusqu'à la lune. Bien avant Neil Armstrong, bien avant Jules Verne, ces Chinois avaient fabriqué ainsi la première fusée interplanétaire. Mais les recherches préliminaires avaient dû être menées d'une façon trop sommaire : à peine les mèches des réacteurs allumées, ceux-ci se comportèrent exactement comme des feux d'artifice, c'est-à-dire qu'ils explosèrent.

Avec son véhicule, l'empereur Song fut pulvérisé parmi ces énormes gerbes colorées et incandescentes censées le propulser jusqu'à l'astre des nuits.

Edmond Wells,
Encyclopédie du Savoir Relatif et Absolu, tome III

77. PREMIER ENVOL

Toute la nuit, ils ont composé des morceaux et ils ont répété, sans relâche. Au matin du concert, ils se sont encore remis au travail. L'*Encyclopédie du Savoir Relatif et Absolu* nourrissait leurs textes mais ils s'échinaient aussi sur les mélodies et les rythmiques.

Dès vingt heures, ils étaient au centre culturel à accorder leurs instruments et à tester l'acoustique du lieu.

Dix minutes avant qu'ils n'entrent en scène, alors qu'ils s'efforçaient en coulisses de bien se concentrer, un journaliste se présenta afin de les interviewer pour la feuille locale.

— Bonjour, je suis Marcel Vaugirard, du *Clairon de Fontainebleau*.

Ils considérèrent le petit bonhomme rondouillard. Des joues et un nez légèrement violacés laissaient transparaître un goût prononcé pour les repas bien arrosés.

— Alors, les jeunes, vous comptez enregistrer un disque ?

Julie n'avait pas envie de parler. Ji-woong s'en chargea :

— Oui.

La physionomie du journaliste exprima la satisfaction. Le professeur de philosophie avait raison. Dire « oui », cela faisait toujours plaisir et simplifiait la communication.

— Et qui s'appellera ?

Ji-woong lança les premiers mots qui lui passèrent par la tête :

— *Réveillez-vous.*

Le journaliste nota scrupuleusement.

— Et les paroles parlent de quoi ?

— Euh... de tout, dit Zoé.

Cette fois, la remarque était trop vague pour satisfaire le journaliste, il enchaîna :

— Et votre rythmique est inspirée par quelle grande tendance ?

— On a essayé d'inventer un rythme à nous, dit David. On veut être originaux.

Le journaliste notait toujours, comme une ménagère inscrivant la liste de ses commissions.

— J'espère que l'on vous a donné une bonne place au premier rang, énonça Francine.

— Non. Pas le temps.

— Comment ça, pas le temps ?

Marcel Vaugirard rangea son calepin et leur tendit la main.

— Pas le temps. J'ai encore plein de choses à faire ce soir. Je ne peux pas bloquer une heure pour vous écouter. Ç'aurait été avec plaisir, vraiment, mais désolé, je ne peux pas.

— Pourquoi écrire un article, alors ? s'étonna Julie.

Il s'approcha de l'oreille de Julie comme pour lui glisser une confidence :

— Apprenez le grand secret de notre profession : « On ne parle bien que de ce qu'on ne connaît pas. »

Le raisonnement abasourdit la jeune fille, mais comme le journaliste semblait parfaitement satisfait de cet état de choses, elle n'osa pas insister ni tenter de le retenir.

Le directeur du centre culturel entra en trombe. Il ressemblait comme deux gouttes d'eau à son frère, le proviseur du lycée.

— Préparez-vous. Ça va être à vous.

Julie écarta discrètement le rideau. Cette salle qui pouvait contenir environ cinq cents personnes était aux trois quarts vide.

Comme les Sept Nains, elle avait le trac. Paul grignotait pour se donner des forces. Francine fumait de la marijuana. Léopold fermait les yeux dans une tentative de méditation. Narcisse révisait ses accords de guitare. Ji-woong vérifiait les partitions de tout le monde. Zoé paraissait parler toute seule ; en fait, elle se répétait pour la millième fois les paroles des chansons tant elle craignait un trou de mémoire au beau milieu d'un couplet.

Faute d'ongle rescapé à ronger, Julie s'escrimait sur l'extrémité de son annulaire. Elle s'écorcha et suça sa plaie.

Sur la scène, le directeur les annonça :

— Mesdames et messieurs, merci d'être venus si nombreux pour cette inauguration du nouveau centre culturel de Fontainebleau. Les travaux ne sont pas encore complètement terminés et je vous prierai d'excuser la gêne occasionnée par ces retards. En tout cas, à salle nouvelle, nouvelle musique.

Au premier rang, des personnes âgées ajustèrent leurs prothèses auditives. Il s'agissait d'abonnés qui assisteraient, sans en manquer aucun, à tous les spectacles qu'on voudrait bien leur proposer. Ne serait-ce que pour sortir.

Le directeur haussa le ton :

— Vous allez entendre ce qui se fait de plus intéressant et de plus rythmé dans notre région. Le rock, on aime ou on n'aime pas, mais je suis convaincu que nos musiciens valent la peine qu'on les écoute.

Ce directeur les menait droit au désastre. Il était en train de les présenter comme un groupe folklorique local.

Lisant l'indignation sur leurs visages, il changea de registre :

— Vous avez devant vous une formation de rock'n' roll et, ce qui ne gâte rien, la chanteuse est fort mignonne.

Peu de réactions.

— Elle se nomme Julie Pinson et c'est la soliste du groupe Blanche-Neige et les Sept Nains. C'est leur première scène et on les applaudit bien fort pour les encourager.

De maigres applaudissements retentirent dans les premiers rangs.

Le directeur tira Julie des coulisses et l'amena par la main sous les projecteurs, au centre de la scène.

Julie se plaça devant le micro. Derrière elle, les Sept Nains s'installèrent lentement face à leurs instruments.

Julie scruta le noir de la salle. Aux premiers rangs, les retraités. Derrière, quelques désœuvrés éparpillés avaient dû entrer là par hasard.

Dans le fond, quelqu'un hua :

— À poil !

Le spectateur qui la narguait était trop loin pour qu'elle en distingue le visage mais sa voix était facile à reconnaître : Gonzague Dupeyron. Sans doute était-il venu avec sa bande au complet pour tout gâcher.

— À poil ! À poil ! criaient-ils tous.

Francine fit signe de commencer au plus vite pour couvrir les appels intempestifs.

Sur le sol était collée la liste des morceaux dans l'ordre de leur interprétation.

1. *BONJOUR*

Derrière Julie, Ji-woong annonça le rythme. À la console, Paul réglait les potentiomètres et les projecteurs envoyèrent sur le rideau arrière des spectres multicolores irisés assez kitsch.

Au micro, Julie chanta :

Bonjour,
Bonjour, spectateurs inconnus.
Notre musique est une arme pour changer le monde.
Ne souriez pas. C'est possible. Vous le pouvez. Il suffit de vouloir
vraiment quelque chose pour que cela se produise.

Quand elle se tut, il y eut quelques maigres applaudissements.
Quelques strapontins couinèrent. Certains spectateurs étaient déjà
découragés. Et puis encore, les cris du fond de Gonzague et de ses
acolytes :
— À poil ! À poil !
La salle ne réagissait pas. Était-ce cela, le baptême des feux de la
rampe ? Est-ce que Genesis, Pink Floyd et Yes avaient connu eux
aussi ce genre de débuts ? Sans attendre, Julie entama le second
morceau.

2. PERCEPTION
On ne perçoit du monde que ce qu'on est préparé à en percevoir.
Pour une expérience de physiologie, des chats ont été enfermés dès
leur naissance dans une pièce tapissée de motifs verticaux.

Un œuf jaillit du coin de Gonzague et s'écrasa sur le pull noir de
la jeune fille.
— Et ça, tu l'as bien perçu ? tonna-t-il.
Quelques rires dans la salle. Julie comprenait maintenant en son
entier le calvaire du professeur d'allemand face à son public hostile.
Voyant que la situation menaçait de virer au désastre, avant de se
lancer dans son solo prévu, Francine haussa le volume de son orgue
pour couvrir le chahut.
Puis ils enchaînèrent directement sur le troisième morceau.

3. SOMMEIL PARADOXAL
Au fond de nous, il y a un bébé qui dort.
Sommeil paradoxal.
Son rêve est agité.

Au fond, quelque part, la porte n'arrêtait pas de s'ouvrir ou de se
refermer pour laisser entrer les retardataires et repartir les déçus. Ce
qui déconcentrait complètement Julie. Au bout d'un moment, elle
s'aperçut qu'elle chantait machinalement tant elle était attentive aux
bruits de la porte tambourinant contre le mur.
— À poil, Julie ! À poil !
Elle contempla ses amis. C'était vraiment le fiasco. Ils étaient si
mal à l'aise qu'ils ne parvenaient même plus à jouer de concert. Nar-

cisse ratait ses accords. Ses doigts tremblant sur les cordes de sa guitare formaient des sons discordants.

Julie chercha à se fermer à l'environnement et reprit le refrain. Ils avaient prévu qu'à ce passage, la salle reprendrait en chœur en tapant dans ses mains, mais la jeune fille n'osa même pas l'y inciter.

Au fond de nous, il y a un bébé qui dort.
Sommeil paradoxal.

Justement, aux premiers rangs, des retraités s'endormaient.
Sommeil paradoxal, scanda-t-elle plus fort pour les réveiller.
À ce moment devait intervenir un solo à la flûte de Léopold. Après plusieurs fausses notes, il préféra le raccourcir.

Heureusement que le journaliste n'était pas resté. Julie était effondrée. David l'encouragea du menton et lui fit signe de ne pas prêter attention au public et de continuer, pour eux seuls.

Nous sommes tous des gagnants. Car nous sommes issus du seul spermatozoïde à avoir gagné la course devant ses trois cents millions de concurrents.

Gonzague et ses Rats noirs étaient devant la scène avec des canettes de bière et l'aspergèrent de mousse puante.

Continuez, continuez ! moulinait du bras Ji-woong. C'était sans doute de pareils moments qui vous transformaient en vrais professionnels.

Les trublions étaient maintenant déchaînés. En plus des œufs et des canettes, ils s'étaient munis de cornes de brume et d'aérosols en tout genre et ils criaient toujours :

— À poil, Julie ! À poil !

Mais ils en faisaient trop.

— Fichez-leur la paix, laissez-les jouer ! cria une forte fille, arborant un tee-shirt marqué « Aïkido Club ».

— À poil ! s'égosilla Gonzague.

À l'adresse de l'assistance, il lança :

— Vous voyez bien qu'ils sont nuls !

— Si ça ne vous plaît pas, personne ne vous oblige à rester, dit la forte fille au tee-shirt aïkido.

Menaçante et seule, elle s'avança, prête à affronter les énergumènes. Comme les autres, plus nombreux, risquaient d'avoir le dessus, d'autres spectatrices vêtues du même tee-shirt vinrent à la rescousse tandis que des gens se levaient, en renfort d'un camp ou de l'autre.

Les retraités, réveillés, s'enfoncèrent dans leurs sièges.

— Calmez-vous, je vous en prie, calmez-vous ! supplia Julie, affolée.

— Continue de chanter ! lui intima David.

Julie contempla, catastrophée, ces gens qui se battaient. On ne pouvait pas dire que leur musique adoucissait les mœurs. Il importait de réagir, et vite. Elle fit signe aux Sept Nains de cesser de jouer et on n'entendit plus que les cris de hargne de ceux qui se bagarraient et le bruit des strapontins de ceux qui préféraient quitter cette salle en furie.

Il ne fallait pas abandonner la partie. Julie ferma les yeux pour mieux se concentrer et oublier ce qui se passait devant elle. Elle se boucha très fort les oreilles. Elle devait s'isoler et se rassembler. Retrouver ses techniques de chant. Se souvenir des conseils de Yankélévitch.

« Dans le chant, en fait, les cordes vocales ne jouent pas un grand rôle. Si tu ne fais qu'écouter tes cordes vocales, tu ne percevras qu'un grésillement désagréable. C'est ta bouche qui module les sons. C'est elle qui dessine les notes pour leur donner leur perfection. Tes poumons sont des soufflets, tes cordes vocales des membranes vibratiles, tes joues sont une caisse de résonance, ta langue un modulateur. Maintenant, vise avec tes lèvres et tire. »

Elle visa. Elle tira.

Une seule note. Un *si* bémol. Parfait. Ample. Dur. La note jaillit et envahit complètement la salle du nouveau centre culturel. Quand elle atteignit les murs, les parois la renvoyèrent et tout fut recouvert par l'onde du *si* bémol de Julie. *Si* bémol pour tout le monde.

Comme une vessie de cornemuse, le ventre de la jeune fille se dégonflait pour ajouter au volume sonore.

La note était immense. Bien plus haute que Julie. Dans la sphère immense de ce *si* bémol, elle se sentait protégée et, les yeux toujours fermés, elle se prit à sourire en prolongeant sa note.

Son masque de chant était impeccable.

Toute sa bouche se réveilla en quête du son parfait. Le *si* bémol s'améliorait encore en pureté, en simplicité, en efficacité. Dans sa bouche, le palais vibra ainsi que ses dents. Sa langue tendue, elle, ne bougeait plus.

La salle s'était calmée. Même les retraités des premiers rangs avaient cessé de tripoter leurs prothèses auditives. Rats noirs et filles du club de aïkido cessèrent de se battre.

Le soufflet des poumons avait lâché tout son air.

Ne pas perdre le contrôle. Vite, Julie enchaîna sur une autre note. *Ré*. Il partit d'autant mieux que le *si* bémol avait déjà échauffé la bouche tout entière. Le *ré* pénétra tous les cerveaux. À travers cette note, elle transmettait toute son âme. Dans cette unique vibration, il y avait tout : son enfance, sa vie, ses soucis, sa rencontre avec Yanké-lévitch, ses démêlés avec sa mère.

Il y eut un tonnerre d'applaudissements. Les Rats noirs préférèrent partir. Elle ne savait pas si l'on ovationnait le départ de Gonzague et de sa bande ou sa nouvelle note suspendue dans les airs.

Une note qui tenait toujours.

Julie s'arrêta. Elle avait récupéré à présent toute son énergie. Que les autres se préparent, elle reprenait le micro.

Paul éteignit les projecteurs pour ne laisser qu'un cône de lumière blanche auréolant Julie. Lui aussi comprit qu'il fallait revenir à la simplicité.

Elle articula lentement :

— L'art sert à faire la révolution. Notre prochain morceau s'intitule : *LA RÉVOLUTION DES FOURMIS.*

Elle prit de nouveau sa respiration et ferma les paupières pour prononcer :

Rien de nouveau sous le soleil
Il n'y a plus de visionnaires.
Il n'y a plus d'inventeurs.
Nous sommes les nouveaux visionnaires.
Nous sommes les nouveaux inventeurs.

Elle obtint quelques « ouais » en réponse.

Ji-woong se lança comme un fou sur sa batterie. Zoé le suivit à la basse, puis Narcisse à la guitare. Francine fit des arpèges. Comprenant qu'ils allaient tenter de faire décoller l'avion, Paul monta la sono au maximum. Toute la salle vibrait. S'ils ne s'envolaient pas avec ça, ils ne le feraient jamais.

Julie posa ses lèvres tout contre le micro et fredonna en montant progressivement :

Fin, ceci est la fin.
Ouvrons tous nos sens.
Un vent nouveau souffle ce matin.
Rien ne pourra ralentir sa folle danse.
Mille métamorphoses s'opéreront dans ce monde endormi.
Il n'est pas besoin de violence pour briser les valeurs figées.
Soyez surpris : nous réalisons simplement la « révolution des fourmis ».

Puis, plus fort, en fermant les yeux et en levant le poing :

Il n'y a plus de visionnaires...
Nous sommes les nouveaux visionnaires.

Il n'y a plus d'inventeurs,
Nous sommes les nouveaux inventeurs.

Cette fois, tout fonctionnait. Chaque instrument sonnait juste. Les réglages de Paul étaient parfaits. La voix de Julie, avec sa tessiture chaude, maîtrisait idéalement les sonorités. Chaque vibration, chaque mot articulé sonnait clair. Tout se mettait en place pour mieux agir sur les organes. Si ces gens-là savaient qu'elle était totalement maîtresse de sa voix, qu'elle pouvait prononcer des sons qui agiraient avec précision sur le pancréas ou le foie !

Paul haussa encore le volume. Les amplificateurs à mille watts crachèrent une énergie incroyable. La salle ne vibrait plus, elle tremblait. Amplifiée par son micro, la voix de Julie emplissait les tympans jusqu'au cerveau. Il était impossible en ce moment de penser à autre chose qu'à la voix de la jeune fille aux yeux gris.

Jamais Julie ne s'était sentie aussi ardente. Elle en oubliait sa mère et le baccalauréat.

Sa musique était bénéfique à tout le monde. Les retraités du premier rang avaient ôté leurs prothèses auditives et battaient des mains et des pieds en cadence. La porte du fond ne grinçait plus. L'assistance tout entière marquait le rythme, dansait même dans les travées.

L'avion avait fini par décoller. Il fallait maintenant prendre de l'altitude.

Julie fit signe à Paul de baisser la musique d'un ton puis elle se rapprocha du public et égrena les paroles :

Rien de nouveau sous le soleil.
Nous regardons toujours le même monde de la même manière.
Nous sommes pris dans la spirale de l'escalier d'un phare.
Nous recommençons sans cesse les mêmes erreurs, mais vues d'un étage plus haut.
Il est temps de changer le monde.
Il est temps de changer de ronde.
Ceci n'est pas une fin. Bien au contraire, ce n'est qu'un début.

Sachant que le mot « début » marquait la fin du morceau, sur sa console Paul déclencha la fonction « feu d'artifice » et des explosions de lumière jaillirent au-dessus des têtes.

La salle applaudit.

David et Léo soufflèrent à Julie de bisser la chanson. La voix de la jeune fille était de plus en plus forte. Elle ne tremblait plus du tout. À se demander comment une si frêle adolescente pouvait introduire tant de puissance dans son chant.

Il n'y a plus d'inventeurs,
Nous sommes les nouveaux inventeurs.
Il n'y a plus de visionnaires...

Cette phrase eut un effet détonant. Comme d'une seule bouche la foule lui répondit.

— *Nous sommes les nouveaux visionnaires !*

Le groupe n'avait pas prévu pareille communion. Julie improvisa.

— C'est bien. Si on ne veut pas changer le monde, on le subit.

Nouvelles acclamations. Les idées de l'*Encyclopédie du Savoir Relatif et Absolu* faisaient mouche. Elle répéta :

— Si on ne veut pas changer le monde, on le subit. Pensez à un monde différent. Pensez différemment. Libérez vos imaginations. Il faut des inventeurs, il faut des visionnaires.

Elle ferma les yeux. Son cerveau lui procurait une sensation étrange. C'était peut-être cela que les Japonais appelaient *satori*. Le moment où le conscient et l'inconscient ne font qu'un, l'état de félicité totale.

Le public tapait dans ses mains au rythme de ses propres battements cardiaques. Le concert ne faisait que commencer et tous redoutaient déjà l'instant où il finirait, où le bonheur et la communion laisseraient place à la monotonie des jours.

Julie ne s'en tenait plus à l'*Encyclopédie*, elle improvisait des paroles. Des mots sortaient de sa bouche sans qu'elle sache d'où ils venaient, comme s'ils avaient envie d'être prononcés et qu'elle leur servait de truchement.

78. ENCYCLOPÉDIE

NOOSPHÈRE : Les êtres humains possèdent deux cerveaux indépendants : l'hémisphère droit et l'hémisphère gauche. Chacun dispose d'un esprit qui lui est propre. Le cerveau gauche est dévolu à la logique, c'est le cerveau du chiffre. Le cerveau droit est dévolu à l'intuition, c'est le cerveau de la forme. Pour une même information, chaque hémisphère aura une analyse différente, pouvant déboucher sur des conclusions absolument contraires.
Il semblerait que, la nuit seulement, l'hémisphère droit, conseiller inconscient, par l'entremise des rêves, donne son avis à l'hémisphère gauche, réalisateur conscient, à la manière d'un couple dans lequel la femme, intuitive, glisserait furtivement son opinion au mari, matérialiste.
Selon le savant russe Vladimir Vernadski, aussi inventeur du mot

« biosphère », et le philosophe français Teilhard de Chardin, ce cerveau féminin intuitif serait doté d'un autre don encore, celui de pouvoir se brancher sur ce qu'ils nomment la « noosphère ». La noosphère serait un grand nuage cernant la planète tout comme l'atmosphère ou l'ionosphère. Ce nuage sphérique immatériel serait composé de tous les inconscients humains émis par les cerveaux droits. L'ensemble constituerait un grand Esprit immanent, l'Esprit humain global en quelque sorte.

C'est ainsi que nous croyons imaginer ou inventer des choses alors qu'en fait, c'est tout simplement notre cerveau droit qui va les chercher là-bas. Et lorsque notre cerveau gauche écoute attentivement notre cerveau droit, l'information passe et débouche sur une idée apte à se concrétiser en actes.

Selon cette hypothèse, un peintre, un musicien, un inventeur ou un romancier ne seraient donc que cela : des récepteurs radio capables d'aller, avec leur cerveau droit, puiser dans l'inconscient collectif puis de laisser communiquer hémisphères droit et gauche suffisamment librement pour qu'ils parviennent à mettre en œuvre ces concepts qui traînent dans la noosphère.

Edmond Wells,
Encyclopédie du Savoir Relatif et Absolu, tome III.

79. INSOMNIE

Il fait nuit et pourtant la fourmi ne dort pas. Un bruit et une lueur ont réveillé 103e. Autour d'elle, les douze jeunes exploratrices sommeillent toujours.

Jadis, tout ce qui se passait durant la nuit n'existait pas car le sommeil éteignait complètement son corps à sang froid. Mais, depuis qu'elle a un sexe, durant son sommeil elle connaît une sorte d'état de semi-torpeur. Le moindre signal la réveille. C'est l'un des inconvénients d'être dotée de sens plus fins. On a une légère tendance à l'insomnie.

Elle se lève.

Il fait froid mais elle a suffisamment mangé hier pour disposer des réserves d'énergie nécessaires à la maintenir éveillée.

Elle sort sur le seuil de la caverne pour voir ce qui se passe dehors. Un nuage rouge s'en va.

Les crapauds ont cessé de coasser. Le ciel est noir et la lune à demi dévoilée se reflète en petits losanges sur le fleuve.

103e voit un trait de lumière zébrer le ciel. Un orage. L'orage ressemble à un arbre aux longues branches qui poussent du ciel pour caresser la terre. Son existence est pourtant si éphémère que, déjà, la princesse ne le voit plus.

Après le tonnerre, le silence devient encore plus pesant. Le ciel est encore plus sombre. Avec ses organes de Johnston, 103e perçoit de l'électricité magnétique dans l'air.

Et puis, une bombe tombe. Une énorme boule d'eau qui explose au sol et l'éclabousse. La pluie. Cette sphère mortelle est suivie d'une multitude de sœurs. Le phénomène est moins dangereux que les criquets mais 103e préfère quand même reculer de trois pas.

La Princesse regarde la pluie.

La solitude, le froid, la nuit, elle les considérait jusqu'ici comme des valeurs contraires à l'esprit de la fourmilière. Or, la nuit est belle. Même le froid a son charme.

Troisième fracas. Un grand arbre de lumière pousse à nouveau entre les nuages et meurt en touchant le sol. C'est plus proche. La caverne est illuminée d'un flash qui, une seconde, transforme les douze exploratrices en albinos.

Un arbre noir du sol a été touché par l'arbre blanc du ciel. Aussitôt, il s'embrase.

Le feu.

La fourmi regarde le feu qui peu à peu mange l'arbre.

La princesse sait que, là-haut, les Doigts ont basé leur technologie sur la maîtrise du feu. Elle a vu ce que cela a donné : les roches fondues, les aliments carbonisés et, surtout, les guerres avec du feu. Les massacres avec du feu.

Chez les insectes, le feu est tabou.

Tous les insectes savent qu'autrefois, il y a plusieurs dizaines de millions d'années, les fourmis contrôlaient le feu et se livraient à des guerres terribles qui détruisaient parfois des forêts entières. Si bien qu'un jour tous les insectes se sont mis d'accord pour proscrire l'utilisation de cet élément mortel. C'est peut-être pour cela que les insectes n'ont jamais développé de technologie du métal ni de l'explosif.

Le feu.

Pour évoluer, seront-elles, elles aussi, contraintes de surmonter ce tabou ?

La princesse replie ses antennes et se rendort, bercée par la pluie qui rebondit sur le sol. Elle rêve de flammes.

80. MATURITÉ DE CONCERT

Chaleur.

Immergée dans cette foule, Julie se sentait bien.

Francine agitait ses cheveux blonds, Zoé se livrait à une danse du ventre, David liait ses solos à ceux de Léopold, Ji-woong, yeux au ciel, frappait simultanément toutes ses caisses de ses baguettes.

Leurs esprits étaient en fusion. Ils n'étaient plus huit mais un, et Julie aurait voulu que ce précieux instant dure éternellement.

Le concert devait s'achever à vingt-trois heures trente. Mais les sensations étaient trop fortes. Julie avait de l'énergie à revendre, elle avait encore besoin de ce fabuleux contact collectif. Elle avait l'impression de voler, et elle refusait d'atterrir.

Ji-woong lui fit signe de reprendre la « Révolution des fourmis ». Les filles du club de aïkido scandaient dans les allées :

Qui sont les nouveaux visionnaires ?
Qui sont les nouveaux inventeurs ?

Acclamations.

Nous sommes les nouveaux visionnaires !
Nous sommes les nouveaux inventeurs !

Le regard de la jeune fille changea légèrement de couleur. Dans sa tête, plusieurs mécanismes s'enclenchaient, ouvrant des portes, libérant des vannes, dégageant des grilles. Un nerf reçut un message à transmettre à la bouche. Une phrase à prononcer. Le nerf s'empressa de faire circuler le message, la mâchoire fut priée de s'ouvrir, la langue s'agita et les mots sortirent :

— Êtes-vous prêts... à faire la révolution... ici et maintenant ?

Tout le monde se calma d'un coup. Le message perçu était transmis par les nerfs auditifs jusqu'aux cerveaux qui eux aussi décomposaient le sens et le poids de chaque syllabe. Enfin il y eut une réponse :

— Ouuuiiii !

Les nerfs déjà échauffés fonctionnaient plus vite.

— Êtes-vous prêts à changer le monde ici et maintenant ?

Plus fort encore la salle répondit :

— Ouuuiii.

Trois battements de cœur, Julie hésita. Elle hésita de l'hésitation des conquérants qui n'osent assumer leur victoire. Elle ressentait la même angoisse qu'Hannibal aux portes de Rome.

« Ça paraît trop facile, n'y allons pas. »

Les Sept Nains attendaient d'elle une phrase ou même seulement un geste. Le nerf était prêt à transmettre très vite le signal. Le public guettait sa bouche. Cette révolution dont parlait tant l'*Encyclopédie*, elle était à portée d'esprit. Tous la dévisageaient. Il lui suffirait de dire : « Allons-y. »

Tout restait comme suspendu dans le temps.

Le directeur coupa la sono, baissa la lumière sur la scène et ralluma les lumières dans la salle. Il les rejoignit sur la scène et dit :

— Eh bien, voilà, le concert est fini. On les applaudit bien fort. Et encore merci, Blanche-Neige et les Sept Nains !

L'instant de grâce était passé. Le charme était rompu. Les gens applaudirent mollement. Tout reprenait son cours. Ça n'avait été qu'un simple concert, un concert réussi, certes, avec des gens qui applaudissent mais qui ensuite sortent, se séparent et rentrent chez eux se coucher.

— Bonsoir, et merci, murmura Julie.

Dans un brouhaha, les strapontins couinèrent, la porte du fond claqua.

Dans leur loge, tandis qu'ils ôtaient leur maquillage, ils sentirent monter en eux une vague d'amertume. Ils avaient été si près de créer un mouvement de foule. Si près.

Julie scruta avec nostalgie les bouts de coton imprégnés de graisse beige du fond de teint, tout ce qui lui restait de sa tenue de combat. Le directeur pénétra dans les coulisses, les sourcils froncés.

— Désolée, il y a eu des dégâts avec cette bagarre au début du concert, dit Julie. Nous vous rembourserons, bien sûr.

La barre des sourcils se releva.

— Désolée de quoi ? De nous avoir fait passer une soirée formidable ?

Il éclata de rire et, prenant Julie dans ses bras, il l'embrassa sur les deux joues.

— Vous avez vraiment été formidables !

— Mais...

— Pour une fois qu'il se passe quelque chose d'intéressant dans cette petite ville de province... Je m'attendais à un bal musette et voilà que vous créez un *happening*. Les autres directeurs de centre culturel vont en crever de jalousie, je peux vous le dire. Je n'avais jamais vu un tel enthousiasme dans le public depuis le récital des Petits Chanteurs à la Croix de Bois au centre culturel du Mont-Saint-Michel. Je veux que vous reveniez. Et vite.

— Sérieusement ?

Il sortit son carnet de chèques, médita un peu et inscrivit : cinq mille francs.

— Votre cachet pour votre concert de ce soir, et pour vous aider à préparer votre prochain spectacle. Il faudrait que vous vous intéressiez davantage aux costumes, apposiez des affiches, envisagiez peut-être des fumigènes, un décor... Vous ne devez pas vous contenter de votre petite victoire de ce soir. La prochaine fois, je veux un concert réellement du tonnerre.

81. PRESSE

LE CLAIRON DE FONTAINEBLEAU
(Rubrique culture)
CENTRE CULTUREL :
UN RÉJOUISSANT CONCERT INAUGURAL

Le jeune groupe de rock français Blanche-Neige et les Sept Nains a fait une très sympathique prestation musicale hier soir à la nouvelle salle de musique du centre culturel de Fontainebleau. Ça swinguait bien dans l'assistance. La jeune chanteuse leader du groupe, Julie Pinson, a tout pour réussir dans le show-business : un corps de déesse, des yeux gris à damner un saint et une voix très jazzy.

On peut juste regretter la faiblesse des rythmiques et l'insipidité des paroles.

Mais, avec son enthousiasme communicatif, Julie fait oublier ces petites imperfections de jeunesse.

Certains prétendent même qu'elle pourrait se révéler une rivale pour la célèbre chanteuse Alexandrine.

N'exagérons rien. Alexandrine avec sa formule rock glamour a su déjà conquérir un large public qui dépasse de beaucoup les centres culturels provinciaux.

Sans complexe, Blanche-Neige et les Sept Nains annoncent quand même la sortie prochaine d'un album au titre évocateur : « Réveillez-vous ! » Il entrera peut-être bientôt en concurrence avec le nouveau succès d'Alexandrine : « Mon amour, je t'aime », déjà premier dans tous les hit-parades.

Marcel Vaugirard.

82. ENCYCLOPÉDIE

CENSURE : Autrefois, afin que certaines idées jugées subversives par le pouvoir en place n'atteignent pas le grand public, une instance policière avait été instaurée : la censure d'État, chargée d'interdire purement et simplement la propagation des œuvres trop « subversives ».

Aujourd'hui, la censure a changé de visage. Ce n'est plus le manque qui agit mais l'abondance. Sous l'avalanche ininterrompue d'informations insignifiantes, plus personne ne sait où puiser les informations intéressantes. En diffusant à la tonne toutes sortes de musiques similaires, les producteurs de disques empêchent l'émergence de nouveaux courants musicaux. En sortant des milliers de livres par mois, les éditeurs empêchent l'émergence de nouveaux courants littéraires. Ceux-ci seraient de toute façon enfouis sous la masse de la production. La profusion d'insipidités similaires bloque la création originale, et même les critiques qui devraient filtrer cette masse n'ont plus le temps de tout lire, tout voir, tout écouter.

Si bien qu'on en arrive à ce paradoxe : plus il y a de chaînes de télévision, de radios, de journaux, de supports médiatiques, moins il y a diversité de création. La grisaille se répand.

Cela fait partie de la même logique ancienne : il faut qu'il n'apparaisse rien d'« original » qui puisse remettre en cause le système. Tant d'énergie est dépensée pour que tout soit bien immobile.

Edmond Wells,
Encyclopédie du Savoir Relatif et Absolu, tome III.

83. EN DESCENDANT LE FLEUVE

Le fleuve couleur argent glisse vers le sud. La nef des exploratrices s'est élancée tôt ce matin sur les flots inhospitaliers et fend à bonne allure ce ruban miroitant. À l'arrière, au ras de la surface irisée, les dytiques brassent l'onde d'un mouvement gracieux. Leurs carapaces vertes ont des bords orangés. Le front des dytiques s'orne d'un symbole jaune en forme de V. La nature aime bien parfois introduire un peu de décoration. Elle dessine des motifs compliqués sur les ailes des papillons et en trace de plus simples sur les carapaces des dytiques.

Les longs mollets poilus des dytiques se replient et se détendent pour propulser le lourd esquif myrmécéen. Princesse 103e et les douze exploratrices perchées sur les plus hauts pétales roses du nénuphar goûtent le paysage immense qui les entoure.

Le petit nénuphar est vraiment un navire parfait pour se protéger du fleuve glacé. Nul ne pense à le remarquer car il est normal de voir un nénuphar glisser sur l'eau. Les fourmis inspectent leur vaisseau. La feuille du nénuphar forme un grand radeau vert, solide et plat. La fleur de nénuphar est assez complexe. Elle comprend quatre sépales verts et de nombreux pétales insérés en spirale, dont la taille va diminuant jusqu'à se transformer en étamines au centre de la fleur.

Les fourmis s'amusent à monter et redescendre sur ces grandes voiles roses qui sont comme autant de gréements : hunier, perroquet, cacatois de fibre végétale. Du point le plus haut de la fleur aquatique, elles distinguent les obstacles au lointain.

Toujours à l'affût de sensations nouvelles, Princesse 103e goûte le rhizome du nénuphar et s'étonne de ressentir aussitôt un grand sentiment de paix. Le rhizome contient en effet une substance anaphrodisiaque qui agit comme un calmant. Sous l'effet de cette liqueur, tout paraît plus paisible, plus serein, plus doux. Son visage ne peut sourire mais elle se sent bien.

C'est beau un fleuve, le matin. Un soleil cramoisi arrose les Belokaniennes d'une pluie de reflets rubis. Des gouttes de rosée étincellent sur les plantes aquatiques qui dérivent.

Au passage de la nef, les saules pleureurs abaissent leurs longues feuilles molles. Les châtaignes d'eau présentent leurs fruits, des noix entourées d'un calice orné de grosses épines latérales. D'un naturel plus gai, les jonquilles pétillent comme des étoiles jaunes et parfumées.

Sur la gauche affleure une roche à la surface couverte de saponaires aux délicates fragrances. Elles laissent choir dans l'eau leurs capsules qui, en tombant, lâchent de la saponine, substance qui mousse et fait des bulles. Ce désordre sur l'eau irrite les dytiques, qui remontent la tête pour émettre de petits geysers aptes à chasser ce savon de leur tube pulmonaire.

Le haut du nénuphar frôle les frondaisons d'une fleur de ciguë qui dégage des relents de céleri et suppure un suc jaunâtre qui fonce au contact de l'air libre. Les fourmis savent que ce jus est sucré mais qu'il contient un alcaloïde puissant, la cicutine, qui paralyse le cerveau. Beaucoup d'exploratrices ont payé de leur vie pour que cette information entre dans la mémoire collective de leurs congénères. Ne pas toucher à la ciguë.

Au-dessus d'elles, des libellules tournoient. Les jeunes fourmis les observent avec admiration. Les grands insectes anciens et dignes se livrent à leur danse nuptiale. Chaque mâle surveille et défend contre les autres mâles son carré de territoire. Ensemble, ils se livrent à des joutes pour tenter d'agrandir leurs possessions.

La femelle libellule est évidemment attirée par le mâle qui lui offre la plus grande surface pour la danse copulatoire et la ponte qui s'ensuivra.

Toutefois, que le mâle ait réussi ou échoué dans ses efforts pour attirer une femelle, la rivalité n'en est pas pour autant terminée. Une femelle peut conserver plusieurs jours durant le sperme frais d'un mâle dans son abdomen. Si elle s'accouple à plusieurs reprises avec plusieurs amants différents, elle pourra ensuite aussi bien produire des œufs issus de son premier, deuxième ou troisième partenaire.

D'ailleurs, les mâles libellules le savent et, jaloux, s'empressent avant de s'accoupler de vider la femelle du sperme de leurs rivaux. Cela n'empêchera pourtant pas la dame libellule de trouver un autre mâle qui la videra à son tour. Honneur au sperme du dernier qui passe.

Avec ses nouveaux sens de sexuée, le regard de Princesse 103e transperce l'eau. Elle voit, sous la surface du fleuve, un animal qui marche à l'envers. L'autre l'observe comme à travers une vitre. C'est une notonecte. Elle avance en rampant avec ses pattes postérieures et semble galoper de l'autre côté du miroir de la surface du fleuve. Pour respirer, elle emmagasine sous ses coudes des bulles d'air qui sont peu à peu aspirées par ses stigmates.

Soudain, une tête jaillit. C'est une larve de libellule dont le visage bondit hors de la tête pour happer un éphémère. Princesse 103e comprend ce qui s'est passé. La larve de libellule est dotée d'un premier masque-visage lié à une longue articulation qui lui sert de menton. Elle s'approche de ses proies qui ne s'enfuient pas parce qu'elles pensent disposer d'assez de distance pour déguerpir. Alors la libellule déploie son masque d'un coup avec son menton-bras articulé. Cela part comme une catapulte, crochète la proie puis la ramène au reste de la tête qui y plante ses mâchoires.

Le bateau-fleur glisse et évite de justesse les rochers-récifs.

Assise dans le jaune du cœur du vaisseau-nénuphar, 103e repense à la grande histoire des fourmis. Par chance, elle connaît toutes les vieilles mythologies transmises depuis toujours d'antennes à antennes. Elle sait comment les fourmis ont fait disparaître les dinosaures de la Terre en les envahissant par les boyaux. Elle sait comment, pour la domination de la Terre, les fourmis ont guerroyé avec les termites des dizaines de millions d'années durant.

C'est son histoire. Celle-là, les Doigts ne la connaissent pas. Ils ne savent pas comment les fourmis ont amené depuis les terres du Soleil levant vers d'autres contrées des graines de fleurs et de légumes qui ne s'y trouvaient pas auparavant : le pois, l'oignon ou la carotte.

Une fierté d'espèce la saisit à la vision de ce fleuve majestueux, une vision que les Doigts ne ressentiront jamais. Ils sont trop grands, trop gros, trop forts pour voir ces jonquilles, ces saules pleureurs, comme elle les voit. Ils ne perçoivent pas les mêmes couleurs qu'elle.

Les Doigts voient très loin avec netteté mais leur champ de vision est trop étroit, pense-t-elle.

En effet, si les fourmis voient selon un angle de 180°, les Doigts ne voient que selon un angle de 90°, et encore ne peuvent-ils fixer nettement leur attention que sur 15°.

Elle l'a appris dans un documentaire télévisé, les Doigts ont découvert que la Terre est ronde, donc finie. Ils disposent de cartes de toutes les forêts, de toutes les prairies... Ils ne peuvent plus se dire : « Je marche vers l'inconnu. » Pas plus que : « Je pars loin dans un pays étranger », tous les pays de la planète sont à une journée de leurs machines à voler !

Un jour, Princesse 103e espère montrer aux Doigts les technologies de Bel-o-kan, comment accommoder le miellat de puceron, comment respecter les fruits, comment se faire comprendre des animaux et tant et tant de choses dont les Doigts ignorent tout.

Alors que le soleil vire du rouge à l'orange, une multitude de chants se font entendre. Des grillons, bien sûr, mais aussi des crapauds, des grenouilles, des oiseaux...

C'est l'heure de déjeuner.

Chez les Doigts, 103e a pris l'habitude de manger trois fois par jour à heure fixe. Les fourmis se penchent pour ramasser des larves de moustiques suspendues au ras de la surface du fleuve, tête en bas et siphon respiratoire en haut. Ça tombe bien, tout le monde a faim.

84. LA CLEF DES CHANTS

Poulet ou poisson ?

Ce lundi, à la cafétéria du lycée, le menu du jour était : hors-d'œuvre — betteraves à la vinaigrette ; plat principal au choix — poisson carré pané ou poulet-frites ; dessert — tarte aux pommes.

De son ongle le plus long, Zoé dégagea un moucheron qui s'était englué dans la confiture de la tarte aux pommes.

— Tu vois, les ongles, c'est quand même pratique à l'occasion, confia-t-elle à Julie.

Il était peu probable que le moucheron redécolle de sitôt mais Zoé ne souhaitait pas le manger. Elle le déposa sur le rebord de son assiette.

Les lycéens faisaient la queue avec leur plateau le long du rail de service derrière lequel une serveuse, armée d'une énorme louche, leur posait à tour de rôle invariablement la même question métaphysique : « Poulet OU poisson ? »

Après tout, c'était ce choix qui distinguait la moderne cafétéria d'une simple cantine.

Julie, son plateau en équilibre instable à cause de la haute carafe d'eau qu'elle avait posée dessus, partit à la recherche d'une table assez grande pour que tout le groupe puisse s'y asseoir.

— Non, pas ici, c'est réservé aux professeurs, lança un type.

Plus loin, la grande table était réservée au personnel de service. Ailleurs, une autre était réservée à l'administration. Chaque caste était jalouse de son territoire et de ses petits privilèges, et il n'était pas question de les remettre en cause.

Des sièges se dégagèrent enfin. Ne disposant que de vingt minutes pour déjeuner, comme à l'habitude, ils gobèrent leurs aliments sans prendre le temps de les mastiquer. Leurs estomacs, maintenant habitués à cette situation, palliaient la paresse des molaires en produisant des acides stomacaux plus corrosifs.

Un lycéen s'approcha de leur table.

— Avec mes copains, nous n'étions pas au concert samedi. Il paraît que c'était super et que vous repassez la semaine prochaine. On pourrait avoir des places gratuites ?

— Ouais, nous aussi, on en voudrait, déclara un autre.

— Et nous...

Une vingtaine d'élèves les entouraient à présent, tous avides de places gratuites.

— Il ne faut pas s'endormir sur nos lauriers, affirma Ji-woong. C'est quand ça marche qu'il faut donner un coup de collier. Après le cours d'histoire, tout à l'heure, répétition générale. Pour le grand concert de samedi prochain, il nous faut de nouvelles chansons, de nouveaux effets de scène. Narcisse, confectionne des costumes. Paul, occupe-toi du décor. Julie, sois encore plus « sex-symbol ». Tu as du charisme, mais on dirait que tu le retiens. Laisse-toi aller.

— Tu ne voudrais quand même pas que je me livre à un strip-tease ?

— Non, mais pourquoi pas te dénuder, comme ça, une épaule à un moment ? Ça ferait son petit effet. Même les plus grandes chanteuses l'ont fait.

Julie eut une moue dubitative.

C'est alors que survint le proviseur. Il les félicita. Il leur dit d'y aller à fond, que son frère comptait beaucoup sur eux, le samedi suivant. Il affirma que lui-même avait connu pareille occasion dans sa jeunesse, l'avait laissée passer et qu'il le regrettait encore. Il leur confia une clé de la porte de derrière nouvellement blindée afin qu'ils puissent répéter, aller et venir à leur guise, même après que le concierge aurait fermé la grande grille de l'entrée principale.

— Et cette fois, cassez la baraque ! lança-t-il, avec une bourrade à Ji-woong.

Julie dit qu'il faudrait améliorer le look du concert. Les couleurs irisées projetées par Paul ne suffisaient pas à créer un effet scénique.

— Et si on faisait un grand livre à l'arrière sur lequel on pourrait lancer des couleurs et des diapos de photomontages tirés de l'*Encyclopédie* ? proposa Léopold.

— Oui, et puis on pourrait aussi faire une grande fourmi qui bougerait ses pattes en rythme.

— Et pourquoi on n'appellerait pas carrément notre spectacle « La Révolution des fourmis » ? Après tout, c'est le morceau qui a sauvé le premier, suggéra David.

Les idées fusaient de toutes parts. Ajouter des costumes, du décor, une mise en scène, et même intercaler au milieu du rock un morceau classique, une fugue de Bach, par exemple.

85. ENCYCLOPÉDIE

L'ART DE LA FUGUE : La « fugue » est une évolution par rapport au canon. Le canon « torture » un même thème dans tous les sens pour voir comment, sur tous les plans, il réagit avec lui-même. La fugue, elle, peut présenter plusieurs thèmes différents.
La fugue est davantage une progression qu'une répétition.
L'*Offrande musicale*, de Jean-Sébastien Bach, constitue l'une des plus belles architectures de fugue. Comme nombre d'entre elles, elle part en *do* mineur mais, à la fin, par un tour de passe-passe digne des meilleurs prestidigitateurs, elle s'achève en *ré* mineur.
Et cela, sans que l'oreille de l'auditeur le plus attentif ait décelé l'instant où s'est opérée la métamorphose.
À l'aide de ce système de « saut » d'une tonalité, on pourrait répéter à l'infini l'*Offrande musicale* jusqu'à ce qu'elle se soit métamorphosée en toutes les notes de la gamme. « Ainsi en va-t-il de la gloire du Roi qui ne cesse de s'élever en même temps que la modulation », expliquait Bach.
Summum de l'œuvre fuguesque : le morceau l'*Art de la fugue* dans lequel, juste avant de mourir, Jean-Sébastien Bach a voulu expliquer au commun des mortels sa technique de progression musicale qui, à partir de la totale simplicité, se dirige vers la complexité absolue. Il a été arrêté en plein élan par des problèmes de santé (il était alors presque aveugle). Cette fugue est donc inachevée.
Il est à noter que Bach l'a signée en utilisant pour thème musical

les quatre lettres de son nom. Dans le solfège allemand, B correspond à la note *si* bémol, A au *la*, C au *do* et H au *si* simple.
Bach = *si* bémol, *la, do, si*.
Bach s'était immiscé à l'intérieur même de sa musique et comptait
sur elle pour s'élever lui aussi comme un roi immortel vers
l'Infini.

Edmond Wells,
Encyclopédie du Savoir Relatif et Absolu, tome III.

86. L'ATTAQUE DES PATINEURS AQUATIQUES

Tandis que le vaisseau-nénuphar rose glisse doucement sur le flot,
les fourmis aperçoivent un groupe d'insectes qui marchent sur l'eau.
Ce sont des hydromètres, des punaises aquatiques qui ressemblent à
des moustiques d'eau douce.

Leur tête est plus longue que leur corps et leurs deux yeux sphéri-
ques, posés telles deux perles sur les côtés, leur donnent des allures
de masque africain étiré. La face inférieure de leur ventre est recouverte de poils argentés, veloutés et hydrofuges. Grâce à eux, elles
peuvent circuler tranquillement sur l'onde sans risquer de couler.

Les hydromètres recherchent des daphnies, des cadavres de moustiques ou des larves de nèpes quand elles perçoivent la vibration de
la nef des fourmis. Alors, étrangement, elles se regroupent en une
légion aquatique et attaquent.

Elles courent et patinent sur la surface de l'eau, s'en servant
comme d'une toile solide. En s'y appuyant de tout leur tarse, elles
s'assurent une excellente prise sur le fleuve qui réagit comme une
membrane tendue.

Les fourmis, comprenant le danger, alignent leur abdomen sur les
flancs de leur vaisseau comme jadis les Vikings leurs lances et leurs
boucliers.

Feu.

Les abdomens myrmécéens tirent leurs salves.

De nombreuses hydromètres, touchées, s'effondrent et dérivent
sur l'onde où leur ventre hydrofuge les maintient en surface. Les
patineuses survivantes zigzaguent entre les jets d'acide formique.

Beaucoup d'hydromètres sont abattues dès les premières rafales,
pourtant quelques-unes parviennent à approcher le navire et, rien
qu'en s'y appuyant de leurs longues pattes, inondent la feuille du
nénuphar. Toutes les fourmis sont dans l'eau. Certaines tentent d'imiter les hydromètres en marchant dessus, mais l'exercice réclame une

parfaite gestion de la répartition du poids sur chaque patte et les fourmis en ont toujours une qui s'enfonce. Elles finissent donc par se retrouver menton et ventre en contact avec l'eau froide, flottant et agitant inutilement leurs pattes.

Tant que l'eau ne dépasse pas leur menton, les fourmis ne risquent pas la noyade mais elles sont sous la menace d'être happées par n'importe quelle bestiole. Il faut vite s'organiser. Les treize s'agitent dans tous les sens et s'aspergent mutuellement plus qu'elles ne se soutiennent. Elles s'efforcent de se raccrocher au bord du nénuphar tandis que les patineuses continuent de les bousculer et de leur marcher sur la tête pour les faire couler.

À force de se gêner, les fourmis finissent par s'appuyer les unes aux autres en une plate-forme flottante à partir de laquelle elles s'arc-boutent pour grimper sur leur vaisseau-nénuphar. En s'y reprenant à plusieurs fois elles parviennent à remonter sur leur nef.

On récupère les autres fourmis et on capture quelques hydromètres agresseuses.

Avant de les manger, 103ᵉ demande aux prisonnières pourquoi elles attaquent en horde alors que leur espèce est connue comme étant formée d'animaux solitaires. Une hydromètre raconte que c'est à cause d'un individu, une patineuse qu'elle nomme la Fondatrice.

La Fondatrice vivait en un lieu où le courant était très fort. Là, les hydromètres ne pouvaient patiner que sur de petites distances puis, très vite, elles devaient se raccrocher aux roseaux car, sinon, le courant les emportait. La Fondatrice s'était dit qu'elles consacraient l'essentiel de leur énergie à lutter contre le courant alors que personne ne savait où menait ce courant. Plutôt que de passer sa vie à s'en protéger derrière des roseaux, elle décida donc de se laisser porter par lui. Toutes ses voisines hydromètres lui prédirent la mort car le fort courant allait la projeter contre les rochers. La Fondatrice s'entêta malgré tout, partit et, comme l'avaient prédit ses congénères, elle fut emportée, ballottée, submergée, bringuebalée, blessée, meurtrie. Mais elle survécut. Les patineuses du bas du fleuve la voyant passer estimèrent qu'une hydromètre capable de tant de courage était un exemple. Elles se la donnèrent pour chef et décidèrent de vivre en collectivité.

Ainsi, se dit Princesse 103ᵉ, un seul être suffit pour modifier le comportement d'une espèce en son entier. Qu'avait découvert cette patineuse ? En cessant de craindre le courant, en cessant de s'agripper à une sécurité imaginaire et en se laissant porter en avant, on risquait peut-être d'être roué de coups mais, au bout du compte, on pouvait améliorer ses propres conditions d'existence ainsi que celles de toute sa communauté.

De le savoir redonne courage à la princesse.

15ᵉ s'approche. Elle veut manger l'hydromètre mais Princesse 103ᵉ l'arrête. Elle dit qu'il faut la libérer pour qu'elle rejoigne son peuple récemment socialisé. 15ᵉ ne comprend pas pourquoi elle devrait être épargnée, c'est une hydromètre. Ça a bon goût.

On aurait même dû peut-être rechercher leur fameuse Fondatrice pour la tuer, ajoute-t-elle.

Les autres fourmis sont d'accord. Si les hydromètres commencent à guerroyer en groupe et si les myrmécéennes ne les arrêtent pas dès maintenant, dans quelques années, elles construiront leurs cités lacustres et seront maîtresses des fleuves.

Si 103ᵉ en est consciente, elle se dit qu'après tout, à chaque espèce sa chance. Ce n'est pas en détruisant les concurrents mais en allant plus vite qu'eux qu'on préserve son avance.

La princesse s'abrite derrière ses nouveaux sens de sexuée pour justifier sa compassion, elle sait pourtant que c'est une nouvelle preuve de sa dégénérescence due à son long contact avec les Doigts.

Princesse 103ᵉ sait qu'il y a un problème dans sa tête. Déjà, auparavant, elle avait tendance à être égoïste. Ses sens décuplés par son sexe n'ont fait qu'aggraver son défaut. Normalement, une fourmi se branche en permanence sur l'esprit collectif et ne s'en débranche que rarement pour résoudre des problèmes « personnels ». Or 103ᵉ est presque constamment débranchée de l'esprit collectif. Elle est dans sa peau, dans son esprit, dans la prison de son crâne et n'accomplit plus aucun effort pour penser en groupe. Si cela continue, elle ne pensera bientôt plus qu'à elle. Elle deviendra égocentrique comme les Doigts.

5ᵉ sent bien, elle aussi, que lors des C.A., Communications Absolues, la princesse refuse de laisser visiter des zones entières de son cerveau. Elle ne joue plus le jeu de la collectivité.

Mais le moment est mal choisi pour se faire ces réflexions.

Princesse 103ᵉ remarque que les pétales-voiles du vaisseau-nénuphar sifflent. Soit il y a du vent, soit... elles prennent de la vitesse.

Toutes au sommet.

Quelques vigies montent à la pointe du plus haut pétale du nénuphar. De là-haut on sent bien la vitesse. Tous les poils de visage et les antennes sont rabattus en arrière comme de simples herbes.

La princesse a raison d'être inquiète car, au loin, se dessine un mur fumant d'écume ; à la vitesse où elles vont elles auront du mal à l'éviter.

Pourvu que ce ne soit pas une cascade, se dit la fourmi.

87. EN AVANT POUR LE DEUXIÈME CONCERT

Julie et ses amis préparèrent avec beaucoup de soin leur deuxième concert. Ils se retrouvaient chaque fin d'après-midi, après les cours, dans le local de répétition.

— Nous ne disposons pas d'un nombre suffisant de morceaux originaux, c'est maladroit d'être obligé de chanter deux fois les mêmes textes pour assurer un concert d'une durée normale.

Julie posa sur la table l'*Encyclopédie du Savoir Relatif et Absolu* et tous se penchèrent dessus. La jeune fille tournait les pages et notait les thèmes possibles. « Nombre d'or », « L'Œuf », « Censure », « Noosphère », « L'Art de la fugue », « Voyage vers la lune ».

Ils entreprirent de réécrire les textes pour les transposer en musique plus facilement.

— Nous devrions changer le nom du groupe, dit Julie.

Les autres levèrent la tête.

— « Blanche-Neige et les Sept Nains », c'est plutôt puéril, non ? dit-elle. Et puis, je n'aime pas cette séparation : Blanche-Neige *et* les Sept Nains. Je préférerais « Les Huit Nains ».

Tous voyaient où leur chanteuse voulait en venir.

— La « Révolution des fourmis », c'est le morceau qui a eu le plus de succès. David a proposé de nommer ainsi notre prochain concert, pourquoi ne pas rebaptiser aussi notre groupe ?

— « Les Fourmis » ? dit Zoé avec une moue.

— « Les Fourmis »..., répéta Léopold.

— Ça sonnerait bien. Il y a déjà eu les Beatles, autrement dit les « Blattes », lesquelles sont des insectes répugnants. Ce qui n'a pas empêché ces quatre types d'avoir un succès phénoménal.

Ji-woong réfléchit tout haut.

— Les fourmis... La Révolution des fourmis... Il y aurait là une certaine cohérence, c'est vrai. Mais pourquoi ces insectes en particulier ?

— Pourquoi pas ?

— Les fourmis, on les écrase avec les pieds, avec les doigts. En plus, elles n'ont rien de marrant.

— Choisissons alors de beaux insectes, suggéra Narcisse. Appelons-nous « Les Papillons » ou « Les Abeilles ».

— Et pourquoi pas « Les Mantes religieuses » ? proposa Paul. Elles ont de drôles de têtes. Ça ferait bien sur la pochette du disque.

Chacun y alla de son insecte le plus sympathique.

— « Les Moucherons », ça nous ferait un slogan. « C'est en se mouchant qu'on devient moucheron ! » proposa Paul. Le fait de sortir son mouchoir deviendrait dès lors le signe de ralliement de nos spectateurs.

— Hé, pourquoi pas « Les Taons » ? Ça permettrait des jeux de mots sur « temps », ironisa Narcisse. Genre : « Ô taon, suspends ton vol », ou « les taons modernes » ou encore « beau taon pour le week-end ».

— « Les Coccinelles ». Ça permettrait de jouer sur les mots « bête à bon Dieu ».

— « Les Bourdons », dit Francine. « Les Bourdons », le groupe qui vous fera vibrer.

Julie afficha un air navré.

— Mais non ! insista-t-elle. C'est justement parce que les fourmis semblent si insignifiantes qu'elles constituent la meilleure référence. À nous de rendre intéressant un insecte a priori totalement inintéressant.

Les autres n'étaient pas vraiment convaincus.

— L'*Encyclopédie du Savoir Relatif et Absolu* est pleine de poésies et de textes concernant les fourmis.

Cette fois, l'argument porta. S'ils devaient composer à toute vitesse de nouveaux morceaux, autant choisir le thème le plus présent dans l'*Encyclopédie*.

— D'accord pour « Les Fourmis », concéda David.

— Somme toute, four-mis, ce sont deux syllabes bien équilibrées, reconnut Zoé.

Elle répéta sur plusieurs tons « Four-mis », « Fourmis », « Nous sommes les fourmis », « Nous sommes des fous remis ».

— Passons à l'affiche !

David s'était installé devant l'ordinateur de la salle de répétition. Il dénicha dans les logiciels graphiques une texture semblable à celle des vieux parchemins et il choisit des majuscules torsadées épaisses et rouges pour les premières lettres et des minuscules noires avec une ombre portée blanche pour les autres.

Ils examinèrent l'image de la couverture de l'*Encyclopédie du savoir relatif et absolu*, avec ses trois fourmis en Y au centre du triangle inscrit dans un cercle. Il suffisait de la reconstituer avec un logiciel graphique, le symbole de leur groupe était tout prêt.

Ils se penchèrent sur l'ordinateur. En haut, ils inscrivirent « Les Fourmis » et, plus bas, entre parenthèses : « Nouvelle appellation du groupe Blanche-Neige et les Sept Nains », afin que leurs premiers fans s'y retrouvent.

Au-dessous : « Samedi 1er avril, concert au centre culturel de Fontainebleau ».

Puis, en grosses lettres grasses : LA RÉVOLUTION DES FOURMIS.

Ils examinèrent le résultat obtenu. Sur l'écran, leur future affiche ressemblait tout à fait à un vieux parchemin.

Zoé en tira deux mille copies sur la photocopieuse couleurs du proviseur. Ji-woong fit appel à sa petite sœur et lui demanda de se charger de les placarder avec ses camarades de classe dans la ville. La petite accepta à condition qu'il leur donne des places gratuites pour le concert, puis elle s'en alla avec ses amis apposer les affiches sur les murs des chantiers et sur les portes des commerçants. Les gens auraient ainsi trois jours pour acheter leurs billets.

— Mettons au point un spectacle total, lança Francine.

— Avec des fumigènes et des spots lumineux pour les effets spéciaux, proposa Paul.

— On pourrait fabriquer des objets géants pour garnir la scène, renchérit Ji-woong.

— Je peux faire un livre en polystyrène d'un mètre de haut, dit Léopold.

— Avec une page mobile au centre et un jeu de diapositives, les gens auront l'impression d'en voir tourner les pages, confirma David.

— Formidable ! Moi, je me charge de façonner une fourmi géante d'au moins deux mètres, promit Ji-woong.

Paul suggéra de diffuser un parfum correspondant à l'ambiance particulière de chaque morceau. Il s'estimait suffisamment doué en chimie pour fabriquer un orgue à parfums rudimentaire. De l'odeur de la lavande à l'odeur de la terre, de l'odeur d'iode à celle de café, il comptait entourer ainsi chaque thème d'un véritable décor olfactif.

Narcisse créerait des costumes sophistiqués et concevrait des masques et des maquillages qui souligneraient chaque chanson.

La répétition commença pour de bon et David se plaignit du solo de la « Révolution des fourmis ». Il n'était décidément pas au point. Ils remarquèrent alors un grésillement qu'ils prirent d'abord pour un crissement dans le système électrique ; en s'approchant de l'ampli pour le régler, ils découvrirent qu'un grillon s'y était installé, attiré par la chaleur du transformateur.

David eut alors l'idée de fixer le petit micro d'une de ses cordes de harpe sur les élytres de l'insecte. Paul procéda aux réglages et obtint bientôt un son chuinté du plus bizarre effet.

— Je crois que nous avons enfin trouvé le parfait musicien solo pour la « Révolution des fourmis », annonça David.

88. ENCYCLOPÉDIE

L'AVENIR EST AUX ACTEURS : L'avenir est aux acteurs. Pour se faire respecter, les acteurs savent mimer la colère. Pour se faire aduler, les acteurs savent mimer l'amour. Pour faire des envieux, les acteurs savent mimer la joie. Toutes les professions sont infiltrées par des acteurs.

L'élection de Ronald Reagan à la présidence des États-Unis en 1980 a définitivement consacré le règne des acteurs. Inutile d'avoir des idées ou de savoir gouverner, il suffit de s'entourer d'une équipe de spécialistes pour rédiger les discours et de bien interpréter ensuite son rôle sous l'objectif des caméras.

Dans la plupart des démocraties modernes, d'ailleurs, on ne choisit plus son candidat en fonction de son programme politique (tout le monde sait pertinemment que, n'importe comment, les promesses ne seront pas tenues, car le pays a une politique globale dont il ne peut dévier), mais selon son allure, son sourire, sa voix, sa manière de s'habiller, sa familiarité avec les interviewers, ses mots d'esprit.

Inexorablement, dans toutes les professions, les acteurs ont gagné du terrain. Un peintre bon acteur est capable de convaincre qu'une toile monochrome est une œuvre d'art. Un chanteur bon acteur n'a pas besoin d'avoir de la voix s'il interprète convenablement son clip. Les acteurs contrôlent le monde. Le problème, c'est qu'à force de mettre en avant des acteurs, la forme prend plus d'importance que le fond, le paraître prend le pas sur l'être. On n'écoute plus ce que les gens disent. On se contente de regarder comment ils le disent, quel regard ils ont en le disant, et si leur cravate est assortie à leur pochette.

Ceux qui ont des idées mais ne savent pas les présenter sont, peu à peu, exclus des débats.

Edmond Wells,
Encyclopédie du savoir relatif et absolu, tome III.

89. PORTÉES PAR LES FLOTS

La cascade !

De stupeur, les fourmis dressent leurs antennes.

Jusqu'ici, le courant indolent les avait doucement ballottées le long de la berge mais, soudain, tout s'accélère.

Elles sont entrées dans la zone des rapides.

Un dénivellement rempli de galets forme une ligne crénelée d'écume blanche. Un bruit assourdissant envahit l'espace. Sous la vitesse, les voiles roses du nénuphar tremblent et claquent.

Princesse 103e, antennes emmêlées sur le visage, indique par gestes que mieux vaudrait passer par la gauche, là où le courant semble moins tourmenté.

Les dytiques, à l'arrière, sont priés de brasser l'eau beaucoup plus rapidement. Les plus grandes fourmis attrapent de longues branchettes, les serrent dans leurs mandibules et s'en servent de gaffes pour orienter leur bateau.

13e tombe à l'eau et on la repêche de justesse.

Des têtards rasent la surface, à l'affût d'un naufrage. Ces charognards d'eau douce sont plus voraces que les requins, dans un autre ordre de grandeur.

Le vaisseau-nénuphar prend de la vitesse et fonce en direction de trois gros galets. Les dytiques surexcités brassent l'eau si fort que toute la nef en est éclaboussée.

Le bateau dévie, la pointe avant de la feuille de nénuphar perd le cap. Du coup, le galet frappe de plein fouet le flanc de l'embarcation. La feuille molle encaisse le choc. Le nénuphar frémit et paraît sur le point de se retourner mais un tourbillon le renvoie dans l'autre direction. Un pétale les assomme presque puis tombe du bateau.

Les fourmis ont passé la première cascade mais, déjà, un second mur d'écume apparaît. Dans la chasse aux Belokaniennes, des coléoptères aquatiques se joignent aux têtards : des gyrins lisses et noirs, des nèpes dont l'abdomen est terminé d'un long tube respiratoire, des gerris aux fines pattes pointues. Si certains sont là dans l'espoir d'un repas, d'autres ne sont venus que pour le spectacle. 5e envoie des phéromones aux dytiques pour qu'ils orientent le vaisseau vers une passe qui lui semble moins tumultueuse.

Des moucherons, auxquels elles ne demandaient rien, partent inspecter les lieux et reviennent, pessimistes.

Ça ne passera jamais.

Dans le chenal, le courant est encore plus fort. Les gens du vaisseau-nénuphar ne savent plus que faire : tenter de changer de chemin au risque de perdre le contrôle de l'embarcation, ou bien garder le cap pour s'efforcer de négocier au mieux la seconde cascade ?

Trop tard ! L'avenir n'appartient pas aux indécis.

Quand les fourmis arrivent sur les galets, elles ne contrôlent plus leur bateau-fleur. Le navire plat est emporté à toute allure. La feuille de nénuphar heurte la frise de ces dents du fleuve que sont les petits galets et, à chaque choc, trois ou quatre exploratrices, déséquilibrées, sont sur le point de passer par-dessus le bastingage. Heureusement, les feuilles de nénuphar sont suffisamment fibreuses pour encaisser les coups. Tout le monde se calfeutre au fond des étamines jaunes du cœur de la plante aquatique et serre les mandibules.

Le bateau frappe encore une fois les galets, hésite à se retourner, balance, puis se... stabilise. Il a passé le deuxième torrent sans dommage. Dans n'importe quelle opération, on ne le dira jamais assez, le premier facteur de réussite est la chance, pense 103e.

Une roche triangulaire raie la feuille par en dessous et trace une motte au milieu du radeau végétal, secouant très fort les fourmis qui ont à peine le temps de se rétablir quand le nénuphar accélère à nouveau, aspiré par une troisième cascade.

La forêt entière se met à pousser des coassements grenouillesques comme si elle était vivante et que le fleuve était sa langue humide.

Entre les pétales du nénuphar, Princesse 103e observe les éléments déchaînés : là-haut le ciel est si beau, si clair et, dessous, passé une certaine ligne d'horizon, tout n'est que fureur. Un gros galet dressé leur fait ombrage.

Les dytiques, effrayés, préfèrent tout lâcher, abandonnant définitivement le bateau-fleur myrmécéen à son destin.

Privé de son système de propulsion, le bateau joue les toupies. À l'intérieur, les fourmis, emportées par la force centrifuge, ne parviennent même plus à se redresser. Du dehors, elles ne voient plus rien. Il y a le ciel, là-haut, au-dessus des pointes roses du nénuphar, et en bas, ça tourne.

Princesse 103e et 5e sont collées l'une à l'autre. Ça tourne, ça tourne. Et puis, ça heurte le grand galet. Secousse. On rebondit. Heurte un autre galet. Le bateau-fleur est peut-être sens dessus dessous mais il n'a toujours pas chaviré. 103e lève précautionneusement la tête et voit que la nef se dirige tout droit vers une nouvelle cascade vertigineuse vraiment impressionnante, si raide qu'on ne voit plus le fleuve au-delà de sa ligne d'écume.

Il ne manquait plus que ce Niagara...

Le bateau prend de plus en plus de vitesse. Le vacarme du torrent assourdit ses passagères. Les fourmis ont leurs antennes collées au visage.

Cette fois, c'est assurément le grand envol et le plongeon. Il n'y a plus rien à faire. Elles se pelotonnent au fond du cœur jaune du nénuphar rose.

Le vaisseau est projeté dans les airs. La princesse discerne, très loin, tout en bas, le ruban argenté du fleuve.

90. DANS LES COULISSES

— Allez, les enfants, ne vous retenez pas, cette fois, jetez-vous carrément à l'eau !

Le conseil du directeur du centre culturel était superflu.

Ils n'avaient pas de temps à perdre.

Dans trois heures, ils donneraient leur second concert public.

Les décors n'étaient pas achevés. Léopold était en train de monter le livre géant. David s'occupait de la statue de fourmi. Paul mettait au point sa machine à projeter des odeurs.

Il se livra à une démonstration au profit de ses camarades.

— Avec mon appareil, on peut synthétiser toutes les odeurs, du fumet de bœuf mironton au parfum du jasmin, en passant par les relents de sueur, l'odeur du sang, du café, du poulet grillé, de la menthe...

Un pinceau dans la bouche, Francine rejoignit Julie dans sa loge et lui dit que, cette soirée étant particulièrement importante, il fallait qu'elle apparaisse plus belle encore qu'au premier concert.

— Il ne faut pas qu'il y ait dans la salle un seul spectateur qui ne soit pas amoureux de toi.

Elle avait apporté tout un attirail de maquilleuse et entreprit de peindre le visage de Julie, cernant ses yeux d'un motif en forme d'oiseau. Elle coiffa ensuite ses longs cheveux noirs et les retint d'un diadème.

— Ce soir, tu dois être la reine.

Narcisse surgit dans la petite pièce.

— Et pour la reine, j'ai confectionné une robe d'impératrice. Tu seras la plus envoûtante des souveraines, plus que Joséphine, plus que la reine de Saba, mieux que Catherine de Russie ou Cléopâtre.

Il déploya un vêtement bleu fluo, marbré de noir et de blanc.

— J'ai pensé qu'on pouvait découvrir dans l'*Encyclopédie* de nouvelles esthétiques. Tu es vêtue aux couleurs des ailes du papillon ulysse, de son nom latin « *Papilio Ulysses* ». Du peu que j'en sais, cet animal vit dans les forêts de Nouvelle-Guinée, dans le nord du Queensland et aux îles Salomon. Lorsqu'il vole, il lance des éclairs bleus à travers les forêts tropicales.

— Et ça, c'est quoi ?

Julie désignait deux fins rouleaux de velours noir qui prolongeaient la toge.

— Ce sont les appendices caudaux du papillon. Ce sont ces longues traînes noires qui apportent une grâce étonnante au vol du papillon.

Il déroula le vêtement.

— Essaie-le, vite.

Julie ôta pull et jupe, resta en slip et soutien-gorge. Narcisse l'observait.

— Oh ! ne t'en fais pas, je regarde juste si l'habit est conforme à tes mesures. À moi, les femmes ne font aucun effet, proféra-t-il, l'air blasé. D'ailleurs, si on m'avait donné le choix, j'aurais préféré être une femme, rien que pour plaire aux hommes.

— Tu aurais vraiment préféré être une femme ? demanda Julie, étonnée, tout en s'habillant rapidement.

— Il y a une légende grecque qui prétend que les femmes ressentent neuf fois plus de plaisir que les hommes au moment de l'orgasme. Les types sont désavantagés. Et puis, j'aimerais aussi être une femme pour pouvoir un jour me sentir enceinte. Il n'existe finalement qu'une seule œuvre véritablement importante : transmettre la vie. Et tous les types sont privés de cette sensation.

Narcisse contemplait pourtant le corps de Julie d'un regard qui n'avait rien d'indifférent. Cette peau claire, ces longs cheveux de jais luisant, ces grands yeux gris, comme tatoués d'ailes d'oiseaux. Son regard s'arrêta sur sa poitrine.

Julie se lova dans l'étoffe comme dans un drap de bain. Le contact du tissu était doux et chaud.

— C'est très agréable à porter, reconnut-elle.

— Normal. Ce vêtement est tissé de la soie que produit la chenille du papillon ulysse. On a volé le fil de la pauvre bête qui cherchait à s'entourer d'un cocon protecteur. Mais c'était pour une juste cause puisque ce présent t'était destiné. Chez les Indiens Wendats, lorsqu'on tue un animal, on lui explique les raisons de la chasse avant de tirer la flèche. Si c'est pour nourrir sa famille ou façonner un vêtement, par exemple. Quand je serai riche, je monterai une usine de soie de papillon et je conterai à toutes les chenilles la liste des clients auxquels elles donnent leur soie.

Julie se mira dans la grande glace apposée sur la porte de la loge.

— Cet habit est remarquable, Narcisse. Il ne ressemble à rien de connu. Tu sais que tu pourrais devenir styliste.

— Un papillon ulysse pour une envoûtante sirène, quoi de plus naturel ! Je n'ai jamais compris pourquoi ce marin grec s'est ainsi entêté à refuser de se laisser charmer par les voix de ces femmes.

Julie arrangea différemment le vêtement.

— C'est beau ce que tu dis.

— C'est toi qui es belle, déclara gravement Narcisse. Et ta voix, elle est tout simplement prodigieuse. Dès que je l'entends, toute ma moelle épinière frissonne dans ma colonne vertébrale. La Callas aurait pu aller se rhabiller.

Elle pouffa.

— Tu es absolument certain de n'être pas attiré par les filles ?

— On peut aimer sans pour autant souhaiter se livrer à une simulation de l'acte procréateur, remarqua Narcisse, en lui caressant les épaules. Moi, je t'aime à ma manière. Mon amour est unilatéral et c'est pour cela qu'il est total. Je ne réclame rien en échange. Permets-moi juste de te voir et d'entendre ta voix, cela me suffira largement.

Zoé prit Julie dans ses bras.

— Et voilà, notre chenille s'est transformée en papillon. Physiquement, en tout cas...

— Il s'agit d'une copie exacte de l'aile du papillon ulysse, répéta Narcisse à l'intention des nouveaux arrivants.

— Splendide !

Ji-woong prit la main de Julie. La jeune fille avait remarqué que, depuis quelque temps, tous les garçons du groupe prenaient plaisir à la toucher, sous un prétexte ou un autre. Elle détestait ça. Sa mère lui avait toujours répété que les humains doivent maintenir entre eux une certaine distance de sécurité, tout comme les pare-chocs des voitures, et que, quand ils se rapprochaient trop, ça créait des problèmes.

David entreprit de lui masser le cou et les clavicules.

— Pour te détendre, expliqua-t-il.

Elle sentit en effet la tension dans son dos se relâcher peu à peu mais les doigts de David en provoquèrent une nouvelle, plus grande encore. Elle se dégagea.

Le directeur du centre culturel réapparut.

— Dépêchons-nous, les enfants. Ça va bientôt être à vous et il y a un monde fou.

Il se pencha vers Julie.

— Mais tu as la chair de poule, ma petite. Tu as froid ?

— Non, ça va. Merci.

Elle enfila les babouches que lui tendit Zoé.

Vêtus de leurs costumes, ils gagnèrent la scène et procédèrent aux ultimes réglages. Avec les moyens fournis par le directeur du centre, ils avaient amélioré le décor et leur sono était meilleure.

Le directeur expliqua : étant donné les problèmes qu'avaient provoqués les trublions lors du premier concert, il s'était assuré cette fois les services de six gros bras qui veilleraient au grain. Le groupe pouvait être tranquille, on ne leur jetterait pas d'œufs ni de canettes de bière ce soir-là.

Chacun courait pour remplir sa tâche.

Léopold montait le livre géant, Paul son orgue à parfums, Zoé l'encyclopédie à feuilleter, Narcisse lissait un pli ici et là et distribuait les masques. Francine régla le synthétiseur et Paul les lumières. David ajustait l'acoustique destinée au grillon et Julie révisait les petits textes qui lui serviraient de liaisons entre deux chansons.

Pour costumes de scène, Narcisse avait prévu une tenue orange de fourmi pour Léopold, une tenue verte de mante religieuse pour Francine, une coquille rouge et noir de coccinelle pour Zoé, une carapace de scarabée pour Ji-woong, une tenue jaune et noir d'abeille pour Paul et, pour David, une tenue sombre de grillon. Le vrai grillon, quant à lui, avait un petit nœud papillon de carton autour du cou. Enfin, pour lui-même, Narcisse s'était réservé une tenue multicolore de sauterelle.

Marcel Vaugirard apparut derechef pour une interview. Il les interrogea rapidement et leur dit : « Aujourd'hui non plus, je ne reste pas. Mais reconnaissez que mon article précédent était juste, n'est-ce pas ? »

Julie pensa que si tous les journalistes travaillaient comme lui, l'information servie dans la presse ou aux journaux de vingt heures ne devait refléter qu'une infime partie de la réalité. Elle n'en dit pas moins, conciliante :

— C'était exactement ça...

Zoé, pourtant, n'était pas convaincue.

— Attendez, expliquez-moi. Je n'ai pas compris.

— « On ne parle bien que de ce qu'on ne connaît pas. » Réfléchissez-y. C'est logique. Dès qu'on connaît un peu les choses, on perd de son objectivité, on ne dispose plus de la distance nécessaire pour en parler. Les Chinois disent que celui qui séjourne en Chine une journée fait un livre, celui qui y reste une semaine un article et que celui qui y passe un an n'écrit rien du tout. C'est fort, non ? Cette règle s'applique à tout. Déjà, quand j'étais jeune...

Julie comprit soudain que cet interviewer ne rêvait que d'être interviewé. Marcel Vaugirard n'éprouvait pas la moindre curiosité envers leur groupe et sa musique, il n'avait plus de curiosité. Il était blasé. Ce dont il avait envie, c'était que Julie lui pose des questions, l'interroge sur la façon dont il avait découvert cette sagesse journalistique, comment il l'appliquait, quelle était sa place, sa vie, au sein de la rédaction locale du *Clairon*.

Elle avait coupé le son dans son esprit et se contentait de regarder ses lèvres qui s'agitaient. Ce journaliste était comme le chauffeur de taxi l'autre jour, il avait une énorme envie d'émettre et aucune volonté de réceptionner. Dans chacun de ses articles, sans doute révélait-il un peu de sa propre vie et probablement qu'en réunissant tous ses papiers, on obtiendrait une biographie complète de Marcel Vaugirard, sage héros de la presse moderne.

Le directeur surgit de nouveau. Il était enchanté. Il les informa que non seulement toutes les places étaient vendues et la salle bondée mais qu'en plus, il y avait des spectateurs debout.

— Écoutez-les.

Derrière le rideau, en effet, toute une foule scandait : « Ju-lie ! Ju-lie ! Ju-lie. »

Julie tendit l'oreille. Elle ne rêvait pas. Ce n'était plus le groupe en son entier qu'ils réclamaient, c'était elle et seulement elle. Elle s'approcha, écarta discrètement le rideau et la vision de tous ces gens criant son nom lui sauta au visage.

— Ça va aller, Julie ? demanda David.

Elle voulut répondre mais ne parvint pas à articuler un mot. Elle se racla la gorge, recommença, marmonna difficilement :

— Je... n'ai... plus... de... voix...

Les Fourmis se dévisagèrent, terrorisées. Si Julie était aphone, le spectacle était à l'eau.

Dans son esprit réapparut l'image de son visage sans bouche avec son menton qui se prolongeait jusqu'à la racine du nez.

La jeune fille fit comprendre par gestes qu'il n'y avait pas d'autre choix que de renoncer.

— C'est rien, c'est le trac, dit Francine se voulant rassurante.

— C'est le trac, renchérit le directeur. C'est normal, ça arrive systématiquement avant d'entrer en scène pour les spectacles importants. Mais j'ai le remède.

Il disparut et revint tout essoufflé en brandissant un pot de miel.

Julie avala plusieurs cuillerées, déglutit, ferma les yeux et émit enfin un : « AAA. »

Il y eut un soulagement général. Tous avaient eu très peur.

— Heureusement que les insectes ont veillé à concocter ce médicament universel, s'exclama le directeur du centre culturel. Ma femme soigne même sa grippe avec de la gelée royale.

Paul regarda pensivement le pot de miel. « Cet aliment produit des effets vraiment spectaculaires », pensa-t-il. Julie, tout heureuse, n'en finissait pas d'étrenner sa voix retrouvée en essayant toutes sortes de sons sur toutes les gammes.

— Bon, alors, vous êtes prêts ?

91. ENCYCLOPÉDIE

DEUX BOUCHES : **Le Talmud affirme que l'homme possède deux bouches : celle d'en haut et celle d'en bas.**

Celle d'en haut permet, par la parole, de dénouer les problèmes du corps. La parole ne fait pas que transmettre des informations,

elle sert aussi à guérir. Au moyen du langage de la bouche d'en haut, on se situe dans l'espace, on se situe par rapport aux autres. Le Talmud conseille d'ailleurs d'éviter de prendre trop de médicaments pour se soigner, ceux-ci effectuant un trajet inverse de celui de la parole. Il ne faut pas empêcher le mot de sortir, sinon il se transforme en maladie.

La deuxième bouche, c'est le sexe. Par le sexe, on dénoue les problèmes du corps dans le temps. Par le sexe, et donc le plaisir et la reproduction, l'homme se crée un espace de liberté. Il se définit par rapport à ses parents et à ses enfants. Le sexe, la « bouche du bas », sert à frayer un nouveau chemin, différent de celui de la lignée familiale. Chaque homme jouit du pouvoir de faire incarner par ses enfants d'autres valeurs que celles de ses parents. La bouche du haut agit sur celle du bas. C'est par la parole qu'on séduira l'autre et qu'on fera fonctionner son sexe. La bouche du bas agit sur la bouche du haut, c'est par le sexe qu'on trouvera son identité et son langage.

Edmond Wells,
Encyclopédie du Savoir Relatif et Absolu, tome III.

92. PREMIÈRE TENTATIVE D'OUVERTURE

— Nous sommes prêts.

Maximilien examina les différentes charges d'explosif qui avaient été disposées sur les flancs de la pyramide.

Cette bâtisse ne le narguerait pas indéfiniment.

Les artificiers déployèrent le long fil électrique reliant les charges de plastic au détonateur et se replièrent à une certaine distance de la pyramide.

Le commissaire fit un signe. L'artificier en chef remonta le détonateur et égrena :

— Cinq... quatre... trois... deux...

Bzzzz...

Subitement, l'homme tomba en avant. Endormi. Il portait une marque au cou.

La guêpe gardienne de la pyramide.

Maximilien Linart ordonna à tous ses hommes de bien protéger leurs zones de peau non couvertes par leurs vêtements. Le policier rentra pour sa part son cou dans son col, ses mains dans ses poches puis, avec son coude, appuya sur le détonateur.

Il ne se passa rien.

Il remonta le fil et constata qu'il avait été sectionné par ce qu'il définit comme de petites mandibules.

93. EAU

Le nénuphar plane un instant dans les airs. Le temps est suspendu. À cette altitude, sur leur vaisseau-fleur en suspension, les myrmécéennes voient des choses qu'elles avaient peu souvent l'occasion de voir. Des oiseaux-mouches. Des mouches à bœufs rouges. Un martin-pêcheur à l'affût.

L'air siffle sur leur visage et dans les voiles roses du nénuphar.

Princesse 103e regarde ses compagnes en se disant que ce sera la dernière image qu'elle emportera dans son trépas. Toutes ont leurs antennes dressées de stupeur.

Le vaisseau-fleur est toujours en altitude. Devant elles, quelques nuages effilochés cachent les ébats de deux rossignols.

Eh bien ! voilà mon dernier voyage, se dit 103e.

Mais après être resté en l'air, le bateau est à nouveau soumis à la loi de la gravité qui, comme son nom l'indique, n'a rien de drôle. Le nénuphar descend à toute vitesse. Les fourmis plantent leurs griffes dans l'ascenseur fou qui les emmène aux étages inférieurs. Le nénuphar perd encore deux pétales roses qui préfèrent vivre leur vie plutôt que rester sur ce vaisseau infesté de fourmis.

Leur chute s'accélère. 12e voit ses pattes se dégrafer sous la vitesse et se retrouve à la verticale, juste tenue par une dernière griffe. Elle a les pattes postérieures en haut et la tête en bas. Princesse 103e serre la feuille du bateau en plantant ses mandibules pour ne pas s'envoler. 7e s'envole. Elle est retenue de justesse par 14e, qui elle est retenue par 11e.

Les bords du nénuphar se replient vers le haut pour former une sorte de bol. Les astronautes qui atterrissaient dans leur capsule devaient ressentir la même chose. D'ailleurs, sous le frottement de l'air, le plancher du nénuphar commence à s'échauffer.

Princesse 103e sent ses griffes qui lâchent les unes après les autres. Elle sait qu'elle va bientôt être éjectée.

Choc. Le bateau-fleur atterrit de toute sa coque sur les eaux. Il s'enfonce un peu mais c'est si rapide qu'elles ne sont même pas submergées. Cependant, une fraction de seconde, Princesse 103e a droit à un spectacle unique : le trou creusé dans l'eau par leur chute la met presque face à face avec les habitants subaquatiques.

Elle a juste le temps de voir un goujon aux yeux tout ronds et deux tritons à crête que, par effet ressort, le bateau remonte. Une vague les arrose, mouille leurs antennes, interrompant quelques secondes toutes leurs perceptions.

Elles ont passé le torrent ! Le fleuve d'argent s'est apaisé comme s'il en avait assez de les tourmenter. Elles sont toutes sauves et il n'y a plus de nouvelle cascade en vue.

Les exploratrices secouent leurs antennes, encore recouvertes de phéromones de panique et d'eau.

5ᵉ se lèche pour enlever l'eau.

Elles se livrent à des trophallaxies sucrées qui les rapprochent. Elles ont survécu au fleuve. Elles ont passé leur cap Horn. Tout rentre dans la normalité. Une libellule dévore une demoiselle. Une truite la dévore à son tour.

Le vaisseau-fleur glisse à nouveau sur le ruban argenté, emporté par le courant qui le mène vers le sud. Mais il est tard, le soleil s'est fatigué de briller. Il redescend doucement pour rejoindre son terrier. Il s'enfonce, là-bas dans le sol, tandis que tout devient gris. Un brouillard sale se répand. On n'y voit plus qu'à quelques centimètres. La vapeur d'eau empêche en outre les fourmis d'utiliser leur radar olfactif. Même les bombyx, champions du repérage, vont se cacher. Un rideau de brume envahit tout comme pour voiler la lâcheté du soleil.

Au-dessus des myrmécéennes volent des papillons demi-paons. Princesse 103ᵉ observe leurs mouvements majestueux. Elle est si contente d'être encore vivante et puis, c'est si beau les papillons.

94. ENCYCLOPÉDIE

PAPILLON : À l'issue de la Seconde Guerre mondiale, le Dr Elizabeth Kubbler Ross fut appelée à soigner des enfants juifs rescapés des camps de concentration nazis.

Quand elle pénétra dans le baraquement où ils gisaient encore, elle remarqua que, sur le bois des lits, était gravé un dessin récurrent qu'elle retrouva par la suite dans d'autres camps où avaient souffert ces enfants.

Ce dessin ne présentait qu'un seul motif simple : un papillon.

La doctoresse pensa d'abord à une sorte de fraternité qui se serait manifestée ainsi entre enfants battus et affamés. Elle crut qu'ils avaient trouvé avec le papillon leur façon d'exprimer leur appartenance à un groupe tout comme autrefois les premiers chrétiens avec le symbole du poisson.

Elle demanda à plusieurs enfants ce que signifiaient ces papillons et ils refusèrent de lui répondre. Un gamin de sept ans finit pourtant par lui en révéler le sens : « Ces papillons sont comme nous. Nous savons tous, au fond de nous, que ce corps qui souffre n'est qu'un corps intermédiaire. Nous sommes des chenilles et un jour notre âme s'envolera hors de toute cette saleté et cette douleur. En le dessinant nous nous le rappelons mutuellement. Nous sommes des papillons. Et nous allons bientôt nous envoler. »

Edmond Wells,
Encyclopédie du Savoir Relatif et Absolu, tome III.

95. CHANGEMENT DE VAISSEAU

Soudain, devant elles, apparaît un rocher. Les fourmis veulent le contourner mais le rocher ouvre deux yeux et dévoile une bouche énorme.

Attention. Ces pierres sont vivantes ! vocifère olfactivement 10e.

Ça galope sur le bastingage. Elles se laissent glisser sur les angles de la feuille de nénuphar comme des pompiers sur des mâts. Déjà 15e a dégainé son abdomen, prête à tirer. Elles n'auront jamais de répit.

Des pierres vivantes maintenant !

Toutes les fourmis hurlent des conseils divers et contradictoires.

Princesse 103e se penche sur le bord du nénuphar. Il n'est pas possible que des minéraux nagent et ouvrent une *bouche*. Elle scrute attentivement le rocher, lui trouve des formes un peu trop régulières. Ce n'est pas un galet, c'est une tortue ! Cependant, celle-ci ne ressemble à aucune des tortues de leur connaissance : elle nage. Les fourmis n'ont jamais vu ça.

Elles ne le savent pas mais, en fait, cette tortue aquatique vient de Floride. Dans la dimension supérieure, il est à la mode pour les enfants de jouer avec ce type de tortues aquatiques. Comme elles ont une forme bizarre et un nez retroussé, elles sont facilement devenues les favorites des petits qui les installent sur de fausses îles désertes transparentes en plastique. Mais lorsque les enfants se lassent de leurs petits animaux-jouets, ils n'osent pas les jeter dans la poubelle familiale, alors, ils s'en débarrassent dans le lac, l'étang ou le ruisseau le plus proche.

Les tortues s'y reproduisent sans difficulté. En effet, en Floride, les tortues ont pour prédateur un oiseau dont le bec est doté d'une forme spéciale lui permettant de briser leur carapace. Évidemment, on n'a pas pensé à importer le prédateur naturel en même temps que la tortue de décoration, si bien que ces bêtes d'Orient se sont avérées de véritables terreurs pour les lacs et les ruisseaux d'Europe. Elles ont massacré les vers de vase, les poissons et les tortues autochtones.

Et c'est précisément l'un de ces épouvantails qu'affrontent à présent Princesse 103e et ses compagnes d'aventure. Le monstre plat approche en claquant des mâchoires. Les dytiques brassent l'eau à toute vitesse dans l'espoir de leur échapper.

C'est la course entre le radeau-nénuphar et le monstre aux yeux jaunes. Ce dernier est plus lourd, plus rapide, plus aquadynamique. Il rattrape donc le bateau-fleur sans aucune difficulté. Un à un, il croque les dytiques de propulsion puis présente sa bouche béante, invitant les fourmis à se laisser manger plutôt que de lui offrir une résistance inutile.

Se souvenant d'un feuilleton sur les aventures d'Ulysse et leurs multiples péripéties, avec une grande présence d'esprit, Princesse 103e organise ses troupes. Elle propose d'attraper une branche basse qui passe. Que les insectes bardés des plus grosses mandibules en taillent l'extrémité pour en faire un épieu !

Déjà la tortue mordille la poupe du bateau, risquant à tout moment de le faire chavirer. Quelques exploratrices s'efforcent de tenir le monstre à distance en visant ses naseaux de tirs d'acide formique qu'elles décochent depuis le haut des pétales du nénuphar. Sans résultat. À l'avant, on taille la lance de bois. Lorsque 103e la juge fin prête, toutes l'empoignent et galopent sur la surface du nénuphar. Sus à la bête !

Visez l'œil ! hurle Princesse 103e, se souvenant de l'épisode concernant Ulysse et le Cyclope.

Le pieu frappe le visage de la tortue aquatique mais ne s'y enfonce pas. Il se casse. La bouche énorme de la bête bée, elle s'apprête à trancher l'arrière du vaisseau. Alors, 103e en revient à des procédés moins anciens et plus efficaces. Foin d'Ulysse, Tex Avery est bien meilleur stratège. 103e place en position verticale le tronçon restant de la brindille-pieu et fonce en avant. Lorsque le monstre essaie de refermer sa gueule, la brindille demeure coincée en travers.

Comme toutes les tortues, celle-ci tente naturellement de rentrer la tête sous sa carapace, mais la bouche grande ouverte bloque, et plus elle s'efforce de rentrer la tête, plus l'épieu s'enfonce dans son palais.

15e pense qu'on peut tirer parti de la situation. Elle fait signe à 6e, 7e, 8e, 9e et 5e de courir à l'abordage. Avant que la bête n'ait eu le temps de s'éloigner, elles prennent leur élan, courent, sautent du bateau, atterrissent sur la langue blanche et pataugent dans sa salive.

La tortue plonge pour se rincer la bouche et noyer ses envahisseuses. 15e, intrépide, indique à ses compagnes de foncer dans le couloir de l'œsophage. Celui-ci se referme derrière elles pour déglutir, les protégeant de l'eau qui envahit la bouche.

Tout se passe très vite. Comprenant que les fourmis ne sont pas noyées et qu'elles sont dans sa gorge, la tortue avale une rasade d'eau glauque qui déferle dans l'œsophage. 15ᵉ a un sens instinctif de la géographie organique des gros animaux. Elle indique de ne pas continuer tout droit pour ne pas tomber dans l'estomac rempli de sucs digestifs corrosifs. À la mandibule, elles creusent un chemin de traverse et rejoignent un tube parallèle : la trachée-artère. Ouf ! La rasade d'eau passe sans les toucher. La trachée-artère est lisse et dépourvue de mucosités ; des cils filtreurs d'air sont là pour ralentir leur chute. Elles se laissent tomber au bas des poches pulmonaires. Pour éviter l'émission autour d'elles de lactances empoisonnées, avant de faire souffrir plus avant l'animal, 15ᵉ, en chasseresse expérimentée, guide les autres vers le cœur. Les fourmis le découpent à la mandibule et, après quelques spasmes, tout cesse de battre et de bouger.

La tortue de Floride remonte à la surface, poignardée de l'intérieur. Princesse 103ᵉ pense qu'il ne faut pas abandonner le chélonien. Il pourrait faire un meilleur navire que leur nénuphar. Le grand talent des fourmis est de savoir tirer parti de n'importe quoi pour en faire n'importe quoi.

Patiemment, les treize fourmis creusent un trou au sommet de la carapace afin de se doter d'un habitacle. Elles mangent la viande blanche pour se donner plus d'énergie au travail. Elles obtiennent enfin un trou circulaire où elles se calfeutrent. L'endroit sent très fort la viande morte mais les fourmis ne sont plus à ça près.

On contacte de nouveaux dytiques propulseurs. Comme ils se font régulièrement dévorer, on ne risque rien à leur promettre mille récompenses en nourriture. Les dytiques commencent à brasser pour faire avancer la tortue morte. Ils sont mécontents car une tortue, c'est plus lourd à pousser qu'une feuille de nénuphar. Princesse 103ᵉ leur offre un peu de nourriture triturée et leur adjoint des dytiques supplémentaires afin d'augmenter leur force de propulsion.

Ce n'est plus un bateau de plaisance, c'est un cuirassé de guerre. C'est lourd, c'est blindé, c'est solide et difficile à manier, mais les treize Belokaniennes se sentent davantage en sécurité. Elles poursuivent leur route vers le sud, portées par le courant. Elles entrent dans une nouvelle zone de brouillard.

La tortue flottante, avec son regard figé courroucé et sa gueule béante en guise de proue, effraie les insectes qui la voient surgir à travers la brume. L'odeur de son cadavre commençant à se putréfier ajoute à l'effet dissuasif du vaisseau fantôme truffé de fourmis, pirates du fleuve.

16ᵉ se place en proue, au sommet de cette tête de gargouille. De là, elle espère prévenir les éventuels obstacles.

Le bateau de guerre glisse, semblable à un engin infernal, si ce n'est que quelques minuscules paires d'antennes farouches, et plus ou moins tordues, dépassent de sa coquille trouée.

96. DEUXIÈME CONCERT

— Ils sont jeunes, ils sont plein d'allant et, ce soir encore, ils vont vous enchanter. Place au rythme, place à la musique. Applaudissez Blanche-Neige et les Sept...

Il perçut une certaine agitation dans son dos et se retourna. « Fourmis », chuchotaient-ils tous.

— Ah, excusez-moi, reprit le directeur du centre culturel, nos amis ont changé le nom de leur groupe. Donc, place aux Four-mis. En avant, euh..., les Fourmis !

Dans les coulisses, David retint ses amis.

— Non. Pas tout de suite. Il faut savoir se faire désirer.

Il improvisa une mise en scène. Le plateau n'était pas encore éclairé tandis que la salle était plongée dans le noir et le silence. Une minute entière passa. Soudain la voix de Julie s'éleva dans les ténèbres. Elle chantait seule, *a capella*.

Elle chantonna un air sans paroles improvisé. Sa voix était si intense, si puissante, si pleine de relief, que tout le monde écoutait.

Quand elle eut fini, la foule applaudit à tout rompre.

La batterie de Ji-woong commença à brancher les palpitations cardiaques de la foule sur le même rythme à deux temps. Pim, pam. Pim, pim, pam. Pim, pam. Pim, pim, pam. On aurait dit que le Coréen voulait entraîner une équipe de galériens. Les mains se levaient au rythme proposé. Pim, pam. Pim, pim, pam.

Les briquets s'allumèrent. Il ralentit légèrement pour passer de 90 à 100 battements-minute.

Là-dessus, la guitare basse de Zoé commença à labourer. La batterie agissait sur la cage thoracique, la basse, elle, contrôlait les ventres. S'il y avait des femmes enceintes dans la salle, cela devait chahuter jusque dans les poches de liquide amniotique.

Un projecteur éclaira Ji-woong et ses tambours d'une lumière rouge. Un autre projecteur éclaira Zoé d'une lumière bleue.

Une lumière verte auréola Francine, assise devant son synthétiseur orgue, qui entamait la *Symphonie du Nouveau Monde* de Dvorak.

Aussitôt, une odeur d'embruns et d'herbe coupée se répandit dans la salle.

Toujours débuter par des morceaux classiques pour montrer que l'on maîtrisait aussi la science des anciens, avait suggéré David. Au dernier moment il avait choisi le *Nouveau Monde* plutôt qu'une fugue de Bach. Le titre lui plaisait mieux.

Une lumière jaune, et Léopold à la flûte de Pan prit le relais. Maintenant, toute la scène ou presque était éclairée. Seul un cercle de ténèbre persistait au centre du plateau. Et dans cette zone noire, on distinguait vaguement une forme.

Julie ménageait ses effets et se faisait attendre. Le public entendait à peine sa respiration à fleur de micro. Même ce son-là était chaud et mélodieux.

Alors que l'introduction de la symphonie de Dvorak parvenait à son terme, David entra dans le jeu. Avec sa harpe électrique hypersaturée, il poursuivit le solo de flûte de Pan de Léopold. L'œuvre classique venait d'un coup de traverser les décennies. C'était la nouvelle symphonie du nouveau-nouveau monde.

La batterie accéléra. La mélodie de Dvorak se métamorphosait peu à peu en quelque chose de très moderne et de très métallique. La foule manifesta son plaisir.

David les tenait du bout de sa harpe électrique. Chaque fois qu'il en caressait les cordes, il sentait un frisson parcourir le tapis de têtes qui lui faisait face.

La flûte de Pan revint le soutenir.

Flûte et harpe. Les deux instruments les plus anciens et les plus répandus. La flûte, car n'importe quel homme préhistorique a entendu le vent souffler dans les bambous. La harpe, car n'importe quel homme préhistorique a entendu le claquement de la corde de son arc. À la longue, les sons s'étaient gravés au cœur des cellules.

Quand ils jouaient ainsi, harpe et flûte simultanément, ils racontaient la plus ancienne histoire de l'humanité.

Et les spectateurs aimaient qu'on leur raconte des histoires.

Paul diminua l'intensité du son. Toujours invisible, Julie parla. Elle dit : « Au fond d'un ravin, j'ai trouvé un livre. »

Le projecteur illumina le livre géant derrière l'orchestre, Paul en fit habilement tourner les pages mécaniques grâce à un système d'interrupteur électrique. La salle applaudit.

— Ce livre disait qu'il faut changer le monde, ce livre disait qu'il faut faire une révolution... Cette révolution, il l'appelait la « Révolution des plus petits », la « Révolution des Fourmis ».

Un autre projecteur mit en valeur la fourmi en polystyrène qui agita ses six pattes et dodelina de la tête. Les lampes qui lui servaient d'yeux s'éclairèrent doucement, lui donnant vie.

— Cette révolution devait être nouvelle. Sans violence. Sans chef. Sans martyrs. Rien qu'un simple passage d'un vieux système sclérosé à une société nouvelle où les gens communiqueraient entre eux et entreprendraient ensemble d'appliquer des idées neuves. Dans le livre, il y avait des textes expliquant comment s'y prendre.

Elle s'avança au centre de la scène toujours sombre.

— Le premier s'intitulait « Bonjour ».

Ji-woong s'agita sur sa batterie. Tous entamèrent la mélodie et Julie chanta :

Bonjour, spectateur inconnu.
Notre musique est une arme pour changer le monde.
Non, ne souriez pas. C'est possible.
Vous le pouvez.

Une éclatante lumière blanche dévoila Julie qui, insecte magnifique, leva les bras et déploya ses manches en ailes de papillon.

Paul lâcha avec sa soufflerie un grand courant d'air qui fit virevolter ses ailes et ses cheveux au vent. Simultanément, il diffusa une odeur de jasmin.

À la fin de cette première chanson la salle était déjà captivée.

Paul augmenta la puissance des projecteurs. On voyait mieux maintenant leurs tenues évoquant les insectes.

Pour suivre, le groupe tenta un « Egrégor ». Ils voulaient tout de suite donner le meilleur et le plus fort. Julie ferma les yeux, lança un son auquel tous vinrent se joindre. Ensemble, ils montèrent en puissance. Les instruments avaient été délaissés ; ils étaient là, tous les huit, en rond au centre de la scène, yeux fermés, les bras tendus au-dessus de leurs têtes, comme s'ils avaient été pourvus d'antennes.

Au même instant, leurs visages se levèrent lentement pour laisser s'élever la vapeur de leurs voix.

C'était magique. Ils étaient comme une seule et mélodieuse vibration. Au-dessus d'eux une boule, la montgolfière de leur chant.

Tous souriaient en chantant, paupières closes. C'était comme si, à huit, ils n'avaient qu'une seule voix qui se promenait dans une direction ou une autre, à la manière d'un grand tapis de soie suspendu au-dessus d'eux et du public. Ils maintinrent longtemps ce miracle de polyphonie humaine, faisant à tour de rôle ployer le drap de soie vocale en lui donnant une dimension bien supérieure à celle d'une chanson.

La salle retenait son souffle. Même ceux qui ignoraient absolument ce qu'était un Egrégor étaient médusés par semblable prouesse.

Julie ressentit comme autrefois le bonheur et la jouissance de chanter avec un simple tube comme le larynx et deux banales cordes vocales humides. Sa *gorge*, encore baignée de miel, se réveillait.

La salle applaudit. Ils s'arrêtèrent, laissèrent un instant de silence.

Julie comprit que le silence, avant et après, était aussi important à gérer que le chant.

Elle enchaîna avec les nouveaux morceaux : « L'avenir est aux acteurs », « L'Art de la fugue », « Censure », « Noosphère ».

Ji-woong surveillait scientifiquement les rythmes. Il savait qu'au-delà de cent vingt battements par minute, la musique excitait le public et, au-dessous, le calmait. Il alternait l'un et l'autre afin de toujours surprendre son auditoire.

David fit signe de revenir à un morceau classique interprété à leur manière moderne. Il passa donc à la *Toccata* de Bach qu'il joua hard rock, avec sa harpe électrique hypersaturée.

La foule applaudit, conquise.

Les musiciens en arrivèrent enfin à la « Révolution des fourmis ». Paul vaporisa une odeur de terre mouillée, à peine saupoudrée de sarriette, de laurier et de sauge.

Julie déroula son texte avec assurance et en y mettant le ton. À l'issue du troisième couplet, un nouvel instrument se fit entendre, une surprenante et insolite musique, comme produite par un violoncelle grésillant.

Un mince rai de lumière révéla, dans le coin gauche de la scène, un grillon champêtre posé sur un coussin de satin rouge. Un micro miniature était posé sur ses élytres et, amplifié par la sono, son chant ressemblait à un croisement entre la guitare électrique et le frottement d'une cuillère sur une râpe à fromage.

Le grillon, qui portait son minuscule nœud papillon confectionné par Narcisse, entama son solo. Sa gigue folle allait s'accélérant ; la basse de Zoé et la batterie de Ji-woong avaient du mal à la suivre. 150, 160, 170, 180 battements-minute. Ce grillon était en train de tout casser.

Tous les guitaristes de rock pouvaient retourner sur les bancs de n'importe quel conservatoire, ce grillon était capable de riffs incroyables. Il émettait une musique « non humaine », une musique « insecte ». Amplifiée par l'électronique des synthétiseurs les plus modernes, elle était totalement inattendue. Jamais auparavant une oreille humaine n'avait ouï de tels sons.

Au début, le public se tut, stupéfait, puis il y eut comme un murmure d'enthousiasme qui s'amplifia vite, tant l'auditoire appréciait.

David se sentit rasséréné ; ça marchait. Le moment était digne d'être marqué d'une pierre blanche, il venait d'inventer un nouvel instrument : le grillon champêtre électrique.

Pour permettre à l'assistance de bien voir jouer l'insecte, Paul déclencha une caméra vidéo et un projecteur qui envoya sur les pages de l'encyclopédie géante des images du grillon chantant.

Julie fit un duo avec l'insecte dont elle suivit les vibratos. Avec sa guitare, Narcisse dialogua lui aussi avec l'animal. C'était comme si tout le groupe voulait rivaliser avec ce *sopranino*. Le grillon s'échauffait.

Dans la salle, ce fut la liesse.

Paul lança un parfum de résine de pin, puis un autre au bois de santal. Les deux odeurs ne se contrariaient pas, se complétaient même.

Ça palpitait fort entre les poumons. Les mains se levaient d'elles-mêmes pour taper l'une dans l'autre. Au fond, devant, dans les travées, partout, des gens dansaient sur le solo du grillon. Impossible de subir un rythme aussi frénétique en restant immobile.

L'auditoire était survolté.

Au premier rang, les filles du club de aïkido côtoyaient les habituels retraités. Elles avaient échangé leur tee-shirt du premier concert contre un autre sur lequel, faute d'en trouver encore dans le commerce, elles avaient inscrit elles-mêmes au feutre, en soignant la graphie : « Révolution des Fourmis », du nom du nouveau concert du groupe dont elles avaient déjà fait leur idole.

Mais déjà le grillon, dont c'était la première apparition en public, s'épuisait, écrasé par la chaleur des projecteurs qui faisaient étinceler ses élytres et sécher ses muqueuses. Il voulait bien chanter longtemps au soleil mais pas sous les sunlights. Cette lumière était vraiment trop lourde pour lui. Harassé, il s'arrêta sur un dernier contre-*ut*.

La chanteuse passa donc au couplet suivant, comme après un banal solo de guitare électrique. Elle demanda que la musique baisse d'un ton, se rapprocha du bord de la scène, tout près du public, et modula :

Rien de nouveau sous le soleil,
Nous regardons toujours le même monde et de la même manière.
Il n'y a plus d'inventions
Il n'y a plus de visionnaires...

Surprise : la salle réagit aussitôt et, en écho, les spectateurs présents au premier concert lui renvoyèrent immédiatement :

— *Nous sommes les nouveaux visionnaires !*

Elle n'avait pas prévu une telle réaction, un tel degré de communion. Pour tous ceux du premier concert, ce chant devenu hymne signifiait que la soirée reprenait là où, la première fois, elle s'était trop tôt arrêtée. Julie s'échauffa :

— Qui sommes-nous ?

— *Nous sommes les nouveaux inventeurs !*

Sans qu'elle leur en donne le signal, des spectateurs reprirent l'hymne de la « Révolution des Fourmis ». Ils ne l'avaient entendu qu'une fois et, pourtant, ils en connaissaient déjà les paroles par cœur. Julie n'en revenait pas. Ji-woong lui fit signe de ne pas lâcher les rênes, il fallait tenir la salle. Elle leva le poing.

— Vous voulez en finir avec le monde ancien ?

Julie eut conscience d'avoir atteint l'instant de non-retour. Partout, les strapontins couinaient. Les gens se dressaient en levant le poing.

— Vous voulez la Révolution ici et maintenant ?

Une énorme dose d'adrénaline, qui exprimait sa peur, son excitation, ses envies, sa curiosité, irrigua son cerveau. Surtout, ne pas s'attarder à réfléchir. Elle laissa sa bouche parler à sa place.

— Allons-y ! clama-t-elle.

La bulle creva.

Aussitôt ce fut une énorme acclamation. Un Egrégor brutal. Un tapis de poings succédant au tapis de vapeurs musicales. Un souffle ravageur parcourut l'assistance. Tout le monde se leva.

Le directeur du centre culturel tenta de calmer les esprits. Il bondit hors des coulisses pour s'emparer du micro.

— Je vous en prie, restez assis. Ne bougez pas. Il n'est pas tard, vingt et une heures quinze à peine, et le concert vient tout juste de commencer !

Les six musclés du service d'ordre tentèrent vainement de contenir la foule.

— Qu'est-ce qu'on fait ? souffla Zoé à l'oreille de Julie.

— On va tenter de bâtir une... utopie, répondit la jeune fille avec une moue guerrière en rejetant sa grande crinière noire en arrière.

97. ENCYCLOPÉDIE

UTOPIE DE THOMAS MORE : Le mot « utopie » a été inventé en **1516 par l'Anglais Thomas More. Du grec _u_, préfixe négatif, et _topos_, endroit, « utopie » signifie donc « qui ne se trouve en aucun endroit ». (Pour certains, le mot proviendrait du préfixe _eu_, signifiant « bon » et dans ce cas, « eutopie » voudrait dire « le bon endroit »). Thomas More était un diplomate, un humaniste ami d'Érasme, doté du titre de chancelier du royaume d'Angleterre. Dans son livre intitulé _Utopia_, il décrit une île merveilleuse qu'il nomme précisément Utopia et où s'épanouit une société idyllique qui ignore l'impôt, la misère, le vol. Il pensait que la première qualité d'une société « utopique » était d'être une société de « liberté ».**
Il décrit ainsi son monde idéal : cent mille personnes vivant sur une île avec des citoyens regroupés par famille. Cinquante famil-

les constituent un groupe qui élit son chef, le Syphogrante. Les Syphograntes sont eux-mêmes constitués en conseil, lequel élit un prince à partir d'une liste de quatre candidats. Le prince est élu à vie mais, s'il devient tyrannique, on peut le démettre. Pour ses guerres, l'île d'Utopia emploie des mercenaires, les Zapolètes. Ces soldats sont censés se faire massacrer avec leurs ennemis pendant la bataille. Ainsi, l'outil se détruit durant l'usage. Aucun risque de putsch militaire.

Sur Utopia il n'y a pas de monnaie, chacun se sert au marché en fonction de ses besoins. Toutes les maisons sont identiques. Il n'y a pas de serrures aux portes et chacun est contraint de déménager tous les dix ans afin de ne pas se figer dans ses habitudes. L'oisiveté est interdite. Pas de femmes au foyer, pas de prêtres, pas de nobles, pas de valets, pas de mendiants. Ce qui permet de réduire la journée de travail à six heures.

Tout le monde est tenu d'accomplir un service agricole de deux ans pour approvisionner le marché gratuit.

En cas d'adultère ou de tentative d'évasion de l'île, le citoyen d'Utopia perd sa qualité d'homme libre et devient esclave. Il doit alors s'échiner et obéir à ses anciens concitoyens.

Disgracié en 1532 parce qu'il désavouait le divorce du roi Henri VIII, Thomas More fut décapité en 1535.

Edmond Wells,
Encyclopédie du Savoir Relatif et Absolu, tome III.

98. L'ÎLE DÉVASTÉE

Même s'il est tard, il fait encore clair et chaud. Princesse 103e et les douze jeunes fourmis descendent le fleuve. Nul poisson n'ose s'en prendre à leur navire-tortue forteresse. Parfois, les exploratrices s'arrêtent afin de chasser au tir d'acide quelques libellules qu'elles mangent ensuite sur leur cuirassé.

Elles se relaient à la proue gargouillesque pour surveiller ce qui se passe droit devant. Princesse 103e, perchée sur la tête, remarque une araignée aquatique qui descend sous l'eau en emportant une bulle d'air emprisonnée dans une balle de soie dont elle se sert comme d'un bathyscaphe.

Il suffit d'observer pour s'émerveiller.

Peu d'insectes s'attardent face à ce vaisseau de cauchemar. Un gyrin apparaît. Ce coléoptère qui nage au ras de la surface est équipé de quatre yeux. Deux regardent sous l'eau, deux au-dessus. Il peut ainsi comparer les deux visions qu'il a de cet étrange navire. Il a du mal à comprendre pourquoi il y a des fourmis au-dessus de cette tortue aquatique et des dytiques au-dessous mais, finalement, il préfère ne pas s'en approcher et manger quelques puces d'eau.

Plus loin, de longues herbes les ralentissent. Les fourmis doivent se dégager avec des gaffes. La descente du fleuve d'argent continue.

Le brouillard devient moins opaque.

Terre à l'horizon ! annonce 12ᵉ, qui fait fonction de vigie.

À travers les brumes rampantes, Princesse 103ᵉ reconnaît au loin l'acacia Cornigera.

Ainsi donc, le fleuve l'a ramenée vers 24ᵉ.

24ᵉ.

Princesse 103ᵉ se souvient de 24ᵉ, si timide et si réservée. Durant la croisade contre les Doigts, elle était toujours à l'arrière et avait la mauvaise habitude de se perdre en route, ce qui avait plus d'une fois ralenti la troupe. Se perdre, c'était une seconde nature chez cette petite soldate asexuée. Lorsqu'elles avaient découvert l'île du Cornigera, 24ᵉ avait dit :

Je me suis assez égarée toute ma vie. Cette île me semble l'endroit parfait pour créer une nouvelle société entre gens de bonne volonté, ici et maintenant.

Il faut dire que l'île du Cornigera présentait précisément la particularité d'être occupée par un grand acacia Cornigera. Or, cette espèce d'arbre vit en totale symbiose avec les fourmis. L'acacia en a besoin pour se protéger des attaques de chenilles, pucerons et autres punaises dévoreuses de sève. Alors, pour attirer les fourmis, ce végétal a carrément conçu, dans son écorce, loges creuses et couloirs. Mieux : il suinte par certaines de ces loges un liquide nourricier parfait pour les couvains. Comment un végétal a-t-il pu s'adapter organiquement à une coopération avec les fourmis ?

103ᵉ s'était toujours dit qu'il y avait davantage de différence entre un acacia et une fourmi qu'entre une fourmi et un Doigt. Alors, si les fourmis parviennent à coopérer avec les arbres, pourquoi n'y arriveraient-elles pas avec les Doigts ?

Pour 24ᵉ, l'île, c'était le paradis. À l'ombre de l'acacia géant et protecteur, elle pensait créer une société utopique fondée sur un seul dénominateur commun : l'amour des jolies histoires. Car les insectes restés sur l'île avaient développé une nouvelle perversion : inventer des histoires pour se ravir les antennes. Ils vivaient donc ainsi, ne chassant que pour se nourrir, mangeant et passant le plus clair de leur temps à inventer des récits imaginaires.

Princesse 103ᵉ est très contente que les courants l'aient ramenée vers son amie d'antan. Elle se demande comment sa société utopique a évolué depuis qu'elles se sont quittées. L'arbre ami trône au centre de l'île tel un symbole apaisant et protecteur.

Pourtant, au fur et à mesure que les treize navigatrices myrmécéennes avancent et que les brumes se dissipent, une étrange prémonition étreint la princesse.

La proue du cuirassé percute des boulettes sombres : des cadavres de fourmis. Leurs corps sont criblés de trous d'acide. Cela ne laisse rien présager de bon...

Tout est mort. Le Cornigera sans fourmis est dévoré de pucerons. La princesse fait signe aux dytiques d'accoster. Les fourmis hissent le vaisseau-tortue sur la plage. Même les tritons et les salamandres qui vivaient ici ont été anéantis. Il ne subsiste qu'une seule fourmi dont les six pattes et l'abdomen sont coupés. Elle se tortille comme un vermisseau.

Les navigatrices pressent l'unique survivante de parler. Elle raconte qu'elles viennent de subir une attaque surprise de naines. L'armée des fourmis naines a lancé une croisade vers l'orient. À l'instigation de leur nouvelle reine Shi-gae-pou, ces naines ont l'intention de conquérir l'est lointain.

Voilà qui expliquerait le fait que nous ayons rencontré des éclaireuses fourmis naines, signale 5e.

Princesse 103e somme la survivante de parler encore un peu.

Des éclaireuses fourmis naines ont repéré l'île et y ont débarqué. À force de se raconter des histoires imaginaires dans leur monde clos protégé par un arbre, les amies de 24e avaient perdu l'habitude de se battre et de se défendre dans le monde réel. Un animal qui ne sait pas se battre n'a pas d'autre choix que la fuite. Ce fut le massacre. Seuls 24e et un petit groupe ont réussi à déguerpir et à se cacher dans la masse des roseaux creux de la berge occidentale. Mais les naines les encerclent pour les tuer.

La fourmi mutilée a un dernier hoquet. Mourir en racontant une histoire aura été une belle mort pour une fourmi de cette communauté qui avait bâti sa cohésion sur le plaisir de raconter et d'écouter.

Princesse 103e monte tout en haut de l'acacia et tend ses antennes pour détecter des informations lointaines. Avec ses nouveaux sens de sexuée, elle recherche dans les roseaux les survivants de la communauté libre du Cornigera.

Elle parvient à les distinguer, là où le lui a indiqué l'agonisante. Cependant, les soldates du royaume des fourmis naines les encerclent sur des nénuphars et les soumettent à des tirs d'acide dès que les rousses sortent un bout d'antenne des orifices des roseaux. Princesse 103e note que les naines ont rattrapé leur retard. Jadis, elles ne savaient pas utiliser leur glande à venin pour projeter de l'acide formique.

103e se souvient que les naines, plus petites et plus fécondes, ont une capacité d'apprentissage plus rapide que les fourmis rousses des bois. Le seul fait que ces fourmis (que les Doigts appellent fourmis d'Argentine car eux prétendent qu'elles ont été importées par hasard dans des pots de lauriers-roses censés égayer les routes de la Côte d'Azur) venues bon gré mal gré d'un pays lointain aient su s'adapter à la forêt de Fontainebleau prouve bien leur intelligence. Les fourmis noires et les fourmis moissonneuses en ont d'ailleurs fait les frais puisque, en voulant s'attaquer à ces nouvelles venues, elles se sont fait éliminer.

103e a toujours considéré que les fourmis naines seraient un jour les maîtresses de la forêt. Il importait cependant de repousser cette échéance, en innovant, en prenant des risques, en explorant, en testant toujours de nouvelles idées.

Si les fourmis rousses montraient la moindre faiblesse, les fourmis naines les expédieraient au dépotoir comme une espèce dépassée.

Pour l'instant, c'est 24e et ses compagnes d'utopie qui en font les frais. Les pauvresses sont assiégées en haut des roseaux. Il faut leur venir en aide. Princesse 103e remet leur tortue-cuirassé à l'eau. Les exploratrices se gorgent d'acide, prêtes à sortir l'artillerie. À l'arrière, les dytiques se mettent en position, parés pour diriger la tortue-frégate de guerre vers les roseaux et les nénuphars, terrain de bataille navale.

Princesse 103e dresse ses appendices sensoriels. Elle voit nettement maintenant leurs adversaires. Les fourmis naines sont postées sur les grands pétales blancs et roses des nénuphars alentour. La princesse essaie de les compter. Elles sont au moins une centaine.

À une contre dix, l'affaire s'annonce délicate. Les dytiques se mettent en vitesse maximale et foncent. À peine sont-ils en vue des nénuphars que des abdomens surgissent en frise au-dessus des pétales. Elles sont bien plus d'une centaine. Une mitraille d'acide formique part en peigne. Les treize fourmis rousses sont obligées de se calfeutrer au fond de la tortue blindée pour éviter les tirs mortels.

103e ose aventurer sa tête au-dessus de l'abri et tire. Elle tue une naine mais essuie les jets d'acide d'au moins cinquante adversaires.

13e propose de foncer dans le tas avec le vaisseau-tortue puis de se répandre sur les nénuphars et de les combattre à la mandibule. Ainsi les fourmis rousses pourront profiter de l'avantage que leur donne leur taille. Mais 5e lève les antennes, l'air s'est épaissi en humidité. Elle signale qu'il va pleuvoir.

Contre la pluie, nul ne peut lutter.

· Les treize fourmis et leur navire font donc demi-tour en direction de l'île et se cachent dans le corps de l'acacia Cornigera qui, une nuit encore, leur servira d'abri. Le jeune arbre ne parle pas le langage phéromonal des insectes mais tout dans l'attitude de ses branches, dans l'odeur modifiée de sa sève, manifeste sa joie de revoir les fourmis rousses.

Du coup, les treize exploratrices investissent l'arbre creux, occupent les couloirs vivants et s'empressent de tuer les parasites en train de le ronger. C'est un long travail. Il y a des vers, des pucerons, des coléoptères comme l'horloge-de-la-mort, ainsi nommé parce qu'il fait un bruit de tic-tac en creusant le bois. Un par un, les acolytes de la princesse les traquent. Puis on les dévore. L'acacia respire ; il reprend vie et remercie à sa manière les fourmis en laissant exsuder de la sève avec laquelle elles confectionnent une sauce pour accompagner les viandes.

Touiller de l'horloge-de-la-mort avec de la sève d'acacia, ça donne un plat typiquement insecte. Toutes se régalent de cette saveur nouvelle. C'est peut-être à cet instant que naît la première gastronomie myrmécéenne.

Dehors, la pluie s'est mise à tomber comme le laissait présager la noirceur du ciel. Tardives giboulées de mars qui tombent un 1er avril. Les fourmis se calfeutrent dans les branches les plus profondes de l'arbre ami.

Le tonnerre gronde. Des éclairs de lumière jaillissent et flashent à travers les orifices de l'arbre qui servent de hublots. Princesse 103e s'installe pour contempler le spectacle magnifique du ciel déchaîné domptant la nature du sol. Le vent courbe les arbres, des volées de gouttes mortelles fouettent les insectes insouciants qui n'ont pas encore songé à se mettre à l'abri.

Au moins, au sommet de leurs roseaux creux, 24e et les siennes seront protégées de l'attaque de la pluie.

L'orage claque. Les éclairs blessent les yeux de 103e. Le vacarme du tonnerre semble surgir d'au-delà la couverture des nuages. Même les Doigts doivent être soumis à cette force. Trois stries parallèles fendent l'obscurité, rendant le décor complètement blanc. Les fleurs, les arbres, les feuilles, la surface de l'eau étincellent en projetant d'immenses ombres noires puis vacillent pour retrouver leur couleur originelle. La moindre jonquille prend des allures inquiétantes sous l'orage. Les ramures des saules pleureurs clignotent. On croit que tout se calme quand un énorme bruissement se fait entendre. À la chaîne, des éclairs zèbrent le ciel de charbon. Même les toiles d'araignées se transforment en cercles blancs dans lesquels leurs propriétaires en pleine psychose de l'eau galopent en tous sens.

Court répit et le ciel se déchire encore plus fort. Tous les sens magnétiques des fourmis les informent que l'orage se rapproche. Les éclairs sont suivis de plus en plus rapidement du fracas du tonnerre. Les treize Belokaniennes se pelotonnent et mêlent leurs antennes.

Soudain, l'arbre tressaille. Comme s'il venait d'être électrocuté. Un stress brusque fait frémir toute l'écorce. 5ᵉ bondit, affolée.

Le feu !

Un éclair a touché l'acacia qui est en train de s'embraser. Ça y est ! Une grande lueur apparaît au sommet de l'arbre alors que, de partout, la sève suintant de l'écorce indique la souffrance du végétal. Les exploratrices ne peuvent rien faire pour le sauver. L'air devient empoisonné dans les couloirs blessés.

Dopées par la chaleur ambiante, les fourmis fuient vers le bas, par les racines, et creusent la terre de leurs mandibules pour se doter d'un abri protégé de l'eau et du feu. Elles ont du sable mouillé tout autour de la tête, ce qui leur donne des allures de monstres à tête cubique.

Elles se calfeutrent et attendent.

L'acacia brûle et crie sa douleur d'arbre agonisant en émettant des odeurs pestilentielles de sève. Ses branches se crispent comme si l'arbre allait danser pour montrer sa souffrance. La température monte. Dehors, la flamme est si haute que les fourmis en voient la lueur à travers l'épaisseur de sable qui leur sert de plafond.

L'arbre brûle très vite et, après la trop grande chaleur, c'est le froid subit. Leur plafond de sable s'est vitrifié et les exploratrices ne parviennent pas à le percer à la mandibule. Pour sortir, elles sont obligées de faire un grand détour souterrain.

La pluie s'est arrêtée aussi rapidement qu'elle est apparue. Tout n'est que désolation. La petite île n'avait pour seule richesse que cet acacia Cornigera maintenant réduit en cendres grises.

6ᵉ appelle tout le monde. Elle veut montrer quelque chose.

Les myrmécéennes accourent vers le trou de terre où palpite un animal rouge qui semble respirer amplement. Non, ce n'est pas un animal. Ce n'est pas non plus végétal, ni minéral. 103ᵉ reconnaît tout de suite de quoi il s'agit. C'est une braise encore ardente. Elle est tombée dans un trou et les autres braises l'ont protégée de la pluie.

6ᵉ approche une patte. Ses griffes touchent la matière rouge orangé et, horreur, ses griffes fondent. Vision affreuse : sa patte droite devient liquide et s'écoule. Là où il y avait une patte et deux griffes, il y a désormais un tronçon parfaitement arrondi et cautérisé.

L'exploratrice sèche son moignon à l'aide de sa salive désinfectante.

Ce pourrait être le moyen de vaincre les fourmis pygmées, émet la princesse.

L'escouade tout entière frémit de surprise et de peur.

Le feu ?

103ᵉ leur dit qu'on redoute ce qu'on ignore. Elle insiste : on peut utiliser le feu. 5ᵉ répond que, de toute manière, il est impossible d'y toucher, 6e en a déjà fait les frais. 103e explique qu'il y a tout un cérémonial à respecter. Il est possible de recueillir cette braise mais il est interdit de la toucher directement, il faut la poser sur un caillou creux. Le feu ne peut rien contre les cailloux creux.

Justement, l'île en est entourée. Avec de longues tiges utilisées comme leviers, les treize fourmis arrivent à soulever la braise et à l'introduire dans un morceau de silex. Posée dans cet écrin de pierre, la braise ressemble maintenant à un rubis précieux.

Princesse 103e explique que le feu est puissant mais fragile. Paradoxe du feu : il a le pouvoir de détruire un arbre et même une forêt entière avec ses habitants ; pourtant, un simple battement d'ailes de moucheron suffit parfois à l'éteindre.

Ce feu-ci semble bien malade, remarque la guerrière expérimentée en montrant les zones rouges qui noircissent, signe selon elle de mauvaise santé pour n'importe quelle flamme. Il faudrait lui redonner vie.

Comment ? En le reproduisant. Le feu se reproduit par contact. On enflamme une feuille sèche, il n'y en a pas beaucoup aux alentours mais on en trouve sous terre, et les fourmis obtiennent un grand spectre jaune. L'enfant feu est plus impressionnant que sa mère braise.

La plupart des fourmis n'ont jamais vu de feu et les douze jeunes exploratrices reculent, effrayées.

Princesse 103e les conjure de ne pas reculer. Elle dresse haut les antennes et émet clairement la phrase phéromonale antique :
NOTRE SEUL VÉRITABLE ENNEMI EST LA PEUR.

Toutes les fourmis savent le sens et l'histoire de cette phrase. « Notre seul véritable ennemi est la peur » est la dernière phrase prononcée par la 234e reine Belo-kiu-kiuni de la dynastie Ni des fourmis rousses, il y a plus de huit mille ans. La malheureuse a émis cette phrase alors qu'elle était en train de se noyer en tentant de dompter des truites. 234e reine Belo-kiu-kiuni pensait faire une alliance entre les fourmis et les truites du fleuve. Depuis, on a renoncé à tout contact avec le peuple des poissons du fleuve, mais la phrase est restée comme un cri d'espoir dans les possibilités infinies des fourmis.

Notre seul véritable ennemi est la peur.

Comme pour les rassurer, après s'être élevée très haut, la flamme enfant rétrécit.

Il faut la transmettre à un matériau plus épais, propose 6e, peu rancunière envers l'élément feu.

Ainsi, de feuille sèche en brindille sèche, de brindille sèche en morceau de bois, elles réussissent à façonner un petit foyer qu'elles entretiennent au fond d'une cuvette de pierre. Puis, sur les conseils de Princesse 103e, les fourmis jettent dans l'âtre des petits morceaux de brindilles que le feu s'empresse de mordre voracement.

La braise ainsi obtenue est ensuite déposée avec beaucoup de précautions dans des petites pierres creuses, elles aussi trouvées sous terre. C'est 6e qui, en dépit de sa patte carbonisée, s'avère le meilleur ingénieur du feu. Y ayant touché, elle sait s'en méfier. Sur ses recommandations, les autres constituent un trésor de braises.

Voilà avec quoi nous allons attaquer les naines ! s'exclame Princesse 103e.

La nuit commence à tomber, mais la fabrication du feu les fascine. Elles embarquent sur leur vaisseau-tortue huit rochers creux forts chacun d'une braise rougeoyante. Princesse 103e dresse l'antenne et lance la phéromone piquante qui veut dire :

À l'attaque !

99. ENCYCLOPÉDIE

LA CROISADE DES ENFANTS : En Occident, la première croisade des enfants eut lieu en 1212. Des jeunes désœuvrés avaient tenu le raisonnement suivant : « Les adultes et les nobles ont échoué à libérer Jérusalem parce que leurs esprits sont impurs. Or nous, nous sommes des enfants, donc nous sommes purs. » L'élan toucha essentiellement le Saint Empire romain germanique. Un groupe d'enfants le quitta pour se répandre sur les routes en direction de la Terre sainte. Ils ne disposaient pas de cartes. Ils s'imaginaient aller vers l'est mais, en fait, ils se dirigeaient vers le sud. Ils descendirent la vallée du Rhône et, en chemin, leur foule s'accrut jusqu'à comprendre plusieurs milliers d'enfants.
En chemin, ils pillaient et volaient les paysans.
Plus loin, leur dirent des habitants, ils se heurteraient à la mer. Cela les rassura. Ils étaient convaincus que, comme pour Moïse, la mer s'ouvrirait pour laisser passer cette armée d'enfants et l'amener à pied sec jusqu'à Jérusalem.
Tous parvinrent à Marseille, où la mer ne s'ouvrit pas. Vainement ils attendirent sur le port, jusqu'à ce que deux Siciliens leur proposent de les conduire en bateau à Jérusalem. Les enfants crurent au miracle. Il n'y eut pas de miracle. Les deux Siciliens étaient liés à une bande de pirates tunisiens qui les menèrent non pas à Jérusalem mais à Tunis, où ils furent tous vendus comme esclaves, à bon prix, sur le marché.

Edmond Wells,
Encyclopédie du Savoir Relatif et Absolu, tome III.

100. LE GRAND CARNAVAL

— N'attendons plus. Allons-y ! lança une voix, parmi les spectateurs.

Julie ne savait pas où cet élan les mènerait, mais sa curiosité fut la
plus forte.

— En avant ! approuva-t-elle.

Le directeur du centre culturel pria tout le monde de rester sage-
ment à sa place.

— Du calme, du calme, je vous en prie, ce n'est qu'un concert.

Quelqu'un lui coupa le micro.

Julie et les Sept Nains se retrouvèrent dans la rue, cernés par une
petite foule enthousiaste. Il fallait vite donner un but, une direction,
un sens à cette foule en marche.

— Au lycée, clama Julie. On va faire la fête !

— Au lycée, répétèrent les autres.

L'adrénaline montait toujours dans les veines de la chanteuse.
Nulle cigarette de marijuana, nul alcool, nul stupéfiant n'était capable
de produire un tel effet. Elle était véritablement dopée.

À présent qu'elle n'était plus séparée de son public par les feux
de la rampe, Julie distinguait les visages. Il y avait là des gens de tout
âge, autant d'hommes que de femmes, autant de très jeunes que de
personnes mûres. Ils étaient peut-être cinq cents à se presser autour
d'eux en une grande procession multicolore.

Julie entonna la « Révolution des Fourmis ». Autour d'eux, on
chanta et on se trémoussa tout au long de l'artère principale de Fontainebleau en une sarabande de carnaval.

Nous sommes les nouveaux inventeurs.
Nous sommes les nouveaux visionnaires ! clamèrent-ils en chœur.

Les filles du club de aïkido improvisèrent un service d'ordre qui
empêcha aussitôt de passer les voitures qui auraient pu troubler la
fête. Très vite, la grande avenue fut bloquée et le groupe de rock et
ses fans avancèrent librement.

La foule ne cessait de s'accroître. Il n'y avait pas tant de distractions que cela, le soir, à Fontainebleau. Des badauds rejoignaient la
troupe et s'informaient de ce qui se passait.

Aucune pancarte. Aucune banderole à l'avant de la marche, seulement des filles et des garçons qui se balançaient sur des solos de
harpe et de flûte.

La voix chaude et puissante de Julie scandait :

Nous sommes les nouveaux inventeurs,
Nous sommes les nouveaux visionnaires !

Elle était leur reine et leur idole, leur sirène enchanteresse et leur Pasionaria. Mieux encore, elle les mettait en transe. Elle était leur chaman.

Julie s'enivrait de sa popularité, elle s'enivrait de la foule qui l'entourait et la portait en avant. Jamais elle ne s'était sentie aussi « peu seule ».

Un premier cordon de policiers surgit tout à coup devant eux et les filles des premiers rangs s'avancèrent et imaginèrent une stratégie étrange : elles les couvrirent de baisers.

Comment donner des coups de matraque dans ces conditions ? Le cordon des défenseurs de l'ordre établi se dispersa. Plus loin, un car de police s'approcha mais renonça à intervenir devant l'ampleur que prenait l'événement.

— C'est la fête, criait Julie. Mesdames, messieurs, mesdemoiselles, sortez dans la rue, oubliez vos tristesses et rejoignez-nous.

Des fenêtres s'ouvrirent, des gens se penchèrent pour contempler la longue cohorte bariolée.

— Qu'est-ce que vous revendiquez ? demanda une vieille dame.

— Rien. On ne revendique rien du tout, répondit une amazone du club de aïkido.

— Rien ? Si vous ne revendiquez rien, ce n'est pas une révolution !

— Mais si, justement, madame. C'est ça qui est original. Nous sommes la première révolution sans revendications.

C'était comme si les spectateurs refusaient que la fête se limite à deux heures de musique payées cent francs la place. Tous voulaient qu'elle s'étende dans le temps et dans l'espace. À tue-tête, ils reprenaient :

Nous sommes les nouveaux visionnaires,
Nous sommes les nouveaux inventeurs !

Parmi ceux qui accouraient, certains s'étaient munis de leurs propres instruments de musique pour participer à la fanfare. D'autres avaient apporté des ustensiles de cuisine en guise de tambours, de baguettes. D'autres, des serpentins et des confettis.

Comme le lui avait enseigné son vieux professeur de chant, elle donna le maximum d'ampleur à sa voix et, autour d'elle, chacun reprit ses paroles. Ensemble, ils réussirent presque un Egrégor de cinq cents voix et la ville entière résonna de leur chœur :

Nous sommes les nouveaux visionnaires,
Nous sommes les nouveaux inventeurs !
Nous sommes les petites fourmis qui grignoteront le vieux monde
sclérosé.

101. ENCYCLOPÉDIE

LA RÉVOLUTION DES ENFANTS DE CHENGDU : Jusqu'en 1967,
Chengdu, capitale de la province chinoise du Sichuan, était une
ville tranquille. À 1000 mètres d'altitude sur le flanc de la chaîne
himalayenne, cette cité ancienne fortifiée comptait trois millions
d'habitants qui, pour la plupart, étaient dans l'ignorance de ce qui
se passait à Pékin ou à Shanghai. Or, à l'époque, ces grandes
métropoles commençaient à être surpeuplées et Mao Tsé-Toung
avait décidé de les vider. On sépara les familles, envoyant les
parents s'échiner à la campagne dans les champs et les enfants
dans des centres de formation de Gardes rouges afin d'en faire
de bons communistes. Ces centres étaient de véritables camps de
travail. Les conditions de vie y étaient très pénibles. Les enfants
y étaient mal nourris. On expérimentait sur eux des aliments cel-
lulosiques à base de sciure de bois et ils mouraient comme des
mouches.
Cependant, Pékin était agité par des disputes de palais ; il advint
que Lin Piao, dauphin officiel de Mao et responsable des Gardes
rouges, tomba en disgrâce. Les cadres du Parti incitèrent alors les
enfants Gardes rouges à se révolter contre leurs geôliers. Subtilité
toute chinoise : c'était au nom du maoïsme que les enfants avaient
dorénavant le devoir de s'évader de camps maoïstes et de rouer
de coups leurs instructeurs.
Libérés, les enfants Gardes rouges se répandirent à travers le pays
sous le prétexte de prêcher la bonne parole maoïste contre l'État
corrompu ; en fait, la plupart cherchaient surtout à s'évader de
Chine. Ils prirent d'assaut les gares et partirent vers l'ouest où
des rumeurs assuraient qu'il existait une filière permettant aux
enfants de traverser clandestinement la frontière et de passer en
territoire indien. Or, tous les trains se dirigeant vers l'ouest
avaient pour terminus Chengdu. C'est donc dans cette ville mon-
tagneuse que débarquèrent des milliers de « scouts » âgés de
treize à quinze ans. Au début, cela ne se passa pas trop mal. Les
enfants racontèrent comment ils avaient souffert dans les camps
de Gardes rouges et la population de Chengdu les prit en pitié.
On leur offrit des friandises, on les nourrit, on leur donna des

tentes où dormir, des couvertures pour se réchauffer. Mais le flot continuait à se déverser dans la gare de Chengdu. De mille qu'ils étaient d'abord, il y eut bientôt deux cent mille fugitifs.

Dès lors, la bonne volonté des citoyens du lieu ne suffit plus à les satisfaire. Le chapardage se généralisa. Les commerçants qui refusaient d'être volés se faisaient tabasser. Ils se plaignirent au maire de la ville, lequel n'eut pas le temps de réagir car les enfants vinrent le chercher pour l'obliger à se livrer à une autocritique publique. À la suite de quoi, il fut rossé et contraint de déguerpir. Les enfants organisèrent alors l'élection d'un nouveau maire et présentèrent « leur » candidat, un gamin joufflu de treize ans paraissant un peu plus que son âge, qui disposait d'un charisme certain pour que les autres Gardes rouges le respectent. La ville se couvrit d'affiches incitant les électeurs à voter pour lui. Comme il n'était pas bon orateur, des dazibaos firent connaître ses projets. Il fut élu sans difficulté, et institua un gouvernement d'enfants dont le doyen était un conseiller municipal de quinze ans.

Le chapardage n'était plus un délit. Tous les commerçants furent astreints à un impôt de l'invention du nouveau maire. Chaque habitant se devait d'offrir un logement aux Gardes rouges. Comme la ville était très isolée, nul ne fut informé de la victoire électorale des enfants. Les bourgeois du lieu s'en inquiétèrent cependant et envoyèrent une délégation avertir le préfet de la région. Ce dernier prit l'affaire très au sérieux et demanda à Pékin de faire donner l'armée pour réduire les insurgés. Contre deux cent mille enfants, la capitale envoya des centaines de chars et des milliers de soldats surarmés. Leur consigne : « Tuer tous les moins de quinze ans. » Les enfants tentèrent de résister dans cette cité fortifiée de cinq murailles d'enceinte, mais la population de Chengdu ne les soutint pas. Elle était surtout soucieuse de protéger ses propres jeunes en leur cherchant des refuges dans la montagne. Deux jours durant, ce fut la guerre des adultes contre les enfants ; l'Armée rouge dut faire appel au final à des bombardements aériens pour réduire les dernières poches de résistance. Tous les gamins furent tués.

L'affaire ne sera pas ébruitée car, peu de temps après, le président américain Richard Nixon rencontrait Mao Tsé-Toung et l'heure n'était plus à critiquer la Chine.

Edmond Wells,
Encyclopédie du Savoir Relatif et Absolu, tome III.

102. ON FAIT SAUTER LA PYRAMIDE MYSTÉRIEUSE

Cette fois, ça allait sauter ! Maximilien et ses policiers étaient revenus et encerclaient la pyramide mystérieuse.

Le commissaire avait décidé d'opérer de nuit car, selon lui, il serait plus efficace de surprendre dans leur sommeil le ou les occupants du bâtiment.

L'escouade éclairait de ses lampes de poche le monument forestier ; comme il faisait encore un peu jour, elles n'étaient là qu'en renfort. Tels des marins de haute mer, les hommes arboraient des tenues de protection en toile cirée et avaient choisi cette fois du fil électrique renforcé afin que des mandibules ne puissent le grignoter. Maximilien était sur le point d'ordonner la mise à feu quand il entendit le bourdonnement.

— Attention à la guêpe ! cria le commissaire. Protégez-vous le cou et les mains.

Un policier dégaina son pistolet et visa. La cible était trop petite. Dans le geste qu'il eut pour tirer, l'homme dévoila une parcelle de peau qui fut aussitôt piquée.

L'insecte avait déjà frappé un autre policier puis s'était envolé pour se mettre hors de portée de ces mains qui fouaillaient l'air. Tous guettaient maintenant, anxieux, l'oreille tendue vers le moindre son que peut émettre une guêpe.

L'insecte les surprit en fonçant soudain sur un troisième policier, dont il contourna l'oreille droite pour planter son dard dans la jugulaire. L'homme s'effondra à son tour.

Maximilien ôta sa chaussure, la brandit et, comme à sa première visite, parvint à frapper l'insecte en plein vol. L'assaillant héroïque s'écrasa au sol, inerte. Là où le revolver était inefficace, la semelle de chaussure faisait toujours des ravages.

— Deux à zéro.

Il contempla sa victime. Ce n'était pas une guêpe ; l'insecte ressemblait plutôt à une fourmi volante. Il prit plaisir à appuyer sa semelle dessus.

Les rescapés vinrent en aide aux policiers effondrés. Ils les secouèrent pour les empêcher de s'endormir. Maximilien décida de hâter l'explosion avant que n'apparaisse un autre minuscule et dangereux gardien.

— Toutes les charges sont prêtes ?

L'artificier vérifia les contacts sur le détonateur et attendit l'ordre du commissaire.

— Prêt ?

La sonnerie de son téléphone portable interrompit le décompte. À

l'autre bout, le préfet Dupeyron lui demandait d'accourir d'urgence.
Il y avait des incidents en ville.

— Des manifestants tiennent l'artère principale de Fontainebleau.
Ils sont capables de tout casser. Abandonnez immédiatement ce que
vous êtes en train de faire, revenez en ville et dispersez-moi tous ces
cinglés.

103. DANS LA CHALEUR DES ROSEAUX

Le jour lutte contre le crépuscule et il fait chaud. La lune éclaire
le sol. Après la pluie, le sol tiède réchauffe les corps. Le vaisseau-
tortue myrmécéen fonce vers les roseaux.

Les fourmis pygmées le voient venir. La chaleur et la clarté des
braises ont suffi à les alerter. Les sommets des feuilles roses immacu-
lées sont truffés d'artilleuses prêtes au tir. Au loin, depuis son roseau
endommagé, 24ᵉ lance des appels de détresse.

Les assiégées vont être débordées par le nombre de leurs ennemies.
Au bas du roseau, une multitude de cadavres gonflés d'eau, au point
qu'on ne sait plus à quel camp ils appartiennent, flottent, témoins de
la dureté des combats précédents.

Les fourmis rousses du Cornigera se figuraient qu'on pouvait vivre
rien qu'en se racontant des histoires. Elles se trompaient. Les histoires, il ne suffit pas de se les raconter, il faut aussi les vivre.

Dans le cockpit du cuirassé-tortue, 103ᵉ et ses exploratrices se donnent beaucoup de mal. Le feu n'est pas une arme pratique à utiliser
à distance. Elles cherchent un moyen de le propulser jusqu'aux néu-
phars tenus par les fourmis naines.

Chez les fourmis, on raisonne par tâtonnements. Chacune émet sa
suggestion. 6ᵉ propose d'expédier en direction des ennemies des
feuilles flottantes recouvertes de braises, poussées par des dytiques.
Mais les dytiques ont trop peur du feu. Pour eux, il demeure une
arme taboue. Ils refusent d'en approcher.

Princesse 103ᵉ s'efforce de se souvenir d'un mécanisme doigtesque
qui permet d'envoyer du feu très loin. Ils appellent ça une catapulte.
De la pointe de l'antenne, elle dessine la forme de la chose, mais
personne ne comprend pourquoi le feu s'envolerait dans les airs si
on le plaçait dans un tel assemblage. On renonce.

5ᵉ veut enflammer l'extrémité d'une de ces longues brindilles dont
on se sert comme lances et d'en frôler les nénuphars. L'idée est
retenue.

Les fourmis stoppent les moteurs dytiques et se mettent en devoir
de trouver la brindille la plus longue possible. Elles en découvrent

une qui leur convient dans les branchages affleurant l'eau et l'embarquent sur leur cuirassé-tortue.

Quand la tortue est suffisamment proche, la mitraille d'acide part dru. Sur le navire, l'équipage se baisse en prenant garde à ne pas lâcher de la mandibule la longue brindille. Princesse 103ᵉ annonce qu'il est temps d'en placer l'extrémité au contact de la braise. Le bout s'enflamme. Elles hissent rapidement le mât de feu.

Les dytiques accélèrent au point de créer un moutonnement d'écume à l'arrière de l'engin. Le cuirassé part à l'attaque. Au-dessus, le bout incandescent emporté par la vitesse s'allonge comme une longue oriflamme lumineuse et sans fin.

14ᵉ sort une antenne-périscope pour bien repérer les adversaires et indique aux autres où diriger le lourd mât fumant.

La lance au bout enflammé touche la chair des pétales du nénuphar. Le végétal est suffisamment humide pour ne pas s'embraser immédiatement, mais le choc de ce harpon suffit à déséquilibrer toutes les artilleuses qui tombent aussitôt à l'eau. Dans ce cas précis, le feu n'a servi à rien sinon à prouver la détermination de guerrières rousses prêtes à utiliser jusqu'à des armes taboues.

Devant cette réussite, les assiégées reprennent confiance. Elles tirent les réserves d'acide conservées pour la charge ultime et provoquent pas mal de dégâts dans les rangs des fourmis pygmées.

De son côté, Princesse 103ᵉ a compris comment mieux diriger son lance-flammes et incendie un à un les nénuphars. Cela fait beaucoup de fumée. Effrayées par l'odeur de nénuphar carbonisé, les assaillantes préfèrent rejoindre la terre ferme et détalent. Heureusement, car la brindille commençait à s'embraser, elle aussi. C'est ça le problème, avec le feu. Il peut provoquer autant de dégâts parmi ceux qui l'utilisent que parmi ceux qui le subissent.

Les Belokaniennes n'ont même pas droit à ces corps à corps tumultueux où les fourmis se montrent mutuellement leur art de pratiquer l'escrime mandibulaire. 13ᵉ, la plus guerrière de l'escouade, est déçue de ne pas avoir au moins fait sauter un ou deux corselets de ces outrecuidantes fourmis naines.

Princesse 103ᵉ fait signe de jeter la brindille enflammée le plus loin possible dans l'eau.

Le cuirassé-tortue rejoint le roseau assiégé.

Pourvu que 24ᵉ ait survécu, se dit Princesse 103ᵉ.

104. LA BATAILLE DU LYCÉE

Ils étaient partis cinq cents du centre culturel, ils arrivèrent huit cents sur la grande place, face au lycée.

Leur manifestation n'avait rien d'un défilé revendicatif ; c'était un véritable carnaval, au sens premier du mot.

Au Moyen Âge, le carnaval avait une signification précise. C'était le jour des fous, celui où toutes les tensions se libèrent. Le jour du grand carnaval, toutes les règles étaient foulées aux pieds. On avait le droit de tirer les moustaches des gendarmes et de pousser les édiles dans le ruisseau. On pouvait sonner aux portes et jeter de la farine sur le visage de n'importe qui. On brûlait le bonhomme Carnaval, une marionnette géante de paille, symbole de toutes les autorités.

C'est parce que le jour de carnaval existait que, précisément, le pouvoir en place était respecté.

De nos jours, on a oublié le sens réel de cette manifestation sociologiquement indispensable. Le carnaval n'est désormais qu'une fête pour commerçants, comme Noël, la fête des pères, la fête des mères ou celle des grand-mères ; ce ne sont plus que des fêtes vouées à la consommation.

On a oublié le rôle premier du carnaval : donner à la population l'illusion que la rébellion était possible, ne serait-ce que l'espace d'un seul jour.

Pour tous ces jeunes et même ces moins jeunes, ici, c'était la première fois depuis leur naissance qu'occasion leur était offerte d'exprimer leur envie de fête, mais aussi leurs révoltes et leurs frustrations. Huit cents personnes qui rongeaient leur frein depuis toujours se déchaînaient soudain en une grande sarabande.

Les amateurs de rock et les badauds avançaient en une longue cohorte bruyante et chamarrée. Parvenus sur la place du lycée, ils découvrirent six cars de CRS qui leur barraient la route.

Ils firent halte.

Les manifestants toisèrent les forces de l'ordre établi. Les forces de l'ordre établi toisèrent les manifestants. Julie considéra la situation.

Le commissaire Maximilien Linart, brassard au-dessus du coude, était posté devant ses hommes, faisant face à la masse bruyante.

— Dispersez-vous, cria-t-il dans son porte-voix.

— Nous ne faisons rien de mal, répondit Julie sans porte-voix.

— Vous troublez l'ordre public. Il est dix heures passées. Les habitants désirent dormir et vous vous livrez à du tapage nocturne.

— On veut juste aller faire la fête au lycée, rétorqua Julie.

— Le lycée est fermé la nuit et vous n'avez pas l'autorisation de le faire rouvrir. Vous avez fait assez de bruit. Dispersez-vous, rentrez chez vous. Je vous répète que les gens ont le droit de dormir.

Une seconde, Julie hésita mais elle se reprit vite, toute à son rôle de Pasionaria :

— Nous ne voulons pas que les gens dorment. Que le monde se réveille !

— C'est toi, Julie Pinson ? interrogea le commissaire. Rentre à la maison, ta mère doit s'inquiéter.

— Je suis libre. Tous, nous sommes libres. Rien ne nous arrêtera. En avant pour la...

Le mot ne parvenait pas à sortir de sa gorge. Faiblement d'abord, puis avec plus de conviction, elle articula encore :

— En avant pour la... pour la Révolution.

Une clameur monta de la foule. Tous étaient prêts à jouer le jeu. Car ce n'était qu'un jeu, même si cette présence policière risquait de le rendre dangereux. Sans que Julie le leur demande, ils levèrent le poing et entonnèrent l'hymne du concert :

Fin, ceci est la fin.
Ouvrons tous nos sens.
Un vent nouveau souffle ce matin.

Écartant les bras, se donnant la main pour montrer leur nombre et occuper toute la place, ils s'avancèrent vers le lycée.

Maximilien se concerta avec ses subordonnés. L'heure n'était plus à la négociation. Les consignes du préfet étaient claires. Pour restaurer l'ordre public, il fallait disperser au plus vite les trublions. Il proposa d'utiliser la tactique du boudin, laquelle consistait à charger au centre afin que les manifestants se dispersent sur les côtés.

De son côté, Julie rassemblait les Sept Nains pour discuter, elle aussi, de la suite des événements. Ils décidèrent de constituer huit groupes autonomes de manifestants, avec chacun à leur tête un des musiciens.

— Il faudrait pouvoir communiquer entre nous, dit David.

Ils demandèrent à la foule amassée autour d'eux si certains avaient des téléphones portables à prêter à la Révolution. Il leur en fallait huit. On leur en proposa davantage. Apparemment, même pour se rendre à un concert, les gens étaient incapables de se séparer de leur appareil.

— Nous allons utiliser la technique du chou-fleur, dit Julie.

Et elle expliqua à la cantonade la stratégie qu'elle venait d'improviser.

Les manifestants reprirent leur marche. En face, les policiers mirent leur plan en pratique. À leur grande surprise, ils ne rencontrèrent pas de résistance. Le chou-fleur, inventé par Julie, s'émietta. Dès que les policiers s'approchèrent, les manifestants se dispersèrent dans huit directions différentes.

Les rangs compacts des policiers se désagrégèrent pour les poursuivre.

— Restez groupés ! Protégez le lycée, ordonna Maximilien dans son porte-voix.

Les CRS, comprenant le danger, reformèrent leur peloton au centre de la place tandis que les manifestants poursuivaient leur manœuvre.

Julie et les filles du club de aïkido étaient les plus proches des forces de l'ordre auxquelles elles adressaient force sourires et baisers provocateurs.

— Attrapez cette meneuse, dit le commissaire en désignant Julie.

Le peloton de CRS se dirigea aussitôt vers Julie et ses amazones. C'était exactement ce qu'avait souhaité la jeune fille aux yeux gris clair. Elle donna l'ordre de fuite groupée et signala dans son téléphone :

— Ça y est. Les chats poursuivent les souris.

Pour mieux démonter les policiers, les amazones avaient déchiré leur tee-shirt, dévoilant un peu leurs charmes. L'air embaumait la guerre et les parfums féminins.

105. ENCYCLOPÉDIE

STRATÉGIE D'ALYNSKI : En 1970, Saul Alynski, agitateur hippie et figure majeure du mouvement étudiant américain, publia un manuel énonçant dix règles pratiques pour mener à bien une révolution.

1. Le pouvoir n'est pas ce que vous possédez mais ce que votre adversaire s'imagine que vous possédez.

2. Sortez du champ d'expérience de votre adversaire. Inventez de nouveaux terrains de lutte dont il ignore encore le mode de conduite.

3. Combattez l'ennemi avec ses propres armes. Utilisez pour l'attaquer les éléments de son propre code de références.

4. Lors d'une confrontation verbale, l'humour constitue l'arme la plus efficace. Si on parvient à ridiculiser l'adversaire ou, mieux, à contraindre l'adversaire à se ridiculiser lui-même, il lui devient très difficile de remonter au créneau.

5. Une tactique ne doit jamais devenir une routine, surtout lorsqu'elle fonctionne. Répétez-la à plusieurs reprises pour en mesurer la force et les limites, puis changez-en. Quitte à adopter une tactique exactement contraire.

6. Maintenez l'adversaire sur la défensive. Il ne doit jamais pouvoir se dire : « Bon, je dispose d'un répit, profitons-en pour nous réorganiser. » On doit utiliser tous les éléments extérieurs possibles pour maintenir la pression.

7. Ne jamais bluffer si on n'a pas les moyens de passer aux actes. Sinon, on perd toute crédibilité.

8. Les handicaps apparents peuvent se transformer en les meilleurs des atouts. Il faut revendiquer chacune de ses spécificités comme une force et non comme une faiblesse.

9. Focaliser la cible et ne pas en changer durant la bataille. Il faut que cette cible soit la plus petite, la plus précise et la plus représentative possible.

10. Si on obtient la victoire, il faut être capable de l'assumer et d'occuper le terrain. Si on n'a rien à proposer de nouveau, il ne sert à rien de tenter de renverser le pouvoir en place.

Edmond Wells,
Encyclopédie du Savoir Relatif et Absolu, tome III.

106. RETROUVAILLES

Elles font la jonction sur un nénuphar épargné par le feu et les tirs d'artillerie. Les fourmis délivrées se livrent à des trophallaxies avec leurs libératrices. Comme la nuit et le froid commencent à devenir ankylosants, on se réchauffe et on s'éclaire avec les braises.

24e est indemne.

Princesse 103e s'approche lentement de sa compagne de croisade. Elles se retrouvent au centre du cœur jaune de la fleur du nénuphar. Derrière elles, un pétale translucide laisse filtrer la lumière et la chaleur d'une braise orange.

Princesse 103e embrasse avidement son amie pour lui offrir une trophallaxie sucrée. 24e rabaisse timidement ses antennes en arrière en signe d'acceptation, puis, affamée, avale les aliments à moitié digérés préservés dans le jabot social de la fourmi rousse.

24e a changé. Elle n'est pas seulement épuisée par les récents combats. Même son physique s'est modifié. Tout dans son odeur, son attitude, son port de cou, est différent.

Princesse 103e se dit que c'est peut-être la vie parmi sa petite communauté utopique qui l'a ainsi chamboulée.

24e veut s'expliquer mais le plus simple encore, pour les deux myrmécéennes, c'est de se livrer à une C.A.

Princesse 103e est d'accord pour que leurs cerveaux se branchent l'un sur l'autre. Leur dialogue prendra ainsi une intensité, une profondeur et une rapidité inégalées. Toutes deux approchent doucement leurs segments sensoriels, se cherchent et se palpent un peu comme si, par jeu, elles voulaient faire croire qu'elles ont oublié comment on s'y prend pour communiquer intensément.

Ça y est ! Leurs quatre antennes sont collées deux à deux. La pensée de l'une entre directement en contact avec celle de l'autre.

Princesse 103ᵉ comprend que ce qu'elle a pris pour un léger changement chez 24ᵉ est en fait bien davantage. La jeune exploratrice s'est dotée d'un... sexe. Elle aussi ! 24ᵉ s'explique. Sa passion pour les jolies histoires lui a donné l'envie de jouir d'une plus grande sensibilité. Elle s'est donc mise en quête d'un nid de guêpes. Elle a fini par obtenir de la gelée hormonale royale au milieu d'un nid de guêpes rhysses.

Pour des raisons indéterminées, peut-être la température, peut-être la manière dont elle a assimilé ce cocktail d'hormones, elle s'est retrouvée avec un sexe... masculin.

24ᵉ est maintenant un mâle.

24ᵉ est désormais un prince.

Toi aussi, tu as changé. Tes antennes exhalent des relents différents. Tu...

La princesse ne le laisse pas finir.

Moi aussi, grâce à la gelée des guêpes, j'ai obtenu un sexe. Je suis désormais une femelle.

Les antennes s'immobilisent, désorientées. C'est si étrange. Elles se sont quittées toutes deux soldates asexuées, individus neutres sans importance programmés pour vivre trois années au plus. À présent, grâce à un artifice merveilleux de leurs ancêtres les guêpes, elles sont promues prince et princesse myrmécéens, dotés de cette formidable capacité de transmettre leurs spécificités à leur future progéniture.

Sans réfléchir, les deux fourmis se livrent à une nouvelle trophallaxie sucrée, bien plus profonde, celle-là.

Prince 24ᵉ renvoie en sens inverse la nourriture que lui a donnée Princesse 103ᵉ puis Princesse 103ᵉ offre à nouveau une goulée de pâte alimentaire.

Certains aliments ont déjà fait trois allers-retours d'un jabot social à l'autre. Mais elles aiment bien échanger le contenu de leur jabot social. C'est si rassurant. Alors qu'autour d'elles, leurs compagnes s'affairent à se raconter leurs odyssées respectives, les deux métamorphosées s'isolent parmi les étamines du nénuphar nacré.

En hâte, Princesse 103ᵉ explique ce qu'elle a appris des Doigts, elle explique la télévision, la machine à communiquer avec les Doigts, leurs inventions, leurs angoisses, tout...

Les deux sexuées pensent évidemment à s'accoupler.

Cependant 103ᵉ a un mouvement de recul.

Tu ne veux pas de moi ?

Non, c'est autre chose. Les deux fourmis savent. Dans les sociétés insectes, les mâles meurent lors de l'acte amoureux. Peut-être Princesse 103ᵉ a-t-elle été pervertie par le romantisme des Doigts mais elle ne veut pas voir périr son ami 24ᵉ. Sa survie lui importe plus que l'accouplement.

D'un commun accord, ils décident donc de ne plus penser à s'emboîter.

La nuit tombe. Fourmis de la communauté du Cornigera et fourmis du cuirassé-tortue s'endorment au creux de la caverne d'un nid de serpents. Demain, la route sera longue.

107. ENCYCLOPÉDIE

UTOPIE DES ADAMITES : En 1420, s'est produite en Bohême la révolte des Hussites. Précurseurs du protestantisme, ils réclamaient la réforme du clergé et le départ des seigneurs allemands. Un groupe plus radical se détacha du mouvement : les Adamites. Eux remettaient en cause non seulement l'Église mais la société tout entière. Ils estimaient que la meilleure manière de se rapprocher de Dieu serait de vivre dans les mêmes conditions qu'Adam, le premier homme avant le péché originel. D'où leur appellation. Ils s'installèrent sur une île du fleuve Moldau, non loin de Prague. Ils y vécurent nus, en communauté, mettant tous leurs biens en commun et faisant de leur mieux pour recréer les conditions de vie du Paradis terrestre, avant la « Faute ».
Toutes les structures sociales étaient bannies. Ils avaient supprimé l'argent, le travail, la noblesse, la bourgeoisie, l'administration, l'armée. Ils s'interdisaient de cultiver la terre et se nourrissaient de fruits et de légumes sauvages. Ils étaient végétariens et pratiquaient le culte direct de Dieu, sans Église et sans clergé intermédiaires.
Ils irritaient évidemment leurs voisins hussites qui ne prisaient guère tant de radicalisme. Certes, on pouvait simplifier le culte de Dieu, mais pas à ce point. Les seigneurs hussites et leurs armées encerclèrent les Adamites sur leur île et massacrèrent, jusqu'au dernier, ces hippies avant l'heure.

Edmond Wells,
Encyclopédie du Savoir Relatif et Absolu, tome III.

108. PAR L'EAU ET LE TÉLÉPHONE

Tandis que les CRS étaient occupés à poursuivre Julie et les amazones, les sept autres groupes de manifestants, conduits chacun par un Nain, effectuaient un grand détour par les rues avoisinantes et se regroupaient à l'arrière du lycée, libre de toute présence policière.

Ji-woong sortit tout bonnement la clef que lui avait confiée le proviseur pour faciliter les répétitions, et ouvrit la porte au nouveau blindage anti-incendie. Le plus silencieusement possible, la foule s'engouffra dans le lycée. Quand Maximilien s'avisa du stratagème en voyant apparaître des visages joyeux à la grille sur le devant, il était trop tard.

— Ils passent par l'arrière ! cria-t-il dans son porte-voix.

Ses hommes firent volte-face, plantant là Julie et les siennes. Mais plus de sept cents personnes étaient déjà entrées en trombe et Ji-woong s'était empressé de refermer les solides serrures de la porte blindée. Les CRS ne pouvaient rien contre cette épaisse protection.

— Phase 2, terminée, lança David dans son téléphone.

Le groupe de Julie se rassembla alors devant la grille abandonnée par les policiers, David vint leur ouvrir et une centaine de nouveaux « révolutionnaires » rejoignirent les autres à l'intérieur du lycée.

— Ils passent par l'avant, revenez ! intima Maximilien.

À force de courir en tous sens avec leur attirail, casque, bouclier, lance-grenades, gilet pare-balles et chaussures à lourdes semelles, les CRS étaient exténués. En plus, le lycée était suffisamment étendu pour qu'ils n'atteignent pas l'entrée à temps.

Ils trouvèrent la grille refermée et, derrière, les amazones, toujours aussi aguicheuses et taquines, qui se moquaient d'eux.

— Ils sont tous à l'intérieur, chef, et barricadés en plus.

Ainsi, huit cents personnes occupaient le lycée. Julie en était d'autant plus satisfaite qu'ils avaient réussi cette prouesse sans aucune escarmouche, simplement en épuisant leurs adversaires par des mouvements tactiques.

Maximilien n'avait pas l'habitude de voir des manifestants pratiquer des stratégies de guérilla. Il avait toujours eu affaire à des foules qui avançaient tout droit, sans réfléchir.

Que des manifestants n'ayant pas même à leur tête un parti politique ou un syndicat classique puissent ainsi se mouvoir en légions compactes l'impressionna et l'inquiéta.

Même le fait qu'il n'y ait de blessés dans aucun camp n'était pas pour le rassurer. Il y en avait en général au moins trois, de part et d'autre, dans ce genre d'échauffourées. Ne serait-ce que ceux qui trébuchent en courant et se tordent la cheville. Or là, dans une manifestation opposant huit cents personnes à trois cents CRS, ils n'avaient aucun accident à déplorer.

Maximilien posta une moitié des CRS à l'avant et l'autre à l'arrière, puis il appela le préfet Dupeyron pour le tenir au courant de la situation. Celui-ci lui demanda de reprendre le lycée, sans faire de vagues. Il devait bien vérifier qu'il n'y avait pas là le moindre journaliste. Maximilien confirma que, pour l'instant, personne de la presse n'était là.

Rassuré, le préfet Dupeyron lui demanda de faire vite, de préférence sans violence, étant donné qu'on était à quelques mois des élections présidentielles et qu'il y avait forcément des enfants de bonne famille de la ville parmi les manifestants.

Maximilien réunit son petit état-major et fit ce qu'il regrettait de n'avoir pas commencé par faire : demander un plan du lycée.

— Envoyez des grenades lacrymogènes à travers les grilles. Enfumez-les comme des renards, ils finiront bien par sortir.

Les yeux larmoyants et les quintes de toux ne tardèrent pas à affaiblir les assiégés.

— Il faut faire quelque chose, vite, souffla Zoé.

Léopold estima qu'il suffisait de rendre les grilles moins perméables. Pourquoi ne pas utiliser les couvertures des lits, dans les dortoirs, en guise de rideaux protecteurs ?

Aussitôt dit, aussitôt fait. Mouchoir mouillé sur le nez pour ne pas inhaler les gaz et armées de couvercles de poubelle pour se protéger le visage des jets de grenades, les filles du club d'aïkido fixèrent les couvertures sur les grilles à l'aide de fil de fer découvert dans l'appentis du gardien.

Du coup, les policiers ne purent plus voir ce qui se passait à l'intérieur de la cour du lycée. Maximilien reprit son porte-voix :

— Vous n'avez pas le droit d'occuper cet établissement. C'est un lieu public. Je vous ordonne de l'évacuer au plus vite.

— On y est, on y reste, répondit Julie.

— Vous êtes dans l'illégalité la plus complète.

— Venez donc nous déloger.

Il y eut un conciliabule sur la place, puis les cars firent marche arrière tandis que les CRS refluaient jusqu'aux rues avoisinantes.

— On dirait qu'ils renoncent, observa Francine.

Narcisse signala que les policiers abandonnaient également la porte arrière.

— Nous avons peut-être gagné, prononça Julie sans trop y croire.

— Attendons un peu avant de crier victoire. Il s'agit peut-être d'une manœuvre de diversion, remarqua Léopold.

Ils attendirent, scrutant la place déserte, parfaitement éclairée par les réverbères.

Avec son regard perçant de Navajo, Léopold détecta enfin un mouvement et tous ne tardèrent pas à voir une nuée de policiers marchant avec détermination en direction de la grille.

— Ils chargent. Ils veulent prendre l'entrée d'assaut ! cria une amazone.

Une idée. Vite, il fallait une idée. Les policiers étaient tout près des grilles, quand Zoé trouva la solution. Elle en fit part aux Sept Nains et à quelques amazones.

Lorsque, avec de grosses masses, les CRS se préparèrent à faire sauter les serrures métalliques de la grille d'entrée des lances à incendie que le proviseur avait fait installer pour lutter contre un éventuel sinistre jaillirent.

— Feu ! dit Julie.

Les lances entrèrent en action. La pression était si forte que les amazones devaient s'y mettre à trois ou quatre pour maintenir et bien diriger un seul de ces canons à eau.

Sur la place, des policiers et leurs chiens gisaient, fauchés.

— Halte !

Mais les forces de l'ordre se regroupaient au loin pour une nouvelle charge qui s'annonçait encore plus virulente.

— Attendez le signal, dit Julie.

Les policiers fonçaient au pas de course, suivant les angles morts où les lances ne pourraient pas les atteindre. Matraque levée, ils atteignirent les grilles.

— Maintenant, dit Julie, les dents serrées.

Les lances à eau refirent merveille. Une acclamation de victoire s'éleva parmi les amazones.

Maximilien reçut un appel du préfet Dupeyron demandant où il en était. Le commissaire l'informa que les trublions étaient toujours retranchés dans le lycée et résistaient aux forces de l'ordre.

— Eh bien, encerclez-les sans plus les attaquer. Tant que cette mini-émeute reste confinée au lycée, il n'y a pas vraiment de problème. Ce qu'il faut éviter à tout prix, c'est qu'elle se répande.

Les charges de police cessèrent.

Julie rappela le mot d'ordre : « Pas de violence. Ne rien casser. Rester irréprochable. » Rien que pour contrer son professeur d'histoire, elle voulait vérifier s'il était vraiment possible de réussir une révolution sans violence.

109. ENCYCLOPÉDIE

UTOPIE DE RABELAIS : En 1532, François Rabelais proposa sa vision personnelle de la cité utopique idéale en décrivant, dans *Gargantua*, l'abbaye de Thélème.

Pas de gouvernement car, pense Rabelais : « Comment pourrait-on gouverner autrui quand on ne sait pas se gouverner soi-même » ? Sans gouvernement, les Thélémites agissent donc « selon leur bon vouloir » avec, pour devise : « Fais ce que voudras. » Pour que l'utopie réussisse, les hôtes de l'abbaye de Thélème sont triés sur le volet. N'y sont admis que des hommes et des femmes bien nés, libres d'esprit, instruits, vertueux, beaux et « bien naturés ». On y entre à dix ans pour les femmes, à douze pour les hommes.

Dans la journée, chacun fait donc ce qu'il veut, travaille si cela lui chante et, sinon, se repose, boit, s'amuse, fait l'amour. Les horloges ont été supprimées, ce qui évite toute notion du temps qui passe. On se réveille à son gré, mange quand on a faim. L'agitation, la violence, les querelles sont bannies. Des domestiques et des artisans installés à l'extérieur de l'abbaye sont chargés des travaux pénibles.

Rabelais décrit son utopie. L'abbaye devra être construite en bord de Loire, dans la forêt de Port-Huault. Elle comprendra neuf mille trois cent trente-deux chambres. Pas de murs d'enceinte car « les murailles entretiennent les conspirations ». Six tours rondes de soixante pas de diamètre. Chaque bâtiment sera haut de dix étages. Un tout-à-l'égout débouchera dans le fleuve. De nombreuses bibliothèques, un parc enrichi d'un labyrinthe et une fontaine au centre.

Rabelais n'était pas dupe. Il savait que son abbaye idéale serait forcément détruite par la démagogie, les doctrines absurdes et la discorde, ou tout simplement par des broutilles, mais il était convaincu que cela valait quand même la peine d'essayer.

Edmond Wells,
Encyclopédie du Savoir Relatif et Absolu, tome III.

110. UNE BELLE NUIT

103e n'arrive pas à dormir.

Encore une insomnie de sexuée, pense-t-elle. Les asexuées ont au moins l'avantage de dormir facilement.

Elle lève les antennes, se redresse et distingue une lueur rouge. C'est ça qui l'a réveillée. Ce n'est pas un lever de soleil, le reflet provient de l'intérieur du nid du serpent qui leur sert d'abri.

Elle s'avance vers la lueur.

Quelques fourmis entourent la braise qui leur a apporté la victoire. Leur génération n'a pas connu le feu et elles sont évidemment fascinées par cette présence chaude.

Une fourmi affirme qu'il vaudrait mieux l'éteindre. Princesse 103e dit que, de toute manière, elles sont confrontées à une alternative qu'il leur est impossible d'éviter : « la technologie et ses risques » ou « l'ignorance et sa tranquillité ».

7e approche. Elle, ce n'est pas le feu qui l'intéresse, ce sont les ombres dansantes des fourmis que les flammes projettent sur les parois du nid. Elle essaie de lier conversation avec elles puis, constatant que c'est impossible, elle interroge 103e qui lui répond que le phénomène fait partie de la magie du feu.

Le feu nous fabrique des jumeaux sombres qui restent collés aux murs.

7e demande ce que mangent ces jumeaux sombres et Princesse 103e répond qu'ils ne mangent rien. Ils se contentent de reproduire exactement les gestes de leur jumeau et ne parlent pas.

Demain, elles pourront discuter de tout ça mais, pour l'instant, mieux vaut s'assoupir afin de reprendre des forces pour le voyage.

Prince 24e n'a pas sommeil. C'est la première nuit où le froid ne le contraint pas à hiberner et il veut en profiter.

Il fixe la braise rougeoyante qui n'en finit pas de palpiter.

Parle-moi encore des Doigts.

111. LA RÉVOLUTION EN MARCHE

Les doigts cherchaient des fagots pour allumer un feu.

Les manifestants en trouvèrent dans la vieille remise du jardinier et voulurent allumer un grand bûcher au centre de la pelouse afin de danser autour.

On entassa les fagots en faisceaux puis plusieurs jeunes gens apportèrent du papier. Ils ne parvinrent pourtant pas à allumer le foyer.

Les papiers sitôt carbonisés, le vent éteignait les rares flammèches. Sur huit cents personnes ayant défié, bravé et repoussé des cars entiers de CRS, nul ne savait allumer un simple feu !

Julie chercha dans l'*Encyclopédie* s'il ne s'y trouvait pas un passage expliquant comment allumer un feu. Comme l'ouvrage ne comportait pas de table des matières ni d'index, elle ne savait pas trop où le découvrir parmi tous ces textes en vrac. L'*Encyclopédie du Savoir Relatif et Absolu* n'était pas un dictionnaire. Elle ne répondait pas obligatoirement aux questions qu'on lui posait.

Léopold vint finalement à la rescousse en expliquant qu'il fallait construire un petit muret pour abriter la source des flammes puis placer trois cailloux sous les bûches afin de disposer d'une arrivée inférieure d'air.

Le feu, cependant, refusa obstinément de prendre. Julie joua alors le tout pour le tout et chercha dans la salle de chimie les ingrédients nécessaires à la confection d'un cocktail Molotov. Revenue dans la cour, elle le lança sur les fagots et cette fois, enfin, la flamme consentit à prendre de l'extension. « Décidément, rien n'est facile en ce bas monde », soupira Julie. Depuis le temps qu'elle voulait mettre le feu au lycée, voilà qui était fait.

Le brasier irisa d'une lumière orange l'intérieur de la cour. Une clameur tribale monta.

Les manifestants descendirent le drapeau du mât central avec sa devise : « De l'intelligence naît la raison », puis le hissèrent de nouveau après y avoir collé sur les deux faces le sigle du concert : le cercle aux trois fourmis.

Le moment était venu de prononcer un discours. La terrasse du proviseur, au premier étage, constituait un podium idéal. Julie s'y rendit pour s'adresser à la foule rassemblée dans la cour.

— Je déclare solennellement ouverte l'occupation du lycée par une bande de spécimens humains uniquement avides de joie, de musique et de fête. Pour un temps indéfini, nous fonderons ici un village utopique dont l'objectif est de rendre les gens plus heureux, à commencer par nous-mêmes.

Approbations et applaudissements.

— Faites ce qu'il vous plaît mais ne détruisez rien. Si nous devons rester longtemps ici, autant profiter de matériels en parfait état de marche. Pour ceux qui en auraient besoin, les toilettes sont au fond de la cour, à droite. Si certains d'entre vous veulent se reposer, les dortoirs et les lits de l'internat sont à votre disposition aux troisième, quatrième et cinquième étages du bâtiment B. Aux autres, je propose tout de suite une grande fête et que nous dansions et chantions à nous en faire éclater les boyaux de la tête !

Pour leur part, la chanteuse et ses musiciens étaient fatigués et ils avaient besoin aussi de faire le point. Ils abandonnèrent leurs instruments de la salle de répétition à quatre jeunes qui s'en emparèrent avec enthousiasme. Eux étaient davantage salsa que rock mais leur musique convenait parfaitement aux circonstances.

Le groupe des « fourmis » alla se rafraîchir au distributeur de boissons proche de la cafétéria, lieu de détente habituel des élèves du lycée.

— Eh bien, les amis, cette fois, on y est, souffla Julie.

— Qu'est-ce qu'on fait maintenant ? demanda Zoé, les joues encore brûlantes.

— Oh, ça ne va pas trop se prolonger. Demain, ce sera fini, estima Paul.

— Et si ça durait ? interrogea Francine.

Tous s'entre-regardèrent, un rien d'inquiétude dans les prunelles.

— Il faut tout faire pour que ça dure, intervint Julie avec force. Je n'ai nulle envie de me remettre dès demain matin à préparer mon bac. Nous avons une chance de bâtir quelque chose, ici et maintenant, il faut la saisir.

— Et tu envisages quoi, exactement ? demanda David. On ne peut pas faire la fête éternellement.

— Nous disposons d'un groupe de gens et d'un lieu fermé et protégé pour nous abriter, pourquoi ne pas tenter d'organiser un village utopique ?

— Un village utopique ? s'étonna Léopold.

— Oui, un endroit où essayer d'inventer de nouveaux rapports entre les gens. Tentons une expérience, une expérience sociale afin de savoir s'il est possible d'inventer un lieu où l'on se sentirait mieux ensemble.

Les Fourmis méditèrent un instant les paroles de Julie. Au loin, retentissait la salsa, et on entendait des filles et des garçons rire et chanter.

— Évidemment, ce serait formidable, reconnut Narcisse. Seulement, ce n'est pas facile de gérer une foule. J'ai été moniteur dans une colonie d'adolescents et je t'assure que contrôler les gens lorsqu'ils sont en groupe, ce n'est pas une mince affaire.

— Tu étais seul, nous sommes huit, rappela Julie. Ensemble, nous sommes plus forts. Notre cohésion décuple nos talents individuels. J'ai l'impression que, réunis, on peut renverser des montagnes. Huit cents personnes nous ont déjà suivis dans notre musique, pourquoi ne nous suivraient-elles pas dans notre utopie ?

Francine s'assit pour mieux réfléchir. Ji-woong se gratta le front.

— Une utopie ?

— Mais oui, une utopie ! L'*Encyclopédie* en parle tout le temps. Elle propose d'inventer une société plus...

Elle hésita.

— Plus quoi ? ironisa Narcisse. Plus gentille ? Plus douce ? Plus marrante ?

— Non, simplement plus humaine, articula Julie de sa voix profonde et chaude.

Narcisse éclata de rire.

— On est mal barrés, les enfants. Julie nous avait caché ses ambitions humanitaires.

David, lui, cherchait à comprendre :

— Et qu'entends-tu par société plus humaine ?

— Je ne sais pas encore. Mais je trouverai.

— Dis, Julie, tu as été blessée pendant la bagarre avec les CRS ? interrogea Zoé.

— Non, pourquoi ? demanda la jeune fille, surprise.

— Il y a... une tache rouge sur ton costume.

Elle tourna la robe, s'étonna. Zoé avait raison. Elle avait bien une tache de sang issue d'une blessure qu'elle ne sentait même pas.

— Ce n'est pas une blessure, c'est autre chose, affirma Francine.

Elle l'entraîna dans le couloir où Zoé les suivit.

— Tu as tout simplement tes règles, l'informa l'organiste.

— Mes quoi ?

— Tes règles, intervint Zoé. Tu ne sais pas ce que c'est ?

Julie fut tétanisée par l'information. Un instant, elle eut l'impression que son propre corps venait de l'assassiner. Ce sang était celui de l'assassinat de son enfance. Ainsi c'était fini ! À cette seconde, à cet instant qu'elle croyait un instant de bonheur, son organisme l'avait trahie. Il l'avait ramenée à ce qu'elle honnissait par-dessus tout : l'obligation de devenir adulte.

Elle ouvrit toute grande la bouche et aspira l'air avidement. Sa poitrine se souleva avec difficulté. Son visage devint écarlate.

— Vite, cria Francine, appelant les autres. Julie a une crise d'asthme. Il lui faut de la Ventoline.

Ils fouillèrent dans son sac à dos, qui par chance traînait au pied de la batterie de Ji-woong, découvrirent l'aérosol mais ils eurent beau l'introduire dans la gorge de Julie et le presser, il n'en sortit rien, il était vide.

— La... Ven... to... line, haleta Julie.

Autour d'elle, l'air se raréfiait.

L'air, la première accoutumance. Tout jeune, on commence à déployer ses ventricules respiratoires pour le cri primal et ensuite, tout le reste de sa vie, on ne peut plus s'en passer. L'air. Vingt-quatre heures sur vingt-quatre, il faut de l'air, pur de préférence. Là, il n'y en avait simplement pas assez. Elle était obligée d'accomplir des efforts démesurés pour obtenir une gorgée respirable.

Zoé se rendit dans la cour demander si quelqu'un avait sur soi de la Ventoline. Non.

Sur le téléphone portatif de David ils appelèrent SOS-Médecins, SOS-Premiers secours. Tous les standards étaient saturés.

— Il doit bien y avoir une officine de garde dans le quartier, s'énerva Francine.

— Ji-woong, accompagne-la, conseilla David. Tu es le plus fort d'entre nous ; si elle ne parvient pas à marcher jusque là-bas, tu pourras toujours la porter sur tes épaules.

— Mais comment sortir d'ici ? Il y a des flics des deux côtés.

— Il reste encore une porte, dit David. Suivez-moi.

Il les conduisit dans leur local de répétition.

Repoussant une armoire, il découvrit une issue.

— Je l'ai trouvée par hasard. Ce couloir doit déboucher dans les caves d'une maison voisine.

Julie émettait de petites plaintes. Ji-woong la chargea sur son épaule et ils s'enfoncèrent dans le souterrain. Ils parvinrent à un embranchement. Sur la gauche, il y avait des relents d'égouts. À droite, cela sentait le renfermé d'une cave. Ils choisirent la droite.

112. AUTOUR DU FEU

À la lueur de la braise, Princesse 103e parle des Doigts. Elle parle de leurs mœurs, de leurs technologies, de leur télévision.

Et la pancarte blanche, annonciatrice de mort, rappelle 5e qui n'a pas oublié ce fléau.

Autour du feu, les fourmis rousses frémissent en apprenant que leur cité natale risque d'être détruite. Mis à part cette menace, Princesse 103e souligne qu'elle est désormais persuadée que les Doigts ont beaucoup à apporter à la civilisation myrmécéenne. Qu'à treize, grâce au feu, elles aient vaincu une nuée de fourmis naines la conforte dans cette idée.

Certes, elle ne sait pas bien se servir d'un levier, elle ne sait pas reproduire les systèmes de catapulte... Mais elle estime que, comme pour l'art, l'humour, et l'amour, ce n'est après tout qu'une question de temps. Si les Doigts acceptent de jouer le jeu, elle finira bien par comprendre.

N'y a-t-il pas danger à approcher les Doigts ? demande 6e qui frotte toujours son moignon carbonisé.

103e répond que non. Les fourmis sont suffisamment malignes pour parvenir à les dominer.

24e lève alors une antenne.

Leur as-tu parlé de Dieu ?

Dieu ? Toutes veulent savoir de quoi il s'agit. Est-ce une machine ? Un lieu ? Une plante ?

Prince 24e leur raconte qu'il y a eu dans le passé, à Bel-o-kan, des

Doigts qui, sachant communiquer avec les fourmis, leur ont fait croire qu'ils étaient leurs maîtres et leurs créateurs. Ces Doigts ont exigé des fourmis qu'elles leur obéissent aveuglément sous prétexte qu'ils étaient géants et omnipotents. Et ces Doigts se prétendaient les « dieux » des fourmis.

Tous les insectes se rapprochent.

Qu'est-ce que ça veut dire, « Dieu » ?

Princesse 103e explique que cette notion est unique dans le monde animal. Les Doigts croient qu'il existe au-dessus d'eux une force invisible qui les contrôle à sa guise. Ils l'appellent Dieu et ils y croient, même s'ils ne le voient pas. Leur civilisation est basée sur cette idée d'une foi en une force invisible qui contrôle toute leur existence.

Les fourmis essaient d'imaginer ce que peut être Dieu sans en voir l'intérêt pratique. En quoi le fait de penser qu'il existe un Dieu au-dessus d'eux est-il une aide ?

Princesse 103e répond maladroitement que c'est peut-être parce que les Doigts sont des animaux égoïstes et qu'à la longue, cet égoïsme leur pèse et leur devient insupportable. Ils ont alors besoin de modestie et de se sentir les humbles créatures d'un animal encore plus grand : Dieu.

Le problème, c'est que certains Doigts ont voulu nous inculquer cette même notion et donc se faire passer pour les dieux des fourmis ! émet Prince 24e.

Princesse 103e acquiesce.

Elle reconnaît que tous les Doigts ne sont pas dénués de la volonté de contrôler toutes les espèces voisines. Comme chez les fourmis, il y a parmi eux des durs et des doux, des imbéciles et des intelligents, des généreux et des profiteurs. Ces fourmis-là ont dû tomber sur des profiteurs.

Mais il ne faut pas juger négativement les Doigts sur le fait que certains d'entre eux se sont présentés comme les dieux des fourmis. Cette diversité de comportement montre au contraire leur richesse d'esprit.

Les douze exploratrices ayant maintenant vaguement compris la notion de Dieu, elles demandent naïvement si les Doigts ne seraient pas vraiment... leurs dieux.

Princesse 103e dit que, selon elle, les deux espèces suivent des trajectoires parallèles et que donc, les Doigts ne peuvent avoir créé les fourmis. Ne serait-ce que pour des raisons d'antériorité, les fourmis étant apparues sur la Terre bien avant les Doigts. De même, il lui paraît peu probable que les fourmis aient créé les Doigts.

Un doute subsiste quand même dans l'assemblée.

L'avantage de la croyance en Dieu, c'est qu'elle permet d'expliquer l'inexplicable. Certaines fourmis sont déjà toutes prêtes à prendre la foudre ou le feu pour des manifestations de leurs dieux doigts.

Princesse 103ᵉ répète que les Doigts sont une espèce récente apparue il y a environ trois millions d'années alors que les fourmis sont là depuis cent millions d'années.

Comment les sujets seraient-ils apparus avant leurs créateurs ?

Les douze exploratrices demandent comment elle le sait et Princesse 103ᵉ répète qu'elle l'a entendu dans un de leurs documentaires à la télévision.

L'assistance est perplexe. Même si toutes les fourmis présentes ne sont pas convaincues que les Doigts sont leurs créateurs, toutes sont bien obligées de reconnaître que ce « jeune » animal est surdoué et qu'il connaît bien des choses que les insectes ignorent.

Prince 24ᵉ est seul à ne pas être d'accord. Pour lui, le peuple des fourmis n'a rien à envier aux Doigts ; en cas de rencontre, les fourmis auront vraisemblablement plus de connaissances à enseigner aux Doigts que les Doigts aux fourmis. Quant aux trois mystères : l'art, l'humour et l'amour, dès que les fourmis auront compris de quoi il s'agit exactement, elles sauront aussitôt les reproduire et les améliorer. Il en est convaincu.

Dans un coin, des fourmis cornigériennes, que l'usage de la lance de feu a impressionnées lors de la bataille des roseaux, ont traîné une braise sur une feuille. Elles testent l'effet de la braise sur plusieurs matériaux. Elles brûlent tour à tour une feuille, une fleur, de la terre, des racines. 6ᵉ se fait leur mentor. Ensemble, elles obtiennent des fumées bleuâtres et des odeurs immondes ; c'est sans doute comme cela qu'ont procédé aussi les premiers inventeurs dans le monde des Doigts.

Les Doigts doivent quand même être des animaux compliqués..., soupire une fourmi cornigérienne qui commence à en avoir un peu ras les antennes de toutes ces histoires de monde supérieur. Elle se recroqueville et se rendort, laissant les autres discuter tout leur soûl et jouer avec le feu.

113. ENCYCLOPÉDIE

GÂTEAU D'ANNIVERSAIRE : **Souffler des bougies à l'occasion de chaque anniversaire est l'un des rites les plus révélateurs de l'espèce humaine. L'homme se rappelle ainsi, à intervalles réguliers, qu'il est capable de créer le feu puis de l'éteindre de son souffle. Le contrôle du feu constitue un des rites de passage pour qu'un bébé se transforme en être responsable. Que les personnes âgées**

n'aient plus le souffle nécessaire à l'extinction des bougies prouve en revanche qu'elles sont désormais socialement exclues du monde humain actif.

Edmond Wells,
Encyclopédie du Savoir Relatif et Absolu, tome III.

114. MANQUE D'AIR

Julie affalée sur son épaule, Ji-woong fut content de constater que cette cave débouchait loin des cars de CRS. Il se précipita en quête d'une pharmacie de garde encore ouverte à trois heures du matin.

Alors que Ji-woong, en désespoir de cause, tambourinait à la porte d'un établissement clos, une fenêtre s'ouvrit au-dessus et un homme en pyjama s'y pencha :

— Inutile d'ameuter le voisinage. La seule pharmacie encore ouverte à cette heure-ci, c'est celle qui se trouve dans la boîte de nuit.

— Vous plaisantez ?

— Pas du tout. C'est un service nouveau. Ne serait-ce que pour la vente de préservatifs, ils se sont aperçus que c'était plus simple de mettre les pharmacies dans les boîtes de nuit.

— Et où est-elle, cette boîte de nuit ?

— Au bout de la rue à droite, il y a une petite impasse, c'est là. Vous ne pouvez pas vous tromper, ça s'appelle « L'Enfer ».

Effectivement « L'Enfer » clignotait en lettres de feu avec, autour, de petits diablotins aux ailes de chauves-souris.

Julie était à l'agonie.

— De l'air ! Par pitié, de l'air !

Pourquoi y avait-il si peu d'air sur cette planète ?

Ji-woong la posa à terre et paya leurs deux entrées comme s'ils n'étaient qu'un couple de danseurs parmi d'autres. Le portier, le visage garni de piercings et de tatouages, ne fut nullement surpris de voir une fille en si triste état. La plupart des clients qui fréquentaient « L'Enfer » arrivaient déjà à demi sonnés par la drogue ou l'alcool.

Dans la salle, la voix d'Alexandrine susurrait « I loveuue you, mon amour, je t'aimeeue » et des couples s'enlaçaient dans les halos des fumigènes. Le disc-jockey haussa le volume et plus personne ne put s'entendre. Il baissa les lumières jusqu'à ne plus laisser que de petites loupiotes rouges qui clignotaient. Il savait ce qu'il faisait. Dans cette obscurité et ce vacarme assourdissant, ceux qui n'avaient rien à dire et ceux qui n'étaient pas très avantagés par la nature avaient les mêmes chances que les autres de profiter du slow pour séduire.

« Mon amour, je t'aiaiaimmmmeuuuuue, my loveeuuue », scandait Alexandrine.

Ji-woong traversa la piste en bousculant les couples sans ménagement, uniquement soucieux de traîner Julie au plus vite jusqu'à la pharmacie.

Une dame en blouse blanche y était plongée dans une revue glamour et mâchait du chewing-gum. Quand elle les aperçut, elle ôta l'un des tampons qui protégeaient son conduit auditif. Ji-woong hurla pour dominer la sono et elle lui fit signe de fermer la porte. Une partie des décibels restèrent à l'extérieur.

— De la Ventoline, s'il vous plaît. Vite, c'est pour mademoiselle. Elle est en pleine crise d'asthme.

— Vous avez une ordonnance ? demanda calmement la pharmacienne.

— Vous voyez bien que c'est une question de vie ou de mort. Je paierai ce que vous voudrez.

Julie n'avait pas besoin de faire d'efforts pour susciter la compassion. Sa bouche béait comme celle d'une daurade sortie de l'océan. La femme n'en fut pas attendrie pour autant.

— Désolée. Ce n'est pas une épicerie, ici. Il nous est interdit de délivrer de la Ventoline sans ordonnance, ce serait illégal. Vous n'êtes pas les premiers à me faire cette comédie. Chacun sait que la Ventoline est un vasodilatateur très utile pour les messieurs défaillants !

C'en fut trop pour Ji-woong qui explosa. Il attrapa la pharmacienne par le col de sa blouse et, ne disposant d'aucune arme, il saisit la clef de son appartement et en appuya l'extrémité pointue sur son cou.

D'un ton menaçant, il articula :

— Je ne plaisante pas. De la Ventoline, je vous prie, ou c'est vous, madame la pharmacienne, qui aurez bientôt besoin de médicaments vendus avec ou sans ordonnance.

Dans ce tumulte, inutile de chercher à appeler quelqu'un qui d'ailleurs, en un tel lieu, se mettrait plutôt du côté du couple en manque que du sien. La dame hocha la tête en signe de reddition, alla chercher un aérosol et le lui tendit de mauvais gré.

Il était temps. Julie était en apnée. Ji-woong dut lui entrouvrir les lèvres et lui enfoncer l'embout de l'aérosol dans la bouche.

— Allez, vas-y, respire, je t'en prie.

Dans un effort démesuré, elle aspira. Chaque pression était comme une vapeur d'or qui amenait de la vie. Ses poumons se rouvraient comme une fleur séchée dans de l'eau.

— Qu'est-ce qu'on perd comme temps en formalités ! lança Ji-woong à la pharmacienne, laquelle était discrètement en train d'appuyer sur la pédale directement reliée aux services de police. Le système avait été prévu au cas où elle serait attaquée par des drogués en manque.

Julie s'assit sur le banc pour reprendre ses esprits. Ji-woong paya l'aérosol.

Ils prirent le chemin du retour. À nouveau on entendait un slow assourdissant. C'était encore une chanson d'Alexandrine, son nouveau succès, « Une passion d'amour ».

Le disc-jockey, conscient de son rôle social, trouva encore deux crans supplémentaires pour monter le volume, et il baissa encore davantage la lumière pour ne laisser tourner qu'une sphère recouverte d'une mosaïque de miroirs qui lançaient de fins rayons de lumière.

« Prends-moi, oui, prends-moi toute, prends-moi, mon amour pour toujours et pour la vieeeeeuuue. Une passion d'amour, c'est une passionnnnnnn d'amour », clamait la chanteuse, dont la voix était retravaillée au synthétiseur et calquée sur une vraie voix de vraie chanteuse.

Julie, réalisant enfin où elle se trouvait, aurait bien aimé que Ji-woong la prenne dans ses bras. Elle fixa le Coréen.

Ji-woong était beau. Il avait quelque chose de félin. Et de le contempler dans ces circonstances étranges et dans cet endroit bizarre ajoutait à son charme.

Elle était partagée entre la honte, la peur d'être une femme à retardement et l'envie nouvelle, quasi animale, de « consommer » Ji-woong.

— Je sais, dit Ji-woong, ne me regarde pas comme ça. Tu ne supportes aucun contact épidermique avec un homme ou qui que ce soit. N'aie pas peur, je ne te proposerai pas de danser !

Elle allait démentir ses propos quand deux policiers surgirent. La pharmacienne leur dressa le portrait de ses deux agresseurs et indiqua par où ils étaient passés.

Ji-woong entraîna Julie au cœur de la piste, au plus profond de l'obscurité, et, nécessité faisant loi, il l'enlaça.

Mais ce fut à ce moment que le disc-jockey décida de rallumer toutes les lumières sur la piste. D'un coup, toute la faune de « L'Enfer » apparut. Il y avait là des travestis, des sado-maso-cuir, des hétéros, des bisexuels, des déguisées en hommes, des déguisés en femmes, des déguisés en hommes se prenant pour des femmes. Tout le monde s'agitait, le visage en sueur.

Les policiers circulaient à présent entre les danseurs. S'ils reconnaissaient les deux « fourmis », ils les arrêteraient. Julie, s'en avisant, commit alors l'impensable. Elle prit entre ses mains le visage du

Coréen et, avec force, l'embrassa sur la bouche. Le jeune homme en fut tout surpris.

Les policiers rôdaient autour d'eux. Leur baiser continuait. Julie avait lu que les fourmis, elles aussi, se livraient à de tels comportements : la trophallaxie. Elles faisaient remonter de la nourriture et l'échangeaient avec leurs bouches. Pour l'instant, elle ne se sentait pas encore capable de telles prouesses.

Un policier les considéra avec suspicion.

Tous deux fermèrent les yeux comme des autruches qui ne voulaient plus voir le danger. Ils n'entendaient plus la voix d'Alexandrine. Julie avait envie que le garçon la serre, la serre encore plus vigoureusement entre ses bras musclés. Mais les policiers étaient déjà partis. Comme deux aimants qui par hasard se seraient trop rapprochés, avec gêne, ils se détachèrent l'un de l'autre.

— Excuse-moi, lui hurla-t-il à l'oreille pour se faire entendre dans tout ce brouhaha.

— Les circonstances ne nous ont pas vraiment laissé le choix, éluda-t-elle.

Il la prit par la main, ils quittèrent « L'Enfer » et rejoignirent la Révolution par la même cave qui leur avait permis d'en sortir.

115. ENCYCLOPÉDIE

L'OUVERTURE PAR LES JEUX : En France, dans les années soixante, un propriétaire de haras avait acheté quatre fringants étalons gris qui se ressemblaient tous. Mais ils avaient mauvais caractère. Dès qu'on les laissait côte à côte, ils se battaient et il était impossible de les atteler ensemble car chacun partait dans une direction différente.

Un vétérinaire eut l'idée d'aligner leurs quatre box, avec des jeux sur les parois mitoyennes : des roulettes à faire tourner du bout du museau, des balles à frapper du sabot pour les faire passer d'une stalle à l'autre, des formes géométriques bariolées suspendues à des ficelles.

Il intervertit régulièrement les chevaux afin que tous se connaissent et jouent les uns avec les autres. Au bout d'un mois, les quatre chevaux étaient devenus inséparables. Non seulement ils acceptaient d'être attelés ensemble mais ils semblaient trouver un aspect ludique à leur travail.

Edmond Wells,
Encyclopédie du Savoir Relatif et Absolu, tome III.

116. EN PLEINE EFFERVESCENCE

7ᵉ ayant remarqué que le feu projette une ombre agrandie des insectes les plus proches, elle s'empare d'un bout de charbon refroidi près de l'âtre et décide de reproduire sur une paroi une forme immobile. Son travail terminé, elle le présente aux autres qui, croyant avoir affaire à un véritable insecte, essaient de lui parler.

7ᵉ a beaucoup de mal à expliquer que ce n'est qu'un dessin. Se développe ainsi une manière de représenter les choses qui, au début, ressemble beaucoup aux gravures rupestres des grottes de Lascaux mais finit ensuite par évoluer vers un style plus particulier. En trois coups de charbon, 7ᵉ vient de créer la peinture myrmécéenne. Elle observe longuement son œuvre et se dit que le noir ne suffit pas à bien rendre compte des choses, il faut y ajouter des couleurs.

Mais comment ajouter des couleurs ?

La première idée qui lui vient est de saigner une fourmi grise venue admirer son travail. Elle obtient ainsi du blanc avec son sang qui, étalé, donne du relief au visage et aux antennes. C'est assez réussi. Quant à la fourmi grise, elle n'a pas trop à se plaindre, elle a offert le premier sacrifice insecte à l'art.

Voyant cela, les fourmis sont prises de frénésie créatrice. Entre celles qui testent le feu, celles qui dessinent, celles qui étudient le levier, il s'installe une émulation rare.

Tout leur paraît possible. Leur société, qu'elles se figuraient pourtant à son apogée politique et technologique, s'avère soudain très en retard.

Les douze jeunes exploratrices ont chacune maintenant trouvé leur domaine de prédilection. Princesse 103ᵉ leur apporte l'impulsion et l'expérience. 5ᵉ est devenue sa principale assistante. 6ᵉ est la plus calée des ingénieurs du feu. 7ᵉ se passionne pour le dessin et la peinture. 8ᵉ étudie le levier et 9ᵉ la roue. 10ᵉ rédige sa phéromone mémoire zoologique sur les mœurs des Doigts. 11ᵉ s'intéresse à l'architecture et aux différentes façons de construire des nids. 12ᵉ est plutôt attirée par l'art de la navigation et prend des notes sur leurs différentes embarcations fluviales. 13ᵉ réfléchit sur leurs nouvelles armes, la brindille enflammée, le cuirassé-tortue... 14ᵉ est motivée par le dialogue avec les espèces étrangères. 15ᵉ dissèque et goûte les nouveaux aliments qu'elles ont connus au cours de leur périple. 16ᵉ s'efforce de cartographier les différentes pistes qu'elles ont empruntées pour voyager jusqu'ici.

Princesse 103ᵉ parle de ce qu'elle sait des Doigts. Elle parle de la télévision qui transmet des histoires qui ne sont pas vraies. 10ᵉ reprend sa phéromone mémoire zoologique pour consigner les nouvelles informations sur les Doigts :

ROMANS.
Les Doigts inventent parfois des histoires pas vraies qu'ils nomment romans ou scénarios.
Ils inventent les personnages, ils inventent les décors, ils inventent les règles de mondes fictifs.
Or, ce dont ils parlent n'existe nulle part ou presque nulle part.
Quel intérêt y a-t-il à parler de ce qui n'existe pas ?
Simplement à raconter de jolies histoires.
C'est une forme d'art.
Comment sont construites ces histoires ?
De ce que 103ᵉ a vu des films, il lui semble qu'elles obéissent aux mêmes règles que les blagues, ces fameuses petites anecdotes mystérieuses qui provoquent l'état d'« humour ».
Il suffit qu'il y ait un début, un milieu et une fin inattendue.

Prince 24ᵉ écoute attentivement Princesse 103ᵉ et, même s'il ne partage pas entièrement son enthousiasme sur sa découverte du monde des Doigts, il lui vient l'idée de raconter ce qu'elle lui apprend sur les Doigts mais en le mettant en scène sous la forme d'une histoire pas vraie, un « roman ».

En fait, Prince 24ᵉ a envie de créer le premier roman fourmi phéromonal. Il voit ça très bien : une saga des Doigts, construite à la manière des grands récits myrmécéens. Avec sa nouvelle sensibilité de sexué, il se sent de taille à imaginer un récit d'aventures à partir de ce qu'il croit comprendre des Doigts.

Il a déjà trouvé le titre, il prendra le plus simple : *Les Doigts.*

Princesse 103ᵉ va examiner la peinture de 7ᵉ.

L'artiste lui déclare avoir besoin de pigments colorés différents. 103ᵉ lui suggère d'utiliser du pollen en guise de jaune, de l'herbe pour le vert et des pétales de coquelicots hachés pour le rouge. 7ᵉ y incorpore de la salive et du miellat pour lier le tout et, avec deux autres fourmis qu'elle a convaincues de l'aider, elle entreprend de représenter, sur une feuille de platane, la longue procession de la contre-croisade. Elle dessine trois fourmis puis, au loin, une boule rose dont elle réussit la couleur en mêlant de la craie et du pétale de coquelicot haché. Avec du pollen, elle trace un trait entre les fourmis et le Doigt.

C'est le feu. Le feu est un lien entre les Doigts et les fourmis.

En contemplant l'œuvre de sa compagne, Princesse 103ᵉ a une idée. Pourquoi, au lieu de nommer leur expédition la contre-croisade, ne pas l'appeler plutôt la « Révolution des Doigts » ? Après tout, la connaissance du monde des Doigts va certainement entraîner des bouleversements dans leur société fourmi et cet intitulé est donc plus juste.

Autour du feu, des disputes se poursuivent. Les insectes qui ont peur des braises exigent qu'on les éteigne et qu'on les bannisse à jamais. Une bagarre éclate entre les pro-feu et les anti-feu.

Princesse 103e ne parvient pas à séparer les antagonistes. Il faut attendre qu'il y ait trois morts avant de reprendre plus sereinement le débat. Quelques-unes clament avec insistance que le feu est tabou. D'autres répondent qu'il s'agit là d'une évolution moderniste et que si les Doigts l'utilisent sans crainte, il est logique que les fourmis en fassent autant. Elles affirment que d'avoir décrété le feu tabou leur a d'ailleurs fait perdre beaucoup de temps dans leur évolution techno-logique. Si, il y a plus de cent millions d'années, les fourmis avaient étudié objectivement le feu, pesé sérieusement ce qu'il a de bon et ce qu'il a de mauvais, elles aussi auraient peut-être maintenant l'« art », l'« humour » et l'« amour ».

Les anti-feu rétorquent que le passé a prouvé qu'en usant du feu, on pouvait détruire d'un coup tout un pan de forêt. Les fourmis, prétendent-elles, ne sont pas assez expérimentées pour l'utiliser intel-ligemment. Les pro-feu ripostent que depuis qu'elles manient le feu, il ne s'est produit aucun dommage. Elles ont vaincu les fourmis nai-nes et sont parvenues à façonner toutes sortes de pâtes et de produits étranges qu'il leur faut maintenant étudier.

On se met donc d'accord pour continuer à étudier le feu mais en augmentant la sécurité. On va creuser un fossé autour du brasier afin que le feu ne se propage pas trop facilement aux aiguilles de pin qui jonchent le sol. Un incendie est si vite parti...

Une fourmi pro-feu a eu l'idée de griller une tranche de sauterelle et elle annonce que cette viande est bien meilleure cuite. Elle n'a cependant pas le temps d'en faire part aux autres car l'une de ses pattes, qu'elle a trop approchée de l'âtre, vient de s'embraser et en quelques secondes, l'insecte fond avec son délicieux dîner dans son estomac.

Princesse 103e suit toute cette agitation d'une antenne compassée. La découverte des Doigts et de leurs mœurs constitue pour toutes un tel bouleversement qu'elles ne savent plus par quoi commencer. 103e songe qu'elles sont un peu comme ces insectes assoiffés qui, apercevant une flaque d'eau, s'y précipitent, boivent trop vite et meu-rent aussitôt. Mieux vaut boire progressivement afin de réhabituer son organisme.

Si les gens de la Révolution des Doigts n'y prennent pas garde, tout risque de dégénerer et 103e ignore dans quel sens.

Elle ne peut que constater que c'est la première nuit où, avec tout un groupe de ses congénères, elle ne dort pas du tout. Le soleil est à l'intérieur et, par une anfractuosité de la caverne, dehors, elle voit la nuit.

117. DEUXIÈME JOUR DE LA RÉVOLUTION DES FOURMIS

La nuit s'en alla. Le soleil monta doucement dans le ciel comme tous les jours où il avait décidé de le faire.

Il était sept heures du matin, le lycée de Fontainebleau entamait sa deuxième journée de révolution.

Julie dormait encore.

Elle rêvait de Ji-woong. Un à un, il défaisait les boutons de son chemisier, dégrafait son soutien-gorge dans lequel sa poitrine était compressée, la déshabillait lentement et, enfin, approchait ses lèvres des siennes.

— Non, protestait-elle mollement en se contorsionnant dans ses bras.

Lui rétorquait calmement :

— Comme tu voudras. Après tout, c'est ton rêve et c'est toi qui décides.

Cette phrase exprimée si crûment la fit immédiatement basculer dans la réalité.

— Julie est réveillée. Venez vite, lança quelqu'un.

Une main l'aida à se lever.

Julie constata qu'elle avait dormi dehors au milieu d'un amoncellement de cartons et de vieux papiers posés à même la pelouse. Elle demanda où elle était, ce qui se passait. Des hommes inconnus étaient blottis autour d'elle, une vingtaine au moins, qui semblaient vouloir la protéger.

Elle vit la foule, se remémora tout et ressentit une intense migraine. Oh, ce mal de crâne ! Elle aurait voulu être calfeutrée chez elle, en pantoufles, en train de siroter un grand bol de café crème bien mousseux et d'émietter un petit pain au chocolat tout en écoutant à la radio l'actualité du monde.

Elle fut tentée de déguerpir. Prendre le bus, acheter le journal pour comprendre ce qui s'était passé, bavarder avec la boulangère comme n'importe quel matin. Elle s'était endormie sans se démaquiller et elle détestait ça. Ça lui donnait des boutons. Elle réclama d'abord du lait démaquillant puis un petit déjeuner consistant. On lui apporta un verre d'eau fraîche pour se débarbouiller et, pour déjeuner, un gobelet de plastique plein de café lyophilisé mal dissous dans de l'eau tiède.

« À la guerre comme à la guerre », soupira-t-elle en l'avalant.

Elle était encore à demi dans son rêve et retrouvait progressivement la cour du lycée et son agitation. Elle crut un instant rêver en voyant flotter là-haut, sur le mât central, le drapeau de la révolution, leur petite révolution bien à eux, avec son cercle, son triangle et ses trois fourmis.

Les Sept Nains la rejoignirent.

— Viens voir.

Léopold souleva un pan de couverture sur la grille et elle aperçut des policiers qui chargeaient. Pour un réveil détonant, c'était un réveil détonant.

Les filles du club de aïkido réarmèrent les lances à incendie, inondèrent les policiers dès qu'ils furent à bonne portée et ceux-ci battirent immédiatement en retraite. Ça devenait une routine.

De nouveau, la victoire était du côté des assiégés.

On fêta Julie, on la porta à bout de bras jusqu'au balcon du premier étage. Elle y alla de son petit discours :

— Ce matin, les forces de l'ordre cherchent encore à nous chasser d'ici. Elles reviendront et nous les repousserons. Nous les gênons car nous avons créé un espace de liberté qui échappe au contrôle de l'ordre établi. Nous disposons à présent d'un formidable laboratoire pour tenter de faire quelque chose de nos vies.

Julie s'avança sur le bord du balcon :

— Nous allons prendre nos destins en main.

Parler en public était un acte différent de chanter en public mais c'était tout aussi grisant.

— Inventons une nouvelle forme de révolution, une révolution sans violence, une révolution qui proposera de nouvelles visions de la société. La révolution est avant tout un acte d'amour, disait autrefois Che Guevara. Lui n'y est pas parvenu mais nous, nous essaierons.

— Ouais, et puis cette révolution, c'est aussi celle des banlieues et des jeunes qui en ont marre des flics. On aurait dû les crever, ces tarés, cria quelqu'un.

Une autre voix s'éleva :

— Non, cette révolution, c'est celle des écolos contre la pollution et contre le nucléaire.

— C'est une révolution contre le racisme, lança un troisième.

— Non, c'est une révolution de classes contre les détenteurs du gros capital, protesta un autre. Nous occupons ce lycée parce qu'il est le symbole de l'exploitation du peuple par les bourgeois.

Tout à coup, c'était le tohu-bohu. Ils étaient nombreux ceux qui voulaient récupérer cette manifestation au profit de causes diverses et souvent antinomiques. Il y avait déjà de la haine dans certains regards.

— Ils sont comme un troupeau sans berger et sans objectif. Ils sont prêts à n'importe quoi. Attention, danger ! murmura Francine à l'oreille de son amie.

— À nous de leur fournir une image, un thème fédérateur, une cause, et vite, avant que ça ne tourne au vinaigre, ajouta David.

— Il faut définir une fois pour toutes le sens de notre révolution afin qu'elle ne soit plus récupérable, conclut Ji-woong.

Julie se sentait coincée.

Son regard perdu parcourut la foule. Ceux-là attendaient qu'elle marque le terrain et étaient déjà prêts à écouter celui qui parlerait en dernier.

Le regard haineux de celui qui voulait la guerre avec la police la dopa. Elle le connaissait. C'était précisément l'un des élèves qui persécutaient les professeurs les plus faibles. Petit voyou sans courage et sans conviction, il rackettait les élèves des petites classes. Plus loin, les regards goguenards du partisan écolo et du militant de la lutte des classes n'étaient pas plus sympathiques.

Elle n'allait pas abandonner « sa » révolution aux voyous ou aux politiques. Il fallait aiguillonner cette foule dans une autre direction.

Au commencement était le Verbe. Il faut nommer les choses. Nommer. Mais comment nommer sa révolution ?

Soudain l'évidence. La Révolution des... fourmis. C'était le nom du concert. C'était le nom qui était inscrit sur les affiches et les tee-shirts des amazones. C'était l'hymne fédérateur. C'était le motif du drapeau.

Elle leva les mains en geste d'apaisement.

— Non. Non. Ne nous dispersons pas dans ces vieilles causes qui ont déjà montré combien elles étaient stériles. À nouvelle révolution, nouveaux objectifs.

Pas de réaction.

— Oui. Nous sommes comme des fourmis. Petites, mais fortes de notre union. Vraiment comme des fourmis. Nous privilégions la communication et l'invention face au formalisme et aux mondanités. Nous sommes comme des fourmis. Nous n'avons pas peur de nous attaquer aux plus gros, aux citadelles les plus difficiles à prendre car, ensemble nous sommes plus forts. Les fourmis nous montrent une voie à suivre qui peut se révéler bénéfique. Elle a en tout cas l'avantage de n'avoir jamais été testée.

Rumeur dans la foule sceptique.

La mayonnaise ne prenait pas. Julie s'empressa de reprendre la parole :

— Petites mais rassemblées, elles viennent à bout de tous les problèmes. Les fourmis proposent non seulement des valeurs différentes, mais une organisation sociale différente, une communication différente, une gestion des rapports entre individus différente.

Il y eut un flou que les apostropheurs se dépêchèrent de combler.
— Et la pollution ?
— Et le racisme ?
— Et la lutte des classes !
— Et les problèmes des banlieues ?
— Oui, ils ont raison, s'écriaient déjà certains dans le public.

Julie se souvint d'une phrase de l'*Encyclopédie du Savoir Relatif et Absolu*. « Attention aux foules. Au lieu de surpasser les qualités de chacun, la foule tend à les amoindrir. Le coefficient d'intelligence d'une foule est inférieur à la somme des coefficients des individus qui la composent. En foule, ce n'est plus 1 + 1 = 3 mais 1 + 1 = 0,5. »

Une fourmi volante passa près de Julie. Elle considéra la venue de l'insecte comme une approbation de la Nature qui l'entourait.

— Ici, c'est la Révolution des fourmis et seulement la Révolution des fourmis.

Il y eut un instant de flottement. Tout allait se jouer maintenant. Si cela ne marchait pas, Julie était prête à tout laisser tomber.

Julie fit un V de victoire et la fourmi volante vint se poser sur l'un de ses doigts. Tous furent saisis par l'image. Si même les insectes approuvaient...

— Julie a raison. Vive la Révolution des fourmis ! lança Élisabeth, le leader des amazones, ex-membres du club d'aïkido.

— Vive la Révolution des fourmis, reprirent les Sept Nains.

Il ne fallait pas lâcher prise. Elle lança, comme on tire une manette de parachute :

— Où sont les visionnaires ?

Cette fois, il n'y eut plus d'hésitation. La foule reprit le slogan.

— Nous sommes les visionnaires !
— Où sont les inventeurs ?
— Nous sommes les inventeurs !

Elle entonna :

Nous sommes les nouveaux visionnaires,
Nous sommes les nouveaux inventeurs !
Nous sommes les petites fourmis qui grignoteront le vieux monde sclérosé.

Sur ce terrain, les petits chefs en puissance ne pouvaient pas la concurrencer, ou alors il aurait fallu qu'ils prennent dans l'heure des cours de chant...

D'un coup, ce fut l'enthousiasme général. Même le grillon qui n'était pas loin se mit à grésiller comme s'il sentait qu'il se passait quelque chose d'intéressant.

La foule se mit à chanter en chœur l'hymne des fourmis.

Julie, poing levé, avait l'impression de manier un camion de quinze tonnes. Pour la moindre manœuvre, il fallait déployer un monceau d'énergie et surtout ne pas se tromper de trajectoire. Mais s'il y avait des auto-écoles pour permis poids lourds où passait-on des permis « révolution » ?

Elle aurait peut-être dû mieux écouter les cours d'histoire pour apprendre comment s'étaient débrouillés ses prédécesseurs dans les mêmes circonstances. Qu'auraient fait Trotski, Lénine, Che Guevara, ou Mao, à sa place ?

Les apostropheurs écolo, banlieusards, etc. firent la grimace, certains crachèrent par terre ou marmonnèrent des injures, mais, se sentant minoritaires, ils n'osèrent pas trop insister.

Qui sont les nouveaux inventeurs ?

Qui sont les nouveaux visionnaires ? répétait-elle, s'accrochant à ces phrases comme à une bouée.

Canaliser la foule. En extraire l'énergie et la canaliser pour en obtenir le meilleur et, avec elle, construire, était à cet instant son unique préoccupation. Le seul problème était qu'elle ne savait pas quoi construire.

Soudain quelqu'un surgit en courant et murmura à l'oreille de Julie :

— Les flics ont tout bouclé, on ne pourra bientôt plus sortir.

Il y eut une rumeur dans la foule.

Julie reprit le micro.

— On vient de m'annoncer que les flics ont bouclé les alentours. Nous sommes ici comme dans une île déserte et pourtant en plein centre d'une ville moderne. Ceux qui veulent partir feraient bien de se décider tout de suite, avant que cela ne devienne impossible.

Trois cents personnes se dirigèrent vers la grille. C'étaient pour la plupart des gens plus mûrs qui craignaient que leur famille ne s'inquiète, des gens pour qui leur travail avait plus d'importance que ce qui, après tout, n'avait été pour eux qu'une fête. Il y avait aussi des jeunes qui redoutaient les remontrances paternelles après cette nuit où ils n'étaient pas rentrés, et sans prévenir, d'autres qui aimaient bien le rock mais se souciaient comme d'une guigne de cette révolution de fourmis.

Enfin les leaders écolo, banlieusards, lutte des classes qui avaient tenté de récupérer la manifestation quittèrent également les lieux en marmonnant des railleries.

On ouvrit la grille. Dehors, les CRS regardèrent passer les partants avec indifférence.

— Et maintenant que nous sommes rien qu'entre gens de bonne volonté, que la fête commence vraiment ! s'exclama Julie.

118. ENCYCLOPÉDIE

UTOPIE DES INDIENS D'AMÉRIQUE : Les Indiens d'Amérique du
Nord, qu'ils soient sioux, cheyennes, apaches, crows, navajos,
comanches, etc. partageaient les mêmes principes.
Tout d'abord, ils se considéraient comme faisant partie intégrante
de la nature et non maîtres de la nature. Leur tribu ayant épuisé
le gibier d'une zone migrait afin que le gibier puisse se reconstituer. Ainsi leur ponction n'épuisait pas la Terre.
Dans le système de valeurs indien, l'individualisme était source
de honte plutôt que de gloire. Il était obscène de faire quelque
chose pour soi. On ne possédait rien, on n'avait de droit sur rien.
Encore de nos jours, un Indien qui achète une voiture sait qu'il
devra la prêter au premier Indien qui la lui réclamera.
Leurs enfants étaient éduqués sans contraintes. En fait, ils s'au-
toéduquaient.
Ils avaient découvert les greffes de plantes qu'ils utilisaient par
exemple pour créer des hybrides de maïs. Ils avaient découvert le
principe d'imperméabilisation des toiles grâce à la sève d'hévéa.
Ils savaient fabriquer des vêtements de coton dont la finesse de
tissage était inégalée en Europe. Ils connaissaient les effets béné-
fiques de l'aspirine (acide salicylique), de la quinine...
Dans la société indienne d'Amérique du Nord, il n'y avait pas
de pouvoir héréditaire ni de pouvoir permanent. À chaque
décision, chacun exposait son point de vue lors du *pow-wow*
(conseil de la tribu). C'était avant tout (et bien avant les
révolutions républicaines européennes) un régime d'assemblée.
Si la majorité n'avait plus confiance dans son chef, celui-ci se
retirait de lui-même.
C'était une société égalitaire. Il y avait certes un chef mais on
n'était chef que si les gens vous suivaient spontanément. Être
leader, c'était une question de confiance. À une décision prise en
pow-wow chacun n'était obligé d'obéir que s'il avait voté pour
cette décision. Un peu comme si, chez nous, il n'y avait que ceux
qui trouvaient une loi juste qui l'appliquaient !
Même à l'époque de leur splendeur, les Amérindiens n'ont jamais
eu d'armée de métier. Tout le monde participait à la bataille
quand il le fallait, mais le guerrier était avant tout reconnu socialement comme chasseur, cultivateur et père de famille.
Dans le système indien, toute vie, quelle que soit sa forme, mérite
le respect. Ils ménageaient donc la vie de leurs ennemis pour que
ceux-ci en fassent de même. Toujours cette idée de réciprocité :
ne pas faire aux autres ce qu'on n'a pas envie qu'ils nous fassent.

La guerre était considérée comme un jeu où l'on devait montrer son courage. On ne souhaitait pas la destruction physique de son adversaire. Un des buts du combat guerrier était notamment de toucher l'ennemi avec l'extrémité de son bâton à bout rond. C'était un honneur plus fort que de le tuer. On comptait « une touche ». Le combat s'arrêtait dès les premières effusions de sang. Il y avait rarement des morts.

Le principal objectif des guerres interindiennes consistait à voler les chevaux de l'ennemi. Culturellement, il leur fut difficile de comprendre la guerre de masse pratiquée par les Européens. Ils furent très surpris quand ils virent que les Blancs tuaient tout le monde, y compris les vieux, les femmes et les enfants. Pour eux ce n'était pas seulement affreux, c'était surtout aberrant, illogique, incompréhensible. Pourtant, les Indiens d'Amérique du Nord résistèrent relativement longtemps.

Les sociétés sud-américaines furent plus faciles à attaquer. Il suffisait de décapiter la tête royale pour que toute la société s'effondre. C'est la grande faiblesse des systèmes à hiérarchie et à administration centralisées. On les tient par leur monarque. En Amérique du Nord, la société avait une structure plus éclatée. Les cow-boys eurent affaire à des centaines de tribus migrantes. Il n'y avait pas un grand roi immobile mais des centaines de chefs mobiles. Si les Blancs arrivaient à mater ou à détruire une tribu de cent cinquante personnes, ils devaient à nouveau s'attaquer à une deuxième tribu de cent cinquante personnes.

Ce fut malgré tout un gigantesque massacre. En 1492, les Amérindiens étaient dix millions. En 1890, ils étaient cent cinquante mille, se mourant pour la plupart des maladies apportées par les Occidentaux.

Lors de la bataille de Little Big Horn, le 25 juin 1876, on assista au plus grand rassemblement indien : dix à douze mille individus dont trois à quatre mille guerriers. L'armée amérindienne écrasa à plate couture l'armée du général Custer. Mais il était difficile de nourrir tant de personnes sur un petit territoire. Après la victoire, les Indiens se sont donc séparés. Ils considéraient qu'après avoir subi une telle humiliation, les Blancs n'oseraient plus jamais leur manquer de respect.

En fait, les tribus ont été réduites une par une. Jusqu'en 1900, le gouvernement américain a tenté de les détruire. Après 1900, il a cru que les Amérindiens s'intégreraient au *melting-pot* comme les Noirs, les Chicanos, les Irlandais, les Italiens.

Mais c'était là une vision réduite. Les Amérindiens ne voyaient absolument pas ce qu'ils pouvaient apprendre du système social et politique occidental qu'ils considéraient comme nettement moins évolué que le leur.

Edmond Wells,
Encyclopédie du Savoir Relatif et Absolu, tome III.

119. ÇA RISSOLE

Dès que la lumière du soleil à l'extérieur se fait plus forte que la lumière de la braise à l'intérieur, les fourmis se regroupent sur la berge, puis partent vers les longues terres de l'Ouest.

Elles ne sont qu'une centaine mais elles ont l'impression de pouvoir, ensemble, changer le monde. Princesse 103ᵉ est consciente qu'après s'être lancée dans une croisade d'ouest en est afin de découvrir le mystérieux pays des Doigts, elle en effectue à présent une autre en sens inverse afin d'expliquer aux autres ce mystérieux pays des Doigts et ainsi faire évoluer sa civilisation.

Un vieux proverbe myrmécéen le dit bien : *Tout ce qui part dans une direction revient dans la direction inverse.*

Les Doigts seraient bien incapables de comprendre ce genre d'adage et Princesse 103ᵉ se dit que les fourmis ont quand même une culture spécifique.

La cohorte traverse des plaines nauséabondes où les pluies de samares, ces fruits du frêne et de l'orme, sont comme autant de chutes de rochers tombant du ciel. Elle passe par des forêts de fougères brunes qui envahissent tout. La rosée flagelle les fourmis et fait retomber leurs antennes collantes sur leurs joues.

Toutes s'efforcent de sauvegarder les braises en les protégeant de feuilles. Seul, Prince 24ᵉ, qui refuse de tomber comme les autres dans la vénération du monde des Doigts, reste à l'écart, s'efforçant de ne demeurer en symbiose qu'avec son seul monde.

Le matin se lève, dégageant une chaleur étouffante. Quand la canicule se fait trop forte, elles s'en protègent à l'abri d'une souche creuse.

Les techniciennes du feu font brûler quelque chose d'immonde qui empeste rapidement à la ronde. Une coccinelle demande ce que c'est et on lui répond que c'est du coléoptère. Étant lui-même coléoptère, l'insecte n'insiste pas et, pour se détendre, s'en va manger quelques troupeaux de pucerons qui paissent par là.

De son côté, 7ᵉ entame une grande fresque grandeur nature où elle compte représenter la procession de la « révolution des Doigts ». Afin de bien reproduire la forme exacte de chaque insecte, elle leur demande de poser devant le feu et reproduit alors leurs ombres sur sa feuille. Son problème, c'est la bonne tenue des pigments. D'une minute à l'autre, l'image menace de s'effacer. Elle s'aide de salive mais cela ne fait que diluer les teintes. Il faut chercher autre chose.

7e repère une limace qu'elle assassine allègrement au nom de l'art. Elle teste la bave de limace. L'effet obtenu est supérieur à celui de la salive. La bave de limace ne dilue pas les pigments et sèche en durcissant. C'est une excellente laque.

Princesse 103e vient voir et assure que, oui, c'est ça l'art. Elle s'en souvient bien maintenant, l'art, c'est fabriquer des dessins et des objets qui ne servent à rien, mais qui ressemblent à ce qui existe déjà.

L'art c'est essayer de reproduire la nature, résume 7e de plus en plus inspirée.

Les fourmis viennent de résoudre un premier mystère des Doigts. Il leur reste à découvrir encore l'« humour » et l'« amour ».

Soldate 7e est en proie à une exaltation qui l'incite à se plonger plus profondément encore dans son travail. Ce qu'il y a de formidable dans l'art, c'est que plus on fait de découvertes, plus il apparaît de problèmes nouveaux et passionnants.

7e se demande comment restituer l'effet de profondeur des territoires visités. Elle se demande aussi comment figer dans son image les décors végétaux qui les entourent.

Prince 24e et 10e écoutent Princesse 103e qui leur parle des Doigts.

SOURCILS :
Les Doigts ont quelque chose de très pratique au niveau des yeux, ce sont les sourcils.
Il s'agit d'une ligne de poils surplombant les yeux et qui arrête l'eau de pluie.
Mais si cela ne s'avérait pas suffisant ils ont encore autre chose : leurs cavités oculaires sont légèrement enfoncées par rapport au crâne, ce qui fait que l'eau tombe autour des yeux et non dedans.

10e prend des notes.
Mais 103e qui les a bien observés raconte que ce n'est pas tout.

LARMES :
Les yeux des Doigts ont aussi des larmes.
C'est un système d'injection de salive oculaire qui permet en même temps de les lubrifier et de les laver.
Grâce aux paupières, sortes de rideaux mobiles tombant toutes les cinq secondes, leurs yeux sont en permanence recouverts d'une fine pellicule de lubrifiant transparent qui les protège de la poussière, du vent, de la pluie, du froid.

Si bien que les Doigts ont toujours les yeux propres sans avoir besoin de les frotter ou de les lécher.

Les fourmis essaient d'imaginer ces yeux très compliqués des Doigts. Mais elles ont du mal à se représenter un organe aussi complexe.

120. LAISSEZ POURRIR

Yeux grands ouverts, Scynthia Linart et sa fille Marguerite étaient en train de regarder la télévision. Ce soir, c'était Scynthia qui tenait la télécommande. Elle zappait moins rapidement que Marguerite, sans doute parce que davantage de choses l'intéressaient.

Chaîne 45. Informations. Deux jumeaux ont inventé leur propre langage et sont réfractaires à la langue officielle enseignée à l'école. L'administration a donc décidé de les séparer pour qu'ils puissent enfin apprendre le français. La Société de pédiatrie déplore que l'Éducation nationale ne lui ait pas laissé le temps d'étudier ce langage spontané qui permettait peut-être aux deux frères d'exprimer différemment les choses.

Chaîne 673. Publicité. « Mangez des yaourts ! Mangez des yaourts ! MANGEZ DES YAOURTS ! »

Chaîne 345. La blague du jour : C'est l'histoire d'un éléphant qui sort de la mare en maillot de bain et...

Chaîne 678. Actualités. France. Politique : Le gouvernement décrète le chômage grande cause nationale et fait de la lutte contre ce fléau son objectif numéro un. Étranger : manifestation au Tibet contre l'occupation chinoise. Les soldats de Pékin ont roué de coups des manifestants pacifiques et contraint des lamas à égorger des animaux afin de souiller leur karma. Amnesty International rappelle qu'à force de massacrer des Tibétains, Pékin est parvenu à ce qu'il y ait dorénavant davantage de Chinois au Tibet que de Tibétains.

Chaîne 622. Divertissement. « Piège à réflexion » : « Avec six allumettes, sauriez-vous construire huit triangles équilatéraux ? Je vous rappelle, madame Ramirez, que la phrase destinée à vous aider est : "Il suffit de réfléchir." »

Après avoir emmagasiné une centaine d'informations incomplètes et fragmentées, Maximilien et sa famille passèrent à table. Au menu de ce soir-là, il y avait des pizzas surgelées, des filets de cabillaud aux poireaux et des yaourts pour dessert.

Maximilien planta femme et fille devant leurs petits pots, annonça qu'il avait du travail et alla s'enfermer dans son bureau.

MacYavel lui proposa d'entamer une nouvelle partie d'*Évolution*. Une bière fraîche à portée de main, le commissaire bâtit une civilisation de type slave qu'il mena jusqu'à l'an 1800, sans trop de problèmes. Mais en 1870, il fut battu par l'armée grecque car il avait pris trop de retard dans la construction de ses villes fortifiées ; en outre, le moral de son peuple était au plus bas face aux ravages de la corruption dans son administration.

Mac Yavel lui signala qu'il y avait risque d'émeute. Il avait le choix entre envoyer la police pour mater les rebelles ou multiplier les spectacles comiques pour détendre son peuple et soulager les tensions. Maximilien nota sur son carnet de jeu que des comédiens pouvaient apporter leur concours au sauvetage d'une civilisation en péril. Il ajouta même : « L'humour et les blagues peuvent non seulement avoir un effet thérapeutique à court terme mais aussi sauver des civilisations tout entières. » Et il regretta de ne pas avoir consigné la blague du jour avec l'éléphant en maillot de bain.

L'ordinateur précisa cependant que si les comiques étaient capables de remonter le moral des populations déprimées, en même temps, ils amenuisaient chez elles le respect envers leurs dirigeants. Ce qui amuse le plus le peuple, c'est qu'on se moque du pouvoir en place.

Maximilien nota encore.

Dressant le bilan de la partie, Mac Yavel souligna de surcroît qu'il était indispensable qu'il apprenne à assiéger les forteresses ennemies. Sans catapultes ou sans blindés, il perdait trop d'hommes à l'assaut des murailles.

— Tu m'as l'air préoccupé, émit l'ordinateur. C'est encore ton problème de pyramide dans la forêt ?

Comme toujours, Maximilien s'étonna des dons de cette machine, capable de passer pour un véritable interlocuteur rien qu'en reliant des phrases entre elles.

— Non, cette fois, c'est une émeute dans un lycée qui me tracasse, répondit-il, presque spontanément.

— Tu souhaites m'en parler ? demanda l'œil de Mac Yavel qui occupa tout l'écran pour montrer le degré de son écoute.

Maximilien se gratta le menton pensivement.

— C'est marrant car mes problèmes dans le réel correspondent pour une fois à mes problèmes dans le jeu *Évolution* : le siège des châteaux forts.

Maximilien fit un descriptif de ses ennuis au lycée et l'ordinateur lui proposa d'effectuer avec lui des recherches dans l'histoire des sièges de forteresses au Moyen Âge. À l'aide de son modem, la machine se brancha sur un réseau d'encyclopédies historiques et lui envoya des images et des textes.

À sa grande surprise, Maximilien découvrit qu'assiéger des châteaux forts nécessitait des stratégies beaucoup plus complexes qu'on ne se l'imaginait en regardant des films de cape et d'épée. Dès l'époque romaine, chaque général avait cherché des idées pour affronter les murailles des villes et des forteresses. Il apprit ainsi que les catapultes ne servaient pas uniquement à lancer des boulets. Leurs dégâts étaient bien trop limités. Non, les catapultes avaient surtout pour but de démoraliser les assiégés. Les assiégeants leur expédiaient ainsi des barils de vomissures, d'excréments et d'urine, ils balançaient des otages vivants, utilisaient l'arme bactériologique en envoyant dans les points d'eau des cadavres d'animaux morts de la peste.

Les assiégeants creusaient en outre des tunnels sous les remparts, les étayaient avec du bois et les remplissaient de fagots. À un moment donné, ils y mettaient le feu et les tunnels s'effondraient, faisant s'affaisser du même coup les murailles. Il n'y avait alors plus qu'à charger en profitant de l'effet de surprise.

Les assiégeants se servaient aussi de boulets de fonte chauffés, d'où l'expression « tirer à boulets rouges ». Les dommages n'étaient pas considérables mais il était facile d'imaginer les craintes d'une population redoutant à tout instant de recevoir sur la tête un boulet brûlant venu du ciel.

Maximilien suivait, effaré, les images qui défilaient sur son écran. Il existait mille techniques de siège. À lui d'inventer celle correspondant à la prise d'un lycée de béton de forme carrée, en notre temps.

Téléphone. Le préfet voulait savoir où en était l'émeute. Le commissaire Linart l'informa que les manifestants étaient bel et bien confinés dans le lycée, cernés par la police, et que plus personne ne pouvait y entrer ou en sortir.

Le préfet le félicita. Il craignait seulement que la plaisanterie ne fasse tache d'huile. Il importait au plus haut point d'empêcher l'émeute de prendre de l'ampleur.

Le commissaire Linart signala son intention de mettre au point une technique d'assaut pour reprendre le lycée.

— Surtout pas, s'effaroucha le préfet. Vous ne voulez quand même pas transformer ces petits trublions en martyrs ?

— Mais ils parlent de renverser le monde, de faire la révolution. Tous les gens du quartier entendent les discours de leur Pasionaria et s'inquiètent. On a des plaintes officielles. En plus, jour et nuit, leur sono empêche tout le monde de dormir...

Le préfet insista sur sa théorie du « laisser-pourrir ».

— Il n'y a aucun problème qui ne finisse par se résoudre si on lui applique cette technique : ne rien faire et laisser pourrir.

Tout le génie français tenait selon lui dans cette formule : « laisser pourrir ». C'est en laissant pourrir le jus de raisin qu'on obtenait les meilleurs vins. C'est en laissant pourrir le lait qu'on produisait les meilleurs fromages. Même le pain était issu d'un mélange de farine et de levure, donc de champignons.

— Laissez pourrir, laissez pourrir, mon cher Linart. Ces gamins ne parviendront jamais à rien. D'ailleurs, toutes les révolutions pourrissent d'elles-mêmes. Le temps est leur pire ennemi, il fait tout fermenter.

Le préfet souligna qu'à chaque fois qu'il envoyait ses hommes à la charge, Linart ressoudait les rangs des assiégés et les rendait plus solidaires. Qu'il les laisse en paix et ils finiraient par s'entre-déchirer telle une meute de rats enfermés dans une boîte.

— Vous savez, mon cher Maximilien, il est très difficile de vivre en société. Être plus d'un dans un appartement, c'est déjà une gageure. Vous en connaissez beaucoup, vous, des couples qui ne se disputent pas ? Alors, imaginez, vivre à cinq cents dans un lycée clos ! Ils doivent déjà se chamailler pour des histoires de robinet qui coule, d'affaires volées, de télévision en panne ou de gens qui fument à côté d'autres qui ne supportent pas la fumée. C'est dur de vivre en groupe. Croyez-moi, ce sera bientôt l'enfer là-dedans.

121. L'INSTANT OÙ IL NE FAUT PAS SE PLANTER

Julie se rendit dans la salle de biologie et brisa toutes les fioles. Elle libéra les souris blanches qui servaient de cobayes. Elle libéra les grenouilles et même les lombrics.

Un tesson de verre la blessa à l'avant-bras et elle aspira le sang qui perlait sur son épiderme. Elle se réfugia ensuite dans la salle de cours où le professeur d'histoire l'avait mise au défi d'inventer une révolution sans violence capable de changer le monde.

Seule dans la classe déserte, Julie parcourut l'*Encyclopédie du Savoir Relatif et Absolu* en quête de passages concernant les révolutions. Une phrase du cours d'histoire lui martelait la tête : « Ceux qui n'ont pas compris les erreurs du passé sont condamnés à les reproduire. »

Elle feuilleta le livre à la recherche de toutes les expériences possibles. Il fallait apprendre comment les autres s'en étaient tirés ou ne s'en étaient pas tirés, et en faire bénéficier sa propre révolution. Que tous ces utopistes du passé ne soient pas morts pour rien. Que leurs échecs ou leurs initiatives lui profitent.

Julie dévora l'histoire de révolutions connues et aussi celles de révolutions inconnues qu'Edmond Wells semblait avoir pris un malin plaisir à répertorier. La révolution de Chengdu, la croisade des enfants... Plus adultes, la révolution des Amish en Rhénanie et celle des Longues-Oreilles à l'île de Pâques.

La Révolution, finalement, c'était une matière comme une autre, une matière non inscrite au bac, mais fort intéressante et qui pouvait s'étudier comme telle.

Elle voulut prendre des notes. À la fin du livre, il y avait des pages blanches avec, en tête : « Notez ici vos propres découvertes. » Edmond Wells avait pensé à tout. Il avait réalisé un véritable ouvrage interactif. Vous lisez, ensuite vous écrivez vous-même. Elle qui, jusque-là, avait tant de respect pour le livre qu'elle n'osait jamais y annoter quoi que ce soit se permit d'inscrire au stylo directement dans l'*Encyclopédie* : « Apport de Julie Pinson. Comment réussir de manière pratique une révolution. Fragment n° 1 ajouté d'après expérience au lycée de Fontainebleau. »

Elle consigna les leçons qu'elle en avait recueillies et ses avis pour le futur :

Règle révolutionnaire n° 1 : Les concerts de rock dégagent suffisamment d'énergie et génèrent suffisamment d'empathie pour susciter des mouvements de foule de type révolutionnaire.

Règle révolutionnaire n° 2 : Une seule personne ne suffit pas à manier une foule. Il faut donc, à la tête d'une révolution, non pas une seule mais au moins sept ou huit personnes. Ne serait-ce que pour prendre le temps de réfléchir et du repos.

Règle révolutionnaire n° 3 : Il est possible de gérer une foule en bataille en la divisant en groupes mobiles ayant chacun à sa tête un chef disposant de moyens de communication rapides avec les autres chefs.

Règle révolutionnaire n° 4 : Une révolution réussie suscite forcément des envieux. Il faut éviter à tout prix que la révolution n'échappe à ceux qui l'ont inventée. Même si l'on ignore ce qu'est exactement la révolution, il faut absolument savoir ce qu'elle n'est pas. Notre révolution n'est pas violente. Notre révolution n'est pas dogmatique. Notre révolution n'est apparentée à aucune révolution ancienne.

En était-elle réellement sûre ? Elle biffa cette dernière phrase. Somme toute, elle voulait bien l'apparenter à une révolution ancienne à condition d'en trouver une sympathique. Mais y avait-il eu dans le passé des révolutions « sympathiques » ?

Elle reprit l'*Encyclopédie* à son début. Jamais elle ne s'était montrée élève aussi assidue. Elle apprenait des passages par cœur. Elle étudia la révolte des Spartakistes, la Commune de Paris, la révolte de Zapata au Mexique, les révolutions de 1789 en France et de 1917 en Russie, celle des Cipayes en Inde...

Il existait des constantes. À l'origine des révolutions, il n'y avait généralement que de bons sentiments. Ensuite, survenait toujours un petit malin qui profitait de la confusion générale pour récupérer l'élan de tous et instaurer sa tyrannie. Les utopistes, eux, se faisaient massacrer dans l'action et servaient de martyrs pour faire le lit de ces petits malins.

Che Guevara avait été assassiné, et Fidel Castro avait régné. Léon Trotski, le créateur de l'Armée rouge, avait été assassiné, et Joseph Staline avait régné. Danton avait été assassiné, et Robespierre avait régné.

Julie se dit qu'il n'y avait aucune morale dans le monde, même dans celui des révolutions. Elle lut encore quelques passages et pensa que, s'il existait un dieu, il devait être fort respectueux de l'homme pour lui laisser tant de libre arbitre et lui permettre d'accomplir de telles quantités d'injustices.

Pour l'heure, sa propre révolution était un joli bijou tout neuf qu'il importait de préserver des prédateurs, extérieurs et intérieurs. Elle avait éloigné les récupérateurs du premier jour mais elle savait que, d'un instant à l'autre, d'autres risquaient de surgir. Il fallait se montrer dur avant de se permettre le luxe de la douceur. Et de déduction en déduction, elle en vint à la pénible conclusion que les États précaires ne peuvent s'autoriser les délices de l'exercice de la démocratie. Se montrer fort était un devoir, quitte à relâcher plus tards les rênes, au fur et à mesure que la communauté apprendrait à s'autogérer.

Zoé pénétra dans la salle d'histoire. Elle apportait un jean, un pull et une chemise bleus.

— Tu ne peux plus continuer à te balader avec ta robe de papillon.

Elle remercia Zoé, prit les affaires, referma cette encyclopédie qui ne la quittait plus et fonça vers les douches du dortoir. Sous l'eau bouillante, elle se frotta avec un savon dur, comme pour arracher son ancienne peau.

122. MILIEU DU RÉCIT

Reflet. Maintenant Julie Pinson était propre. Elle avait enfilé les vêtements que lui avait remis Zoé. Bleu était le jean, bleue était la chemise, pour la première fois de sa vie, elle n'était pas habillée de noir.

Elle essuya de la main la vapeur sur le miroir du lavabo et, pour la première fois aussi, elle se trouva belle. Pas mal, en tout cas. Elle avait de jolis cheveux noirs, de grands yeux gris clair légèrement bleutés qui ressortaient encore mieux au-dessus des vêtements bleus.

Elle se contempla dans la glace. Cela lui donna une idée.

Elle en approcha, grande ouverte, l'*Encyclopédie du Savoir Relatif et Absolu*, et constata que non seulement l'*Encyclopédie* était symétrique dans ses chapitres mais qu'elle contenait des phrases entières... lisibles uniquement à l'envers dans le reflet du carreau !

Troisième jeu :

CARREAU

123. ENCYCLOPÉDIE

L'INSTANT OÙ IL FAUT PLANTER : Il ne faut pas se tromper d'instant pour entreprendre quoi que ce soit. Avant c'est trop tôt, après c'est trop tard. Le cas est net pour les légumes. Si on veut réussir son potager, il est indispensable de connaître le moment propice à la plantation et à la récolte.
Asperges : À planter en mars. À récolter en mai.
Aubergines : À planter en mars (bien exposer au soleil). À récolter en septembre.
Betteraves : À planter en mars. À récolter en octobre.
Carottes : À planter en mars. À récolter en juillet.
Concombres : À planter en avril. À récolter en septembre.
Oignons : À planter en septembre. À récolter en mai.
Poireaux : À planter en septembre. À récolter en juin.
Pommes de terre : À planter en avril. À récolter en juillet.
Tomates : À planter en mars. À récolter en septembre.

Edmond Wells,
Encyclopédie du Savoir Relatif et Absolu, tome III.

124. LAISSEZ COURIR

La Révolution des Doigts avance, glissant comme un serpent entre les futaies. Elle contourne quelques plants d'asperges sauvages. Princesse 103e est à la tête de la petite foule bigarrée. Comme le temps fraîchit, les fourmis montent dans un grand pin et se mettent à l'abri dans un trou de l'écorce, probablement un nid d'écureuil abandonné.

Dans ce refuge, Princesse 103ᵉ parle encore des Doigts. Ses récits se font de plus en plus épiques. 10ᵉ entreprend de rédiger une phéromone mémoire complète sur le thème du jour :

PHYSIOLOGIE DOIGTESQUE
Les Doigts ne sont en fait que l'extrémité de leurs pattes.
Au lieu d'être nantis, comme nous, de deux griffes au bout de chacune de nos six pattes, ils sont dotés d'une terminaison tentaculaire de cinq extrémités.
Chaque Doigt s'articule en trois morceaux, ce qui lui permet d'adopter des formes diverses et de jouer avec les autres.
Avec deux Doigts en couple, ils peuvent faire pince.
En serrant leurs cinq Doigts, ils peuvent faire marteau.
En serrant leurs Doigts en cuvette, ils peuvent former un petit réceptacle pour recueillir un liquide.
En tendant un seul Doigt, ils disposent d'un éperon à bout arrondi capable d'écraser n'importe laquelle d'entre nous.
En tendant et en serrant leurs Doigts, ils ont un tranchant.
Les Doigts sont un formidable outil.
Avec leurs Doigts, ils font des choses extraordinaires comme nouer des fils ou découper des feuilles.
Les Doigts sont, de plus, terminés par des griffes plates, ce qui leur permet de gratter ou de couper avec beaucoup de précision.
Mais autant que les Doigts, il faut aussi admirer ce qu'ils nomment leurs « pieds ».
Ils permettent aux Doigts de se tenir en position verticale sur les deux pattes postérieures sans tomber. Leurs pieds calculent en permanence le meilleur équilibre.

En position verticale sur deux pattes !
Tous les insectes présents tentent d'imaginer comment on peut marcher sur deux pattes. Certes, ils ont déjà vu des écureuils ou des lézards s'asseoir sans tomber sur leurs pattes arrière, mais de là à ne *marcher* que sur *deux* pattes...
5ᵉ se prend à essayer de marcher comme les Doigts sur les deux pattes postérieures.
En s'appuyant sur la paroi de leur abri avec ses deux pattes médianes et en se servant de ses pattes antérieures pour rester en équilibre, elle parvient à se maintenir presque deux secondes dans une position pratiquement droite.
Tous les insectes de la horde contemplent le spectacle.
De là-haut, je vois un peu plus loin et j'aperçois un peu plus de choses, signale-t-elle.
L'information fait réfléchir 103ᵉ. La princesse s'interroge depuis

longtemps sur la pensée exotique doigtesque. Elle s'est figuré un moment que leur haute taille en était responsable, mais les arbres eux aussi sont très grands et ils n'ont pas de télévision ni de voiture. Elle a cru ensuite que la configuration de leurs mains, qui leur permet de fabriquer des objets compliqués, était à l'origine de leur civilisation, mais les écureuils ont également des mains pleines de doigts et ils ne fabriquent rien de vraiment intéressant.

Peut-être que la drôle de façon de penser des Doigts provient de ce maintien en équilibre sur les deux pattes postérieures. Ainsi perchés, ils voient plus loin. Ensuite, tout s'est adapté : leurs yeux, leur cerveau, leur manière de gérer leurs territoires et jusqu'à leurs ambitions.

En effet, à sa connaissance, les Doigts sont les seuls animaux à marcher en permanence sur leurs deux pattes arrière. Même les lézards ne demeurent pas plus de quelques secondes en cette position précaire.

Du coup, Princesse 103ᵉ essaie à son tour de se dresser sur ses deux pattes arrière. C'est très pénible, ses articulations de chevilles se tordent et blanchissent sous la pression. Surmontant la douleur, elle tente quelques pas. Ses pattes la font souffrir horriblement et s'incurvent. 103ᵉ perd l'équilibre et part en avant. Elle bat vainement de ses quatre bras pour se stabiliser et tombe sur le flanc, réussissant tout juste à amortir le choc de ses bras antérieurs.

Elle se dit qu'elle ne recommencera plus.

5ᵉ, elle, appuyée à un tronc, arrive à se maintenir debout un peu plus longtemps.

Sur deux pattes, c'est fantastique, annonce-t-elle à la cantonade avant de s'effondrer à son tour.

125. ÇA BOUILLONNE

— Tout ça est trop instable !

Ils étaient d'accord. Il fallait maintenant étayer la révolution : poser une discipline, des objectifs, une organisation.

Ji-woong suggéra de dresser un inventaire complet de tout ce que contenait le lycée. Combien de draps, combien de couverts, combien de provisions, tout était important.

Ils commencèrent par se compter. Cinq cent vingt et une personnes occupaient le lycée alors que les dortoirs n'avaient été conçus que pour deux cents élèves. Julie proposa de dresser des tentes au centre de la pelouse avec des draps et des balais. Heureusement, ces deux articles abondaient dans l'établissement. Chacun s'empara de draps et de balais et entreprit de monter sa tente. Léopold leur apprit à fabriquer des tentes, genre tipis navajos dont l'avantage était que l'on disposait à l'intérieur d'une bonne hauteur de plafond et que l'on pouvait y régler l'aération à l'aide d'un seul manche. Il expliqua également pourquoi il est intéressant de bâtir des maisons de forme ronde.

— La terre est ronde. En choisissant sa forme pour notre demeure, nous faisons osmose avec elle.

Chacun se mit à coudre, à coller et à nouer, retrouvant une adresse manuelle qu'il ignorait, n'ayant jamais eu l'occasion d'accomplir des gestes précis dans un monde de « boutons-poussoirs ».

Aux jeunes gens qui voulaient aligner leurs tentes comme dans n'importe quel camping, Léopold conseilla de les placer en cercles concentriques. L'ensemble forma une spirale avec au centre le feu, le mât porteur du drapeau et le totem de la fourmi en polystyrène.

— Ainsi, notre village aura son centre. C'est plus facile pour se situer. Le feu est comme le soleil de notre système solaire.

L'idée plut et chacun construisit son tipi de la manière préconisée par Léopold. Partout, on coupait et on liait des balais. On utilisait des fourchettes comme piquets. Léopold enseignait l'art des nœuds pour tendre les toiles. Par chance, la pelouse centrale du lycée était suffisamment vaste. Les frileux allaient près du feu, les autres préféraient la périphérie.

Sur le côté droit du lycée, on installa un podium en joignant des bureaux de professeurs. Il servirait aux discours et, bien sûr, aux concerts.

Dès que tout fut en place, on s'intéressa de nouveau à la musique. Il y avait là nombre de musiciens amateurs de fort bon niveau, spécialisés dans des genres différents. Ils se relayèrent sur l'estrade.

Les filles du club de aïkido s'étaient improvisées service d'ordre et contribuaient au bon fonctionnement de la révolution. Leur victoire sur les CRS les avait embellies. Avec leurs tee-shirts « Révolution des fourmis » artistiquement déchirés, leurs chevelures en bataille, leurs airs farouches de tigresses et leurs aptitudes au close-combat, elles ressemblaient de plus en plus à de véritables amazones.

Paul se chargea d'évaluer les réserves de la cantine. Les assiégés ne souffriraient pas de la faim. Le lycée disposait d'immenses congélateurs où s'entassaient des tonnes de nourritures diverses. Paul comprit l'importance qu'aurait leur premier vrai repas « officiel » en commun et décida d'en soigner tout particulièrement le menu. Tomates-mozzarella-basilic-huile d'olive en hors-d'œuvre (il y en avait à profusion), brochettes de coquilles Saint-Jacques et de poisson accompagnées de riz au safran en plat principal (il y avait de quoi en confectionner de pleines marmites pendant plusieurs semaines), et salade de fruits ou charlotte au chocolat amer pour dessert.

— Bravo ! le complimenta Julie. Nous allons faire la première révolution gastronomique.

— C'est parce que, avant, on n'avait pas encore inventé les congélateurs, éluda Paul, modeste.

En guise de cocktail, Paul proposa de l'hydromel, la boisson des dieux de l'Olympe et des fourmis. Sa recette : mélanger de l'eau, du miel et de la levure. Il en fit une première cuvée qui, quoique très jeune (on peut considérer que vingt-cinq minutes c'est un peu court pour le vieillissement d'un bon cru), s'avéra délicieuse.

— Trinquons.

Zoé raconta que l'habitude de trinquer en entrechoquant les verres remontait à une tradition médiévale. En trinquant, chacun recevait une goutte de l'autre, lui prouvant ainsi qu'il ne contenait pas de poison. Plus on frappait fort et plus il y avait de chances que de la boisson s'échappe et donc plus on était considéré comme digne de confiance.

Le repas fut servi dans la cafétéria. Un lycée, c'était vraiment pratique pour faire la révolution : il y avait l'électricité, le téléphone, des cuisines, des tables pour manger, des dortoirs pour dormir, des draps pour faire des tentes et tous les outils de bricolage nécessaires. Jamais ils n'auraient accompli autant de choses en plein air dans un champ.

Ils mangèrent de bon cœur, avec une pensée émue pour les révolutionnaires précédents, qui avaient été sûrement contraints de se contenter de haricots blancs en conserve et de biscuits secs.

— Rien que par ça on innove, dit Julie, qui en oubliait son anorexie.

Ensemble, ils firent la vaisselle en chantant. « Si ma mère me voyait, elle n'en reviendrait pas », pensa Julie. Jamais elle n'avait pu l'obliger à faire la vaisselle. Or, là, elle y prenait du plaisir.

Après le déjeuner, un garçon gratta de la guitare sur le podium et susurra des airs langoureux. Des couples dansèrent lentement sur la pelouse. Paul invita Élisabeth, une fille bien en chair, que les amazones du club de aïkido s'étaient donnée spontanément pour leader.

Léopold s'inclina devant Zoé et eux aussi dansèrent, serrés l'un contre l'autre.

— Je ne sais pas si on a bien fait de le laisser chanter, s'agaça Julie en fixant le chanteur de charme. Ça donne un côté mièvre à notre révolution.

— Ici, tous les genres de musique ont le droit de s'exprimer, rappela David.

Narcisse plaisantait avec un grand type musclé qui lui expliquait comment il entretenait son corps en pratiquant le body-building.

Ayant encore en bouche le goût du hors-d'œuvre, il lui demanda s'il n'avait jamais eu l'idée de s'enduire le corps d'huile d'olive pour mettre en valeur ses muscles les plus saillants.

Ji-woong invita Francine ; ils dansèrent enlacés.

David tendit la main à une amazone blondinette et réussit à très bien danser sans sa canne. Sans doute s'appuyait-il sur sa mignonne partenaire. À moins que la révolution ne lui ait fait oublier son rhumatisme articulaire chronique.

Conscients que la situation était éphémère, tous cherchaient à en profiter. Des couples s'embrassèrent. Julie les contempla, mi-ravie, mi-jalouse.

Elle nota : Règle révolutionnaire n° 5 : La révolution, somme toute, c'est assez aphrodisiaque.

Paul embrassa Élisabeth avec appétit. Chez lui, si intéressé par tous les sens, l'essentiel des plaisirs passait par la bouche et la langue.

— Vous dansez Julie ?

Le professeur d'économie se tenait devant elle. Elle s'étonna :

— Tiens, vous êtes là, vous ?

Elle fut encore plus surprise quand il déclara avoir assisté au concert de leur groupe, participé ensuite à la bataille contre les CRS et s'être à chaque fois bien amusé.

Décidément les professeurs pouvaient être des amis, se dit-elle.

Elle considéra la main tendue. L'invite lui parut un peu déplacée. Entre professeurs et élèves, il existe un mur difficile à franchir. Lui était visiblement prêt à sauter le pas. Pas elle.

— La danse ne m'intéresse pas, annonça-t-elle.

— Moi aussi, je déteste ça, rétorqua-t-il en lui prenant le bras.

Elle se laissa conduire pendant quelques mesures puis se dégagea :

— Excusez-moi. Je n'ai vraiment pas la tête à ça.

Le professeur d'économie resta coi.

Julie attrapa alors la main d'une amazone et la mit dans celle du professeur d'économie.

— Elle fera ça mille fois mieux que moi, dit-elle.

Elle s'était à peine éloignée qu'un homme filiforme se dressait devant elle.

— Je peux me présenter ? Oui, non ? Je me présente quand même : Yvan Boduler, vendeur d'espace publicitaire. Je me suis retrouvé par hasard emporté par votre petite fête et j'ai peut-être quelque chose à vous proposer.

Sans répondre, elle ralentit le pas, ce qui suffit à encourager l'autre. Il accéléra le débit de sa voix pour mieux capter son intérêt.

— Votre petite fête est vraiment bien. Vous disposez d'un lieu, il y a ici un tas de jeunes rassemblés, un groupe de rock, des artistes en herbe, tout cela va attirer assurément l'attention des médias. Je pense qu'il faudrait trouver des sponsors pour mieux continuer le bal. Si vous le voulez, je peux vous décrocher quelques contrats avec des marques de sodas, de vêtements, des radios peut-être.

Elle ralentit encore, ce que l'autre prit pour une marque d'approbation.

— On n'aurait pas besoin d'être ostentatoires. Juste quelques banderoles par-ci, par-là. Et, bien sûr, cela vous ferait une arrivée d'argent pour améliorer le confort de votre petite fête.

La jeune fille hésita. Elle s'arrêta, sembla troublée. Elle regarda fixement le bonhomme.

— Désolée. Non. Ça ne nous intéresse pas.

— Pourquoi non ?

— Ce n'est pas une... petite fête. C'est une révolution.

Elle était irritée car, elle le savait pertinemment, tant qu'il n'y aurait pas de victime, de l'avis général, leur rassemblement ne resterait qu'une simple kermesse. De là à la transformer en foire publicitaire, il y avait de la marge.

Elle enrageait. Pourquoi fallait-il absolument que le sang coule pour qu'on prenne une révolution au sérieux ?

Yvan Boduler se rattrapa de son mieux :

— Écoutez, on ne sait jamais. Si vous changez d'avis, je me fais fort de contacter des amis et...

Elle le sema parmi les danseurs. Elle imaginait la Révolution française avec, au milieu des étendards tricolores rougis de sang, une banderole clamant : « Buvez Sans-Culotte, la bière de tous les vrais révolutionnaires épris de fraîcheur et de houblon. » Et pourquoi pas la Révolution russe avec des réclames pour de la vodka et la Révolution cubaine avec des publicités pour des cigares ?

Elle se rendit dans la salle de géographie.

Elle était énervée mais elle se calma. Elle voulait absolument devenir experte en révolution et elle ouvrit l'*Encyclopédie* pour y étudier de nouvelles expériences révolutionnaires. La lecture à l'envers dans un miroir lui dévoila de nouveaux textes cachés dans les textes.

Pour chacune de ces expériences, elle mit une note dans la marge, souligna les erreurs et les innovations. Avec de l'assiduité et de l'attention, elle espérait tirer les grandes règles révolutionnaires et trouver quelle forme de société utopique était susceptible de fonctionner ici et maintenant.

126. ENCYCLOPÉDIE

UTOPIE DE FOURIER : Charles Fourier était un fils de drapier né à Besançon en 1772. Dès la révolution de 1789, il fait preuve d'étonnantes ambitions pour l'humanité. Il veut changer la société. Il explique ses projets en 1793 aux membres du Directoire qui se moquent de lui.

Dès lors, il décide de se ranger et devient caissier. Lorsqu'il a du temps libre, Charles Fourier poursuit néanmoins sa marotte de la recherche d'une société idéale qu'il décrira dans les moindres détails dans plusieurs livres dont *Le Nouveau Monde industriel et sociétaire.*

Selon cet utopiste, les hommes devraient vivre en petites communautés de mille six cents à mille huit cents membres. La communauté, qu'il nomme phalange, remplace la famille. Sans famille, plus de rapports parentaux, plus de rapports d'autorité. Le gouvernement est restreint au plus strict minimum. Les décisions importantes se prennent en commun, au jour le jour, sur la place centrale.

Chaque phalange est logée dans une maison-cité que Fourier appelle le « phalanstère ». Il décrit très précisément son phalanstère idéal : un château de trois à cinq étages. Au premier niveau, des rues rafraîchies en été par des jets d'eau, chauffées en hiver par de grandes cheminées. Au centre se trouvent une Tour d'ordre où sont installés l'observatoire, le carillon, le télégraphe Chappe, le veilleur de nuit.

Il souhaite procéder à des croisements entre des lions et des chiens afin de créer une nouvelle espèce apprivoisée. Ces chiens-lions serviraient en même temps de montures et de gardiens du phalanstère.

Charles Fourier était persuadé que si l'on appliquait ses idées à la lettre partout dans le monde, les habitants des phalanstères connaîtraient une évolution naturelle, visible sur leur organisme. Cette évolution se manifesterait notamment par la pousse d'un troisième bras au niveau de la poitrine.

Un Américain construisit un phalanstère fidèle aux plans de Fourier. En raison de problèmes architecturaux, ce fut un fiasco total. La porcherie avec ses murs de marbre était le lieu le plus soigné de l'endroit mais, problème, on avait oublié d'y prévoir des portes et on devait introduire les porcs au moyen de grues.

Des phalanstères approximatifs ou des communautés du même esprit furent créés par des disciples de Fourier partout dans le monde, notamment en Argentine, au Brésil, au Mexique et aux États-Unis.

À sa mort, Fourier renia tous ses disciples.

Edmond Wells,
Encyclopédie du Savoir Relatif et Absolu, tome III.

127. DEUXIÈME JOUR DE LA RÉVOLUTION DES DOIGTS

Phéromone d'alerte.

Le réveil est brutal. Hier soir, toutes se sont couchées en rêvant des technologies futuristes des Doigts et de l'infinité de leurs applications, et, ce matin, des phéromones piquantes inondent le campement des révolutionnaires pro-Doigts.

Alerte.

Princesse 103ᵉ dresse les antennes. En fait, ce n'est pas le matin. Cette lumière et cette chaleur ne proviennent en aucune manière d'un lever de soleil. Les fourmis ont un petit soleil bien à elles dans leur refuge de bois de pin. On appelle cela un... incendie.

Hier soir, les fourmis ingénieurs du feu se sont endormies en laissant des braises près d'une feuille sèche. Cela a suffi pour l'embraser et, en quelques secondes, d'autres feuilles se sont enflammées. Personne n'a eu le temps de réagir. Maintenant, les jolies lumières irisées jaunes et rouges se sont transformées en monstres carnivores lumineux.

Fuyons !

C'est la panique, tout le monde veut sortir au plus vite du trou de l'arbre. Pour ajouter au problème, il s'avère que ce qu'elles ont pris pour un nid d'écureuil est certes un nid d'écureuil, mais ce qu'elles avaient cru être de la mousse dans le fond n'en est pas. C'est l'écureuil lui-même.

Réveillé par le feu, le gros animal s'élance d'un bond hors du trou, renversant tout sur son passage et précipitant les fourmis au fond du tronc creux.

Elles sont prises au piège. Attisé par le courant de la chute, le feu prend considérablement ses aises et les entoure de fumées qui commencent à les asphyxier.

Princesse 103ᵉ cherche désespérément Prince 24ᵉ. Elle émet des phéromones d'appel.

24ᵉ !

Mais elle se souvient : lors de la première croisade, la pauvre créature avait la malédiction de se perdre, quel que soit l'endroit.

Le feu grandit.

Chacun cherche le salut comme il peut. Des insectes xylophages creusent les parois de la caverne de bois à vives mandibules.

Le feu croît. De longues flammèches lèchent maintenant les murs intérieurs. Les fourmis anti-feu signalent qu'on aurait mieux fait de les écouter : le feu doit rester tabou. On leur répond que ce n'est pas le moment de discuter. Peu importe qui a raison ou tort, il faut sauver coûte que coûte sa chitine.

Les révolutionnaires pro-Doigts tâchent de leur mieux de remonter la paroi mais beaucoup retombent. Leurs corps s'effondrent parmi les feuilles sèches enflammées et s'embrasent aussitôt. Leurs carapaces fondent.

Cependant, le feu n'a pas que des inconvénients. Il fournit un surcroît d'énergie aux insectes dont la vivacité dépend de la température.

24e ! lance Princesse 103e.

Il n'y a pas trace de Prince 24e.

La terrible scène rappelle à Princesse 103e un grand moment du film *Autant en emporte le vent*, l'incendie d'Atlanta. Le moment n'est pas cependant à la nostalgie de la télévision des Doigts. Voilà où ça les a menées de vouloir trop vite les copier.

On ne le trouvera pas. Essayons de nous sortir de là, émet 5e dans la confusion générale.

Et comme Princesse 103e semble vouloir s'attarder à la recherche du sexué, 5e la bouscule et lui indique un trou dans le bois à peine libéré par un insecte xylophage et déjà rebouché par un coléoptère trop gros. Elles frappent avec leur crâne et poussent avec leurs pattes pour l'en dégager, mais elles n'ont pas assez de force.

103e réfléchit. Ce que la technologie doigtesque mal contrôlée a provoqué de mal, une autre technologie doigtesque bien contrôlée peut sûrement le réparer. Elle demande aux douze jeunes exploratrices de ramasser une branchette et de l'introduire dans l'interstice afin de l'utiliser comme levier.

L'escouade, qui a déjà été témoin du peu de résultat du levier sur l'œuf de gigisse, ne montre guère d'empressement malgré les arguments de 103e. De toute manière, personne n'a d'autre solution à proposer et le temps manque pour réfléchir à d'autres idées.

Les fourmis introduisent donc la brindille et se perchent au bout pour faire levier. 8e se suspend dans le vide et fait des tractions avec ses pattes pour peser plus lourd. Cette fois-ci, ça marche. Leur force est démultipliée. Le coléoptère bouche-trou est dégagé. Enfin une issue à ce brasier.

C'est étrange de quitter cette vive et chaude lumière pour ne trouver à l'extérieur que le noir et le froid.

La nuit ne reste d'ailleurs pas sombre très longtemps car, d'un coup, l'arbre tout entier se transforme en torche. Le feu est vraiment l'ennemi des arbres. Tout le monde fuit ventre à terre, antennes rabattues en arrière. Soudain, le souffle brûlant d'une déflagration les projette en avant.

Autour d'elles, toutes sortes d'insectes galopent, paniqués.

Le feu a perdu de sa timidité. Il s'est transformé en un monstre immense qui n'en finit pas de grandir et de s'élargir et, quoique dépourvu de pattes, persiste à les poursuivre. Le bout de l'abdomen de 5ᵉ s'enflamme et elle l'éteint en le frottant dans les herbes.

La nature frémit et se pare de teintes pourpres. Les herbes sont rouges, les arbres sont rouges, la terre est rouge. Princesse 103ᵉ court, le feu rouge à ses trousses.

128. EN PLEINE ÉBULLITION

Au soir du deuxième jour, des groupes de rock se créaient spontanément et se succédaient sur le podium. Les huit « fourmis » ne jouaient plus, elles s'étaient rassemblées dans leur local du club de musique pour un *pow-wow*.

Julie affichait un ton de plus en plus décidé.

— Il faut faire décoller notre Révolution des fourmis. Si nous n'agissons pas, l'événement va retomber comme un soufflé. Nous sommes ici cinq cent vingt et un êtres humains. Profitons de ce vivier. Utilisons à fond les idées et les imaginations de tous. Il faut qu'ensemble nos énergies soient surdimensionnées.

Elle s'interrompit :

— ... 1 + 1 = 3 pourrait être une devise pour notre Révolution des fourmis !

De surcroît, la phrase était déjà inscrite sur le drapeau flottant en haut du mât. Ils ne faisaient que redécouvrir ce qu'ils possédaient déjà.

— Oui, ça nous convient davantage que « Liberté-Égalité-Fraternité », reconnut Francine. 1 + 1 = 3 signifie que la fusion des talents est supérieure à leur simple addition.

— Un système social fonctionnant à son apogée donnerait cela. C'est une belle utopie, admit Paul.

Ils tenaient leur mot d'ordre.

— À présent, c'est à nous de donner l'impulsion afin que les autres suivent, lança Julie. Je suggère qu'on y réfléchisse toute la nuit et que, demain matin, nous nous retrouvions pour que chacun propose son chef-d'œuvre, j'entends par là un projet original exprimant le meilleur de ce qu'il sait faire.

— Chaque projet retenu devra s'appliquer de façon pratique afin d'alimenter les finances de la Révolution, précisa Ji-woong.

David déclara qu'il y avait des ordinateurs dans le lycée. Branchés sur Internet, ils répandraient les idées de la Révolution des fourmis. Il était également possible de s'en servir pour créer des sociétés commerciales et, donc, de gagner de l'argent sans sortir du lycée.

— Pourquoi ne pas nous doter d'un service télématique ? suggéra Francine. Les gens pourraient ainsi nous soutenir à distance, nous envoyer des dons, nous soumettre des projets. Avec cette messagerie, nous exporterions notre révolution.

La proposition fut approuvée. Faute de relais médiatiques, ils exploiteraient le relais informatique pour disséminer leurs idées et tisser un réseau d'entraide par-delà leurs murailles.

Dehors, la fête du troisième soir fut encore plus délirante que celles des jours précédents. L'hydromel coulait à flots. Des garçons et des filles dansaient autour du feu. Des couples s'enlaçaient près des braises. Des cigarettes de marijuana de bonne qualité circulaient à foison et embaumaient la cour d'une odeur opiacée. Des tam-tams entretenaient de leurs battements un climat de délire.

Julie et ses amis ne participaient pourtant pas à la danse. Chacune dans une salle de classe, les « fourmis » peaufinaient leurs projets. Vers trois heures du matin, Julie, qui commençait à se sentir exténuée et qui mangeait de plus en plus, jugea qu'il était temps pour tous de dormir. Ils s'allongèrent tous les huit dans le local de répétition, sous la cafétéria, leur tanière.

Narcisse l'avait redécorée pour la circonstance. Pour tout ornement, il n'avait trouvé que des draps et des couvertures. Alors, il en avait mis partout. Il en avait recouvert le sol, les murs et même le plafond de plusieurs épaisseurs. Il en avait fait des fauteuils, des chaises et une table. Ils ne disposaient plus de beaucoup de place pour jouer mais d'un nid tiède et parfait. Léopold pensa que les appartements devraient comporter une pièce semblable, sans lignes droites et sans angles, avec un plancher au relief mou et modulable à l'infini.

Julie apprécia l'aménagement. Tout naturellement, et sans pudeur inutile, les autres vinrent se rouler et se serrer contre elle. Ils pensaient que tout allait trop bien pour pouvoir durer. Julie s'enveloppa de couvertures à la manière d'une momie égyptienne. Elle sentait contre elle David et Paul. Ji-woong était à l'autre bout du matelas. Ce fut quand même de lui qu'elle rêva.

129. ENCYCLOPÉDIE

L'OUVERTURE PAR LES LIEUX : Le système social actuel est défaillant : il ne permet pas aux jeunes talents d'émerger, ou bien il ne les autorise à émerger qu'après les avoir fait passer par toutes sortes de tamis qui, au fur et à mesure, leur enlèvent toute saveur. Il faudrait mettre sur pied un réseau de « lieux ouverts » où chacun pourrait, sans diplômes et sans recommandations particulières, présenter librement ses œuvres au public.

Avec des lieux ouverts, tout devient possible. Par exemple, dans un théâtre ouvert, tout le monde présenterait son numéro ou sa scène sans subir de sélection préalable. Seuls impératifs : s'inscrire au moins une heure avant le début du spectacle (pas la peine de présenter ses papiers, il suffirait d'indiquer son prénom) et ne pas dépasser six minutes.

Avec un tel système, le public risque de subir quelques avanies, mais les mauvais numéros seraient hués et les bons seraient retenus. Pour que ce type de théâtre soit viable économiquement, les spectateurs y achèteraient leur place au prix normal. Ils y consentiraient volontiers car, en deux heures, ils auraient droit à un spectacle d'une grande diversité. Pour soutenir l'intérêt et éviter que les deux heures ne soient, le cas échéant, qu'un défilé de débutants malhabiles, des professionnels confirmés viendraient à intervalles réguliers soutenir les postulants. Ils se serviraient de ce théâtre ouvert comme d'un tremplin, quitte à annoncer : « Si vous voulez voir la suite de la pièce, venez tel jour et en tel lieu. »

Ce type de lieu ouvert pourrait ensuite se décliner ainsi :
— cinéma ouvert : avec des courts métrages de dix minutes proposés par des cinéastes débutants,
— salle de concerts ouverte : pour chanteurs et musiciens en herbe,
— galerie ouverte : avec la libre disposition de deux mètres carrés chacun pour sculpteurs et peintres encore inconnus,
— galerie d'invention ouverte : mêmes impératifs d'espace pour les inventeurs que pour les artistes.

Ce système de libre présentation s'étendrait aux architectes, aux écrivains, aux informaticiens, aux publicistes... Il court-circuiterait les lourdeurs administratives. Les professionnels disposeraient ainsi de lieux où recruter de nouveaux talents, sans passer par les agences traditionnelles qui font perpétuellement office de sas.

Enfants, jeunes, vieux, beaux, laids, riches, pauvres, nationaux ou étrangers, tous disposeraient alors des mêmes chances et ne seraient jugés que sur les seuls critères objectifs : la qualité et l'originalité de leur travail.

Edmond Wells,
Encyclopédie du Savoir Relatif et Absolu, tome III.

130. MANQUE D'EAU

Pour s'élancer et s'étendre, le feu a besoin de vent et de combustible proche. Ne trouvant ni l'un ni l'autre, l'incendie s'est contenté de manger l'arbre. Une petite bruine-surprise a fini de le mettre à bas. Dommage que cette eau ne soit pas tombée plus tôt.

Les révolutionnaires pro-Doigts se comptent. Les rangs sont clairsemés. Beaucoup sont mortes et, pour les rescapées, l'émotion a été trop forte, elles préfèrent regagner leurs nids ancestraux ou leur jungle préhistorique où elles dormiront la nuit sans crainte d'être réveillées par des flammèches carnivores.

15ᵉ, l'experte en chasse, propose à l'assemblée de se mettre en quête de nourriture, car le feu a fait fuir le gibier sur plusieurs centaines de mètres à la ronde.

Princesse 103ᵉ assure que, là-haut, les Doigts mangent les aliments brûlés.

Les Doigts affirment même que c'est meilleur que la viande crue.

Les fourmis et les Doigts étant tous deux omnivores, il est possible que ce qui est comestible pour les Doigts le soit aussi pour les fourmis. L'entourage n'est pas convaincu. 15ᵉ s'empare courageusement d'une dépouille d'insecte calciné. Avec ses mandibules, elle dégage un cuissot de sauterelle grillée et approche le bout de ses labiales.

Elle n'a pas le temps d'en déguster une miette qu'elle bondit déjà de douleur. C'est chaud. 15ᵉ vient de découvrir une loi première de la gastronomie : pour manger de la nourriture cuite, il faut d'abord attendre qu'elle refroidisse un peu. Prix de cette leçon : elle a l'extrémité des labiales insensible et, plusieurs jours durant, le seul moyen qu'elle aura de reconnaître le goût d'un aliment sera de le flairer avec ses antennes.

L'idée fait cependant recette. Toutes tâtent de l'insecte cuit et trouvent ça plutôt meilleur. Cuits, les coléoptères sont plus croustillants, leurs carapaces s'effritent et sont donc moins longues à mâcher. Cuites, les limaces changent de couleur et sont plus faciles à couper. Cuites, les abeilles sont délicieusement caramélisées.

Les fourmis s'élancent pour manger leurs compagnons d'aventure avec d'autant plus d'appétit que la peur leur a creusé l'estomac et le jabot social.

Princesse 103ᵉ est toujours anxieuse. Ses antennes pendent sur ses yeux et elle baisse la tête.

Où est Prince 24ᵉ ?

Elle le cherche partout.

Où est 24ᵉ ? répète-t-elle, en courant de gauche et de droite.

Elle s'est complètement entichée de cette 24ᵉ, signale une jeune Belokanienne.

Prince 24ᵉ, précise une autre.

Maintenant, toutes savent que 24ᵉ est un mâle et 103ᵉ une femelle. Et c'est ainsi que, sur cette conversation, naît un comportement myrmécéen nouveau : les commérages sur la vie des personnes connues. Comme il n'existe pas encore de presse chez les révolutionnaires pro-Doigts, le phénomène ne prend pas trop d'ampleur.

Où es-tu, Prince 24ᵉ ? émet la princesse, de plus en plus angoissée.

Et elle erre parmi les cadavres à la recherche de son ami égaré. Parfois, elle exige même de certaines fourmis qu'elles lâchent leur nourriture afin de vérifier s'il ne s'agit pas de prince 24ᵉ. À d'autres moments, elle assemble un bout de tête à un lambeau de thorax pour essayer de reconstituer son compagnon perdu.

De guerre lasse, elle finit par renoncer et reste là, abattue.

Princesse 103ᵉ aperçoit plus loin les ingénieurs du feu. Dans les catastrophes, ce sont toujours les responsables qui s'en tirent le mieux. Une bagarre éclate entre pro et anti-feu, mais comme les fourmis ne connaissent pas encore la culpabilité ni les mises en jugement et qu'elles sont très friandes de toutes ces gourmandises grillées éparses, les chamailleries ne durent pas.

Princesse 103ᵉ étant accaparée par sa recherche de 24ᵉ, 5ᵉ prend le relais à la tête de la troupe.

Elle regroupe l'escouade et suggère de s'éloigner de ce lieu de mort afin de découvrir de nouveaux pâturages verdoyants, toujours dans la direction de l'ouest. Elle dit que la menace de la pancarte blanche pèse toujours sur Bel-o-kan et que, si les Doigts contrôlent le feu et le levier, deux techniques dont elles ont mesuré les ravages, assurément ils sont à même de détruire leur cité et ses alentours.

Une fourmi ingénieur du feu insiste pour qu'on récupère une petite braise qu'on entretiendra dans un caillou creux. Au début, tout le monde veut l'en empêcher, mais 5ᵉ comprend que c'est peut-être là leur dernier atout pour survivre jusqu'à leur nid. Trois insectes entreprennent donc de transporter le caillou creux et sa braise orange comme s'il s'agissait d'une arche d'alliance avec les dieux doigtés.

Deux fourmis sont furieuses de voir le feu si destructeur entretenu par la troupe et préfèrent abandonner. Elles ne sont finalement plus que trente-trois fourmis, les douze exploratrices et 103e, plus quelques comparses de l'île du Cornigera. Elles suivent la course du soleil, très haut dans le ciel.

131. LES HUIT BOUGIES

Troisième jour. Les huit s'étaient levés dès l'aube pour peaufiner leurs projets respectifs.

— Ce serait bien que nous nous réunissions dans le laboratoire d'informatique tous les matins vers neuf heures pour faire le point, proposa Julie.

Ji-woong se plaça le premier au centre du cercle de ses compagnons. Il annonça que le serveur informatique « Révolution des fourmis » était maintenant en place sur le réseau Internet. Il s'y était attelé dès six heures du matin et il y avait déjà quelques appels.

Allumant un écran, il présenta son serveur. Sur la page d'affichage, il y avait leur symbole avec les trois fourmis en Y, la devise 1 + 1 = 3 et en gros titre : RÉVOLUTION DES FOURMIS.

Ji-woong leur fit visiter le service agora qui permettait les débats publics, le service information qui annonçait leurs activités quotidiennes, et le service soutien qui permettait aux connectés de s'inscrire dans les programmes en cours.

— Tout fonctionne. Les connectés veulent surtout comprendre pourquoi nous avons nommé notre mouvement « Révolution des fourmis » et quel rapport ça a avec ces insectes.

— Justement, il nous faut creuser notre originalité. L'association aux fourmis est un thème inattendu de révolte, raison de plus pour le revendiquer, affirma Julie.

Les Sept Nains approuvèrent.

Ji-woong leur apprit que, toujours par ordinateur et sans sortir du lycée, il avait déposé le nom « Révolution des fourmis » et ouvert une SARL qui leur permettrait de développer des projets. Il tapa sur le clavier. Les statuts de la société apparurent, ainsi que sa comptabilité à venir.

— Désormais, non seulement nous sommes un groupe de rock, non seulement nous sommes un groupe de jeunes occupant le lycée et un serveur informatique, mais nous sommes aussi une société économique capitaliste à part entière. Ainsi, nous battrons le vieux monde avec ses propres armes, annonça Ji-woong.

Tous scrutaient l'écran.

— C'est bien, dit Julie, mais notre SARL « Révolution des fourmis » doit reposer sur des piliers économiques solides. Si nous nous contentons de faire la fête, le mouvement s'étiolera très vite. Avez-vous élaboré des projets qui nous permettront de faire tourner notre SARL ?

Narcisse se plaça à son tour au centre des regards.

— Mon idée est de créer une collection de vêtements « Révolution des fourmis », inspirée des insectes. Je privilégierai les matériaux *made in Insectland*, pas seulement la soie du ver à soie mais aussi celle de l'araignée dont la solidité, la légèreté et la souplesse sont telles qu'elle sert à la fabrication des gilets pare-balles dans l'armée américaine. Je compte reproduire des motifs d'ailes de papillon sur les tissus et utiliser ceux des carapaces de scarabée pour une ligne de bijoux.

Il leur soumit quelques croquis et échantillons auxquels il avait travaillé toute la nuit. Tous approuvèrent ; c'est ainsi que la SARL « Révolution des fourmis » créa aussitôt sa première filiale, laquelle concernerait les vêtements et la mode. Ji-woong ouvrit un module de gestion réservé aux productions de Narcisse. Nom de code : « Société Papillon ». Simultanément, il créa une vitrine virtuelle où seraient présentés aux connectés les modèles inventés par Narcisse à partir de l'observation des insectes.

Puis, ce fut au tour de Léopold de présenter son projet.

— Mon idée est de fonder une agence d'architecture afin de fabriquer des maisons insérées dans des collines.

— Quel en est l'intérêt ?

— La terre protège idéalement du chaud, du froid mais aussi des radiations, des champs magnétiques et de la poussière, expliqua-t-il. La colline résiste au vent, à la pluie et à la neige. La terre est le meilleur matériau de vie.

— En fait, tu veux construire des maisons troglodytes. Elles ne risquent pas d'être un peu sombres ? demanda Julie.

— Pas du tout. Il suffit de creuser au sud une baie vitrée en guise de solarium et, au sommet, une baie zénithale qui permette de voir en permanence la succession des jours et des nuits. Ainsi, les habitants de ce type de maisons vivront pleinement au milieu de la nature. Le jour, ils profiteront du soleil. Ils pourront bronzer à la fenêtre. La nuit, ils s'endormiront en regardant les étoiles.

— Et à l'extérieur ? questionna Francine.

— Il y aura de la pelouse, des fleurs, des arbres sur les murs extérieurs. L'air embaumera la verdure. C'est une maison fondée sur la vie, pas comme celles en béton ! Les murs respireront. Les murs feront leur photosynthèse. Les murs seront recouverts de vie végétale et animale.

— Pas bête. En plus, tes constructions ne dépareront pas le paysage, remarqua David.

— Et pour les sources d'énergie ? demanda Zoé.

— Des capteurs solaires installés au sommet de la colline fourniront l'électricité. Il est possible de bien vivre dans une maison incluse dans une colline sans renoncer au confort et à la modernité, souligna Léopold.

Il leur présenta les plans de sa maison idéale. Elle était en forme de dôme et semblait en effet confortable et spacieuse.

C'était donc ça que concoctait Léopold depuis le temps qu'il dessinait des habitations utopiques ! Tous savaient que, comme la plupart des Indiens, il cherchait à sortir du concept de maison carrée pour intégrer des formes rondes. Une maison-colline, ce n'était en fait qu'un très grand tipi, si ce n'est que les murs en étaient plus épais.

Ils étaient enthousiastes et Ji-woong s'empressa d'ajouter sur son ordinateur cette nouvelle filiale architecturale. Il demanda simplement à Léopold de dessiner et de mettre en volume avec des images de synthèse sa maison idéale afin que les gens puissent la visiter et en apprécier les avantages. Cette seconde filiale fut baptisée « Société la Fourmilière ».

Au tour de Paul d'entrer dans le cercle.

— Mon idée est de créer une ligne de produits alimentaires à base de productions d'insectes : miels, miellats, champignons, mais aussi propolis, gelée royale... Je pense pouvoir inventer des goûts inconnus et des saveurs nouvelles en puisant dans le monde des insectes. Les fourmis fabriquent à partir du miel de puceron un alcool qui ressemble beaucoup à notre hydromel, d'où mon idée de varier aussi les hydromels pour en découvrir de nouvelles nuances.

Il sortit un flacon et leur fit goûter un peu de sa boisson ; tous reconnurent qu'elle était bien meilleure que la bière ou le cidre.

— Elle est parfumée au miellat de puceron, précisa Paul. J'en ai trouvé dans les rosiers du lycée et je l'ai fait fermenter cette nuit avec de la levure dans les cornues de la salle de chimie.

— Commençons par déposer une marque d'hydromel, dit Ji-woong en s'activant sur l'ordinateur. Ensuite, nous le vendrons par correspondance.

La société et sa ligne d'aliments furent donc baptisées « Hydromel ».

À Zoé.

— Dans l'*Encyclopédie du Savoir Relatif et Absolu*, Edmond Wells prétend que les fourmis parviennent à des C.A., des Communications Absolues, en joignant leurs antennes et en branchant ainsi directement leurs cerveaux l'un sur l'autre. Ça m'a fait rêver. Si les fourmis y parviennent, pourquoi pas les humains ? Edmond Wells suggère de fabriquer des prothèses nasales adaptées au système olfactif humain.

— Tu veux instaurer un dialogue phéromonal humain ?

— Oui. Mon idée est de tenter de fabriquer cette machine. En se dotant d'antennes, les humains se comprendraient mieux.

Elle emprunta l'*Encyclopédie* de Julie et montra à tous les plans de l'étrange appareil dessiné par Edmond Wells : deux cônes soudés d'où partaient deux antennes fines et recourbées.

— Dans l'atelier de travaux pratiques des brevets d'études techniques, il y a tout ce qu'il faut pour fabriquer ça : des moules, des résines de synthèse, des composants électroniques... Heureusement que le lycée comprend cette section technique, nous avons ainsi à notre portée un vrai atelier équipé d'outils de haute technologie.

Ji-woong se montra sceptique. À court terme, il ne voyait pas quelle activité économique pouvait en découler. Comme l'idée de Zoé amusait le reste du groupe, il fut décidé de lui allouer un budget dit de « recherche théorique en communication » afin qu'elle commence à bricoler ses « antennes humaines ».

— Mon projet n'est pas rentable non plus, indiqua Julie en se plaçant au centre du cercle. Lui aussi est lié à une invention bizarre décrite dans l'*Encyclopédie*.

Elle tourna les pages et leur présenta un schéma, un plan parcouru d'indications fléchées.

— Edmond Wells appelle cette machine une « Pierre de Rosette », probablement en hommage à Champollion qui a ainsi baptisé le fragment de stèle qui lui a permis de déchiffrer les hiéroglyphes de l'Égypte antique. La machine d'Edmond Wells décompose les molécules odorantes des phéromones fourmis de façon à les transformer en mots intelligibles par les humains. De même, en sens inverse, elle décompose nos mots pour les traduire en phéromones fourmis. Mon idée est de tenter de construire cette machine.

— Tu plaisantes ?

— Mais non ! Il y a longtemps que, techniquement, il est possible de décomposer et de recomposer des phéromones fourmis ; seulement, personne n'en a saisi l'intérêt. Le problème, c'est que toutes les études scientifiques concernant les fourmis ont toujours eu pour but de les exterminer pour en débarrasser nos cuisines. C'est comme si on avait confié l'étude du dialogue avec les extraterrestres à des entreprises de boucherie.

— De quoi as-tu besoin comme matériel ? interrogea Ji-woong.

— Un spectromètre de masse, un chromatographe, un ordinateur et, bien sûr, une fourmilière. Les deux premiers engins, je les ai déjà dénichés dans la section de préparation au B.E.P. de parfumeur. Quant à la fourmilière, j'en ai vu une dans le jardin du lycée.

Le groupe ne semblait pas enthousiaste.

— Il est normal qu'une Révolution des fourmis s'intéresse aux fourmis, insista Julie, face aux mines sceptiques de ses amis.

Ji-woong estimait qu'il valait mieux que leur chanteuse conserve son rôle de figure de proue de leur révolution et ne se disperse pas en se lançant dans des recherches ésotériques. Elle tenta un suprême argument :

— Peut-être que l'observation et la communication avec les fourmis nous aideront à mieux gérer notre révolution.

Ils s'y plièrent et Ji-woong lui alloua un deuxième budget « recherche théorique ».

Puis ce fut au tour de David.

— J'espère que ton projet sera plus rentable dans l'immédiat que ceux de Zoé et Julie, lança le Coréen.

— Après l'esthétique fourmi, après les saveurs fourmis, après l'architecture fourmi, après le dialogue antennaire, après le contact direct avec les fourmis, mon idée est de créer un bouillonnement de communications semblable à celui d'une fourmilière.

— Explique-toi.

— Imaginez un carrefour où, quel qu'en soit le domaine, toutes les informations se rejoignent et se confrontent les unes aux autres. Pour l'instant, j'ai appelé ça le « Centre des questions ». En fait, c'est tout simplement un serveur informatique qui se propose de répondre à toutes les questions qu'un humain peut se poser. C'est le concept même de l'*Encyclopédie du Savoir Relatif et Absolu* : rassembler le savoir d'une époque et le redistribuer pour que tous puissent en profiter. C'est aussi ce qu'ont souhaité réaliser Rabelais, Léonard de Vinci et les encyclopédistes du dix-huitième siècle.

— Encore une bonne œuvre qui ne nous rapportera rien ! soupira Ji-woong.

— Pas du tout ! Attends un peu, protesta David. Toute question a un prix et nous facturerions notre réponse en fonction de sa complexité ou des difficultés à la trouver.

— Je ne comprends pas.

— De nos jours, la vraie richesse, c'est le savoir. Il y a eu tour à tour l'agriculture, la production d'objets manufacturés, le commerce, les services ; à présent, c'est le savoir. Le savoir est en soi une matière première. Celui qui est suffisamment savant en météorologie pour prévoir avec exactitude le temps de l'année prochaine est à même d'indiquer où et quand planter des légumes pour obtenir un rendement maximal. Celui qui sait au mieux où implanter son usine pour en tirer la meilleure production au moindre coût gagnera plus d'argent. Celui qui connaît la vraie bonne recette de la soupe au pistou peut ouvrir un restaurant qui gagnera de l'argent. Ce que je propose c'est de créer la banque de données absolue, celle qui répondra, je le répète, à toutes les questions qu'un humain peut se poser.

— La soupe au pistou et quand planter les légumes ? ironisa Narcisse.

— Oui, c'est infini. Cela va de « quelle heure est-il très précisément ? » question que nous facturerons peu cher, à « quel est le secret de la pierre philosophale ? » qui coûtera bien plus. Nous délivrerons des réponses tous azimuts.

— Tu n'as pas peur de délivrer des secrets qui ne doivent pas être révélés ? demanda Paul.

— Lorsqu'on n'est pas prêt à entendre ou à comprendre une réponse, elle ne nous profite pas. Si je te donnais, à cet instant, le secret de la pierre philosophale ou du Graal, tu ne saurais quoi en faire.

Cette réponse suffit à convaincre Paul.

— Et toi, comment feras-tu pour avoir réponse à tout ?

— Il faut s'organiser. Nous nous brancherons sur toutes les banques de données informatiques courantes, banques de données scientifiques, historiques, économiques, etc. Nous utiliserons également le téléphone pour demander des réponses aux instituts de sondages, à de vieux sages, recouper des informations, avoir recours à des agences de détectives, aux bibliothèques du monde entier. En fait, je propose d'utiliser intelligemment les réseaux et les banques d'information qui existent déjà afin de créer un carrefour du savoir.

— Très bien, j'ouvre la filiale « Centre des questions », annonça Ji-woong. Nous lui allouerons le plus gros disque dur et le plus rapide des modems du lycée.

Francine se plaça à son tour au centre du cercle. Après le projet de David, il semblait impossible de surenchérir. Pourtant Francine semblait sûre d'elle, comme si elle avait gardé le meilleur pour la fin.

— Mon projet est, lui aussi, lié aux fourmis. Que sont-elles pour nous ? Une dimension parallèle mais plus petite, donc nous n'y prêtons pas attention. Nous ne déplorons pas leurs morts. Leurs chefs, leurs lois, leurs guerres, leurs découvertes nous sont inconnus. Pourtant, de nature, nous sommes attirés par les fourmis car, intuitivement, dès l'enfance, nous savons que leur observation nous renseigne sur nous-mêmes.

— Où veux-tu en venir ? demanda Ji-woong, dont le seul souci était : cette idée donnera-t-elle lieu à une filiale ou pas ?

Francine prenait son temps.

— Comme nous, les fourmis vivent dans des cités parcourues de pistes et de routes. Elles connaissent l'agriculture. Elles se livrent à des guerres de masse. Elles sont séparées en castes... Leur monde est semblable au nôtre, en plus petit, c'est tout.

— D'accord, mais en quoi cela débouche-t-il sur un projet ? s'impatienta Ji-woong.

— Mon idée consiste à créer un monde plus petit que nous observerons afin d'en tirer des leçons pratiques. Mon projet est de créer un monde informatique virtuel dans lequel nous implanterons des habitants virtuels, une nature virtuelle, des animaux virtuels, une météo virtuelle, des cycles écologiques virtuels afin que tout ce qui se passe là-bas soit similaire à ce qui se passe dans notre monde.

— Un peu comme dans le jeu *Évolution* ? demanda Julie qui commençait à comprendre où son amie voulait en venir.

— Oui, si ce n'est que dans *Évolution* les habitants font ce que leur commande le joueur. Moi, je compte pousser plus loin la similitude avec notre monde. Dans *Infra-World*, c'est le nom que j'ai donné à mon projet, les habitants seront complètement libres et autonomes. Tu te rappelles la conversation que nous avons eue, Julie, à propos du libre arbitre ?

— Oui, tu disais que c'était la plus grande preuve d'amour que Dieu nous porte, il nous laisse faire des bêtises. Et tu disais que c'était mieux qu'un dieu directif, car cela permettait de savoir si on voulait bien se comporter et si on était capables de trouver par nous-mêmes la bonne voie.

— Exactement. Le « libre arbitre »... la plus grande preuve d'amour de Dieu pour les hommes : sa non-intervention. Eh bien, je compte offrir la même chose à mes habitants d'*Infra-World*. Le libre arbitre. Qu'ils décident eux-mêmes de leur évolution sans que quiconque les aide. Ainsi, ils seront vraiment comme nous. Et j'étends cette notion cruciale de libre arbitre à tous les animaux, tous les végétaux, tous les minéraux. *Infra-World* est un monde indépendant et c'est en cela qu'il sera similaire, je crois, au nôtre. Et c'est aussi en cela que son observation nous apportera des informations vraiment précieuses.

— Tu veux dire que, contrairement au jeu *Évolution*, il n'y aura personne pour leur indiquer quoi que ce soit ?

— Personne. Nous ne ferons que les observer et à la limite introduire des éléments dans leur monde pour voir comment ils réagissent. Les arbres virtuels pousseront tout seuls. Les gens virtuels cueilleront instinctivement leurs fruits. Les usines virtuelles en feront, très logiquement, des confitures virtuelles.

— ... Qui seront ensuite mangées par des consommateurs virtuels, continua Zoé, très impressionnée.

— Quelle différence avec notre monde alors ?

— Le temps. Il passera dix fois plus vite là-bas qu'ici. Ce qui nous permettra d'observer les macrophénomènes. Un peu comme si nous observions notre monde en accéléré.

— Et où est l'intérêt économique ? s'inquiéta Ji-woong, toujours soucieux de rentabilité.

— Il est énorme, répondit David qui avait déjà perçu toutes les implications du projet de Francine. On pourra tout tester dans *Infra-World*. Imaginez un monde informatique où tous les comportements des habitants virtuels ne sont plus préprogrammés mais librement issus de leurs esprits !

— Comprends toujours pas.

— Si on veut savoir si le nom d'une marque de lessive intéresse le public, il suffira de l'introduire dans *Infra-World* et on saura comment les gens réagissent. Les habitants virtuels choisiront ou repousseront librement le produit. On obtiendra ainsi des réponses bien plus fidèles et bien plus rapides que celles fournies par les instituts de sondages car, au lieu de tester une marque sur un échantillon de cent personnes réelles, on la testera sur des populations entières de millions d'individus virtuels.

Ji-woong fronça les sourcils pour bien saisir la portée d'un tel projet.

— Et comment introduiras-tu tes barils de lessive à tester dans *Infra-World* ?

— Par des hommes-ponts. Des individus aux apparences normales : des ingénieurs, des médecins, des chercheurs de leur monde auxquels nous livrerons les produits à tester. Eux seuls sauront que leur univers n'existe pas et qu'il n'a pour finalité que de réaliser des expériences au bénéfice de la dimension supérieure.

Il leur était apparu difficile de surpasser en ambition le projet « Centre des questions » de David et, pourtant, Francine y était parvenue. Maintenant, ils commençaient à entrevoir l'ampleur de son projet.

— On pourra même tester des politiques entières dans *Infra-World*. On vérifiera quels résultats produisent à court, moyen et long terme le libéralisme, le socialisme, l'anarchisme, l'écologisme... Les députés verront les effets d'une loi. Nous aurons à notre disposition une mini-humanité cobaye qui nous permettra de gagner du temps en épargnant à l'humanité grandeur nature de faire fausse route.

À présent, l'excitation était à son comble chez les huit.

— Fantastique ! s'exclama David. *Infra-World* sera même capable d'alimenter mon « Centre des questions ». Avec ton monde virtuel, tu trouveras sûrement des réponses à toutes sortes de questions que nous n'aurions pas résolues autrement.

Francine avait un regard de visionnaire.

David lui donna une bourrade dans le dos.

— En fait, tu te prends pour Dieu. Tu vas créer de toutes pièces un petit monde complet et tu l'observeras avec la même curiosité que Zeus et les dieux de l'Olympe scrutèrent cette terre.

— Peut-être que déjà, chez nous, les lessives sont testées à l'intention d'une dimension supérieure, intervint Narcisse, narquois.

Ils pouffèrent puis leurs rires se firent moins naturels.

— ... Peut-être, murmura Francine, soudain songeuse.

132. ENCYCLOPÉDIE

JEU D'ÉLEUSIS : Le but du jeu d'Éleusis est de trouver... sa règle.

Une partie nécessite au moins quatre joueurs. Au préalable, l'un des joueurs, qu'on appelle Dieu, invente une règle et l'inscrit sur un morceau de papier. Cette règle est une phrase baptisée « La Règle du monde ». Deux jeux de cinquante-deux cartes sont ensuite distribués jusqu'à épuisement entre les joueurs. Un joueur entame la partie en posant une carte et en déclarant : « Le monde commence à exister. » Le joueur baptisé Dieu fait savoir « cette carte est bonne » ou « cette carte n'est pas bonne ». Les mauvaises cartes sont mises à l'écart, les bonnes alignées pour former une suite. Les joueurs observent la suite de cartes acceptées par Dieu et s'efforcent, tout en jouant, de trouver quelle logique préside à cette sélection. Lorsque quelqu'un pense avoir trouvé la règle du jeu, il lève la main et se déclare « prophète ». Il prend alors la parole à la place de Dieu pour indiquer aux autres si la dernière carte posée est bonne ou mauvaise. Dieu surveille le prophète et, si celui-ci se trompe, il est destitué. Si le prophète parvient à donner pour dix cartes d'affilée la bonne réponse, il énonce la règle qu'il a déduite et les autres la comparent avec celle inscrite sur le papier. Si les deux se recoupent, il a gagné, sinon, il est destitué. Si, les cent quatre cartes posées, personne n'a trouvé la règle et que tous les prophètes se sont trompés, Dieu a gagné.

Mais il faut que la règle du monde soit facile à découvrir. L'intérêt du jeu, c'est d'imaginer une règle simple et pourtant difficile à trouver. Ainsi, la règle « alterner une carte supérieure à neuf et une carte inférieure ou égale à neuf » est très difficile à découvrir car les joueurs ont naturellement tendance à prêter toute leur attention aux figures et aux alternances des couleurs rouge et noire. Les règles « uniquement des cartes rouges, à l'exception des dixième, vingtième et trentième » ou « toutes les cartes à l'exception du sept de cœur » sont interdites car trop difficiles à démasquer. Si la règle du monde est introuvable, c'est le joueur

« Dieu » qui est disqualifié. Il faut viser « une simplicité à laquelle on ne pense pas d'emblée ». Quelle est la meilleure stratégie pour gagner ? Chaque joueur a intérêt à se déclarer au plus vite prophète même si c'est risqué.

Edmond Wells,
Encyclopédie du Savoir Relatif et Absolu, tome III.

133. LA RÉVOLUTION EN MARCHE

Princesse 103e se baisse pour suivre les évolutions d'un troupeau d'acariens qui transhume entre les griffes de sa patte avant, vers le trou d'une souche de sapin.

Ces acariens sont sans doute aussi petits pour nous que nous le sommes pour les Doigts, pense-t-elle.

Elle les observe par curiosité. L'écorce gris pâle se fissure longitudinalement en plaques courtes et étroites, petits ravins remplis d'acariens. 103e se penche et assiste à la guerre entre cinq mille acariens, qu'elle reconnaît comme étant de type oribates, contre trois cents acariens de type hydrachnidés. Princesse 103e les regarde un instant. Les oribates sont particulièrement impressionnants avec leurs griffes plantées n'importe où, sur les coudes, les épaules, et même le visage.

La princesse se demande pourquoi les hydrachnidés qu'on trouve essentiellement dans l'eau viennent envahir les arbres. Ces infimes crustacés poilus, caparaçonnés, armés de crochets, de scies, de stylets, de rostres compliqués se livrent des batailles épiques. Dommage que 103e n'ait pas le temps de poursuivre son observation. Nul ne connaîtra les guerres, les invasions, les drames, les tyrans du peuple des acariens. Nul ne saura qui d'entre les oribates ou les hydrachnidés a gagné la minuscule bataille de la trentième fissure verticale du grand sapin. Peut-être que, dans une autre fissure, d'autres acariens encore plus spectaculaires, des sarcoptes, des tyroglyphes, des ixodes, des dermancentors, ou des argas, se livrent des batailles encore plus fantastiques pour des enjeux encore plus passionnants. Mais tout le monde s'en désintéresse. Même les fourmis. Même 103e.

Pour sa part, elle a décidé de s'intéresser aux Doigts géants et puis à elle-même. Cela lui suffit.

Elle reprend la route.

Tout autour d'elle, la colonne de la Révolution des Doigts ne cesse de grandir. Ils étaient trente-trois après l'incendie, ils sont bientôt cent insectes de différentes sortes. Loin de les effrayer, la fumée produite par le brasero attire en effet les curieux. Ils viennent voir le feu dont ils ont tant entendu parler et écouter les récits de l'odyssée de 103ᵉ.

Princesse 103ᵉ demande régulièrement aux nouveaux arrivants s'ils n'ont pas vu un mâle fourmi dont les odeurs passeport répondent au numéro de 24ᵉ. Personne n'a ce nom en tête. Tous veulent voir le feu.

Ce serait donc ça, le terrible feu.

Prisonnier dans sa gangue de pierre, le monstre semble assoupi, mais les mères coléoptères n'en avertissent pas moins leurs petits de ne pas s'approcher, c'est dangereux.

Comme le brasero est lourd, 14ᵉ, spécialiste des contacts avec les peuplades étrangères, propose de le faire porter par un escargot. Elle parvient à se faire comprendre d'un gastéropode et le convainc qu'avoir une chaleur sur le dos est très bon pour la santé. La bête accepte plus par peur des fourmis qu'autre chose. Satisfaite, 5ᵉ suggère qu'on charge de la même manière d'autres escargots de nourriture et de braseros.

L'escargot est un animal lent qui présente l'avantage d'être tout terrain. Son mode de locomotion est vraiment bizarre. Il lubrifie le sol de sa bave puis glisse sur la patinoire qu'il a ainsi créée devant lui. Les fourmis, qui jusque-là les mangeaient sans les observer, n'en reviennent pas de voir ces animaux produire de la bave à l'infini.

Évidemment, la substance pose un problème aux fourmis qui marchent derrière et se retrouvent à patauger dedans. Cela les oblige à avancer sur deux colonnes de chaque côté de la ligne de bave.

Cette procession de fourmis, où s'intercalent des escargots écarlates et fumants, impressionne. Des insectes, fourmis pour la plupart, sortent des fourrés, l'antenne interrogatrice, l'abdomen replié. Il n'existe pas de certitudes dans ce monde au ras des pierrailles, l'idée de marcher ensemble pour résoudre une énigme cosmique exalte quelques exploratrices étrangères blasées et quelques jeunes guerrières effrontées.

De cent, ils passent à cinq cents. La Révolution pro-Doigts prend figure de grande armée en transhumance.

Seul élément surprenant, le peu d'enthousiasme de la princesse héroïne. Les insectes ne parviennent pas à comprendre qu'on puisse accorder autant d'importance à un individu en particulier, fût-il prince 24ᵉ. Mais 10ᵉ entretient bien la légende et elle explique que c'est là encore une maladie typiquement doigtesque : l'attachement aux êtres particuliers.

134. UNE BELLE JOURNÉE

Tout en œuvrant à la construction de leur mini-révolution, Julie et ses compagnons goûtaient à cette sensation rafraîchissante : voir son esprit individuel s'élargir à un esprit collectif comme si, soudain, lui était révélé un extraordinaire secret : l'esprit n'est pas limité à la prison du corps, l'intelligence n'est pas limitée à la caverne de son crâne. Il suffisait que Julie le veuille pour que son esprit sorte du crâne et se transforme en un immense napperon de dentelle de lumière s'agrandissant sans cesse pour se répandre autour d'elle.

Son esprit était capable d'envelopper le monde ! Elle avait toujours su qu'elle n'était pas qu'un gros sac rempli d'atomes, mais de là à percevoir cette sensation de toute-puissance spirituelle...

Simultanément elle ressentit une deuxième sensation forte : « Je ne suis pas importante. » S'étant élargie, s'étant réalisée dans le groupe des révolutionnaires fourmis, puis dans la capacité à étendre son esprit au monde, son individualité lui importait moins. Julie Pinson lui semblait quelqu'un d'externe dont elle suivait les agissements comme si elle n'était pas directement concernée. C'était une vie parmi tant d'autres. Elle n'avait plus le côté unique et tragique que comprend tout destin humain.

Julie se sentait légère.

Elle vivait, elle mourrait, la belle, rapide et inintéressante affaire. Par contre, il restait ça : son esprit pouvait traverser l'espace et le temps, s'envoler comme un immense napperon de lumière ! Ça, c'était un savoir immortel.

« Bonjour, mon *esprit* », murmura-t-elle.

Mais comme elle n'était pas préparée à gérer une telle sensation avec son cerveau fonctionnant uniquement à 10 % de ses capacités comme celui de tout un chacun, elle revint dans le petit appartement exigu de son crâne. Là, son napperon de lumière se tint tranquille, serré froissé au fond de son crâne tel un vulgaire Kleenex.

Julie montait des tables, transportait des chaises, liait des cordes de tente, plantait des fourchettes-piquets, saluait les amazones, courait pour aider d'autres révolutionnaires à tenir un édifice en équilibre, buvait un petit coup d'hydromel pour se redonner chaud au ventre, chantonnait en besognant.

Quelques gouttes de sueur perlaient à son front et au-dessus de sa bouche. Lorsque ces dernières glissèrent aux commissures des lèvres, elle les aspira d'un coup.

Les révolutionnaires des fourmis passèrent le troisième jour d'occupation du lycée à construire des stands pour présenter leurs projets. Ils avaient d'abord songé à les aménager dans les salles de classe mais Zoé déclara qu'il serait plus convivial de les installer en bas, sur la pelouse de la cour, à proximité des tentes et du podium. Ainsi, tout le monde pourrait les visiter et participer.

Une tente tipi, un ordinateur, un fil électrique et un fil de téléphone suffisaient à créer une cellule économique viable.

Grâce aux ordinateurs, en quelques heures, la plupart des huit projets étaient prêts à fonctionner. Si la révolution communiste, c'était « les Soviets plus l'électricité », leur révolution, c'était « les fourmis plus l'informatique ».

Dans son stand d'architecture, Léopold exhibait une maquette en trois dimensions en pâte à modeler de sa demeure idéale et expliquait le principe des courants d'air chauds et froids circulant entre la terre et les murs pour régler la thermie comme dans une fourmilière.

Le stand « Centre des questions » de David présentait un ordinateur à large écran et un gros disque dur ronronnant où les informations étaient stockées et regroupées. David se livrait à des démonstrations de sa machine et de son réseau. Des gens se proposaient pour l'aider à constituer les tentacules de recherche d'informations.

Au stand « SARL Révolution des fourmis », Ji-woong mettait en ordre les ardeurs révolutionnaires et disséminait les informations sur leurs activités. Déjà, un peu partout dans le monde, des lycées, des universités et même des casernes se portaient volontaires pour organiser des expériences similaires dans leurs établissements respectifs.

Ji-woong tirait pour eux les leçons de leur expérience de trois jours : commencer par faire la fête puis enchaîner avec la constitution d'une SARL et créer des filiales à l'aide des instruments informatiques.

Ji-woong espérait qu'en se répandant géographiquement, la Révolution des fourmis s'enrichirait de nouvelles initiatives. Il suggérait d'ailleurs à chaque révolution des fourmis étrangère de les imiter.

Le Coréen donnait le plan de la disposition du podium, des tipis, du feu. Et surtout il exposait les symboles de leur révolution : les fourmis, la formule « $1+1=3$ », l'hydromel, la pratique du jeu d'Éleusis.

Au stand « Mode », Narcisse s'était entouré d'amazones en guise de mannequins ou de petites mains. Certaines présentaient ses vêtements imprimés de motifs d'insectes. D'autres en peignaient sur des draps blancs, en suivant les directives du styliste.

Zoé, un peu plus loin, n'avait pas grand-chose à montrer mais elle expliquait son ambition d'une communication absolue entre les humains et son idée de procéder grâce à des antennes nasales. Au début, cela faisait sourire mais, bien vite, on finissait par l'écouter, ne serait-ce que pour rêver d'une telle prouesse. En fait, tout le monde regrettait de n'avoir jamais vraiment communiqué avec qui que ce soit, ne serait-ce qu'une fois.

Au stand « Pierre de Rosette », Julie installait sa fourmilière. Des volontaires l'avaient aidé à creuser profondément dans le jardin afin de s'emparer du nid tout entier, reine comprise. Julie l'avait ensuite placé dans un aquarium, venu tout droit de la salle de biologie.

Les distractions ne manquaient pas. Les tables avaient été laissées en place dans la salle de ping-pong où les tournois se succédaient. Le laboratoire de langues, avec son matériel vidéo, faisait à présent fonction de salle de cinéma. Plus loin, on jouait au jeu d'Éleusis révélé par l'*Encyclopédie du Savoir Relatif et Absolu*. Son objectif de découvrir quelle était la règle était parfait pour développer les imaginations et il devint très vite le jeu fétiche.

Pour les déjeuners, Paul s'était piqué de préparer les meilleurs repas possible. « Plus la nourriture sera bonne, plus les révolutionnaires seront motivés », expliquait-il. Il nourrissait aussi l'ambition que la Révolution des fourmis soit classée dans les guides touristiques en tant que haut lieu gastronomique. Il veillait personnellement à la préparation des plats en cuisine et inventait des saveurs nouvelles à l'aide de ses miels exotiques. Miel frit, miel confit, miel en poudre, miel en sauce, il essayait toutes les combinaisons.

Il y avait de la farine dans les réserves et Paul proposa que la Révolution fabrique elle-même son pain puisqu'il était impossible de sortir en acheter dans une boulangerie. Des militants démontèrent un muret pour disposer de briques avec lesquelles ils construisirent un four à pain. Paul dirigeait la gestion du potager et du verger qui allaient leur fournir des fruits et légumes frais, même en cas d'embargo total.

Dans son stand « Gastronomie », Paul assurait à qui voulait l'entendre qu'il fallait faire confiance à son odorat pour repérer les bons aliments. Et, à le voir renifler ses jus de miel et ses légumes, on savait que la nourriture allait être de qualité.

Une amazone vint informer Julie qu'au téléphone, un certain Marcel Vaugirard, journaliste local, demandait à parler au « chef de la révolution ». Elle lui avait dit qu'il n'y avait pas de chef, mais que Julie pouvait être considérée comme leur porte-parole, il réclamait donc une interview. Elle le prit.

— Bonjour, monsieur Vaugirard. Je suis surprise de ce coup de fil. Je croyais que vous parliez mieux des événements sans les connaître, remarqua Julie, mutine.

Il éluda.

— Je voudrais savoir le nombre de manifestants. La police m'a dit qu'il y avait une centaine de squatters qui s'étaient claquemurés dans un lycée, empêchant son fonctionnement normal, je voulais avoir votre estimation.

— Vous allez faire la moyenne entre le chiffre de la police et celui que je vais vous donner ? Inutile. Sachez que nous sommes exactement cinq cent vingt et un.

— Et vous vous réclamez du gauchisme ?

— Pas du tout.

— Du libéralisme, alors ?

— Non plus.

Au bout du fil, l'homme semblait agacé.

— On est forcément de droite ou de gauche, affirma-t-il.

Julie se sentit lasse.

— Vous ne semblez capable de penser que dans deux directions, soupira la jeune fille. On n'avance pas qu'à gauche ou à droite. On peut aussi aller en avant ou en arrière. Nous, c'est « en avant ».

Marcel Vaugirard rumina longuement cette réponse, déçu qu'elle ne corresponde pas avec ce qu'il avait déjà écrit.

Zoé, qui écoutait près de Julie, s'empara de l'appareil :

— Si on devait nous associer à un parti politique, il faudrait l'inventer et le nommer le parti « évolutionniste », l'informa-t-elle. Nous sommes pour que l'homme évolue plus vite.

— Ouais, c'est ce que je pensais, vous êtes des gauchistes, conclut le journaliste local, rassuré.

Et il raccrocha, content d'avoir une fois de plus tout compris d'avance. Marcel Vaugirard était un grand amateur de mots croisés. Il aimait que tout entre dans des cases. Pour lui, un article n'était qu'une grille toute prête dans laquelle on faisait rentrer des éléments à peine variables. Il disposait ainsi de toute une série de grilles. Une pour les articles politiques, une pour les événements culturels, une pour les faits divers, une autre encore pour les manifestations. Il commença à taper son article avec son titre déjà tout prêt : « Un lycée sous haute surveillance ».

Énervée par cette conversation, Julie ressentit le besoin étrange de manger. Elle rejoignit Paul sur son stand. Il s'était finalement déplacé à l'est pour ne pas être gêné par les bruits du podium.

Ensemble, ils parlèrent des cinq sens.

Paul estimait que les humains se contentaient de leur seule vue pour transmettre quatre-vingts pour cent des informations à leur cerveau. Il y avait là un problème car, du coup, la vue se transformait en un sens tyran qui ramenait tous les autres à la portion congrue. Pour qu'elle s'en rende bien compte, il banda les yeux gris clair de son foulard et lui demanda de définir les odeurs émanant de son orgue à parfums. Elle se prêta volontiers au jeu.

Elle reconnut aisément des odeurs faciles comme celles du thym ou de la lavande, fronça les narines pour nommer le ragoût de bœuf, la chaussette usagée ou le cuir ancien. Le nez de Julie se réveillait. Toujours à l'aveuglette, elle détecta du jasmin, du vétiver et de la menthe. Elle réussit même, petit exploit, à identifier l'odeur de la tomate.

— Bonjour, mon *nez*, dit-elle.

Paul lui confia que, comme la musique, comme les couleurs, les odeurs sont faites de vibrations et lui proposa, yeux toujours bandés, de reconnaître des goûts.

Elle testa des aliments aux saveurs difficilement identifiables. De tout son palais qui se réveillait, elle chercha à les nommer. En fait, il n'y avait que quatre goûts : amer, acide, sucré, salé et tous les arômes étaient ensuite fournis par le nez. Attentivement, elle suivit la marche de la bouchée de nourriture. Poussée par les reptations de ses parois tubulaires, elle glissait dans son œsophage avant de parvenir dans son estomac où toute une variété de sucs gastriques l'attendait pour se mettre au travail. Elle rit de surprise de pouvoir les percevoir.

— Bonjour mon *estomac* !

Son corps était heureux de manger. Son système digestif se faisait connaître à elle. Il était prisonnier depuis si longtemps. Julie ressentit comme une frénésie de nourriture. Elle comprit que, ne se souvenant que trop bien de ses crises d'anorexie, son corps s'accrochait désormais à la moindre parcelle d'aliment de peur d'en être privé à nouveau.

Les sucres et les aliments gras semblaient tout particulièrement ravir son corps maintenant qu'elle en était à l'écoute. Toujours à l'aveuglette, Paul lui tendait des bouchées de gâteaux sucrés ou salés, de chocolat, de raisins, de pomme ou d'orange. Elle écoutait à chaque fois ses papilles et nommait ce qu'elle dégustait.

— Les organes s'endorment lorsqu'on ne pense pas à les utiliser, signala Paul.

Puis, comme elle avait toujours le bandeau sur les yeux, il l'embrassa sur la bouche. Elle sursauta, hésita et, finalement, le repoussa. Paul soupira :

— Excuse-moi.

En ôtant son bandeau, Julie était presque plus embarrassée que lui :

— Ce n'est rien. Ne m'en veux pas mais je n'ai pas tellement la tête à ça, ces temps-ci.

Elle sortit. Zoé, qui avait suivi la scène, lui emboîta le pas.

— Tu n'aimes pas les hommes ?

— Je déteste en général les contacts épidermiques. Si ça ne tenait qu'à moi, je m'équiperais d'un immense pare-chocs pour me préserver de tous ces gens qui, pour un oui pour un non, s'emparent de ta main ou t'entourent les épaules, et je ne parle pas de tous ceux qui estiment indispensable de te faire la bise pour te dire bonjour. Ils te bavent sur les joues et c'est...

Zoé posa encore quelques questions sur sa sexualité à Julie et fut sidérée d'apprendre qu'à dix-neuf ans, elle, si mignonne, était toujours vierge.

Julie lui expliqua qu'elle n'avait pas envie de rapports sexuels car elle ne voulait pas ressembler à ses parents. Pour elle, la sexualité, c'était le premier pas vers la formation d'un couple, puis vers le mariage et enfin la vie de vieux bourgeois.

— Chez les fourmis il y a une caste à part, les asexués. Eux, on leur fout la paix et ils ne s'en portent pas plus mal. On ne leur rabâche pas à longueur de journée la honte du statut de « vieille fille » et de la solitude.

Zoé éclata de rire puis la prit par les épaules.

— Nous ne sommes pas des insectes. Nous sommes différents. Chez nous il n'y a pas d'asexués !

— Pas encore.

— Le problème, c'est que tu omets une notion essentielle : la sexualité ce n'est pas que la reproduction, c'est aussi le plaisir. Quand on fait l'amour on reçoit du plaisir. On donne du plaisir. On échange du plaisir.

Julie fit une moue dubitative. Pour l'instant, elle ne voyait pas la nécessité de former un couple. Encore moins celle d'avoir des contacts épidermiques avec qui que ce soit.

135. ENCYCLOPÉDIE

MÉTHODE ANTI-CÉLIBAT : Jusqu'en 1920, dans les Pyrénées, les paysans de certains villages résolvaient d'une manière directe les problèmes de couple. Il y avait un soir dans l'année dit la « nuit des mariages ». Ce soir-là, on réunissait tous les jeunes gens et toutes les jeunes filles ayant seize ans. On se débrouillait pour qu'il y ait exactement le même nombre de filles et de garçons.

Un grand banquet était donné en plein air, à flanc de montagne, et tous les villageois mangeaient et buvaient abondamment.

À une heure donnée, les filles partaient les premières avec une longueur d'avance. Elles couraient se dissimuler dans les taillis. Comme pour une partie de cache-cache, les garçons partaient ensuite à leur chasse. Le premier à avoir découvert une fille se l'appropriait. Les plus jolies étaient, bien sûr, les plus recherchées et elles n'avaient pas le droit de se refuser au premier qui les débusquait.

Or, ce n'étaient pas forcément les plus beaux qui étaient les premiers à les découvrir mais toujours les plus rapides, les plus observateurs, les plus malins. Les autres n'avaient plus qu'à se contenter des filles moins séduisantes car aucun garçon n'était autorisé à rentrer au village sans fille. Si un plus lent, ou un moins débrouillard, refusait de se résoudre à se rabattre sur une laide et revenait les mains vides, il était banni du bourg.

Heureusement, plus la nuit s'avançait et plus l'obscurité avantageait les moins belles.

Le lendemain, on procédait aux mariages.

Inutile de préciser qu'il y avait peu de vieux garçons et de vieilles filles dans ces villages.

Edmond Wells,
Encyclopédie du Savoir Relatif et Absolu, tome III.

136. PAR LE FEU ET PAR LA MANDIBULE

La longue cohorte des fourmis révolutionnaires pro-Doigts rassemble maintenant une masse de trente mille individus.

Ils parviennent devant la ville de Yedi-bei-nakan. La cité refuse de les laisser entrer. Les révolutionnaires pro-Doigts veulent mettre le feu à cette fourmilière hostile, mais cela s'avère impossible car la cité est recouverte d'un dôme en feuilles vertes non inflammables. Princesse 103e décide alors de tirer parti de l'environnement. Une falaise coiffée d'un gros rocher surplombe la cité. Il n'y a qu'à utiliser un levier pour projeter cette grosse pierre ronde sur la ville.

La pierre se décide enfin à bouger, vacille avant de partir et d'atterrir pile sur le dôme de feuilles molles. C'est la plus grosse et la plus lourde bombe tombée sur une ville de plus de cent mille habitants.

Il ne reste plus qu'à soumettre le nid, ou du moins ce qu'il en reste.

Le soir, dans la cité aplatie, tandis que les révolutionnaires se sustentent, Princesse 103e parle encore des mœurs étranges des Doigts et 10e prend des notes odorantes :

MORPHOLOGIE
La morphologie des Doigts n'évolue plus.
Alors que, chez les grenouilles, la vie subaquatique entraîne au bout d'un million d'années l'apparition de palmes à l'extrémité des pattes pour mieux s'adapter à l'eau, chez l'homme, tout est résolu par des prothèses.

Pour s'adapter à l'eau, l'homme fabrique des palmes qu'il enlève et remet à son gré.

Ainsi, il n'a aucune raison de s'adapter morphologiquement à l'eau et d'attendre un million d'années pour que lui apparaissent des palmes naturelles.

Pour s'adapter à l'air, il fabrique de même des avions qui imitent les oiseaux.

Pour s'adapter à la chaleur ou au froid, il fabrique des vêtements en guise de fourrure.

Ce qu'une espèce mettait jadis des millions d'années à façonner avec son propre corps, l'homme le fabrique artificiellement en quelques jours, rien qu'en manipulant les matériaux qui l'entourent.

Cette habileté remplace définitivement son évolution morphologique.

Nous aussi, fourmis, n'évoluons plus depuis longtemps car nous parvenons à résoudre nos problèmes autrement que par l'évolution morphologique.

Notre forme extérieure est la même depuis cent millions d'années, preuve de notre réussite.

Nous sommes un animal abouti.

Alors que toutes les autres espèces vivantes sont soumises à des sélections naturelles : prédateurs, climat, maladies, seuls l'homme et la fourmi sont écartés de cette pression.

Grâce à nos systèmes sociaux, nous avons tous deux réussi.

La quasi-totalité de nos nouveau-nés parviennent à l'âge adulte et notre espérance de vie s'allonge.

Cependant, l'homme et la fourmi se retrouvent confrontés au même problème : ayant cessé de s'adapter à l'environnement, il ne leur reste plus qu'à forcer l'environnement à s'adapter à eux.

Ils doivent imaginer le monde le plus confortable pour eux. Il ne s'agit plus dès lors d'un problème de biologie mais d'un problème de culture.

Plus loin, les ingénieurs du feu reprennent leurs expériences.

5ᵉ essaie de marcher sur deux pattes en s'aidant de brindilles fourchues comme de béquilles. 7ᵉ poursuit sa fresque figurant l'odyssée de 103ᵉ et sa découverte des Doigts. 8ᵉ essaie de fabriquer des leviers à contrepoids de graviers à l'aide de brindilles et de plateaux de feuilles tressées.

Après avoir si longuement parlé des Doigts, Princesse 103ᵉ se sent lasse. Elle pense à nouveau à la saga que voulait écrire 24ᵉ : *Les Doigts*. Maintenant que le prince a péri dans l'incendie, c'en est fini des chances de voir naître un jour ce premier roman fourmi.

5ᵉ vient rejoindre 103ᵉ après être encore une fois tombée à terre en tentant de marcher sur deux pattes. Elle signale que le problème avec l'art, c'est qu'il est fragile et difficile à transporter. L'œuf que 24ᵉ avait entrepris de remplir de son roman n'était de toute façon pas transportable sur de longues distances.

On aurait dû le mettre sur un escargot, émet 103ᵉ.

5ᵉ rappelle que les escargots mangent parfois les œufs de fourmi. D'après elle, il faut inventer un art romanesque myrmécéen léger, transportable et, de préférence, non comestible pour les gastéropodes.

7ᵉ s'empare d'une feuille pour entamer un nouvel élément de sa fresque.

Ça non plus ça ne pourra jamais être transporté, lui dit 5ᵉ qui a découvert les problèmes d'encombrement de l'art.

Les deux fourmis se consultent et, soudain, 7ᵉ a une idée : la scarification. Pourquoi ne pas dessiner, avec la pointe de la mandibule, des motifs directement sur la carapace des gens ?

L'idée plaît à 103ᵉ. Elle sait, en effet, que les Doigts ont aussi un art de ce genre qu'ils nomment « tatouage ». Comme leur épiderme est mou, ils sont obligés d'y introduire un colorant alors que, pour une fourmi, rien n'est plus simple que de rayer la chitine de la pointe de la mandibule comme s'il s'agissait d'un morceau d'ambre.

7ᵉ a aussitôt envie de scarifier la carapace de 103ᵉ mais, avant d'être jeune princesse, la fourmi rousse était une vieille exploratrice et sa cuirasse est déjà rayée de tant de zébrures qu'on aura beaucoup de mal à y distinguer quoi que ce soit.

Elles décident donc de convoquer 16ᵉ, la plus jeune fourmi de la troupe, du moins celle à la cuirasse impeccable. Alors, avec application, du bout de sa mandibule droite utilisée comme stylet, 7ᵉ entreprend de l'inciser de motifs qui lui passent par la tête. Sa première idée est de représenter une fourmilière en flammes. Elle la dessine sur l'abdomen de la jeune Belokanienne. Les rayures forment des arabesques et des volutes assez longues qui se combinent comme des fils. Les fourmis, qui perçoivent essentiellement le mouvement, sont plus intéressées par les trajectoires que par les détails des formes des flammes.

137. MAXIMILIEN CHEZ LUI

Maximilien ôta de son aquarium les guppys morts. Ces deux derniers jours, forcément, il s'en était moins bien occupé et, une fois de plus, les poissons le réprimandaient de la pire manière : en se laissant dépérir. « Ces poissons d'aquarium, issus de croisements génétiques et sélectionnés uniquement d'après leur aspect esthétique, sont quand même bien fragiles », pensa le policier, et il se demanda s'il n'aurait pas mieux fait de choisir des espèces sauvages, moins jolies mais sûrement mieux adaptables et plus résistantes.

Il jeta les cadavres du jour dans la poubelle et se rendit au salon en attendant le dîner.

Il prit un exemplaire du *Clairon de Fontainebleau* posé sur le canapé. En dernière page, il y avait un entrefilet signé Marcel Vaugirard et intitulé : « Un lycée sous haute surveillance ». Un instant, il craignit que ce journaliste n'informe la population de ce qui se passait vraiment là-bas. Non, ce brave Vaugirard faisait bien son travail. Il parlait de gauchistes, de voyous et des plaintes des voisins pour tapage nocturne. Une minuscule photographie illustrait l'article, un portrait de la meneuse avec, pour légende : « Julie Pinson, chanteuse et rebelle ».

Rebelle ? Belle surtout, pensa le policier. Il ne l'avait jamais remarqué mais la gamine de Gaston Pinson était vraiment belle.

La famille passa à table.

Au menu : escargots au beurre persillé en entrée, et cuisses de grenouilles au riz en plat principal.

Il regarda sa femme de biais et découvrit soudain chez elle toutes sortes de comportements insupportables. Elle mangeait en levant le petit doigt. Elle souriait sans cesse et ne cessait de le dévisager.

Marguerite obtint la permission d'allumer la télévision.

Chaîne 423. Météo. Le niveau de pollution dans les grandes villes a dépassé la cote d'alerte. On déplore de plus en plus de problèmes respiratoires ainsi que des irritations oculaires. Le gouvernement prévoit l'ouverture d'un débat au Parlement sur la question et, entretemps, a désigné un comité de sages pour proposer des solutions. Cela devrait déboucher sur un rapport qui...

Chaîne 67. Publicité. « Mangez des yaourts ! Mangez des yaourts ! MANGEZ DES YAOURTS ! »

Chaîne 622. Divertissement. Et voici l'émission « Piège à réflexion », avec toujours l'énigme des six allumettes et des huit triangles équilatéraux...

Maximilien arracha la télécommande des mains de sa fille et éteignit la télévision.

— Oh non ! papa. Je veux savoir si Mme Ramirez a résolu l'énigme des six allumettes qui font huit triangles !

Le père de famille ne céda pas. Il tenait à présent la télécommande ; dans toute cellule familiale humaine, c'était le détenteur de ce sceptre qui en était le roi.

Maximilien demanda à sa fille de cesser de jouer avec la salière et à sa femme d'arrêter d'avaler d'aussi grosses bouchées.

Tout l'irritait.

Lorsque sa femme lui proposa un nouveau dessert de sa création, un flan en forme de pyramide, il n'en put plus, il préféra quitter la table et aller se réfugier dans son bureau.

Pour s'assurer de ne pas être dérangé, Maximilien verrouilla sa porte.

Mac Yavel étant en permanence allumé, il n'eut qu'à appuyer sur une touche pour rentrer dans le jeu *Évolution* et se détendre en guerroyant contre les peuplades étrangères qui menaçaient sa dernière civilisation mongole pourtant en plein épanouissement.

Cette fois, il misa tout sur l'armée. Plus d'investissements dans l'agriculture, plus d'investissements dans la science, dans l'éducation ou les loisirs. Rien qu'une immense armée et un gouvernement despotique. À sa grande surprise, ce choix donna des résultats intéressants. Sa horde de Mongols avança d'ouest en est, des Alpes italiennes vers la Chine, en envahissant toutes les cités situées sur son passage. La nourriture qu'ils n'avaient pas acquise par l'agriculture, ils l'obtenaient par le pillage. La science à laquelle ils avaient renoncé, ils l'obtenaient en s'appropriant les laboratoires des villes conquises. Quant à l'éducation, elle n'était plus nécessaire. Somme toute, avec une dictature militaire, tout fonctionnait vite et bien. Il se retrouva en l'an 1750 avec ses chariots et ses catapultes occupant pratiquement toute la planète. Il se produisit, hélas, une révolte dans l'une des capitales au moment où il tentait de la faire passer du stade de la tyrannie à celui de la monarchie éclairée. Le relais s'étant mal fait, il ne parvint pas à reprendre le contrôle et la révolte s'étendit à d'autres villes.

Une nation voisine, toute petite mais démocratique, n'eut dès lors aucun mal à envahir sa civilisation.

Une ligne de texte apparut soudain sur l'écran.

Tu n'es pas au jeu. Quelque chose te tracasse ?

— Comment le sais-tu ?

L'ordinateur émit par ses haut-parleurs :

— À ta façon de frapper mes touches. Tes doigts glissent et tu frappes souvent deux touches à la fois. Je peux t'aider ?

Le commissaire s'étonna :

— En quoi un ordinateur pourrait-il m'aider à mater une révolte de lycéens ?

— Eh bien...

Maximilien appuya sur une touche.

— Donne-moi une autre partie, c'est la meilleure façon de m'aider. Plus je joue, mieux je comprends le monde dans lequel je vis et les choix auxquels ont été contraints mes ancêtres.

Il se décida pour une civilisation de type sumérien qu'il fit avancer jusqu'à l'an 1980. Cette fois, il parvint à suivre une évolution logique : despotisme, monarchie, république, démocratie ; il réussit à bâtir une grande nation technologiquement avancée. Subitement, en plein vingt et unième siècle, son peuple fut décimé par une épidémie de peste. Il n'avait pas assez soigné l'hygiène de ses habitants et il avait, notamment, omis de construire le tout-à-l'égout dans les grandes villes. Du coup, faute d'évacuation organisée, les déchets accumulés s'étaient transformés en bouillons de culture dans les cités et cela avait attiré les rats. Mac Yavel lui signala qu'aucun ordinateur n'aurait laissé passer une telle erreur.

Ce fut à cet instant précis que Maximilien pensa que, dans l'avenir, il y aurait peut-être intérêt à mettre un ordinateur à la tête des gouvernements car lui seul était capable de n'oublier aucun détail. Un ordinateur ne dort jamais. Un ordinateur n'a pas de problèmes de santé. Un ordinateur n'a pas de troubles de sexualité. Un ordinateur n'a pas de famille et pas d'amis. Mac Yavel avait raison. Un ordinateur, lui, n'aurait pas omis d'installer le tout-à-l'égout.

Maximilien entama une nouvelle partie avec une civilisation de type français. Plus il jouait, plus il se méfiait de la nature humaine, perverse en son essence, incapable de discerner son intérêt à long terme, avide seulement de plaisirs immédiats.

À l'écran, justement, il assistait à une révolution estudiantine dans l'une de ses capitales, en 1635 de l'époque référence. Ces gamins qui trépignaient comme des enfants gâtés parce qu'ils n'obtenaient pas sur-le-champ toutes les satisfactions qu'ils désiraient...

Il lança ses troupes contre les étudiants et finit par les exterminer.

Mac Yavel lui fit une curieuse remarque :

— Tu n'aimes pas tes congénères humains ?

Maximilien prit une canette de bière dans son petit réfrigérateur et but. Il aimait bien se rafraîchir le gosier tout en se divertissant avec son simulateur de civilisations.

Il actionna le curseur pour venir à bout des derniers îlots de résistance puis, la révolution enfin anéantie, il instaura une plus grande surveillance policière et implanta un réseau de caméras vidéo pour mieux contrôler les faits et gestes de sa population.

Maximilien regarda ses habitants aller et venir et tourner en rond comme on observe des insectes. Enfin, il consentit à répondre.

— J'aime les humains... malgré eux.

138. RIPAILLE

Peu à peu, la Révolution devint un immense fouillis inventif.

À Fontainebleau, les huit initiateurs étaient un peu dépassés par l'ampleur que prenait leur fête. En plus du podium et de leurs huit stands, des estrades et des tables avaient poussé partout dans la cour comme des champignons.

Naquirent ainsi des stands « peinture », « sculpture », « invention », « poésie », « danse », « jeux informatiques », où des jeunes révolutionnaires présentèrent spontanément leurs œuvres. Le lycée se transforma peu à peu en un village bariolé dont les habitants se tutoyaient, s'abordaient librement, s'amusaient, bâtissaient, testaient, expérimentaient, observaient, goûtaient, jouaient ou, tout simplement, se reposaient.

Sur le podium, avec le synthétiseur de Francine, des milliers d'orchestres en tout genre pouvaient être reproduits, et, nuit et jour, des musiciens plus ou moins expérimentés ne manquaient pas d'en profiter. Là encore, la technologie de pointe produisit dès le premier jour un phénomène curieux : le métissage de toutes les musiques du monde.

C'est ainsi qu'on vit un joueur de sitar indien participer à un groupe de musique de chambre, une chanteuse de jazz se faire accompagner par un groupe de percussion balinais ; à la musique bientôt se joignit la danse, une danseuse de théâtre kabuki japonais se mit à effectuer sa danse du papillon sur un rythme de tam-tam africain, un danseur de tango argentin parada sur fond de musique tibétaine, quatre rats de l'opéra effectuèrent des entrechats avec en fond sonore de la musique planante new-age. Quand le synthétiseur ne suffisait pas, on fabriquait des instruments.

Les meilleurs morceaux étaient enregistrés et diffusés sur le réseau informatique. Mais la Révolution de Fontainebleau ne se contentait pas d'émettre, elle réceptionnait aussi les musiques créées par les autres « Révolutions des fourmis », à San Francisco, Barcelone, Amsterdam, Berkeley, Sydney ou Séoul.

En adaptant des caméras et des micros numériques sur des ordinateurs branchés sur le réseau informatique mondial, Ji-woong réussit à faire jouer en même temps et en direct des musiciens appartenant à plusieurs Révolutions des fourmis étrangères. Fontainebleau fournit la batterie, San Francisco la guitare rythmique et la lead guitare, Barcelone les voix, Amsterdam le clavier, Sydney la contrebasse et Séoul le violon.

Des groupes de toutes origines se succédaient sur les autoroutes numériques. D'Amérique, d'Asie, d'Afrique, d'Europe et d'Australie, une musique planétaire expérimentale et hybride se répandait.

Dans le carré du lycée de Fontainebleau, il n'y avait plus de frontières ni dans l'espace, ni dans le temps.

La photocopieuse du lycée ne cessait de tourner pour imprimer le menu du jour (résumé des principaux événements annoncés pour la journée : groupes de musique, théâtre, stands expérimentaux, etc., mais aussi poésies, nouvelles, articles polémiques, thèses, statuts de sous-filiales de la Révolution, et même, depuis peu, des photos de Julie prises lors du deuxième concert, et évidemment le menu gastronomique de Paul).

Dans les livres d'histoire et à la bibliothèque, des assiégés avaient recherché et trouvé des portraits de grands révolutionnaires ou de célèbres rockers d'antan qui leur convenaient, les avaient photocopiés et les avaient ensuite affichés dans les couloirs de l'établissement. On y reconnaissait notamment Lao Tseu, Gandhi, Peter Gabriel, Albert Einstein, le Dalaï-Lama, les Beatles, Philip K. Dick, Frank Herbert et Jonathan Swift.

Dans les pages blanches, à la fin de l'*Encyclopédie*, Julie nota :

« Règle révolutionnaire n° 54 : L'anarchie est source de créativité. Délivrés de la pression sociale, les gens entreprennent tout naturellement d'inventer et de créer, de rechercher la beauté et l'intelligence, de communiquer entre eux de leur mieux. Dans un bon terreau, même les plus petites graines donnent de grands arbres et de beaux fruits. »

Des groupes de discussion se formaient spontanément dans les salles de classe.

Le soir, des volontaires distribuaient des couvertures dans lesquelles les jeunes, dehors, s'enveloppaient à deux ou trois, serrés les uns contre les autres pour entretenir la chaleur humaine.

Dans la cour, une amazone fit une démonstration de tai-chi-chuan et expliqua que cette gymnastique millénaire mimait des attitudes animales. En les mimant ainsi, on comprenait mieux l'esprit des bêtes. Des danseurs s'inspirèrent de cette idée et reproduisirent les mouvements des fourmis. Ils constatèrent que les gestes de ces insectes étaient très souples. Leur grâce était exotique et fort différente de celle des félins et des canidés. Levant les bras en guise d'antennes et les frottant, les danseurs inventèrent des pas nouveaux.

— Tu veux de la marijuana ? proposa un jeune spectateur en tendant une cigarette à Julie.

— Non merci, les trophallaxies gazeuses, j'ai déjà donné et ça m'abîme les cordes vocales. Il me suffit de contempler cette énorme fête pour me sentir partie.

— Tu as de la chance, il te suffit de peu de chose pour te stimuler...

— Tu appelles ça peu de chose ? s'étonna Julie. Moi, je n'avais encore jamais vu une telle féerie.

Julie était consciente qu'il importait d'introduire un peu d'ordre dans ce bazar, sinon la Révolution s'autodétruirait.

Il fallait proposer un sens à tout ça.

La jeune fille passa une heure entière à scruter dans leur aquarium les fourmis destinées aux expériences de communication phéromonale. Edmond Wells assurait que l'observation des comportements myrmécéens était d'un grand secours si l'on voulait inventer une société idéale.

Elle, elle ne vit dans le bocal que de petites bêtes noires assez repoussantes qui toutes semblaient vaquer bêtement à des occupations « bêtes ». Elle finit par conclure qu'elle s'était peut-être trompée sur toute la ligne. Edmond Wells parlait sans doute par symboles. Les fourmis étaient des fourmis, les humains des humains, et on ne pouvait pas leur appliquer les règles de vie d'insectes mille fois plus petits qu'eux.

Elle monta dans les étages, s'assit au bureau du professeur d'histoire, ouvrit l'*Encyclopédie* et rechercha d'autres exemples de révolutions dont ils pourraient s'inspirer.

Elle découvrit l'histoire du mouvement futuriste. Dans les années 1900-1920, des mouvements artistiques avaient foisonné un peu partout. Il y avait eu les dadaïstes en Suisse, les expressionnistes en Allemagne, les surréalistes en France et les futuristes en Italie et en Russie. Ces derniers étaient des artistes, des poètes et des philosophes ayant pour point commun leur admiration pour les machines, la vitesse et plus généralement pour toute technologie avancée. Ils étaient convaincus que l'homme serait un jour sauvé par la machine. Les futuristes montèrent d'ailleurs des pièces de théâtre où des acteurs déguisés en robots venaient au secours des humains. Or, à l'approche de la Seconde Guerre mondiale, les futuristes italiens ralliés à Marinetti adhérèrent à l'idéologie prônée par le principal représentant des machines, le dictateur Benito Mussolini. Que faisait-il d'autre, après tout, que de construire des chars d'assaut et autres engins destinés à la guerre ? En Russie, et pour les mêmes raisons, certains futuristes se joignirent au parti communiste de Joseph Staline. Dans les deux cas, ils furent utilisés pour la propagande politique. Staline les envoya au goulag quand il ne les fit pas assassiner.

Julie s'intéressa ensuite au mouvement surréaliste. Luis Buñuel le cinéaste, Max Ernst, Salvador Dali et René Magritte les peintres, André Breton l'écrivain, tous pensaient pouvoir changer le monde grâce à leur art. En cela, ils ressemblaient un peu à leur bande des huit, chacun agissant dans son domaine de prédilection. Cependant, les surréalistes étaient trop individualistes pour ne pas se perdre très vite dans des querelles intestines.

Elle crut trouver un exemple intéressant avec les situationnistes français dans les années soixante. Eux prônaient la révolution par le canular et, refusant la « société du spectacle », se tenaient virulemment à l'écart de tout jeu médiatique. Des années plus tard, leur leader, Guy Debord, devait d'ailleurs se suicider après avoir accordé sa première interview télévisée. Du coup, les situationnistes sont demeurés pratiquement inconnus en dehors de quelques spécialistes du mouvement de Mai 68.

Julie passa aux révolutions proprement dites.

Dans les révoltes récentes, il y avait celle des Indiens du Chiapas, dans le sud du Mexique. À la tête de ce mouvement zapatiste, il y avait le sous-commandant Marcos, là encore un révolutionnaire qui se permettait d'accomplir des prouesses en les plaçant sous le signe de l'humour. Son mouvement était cependant fondé sur des problèmes sociaux très réels : la misère des Indiens mexicains et l'écrasement des civilisations amérindiennes. Mais la Révolution des fourmis de Julie n'était animée d'aucune colère sociale véritable. Un communiste l'aurait qualifiée de « révolution petite-bourgeoise » et elle avait pour seule motivation un ras-le-bol de l'immobilisme.

Il fallait trouver autre chose. Elle tourna encore les pages de l'*Encyclopédie* sortant du pur cadre des révolutions militaires pour aborder les révolutions culturelles.

Bob Marley à la Jamaïque. La révolution rasta était proche de la leur, dans la mesure où toutes deux étaient parties de la musique. S'y ajoutaient un discours pacifiste, une musique branchée sur les battements de cœur, l'usage généralisé du joint de ganja, une mythologie tirant ses racines et ses symboles d'une culture ancienne. Les rastas s'étaient donné pour référence l'histoire biblique du roi Salomon et de la reine de Saba. Mais Bob Marley n'avait pas cherché à changer la société, il avait simplement voulu que ses adeptes se décrispent et oublient leur agressivité et leurs soucis.

Aux États-Unis, certaines communautés quakers ou amish avaient établi des modes de coexistence intéressants mais elles s'étaient volontairement coupées du monde et ne fondaient leurs règles de vie que sur leur seule foi. En somme, de communautés laïques fonctionnant correctement et depuis déjà un certain temps, il n'y avait que les kibboutzim en Israël. Les kibboutzim plaisaient à Julie parce qu'ils formaient des villages où ne circulait pas d'argent, où les portes n'avaient pas de serrures et où tout le monde s'entraidait. Les kibboutzim exigeaient cependant de chacun de leurs membres qu'il travaille la terre ; or, ici, il n'y avait ni champ à labourer, ni vaches, ni vignes.

Elle réfléchit, se rongea les ongles, regarda ses mains et soudain cela fut pour elle comme un flash.

Elle avait trouvé la solution. Elle était devant son nez depuis si longtemps, comment ne pas y avoir pensé plus tôt ?

L'exemple à suivre, c'était...

139. ENCYCLOPÉDIE

L'ORGANISME VIVANT : Nul n'a besoin de démontrer la parfaite harmonie qui règne entre les différentes parties de notre corps. Toutes nos cellules sont à égalité. L'œil droit n'est pas jaloux de l'œil gauche. Le poumon droit n'envie pas le poumon gauche. Dans notre corps, toutes les cellules, tous les organes, toutes les parties n'ont qu'un unique et même objectif : servir l'organisme global de façon que celui-ci fonctionne au mieux.

Les cellules de notre corps connaissent, et avec réussite, et le communisme et l'anarchisme. Toutes égales, toutes libres, mais avec un but commun : vivre ensemble le mieux possible. Grâce aux hormones et aux influx nerveux, l'information circule instantanément au travers de notre corps mais n'est transmise qu'aux seules parties qui en ont besoin.

Dans le corps, il n'y a pas de chef, pas d'administration, pas d'argent. Les seules richesses sont le sucre et l'oxygène et il n'appartient qu'à l'organisme global de décider quels organes en ont le plus besoin. Quand il fait froid, par exemple, le corps humain prive d'un peu de sang les extrémités de ses membres pour en alimenter les zones les plus vitales. C'est pour cette raison que doigts et orteils bleuissent en premier.

En recopiant à l'échelle macrocosmique ce qui se passe dans notre corps à l'échelle microcosmique, nous prendrions exemple sur un système d'organisation qui a fait ses preuves depuis longtemps.

Edmond Wells,
Encyclopédie du Savoir Relatif et Absolu, tome III.

140. LA BATAILLE DE BEL-O-KAN

La Révolution des Doigts s'étend comme un lierre rampant. Les insectes sont maintenant plus de cinquante mille. Les escargots sont surchargés de fardeaux et de vivres. La grande mode artistique dans cette immense horde en transhumance est évidemment de se faire scarifier le motif du feu sur le thorax.

Les fourmis ont l'impression d'être comme un incendie qui gagne peu à peu la forêt, si ce n'est qu'au lieu de la détruire elles ne font que répandre la connaissance de l'existence et du mode de vie des Doigts.

Les révolutionnaires fourmis débouchent dans une plaine de genévriers où paissent benoîtement un millier de pucerons. Tandis qu'elles commencent à les chasser en les poursuivant et en les abattant au jet d'acide formique, elles sont surprises par quelque chose : l'absence de tout bruit.

Même si le principal mode de communication chez les fourmis est l'odorat, elles n'en sont pas moins sensibles à ce silence.

Elles ralentissent le pas. Derrière une herbe, elles voient se profiler l'ombre faramineuse de leur capitale : Bel-o-kan.

Bel-o-kan, la cité mère.

Bel-o-kan, la plus grande fourmilière de la forêt.

Bel-o-kan, où sont nées et mortes les plus grandes légendes myrmécéennes.

Leur ville natale leur semble encore plus large et plus haute. Comme si, en vieillissant, la Cité se gonflait. Mille messages olfactifs émanent de cet endroit vivant.

Même 103e ne peut dissimuler son émotion de la revoir. Ainsi donc, tout ça n'était que pour partir de là et y revenir.

Elle reconnaît des milliers d'odeurs familières. C'est dans ces herbes qu'elle jouait à l'époque où elle n'était qu'une jeune exploratrice. Ce sont ces pistes qu'elle a empruntées pour partir en chasse au printemps. Elle frémit. La sensation de silence se double d'un autre phénomène surprenant : l'absence d'activité aux abords de la métropole.

103e a toujours vu les grandes pistes qui y mènent saturées de chasseresses qui bringuebalaient leurs trésors et encombraient les voies d'entrée et de sortie. Là, il n'y a personne. La fourmilière ne bouge pas. Maman-ville ne semble pas contente de voir revenir sa fille turbulente, avec un sexe neuf, un groupe de révolutionnaires pro-Doigts et des brasiers fumants posés sur des escargots.

Je vais tout t'expliquer, émet 103e en direction de son immense cité. Mais il est trop tard pour ce faire : déjà, de derrière la pyramide surgissent, de deux côtés, deux longues files de soldates. Sous les yeux de la princesse, ces deux longues colonnes militaires apparaissent comme les mandibules de Bel-o-kan.

Leurs sœurs accourent non pour les féliciter mais pour les arrêter définitivement. Il n'a pas fallu longtemps en effet pour que se répande dans la forêt l'annonce de l'approche de fourmis révolutionnaires pro-Doigts utilisant le feu tabou et prônant l'alliance avec les monstres d'en haut.

5e voit l'ennemi et s'inquiète.

En face, les légions adverses s'organisent en ordre de bataille, conformément aux tactiques inculquées à 103e depuis sa plus tendre enfance : devant, les artilleuses qui déclencheront leurs salves d'acide formique, sur le flanc droit, la cavalerie des soldates galopeuses, sur le flanc gauche, les soldates à longues mandibules tranchantes et, derrière, les soldates à petites mandibules qui achèveront les blessés.

103e et 5e agitent leurs antennes à 12 000 vibrations-seconde pour bien identifier leurs adversaires. Elles ne font pas le poids.

Elles ne sont que cinquante mille révolutionnaires pro-Doigts d'espèces diverses avec, face à elles, cent vingt mille soldates belokaniennes homogènes et aguerries.

La princesse tente une ultime conciliation. Elle émet très fort :

Soldates, nous sommes sœurs.

Nous sommes nous aussi belokaniennes.

Nous rentrons au nid pour informer la cité d'un grand danger.

Les Doigts vont envahir la forêt.

Pas de réaction.

De l'antenne, Princesse 103e montre la pancarte blanche. Elle affirme qu'il s'agit là du symbole de la menace.

Nous voulons parler à Mère.

Cette fois, les mandibules belokaniennes se dressent comme une herse dans un bruit de petit bois sec. Les troupes fédérales sont déterminées à attaquer. Il n'est plus temps de parlementer. Il faut vite mettre au point une stratégie de défense.

6e propose de converger sur le flanc droit pour attaquer les soldates à grosses mandibules. Elle espère qu'avec le feu, elles créeront suffisamment de panique pour affoler ces gros animaux balourds au point qu'ils tournent casaque et s'en prennent à leurs propres troupes.

Princesse 103e pense que l'idée est bonne mais que les braises seraient davantage efficaces du côté des légions de cavalerie.

Rapide conciliabule. Le problème de la Révolution des Doigts, c'est qu'elle est composée d'insectes hétéroclites dont on ne connaît pas les réactions durant le combat de masse. Que feront les toutes petites fourmis qui ne sont même pas équipées de mandibules de guerre ? Sans parler des escargots qui transportent les braises et qui sont si lents à se mouvoir... Ce sont plutôt eux qui risquent de paniquer lorsqu'ils seront recouverts de fourmis hostiles.

L'armée fédérale avance inexorablement, avec ses régiments bien alignés par caste, taille de mandibules et selon le degré de sensibilité des antennes. Il apparaît encore de nouveaux renforts. Combien sont-elles ? des centaines et des centaines de milliers probablement.

Au fur et à mesure que l'ennemi se rapproche, les révolutionnaires pro-Doigts comprennent que la bataille est perdue d'avance. Beaucoup, parmi les plus petits insectes arrivés en touristes, préfèrent renoncer et s'enfuir.

L'armée fédérale est de plus en plus près.

Les escargots-caravane qui viennent enfin de comprendre ce qui se passe ouvrent de larges bouches béantes pour hurler en silence leur peur. Les escargots ont 25 600 petites dents pointues qui leur permettent de déchiqueter les feuilles de salade.

Les escargots gauchers, reconnaissables au fait que leurs coquilles sont enroulées vers la droite, sont les plus nerveux. Ils lancent bien haut leurs cornes et font jaillir à leurs bouts leurs sphères oculaires comme des bourgeons dans un bruit de succion. Certains escargots dressent leur torse et donnent de grands coups de tête à leur coquille pour en faire choir les myrmécéennes et leurs objets inutiles. Puis ils fuient le champ de bataille.

Déjà, la première ligne d'artillerie ennemie s'est mise en position. Elle forme une rangée compacte quasi parfaite. Les abdomens se dressent et décochent une volée de gouttes corrosives qui partent comme des missiles jaunes et retombent dans les premières lignes révolutionnaires. Les corps touchés se tordent de douleur.

Une deuxième ligne d'artillerie les remplace déjà, se dresse et provoque au moins autant de dégâts que la première.

C'est l'hécatombe parmi les révolutionnaires pro-Doigts. Le nombre des déserteurs s'accroît à l'arrière de la cohorte. Leur intérêt pour les Doigts n'est finalement pas assez fort pour les entraîner à affronter la grande fédération des fourmis rousses.

Les escargots touchés par l'acide, fous de terreur, tendent leur cou vers le ciel puis tournoient en montrant leurs petites dents et leurs longs yeux exorbités. Quand ils sont à ce point de panique, ils produisent deux fois plus de bave, probablement un réflexe pour pouvoir fuir plus rapidement. Les révolutionnaires pro-Doigts trop proches des escargots sont englués. Certains se font mordre par les dents fines comme des aiguilles de ces herbivores.

Les deux armées se font face tels deux immenses animaux fourbus et enragés. Pour l'instant, tout est encore calme. Tous savent que bientôt il va y avoir le grand corps à corps.

À deux cent vingt mille contre moins de cinquante mille, la bataille promet d'être grandiose.

Une fourmi fédérée lève une antenne. Une odeur est lâchée.

Chargez !

Aussitôt un rugissement d'odeurs de guerre s'élève au-dessus des milliers d'antennes dressées.

Les révolutionnaires plantent profondément leurs griffes dans le sol pour supporter le choc.

Les centaines de légions fédérées foncent droit devant. Les cavalières galopent. Les artilleuses se hâtent. Les cisailleuses courent en levant la tête pour ne pas se gêner mutuellement avec leurs longs sabres labiaux. La petite infanterie court sur les corps de la grande infanterie pour aller plus vite comme s'il s'agissait d'un tapis roulant. Le sol tremble sous leur nombre.

Les deux armées sont sur le point de se toucher.

C'est le choc. Les mandibules des premières lignes fédérées se plantent dans les mandibules des premières lignes révolutionnaires.

Ce premier immense baiser noir accompli, les légions des deux armées se déploient sur les flancs pour élargir le sourire funèbre. Les mandibules nues fouaillent dans les forêts de pattes pour en découper les genoux. Un tourbillon de légions fédérées s'engouffre dans une ligne de défense révolutionnaire.

Vingt fourmis révolutionnaires pro-Doigts des plus vigoureuses brandissent une brindille enflammée avec laquelle elles maintiennent à distance la cavalerie fédérée. Le geste sème certes la frayeur à proximité mais ne suffit pas à compenser l'infériorité numérique. De plus, les cavalières avaient dû être prévenues et s'attendre que le feu transporté à travers la forêt apparaisse dans la bataille car elles se ressaisissent rapidement et se contentent de contourner la longue lance enflammée.

C'est la grande mêlée. Ça tire. Ça fouette. Ça mord. Ça crie des odeurs menaçantes. On s'étreint pour faire craquer sous la pince de ses mâchoires l'armure ennemie. Des lambeaux de chitine brisée dévoilent des chairs liquides à vif. On se poignarde. On s'assomme. On se crache au visage des relents riches en mots immondes. On se fait des crocs-en-jambe. On se plante les antennes dans les articulations. On se découpe le cou. On se tord les yeux. On plie les mandibules. On tire sur les labiales.

La fureur meurtrière est à son paroxysme et certaines fourmis, ivres de tuer, égorgent sans distinction alliées et ennemies.

Des corps sans tête continuent de galoper sur le champ de bataille, ajoutant à la confusion générale. Des têtes sans corps sautillent parce qu'elles ont enfin compris l'insanité de la guerre de masse. Mais personne ne les écoute.

Depuis un monticule, 15e, arrimée à son abdomen, tire à gros bouillons et en rafales. Son cul fume. Quand son abdomen est vide, elle charge en cognant de la pointe épineuse de son crâne. 5e, dressée sur quatre pattes, préfère distribuer des gifles en lançant ses deux pattes avant, comme des fouets terminés par les hameçons de ses griffes. 8e, complètement déchaînée, attrape un cadavre ennemi et le fait tournoyer autour de sa tête avant de le lancer de toutes ses forces contre une ligne de cavalerie. 8e pense que la catapulte devrait permettre de généraliser un jour ce genre de prouesse. Elle veut reproduire l'exploit mais, déjà, plusieurs soldates ennemies s'emparent d'elle et lui raient sa carrosserie.

On se cache dans les petits trous du sol pour mieux surprendre l'ennemi. On tourne autour des herbes pour fatiguer l'adversaire. 14e essaie de convaincre une ennemie de dialoguer, sans succès. 16e est recouverte de combattantes et, malgré ses excellents organes de Johnston, ne parvient plus à se situer sur le champ de bataille. 9e se met en boule et, ainsi tassée, roule contre un groupe d'ennemies qu'elle parvient à déséquilibrer. Il ne lui reste plus alors qu'à leur couper les antennes avant qu'elles ne reprennent leurs esprits. Sans antennes, les fourmis ne peuvent plus combattre.

La foule des assaillantes est trop dense.

Princesse 103e est atterrée qu'on s'extermine ainsi entre membres d'une même famille. Après tout, alliées ou adversaires, sur ce champ de bataille déjà si endeuillé, elles sont pour l'essentiel des sœurs.

Il leur faut pourtant gagner.

103e fait signe à ses douze compagnes de la rejoindre et leur explique son idée. L'escouade se place immédiatement au centre de la plus grosse masse de révolutionnaires et, protégée par la muraille de leurs corps, creuse un tunnel. Trois d'entre elles portent une braise dans son écrin de pierre. Pour sortir du champ de bataille, les treize exploratrices creusent longtemps droit devant elles. La chaleur du feu leur donne de l'énergie. Elles se repèrent avec leurs organes sensibles aux champs magnétiques terrestres. Direction Bel-o-kan.

Au-dessus d'elles, la terre vibre sous le fracas des combats. Elles creusent dans le sous-sol de toute la force de leurs mandibules. À un moment, la braise faiblit et elles s'arrêtent pour vite agiter leurs antennes au-dessus afin de créer le petit courant d'air propice à la revitaliser.

Elles découvrent enfin une zone friable. Elles en repoussent le terreau et débouchent dans un couloir. Elles sont dans la cité de Bel-o-kan. Rapidement, elles en remontent les étages. Certes, quelques ouvrières se demandent sur leur passage ce que font ces fourmis dans leur ville, mais elles ne sont pas elles-mêmes soldates et ce n'est pas leur rôle, d'assurer la sécurité urbaine ; elles n'osent pas intervenir.

L'architecture de la Cité a bien changé depuis la dernière visite de 103ᵉ. Bel-o-kan est maintenant une vaste métropole où s'affaire visiblement beaucoup de monde. Un instant, la fourmi hésite. Ne va-t-elle pas commettre l'irréparable ?

Et elle se souvient de ses compagnes de Révolution pro-Doigts en train de se faire exterminer dehors et se dit qu'elle n'a pas le choix.

Elle ramasse une feuille sèche et l'approche de la braise jusqu'à ce qu'elle prenne feu. Elles mettent ensuite des branchettes en contact avec la flamme et les réunissent en faisceaux entre leurs mandibules. Aussitôt, c'est l'incendie. Le sinistre s'étend vivement aux branchettes du dôme. C'est la panique. Des ouvrières se précipitent dans les pouponnières pour sauver les couvains.

Vite, il faut fuir avant d'être coincé dans l'incendie. Les révolutionnaires trouvent les sorties déjà bloquées par les ouvrières. L'escouade abandonne alors son brasier, se précipite vers les étages inférieurs et reprend en sens inverse le tunnel qu'elles ont creusé. Au-dessus, elles entendent des galopades.

Princesse 103ᵉ remonte et, passant la tête tel un périscope au-dessus du niveau sol, entre les pattes ennemies, elle examine ce qu'il se passe. Les fédérées sont en train d'abandonner le champ de bataille pour courir éteindre l'incendie.

103ᵉ tourne la tête. L'incendie gagne tout le sommet de la Cité. Une fumée âcre, aux relents de bois brûlé, d'acide formique et de chitine fondue, se répand aux alentours.

Déjà, des ouvrières évacuent les œufs par les issues de secours. Partout, des fourmis belokaniennes s'acharnent à arroser les flammes de crachats ou de jets d'acide peu concentré. 103ᵉ sort de terre et indique à ses troupes, du moins à ce qu'il en reste, d'attendre. Le feu fait la guerre à leur place.

Princesse 103ᵉ regarde brûler Bel-o-kan. Elle sait que la Révolution pro-Doigts ne fait que commencer. Elle l'imposera par le pouvoir des mandibules et par l'impétuosité des flammes.

141. DANS LA CHALEUR DES IDÉAUX

Au matin du cinquième jour, le drapeau de la Révolution des fourmis claquait toujours au-dessus du lycée de Fontainebleau.

Les occupants avaient débranché la cloche électrique qui tintait toutes les heures et, peu à peu, tout le monde s'était débarrassé de sa montre. C'était l'un des aspects imprévus de leur révolution, il ne leur était plus indispensable de se situer exactement dans le temps.

Les changements de groupes ou de solistes sur le podium suffisaient pour leur faire comprendre que la journée avançait.

D'ailleurs, beaucoup avaient l'impression que chaque journée durait un mois. Leurs nuits étaient courtes. Grâce aux techniques de contrôle du sommeil profond lues dans l'*Encyclopédie*, ils apprenaient à trouver leur cycle précis d'endormissement. Ainsi ils arrivaient à récupérer de leur fatigue en trois heures au lieu de huit. Et nul ne semblait pour autant fatigué.

La révolution avait changé les habitudes quotidiennes de tout un chacun. Les révolutionnaires n'avaient pas seulement abandonné leurs montres, ils s'étaient aussi dépouillés de ces lourds trousseaux de clefs d'appartement, de voiture, de garage, de placard, de bureau. Ici il n'y avait pas de vol car il n'y avait rien à voler.

Les révolutionnaires avaient abandonné leurs porte-monnaie ; ici, on pouvait déambuler les poches vides.

De même, ils avaient rangé dans un tiroir leurs papiers d'identité. Tout le monde se connaissant de vue ou par le prénom, il n'était plus indispensable de décliner son nom de famille pour se situer ethniquement, son adresse pour se situer géographiquement.

Mais il n'y avait pas que les poches qui s'étaient vidées. Les esprits aussi. Au sein de la révolution, les gens n'avaient plus besoin de s'encombrer la mémoire de numéros de codes d'entrée, de cartes de crédit, et tous ces nombres qu'on nous demande d'apprendre par cœur au risque de devenir clochards dans les cinq minutes suivant l'oubli des quatre ou cinq chiffres vitaux.

Les très jeunes, les personnes âgées, les pauvres, les riches se retrouvaient égaux dans la besogne comme dans les loisirs et les plaisirs.

Les sympathies particulières naissaient de l'intérêt commun pour un type de besogne. L'estime se fondait uniquement sur l'observation de l'ouvrage accompli.

La révolution ne demandait rien à personne et, pourtant, sans s'en rendre compte, la plupart de ces jeunes gens n'avaient jamais été aussi affairés.

Les cerveaux étaient en permanence sollicités par des idées, des images, des musiques ou des concepts nouveaux. Il y avait tant de problèmes pratiques à résoudre !

À neuf heures, Julie se jucha sur le grand podium pour une nouvelle mise au point. Elle annonça avoir enfin trouvé un exemple à suivre pour sa révolution : l'organisme vivant.

— À l'intérieur d'un corps, il n'existe ni rivalité ni luttes intestines. La parfaite coexistence de toutes nos cellules prouve qu'à l'intérieur de nous-mêmes, nous connaissons déjà une société harmonieuse. Il suffit donc de reproduire à l'extérieur ce que nous avons à l'intérieur.

L'audience était attentive. Elle poursuivit :

— Les fourmilières fonctionnent déjà comme des organismes vivants harmonieux. C'est pour cela que ces insectes s'intègrent si bien à la nature. La vie accepte la vie. La nature aime ce qui lui ressemble.

Désignant le totem de polystyrène au centre de la cour, la jeune fille indiqua :

— Voilà l'exemple, voilà le secret : « 1 + 1 = 3. » Plus nous serons solidaires, plus notre conscience s'élèvera et plus nous entrerons en harmonie avec la nature, intérieurement et extérieurement. Dorénavant, notre objectif est de parvenir à transformer ce lycée en un organisme vivant complet.

Soudain, tout lui paraissait simple. Son corps était un petit organisme, le lycée occupé un organisme plus grand, la révolution se répandant dans le monde au moyen des réseaux informatiques, un organisme plus important encore vivrait.

Julie proposa de rebaptiser tout autour d'eux conformément à ce concept d'organisme vivant.

Les murs du lycée en était la peau, les portes en étaient les pores, les amazones du club de aïkido les lymphocytes, la cafétéria l'intestin. Quant à l'argent de leur SARL « Révolution des fourmis », il était le glucose indispensable pour insuffler l'énergie et le professeur d'économie qui aidait à la bonne marche de leur comptabilité, le diabète gérant ce sucre glucose. Le réseau informatique était, lui, le système nerveux contribuant à la circulation des informations.

Et le cerveau, alors ? Julie réfléchit. Elle eut l'idée de créer deux hémisphères. Le cerveau droit, l'intuitif, ce serait leur fameux *pow-wow* du matin, une assemblée inventive à la recherche d'idées neuves. Le cerveau gauche, le méthodique, ce serait une autre assemblée, qui se chargerait de trier les idées du cerveau droit et de les mettre en pratique.

— Qui décidera à qui il reviendra de participer à telle ou telle assemblée ? demanda quelqu'un.

Julie répondit que l'organisme vivant n'étant pas un système hiérarchisé, chacun était libre de participer spontanément à l'assemblée de son choix selon son humeur du jour. Quant aux décisions, elles seraient prises à main levée.

— Et nous huit ? interrogea Ji-woong.

Ils étaient les fondateurs, ils devaient continuer à former un groupe autonome, un organe réfléchissant à part.

— Nous huit, dit la jeune fille, nous sommes le cortex, le cerveau primitif à l'origine des deux hémisphères. Nous continuerons à nous réunir pour nos débats dans le local de répétition sous la cafétéria.

Tout était complet. Tout était à sa place.

« Bonjour, ma *révolution vivante* », murmura-t-elle.

Dans la cour, tout le monde discutait de ce concept.

— Nous allons maintenant tenir notre assemblée inventive dans le préau de gymnastique, annonça Julie. Vienne qui veut. Les meilleures idées seront ensuite transmises à l'assemblée pratique qui les transformera en filiale de notre SARL « La Révolution des fourmis ».

Il y eut foule. Dans un grand chahut, les gens s'assirent par terre tandis que circulaient de la nourriture et des boissons.

— Qui veut commencer ? demanda Ji-woong, en installant un grand tableau noir pour y noter les idées.

Plusieurs personnes levèrent la main.

— J'ai eu mon idée en regardant l'*Infra-World* de Francine, annonça un jeune homme. J'ai pensé qu'on pourrait élaborer un programme presque similaire mais qui permettrait d'accélérer encore le temps. Ainsi, on pourrait connaître quelle sera notre évolution probable jusqu'à un futur lointain et se rendre compte des erreurs à ne pas commettre.

Julie intervint.

— Edmond Wells évoque quelque chose de semblable dans son *Encyclopédie*. Il appelle ça la « recherche de la VMV », pour « Voie de Moindre Violence ».

Le jeune homme se dirigea vers le tableau.

— VMV. Voie de Moindre Violence, pourquoi pas ? Pour la représenter, il suffirait de dessiner un grand diagramme comprenant toutes les trajectoires possibles de l'avenir de l'humanité et de rechercher leurs conséquences à court, moyen, long et très long terme. Pour l'heure, on n'évalue les problèmes que pour la durée d'un quinquennat ou d'un septennat présidentiel, mais il faudrait étudier leur évolution dans les deux cents, voire les cinq cents ans à venir afin de garantir à nos enfants le meilleur futur possible, du moins un futur comportant le moins de barbarie possible.

— Tu demandes donc que nous inventions un programme de probabilités testant tous les futurs ? résuma Ji-woong.

— C'est cela. Une VMV. Qu'est-ce qui se passerait si on augmentait les impôts, si on interdisait de rouler à plus de cent kilomètres-heure sur l'autoroute, si on autorisait l'usage de la drogue, si on laissait se développer les petits boulots, si on entrait en guerre contre les dictatures, si on supprimait les privilèges corporatistes... Ce ne sont pas les idées à tester qui manquent ! Pour tout, il faut étudier les effets pervers ou les conséquences inattendues dans le temps.

— Peut-on y parvenir, Francine ? demanda Ji-woong.

— Pas sur *Infra-World*. Le temps s'y écoule trop lentement pour se livrer à ce genre d'expérience. Et je ne peux toucher au facteur d'écoulement du temps. Mais en profitant du savoir-faire d'*Infra-

World, on peut très bien imaginer un autre programme de simulation du monde. On n'aura qu'à l'appeler programme de recherche de la VMV.

Un homme chauve intervint :

— À quoi cela nous servira-t-il de découvrir la politique idéale si nous n'avons pas les moyens de la mettre en route ? Si nous voulons changer le monde, pour aller au bout de nos idées, il nous faut prendre légalement le pouvoir. Nous sommes à quelques mois des élections présidentielles. Entrons en campagne et présentons un candidat du parti « évolutionniste ». Son programme sera consolidé par le programme VMV. Nous serons ainsi le premier parti à proposer une politique vraiment logique car basée sur l'observation scientifique des futurs possibles.

Il y eut un brouhaha de conversations entre partisans de la politique et ceux qui la rejetaient absolument. C'était le cas de David qui s'empressa de protester :

— Pas de politique. Ce qu'il y a de bien dans la Révolution des fourmis, c'est justement qu'il s'agit d'un mouvement spontané, dépourvu des ambitions politiques classiques. Nous n'avons pas de chef, donc pas de candidat à la présidence. Tout comme dans une fourmilière, nous avons bien sûr une reine, Julie, mais elle n'est pas notre chef, seulement notre figure emblématique. Nous ne nous reconnaissons en aucun groupe économique, ethnique, religieux ou politique existant. Nous sommes libres. Ne gâchons pas tout ça en entrant dans les manœuvres habituelles pour la conquête du pouvoir. Nous y perdrions notre âme.

Brouhaha encore plus fort. Visiblement l'homme chauve avait mis le doigt sur un point sensible.

— David a raison, ajouta Julie. Notre force, c'est de lancer des idées originales. Pour changer le monde, c'est bien plus efficace que d'être président de la République. Qui change vraiment les choses ? Pas les États, mais le plus souvent de simples individus avec des idées neuves. Les Médecins du Monde qui, sans aucune aide gouvernementale, sont partis d'eux-mêmes secourir partout des gens en danger... Les bénévoles qui, en hiver, secourent et nourrissent les pauvres et les sans-abri... Que des initiatives privées venues d'en bas et non d'en haut... Que retiennent les jeunes ? Les slogans politiques, ils s'en méfient. En revanche, ils connaissent par cœur les paroles de certaines chansons et c'est comme cela qu'a commencé la Révolution des fourmis. Des idées, de la musique et surtout pas d'idéologie de conquête du pouvoir. Le pouvoir nous abîmerait.

— Mais alors, nous ne pourrons jamais utiliser la VMV ! s'offusqua l'homme chauve.

— La VMV, notre science de la VMV, existera quand même et sera à la disposition de tout politicien qui souhaitera la consulter.

— D'autres suggestions ? demanda Ji-woong, qui ne voulait pas que des petits débats naissent un peu partout.

Une amazone se leva :

— J'ai un grand-père à la maison et ma sœur a un bébé dont elle n'a pas le temps de s'occuper. Elle a donc demandé à notre grand-père de s'en charger. Il est très content et l'enfant aussi. Il se sent utile et n'a plus l'impression d'être à la charge de la société.

— Et alors ? fit Ji-woong pour qu'elle en vienne au fait.

— Alors, poursuivit la jeune fille, alors je me suis dit qu'il y a énormément de mamans qui ont des problèmes de nourrices, de places dans les crèches, de halte-garderie. En même temps, il y a plein de personnes âgées qui se désespèrent à ne rien faire, toutes seules devant leur poste de télévision. On pourrait les réunir, reproduire à une plus grande échelle l'histoire de mon grand-père et de mon neveu.

Dans l'assistance, on reconnaissait que les familles étaient disloquées, beaucoup de vieillards placés dans des hospices pour qu'on ne les voie pas mourir, des bébés garés dans des crèches pour qu'on ne les entende pas pleurer. Finalement, en début comme en fin de course, les humains étaient exclus.

— C'est une excellente idée, reconnut Zoé. Nous allons créer la première « crèche-hospice de vieillards ».

Rien qu'à cette première assemblée inventive, quatre-vingt-trois projets furent proposés, dont quatorze furent ensuite directement transformés en filiales de la SARL « Révolution des fourmis ».

142. ENCYCLOPÉDIE

NEUF MOIS : **Pour des mammifères de type supérieur, le temps complet de gestation est normalement de dix-huit mois. C'est le cas notamment des chevaux, dont les poulains naissent capables de marcher.**

Mais le fœtus humain, lui, a un crâne qui grossit trop vite. Il doit être expulsé à neuf mois du corps de sa mère, sinon il n'en pourrait plus sortir. Il naît donc prématuré, inachevé et non autonome. Ses premiers neuf mois externes ne sont que des copies conformes de ses neuf mois internes. Seule différence : le bébé est passé d'un milieu liquide à un milieu aérien. Pour ces neuf premiers mois à l'air libre, il a donc besoin d'un autre ventre protecteur : le ventre psychique. L'enfant naît déconcerté. Il est un peu comme

ces grands brûlés qu'il faut placer sous tente artificielle. Pour lui, cette protection artificielle, c'est le contact avec la mère, le lait de la mère, le toucher de la mère, les baisers du père.

De même qu'un enfant a besoin d'un solide cocon protecteur durant les neuf mois qui suivent sa naissance, un vieillard agonisant a besoin d'un cocon psychologique de soutien durant les neuf mois qui précéderont sa mort. Il s'agit d'une période pour lui essentielle, car, intuitivement, il sait que le compte à rebours a commencé. Durant ses neuf derniers mois, le mourant se déshabille de sa vieille peau et de ses connaissances, comme s'il se déprogrammait. Il accomplit un processus inverse à celui de la naissance. En fin de trajectoire, tout comme le bébé, le vieillard mange de la bouillie, porte des langes, n'a pas de dents, n'a pas de cheveux et il babille un charabia difficilement compréhensible. Seulement, si on entoure généralement les bébés durant les neuf premiers mois suivant leur naissance, on pense rarement à entourer les vieillards les neuf derniers mois précédant leur mort. En toute logique, ils auraient pourtant besoin d'une nourrice ou d'une infirmière qui jouerait le rôle de la mère, « ventre psychique ». Celle-ci devrait se montrer très attentionnée afin de leur fournir le cocon de protection indispensable à leur ultime métamorphose.

Edmond Wells,
Encyclopédie du Savoir Relatif et Absolu, tome III.

143. BEL-O-KAN ASSIÉGÉE

Ça sent le cocon grillé. La cité de Bel-o-kan ne fume plus. Les soldates belokaniennes sont parvenues à éteindre l'incendie. L'armée des révolutionnaires pro-Doigts, du moins ses rescapées, campe tout autour de la capitale fédérée. L'ombre de la mégapole fourmi se projette comme un grand triangle noir calciné sur les troupes assiégeantes.

Princesse 103e se dresse sur quatre pattes et 5e, s'appuyant lourdement sur une brindille-béquille, se hisse sur deux pattes afin de voir plus haut. Ainsi, la cité paraît plus petite et, pour tout dire, plus accessible. Elles savent qu'à l'intérieur les dégâts doivent être importants mais elles sont dans l'impossibilité de les mesurer.

Il faut donner l'assaut final maintenant, émet 15e.

Princesse 103e ne se montre pas enthousiaste. Encore la guerre !

Toujours la guerre ! Tuer est le moyen le plus compliqué et le plus fatigant de se faire comprendre.

Pourtant, elle est consciente que la guerre reste pour l'instant le meilleur accélérateur de l'Histoire.

7e suggère d'assiéger la Cité afin de se donner le temps de panser ses plaies et de se réorganiser.

Princesse 103e n'aime pas trop la tactique du siège. Il faut attendre, couper les voies de ravitaillement de la ville, placer des sentinelles autour des zones délicates. Rien de très prestigieux pour des guerrières.

S'approchant d'elle, une fourmi fourbue interrompt ses pensées. Princesse 103e bondit en reconnaissant Prince 24e, tout couvert de poussière.

Les deux insectes échangent mille trophallaxies. Princesse 103e dit qu'elle le croyait mort et Prince 24e lui raconte son aventure. En fait, il est parti dès le début de l'incendie. Quand l'écureuil a bondi vers la sortie, par réflexe, il s'est accroché à sa fourrure, de sorte qu'en galopant de branche en branche, le rongeur l'a entraîné fort loin.

Prince 24e a alors longtemps marché. Il a ensuite pensé que, puisque c'était un écureuil qui l'avait égaré, un autre écureuil le réorienterait. Il s'est ainsi habitué à emprunter des écureuils pour mode de locomotion. Le problème, c'est qu'on ne peut communiquer avec ces rongeurs pour leur indiquer où on veut aller ou même savoir où ils vont. Si bien que chaque écureuil l'entraînait dans une direction inconnue. Ce qui explique son retard.

Princesse 103e lui narre à son tour comment tout a évolué ici. La bataille de Bel-o-kan. L'attaque du commando incendiaire. Et maintenant le siège.

Il y a vraiment là de quoi écrire un roman, remarque Prince 24e, et il sort sa phéromone mémoire sur laquelle il a commencé son récit et rédigé un nouveau chapitre.

On pourra lire ton roman ? demande 13e.

Seulement quand il sera fini, répond 24e.

Il déclare que, plus tard, s'il constate que son roman phéromonal intéresse les fourmis, il écrira peut-être une suite. Il en a déjà le titre en tête : *La Nuit des Doigts* et si celui-là plaît aux gens, il conclura sa trilogie avec *La Révolution des Doigts*.

Pourquoi une trilogie ? demande Princesse 103e.

24e explique que, dans son premier roman, il racontera le contact entre les deux civilisations, fourmi et Doigt, le second serait le récit de leur confrontation. Enfin, les uns et les autres n'ayant pu s'entre-détruire, le dernier roman serait celui de la coopération entre les deux espèces.

« *Contact, confrontation, coopération* », *il me semble que ce sont les trois stades logiques d'une rencontre entre deux pensées différentes*, indique Prince 24e.

Il a déjà une idée très précise de la manière dont il entend rédiger son histoire. Il compte la baser sur trois intrigues parallèles, représentant trois points de vue différents : celui des fourmis, celui des Doigts et celui d'un personnage connaissant les deux mondes parallèles, par exemple 103e.

Tout cela paraît un peu confus à Princesse 103e mais elle écoute attentivement car, visiblement, depuis que Prince 24e a vécu sur l'île du Cornigera, il est hanté par l'envie d'écrire une longue histoire.

Les trois intrigues convergeront vers la fin, précise doctement le jeune prince.

14e surgit alors, les antennes tout ébouriffées. Elle a espionné de près la Cité et découvert un passage. Elle pense qu'on pourrait envoyer un commando.

On peut encore tenter une offensive souterraine.

Princesse 103e décide de la suivre, Prince 24e aussi, ne serait-ce que pour trouver des idées pour les scènes d'action de son roman.

Une centaine de fourmis s'engouffrent ainsi dans le passage qui conduit à la Cité. Elles progressent à pas prudents.

144. MISE EN PRATIQUE

Les stands progressaient bien. Le plus spectaculaire était celui de Francine avec son monde virtuel.

Infra-World était aussi l'activité la plus lucrative de toutes. Par le réseau informatique, de plus en plus d'agences de publicité demandaient à le consulter pour sonder l'impact de leurs conditionnements de lessives ou de couches-culottes, de produits surgelés et de médicaments, ou encore de nouveaux styles de voitures.

Réussite aussi : le « Centre des questions » de David. Dès son lancement, ce carrefour du savoir était devenu une référence. Des gens s'y connectaient aussi bien pour connaître le nombre exact d'épisodes de *Chapeau melon et bottes de cuir* que des horaires de chemin de fer, le niveau de pollution de l'air dans telle ou telle ville, ou les meilleurs investissements boursiers du moment. Les questions d'ordre personnel étaient rares et David n'avait pas eu besoin d'avoir recours à des détectives privés.

Léopold, pour sa part, avait obtenu commande d'une villa incrustée dans une colline et, ne pouvant se déplacer physiquement, il en envoyait les plans par télécopieur à son client contre son numéro de carte de crédit.

346   LA RÉVOLUTION DES FOURMIS

Paul inventait de nouveaux arômes de miel en mêlant le produit des abeilles à des feuilles de thé et de plantes diverses trouvées dans les cuisines ou les jardins du lycée. Depuis qu'il avait réduit les doses de levure, son hydromel était devenu un nectar. Paul avait concocté une cuvée spéciale parfumée à la vanille et au caramel, laquelle était très prisée. Une étudiante des Beaux-Arts lui dessina des étiquettes somptueuses qui apportèrent un cachet supplémentaire à son produit : « Hydromel grand cru. Cuvée Révolution des fourmis. Appellation contrôlée ».

Tout le monde s'en délecta. À un petit auditoire très intéressé, il raconta :

— Je savais déjà que l'hydromel était la boisson des dieux de l'Olympe et celle des fourmis qui, en faisant fermenter leur miellat de pucerons, obtiennent une sorte d'alcool qui les soûlent, mais ce n'est pas tout. Au « Centre des questions » de David, j'ai découvert encore un tas de choses sur l'hydromel. Les chamans mayas s'injectaient des lavements à base d'hydromel et de graines de belles-de-jour. Ainsi absorbées, ces substances hallucinogènes, sans susciter de nausées, provoquaient des transes beaucoup plus rapides et beaucoup plus puissantes que par voie orale.

— Quelle est la recette de l'hydromel ? demanda un amateur.

— La mienne, je l'ai trouvée dans l'*Encyclopédie du Savoir Relatif et Absolu*.

Il lut.

— « Faire bouillir 6 kilos de miel d'abeille, écumer, recouvrir de 15 litres d'eau, ajouter 25 grammes de poudre de gingembre, 15 grammes de cardamome, 15 grammes de cannelle. Laisser bouillir jusqu'à réduction du mélange d'un quart environ. Arrêter la cuisson et laisser tiédir. Ajouter ensuite 2 cuillerées de levure de bière et laisser reposer le tout pendant 12 heures. Passer ensuite le liquide en le transvasant dans un tonnelet. Bien le fermer et laisser reposer. » Notre hydromel est, certes, un peu jeune. Il faudra attendre encore pour qu'il prenne du corps.

— Et savais-tu que les Égyptiens se servaient du miel pour désinfecter les plaies et calmer les brûlures ? demanda une amazone.

L'information donna à Paul l'idée d'élaborer une ligne de parapharmacie en plus de sa ligne de produits alimentaires.

Plus loin, les vêtements de Narcisse étaient présentés. Des amazones faisaient office de mannequins devant les gens de la révolution et sous les objectifs d'une caméra video qui retransmettait les images, via le serveur, sur le réseau informatique international.

Seules les deux machines compliquées de Julie et de Zoé ne présentaient pour l'heure que des résultats décevants. La machine à dialoguer avec les fourmis avait déjà tué une trentaine d'insectes cobayes. Quant aux prothèses olfactives de Zoé, elles blessaient si fort les narines que nul ne pouvait les supporter plus de quelques secondes.

Julie monta sur le balcon du proviseur et contempla la cour et sa révolution. Le drapeau flottait, la fourmi-totem trônait, des musiciens reggae jouaient dans un nuage de fumées de marijuana. Partout, autour des stands, des gens s'activaient.

— On a quand même réussi quelque chose de sympathique, dit Zoé qui l'avait rejointe.

— Au niveau collectif, c'est certain, acquiesça Julie. Maintenant, c'est au niveau individuel qu'il nous faudrait réussir.

— Que veux-tu dire ?

— Je me demande si ma volonté de changer le monde n'est pas en fait le constat de mon incapacité à me changer moi-même.

— Voilà autre chose. Holà, Julie ! je crois que tu fonctionnes un peu trop au carburateur neuronal. Tout marche bien, sois heureuse.

Julie se tourna vers Zoé et la regarda dans les yeux.

— Tout à l'heure, j'ai lu un passage de l'*Encyclopédie*. Il était étrange. Il s'appelait « Je ne suis qu'un personnage » et disait qu'on était peut-être seul au monde dans un film qui se déroule rien que pour nous. Après avoir lu ça, j'ai eu une pensée bizarre. Je me suis dit : Et si j'étais la seule personne vivante. Si j'étais le seul être vivant de tout l'univers...

Zoé commença à regarder sa compagne avec inquiétude. Julie continua :

— Si tout ce qui m'arrive n'était après tout qu'un grand spectacle qu'on joue uniquement pour moi ? Tous ces gens, toi, vous ne seriez que des acteurs et des figurants. Les objets, les maisons, les arbres, la nature forment un décor bien imité, fait pour me rassurer et me faire croire qu'une certaine réalité existe. Mais je suis peut-être comme dans un programme d'*Infra-World*. Ou peut-être dans un roman.

— Oh ! la la ! qu'est-ce que tu ne vas pas chercher !

— N'as-tu jamais remarqué qu'autour de nous les gens meurent tandis que nous demeurons vivants ? Peut-être qu'on nous observe, qu'on teste nos réactions devant des situations données. On teste notre degré de résistance à certaines agressions. On teste nos réflexes. Cette révolution, cette vie n'est qu'un énorme cirque construit pour me tester. Quelqu'un à cet instant m'observe peut-être de loin, lit ma vie dans un livre, et me juge.

— Dans ce cas, profites-en. Tout, ici-bas, est pour toi. Tout ce monde, tous ces acteurs, ces figurants, comme tu dis, sont là pour te satisfaire, s'ajuster à tes désirs, à tes gestes et à tes actes. Ils se font du souci. Leur avenir dépend de toi.

— Justement, c'est cela qui m'inquiète. J'ai peur de ne pas être à la hauteur... de mon personnage.

Cette fois-ci, ce fut Zoé qui commença à ne pas se sentir bien. Julie lui mit la main sur l'épaule.

— Excuse-moi. Oublie ce que je t'ai dit. On s'en fiche.

Elle entraîna son amie en direction des cuisines, ouvrit le réfrigérateur et fit couler le ruban de l'hydromel doré dans deux gobelets. Puis, à petites gorgées, à la lumière du réfrigérateur entrouvert, elles burent la boisson des fourmis et des dieux.

145. PHÉROMONE ZOOLOGIQUE : RÉFRIGÉRATEUR

Saliveuse : 10ᵉ.
RÉFRIGÉRATEUR : Les Doigts n'ont pas de jabot social, pourtant ils peuvent stocker longtemps de la nourriture sans qu'elle se détériore.

Pour remplacer nos estomacs secondaires, ils s'équipent d'une machine qu'ils nomment « réfrigérateur ».

Il s'agit d'une boîte à l'intérieur de laquelle il fait très froid.

Il y entassent de la nourriture à ras bord.

Plus un Doigt est important, plus son réfrigérateur est grand.

146. DANS BEL-O-KAN

Une odeur de charbon les surprend.

Les branchettes calcinées empestent. Des corps calcinés de soldates prises dans l'incendie gisent partout. Vision d'horreur : il y a même des œufs et des larves fourmis qui n'ont pu être évacués à temps et qui ont grillé vifs.

Tout est brûlé et il n'y a pas la moindre présence. Est-il possible que l'incendie ait dévoré tous les habitants puis toute l'armée accourue pour l'éteindre ?

Les fourmis avancent dans des couloirs parfois vitrifiés par le feu. La chaleur du brasier a été si intense que des insectes ont péri d'un coup, en plein travail. Ils sont demeurés figés dans la position où ils se trouvaient avant qu'une bouffée brûlante ne les immobilise définitivement.

Quand 103ᵉ et sa troupe les touchent, ils s'effritent.

Le feu. Les fourmis ne sont pas préparées au feu. 5ᵉ murmure :
Le feu est une arme trop ravageuse.

Toutes comprennent maintenant pourquoi le feu est banni depuis si longtemps du monde des insectes. Hélas, il est certaines bêtises que chaque génération doit commettre, ne serait-ce que pour se souvenir des raisons pour lesquelles il ne faut pas les commettre.

Princesse 103e sait à présent que le feu est une arme trop destructrice. L'intensité des flammes a été si forte par endroits que l'ombre de ses victimes s'est imprimée sur les parois.

Princesse 103e avance dans sa ville transformée en cimetière et, avec nostalgie, elle découvre le charnier qu'est devenue sa cité natale. Dans les champignonnières, rien que des végétaux calcinés. Dans leurs étables, que des pucerons torréfiés, les pattes en l'air. Dans leurs salles, les fourmis-citernes ont explosé.

15e mange un peu de cadavre de fourmi-citerne et constate qu'il est d'une saveur vraiment délicieuse. Elle vient de découvrir le goût du caramel. Mais elles n'ont ni le temps ni l'envie de s'émerveiller devant cet aliment nouveau, leur cité natale n'est plus que désolation.

103e baisse les antennes. Le feu est une arme de perdant. Elle l'a utilisée parce qu'elle avait le dessous sur le champ de bataille. Elle a triché.

Faut-il que les Doigts l'aient envoûtée pour qu'elle en arrive à ne plus supporter la défaite, à tuer sa reine, détruire ses couvains et même anéantir sa propre cité !

Dire qu'elles ont fait tout ce voyage, précisément, pour avertir Bel-o-kan qu'elle risquait d'être... enflammée par les Doigts ! L'Histoire est paradoxale.

Elles marchent dans des couloirs encore enfumés. Étrangement, plus elles avancent dans ce désastre, plus il leur semble qu'il s'est passé ici des événements insolites. Il y a un cercle tracé sur un mur. Est-il possible que, de leur côté, les Belokaniennes aient découvert l'art ? Un art minimaliste, certes, puisqu'il consiste à simplement reproduire des cercles, mais un art néanmoins.

Princesse 103e a un mauvais pressentiment. 10e et 24e tournent en tous sens dans la crainte d'un piège.

Elles montent dans la Cité interdite. Là, 103e espère bien trouver la reine. Elle remarque que le bois de la souche de pin qui abrite la Cité interdite n'a été qu'à peine effleuré par l'incendie. Le passage est libre. Les fourmis-concierges chargées de veiller sur les issues sont mortes sous la chaleur et les émanations toxiques.

La troupe se rend dans la loge royale. La reine Belo-kiu-kiuni est bien là. Mais en trois tronçons. Elle, elle n'a été ni brûlée ni asphyxiée. Les marques des coups sont récentes. Elle a été assassinée et il n'y a pas longtemps. Tout autour d'elle, des cercles gravés à la mandibule.

103e approche et palpe les antennes de la tête décapitée. Même en

morceaux, une fourmi peut continuer d'émettre. La reine morte a conservé un mot odorant sur la pointe de ses antennes.
Les déistes.

147. ENCYCLOPÉDIE

KAMERER : L'écrivain Arthur Koestler décida un jour de consacrer un ouvrage à l'imposture scientifique. Il interrogea des chercheurs qui l'assurèrent que la plus misérable des impostures scientifiques était sans doute celle à laquelle s'était livré le docteur Paul Kamerer.

Kamerer était un biologiste autrichien qui réalisa ses principales découvertes entre 1922 et 1929. Éloquent, charmeur, passionné, il prônait que « tout être vivant est capable de s'adapter à un changement du milieu dans lequel il vit et de transmettre cette adaptation à sa descendance ». Cette théorie était exactement contraire à celle de Darwin. Alors, pour prouver le bien-fondé de ses assertions, le docteur Kamerer mit au point une expérience spectaculaire.

Il prenait des œufs de crapaud accoucheur à peau sèche se reproduisant sur terre ferme et les déposait dans l'eau.

Or, les animaux issus de ces œufs s'adaptaient et présentaient des caractéristiques de crapauds aquatiques. Ils avaient ainsi une bosse noire copulatoire sur le pouce, bosse qui permettait aux crapauds aquatiques mâles de s'accrocher à la femelle à peau glissante afin de pouvoir s'accoupler dans l'eau. Cette adaptation au milieu aquatique était transmise à leur progéniture, laquelle naissait directement avec une bosse de couleur foncée au pouce. La vie était donc capable de modifier son programme génétique pour s'adapter au milieu aquatique.

Kamerer défendit sa théorie de par le monde avec un certain succès. Un jour, pourtant, des scientifiques et des universitaires souhaitèrent examiner « objectivement » son expérience. Une large assistance se pressa dans l'amphithéâtre, ainsi que de nombreux journalistes. Le Dr Kamerer comptait bien prouver là qu'il n'était pas un charlatan.

La veille de l'expérience, il y eut un incendie dans son laboratoire et tous ses crapauds périrent à l'exception d'un seul. Kamerer présenta donc ce survivant et sa bosse sombre. Les scientifiques examinèrent l'animal à la loupe et s'esclaffèrent. Il était parfaitement visible que les taches noires de la bosse du pouce du crapaud avaient été artificiellement dessinées par injection d'encre de Chine sous la peau. La supercherie était éventée. La salle était hilare.

En une minute, Kamerer perdit tout son crédit et toute chance de voir ses travaux reconnus. Rejeté de tous, il fut mis au ban de la profession. Les darwinistes avaient gagné, et pour longtemps. Il était maintenant admis que les êtres vivants étaient incapables de s'adapter à un nouveau milieu.

Kamerer quitta la salle sous les huées. Désespéré, il se réfugia dans une forêt où il se tira une balle dans la bouche, non sans avoir laissé derrière lui un texte lapidaire dans lequel il réaffirmait l'authenticité de ses expériences et déclarait « vouloir mourir dans la nature plutôt que parmi les hommes ». Ce suicide acheva de le discréditer.

On pourrait penser qu'il s'agissait de l'imposture scientifique la plus nulle. Pourtant, à l'occasion de son enquête pour son ouvrage *L'Étreinte du crapaud*, Arthur Koestler rencontra l'ancien assistant de Kamerer. L'homme lui révéla avoir été à l'origine du désastre. C'était lui qui, sur l'ordre d'un groupe de savants darwiniens, avait mis le feu au laboratoire et remplacé le dernier crapaud mutant par un autre auquel il avait injecté de l'encre de Chine dans le pouce.

Edmond Wells,
Encyclopédie du Savoir Relatif et Absolu, tome III.

148. MAC YAVEL NE COMPREND PAS LA BEAUTÉ

Maximilien avait passé sa journée à se tourner les pouces. Avec ses clefs, il gratta un peu du noir qui s'était glissé sous un ongle.

Il en avait assez d'attendre.

— Toujours rien ?

— Rien à signaler, chef !

Ce qu'il y avait d'agaçant dans la technique du siège, c'était que tout le monde s'ennuyait. Dans la défaite, au moins, il se passe toujours quelque chose, mais là...

Ne serait-ce que pour se changer les idées, Maximilien aurait bien aimé retourner dans la forêt faire dynamiter la mystérieuse pyramide, mais le préfet lui avait expressément ordonné de ne plus s'occuper désormais que de la seule affaire du lycée.

En rentrant chez lui, le commissaire était maussade.

Il alla s'enfermer dans son bureau, face à une autre sorte d'écran. Il lança vite une nouvelle partie d'*Évolution*. À présent, il commençait à avoir le coup de main et parvenait à faire décoller très vite ses civilisations virtuelles. En moins de mille ans à peine, il amena une civilisation de type chinois à inventer l'automobile et l'aviation. Sa civilisation chinoise prenait bien, pourtant, il l'abandonna.

— Mac Yavel, mets-toi en écoute.

L'œil de l'ordinateur s'inscrivit sur l'écran tandis que son synthétiseur vocal intégré annonçait dans les haut-parleurs :

— Réception cinq sur cinq.

— J'ai encore des problèmes avec cette histoire de lycée, commença le policier.

Il fit part à l'ordinateur des dernières informations sur ce qui se passait autour de l'établissement scolaire et Mac Yavel ne se contenta plus de lui expliquer les sièges du passé. Il lui conseilla d'isoler hermétiquement le lycée.

— Coupe-leur l'eau, l'électricité, le téléphone. Prive-les de confort et, très vite, ils s'ennuieront à mourir et ils n'auront plus qu'une idée : s'enfuir de ce bourbier.

Bon sang, comment n'y avait-il pas pensé tout seul ? Couper l'eau, le téléphone et l'électricité, ce n'était pas un crime, même pas un délit. Après tout, c'était l'Éducation nationale, pas les émeutiers, qui payait les factures de leur réseau informatique, de l'éclairage dans les dortoirs, des plaques chauffantes dans la cuisine et des téléviseurs allumés en permanence. Une fois de plus, il était contraint de reconnaître que Mac Yavel avait la tête bien sur les épaules.

— Mon vieux, tu es vraiment de bon conseil.

L'objectif de la caméra numérique intégrée à l'ordinateur effectua une mise au point.

— Tu peux me montrer un portrait de leur chef ?

Surpris de la demande, Maximilien n'en présenta pas moins la photographie de Julie Pinson qu'avait publiée le journal local. Il saisit l'image en mémoire et la compara à ses images d'archives.

— C'est une femelle, non ? Elle est belle ?

— C'est une question ou une affirmation ? s'étonna le policier.

— Une question.

Maximilien examina la photo puis déclara :

— Oui, elle est belle.

L'ordinateur paraissait régler au mieux sa définition afin de disposer de l'image la plus nette possible.

— Ainsi, c'est donc ça, la beauté.

Le policier perçut que quelque chose n'allait pas. Il n'y avait pas d'intonations dans la voix synthétique de Mac Yavel, pourtant il y sentit une certaine préoccupation.

Il comprit. L'ordinateur était incapable d'appréhender la notion de beauté. Il avait quelques vagues notions d'humour, des mécanismes de paradoxes pour la plupart, mais il n'était nanti d'aucun critère de compréhension de la beauté.

— J'ai du mal à comprendre ce concept, avoua Mac Yavel.

— Moi aussi, reconnut Maximilien. Parfois, des êtres qui nous ont paru beaux à un moment donné nous semblent sans intérêt très peu de temps plus tard.

Une paupière voilà l'œil de l'ordinateur.

— La beauté est subjective. C'est sans doute pour cela que je ne peux pas la percevoir. Pour moi, c'est ou zéro ou un. Il ne peut y avoir de choses zéro à un instant et un à un autre. En cela, je suis limité.

Maximilien s'étonna de cette remarque en forme de regret. Il songea que ces ordinateurs de la dernière génération se mettaient à devenir des partenaires à part entière de l'espèce humaine. L'ordinateur, meilleure conquête de l'homme ?

149. LES DÉISTES

Les déistes ?

La reine est morte. Un groupe de Belokaniennes apparaît timidement sur le pas de la porte. Il y a donc quelques rescapées. Une fourmi se détache des autres et s'approche de leur escouade, antennes en avant. Princesse 103e la reconnaît. C'est 23e.

23e a donc survécu elle aussi à la première croisade contre les Doigts. 23e. Cette guerrière avait tout de suite adhéré à la religion déiste. Les deux fourmis ne s'étaient donc jamais beaucoup appréciées, mais de se retrouver ici, dans leur cité natale, toutes deux survivantes de mille aventures, les rapproche soudain.

23e perçoit tout de suite que 103e est devenue une sexuée et la félicite de cette métamorphose. 23e paraît en grande forme elle aussi. Il y a du sang transparent sur ses mandibules mais elle lance des phéromones de bienvenue à tout leur commando.

Princesse 103e est sur ses gardes mais l'autre émet que tout est rentré dans l'ordre.

Elles se livrent à une trophallaxie.

23e raconte son histoire. Après avoir abordé le monde des dieux, 23e est revenue à Bel-o-kan pour y répandre la bonne parole. Princesse 103e remarque que 23e ne dit jamais « Doigts » mais utilise la dénomination « dieux ».

Elle raconte qu'au début, la Cité, enchantée qu'il y ait au moins une survivante à cette première croisade, lui avait fait bon accueil et, petit à petit, 23e avait révélé l'existence des dieux. Elle avait pris la tête de la religion déiste. Elle avait exigé que les morts ne soient plus jetés au dépotoir et aménagé des salles en cimetières.

Cette innovation avait déplu à la nouvelle reine Belo-kiu-kiuni, laquelle avait interdit la pratique du culte déiste dans la Cité.

23e s'était alors réfugiée au plus profond des quartiers de la métropole et là, entourée de sa petite troupe de fidèles, elle avait pu continuer à répandre la bonne parole. La religion déiste s'était donné pour symbole le cercle. Car telle est la vision que les fourmis ont des Doigts juste avant que ceux-ci les écrasent.

Princesse 103e hoche la tête.

Voilà qui explique tous ces signes, dans les couloirs.

Les fourmis blotties derrière psalmodient :

Les Doigts sont nos dieux.

Princesse 103e et les siennes n'en reviennent pas. Elles qui voulaient promouvoir l'intérêt pour les Doigts ont été largement dépassées par cette 23e.

Prince 24e demande pourquoi tout est vide.

23e explique que la nouvelle reine Belo-kiu-kiuni a fini par prendre ombrage de l'omniprésence des déistes. Elle a banni leur religion. Il y a eu de véritables chasses aux déistes dans la Cité et beaucoup de martyres sont mortes.

Lorsque l'armée de 103e est survenue avec son feu, 23e a aussitôt saisi l'opportunité. Elle a foncé vers la loge royale et assassiné la reine pondeuse.

Alors, comme il n'existait pas d'autre reine, la Cité tout entière s'était placée en phase d'autodestruction et, une à une, toutes les citoyennes belokaniennes avaient interrompu les battements de leur cœur. À présent, dans la capitale incendiée et fantôme, il n'y avait plus qu'elles, les déistes, pour accueillir les révolutionnaires afin de bâtir ensemble une société fourmi fondée sur la vénération des Doigts.

Princesse 103e et Prince 24e ne partagent pas vraiment la ferveur de la prophétesse mais comme la ville est désormais à leur disposition, ils en profitent.

Princesse 103e lance cependant une phéromone :

La pancarte blanche devant Bel-o-kan est signe de grand danger.

Ce n'est peut-être qu'une question de secondes. Il faut déguerpir sans tarder.

On la croit.

En quelques heures, tout le monde se met en route. Les exploratrices partent en éclaireuses pour rechercher une autre souche de pin propice à l'établissement d'une cité. Les escargots porteurs de braise transportent les quelques œufs, larves et les rares champignons et pucerons rescapés de l'incendie.

Par chance, l'avant-garde découvre une souche habitable à une heure de marche à peine. 103ᵉ estime la distance suffisante pour se retrouver à l'abri du cataclysme qui se produira autour de la pancarte blanche.

La souche est creusée de tunnels rongés par des vers et il est même possible d'implanter dans son bois une Cité interdite et une loge royale. À partir de cette souche, 5ᵉ établit des plans en vue de la construction rapide d'une nouvelle Bel-o-kan.

Toutes les fourmis s'empressent.

103ᵉ suggère de bâtir une cité ultramoderne, avec de grandes artères où faire circuler sans embouteillages les gros gibiers et les objets indispensables aux nouvelles technologies. Elle pense qu'il faut installer une grande cheminée centrale afin de pouvoir dégager la fumée issue des laboratoires du feu. Elle envisage encore des canaux pour amener l'eau de pluie aux étables, aux champignonnières ainsi qu'aux laboratoires qui en auront besoin pour laver les objets qu'ils utilisent.

Même si elle n'est pas encore pondeuse, étant la seule femelle sexuée de Bel-o-kan, Princesse 103ᵉ est désignée non seulement comme reine de leur ville renaissante mais aussi de toute la fédération des fourmis rousses de la région, laquelle comprend soixante-quatre cités.

C'est la première fois qu'une ville se dote d'une princesse incapable de pondre. Faute de renouvellement de la population, on fait appel à un concept nouveau : la « ville ouverte ». Princesse 103ᵉ pense en effet qu'il serait intéressant d'autoriser d'autres espèces d'insectes étrangers à s'installer ici afin qu'elles enrichissent la cité de leurs cultures propres.

Mais il n'est pas aisé de se fondre dans un *melting-pot*. Les différentes ethnies en viennent peu à peu à occuper des quartiers séparés. Les noires s'installent au sud-est des étages les plus profonds, les jaunes à l'ouest des étages médians, les moissonneuses aux étages supérieurs pour être plus proches des récoltes, les tisserandes s'en vont au nord.

Partout dans la nouvelle capitale, on travaille aux innovations techniques. À la manière fourmi, c'est-à-dire sans logique, en testant tout et n'importe quoi selon ce qui vous passe par la tête et en considérant ensuite le résultat. Les ingénieurs du feu construisent un grand laboratoire au plus profond du sous-sol de la Cité. Là, ils font brûler tout ce qui leur passe entre les pattes pour voir en quel matériau cela se transforme et quel genre de fumée ça produit.

Pour parer aux risques d'incendie, on tapisse la pièce de feuilles de lierre peu inflammables.

Les ingénieurs en mécanique aménagent une salle spacieuse où ils entreprennent de tester des leviers sur des cailloux et jusqu'à des combinaisons de plusieurs leviers liés par des fibres végétales.

Prince 24e et 7e se prononcent pour des ateliers d'« art » aux étages moins quinze, moins seize et moins dix-sept. On y pratique la peinture sur feuilles, la sculpture en excréments de scarabées et, bien sûr, la scarification sur carapace.

Prince 24e compte bien prouver qu'en utilisant les techniques doigtesques, on peut parfaitement obtenir des objets de style typiquement myrmécéen. Il veut créer la « culture fourmi » et même, plus précisément, la culture belokanienne. En effet, qu'il s'agisse de son roman ou des peintures plutôt naïves de 7e, il n'existe encore rien de semblable sur la Terre.

11e décide pour sa part d'inventer la musique fourmi. Elle demande à plusieurs insectes de striduler afin de former un chœur à plusieurs voix. Le résultat est peut-être une cacophonie mais ce n'en est pas moins une musique typiquement fourmi. D'ailleurs, 11e ne désespère pas d'harmoniser tous ces sons jusqu'à l'obtention de morceaux à plusieurs niveaux de gammes.

15e crée des cuisines où elle goûte tous les résidus brûlés du laboratoire du feu. Les feuilles ou les insectes calcinés qui lui semblent avoir bon goût sont mis à droite, ceux qui ont mauvais goût à gauche.

10e crée, elle, un centre d'étude sur les comportements doigtesques à proximité des salles des ingénieurs.

Vraiment, la pratique de la technologie des Doigts leur donne une avance dans le monde des insectes. C'est comme si elles venaient de gagner mille ans en une journée. Une chose tracasse cependant 103e : depuis qu'elles ne sont plus contraintes à la clandestinité, les déistes s'affichent partout dans la Cité et font de plus en plus de zèle. Au soir du premier jour, notamment, 23e et ses fidèles se rendent en pèlerinage sur le site de la pancarte blanche et, là, se mettent à prier les dieux supérieurs qui ont apposé ce monument sacré.

150. ENCYCLOPÉDIE

UTOPIE D'HIPPODAMOS : En 494 avant J.-C., l'armée de Darius, roi des Perses, détruit et rase la ville de Milet, située entre Halicarnasse et Éphèse. Les anciens habitants demandent alors à l'architecte Hippodamos de reconstruire d'un coup une cité tout entière. Il s'agit d'une occasion unique dans l'histoire de l'époque. Jusquelà, les villes n'étaient que des bourgades qui s'étaient progressivement élargies dans la plus grande confusion. Athènes, par exem-

ple, était composée d'un enchevêtrement de rues, véritable labyrinthe qui avait vu le jour sans que nul ne tienne compte d'un plan d'ensemble. Être chargé d'ériger, dans sa totalité, une ville de taille moyenne, c'était se voir offrir une page blanche où inventer LA ville idéale.

Hippodamos saisit l'aubaine. Il dessine la première ville pensée géométriquement.

Hippodamos ne veut pas seulement tracer des rues et bâtir des maisons, il est convaincu qu'en repensant la forme de la ville, on peut aussi en repenser la vie sociale.

Il imagine une cité de dix mille habitants, répartis en trois classes : artisans, agriculteurs, soldats.

Hippodamos souhaite une ville artificielle, sans plus aucune référence avec la nature avec, au centre, une acropole d'où partent douze rayons la découpant, tel un gâteau, en douze portions. Les rues de la nouvelle Milet sont droites, les places rondes et toutes les maisons sont strictement identiques pour qu'il n'y ait pas de jalousie entre voisins. Tous les habitants sont d'ailleurs des citoyens à part égale. Ici il n'y a pas d'esclaves.

Hippodamos ne veut pas non plus d'artistes. Les artistes sont selon lui des gens imprévisibles, générateurs de désordre. Poètes, acteurs et musiciens sont bannis de Milet, et la ville est également interdite aux pauvres, aux célibataires et aux oisifs.

Le projet d'Hippodamos consiste à faire de Milet une cité au système mécanique parfait qui jamais ne tombera en panne. Pour éviter toute nuisance, pas d'innovation, pas d'originalité, aucun caprice humain. Hippodamos a inventé la notion de « bien rangé ». Un citoyen bien rangé dans l'ordre de la cité, une cité bien rangée dans l'ordre de l'État, lui-même ne pouvant être que bien rangé dans l'ordre du cosmos.

Edmond Wells,
Encyclopédie du Savoir Relatif et Absolu, tome III.

151. UNE ÎLE AU MILIEU DE L'OCÉAN

En ce sixième jour d'occupation du lycée de Fontainebleau, Maximilien décida de suivre les conseils de Mac Yavel : il coupa l'électricité et l'eau aux lycéens.

Pour résoudre le problème de l'eau, Léopold fit construire des citernes pour recueillir la pluie. Il apprit aux occupants à se laver avec du sable ainsi qu'à sucer des grains de sel pour fixer l'eau dans leur corps et amoindrir leurs besoins.

Restait le problème de l'électricité, le plus ardu. Toutes leurs activités étaient fondées sur le réseau informatique mondial. Des bricoleurs allèrent fouiner dans l'atelier d'électronique, si riche en matériel de toutes sortes et qui s'était déjà avéré une mine. Ils découvrirent des plaques solaires photosensibles. Elles apportèrent un premier flux électrique qu'ils complétèrent avec des éoliennes fabriquées à la hâte de planches arrachées aux bureaux.

Chaque tipi vit fleurir son éolienne au-dessus de sa pointe, telle une marguerite.

Comme ce n'était pas suffisant, David brancha quelques vélos du club de randonnées sur des dynamos ; ainsi, quand ni soleil ni vent n'étaient de la partie, on cherchait quelques sportifs pour pédaler et fournir de l'énergie.

Chaque problème les obligeait à faire fonctionner leur imagination et soudait davantage les occupants du lycée.

Constatant que, grâce à leurs lignes téléphoniques, leur réseau informatique fonctionnait toujours, Maximilien décida de les en priver aussi. À époque moderne, technique de siège moderne.

Et riposte, tout aussi moderne. David ne fut pas longtemps inquiet pour son « Centre des questions » car une occupante avait apporté dans son sac un téléphone cellulaire spécial, extrêmement puissant et suffisamment net pour recréer un contact hertzien en se branchant directement sur les satellites de télécommunications.

Ils étaient cependant obligés de vivre en totale autarcie. À l'intérieur, on s'organisa, s'éclairant de lampions et de bougies pour économiser l'énergie vitale au réseau informatique. Le soir, la cour baignait dans l'ambiance romantique générée par les petites lueurs vacillant sous les courants d'air.

Julie, les Sept Nains et les amazones couraient, sollicitant chacun, transportant des matériaux, discutant des aménagements. Le lycée se transformait en véritable camp retranché.

Les groupes d'amazones devenaient de plus en plus compacts, de plus en plus rapides et, pour tout dire, de plus en plus militaires. Comme si naturellement elles assumaient cette fonction vacante.

Julie convoqua ses amis dans le local de répétition. Elle paraissait fort préoccupée.

— J'ai une question à vous poser, annonça d'emblée la jeune fille en allumant quelques bougies qu'elle déposa en hauteur dans les anfractuosités du mur.

— Vas-y, l'encouragea Francine, affalée sur un monticule de couvertures.

Julie fixa tour à tour les Sept Nains : David, Francine, Zoé, Léopold, Paul, Narcisse, Ji-woong... Elle hésita, baissa les yeux, puis articula :

— Est-ce que vous m'aimez ?

Il y eut un long silence que Zoé fut la première à rompre, d'une voix enrouée :

— Bien sûr, tu es notre Blanche-Neige à nous, notre « reine des fourmis ».

— Alors dans ce cas, dit Julie très sérieusement, si je deviens trop « reine », si je commence à me prendre trop au sérieux, n'hésitez pas, faites comme pour Jules César, assassinez-moi.

À peine avait-elle fini que Francine plongea sur elle. Ce fut le signal. Tous l'attrapèrent par les bras, par les chevilles. Ils roulèrent dans les couvertures. Zoé mima le geste de prendre un couteau et de le lui planter dans le cœur. Aussitôt tous lui firent des chatouilles.

Elle n'eut que le temps de gémir.

— Non, pas les chatouilles !

Elle riait et avait envie que ça s'arrête.

Après tout, elle ne supportait pas qu'on la touche.

Elle se débattait mais les mains amies surgies d'entre les couvertures prolongeaient son supplice. Elle n'avait jamais autant ri de sa vie.

Elle n'avait plus d'air. Elle commençait à se sentir partir. C'était étrange. Le rire devenait presque douloureux. À peine une chatouille était finie qu'une autre reprenait. Son corps lui envoyait des signaux contradictoires.

Soudain, elle comprit pourquoi elle ne supportait pas qu'on la touche. Le psychothérapeuthe avait raison, c'était pour une raison qui remontait à sa plus tendre enfance.

Elle se revit bébé. Durant les dîners de famille, alors qu'elle n'avait que seize mois, on la passait de main en main, comme un objet, profitant de son incapacité à se défendre. On la couvrait de baisers, de chatouilles, on la forçait à dire bonjour, on lui caressait les joues, la tête. Elle se souvint des grand-mères aux haleines lourdes et aux lèvres trop maquillées. Ces bouches s'approchaient d'elle et les parents complices riaient tout autour.

Elle se souvint de ce grand-père qui l'embrassait sur la bouche. Affectueusement, peut-être, mais sans lui demander son avis. Oui, c'est à ce moment qu'elle avait commencé à ne plus supporter qu'on la touche. Dès qu'elle savait qu'il y avait un repas de famille, elle courait se cacher sous la table, où elle chantonnait doucement. Elle se défendait des mains qui essayaient de la faire sortir de là. On est bien sous les tables. Elle n'acceptait de ressortir qu'au moment où tous les gens étaient partis afin d'éviter la corvée des bisous de l'au revoir, mais on ne lui laissait pas le choix.

Non, elle n'avait jamais été abusée sexuellement mais elle avait été abusée épidermiquement !

Le jeu s'arrêta tout aussi brusquement qu'il avait commencé et les Sept Nains se rassirent en cercle autour de leur Blanche-Neige. Elle remit de l'ordre dans sa chevelure.

— Tu voulais qu'on t'assassine, eh bien, c'est fait, dit Narcisse.

— Ça va mieux ? demanda Francine.

— Vous m'avez fait beaucoup de bien, merci. Vous ne pouvez pas savoir combien vous m'avez fait de bien. N'hésitez pas à m'assassiner plus souvent.

Comment elle disait cela, ils repartirent pour une seconde séance de chatouilles où il lui sembla trouver l'agonie à force de rire. Ce fut Ji-woong qui y mit fin.

— Passons maintenant à la séance de *pow-wow*.

Paul versa de l'hydromel dans un gobelet ; chacun y trempa ses lèvres tour à tour. Boire ensemble. Il distribua ensuite à chacun des gâteaux secs. Manger ensemble.

Quand leurs mains s'assemblèrent pour former le cercle, Julie perçut leur regard, elle perçut leur chaleur et se sentit protégée.

« Quel meilleur objectif dans la vie que de parvenir à un instant tel que celui-ci où chacun s'unit sans aucune arrière-pensée, songea-t-elle. Mais est-on absolument obligé de faire la révolution pour y arriver ? »

Puis ils discutèrent des nouvelles conditions de vie imposées par l'embargo policier. Les solutions pratiques fusèrent. Loin d'affaiblir leur révolution cette pression extérieure était en train de resserrer leurs liens.

152. PETITE BATAILLE DU SOIR

Au fur et à mesure que les technologies se développent dans Bel-o-kan en pleine mutation, la religion prend son essor. Les déistes ne se contentent plus de tracer partout leurs cercles, elles déposent sur les murs l'odeur de leur religion.

En ce deuxième jour du règne de Princesse 103e, 23e prononce un sermon dans lequel elle déclare que le but de la religion déiste est de convertir à la vénération des dieux toutes les fourmis du monde et que c'est leur rendre service que d'assassiner les laïques.

Dans la Cité, on constate que les déistes commencent à se montrer particulièrement agressives. Elles avertissent les laïques : si elles s'obstinent à ne pas adorer les dieux, les Doigts les écraseront et, au cas où les Doigts ne les écraseraient pas, elles, les déistes, s'en chargeraient.

Il s'ensuit une curieuse atmosphère dans la Nouvelle-Bel-o-kan avec un clivage entre, d'un côté, les fourmis « technologiques », qui vivent dans l'admiration de ce que les Doigts sont parvenus à faire grâce à leur maîtrise du feu, du levier et de la roue et de l'autre, les fourmis « mystiques » qui ne vivent que dans la prière et pour qui seulement songer à reproduire les actes des Doigts est déjà un blasphème.

Princesse 103ᵉ est convaincue qu'un conflit est inévitable. Les déistes sont trop intolérantes et trop sûres d'elles. Elles ne veulent plus rien apprendre, elles ne déploient d'efforts que pour convertir leur entourage. Quelques meurtres de laïques sont imputés aux déistes mais on évite de trop en parler pour éviter une guerre civile.

Les douze fourmis exploratrices, le prince et la princesse sont réunis dans la loge royale. Prince 24ᵉ reste confiant. Il revient des laboratoires dont les progrès l'enchantent : les ingénieurs du feu réussissent maintenant à placer des braises dans des boîtes légères de feuilles tressées avec un fond de terre, ce qui permet de les transporter sans danger pour éclairer ou chauffer une zone. 5ᵉ signale que les déistes se moquent bien des sciences et du savoir. C'est cela qui inquiète la jeune exploratrice : dans le monde religieux, rien n'a besoin d'être prouvé. Lorsqu'un ingénieur affirme que le feu permet de durcir le bois, il se peut que son expérience rate et on ne lui fera plus confiance, mais quand une mystique assure que « les Doigts sont tout-puissants et qu'ils sont à l'origine de l'existence des fourmis », il faudrait être sur place à chaque fois pour la démentir.

Princesse 103ᵉ murmure :

La religion est peut-être malgré tout une phase d'évolution des civilisations.

5ᵉ estime qu'il faut prendre ce qu'il y a de bon chez les Doigts et laisser ce qu'il y a de mauvais, comme la religion. Mais comment prendre l'un sans l'autre ? 103ᵉ, 24ᵉ et l'escouade des douze jeunes exploratrices se réunissent en cercle et réfléchissent. Si, au deuxième jour de leur nouvel État, il y a déjà des heurts avec les déistes, les troubles n'iront qu'augmentant. Il faut les arrêter au plus vite.

Les tuer ?

Non, elles ne peuvent tuer des sœurs simplement parce qu'elles se figurent que les Doigts sont des dieux.

Les expulser ?

Peut-être vaut-il mieux en effet qu'elles créent leur propre État, sous-développé, mystique et intolérant, loin de la fourmilière de Bel-o-kan tout entière tournée vers la modernité et les technologies de pointe.

Mais elles n'ont pas le temps de pousser plus loin leur conciliabule. Des coups sourds résonnent sur les murs de la Cité.

L'alerte.

Des fourmis galopent dans tous les sens. Une odeur circule.

Les fourmis naines attaquent !

Partout on s'organise pour faire face aux assaillantes.

Les troupes des naines arrivent par la passe nord et il est trop tard pour tenter de les pulvériser avec les leviers lanceurs de pierres. On ne pourra pas non plus utiliser le feu.

Les naines forment une longue armée pleine d'antennes, d'yeux et de mandibules. Leurs odeurs sont calmes et décidées. Pour elles, la simple vue d'une fourmilière qui fume sans brûler est suffisamment choquante pour légitimer un carnage. 103e aurait dû se rendre compte qu'il est impossible de manipuler tant de choses nouvelles sans susciter la méfiance, la jalousie et la peur.

La princesse monte tout en haut du dôme, en prenant garde à ne pas trop s'approcher de la fumée de la cheminée principale, et, avec ses nouveaux sens, elle observe la grande armée qui se déploie.

Elle fait signe à 5e de sortir les légions d'artillerie et de les placer en avant-garde pour empêcher l'ennemi de progresser. Princesse 103e en a assez de voir la mort. Il paraît que l'écœurement face à la violence est signe de vieillesse mais elle n'en a cure. C'est le paradoxe de cette fourmi dégénérée d'être vieille dans sa tête et jeune dans son corps. Sous elle, le dôme palpite des coups d'abdomens que donnent les ouvrières pour signaler l'alerte phase II.

La Cité a peur. L'armée ennemie n'en finit pas de s'étirer, grossie de maintes fourmilières voisines qui se sont rangées derrière les naines pour faire ployer l'arrogante fédération des rousses. Pire, il y a dans ses rangs des fourmilières rousses de leur propre fédération. Elles doivent s'inquiéter depuis un moment de ce qui se trame dans la Nouvelle-Bel-o-kan.

Princesse 103e se souvient d'un documentaire qu'elle a vu sur un écrivain Doigt du nom de Jonathan Swift. Cet humain disait à peu près qu'« on s'aperçoit qu'un nouveau talent a émergé au fait qu'il se crée spontanément autour de lui une conjuration d'imbéciles pour le briser ».

Cette conjuration d'imbéciles, Princesse 103e la voit à présent se dresser devant elle. Tant et tant d'imbéciles prêts à mourir pour que rien ne bouge, pour que tout revienne en arrière, pour que demain ne soit qu'un autre hier. Prince 24e vient se blottir contre la princesse. Il a peur et a besoin de la présence rassurante de l'autre sexuée.

Prince 24e rabat ses antennes.

Cette fois, c'est fini. Elles sont trop nombreuses.

Les premières légions d'artilleuses néo-belokaniennes sont en train de s'aligner pour défendre la capitale. Abdomen dardé, elles sont prêtes à faire feu. En face, l'armée ennemie n'en finit pas de s'étirer. Elles sont des millions.

103ᵉ regrette de s'être souciée aussi peu de ses relations diplomatiques avec les cités voisines. Après tout, la Nouvelle-Bel-o-kan en avait accueilli au départ beaucoup de représentantes. Mais, toute à ses préoccupations techniques, elle ne s'est pas aperçue que des cités entières étaient en plein malaise.

5ᵉ vient annoncer une mauvaise nouvelle. Les déistes refusent de participer à la bataille. Elles considèrent que ce n'est pas la peine de se battre puisque, de toute manière, ce sont les dieux qui décident de l'issue des combats. Elles promettent cependant de prier.

Est-ce là le coup de grâce ? Et cette colonne ennemie qui surgit du talus et s'étire, s'étire toujours.

Des ingénieurs du feu, du levier et de la roue la rejoignent. La princesse demande que toutes réunissent leurs antennes. Il faut ensemble inventer une arme pour les tirer de ce mauvais pas.

Princesse 103ᵉ sort de son cerveau toutes les images de guerre des Doigts qui lui restent en mémoire. Avec ce qu'on connaît déjà, le feu, le levier, la roue, il faut improviser une ressource nouvelle. Les trois notions tournent dans les cerveaux insectes et s'y entremêlent. Si elles ne trouvent pas rapidement une idée, elles le savent, c'est la mort.

153. ENCYCLOPÉDIE

AINSI NAQUIT LA MORT : **La mort est apparue il y a précisément sept cents millions d'années. Jusque-là, et depuis quatre milliards d'années, la vie s'était limitée à la monocellularité. Sous sa forme monocellulaire, elle était immortelle puisque capable de se reproduire pareillement et à l'infini. De nos jours, on trouve encore des traces de ces systèmes monocellulaires immortels dans les barrières de corail.**

Un jour, cependant, deux cellules se sont rencontrées, se sont parlé et ont décidé de fonctionner ensemble, en complémentarité. Sont apparues alors des formes de vie multicellulaires. Simultanément, la mort a fait aussi son apparition. En quoi les deux phénomènes sont-ils liés ?

Quand deux cellules souhaitent s'associer, elles sont contraintes de communiquer et leur communication les porte à se répartir les tâches afin d'être plus efficaces. Elles décideront par exemple que ce n'est pas la peine que toutes deux œuvrent à digérer la nourriture, l'une digérera et l'autre repérera les aliments.

Par la suite, plus les rassemblements de cellules ont été importants, plus leur spécialisation s'est affinée. Plus leur spécialisation s'est affinée, plus chaque cellule s'est fragilisée et, cette fragilité ne faisant que s'accentuer, la cellule a fini par perdre son immortalité originelle.

Ainsi naquit la mort. De nos jours, nous voyons des ensembles animaliers constitués d'immenses agrégats de cellules extrêmement spécialisées et qui dialoguent en permanence. Les cellules de nos yeux sont très différentes des cellules de notre foie et les premières s'empressent de signaler qu'elles aperçoivent un plat chaud afin que les secondes puissent aussitôt se mettre à fabriquer de la bile bien avant l'arrivée du mets dans la bouche. Dans un corps humain, tout est spécialisé, tout communique et tout est mortel.

La nécessité de la mort peut s'expliquer d'un autre point de vue. La mort est indispensable pour assurer l'équilibre entre les espèces. Si une espèce pluricellulaire se trouvait être immortelle, elle continuerait à se spécialiser jusqu'à résoudre tous les problèmes et devenir tellement efficace qu'elle compromettrait la perpétuité de toutes les autres formes de vie.

Une cellule du foie cancéreuse produit en permanence des morceaux de foie sans tenir compte des autres cellules qui lui disent que ce n'est plus nécessaire. La cellule cancéreuse a pour ambition de retrouver cette ancienne immortalité, et c'est pour cela qu'elle tue l'ensemble de l'organisme, un peu comme ces gens qui parlent tout seuls en permanence sans rien écouter autour d'eux. La cellule cancéreuse est une cellule autiste et c'est pour cela qu'elle est dangereuse. Elle se reproduit sans cesse, sans tenir compte des autres et, dans sa quête folle d'immortalité, elle finit par tout tuer autour d'elle.

Edmond Wells,
Encyclopédie du Savoir Relatif et Absolu, tome III.

154. MAXIMILIEN EXPLORE

Maximilien rentra en claquant la porte.

— Qu'y a-t-il, chéri ? Tu parais nerveux, remarqua Scynthia.

Il la regarda et essaya de se souvenir ce qui lui avait plu chez cette femme.

Il se retint de lui répondre quelque chose de méchant et se contenta de sourire en gagnant son bureau à grands pas.

Depuis ce matin, il y avait installé son aquarium et ses poissons, et il avait confié à Mac Yavel la gestion de son univers aquatique. L'ordinateur ne s'en tirait pas trop mal. En contrôlant le distributeur électrique de nourriture, la résistance chauffante et le robinet d'arrivée d'eau, il parvenait à veiller parfaitement à l'équilibre écologique de ce milieu artificiel. Mac Yavel avait tout naturellement inventé l'aquariophilie assistée par ordinateur et les poissons en étaient visiblement enchantés.

Le policier enclencha *Évolution*. Il suscita une petite nation insulaire de type anglais et sut l'amener à développer une technologie de pointe du seul fait qu'elle se retrouvait isolée et à l'abri des champs de bataille des civilisations voisines. Il la dota ensuite d'une flotte moderne afin de monter des comptoirs commerciaux un peu partout dans le monde. Il obtint de bons résultats mais, le Japon ayant opté pour la même stratégie, il en résulta une guerre sans merci et, en 2720, les Nippons battirent les Anglais grâce à leurs meilleurs satellites.

— Tu aurais pu gagner, remarqua sobrement Mac Yavel.

Maximilien s'agaça :

— Qu'est-ce que tu aurais fait puisque tu es si malin ?

— J'aurais assuré une meilleure cohésion sociale, en instaurant par exemple le vote des femmes. Les Japonais n'y ayant pas songé, il aurait régné une meilleure ambiance dans tes villes, il y aurait eu un meilleur moral, donc une meilleure créativité des ingénieurs militaires, donc des armes meilleures et une plus grande motivation. Cela aurait suffi à te donner l'avantage.

— On se perd dans les détails...

Maximilien étudia les cartes et les champs de bataille puis mit un terme au jeu et resta là, sur sa chaise, le regard perdu face à l'écran. L'œil de Mac Yavel s'y agrandit et battit des paupières pour attirer son attention.

— Alors, Maximilien, tu te fais encore du souci pour ta Révolution des fourmis ?

— Oui, tu peux encore m'aider ?

— Bien sûr.

Mac Yavel effaça l'image de son œil, lança son modem d'autoprogrammation pour se brancher sur le réseau. Il prit quelques autoroutes, rejoignit des routes, puis des pistes de circulation de bits qui lui semblaient connues. Il afficha bientôt :

« Serveur de la SARL Révolution des fourmis ».

Maximilien se pencha vers l'écran. Mac Yavel avait trouvé quelque chose de très intéressant.

« C'est donc ainsi qu'ils continuent à exporter leur révolution à la noix. Ils se sont débrouillés pour se procurer une connexion téléphonique par satellite et leurs informations circulent sans problème sur le réseau », comprit le policier.

Le menu du serveur signala que désormais la SARL « Révolution des fourmis » avait pour filiales :

— Le « Centre des questions ».
— Le monde virtuel *Infra-World*.
— La ligne de vêtements « Papillon ».
— L'agence d'architecture « Fourmilière ».
— La ligne de produits alimentaires naturels « Hydromel ».

Il y avait en outre des forums où tout un chacun pouvait discuter des thèmes et des objectifs de la Révolution des fourmis. D'autres où les gens pouvaient proposer de nouvelles sociétés avec des concepts nouveaux.

L'ordinateur précisa qu'une dizaine de lycées de par le monde étaient branchés sur Fontainebleau, reproduisant, peu ou prou, leur manifestation.

Mac Yavel avait trouvé un sacré filon.

Maximilien considéra différemment son ordinateur. Pour la première fois de sa vie, il ne se sentait pas seulement dépassé par une nouvelle génération mais aussi par une machine. Mac Yavel lui avait ouvert une fenêtre dans la forteresse de la Révolution des fourmis. À lui de bien s'en servir pour examiner ce qu'il y avait à l'intérieur et y découvrir une faille.

Mac Yavel se brancha sur plusieurs lignes téléphoniques et, à l'aide du « Centre des questions », fit apparaître l'infrastructure de la SARL « Révolution des fourmis ». C'était vraiment le comble : ces révolutionnaires étaient si naïfs, ou si sûrs d'eux, qu'ils fournissaient d'eux-mêmes des informations sur leur organisation.

Mac Yavel fit défiler les fichiers et Maximilien comprit tout. Rien qu'en utilisant les réseaux informatiques et les techniques les plus modernes, ces gamins étaient en train de se livrer à une révolution d'un genre tout à fait inédit.

Maximilien avait toujours pensé, par exemple, que pour faire une révolution, de nos jours, il était indispensable de disposer du soutien des médias et, surtout, de la télévision. Or ces lycéens avaient réussi à parvenir à leurs fins sans le secours des chaînes nationales ni même locales. La télévision avait pour but, somme toute, de délivrer un message impersonnel et pauvre en informations à une foule énorme de gens plus ou moins concernés. Alors que les émeutiers de Fontainebleau, eux, parvenaient, grâce aux réseaux informatiques, à lancer des messages personnels et riches en informations à peu de gens mais très concernés et donc très réceptifs.

Les yeux du commissaire se dessillaient. Non seulement, pour changer le monde, la télévision et les médias habituels n'étaient plus en pointe mais, au contraire, ils avaient pris un train de retard sur d'autres outils plus discrets et très performants. Seuls les réseaux informatiques permettaient de tisser des liens solides et interactifs entre les gens.

Deuxième surprise. D'ordre économique celle-ci. À voir leur comptabilité, la SARL « Révolution des fourmis » était en passe d'accumuler des bénéfices. Pourtant, elle ne comportait pas de grosses compagnies, elle ne regroupait qu'une galaxie de minuscules filiales.

Cela s'avérait finalement beaucoup plus rentable qu'une seule et énorme compagnie, généralement figée dans sa propre hiérarchie. De plus, dans ces minuscules entreprises, tout le monde se connaissait bien et on savait pouvoir compter les uns sur les autres. Il n'y avait pas de place pour les administratifs inutiles ou les potentats de bureau.

En parcourant le réseau, Maximilien découvrit que cette SARL éclatée en sociétés « fourmis » présentait encore un autre avantage : diminuer les risques de faillite. En effet, si une filiale s'avérait déficitaire ou peu rentable, elle disparaissait pour être aussitôt remplacée. Les mauvaises idées étaient rapidement testées et naturellement évacuées. Pas de risques de gros bénéfices mais pas de risques de pertes importantes non plus. En revanche, associées, toutes ces petites filiales à peine bénéficiaires finissaient miette après miette par accumuler un beau pactole.

Le policier se demanda si une théorie économique avait présidé à cette organisation ou si c'était les conditions propres à leur révolution qui avaient contraint ces jeunes gens inexpérimentés à l'inventer. En fonctionnant sans stocks de marchandises et en ne se fondant que sur leur seule matière grise, ils ne prenaient finalement que peu de risques.

C'était peut-être cela, le message de la Révolution des fourmis : les sociétés dinosaures avaient perdu leur place, l'avenir était aux sociétés fourmis.

En attendant, il fallait mettre un terme à l'insolente réussite de cette bande de gamins avant qu'ils ne deviennent une réalité économique incontournable.

Maximilien décrocha son téléphone et appela Gonzague Dupeyron, le chef des Rats noirs.

Aux grands maux, les petits remèdes.

155. LA BATAILLE DES LAMPIONS

Le premier assaut de la vaste armée des naines de Shi-gae-pou est catastrophique pour les Néo-Belokaniennes. Après deux heures de combat acharné, leur défense cède sur tous les points et se fait tailler en pièces par les coalisées. Satisfaites, les assaillantes ne poussent pas plus loin leur avantage et organisent un bivouac pour la nuit en attendant de porter le coup de grâce le lendemain.

Tandis qu'on ramène dans la cité les blessées, les amputées et les agonisantes, Princesse 103ᵉ a enfin une idée. Elle rassemble près d'elle les dernières troupes valides et leur montre comment fabriquer des lampions. Elle pense qu'à défaut d'utiliser le feu comme arme, on peut toujours s'en servir comme moyen de chauffage et d'éclairage. À présent, en effet, leur ennemi, ce ne sont plus ces myriades de fourmis naines c'est bel et bien la nuit. Or le feu vainc la nuit.

C'est ainsi que, vers minuit, on voit ce spectacle incroyable : des milliers de lueurs se bousculent aux issues de la Nouvelle-Bel-o-kan. Portant des lampions fabriqués avec des feuilles de peuplier, chauffées et éclairées par ces boîtes qu'elles transportent sur leur dos, les soldates rousses peuvent voir et agir tandis que leurs adversaires dorment.

Si le bivouac des naines ressemble à un gros fruit noir, c'est en fait une ville vivante. Les murs et les couloirs sont constitués par les corps des insectes emmêlés et plongés dans un sommeil récupérateur.

Princesse 103ᵉ fait signe à ses guerrières de pénétrer dans le bivouac avec leurs lampions. Elle aussi s'aventure à l'intérieur du camp ennemi vivant. Par chance, la nuit est assez froide pour avoir bien anesthésié les assaillantes.

Quelle étrange sensation que d'avancer parmi des murs, des planchers et des plafonds faits d'adversaires prêtes à vous tailler en pièces !

Notre seul véritable ennemi est la peur, se répète-t-elle. Mais la nuit est leur alliée, elle maintient les naines encore endormies quelques heures.

5ᵉ dit qu'il ne faut pas rester au même endroit trop longtemps, sinon les lampions réveilleront les murs et il faudra se battre. Pour éviter l'affrontement, les soldates néo-belokaniennes s'empressent. N'usant que d'une mandibule, elles tranchent une à une les gorges de leurs adversaires immobiles.

Il faut éviter de couper trop profond car, parfois, une rangée de têtes décapitées proprement tranchées s'affale sur elles et les écrase. Il faut seulement couper les gorges à moitié. La guerre de nuit est pour les fourmis un fait d'armes si nouveau qu'elles doivent improviser et en découvrir les règles à chaque instant.

Ne pas s'enfoncer non plus trop profondément dans la cité.

Privés d'air, les lampions s'éteignent. Il faut d'abord massacrer les fourmis-murs externes puis les dégager comme on épluche un oignon avant de s'en prendre à la couche de soldates juste au-dessous.

Princesse 103ᵉ et ses acolytes tuent sans relâche. La chaleur et la lumière des lampions sont pour elles comme une drogue excitante qui décuple leur rage de tuer. Parfois, des pans de murs entiers se réveillent et elles doivent alors les combattre avec acharnement.

Dans cette boucherie, Princesse 103ᵉ ne sait que penser.

Est-il donc nécessaire d'en passer par là pour imposer le progrès ? se demande-t-elle.

Plus sensible, Prince 24ᵉ préfère renoncer et se retire. Les mâles sont toujours beaucoup plus délicats, c'est bien connu.

Princesse 103ᵉ le prie de les attendre dehors, sans s'éloigner.

Les soldates rousses sont épuisées à force de tuer, tuer, tuer. Que leurs adversaires soient ainsi immobiles ajoute à leur gêne. Autant il est normal pour des fourmis de massacrer des adversaires en duel, autant elles ressentent quelque scrupule à les exterminer dans pareilles conditions.

Elles ont l'impression de moissonner. L'odeur d'acide oléique que dégagent les cadavres entassés des naines commence à devenir insupportable. Les Néo-Belokaniennes sont souvent contraintes de sortir du bivouac pour respirer un peu d'air frais avant de s'y replonger pour attaquer une nouvelle couche.

Princesse 103ᵉ demande qu'on accélère le mouvement car elles n'ont que la nuit pour agir.

Leurs mandibules plongent dans les articulations chitineuses et font jaillir le sang transparent. Il y a tellement de sang dans les couloirs vivants que, parfois, il éclabousse et éteint des lampions. Les Néo-Belokaniennes privées de feu s'endorment alors au milieu de la masse compacte de leurs ennemies.

Princesse 103ᵉ ne relâche pas son effort mais, tandis qu'elle tue à tour de mandibules, des milliers d'idées se bousculent dans son cerveau.

Faut-il que les comportements des Doigts soient contagieux pour entraîner des fourmis à guerroyer ainsi !

Elle sait, cependant, que toutes les soldates ennemies qui ne seront pas tuées cette nuit se jetteront contre elles dans la bataille dès le matin.

Il n'y a pas tellement de choix. La guerre est le meilleur accélérateur de l'Histoire. En bien ou en mal.

À force d'égorger, 5ᵉ a une crampe aux mandibules. Elle s'interrompt un instant, mange un cadavre ennemi et se nettoie les antennes avant de reprendre sa sinistre besogne.

Lorsque le soleil présente ses premiers rayons, les soldates néo-belokaniennes sont bien obligées de cesser de tuer. Il faut se dépêcher de rentrer avant que l'adversaire se réveille. Vite, elles déguerpissent alors que les murs, les plafonds et les planchers commencent tout juste à bâiller.

Épuisées et gluantes de sang, les soldates rousses regagnent leur cité anxieuse.

Princesse 103e reprend son poste sur le sommet du dôme pour observer la réaction de l'ennemi à son réveil. Celle-ci ne se fait pas attendre. Tandis que le soleil s'élève dans le ciel, les ruines vivantes se désagrègent. Les naines sont incapables de comprendre ce qui leur est arrivé. Elles se sont endormies et, au matin, leurs compagnes ont presque toutes trépassé.

Les survivantes reprennent le chemin de leur nid sans demander leur reste et, quelques minutes plus tard, les cités fédérées qui s'étaient rebellées contre leur capitale se présentent pour déposer leurs phéromones de soumission.

Toutes les fourmilières du voisinage ayant appris la défaite, une armée de plusieurs millions de soldates vient demander à adhérer à la fédération néo-belokanienne.

Princesse 103e et Prince 24e accueillent les arrivantes, leur font visiter les laboratoires du feu, du levier et de la roue mais ils ne leur font pas part de l'invention des lampions. On ne sait jamais. Il peut y avoir encore des adversaires à réduire à merci et une arme secrète est plus efficace qu'une arme connue de tous.

De son côté aussi, 23e voit se décupler le nombre des fidèles. Comme en dehors des soldates qui ont participé à la bataille de la nuit, nul ne sait comment le combat a été remporté, 23e clame haut et fort que les Doigts ont exaucé ses prières.

Elle prétend que Princesse 103e n'est pour rien dans ce succès et que, seule, la vraie foi sauve.

Les Doigts nous ont sauvées car ils nous aiment, émet-elle sentencieusement sans savoir ce que ce mot signifie.

156. ENCYCLOPÉDIE

COUSEUSE DE CUL DE RAT : À la fin du dix-neuvième siècle en Bretagne, les conserveries de sardines étaient infestées de rats. Personne ne savait comment se débarrasser de ces petits animaux. Pas question d'introduire des chats, qui auraient préféré manger des sardines immobiles plutôt que ces rongeurs fuyants. On eut alors l'idée de coudre le cul d'un rat vivant avec un gros crin de cheval. Dans l'impossibilité de rejeter normalement la nourriture, le rat, continuant à manger, devenait fou de douleur et de rage. Il se transformait dès lors en mini-fauve, véritable terreur pour ses congénères qu'il blessait et faisait fuir. L'ouvrière qui acceptait de remplir cette sale besogne obtenait les faveurs de la direction, une augmentation de salaire et recevait une promotion au titre de contremaîtresse. Mais pour les autres ouvrières de la sardinerie, la « couseuse de cul de rat » était une traîtresse. Car tant que l'une d'entre elles acceptait de coudre le cul des rats, cette répugnante pratique se perpétuait.

Edmond Wells,
Encyclopédie du Savoir Relatif et Absolu, tome III.

157. JULIE EN PLEIN ÉMOI

Tant et tant de concepts nouveaux naissaient dans l'assemblée du cerveau droit de la Révolution des fourmis que son cerveau gauche avait du mal à suivre pour les trier et les mettre en pratique. Au septième jour, sa SARL pouvait se vanter d'être une des compagnies les plus diversifiées du monde.

Économies d'énergie, recyclage, gadgets électroniques, jeux informatiques, concepts artistiques... les idées des cellules nerveuses fusaient et personne, en dehors des habitués du réseau informatique mondial, ne se rendait compte qu'on assistait à une mini-révolution culturelle d'un genre inédit.

Piqué au jeu, le professeur d'économie passait ses journées à gérer leur comptabilité à partir de son petit écran, sans bureau, sans boutique, sans vitrine extérieure. Il s'occupait de la fiscalité, des papiers administratifs, des dépôts de marques.

Le lycée s'était véritablement transformé en une fourmilière avec ses occupants partout regroupés en unités de production, chacune œuvrant sur un projet précis. On ne faisait plus la fête afin de se libérer des tensions professionnelles de la journée.

Sur le réseau informatique mondial, les informaticiens de la révolution tenaient de gigantesques forums planétaires.

Francine entretenait son *Infra-World* avec l'attention d'un maître japonais pour son bonsaï. Elle n'intervenait pas dans la vie de ses habitants, mais était à l'affût du moindre déséquilibre écologique et le rectifiait aussitôt. Elle se rendit compte qu'il était indispensable de diversifier les espèces. Dès qu'un animal se mettait à proliférer, elle en inventait un prédateur. C'était son seul mode d'action : ajouter de la vie. C'est ainsi que, par exemple, elle inventa un chat sauvage citadin qui régulait les pigeons excédentaires.

Il lui fallut ensuite un prédateur pour le prédateur et elle recréa des cycles biologiques complets et constata que plus une chaîne écologique est diversifiée, plus elle est harmonieuse et solide.

Narcisse ne cessait de perfectionner son style et commençait à être connu dans le monde entier sans même avoir participé à un défilé de mode autre que virtuel.

La filiale qui marchait le mieux était le « Centre des questions » de David. Ses lignes étaient en permanence saturées d'appels. Tant de questions demandaient des réponses. David fut contraint de déléguer une partie de son projet à des entreprises extérieures pour lesquelles il était d'ailleurs beaucoup plus facile d'engager à la demande détectives ou philosophes.

Dans le laboratoire de biologie, Ji-woong se distrayait à distiller une sorte de cognac à partir de l'hydromel de Paul. À la lueur incertaine de dizaines de bougies, il s'était installé un parfait nécessaire de bouilleur de cru clandestin : des cornues, des alambics, des tubes pour filtrer et concentrer l'alcool. Le Coréen baignait dans des vapeurs sucrées.

Julie vint le retrouver. Elle examina son outillage, saisit un tube à essai et en vida d'un trait le contenu à la grande surprise du garçon.

— Tu es la première à y goûter. Ça te plaît ?

Sans répondre, elle saisit trois autres tubes à essai pleins à ras bord et en but le breuvage ambré avec tout autant d'avidité.

— Tu vas être soûle, prévint Ji-woong.

— Je... veux, je... veux..., balbutia la jeune fille.

— Que veux-tu donc ?

— Je veux t'aimer ce soir, articula-t-elle d'un trait.

Le jeune homme recula.

— Tu es soûle.

— J'ai bu pour trouver le courage qui me manquait pour te dire ça. Je ne te plais donc pas ? demanda-t-elle.

Il la trouvait sublime. Jamais Julie n'avait été aussi épanouie. Depuis qu'elle mangeait de nouveau, ses formes anguleuses s'étaient effacées et ses traits s'étaient adoucis. La Révolution avait également modifié son port de tête. Elle se tenait plus droite, le menton plus haut. Même sa démarche avait acquis de la grâce.

Elle était entièrement nue lorsque, avec douceur, elle approcha sa main du pantalon de Ji-woong qui avait de plus en plus de mal à dissimuler son émotion.

Il se laissa aller sur une paillasse et la contempla.

Julie était toute proche et, dans le halo orangé des bougies, jamais son visage n'avait été aussi ensorcelant. Une mèche noire se colla en courbe sur le bord de sa bouche. Pour l'instant, elle ne rêvait que d'embrasser Ji-woong avec autant de ferveur que la dernière fois, dans la boîte de nuit.

— Tu es belle, extraordinairement belle, bégaya le jeune homme. Et tu sens bon... Tu embaumes comme une fleur. Dès que je t'ai vue, j'ai...

Elle le fit taire d'un baiser, et enchaîna avec un autre baiser. Un courant d'air ouvrit la fenêtre et éteignit les bougies. Ji-woong voulut se relever pour les rallumer.

Elle le retint.

— Non, j'ai peur de perdre ne serait-ce qu'une seconde. Je crains que le sol ne s'ouvre pour m'empêcher de connaître cet instant qui m'est promis depuis si longtemps. Qu'importe si nous nous aimons dans l'obscurité.

La fenêtre se mit à battre fort au risque de briser les vitres.

À l'aveuglette, elle avança encore sa main. Elle ne pouvait plus compter sur sa vue désormais mais elle sollicitait tous ses autres sens à leur extrême : l'odorat, l'ouïe et surtout le toucher.

Elle frotta son corps tendre et lisse contre celui du jeune homme. Le contact de sa peau si fine avec celle plus rugueuse du Coréen lui procura des sensations électriques.

Au contact de la paume de Ji-woong, elle perçut la douceur de ses propres seins. Sa respiration se fit rauque et les effluves de sa sueur plus sauvages.

La lune était absente. Vénus, Mars et Saturne les éclairaient. Elle se cambra et ramena sa crinière noire en arrière. Son buste se bomba et ses deux narines aspirèrent l'air à toute vitesse.

Lentement, très lentement, elle approcha sa bouche de celle de Ji-woong.

Soudain, son regard fut détourné par quelque chose. À travers la fenêtre venait de passer une immense comète empanachée de flammes claires. Mais ce n'était pas une comète. C'était un cocktail Molotov.

158. ENCYCLOPÉDIE

CHAMANISME : **Quasiment toutes les cultures de l'humanité connaissent le chamanisme. Les chamans ne sont ni des chefs, ni des prêtres, ni des sorciers, ni des sages. Leur rôle consiste simplement à réconcilier l'homme avec la nature.**

Chez les Indiens Caraïbes du Surinam, la phase initiale de l'apprentissage chamanique dure vingt-quatre jours, divisés en quatre périodes de trois jours d'instruction et trois jours de repos. Les jeunes apprentis, en général six jeunes d'âge pubère, car c'est l'âge où la personnalité est encore malléable, sont initiés aux traditions, aux chants et aux danses. Ils observent et imitent les mouvements et les cris des animaux pour mieux les comprendre. Pendant toute la durée de leur enseignement, ils ne mangent pratiquement pas mais mâchent des feuilles de tabac et boivent du jus de tabac. Le jeûne et la consommation de tabac provoquent chez eux de fortes fièvres et autres troubles physiologiques. L'initiation est, de plus, parsemée d'épreuves physiquement dangereuses qui placent l'individu à la limite de la vie et de la mort et détruisent sa personnalité. Après quelques jours de cette initiation à la fois exténuante, dangereuse et intoxicante, les apprentis parviennent à « visualiser » certaines forces et à se familiariser avec l'état de transe extatique.

L'initiation chamanique est une réminiscence de l'adaptation de l'homme à la nature. En état de péril, soit on s'adapte, soit on disparaît. En état de péril, on observe sans juger et sans intellectualiser. On apprend à désapprendre.

Vient ensuite une période de vie solitaire de près de trois ans dans la forêt, pendant laquelle l'apprenti chaman se nourrit seul dans la nature. S'il survit, il réapparaîtra au village, épuisé, sale, presque en état de démence. Un vieux chaman le prendra alors en charge pour la suite de l'initiation. Le maître tentera d'éveiller chez le jeune la faculté de transformer ses hallucinations en expériences « extatiques » contrôlées.

Il est paradoxal que cette éducation par la destruction de la personnalité humaine pour revenir à un état d'animal sauvage transforme en fait le chaman en super-gentleman. Le chaman à la fin de son initiation est en effet un citoyen plus fort tant dans sa maîtrise de lui-même, ses capacités intellectuelles et intuitives, que dans sa moralité. Les chamans yakoutes de Sibérie ont trois fois plus de culture et de vocabulaire que la moyenne de leurs concitoyens.

Selon le professeur Gérard Amzallag, auteur du livre *Philosophie biologique*, les chamans sont aussi les gardiens et sans doute les auteurs de la littérature orale. Celle-ci présente des aspects mythiques, poétiques et héroïques qui constitueront la base de toute la culture du village.

De nos jours, dans la préparation aux transes extatiques, on constate une utilisation de plus en plus répandue de narcotiques et de champignons hallucinogènes. Ce phénomène trahit une baisse de la qualité de l'éducation des jeunes chamans et un affaiblissement progressif de leurs pouvoirs.

Edmond Wells,
Encyclopédie du Savoir Relatif et Absolu, tome III.

159. LE CRÉPUSCULE DE LA RÉVOLUTION DES FOURMIS

Un cocktail Molotov volait. Étrange oiseau de feu porteur de malheur. C'était un crachat de verre des Rats noirs de Gonzague Dupeyron. La bouteille expectora son feu comme un dragon. De nouveaux cocktails Molotov furent lancés. Les couvertures s'étaient enflammées, répandant une odeur de nylon fondu. Une fois les couvertures brûlées, les grilles redevinrent perméables.

Julie se rhabilla en catastrophe. Ji-woong tenta de la retenir mais, dehors, la Révolution criait sa douleur. Elle percevait cela comme s'il s'agissait d'un animal blessé.

Son foie s'empressa de se mettre au travail afin de filtrer tout l'alcool d'hydromel qui menaçait de ralentir ses réflexes. L'heure n'était plus au plaisir, mais à l'action.

Elle courut dans les couloirs. Partout, c'était l'affolement. Panique dans la fourmilière. Les filles du club d'aïkido se précipitaient ici et là, les occupants charriaient des meubles pour tenter de combler les trous des grilles ; tout allait trop vite et ils n'arrivaient pas à accorder leurs actes pour perdre le moins d'énergie possible dans cette chorégraphie improvisée.

Les Rats noirs, découvrant par la transparence des grilles l'aménagement du village, visèrent les stands.

Dans la cour, il se forma une chaîne pour passer des seaux d'eau mais la citerne était presque vide et ce n'était que gaspillage d'une matière précieuse. David conseilla d'utiliser plutôt le sable.

Un cocktail Molotov toucha la tête de la fourmi-totem et enflamma l'insecte de polystyrène. Julie considéra la statue géante de la fourmi qui brûlait. « Finalement, le feu c'est nul », pensa-t-elle. Quant à Molotov, elle avait lu dans l'*Encyclopédie* que le fameux ministre russe de Staline qui avait donné son nom à cette grenade était un réactionnaire de la pire espèce.

Le stand des produits alimentaires de Paul s'embrasa à son tour. Des bonbonnes d'hydromel explosèrent en répandant des fumées caramélisées.

Dans le car de police posté en face du lycée, on ne bronchait toujours pas. Les révolutionnaires étaient tentés de répliquer aux attaques des Rats noirs, mais la consigne de Julie, transmise partout par les amazones, fut nette : « Ne pas répondre à la provocation, ils seraient trop contents. »

— Au nom de quelle loi, doit-on prendre des gifles sans les rendre ? interrogea une amazone énervée.

— Au nom de notre volonté de réussir une révolution sans violence, répliqua Julie. Et parce que nous sommes plus civilisés que ces voyous. Si on se comporte comme eux, on devient comme eux. Éteignez le feu et restez calmes !

Les assiégés étouffaient de leur mieux les flammes sous le sable mais les cocktails Molotov des Rats noirs tombaient dru. Certains révolutionnaires parvenaient parfois à les renvoyer en direction des assaillants mais c'était rare.

Le stand de vêtements de Narcisse fut atteint. Il se précipita :

— C'est une collection unique. Il faut la sauver !

Déjà, tout était carbonisé. Fou de rage, le styliste s'empara d'une barre de fer, ouvrit la grille et fonça sur les Rats noirs. Acte de bravoure inutile. Il se battit avec courage mais, vite désarmé, il fut roué de coups par la bande de Dupeyron et laissé bras en croix sur le parvis. Ji-woong, Paul, Léopold et David qui volèrent à sa rescousse arrivèrent trop tard. Les Rats noirs se dispersaient et une ambulance du SAMU, surgie comme par hasard, avait aussitôt ramassé Narcisse pour l'emporter toutes sirènes hurlantes.

Julie n'y tint plus :

— Narcisse ! Ils veulent la violence, ils vont l'avoir !

Elle ordonna aux amazones d'attraper les Rats noirs. La petite armée de jeunes filles sortit par les grilles et partit à la chasse aux Rats noirs dans les rues avoisinantes. Autant il était facile de gruger une armée compacte de CRS, autant il était difficile de courir après une vingtaine de petits fachos habillés en civil qui pouvaient se cacher n'importe ou se fondre dans la foule.

Dans le jeu du gendarme et du voleur, c'était maintenant les amazones qui tenaient la place du gendarme, un rôle pour lequel elles s'avéraient peu douées en dehors de l'enceinte du lycée. Les Rats noirs attendaient dans les rues qu'une amazone soit isolée pour lui tomber dessus. Les échauffourées tournaient toujours à leur avantage.

Ji-woong, David ainsi que Léopold et Paul se firent de même rosser.

Le commissaire observait la situation de loin à la jumelle et remarqua qu'à présent presque tous les défenseurs du lycée étaient sortis. Les grilles étaient entrouvertes et les dernières forces vives des révolutionnaires étaient occupées à éteindre les incendies.

Le jeune Gonzague lui avait facilité le travail. C'était bien le sang de l'énergique préfet qui coulait dans ses veines. Maximilien regretta de ne pas avoir fait appel à lui plus tôt. Quant aux révolutionnaires, ils étaient moins malins qu'il ne l'avait cru. À peine avait-il agité un chiffon rouge devant eux qu'ils avaient foncé dessus, tête baissée, sans réfléchir.

Maximilien appela le préfet et l'informa que, cette fois-ci, il y avait des blessés.

— Des blessés graves ?

— Oui, et peut-être même un mort. Il est à l'hôpital.

Le préfet Dupeyron réfléchit :

— Dans ce cas, ils sont tombés dans le piège de la violence. Ce n'est plus nous qui avons choisi. Feu vert pour reprendre le lycée au plus vite.

160. PHÉROMONE ZOOLOGIQUE : RÉGULATION

Saliveuse : 10ᵉ.

RÉGULATION :

Les Doigts ont une croissance de population exponentielle et n'ont pratiquement plus de prédateurs, comment se fait la régulation de leur population dans ces conditions ?

Cette régulation s'opère de manière suivante :

— Par les guerres.

— Par les accidents de voiture.

— Par les matches de football.

— Par la famine.

— Par la drogue.

Il semble que les Doigts n'aient pas encore découvert comme nous le contrôle biologique des naissances : ils produisent trop d'enfants et ensuite seulement font des ponctions.

Cette technique archaïque mériterait d'être améliorée car cela leur fait perdre énormément d'énergie à la fabrication de couvains excédentaires comme à l'élimination plus tard de ces mêmes couvains excédentaires.

Malgré ces mécanismes de compensation, leur population grandit de manière exponentielle.

Ils sont déjà plus de cinq milliards.

Certes, ce chiffre peut paraître dérisoire par rapport au nombre de fourmis sur la planète, mais le problème c'est qu'un Doigt détruit une masse considérable de végétaux et d'animaux, il souille une grande quantité d'eau et d'air.

Si notre planète peut supporter cinq milliards de Doigts, elle ne pourra guère en supporter plus.

Le fait que les Doigts ne cessent de s'accroître signifie forcément la disparition de plusieurs centaines d'espèces animales et végétales.

161. GUERRE DE RELIGION

Princesse 103ᵉ perçoit l'esprit collectif de la population qui l'entoure, jeune, frais, enthousiaste et curieux. Il ne lui a pas été si facile de le forger. Seuls les enfants sont disposés à apprendre.

Aux bouches d'aération, les soldates régulent les entrées d'air et de brume. Dans les greniers, la nourriture s'accumule. Des ouvrières emportent vers le dépotoir les cadavres et les produits des expériences ratées des ingénieurs. Les échecs des ingénieurs du feu présentent des formes particulièrement hideuses et nauséabondes : sauterelles aux cuticules tordues en forme de sculptures abstraites, feuilles ou branches carbonisées, pierres fumantes.

Mais, au-delà de cette fougue collective, Princesse 103ᵉ perçoit aussi une sorte de contrariété. Les effluves sont ténus. Est-ce seulement de la contrariété ou bien de la peur ?

En ce quatrième jour de la nouvelle ère, 103ᵉ décide que les déistes ont commis assez de dégâts. Tous les couloirs sont recouverts de leurs cercles mystiques et empestent de leurs prières stériles.

La princesse myrmécéenne a vu le monde du dessus. Elle sait que les Doigts ne sont pas des dieux, simplement de gros animaux balourds aux comportements différents des leurs. Elle éprouve de l'estime envers les Doigts mais elle pense que celles qui les vénèrent vont tout gâcher. Forte de l'appui des castes scientifique et militaire, elle décide de mettre fin une fois pour toutes à l'emprise des religieuses.

Si un lierre parasite un arbuste et qu'on ne l'arrache pas, le lierre tue l'arbuste.

Princesse 103ᵉ préfère extirper la religion de la fourmilière dès maintenant, avant qu'elle n'envahisse tout. Il est si facile d'entretenir la superstition et le culte de dieux invisibles. Elle sait qu'à ce petit jeu, si elle n'intervient pas rapidement, elle n'aura pas la dernière phéromone.

Elle appelle les douze jeunes exploratrices.

Il faut tuer les déistes.

13ᵉ à sa tête, toute une troupe se met aussitôt en marche. Leurs petits cerveaux sont déterminés à réussir cette mission.

162. ENCYCLOPÉDIE

MALICE DES DAUPHINS : Le dauphin est le mammifère qui possède le plus gros volume cérébral par rapport à sa taille. Pour un crâne de même grosseur, le cerveau du chimpanzé pèse en moyenne 375 grammes et celui de l'homme 1 450 grammes, celui du dauphin en pèse 1 700. La vie du dauphin est une énigme.

Comme les humains, les dauphins respirent de l'air, les femelles accouchent et allaitent leurs petits. Ils sont mammifères car ils ont vécu jadis sur la terre ferme. Mais oui, vous avez bien lu : jadis les dauphins avaient des pattes et ils marchaient et couraient sur le sol. Ils devaient ressembler aux phoques. Ils ont vécu sur la terre ferme, et puis, un jour, pour des raisons inconnues, ils en ont eu assez et ils sont retournés dans l'eau.

On imagine aisément ce que seraient devenus de nos jours les dauphins, avec leur gros cerveau de 1 700 grammes, s'ils étaient restés à terre : des concurrents. Ou plus probablement des précurseurs. Pourquoi sont-ils retournés dans l'eau ? L'eau présente certes des avantages que ne possède pas le milieu terrestre. On s'y meut dans trois dimensions alors que sur terre on demeure collé au sol. Dans l'eau, il n'est pas besoin de vêtements, de maison ou de chauffage.

En examinant le squelette du dauphin, on vérifie que ses nageoires antérieures contiennent encore l'ossature de mains aux longs doigts, derniers vestiges de sa vie terrestre. Cependant, ses mains étant transformées en nageoires, le dauphin pouvait certes se mouvoir à grande vitesse dans l'eau mais il ne pouvait plus fabriquer d'outils. C'est peut-être parce que nous étions très mal adaptés à notre milieu que nous avons inventé tout ce délire d'objets qui complètent nos possibilités organiques. Le dauphin, étant parfaitement adapté à son milieu, n'a pas besoin de voiture, de télévision, de fusil, ou d'ordinateur. Par contre, il semble que les dauphins ont bel et bien développé un langage qui leur est propre. C'est un système de communication acoustique s'étendant sur un très large spectre sonore. La parole humaine s'étend de la fréquence 100 à 5 000 hertz. La parole « dauphine » couvre la plage de 7 000 à 170 000 hertz. Cela permet évidemment beaucoup de nuances ! Selon le Dr John Lilly, directeur du Laboratoire de recherche sur la communication de Nazareth Bay, les dauphins sont depuis longtemps désireux de communiquer avec nous. Ils approchent spontanément des gens sur les plages et des bateaux. Ils sautent, bougent, sifflent comme s'ils voulaient nous faire comprendre quelque chose. « Ils semblent même parfois agacés lorsque la personne ne les comprend pas », remarque ce chercheur.

Edmond Wells,
Encyclopédie du Savoir Relatif et Absolu, tome III.

163. L'ATTAQUE DU LYCÉE DE FONTAINEBLEAU

Violence. Cris. Flammes. Bris d'objets. Les pieds frappaient le sol. Les pieds dérapaient. Menaces. Invectives. Hurlements. Poings tendus. Après les cocktails Molotov des voyous, les gaz lacrymogènes des forces de l'ordre. Après le feu qui détruit, les fumées qui aveuglent et irritent.

La foule des révolutionnaires courait en tous sens. Les CRS chargèrent.

Les tipis étaient maintenant désertés. Les assiégés galopaient dans les couloirs, garçons et filles s'armaient de bâtons, de balais, de boîtes de conserve. On se distribuait tout ce qui pouvait servir d'armes de défense. Des amazones qui, à tout hasard, avaient fabriqué des nunchakus avec des bouts de bois les passaient à la ronde.

Après avoir vainement poursuivi les Rats noirs, les filles du club de aïkido qui n'avaient pas été blessées dans la bagarre étaient rentrées précipitamment dans le lycée en même temps que les Six Nains, privés de leur septième, Narcisse.

Inutile cette fois de recourir aux lances à incendie, l'eau était coupée. La voie de la grille était libre. Un petit groupe de CRS fit diversion devant l'entrée principale tandis que le gros de la troupe surgissait par les toits. Ils y étaient grimpés avec des grappins et des cordes. C'était une idée de Maximilien : plutôt que d'attaquer de face, venir d'en haut.

— Regroupez-vous en légions ! cria David d'une fenêtre.

Des amazones serrèrent les rangs pour contenir l'assaut des policiers, mais que pouvaient quelques jeunes filles, si déterminées fussent-elles, face à des hommes vigoureux, entraînés et casqués ?

À la première charge, les CRS entrèrent dans la cour. Les défenseurs se sentirent bien impuissants avec, pour seules armes, leurs manches à balai et leurs boîtes de petits pois. Les nunchakus étaient plus efficaces. Maniés par les amazones, sifflant comme des guêpes, ils harcelaient les policiers et parvenaient parfois à arracher un casque. Sans casque, les CRS préféraient généralement battre en retraite.

Debout sur le balcon d'une maison d'en face, Maximilien présidait à la reddition de la place forte, tel Scipion devant Carthage en flammes. Encore sous le coup de ses précédentes défaites, il avançait ses pièces avec prudence. Il ne voulait pas renouveler l'erreur de sous-estimer ses jeunes adversaires.

Les CRS progressaient avec méthode, du haut vers le bas, des toits vers la cour, en utilisant la tactique du presse-purée. Ils pressaient d'en haut et la foule fuyait en désordre par la porte d'entrée. Ils n'appuyaient pas trop fort pour éviter des piétinements dans la panique mais ils n'en appuyaient pas moins.

Maximilien ordonna de rétablir d'urgence les arrivées d'eau. Dans la fumée des tipis et des stands incendiés, les derniers défenseurs avaient du mal à tenir les ultimes points stratégiques.

Julie partit à la recherche des Six Nains. Elle en trouva deux dans le laboratoire d'informatique. David et Francine s'affairaient à sortir les disques durs des ordinateurs.

— Il faut sauver nos mémoires ! cria le jeune homme. Si les forces de l'ordre mettent la main sur les programmes et les fichiers de notre SARL, ils auront accès à la totalité de notre travail et pourront saborder toutes nos filiales et tous nos réseaux commerciaux.

— Et s'ils nous attrapent avec les disques ? demanda Julie. Ce sera pire.

— Le mieux, dit Francine, ce serait encore d'expédier l'ensemble de nos fichiers vers un ordinateur ami à l'étranger. L'esprit de la « Révolution des fourmis » trouvera ainsi un abri temporaire.

Fébrilement, la jeune fille blonde remit en place les disques durs.

— Les étudiants de la faculté de biologie de San Francisco nous soutiennent et ils disposent d'un énorme ordinateur capable d'accueillir notre « mémoire », se souvint David.

Ils contactèrent aussitôt par téléphone cellulaire les étudiants américains et leur transmirent tous leurs fichiers. *Infra-World*, pour commencer. À lui seul, ce programme était immense. Il comprenait la liste de ses milliards d'habitants, animaux et végétaux, ainsi que les lois de gestion de son écologie et son distributeur aléatoire de caractères génétiques. Ils envoyèrent ensuite la liste des clients qui avaient demandé à tester leurs produits.

Puis ils firent voyager le programme de gestion du « Centre des questions » et sa toute jeune et néanmoins très vaste mémoire encyclopédique. Vinrent ensuite les plans des maisons dans la colline de Léopold, les plans de fabrication de la « Pierre de Rosette » de Julie, les plans des antennes de Zoé, les motifs des vêtements de Narcisse, plus toutes les idées de projets émises par des participants ou des connectés. En l'espace de quelques jours, ils avaient accumulé des milliers de fichiers, de programmes, de plans et de propositions d'idées. C'était leur culture. À tout prix, il fallait la préserver.

Ils ne s'étaient pas rendu compte de l'énormité de la tâche qu'ils avaient accomplie. Maintenant qu'ils étaient contraints de faire voyager ce trésor, ils réalisaient combien il était lourd et volumineux. Rien que le savoir de base du « Centre des questions » correspondait en volume de caractères à celui de plusieurs centaines d'encyclopédies usuelles.

Des bruits de bottes résonnèrent dans le couloir. Les policiers se rapprochaient.

Francine manipula les commandes pour que le modem téléphonique expédie non plus 56 000 bits, mais, en allure turbo forcée, 112 000 bits par seconde.

Des poings frappèrent péremptoirement contre la porte.

Francine courait d'un ordinateur à l'autre pour veiller au bon voyage de l'esprit de la Révolution des fourmis. David et Julie déplacèrent des meubles pour bloquer l'entrée du laboratoire d'informatique et les policiers entreprirent d'y donner des coups d'épaule pour la défoncer. Les meubles offraient cependant une bonne résistance.

Julie redoutait que quelqu'un n'ait l'idée de couper l'arrivée de l'électricité des plaques solaires ou la ligne téléphonique reliée à un simple portable sur le toit avant qu'ils n'en aient terminé mais, pour l'instant, les CRS n'étaient préoccupés que de lutter contre la porte qui les empêchait de faire irruption dans la salle.

— Ça y est, annonça Francine. Tous les fichiers ont été transmis à San Francisco. Notre mémoire se trouve à dix mille kilomètres d'ici. Quoi qu'il nous arrive, d'autres pourront faire fructifier nos découvertes, tirer parti de nos expériences et faire avancer notre travail même si, pour nous, tout est fichu.

Julie se sentit soulagée. Elle jeta un coup d'œil par la fenêtre et constata qu'un dernier carré d'amazones particulièrement coriaces tenait encore tête aux policiers.

— Je ne crois pas que nous soyons fichus. Tant qu'il y a de la résistance, il y a de l'espoir. Nos travaux ne sont pas perdus et la Révolution des fourmis est toujours vivante.

Francine récupéra les rideaux pour faire une corde qu'elle accrocha au balcon. Elle descendit la première et tomba dans la cour.

Les assaillants étaient enfin parvenus à écarter une planche. Par l'interstice, ils lancèrent une bombe lacrymogène dans la pièce.

Julie et David toussèrent mais, à travers ses larmes, le jeune homme indiqua qu'il y avait encore quelque chose à faire : détruire les fichiers dans les disques durs, sinon les policiers allaient s'en emparer. Il se précipita pour lancer partout la commande de formatage des disques durs. En un instant, tout leur ouvrage disparut des appareils. Désormais, il n'y avait plus rien ici. Pourvu qu'à San Francisco la réception se soit bien passée !

Une deuxième grenade lacrymogène explosa sur le sol. Il n'y avait pas à réfléchir. Le trou de la porte s'agrandissait. À leur tour, ils s'élancèrent après les rideaux.

Julie regretta de ne pas s'être montrée plus assidue aux cours de gymnastique mais, dans l'urgence, la peur était le meilleur des professeurs. Elle glissa sans problème jusqu'à la cour. Là, elle se rendit compte qu'il lui manquait quelque chose. L'*Encyclopédie du Savoir Relatif et Absolu*. Un frisson la parcourut. L'aurait-elle oubliée en haut, dans le laboratoire d'informatique maintenant envahi de policiers ? Lui fallait-il renoncer à son ami le livre ?

Une fraction de seconde, Julie demeura hésitante, prête à remonter. Et puis, le soulagement succéda à l'angoisse. Elle l'avait laissé dans le local du club de musique, Léopold ayant souhaité le consulter.

Cette hésitation lui avait fait perdre de vue Francine et David, noyés dans le brouillard de fumerolles. Autour d'elle, il n'y avait plus que des jeunes gens et des jeunes filles courant dans tous les sens.

Les forces de l'ordre étaient partout. De gros microbes noirs, armés de matraques et de boucliers, s'engouffraient par la plaie béante de la porte d'entrée. Maximilien dirigeait la manœuvre avec prudence. Il ne tenait pas à avoir cinq cents prisonniers sur les bras, il ne tenait qu'à capturer les meneurs pour l'exemple.

Il éleva son porte-voix :

— Rendez-vous ! Il ne vous sera fait aucun mal.

Élisabeth, la meneuse des filles du club de aïkido, se saisit d'une lance d'incendie. Elle avait constaté que l'eau avait été rebranchée et, à présent, elle fauchait à tour de bras les policiers qui l'entouraient. Son acte d'héroïsme fut de courte durée. Des CRS lui arrachèrent la lance des mains et tentèrent de la menotter. Elle ne dut son salut qu'à sa science des arts martiaux.

— Ne perdez pas de temps avec les autres. Julie Pinson, il nous faut Julie Pinson ! rappela le commissaire dans son porte-voix.

Les assaillants possédaient le signalement de la jeune fille aux yeux gris clair. Prise en chasse, elle fonça vers les lances d'incendie. Elle eut à peine le temps d'en saisir une et de libérer la goupille de sécurité.

Déjà, des policiers l'encerclaient.

Une giclée d'adrénaline monta si rapidement en elle qu'elle perçut tout ce qui se passait dans son corps. Elle était dans l'ici et le maintenant comme jamais auparavant. Elle ajusta son cœur pour l'accorder au rythme du combat et, spontanément, ses cordes vocales lancèrent leur cri de guerre :

— Tiaaaah ! ! !

Elle déclencha le jet d'eau et les noya au point de les forcer à se mettre à genoux. Mais ils continuaient à avancer.

Elle était une machine de combat, elle se sentait invincible. Elle était reine, elle contrôlait le dehors et le dedans, elle pouvait encore changer le monde.

Maximilien ne s'y trompa pas :

— Elle est là. Emparez-vous de cette furie ! ordonna-t-il dans son porte-voix.

Une nouvelle giclée d'adrénaline donna à Julie la force de décocher un formidable coup de coude à l'homme qui tentait de l'attraper par-derrière. Un coup de pied bien ajusté fit plier un second assaillant.

Tous ses sens en alerte, elle reprit la lance d'incendie qui était tombée à terre, l'appuya contre son ventre telle une mitrailleuse, les abdominaux contractés. Elle faucha une ligne de policiers.

Quel miracle s'accomplissait en elle ? Les mille cent quarante muscles qui constituaient son corps, les deux cent six os de son squelette, les douze milliards de cellules nerveuses de son cerveau, les huit millions de kilomètres de câblage nerveux, il n'y avait pas une parcelle de ses cellules qui ne se préoccupât de la voir gagner.

Une grenade lacrymogène éclata juste entre ses pieds et elle s'étonna que ses poumons ne s'autorisent pas une crise d'asthme pendant la bataille. Peut-être la graisse accumulée ces derniers temps lui avait-elle donné une réserve de forces pour mieux lutter.

Mais les CRS étaient sur elle. Avec leurs masques à gaz aux yeux ronds et leurs becs pointus prolongés d'un filtre ils ressemblaient à de noirs corbeaux.

Julie, qui donnait des coups de pied, perdit ses sandalettes. Une dizaine de bras se plaquèrent partout sur son corps, enserrant son cou et ses seins.

Une seconde grenade tomba tout près d'elle et un brouillard épais ajouta à la confusion. Les larmes ne suffisaient plus à protéger sa cornée.

Soudain tout s'inversa. Les bras ennemis s'éloignèrent, chassés par de petits coups de bâton précis et puissants. Au milieu des corbeaux, une main chercha la sienne et la saisit.

Dans la brume, ses yeux gris clair rétrécis identifièrent son sauveur : David.

Avec le peu d'énergie qui lui restait, elle voulut reprendre la lance à eau mais le garçon la tira en arrière :

— Viens.

Son oreille gauche capta les mots. Sa bouche articula :

— Je veux me battre jusqu'au bout.

C'était le désordre dans ses cellules, même ses deux hémisphères cérébraux n'étaient pas d'accord. Ses jambes décidèrent de détaler. David entraîna Julie vers le local du club de musique avec son débouché sur les caves.

— Si nous fuyons, ce sera pour moi un échec de plus, parvint-elle à émettre, le souffle haché.

— Fais comme les fourmis. Quand il y a danger, leurs reines fuient par les souterrains.

Elle scruta la bouche béante et sombre devant elle.

— L'*Encyclopédie* !

Paniquée, elle sonda les couvertures.

— Laisse tomber, les flics arrivent.

— Jamais !

Un policier apparut dans l'embrasure. David fit tournoyer sa canne pour gagner du temps. Il parvint à le repousser et même à fermer la porte avec les verrous.

— Ça y est, je l'ai ! dit Julie en brandissant à la fois l'*Encyclopédie du Savoir Relatif et Absolu* et son sac à dos.

Elle y enfourna le livre, serra les sangles et consentit à suivre David dans le souterrain. Il semblait aller dans une direction précise. Comprenant que Julie ne faisait plus que suivre des directives extérieures, les sens et les cellules de la jeune fille se firent moins présents et reprirent leurs occupations habituelles : fabriquer de la bile, transformer l'oxygène en gaz carbonique, évacuer ou transformer les résidus de gaz lacrymogènes, fournir en sucre les muscles qui en réclamaient.

Dans le labyrinthe des caves de l'établissement, les policiers perdirent leur trace. Julie et David couraient. Ils parvinrent au croisement. À gauche, les caves de l'immeuble voisin, à droite les égouts. David la poussa vers la droite.

— Où va-t-on ?

164. MORT AUX DÉISTES

Par là ! L'escouade de 13e avance dans le couloir. Grâce à des indiscrétions phéromonales, elles ont découvert le passage secret qui mène au repaire des déistes. Il est situé au quarante-cinquième niveau en sous-sol. Il suffit de soulever une motte de champignons pour déboucher à l'intérieur.

Les soldates, toutes très bien équipées en mandibules, cheminent à pas prudents dans le couloir. Celles qui sont munies d'ocelles à vision infrarouge distinguent d'étranges graffitis sur les parois. Ici, à la pointe de la mandibule, des fourmis ont tracé non seulement des cercles mais de véritables fresques. On y voit des cercles tuant des fourmis. Des cercles nourrissant des fourmis. Des cercles discutant avec des fourmis. Voilà la vision des dieux en action.

La troupe meurtrière avance et se heurte à un premier système de sécurité. C'est une fourmi-concierge dont la large tête obstrue l'issue. Dès que l'animal-porte perçoit les effluves des soldates, il fait tournoyer ses cisailles en émettant des phéromones d'alerte. Que les déistes soient parvenues à convertir des fourmis aussi particulières que celles de la caste des concierges montre bien l'étendue de leur pouvoir.

Sous les coups de boutoir des laïques, la porte blindée vivante finit par rendre l'âme. En lieu et place du large front de la concierge, il y a désormais un tunnel fumant. Les guerrières foncent. Une fourmi déiste artilleuse, qui se trouve là par hasard, accourt et se met à tirer mais elle est fusillée avant même d'avoir causé le moindre dégât.

Dans son agonie, la fourmi déiste se traîne et gesticule un peu pour allonger ses pattes. Soudain, elle se crispe en une croix à six branches plus ou moins rigides. Dans un ultime effort, elle émet le plus fort qu'elle peut :

Les Doigts sont nos dieux.

165. ENCYCLOPÉDIE

PARADOXE D'ÉPIMÉNIDE : À elle seule, la phrase « cette phrase est fausse » constitue le paradoxe d'Épiménide. Quelle phrase est fausse ? Cette phrase. Si je dis qu'elle est fausse, je dis la vérité. Donc, elle n'est pas fausse. Donc, elle est vraie. La phrase renvoie à son propre reflet inversé. Et c'est sans fin.

Edmond Wells,
Encyclopédie du Savoir Relatif et Absolu, tome III.

166. FUITE DANS LES ÉGOUTS

Ils avançaient dans le noir. Ça empestait, ça glissait, ils n'avaient aucun moyen de se repérer, ne s'étant jamais aventurés jusqu'ici.

Cette chose molle et tiède qu'elle avait palpée du bout de l'index, qu'était-ce ? Un excrément ? Une moisissure ? Était-ce animal ? Végétal ? Était-ce vivant ?

Plus loin, un tronçon pointu, ici une rondelle humide. Il y avait du sol poilu, du sol râpeux, du sol gluant...

Son sens du toucher n'était pas encore suffisamment sensible pour lui apporter des informations précises.

Pour se donner du courage, sans s'en rendre compte, doucement, Julie se mit à chantonner « Une souris verte, qui courait dans l'herbe » et s'aperçut que, grâce à la réverbération de sa voix, elle pouvait plus ou moins évaluer l'espace dont elle disposait devant elle. Si son sens du toucher était déficient, son ouïe et sa voix le compensaient.

Elle constata que, dans le noir, elle y voyait mieux lorsqu'elle fermait les paupières. Elle était en train de fonctionner, en fait, comme une chauve-souris qui, dans une caverne, développe sa capacité à percevoir les volumes grâce à l'émission et à la réception de sons. Plus ceux-ci étaient aigus, mieux elle discernait la forme de l'endroit où ils se trouvaient et jusqu'aux obstacles qui leur faisaient face.

167. ENCYCLOPÉDIE

ÉCOLE DU SOMMEIL : **Nous passons vingt-cinq années de notre existence à dormir et, pourtant, nous ignorons comment maîtriser la qualité et la quantité de notre sommeil.**

Le vrai sommeil profond, celui qui nous permet de récupérer, ne dure qu'une heure par nuit et il est découpé en petites séquences de quinze minutes qui, comme un refrain de chanson, reviennent toutes les une heure et demie.

Parfois, certaines personnes dorment dix heures d'affilée sans trouver ce sommeil profond et elles se réveillent au bout de ces dix heures complètement épuisées.

Par contre, nous pourrions fort bien, si nous savions nous précipiter au plus vite dans ce sommeil profond, ne dormir qu'une heure par jour en profitant de cette heure de régénération complète.

Comment s'y prendre de façon pratique ?

Il faut parvenir à reconnaître ses propres cycles de sommeil. Pour ce faire, il suffit, par exemple, de noter à la minute près ce petit coup de fatigue qui survient en général vers dix-huit heures, en sachant qu'il reviendra ensuite toutes les heures et demie. Si le coup de fatigue survient par exemple à dix-huit heures trente-six, les prochains suivront vraisemblablement à vingt heures six, vingt et une heures trente-six, vingt-trois heures six, etc. Ce seront les moments précis où passera le train du sommeil profond.

Si on se couche pile à cet instant et si on s'oblige à se réveiller trois heures plus tard (à l'aide éventuellement d'un réveil), on peut progressivement apprendre à notre cerveau à comprimer la phase de sommeil pour ne conserver que sa partie importante. Ainsi, on récupère parfaitement en très peu de temps et on se

lève en pleine forme. Un jour, sans doute, on enseignera aux enfants dans les écoles comment contrôler leur sommeil.

Edmond Wells,
Encyclopédie du Savoir Relatif et Absolu, tome III.

168. CULTE DES MORTS

Les soldates progressent à petits pas dans les couloirs qui conduisent au repaire des déistes. Sur les parois, les cercles gravés sont de plus en plus nombreux. Cercles mystiques, cercles maléfiques.

L'escouade débouche dans une vaste salle avec, partout, des sculptures étranges : des corps de fourmis vidés de leur chair et figés dans des attitudes de combat.

13e et sa troupe reculent. C'est si indécent, tous ces cadavres exhibés. Les soldates savent que les déistes aiment conserver les dépouilles de leurs défuntes afin de se souvenir de leur existence. Elles ont une expression fourmi pour dire ça, mais elle est difficile à traduire : *Les morts doivent retourner à la terre.*

Ces cadavres doivent être jetés. La pièce pue l'acide oléique, un parfum de décomposition organique insupportable à toute fourmi sensible.

Les guerrières contemplent avec effarement le spectacle de ces corps immobiles qui semblent les narguer alors plus aucun souffle de vie ne les anime.

C'est peut-être là la grande force des déistes, elles sont encore plus fortes mortes que vivantes, songe 13e.

Princesse 103e avait raconté à 10e que les Doigts font remonter la naissance de leur civilisation au moment où ils ont cessé de jeter leurs morts aux ordures. C'est logique. Dès qu'on se met à accorder de l'importance aux cadavres, cela signifie qu'on croit à une vie après la mort et donc qu'on rêve d'accéder au paradis. Ne pas jeter ses morts aux ordures est un acte beaucoup moins anodin qu'il n'y paraît.

Le cimetière est le propre des Doigts, se dit 13e en contemplant ce musée pétrifié.

Les soldates brisent rageusement les corps creux. Elles piétinent de leurs griffes les antennes sèches, percent les crânes évidés, jettent des morceaux de thorax. Les carcasses craquent comme du verre, mais avec des bruits sourds. Une fois la salle nettoyée, il ne reste plus qu'un amoncellement de pièces détachées inutilisables.

Les guerrières ont l'impression de s'être battues contre un ennemi trop facile.

Elles s'élancent dans un couloir transversal et parviennent enfin dans une pièce spacieuse où une assemblée de fourmis écoute, antennes dressées, l'une d'elles juchée sur une hauteur. Ce doit être la salle des prophéties évoquée par les espionnes.

Par chance, l'alerte olfactive donnée tour à tour par la fourmi-concierge et par l'artilleuse n'a pas été perçue jusqu'ici. C'est l'inconvénient des caches situées au bout de couloirs trop emberlificotés, les vapeurs phéromonales y circulent mal.

Les soldates entrent discrètement et se mêlent à l'auditoire. La fourmi qui émet, c'est 23e, celle que toutes les déistes appellent « la prophétesse ». Elle prêche que, là-haut, bien au-dessus de leurs antennes, vivent les Doigts géants qui surveillent tous leurs actes et les soumettent à des épreuves pour les faire progresser.

C'en est trop. 13e lance le signal.

Il faut tuer toutes ces déistes malades.

169. LA POURSUITE CONTINUE

Dans les égouts, la comptine ne parvenait plus à rassurer Julie.

Soudain, ils entendirent des bruits feutrés. Ils virent approcher des points rouges. Des yeux de rats. Après les Rats noirs, les véritables rongeurs et un nouvel affrontement en perspective. Ceux-ci étaient plus petits mais plus nombreux.

Julie vint se pelotonner contre David.

— J'ai peur.

David fit fuir les bestioles à grands moulinets de canne, en assommant plusieurs au passage.

Ils essayèrent de profiter du répit pour se reposer mais, déjà, ils entendaient de nouveaux bruits.

— Cette fois, il ne s'agit pas de rats.

Des faisceaux de lampe balayaient le tunnel. Il ordonna à la jeune fille de s'aplatir sur le ventre.

— Il me semble que quelque chose a bougé, par-là, clama une voix masculine.

— Ils arrivent sur nous. On n'a plus le choix, murmura David.

Il poussa Julie dans l'eau et la suivit.

— J'ai cru entendre comme deux « plouf », reprit la voix grave.

Des bottes coururent sur la berge en faisant claquer les flaques. Des policiers éclairaient la surface de l'eau juste au-dessus de leur crâne.

David et Julie n'avaient eu que le temps de s'enfoncer dans le liquide immonde. David maintint la tête de Julie sous l'eau. Elle se mit instinctivement en apnée. Elle aurait décidément tout connu ce jour-là. À nouveau, elle manquait d'air et, de plus, elle avait senti une queue de rat frôler son visage. Elle ne savait pas que les rats nageaient aussi sous l'eau. Instinctivement ses yeux s'ouvrirent, elle vit deux cercles de lumière qui éclairaient toutes sortes d'immondices en suspension au-dessus de leur front.

Les policiers s'étaient immobilisés et promenaient leurs torches un peu plus loin sur les ordures flottantes.

— Attendons, s'ils sont sous l'eau, ils finiront bien par remonter pour respirer, dit l'un.

David avait lui aussi les yeux ouverts sous l'eau ; il indiqua à Julie comment maintenir uniquement les narines hors de l'eau. Le nez était heureusement une protubérance du visage et il était possible de le sortir tout en gardant le reste immergé. Julie qui s'était souvent demandé pourquoi le nez humain était ainsi placé en avant connaissait maintenant la réponse. Pour sauver son propriétaire en pareille situation.

— S'ils étaient dans l'eau, ils seraient déjà remontés à la surface, répondit le second policier. Personne ne peut rester en apnée si longtemps. Les plouf, ce devaient être des rats.

Les deux hommes se décidèrent à poursuivre leur chemin.

Lorsque leurs lumières blanches se furent assez éloignées, Julie et David sortirent la tête tout entière et aspirèrent le moins bruyamment possible une énorme goulée d'un air presque frais. Julie n'avait jamais autant mis ses poumons à l'épreuve.

Les deux révolutionnaires se gavaient encore d'oxygène quand une lumière plus crue les éclaira d'un coup.

— Stop. Pas un geste, intima la voix du commissaire Maximilien Linart braquant sur eux sa lampe et son revolver.

Il s'approcha :

— Tiens, voici notre reine de la révolution, mademoiselle Julie Pinson en personne.

Il aida ses deux prisonniers à sortir de l'eau croupie.

— Levez bien haut les mains, madame et monsieur les admirateurs des fourmis. Vous êtes en état d'arrestation.

Il regarda sa montre.

— Nous n'avons rien commis d'illégal ! protesta faiblement Julie.

— Ça, ce sera au juge d'en décider. En ce qui me concerne, vous vous êtes livrés au pire : vous avez introduit une parcelle de chaos dans un monde bien ordonné. À mon avis, ça mérite une peine maximale.

— Mais si on ne bouscule pas un peu le monde, il se fige et n'évolue plus, dit David.

— Et qui vous demande de le faire évoluer ? Vous avez envie d'en parler ? D'accord, j'ai tout mon temps. Je pense, moi, que c'est parce qu'il y a des gens comme vous, qui s'imaginent capables d'améliorer le monde, qu'on court sans cesse tout droit à la catastrophe. Les pires calamités ont toujours été l'œuvre de prétendus idéalistes. Les pires folies meurtrières ont été commises au nom de la liberté. Les pires carnages ont été perpétrés au nom de l'amour du genre humain.

— On peut changer le monde en bien, affirma Julie, qui reprenait de l'assurance et retrouvait son ancien personnage de Pasionaria de la Révolution.

Maximilien haussa les épaules.

— Tout ce que veut le monde, c'est qu'on le laisse en paix. Les gens n'aspirent qu'au bonheur et le bonheur, c'est l'immobilisme et l'absence de remise en question.

— Si ce n'est pas pour améliorer le monde, à quoi sert-il de vivre ? demanda Julie.

— Mais tout simplement à en profiter, répliqua le commissaire. À profiter du confort, des fruits sur les arbres, de la pluie tiède sur le visage, de l'herbe pour matelas, du soleil pour se réchauffer et cela depuis Adam, le premier homme. Ce crétin a tout gâché parce qu'il voulait la connaissance. On n'a pas besoin de savoir, on a juste besoin de jouir de ce que l'on a déjà.

Julie secoua sa tête brune.

— Sans cesse, tout s'agrandit, tout s'améliore, tout devient plus complexe. Il est normal que chaque génération cherche à faire mieux que la précédente.

Maximilien ne se laissa pas désarçonner.

— À force de vouloir mieux faire, on a inventé la bombe nucléaire et la bombe à neutrons. Je suis convaincu qu'il serait bien plus raisonnable de cesser de vouloir « faire mieux ». Le jour où toutes les générations feront pareil que les précédentes, on aura enfin la paix.

Il y eut soudain un *bzzz* dans l'air.

— Oh non ! pas ça encore ! pas ça ici ! s'exclama le commissaire.

Se retournant vivement, il s'empressa de délacer sa chaussure.

— Tu as envie d'une nouvelle partie de tennis, insecte de malheur ?

Il agita son bras dans les airs, comme s'il luttait contre un fantôme et, soudain, porta une main à son cou.

— Cette fois, il m'a eu, eut-il le temps d'articuler avant de tomber à genoux et de s'effondrer.

Médusé, David contempla le policier à terre.

— Il s'est battu contre quoi ?

Avec sang-froid, David ramassa la torche du commissaire et éclaira sa tête. Un insecte se promenait sur sa joue.

— Une guêpe.

— Ce n'est pas une guêpe, c'est une fourmi volante ! Et elle s'agite comme si elle voulait nous dire quelque chose, signala Julie.

De la mandibule, l'animal était en train de percer la peau du policier. Avec le sang pourpre qui affleura sur la peau, lentement, il écrivit : « Suivez-moi. »

Julie et David n'en croyaient pas leurs yeux mais ils ne rêvaient pas. Il y avait bien là, maladroitement tracés sur la joue du policier, deux mots : « Suivez-moi. »

— Suivre une fourmi volante qui écrit en français avec sa mandibule ? émit Julie, sceptique.

— Au point où on en est, dit David, je suis prêt à suivre même le lapin blanc d'Alice au Pays des merveilles.

Ils fixèrent la fourmi volante, attendant qu'elle leur indique la direction à prendre, mais l'insecte n'eut pas le temps de décoller. Une horrible grenouille, toute couverte de verrues et de pustules, bondit hors des eaux. Elle lança sa langue et happa d'un coup leur guide.

Julie et David s'élancèrent de nouveau dans le dédale des égouts.

— Et où on va, maintenant ? demanda la jeune fille.

— Pourquoi pas chez ta mère ?

— Jamais.

— Alors où ?

— Chez Francine ?

— Impossible. Les flics connaissent sûrement toutes nos adresses. Ils doivent déjà y être.

Toutes sortes de possibilités d'abris défilèrent dans l'esprit de Julie. Un souvenir lui revint.

— Chez le prof de philo ! Il m'a proposé une fois d'aller me reposer chez lui et m'a donné son adresse. C'est tout près du lycée.

— Très bien, dit David. Remontons et allons chez lui. « D'abord agir, ensuite philosopher. »

Ils galopèrent.

Un rat affolé préféra replonger dans l'égout plutôt que de risquer de se faire écraser.

170. ENCYCLOPÉDIE

LA MORT DU ROI DES RATS : Certaines espèces de *ratus norvegicus* pratiquent ce que les naturalistes appellent « l'élection du roi des rats ». Une journée durant, tous leurs jeunes mâles se battent en duel avec leurs incisives tranchantes. Les plus faibles sont évincés au fur et à mesure jusqu'à ce qu'il ne reste plus pour la finale que

deux rats, les plus habiles et les plus combatifs du lot. Le vainqueur est choisi pour roi. S'il l'a emporté, c'est qu'il est à l'évidence le meilleur rat de la tribu. Tous les autres se présentent alors devant lui, oreilles en arrière, tête baissée ou montrant leur postérieur en signe de soumission. Le roi leur mordille la truffe pour dire qu'il est le maître et qu'il accepte leur soumission. La meute lui offre les meilleures nourritures en sa possession, lui présente ses femelles les plus chaudes et les plus odorantes, lui réserve la niche la plus profonde où il fêtera sa victoire.

Mais à peine s'est-il assoupi, épuisé de plaisirs, qu'il se produit un rituel étrange. Deux ou trois de ces jeunes mâles, qui avaient pourtant fait acte d'allégeance, viennent l'égorger et l'étriper. Délicatement, ensuite, de leurs pattes et de leurs griffes, ils lui ouvrent le crâne comme une noix à coups de dent. Ils en extirpent la cervelle et en distribuent une parcelle à tous les membres de la tribu. Sans doute croient-ils qu'ainsi, par ingurgitation, tous bénéficieront d'un peu des qualités de l'animal supérieur qu'ils s'étaient donné pour roi.

De même chez les humains, on aime à se désigner des rois pour prendre ensuite encore plus de plaisir à les réduire en pièces. Méfiez-vous alors si on vous offre un trône, c'est peut-être celui du roi des rats.

Edmond Wells,
Encyclopédie du Savoir Relatif et Absolu, tome III.

171. LA TRAQUE

Détruire.

Les soldates laïques chargent les religieuses. La prophétesse 23e comprend trop tard ce qui se passe. Des phéromones d'alerte volent en tous sens et, en quelques secondes, c'est la pagaille.

Partout, des déistes s'effondrent, tendent leurs pattes pour former une croix à six branches et lâchent, agonisantes, leurs effluves mystiques :

Les Doigts sont nos dieux.

Tant bien que mal, l'assemblée s'organise pour résister à l'effet de surprise. Les jets d'acide fusent. Des chitines fondent. Des jets perdus font s'effondrer des pans entiers de plafond.

23e interpelle quelques compagnes :

Il faut me sauver.

La religion n'a pas fait qu'engendrer le culte des morts, elle a aussi créé la primauté des prêtres. Des soldates déistes s'empressent de se regrouper autour de 23ᵉ pour former un barrage avec leurs corps tandis que trois grosses ouvrières creusent à toute allure une issue pour lui permettre de fuir.

Les Doigts sont nos dieux.

Un tapis d'étoiles tétanisées commence à recouvrir le sol et, pour éviter qu'on ne voue un culte aux martyres, les laïques leur tranchent la tête.

Ces décapitations ralentissent l'offensive. La prophétesse 23ᵉ saisit sa chance et, avec quelques conjurées rescapées du massacre, fuit par l'excavation.

La petite troupe galope dans les couloirs, des soldates laïques sont sur leurs talons. Dans cette course-poursuite, des déistes se laissent mourir pour protéger leur prophétesse. C'est la première fois dans l'histoire myrmécéenne qu'autant de fourmis se font tuer pour préserver une seule des leurs, précieuse entre toutes. Même les reines n'ont jamais suscité autant de ferveur.

Les Doigts sont nos dieux.

Chaque cadavre se fige en une croix et pousse ce cri de mort. Les dépouilles obstruent parfois complètement le passage, contraignant les poursuivantes à couper leurs pattes une à une pour le dégager.

Les déistes ne sont plus qu'une dizaine mais elles connaissent mieux les lieux que leurs assaillantes et savent exactement où tourner pour les semer. Soudain, elles sont coincées : un lombric leur barre la route. 23ᵉ encourage ses compagnes, épuisées et blessées :

Suivez-moi.

La prophétesse se rue sur le ver et, à la plus grande stupéfaction de ses fidèles, d'un coup de mandibules, elle creuse un sillon dans son flanc et désigne cette plaie comme s'il s'agissait de l'écoutille d'un vaisseau. C'est là son idée : se servir de cet annélide comme d'un engin subterrestre. Par chance, le ver est bien gras. Tout le groupe parvient à s'introduire dans son corps sans le tuer.

L'animal se cabre, évidemment, lorsqu'il sent tant de présences étrangères s'engouffrer dans son corps mais, comme il n'est doté que d'un système nerveux restreint, il poursuit sa route avec ses nouveaux parasites.

L'énorme tube gluant rampe déjà sur les murs et les parois quand 13ᵉ et ses soldates arrivent sur les lieux. Les laïques n'ont aucun moyen de savoir dans quelle direction il va. Grimpe-t-il ? Descend-il ?

L'odeur de l'annélide n'est pas assez nette pour qu'on puisse bien la détecter dans le dédale des couloirs de la métropole myrmécéenne. L'être gluant glisse donc tranquillement, emportant les déistes fuyardes.

172. CHEZ LE PROFESSEUR DE PHILOSOPHIE

Le professeur de philosophie ne fut pas surpris de les voir sonner à sa porte. De lui-même, il leur offrit de les héberger.

Julie se précipita sous la douche et s'émerveilla de se sentir propre, enfin purifiée de toutes les immondices des égouts et de leurs effroyables odeurs. Elle jeta ses vêtements de reine souillés dans un sac-poubelle et enfila l'un des survêtements de l'enseignant. Heureusement que les tenues de sport sont unisexes.

Agréablement propre et nette, elle s'affala sur le canapé du salon.

— Merci, monsieur. Vous nous avez sauvés, dit David qui avait lui aussi enfilé un survêtement.

L'enseignant leur servit un verre, accompagné de cacahuètes, et alla leur préparer de quoi dîner.

Ils dévorèrent des petits sandwiches au saumon et d'autres aux œufs et aux câpres.

À table, le professeur alluma la télévision. À la toute fin des actualités régionales, on parlait d'eux. Julie monta le son. Marcel Vaugirard interviewait un membre des forces de l'ordre qui expliquait que cette soi-disant « Révolution des fourmis » était en fait l'œuvre d'un groupe d'anarchistes, responsables entre autres des blessures qui avaient plongé dans le coma un jeune lycéen.

Et l'on fit passer à l'écran la photo de Narcisse.

— Narcisse est dans le coma ! s'exclama David.

Julie avait certes vu le styliste des insectes se faire tabasser par les Rats noirs puis une ambulance l'emporter mais de là à l'imaginer dans le coma !

— Il faut qu'on aille lui rendre visite à l'hôpital, dit Julie.

— Pas question, rétorqua David. On se ferait prendre aussitôt.

La télévision présentait en effet une affiche avec les huit portraits agrandis des musiciens du groupe « Les Fourmis ». Ils furent satisfaits d'apprendre que, comme eux, les cinq autres avaient pu s'échapper. Ainsi qu'Élisabeth.

— Eh bien, dites-donc, quelle histoire, les enfants ! Vous feriez mieux de rester bien tranquillement ici en attendant que ça se tasse.

Le professeur de philosophie leur proposa pour dessert un yaourt et se leva pour préparer le café.

Julie enrageait tandis que, sur l'écran, on montrait les ravages provoqués par cette « Révolution des fourmis » dans le lycée de Fontainebleau : salles de classe saccagées, draps déchirés, meubles jetés au feu.

— Nous avons réussi à montrer qu'il était possible de faire une révolution sans violence. Ils veulent nous enlever même ça !

— Bien sûr, intervint le professeur de philosophie. Votre copain Narcisse me semble bien mal en point.

— Mais ce sont les Rats noirs, qui l'ont amoché. Ce ne sont que des provocateurs ! s'écria Julie.

— Notre révolution est quand même parvenue à tenir six jours sans violence, renchérit David.

L'enseignant fit la moue, comme si leur plaidoyer ne le satisfaisait pas vraiment. Lui, si peu rigoriste dans ses notations, semblait soudain déçu par leurs copies.

— Il y a quelque chose qui vous échappe complètement. Sans violence, rien n'est spectaculaire, donc médiatiquement intéressant. Votre révolution est passée à côté de la plaque précisément parce qu'elle se voulait sans violence. De nos jours, pour toucher les foules, il faut absolument passer aux actualités de vingt heures et, pour passer aux actualités de vingt heures, il faut des morts, des accidentés de la route, des victimes d'avalanche, qu'importe, pourvu qu'il y ait du sang. On ne s'intéresse qu'à ce qui ne va pas et qui fait peur. Vous auriez dû tuer ne serait-ce qu'un seul flic. En voulant à tout prix prôner la non-violence, vous vous êtes condamnés à n'être qu'une petite fête scolaire, une kermesse de lycée, c'est tout.

— Vous plaisantez ! s'offusqua Julie.

— Non, je suis réaliste. Heureusement que ces petits fachos sont venus vous attaquer, sinon votre révolution aurait fini par sombrer dans le ridicule. Des gosses de bonne famille qui occupent un lycée histoire de fabriquer des vêtements en forme de papillon, ça incite plus au rire qu'à l'admiration. Vous devriez les remercier d'avoir expédié votre copain dans le coma. S'il meurt, vous aurez au moins un martyr !

Était-il sérieux ? Julie s'interrogeait. Elle savait pertinemment qu'en optant pour la non-violence, sa révolution perdrait certes beaucoup de sa virulence mais c'est ainsi qu'elle avait choisi de jouer le jeu, conformément aux préceptes de l'*Encyclopédie du Savoir Relatif et Absolu*. Gandhi avait réussi une révolution non-violente. Cela pouvait exister.

— Vous avez échoué.

— Nous avons quand même monté des affaires commerciales solides. Au plan économique, notre révolution a été une réussite, rappela David.

— Et alors ? Les gens s'en moquent bien. S'il n'y a pas de caméras de télévision pour témoigner d'un événement, c'est comme s'il n'avait pas existé.

— Mais..., reprit le garçon. Nous avons pris notre destin en main, nous avons créé une société sans dieux ni maîtres, exactement comme vous nous l'aviez conseillé.

Le professeur de philosophie haussa les épaules.

— C'est bien là où le bât blesse. Vous avez essayé et vous avez échoué. Vous avez tourné ce projet en farce.

— Elle ne vous plaît donc pas, notre révolution ? interrogea Julie, étonnée du ton de l'enseignant.

— Non, pas du tout. En matière de révolution, comme en toutes choses, il y a des règles à respecter. Si je devais vous noter, c'est à peine si je vous mettrais 4 sur 20. Vous n'êtes que des révolutionnaires de pacotille ! Aux Rats noirs, en revanche, j'accorderais un beau 18 sur 20.

— Je ne vous comprends pas, murmura Julie, abasourdie.

Le professeur de philosophie tira un cigare de son coffret, l'alluma soigneusement et se mit à le fumer, lâchant chaque bouffée avec volupté. Ce ne fut que lorsque la jeune fille remarqua qu'il consultait régulièrement la pendule du salon qu'elle comprit. Tous ces discours provocants n'avaient pour but que de détourner leur attention et de les retenir là.

Elle bondit sur ses pieds, mais il était trop tard. Elle entendait les sirènes de cars de police.

— Vous nous avez dénoncés !

— C'était nécessaire, énonça le professeur de philosophie, fuyant leurs regards accusateurs et tirant négligemment sur son cigare.

— Nous avions confiance en vous et vous nous avez dénoncés !

— Je ne fais que vous aider à passer à l'étape suivante. C'est indispensable, vous dis-je. Je parfais votre éducation de révolutionnaires. Prochaine étape : la prison. Tous les révolutionnaires ont vécu ça. Vous serez sûrement meilleurs en martyrs qu'en utopistes non-violents. Et avec un peu de chance, cette fois, vous aurez les journalistes.

Julie était écœurée.

— Vous disiez que quiconque n'est pas anarchiste à vingt ans est stupide !

— Oui, mais j'ai aussi ajouté que, passé trente ans, quiconque demeurait anarchiste était encore plus stupide.

— Vous disiez avoir vingt-neuf ans, signala David.

— Désolé, hier, justement, c'était... mon anniversaire.

David attrapa la jeune fille par le bras.

— Tu ne vois pas qu'il cherche à te faire perdre du temps ? Occupons-nous seulement de nous tirer d'ici. On a encore une chance d'y arriver. Merci pour les sandwiches et au revoir monsieur.

David dut la pousser dans l'escalier. Éviter le portail, en bas, où la police les attendait peut-être déjà. Il entraîna la jeune fille jusqu'au dernier étage. Trouver un vasistas. Monter sur un toit, puis un autre et un autre encore. Julie avait retrouvé ses réflexes quand il l'engagea à redescendre le long d'une gouttière. Pour ne pas être gêné il tenait sa canne dans la bouche.

Ils couraient. David tirait un peu la patte mais sa canne l'aidait à se mouvoir assez vite.

La soirée était belle et il y avait du monde dans les rues de Fontainebleau. Julie craignit un instant que quelqu'un ne la reconnaisse puis souhaita au contraire qu'un admirateur se manifeste et vienne à leur secours. Mais personne ne la reconnut. La révolution était morte, et Julie n'était plus reine.

La police était sur leurs traces et Julie en avait assez. Elle était lasse ; ses nouvelles graisses fessière et ventrale ne suffisaient pas à fournir l'énergie indispensable pour lui permettre de courir vite.

Les lumières d'un supermarché clignotèrent tout près d'eux et Julie se souvint que l'*Encyclopédie* recommandait de se tenir attentif à tous les signes. « Vous trouverez ici tout ce dont vous avez besoin », indiquait l'enseigne.

— Entrons, dit-elle.

Les policiers étaient derrière eux mais, à l'intérieur, la foule les engloutit.

David et Julie se faufilèrent entre les travées, se dissimulèrent derrière des rangées d'aspirateurs et de machines à laver et parvinrent au rayon d'habillement pour les jeunes où ils se figèrent parmi des mannequins de cire. Le mimétisme, première défense passive des insectes...

Ils virent des policiers donner des consignes aux agents de sécurité du magasin puis passer près d'eux sans les remarquer avant de disparaître de leur champ de vision.

Et maintenant où aller ?

Dans le coin des jouets, un tipi de nylon rose fluo les attendait. Julie et David s'y calfeutrèrent, se recouvrirent de jouets et attendirent que le silence se fasse autour d'eux pour s'endormir, pelotonnés et craintifs comme deux renardeaux.

173. INTÉRIEUR NUIT

Les fourmis déistes voyagent dans le noir puant et visqueux des entrailles du lombric. Elles sont cernées de viscères palpitants dont l'odeur les écœure mais elle savent que, dehors, c'est la mort assurée.

De l'intérieur, elles comprennent comment l'annélide se propulse. Par sa bouche, il avale de la terre, lui fait traverser son corps avec son système digestif, puis la rejette presque instantanément par son anus. Le ver est comme un réacteur qui aspire et éjecte du sable.

Les fourmis s'écartent pour laisser passer les boulettes de boue. Dehors, le lombric gonfle sa tête puis en repousse l'enflure jusqu'à sa queue, ce qui accroît sa vitesse. Et ainsi farci de religieuses, il traverse la Nouvelle-Bel-o-kan.

Il se trouve que les lombrics et les fourmis ont passé des accords de bonne entente. Les fourmis n'en mangent que très peu et leur permettent de circuler dans leur cité. Elles les nourrissent et, en échangent, ils creusent des galeries plus faciles à consolider pour les ouvrières. Quand même, dans cet environnement visqueux, les déistes n'en mènent pas large.

Où allons-nous ? demanda l'une d'elles à leur prophétesse.

23e dit que, maintenant, il faudrait un miracle pour les sauver. Et elle prie pour que les dieux interviennent en leur faveur.

Le ver finit par sortir du dôme. Mais à peine a-t-il montré le bout de sa tête hors de la cité qu'une mésange fonce en piqué et l'attrape, sans savoir qu'il est rempli de locataires fourmis.

Que se passe-t-il ? demande une fourmi, sentant dans son système d'oreille interne qu'ils prennent de l'altitude.

Je crois que cette fois-ci les dieux nous ont entendues. Ils nous invitent dans leur monde, annonça sentencieusement la prophétesse 23e en glissant avec toutes ses compagnes dans l'estomac de cette mésange qui remontait haut dans les nuages.

174. ENCYCLOPÉDIE

INTERPRÉTATION DE LA RELIGION DANS LE YUCATÁN : Au Mexique, dans un village indien du Yucatán nommé Chicumac, les habitants ont une étrange manière de pratiquer leur religion. Ils ont été convertis de force au catholicisme par les Espagnols au seizième siècle. Mais les missionnaires des premiers temps sont morts et, comme cette région est coupée du reste du monde, on ne l'a pas repourvue en prêtres neufs. Pendant près de trois siècles les habitants de Chicumac ont pourtant maintenu la liturgie catholique, mais, comme ils ne savaient ni lire ni écrire, ils ont transmis les prières et le rituel par tradition orale. Après la révolution, lorsque le pouvoir mexicain s'est restabilisé, le gouvernement a décidé de répandre des préfets partout pour créer une administration qui contrôle vraiment le pays. L'un d'entre eux a donc été envoyé en 1925 à Chicumac. Le préfet a assisté à la messe et s'est aperçu que par la tradition orale les habitants étaient parvenus à retenir presque parfaitement les chants latins. Pourtant le temps avait entraîné une petite dérive. Pour remplacer le prêtre et les deux bedeaux, les habitants de Chicumac avaient pris trois singes. Et, cette tradition des singes s'étant perpétuée à travers les âges, ils en étaient arrivés à être les seuls catholiques qui vénéraient à chaque messe... trois singes.

Edmond Wells,
Encyclopédie du Savoir Relatif et Absolu, **tome III.**

175. SUPERMARCHÉ

— Maman, il y a des gens à l'intérieur de la hutte d'Indiens !
Un enfant les montrait du doigt.

Julie et David ne prirent pas le temps de s'étonner de se réveiller en survêtement dans un tipi fluo, ils en sortirent avant que quiconque ne pense à alerter le service de sécurité.

Le supermarché, dès le matin, était bondé de monde.

Des montagnes de denrées multicolores s'étalaient comme dans une gigantesque caverne d'Ali Baba.

Des clients pressés poussaient leurs Caddie en suivant inconsciemment le rythme de la musique diffusée par les haut-parleurs : « Le Printemps » de Vivaldi, accéléré afin de pousser les consommateurs à se hâter de faire leurs achats.

Tout n'est que rythme. Ceux qui contrôlent les rythmes contrôlent les battements cardiaques.

Leur regard fut attiré par des étiquettes rouges « promo », « solde » ou « deux pour le prix d'un ». Pour la plupart des clients, tant de nourriture étalée semblait trop beau, trop impie pour être permanent. À la lecture des journaux, ils étaient persuadés de vivre une époque intermédiaire entre deux crises et qu'il était impératif d'en profiter.

Paradoxalement, plus l'Occident s'installait dans la paix, plus les gens s'extasiaient devant la nourriture et redoutaient d'en manquer.

Les aliments s'étalaient à perte de vue dans toutes les directions et même en hauteur. Des conserves, des surgelés, des sous-vide, des lyophilisés. Du végétal, de l'animal, du chimique né de la seule imagination des ingénieurs en agroalimentaire.

Au stand des biscuits, plusieurs enfants dévoraient des paquets qu'ils prenaient directement sur les rayons avant de les jeter par terre.

Comme ils n'avaient pas d'argent sur eux, David et Julie firent de même. Les enfants, amusés de voir des adultes se conduire comme eux, leur proposèrent des bonbons : réglisses, caramels mous, guimauve, marshmallows, chewing-gums. C'était un peu écœurant d'avaler des bonbons au petit déjeuner, mais les fugitifs avaient trop faim pour faire les difficiles.

Après s'être ainsi restaurés, Julie et David se dirigèrent discrètement vers la sortie, en passant par le portillon « sortie sans achats ». L'endroit était surveillé par deux caméras vidéo.

Un agent de sécurité les suivait et David suggéra à Julie de se dépêcher un peu.

La musique en fond sonore était maintenant « Stairway to Heaven » de Led Zeppelin. Le morceau présentait l'intérêt de démarrer doucement et de se terminer à cent à l'heure, exactement comme étaient censés se comporter les clients de l'hypermarché.

Les pas des deux lycéens s'accélérèrent avec la musique. Ceux de l'agent de sécurité qui les suivait aussi. Maintenant, il n'y avait plus de doute. Il était après eux. Soit il s'était aperçu, grâce aux caméras vidéo, qu'ils s'étaient gavés gratuitement de biscuits, soit il les avait reconnus à partir des portraits diffusés dans les journaux.

Julie accéléra encore, Led Zeppelin fit de même.

Le portillon « sortie sans achats » semblait encore à leur portée. Ils se mirent à courir. David savait qu'il ne faut jamais courir devant un policier ou devant un chien mais sa peur fut la plus forte. À ses premières grandes foulées, l'agent de sécurité tira un sifflet et lança un signal strident qui vrilla les tympans de tous les clients à la ronde. Plusieurs vendeurs abandonnèrent immédiatement leur travail et convergèrent vers les suspects.

À nouveau, il fallait fuir, et vite.

Julie et David prirent leur élan pour franchir une haie de caissières et gagner la rue. David boitait de moins en moins. Il y a des moments où avoir des rhumatismes articulaires est un luxe qu'on ne peut se permettre.

Dans le magasin, les employés ne renoncèrent pas pour autant à les rattraper. Ils devaient être habitués à faire la chasse à courre aux voleurs. Ce devait être pour eux une distraction dans leur train-train quotidien.

Derrière eux, une grosse vendeuse cavalait en brandissant une cartouche de gaz lacrymogène, un manutentionnaire fit tournoyer une barre de fer tandis qu'un agent de la sécurité beuglait : « Arrêtez-les, arrêtez-les ! »

David et Julie couraient et débouchèrent dans une impasse. Ils étaient pris au piège. Bientôt, les vendeurs du supermarché les captureraient. Une voiture surgit alors, bouscula les vendeurs et les badauds qui déjà s'attroupaient pour l'hallali. Une portière s'ouvrit à la volée.

— Montez vite ! intima une femme au visage caché par un foulard et de grandes lunettes de soleil.

176. LE RÈGNE

Toutes les déistes sont exterminées. Ne reste plus que leur totem blanc, cette pancarte que les fourmis religieuses vénèrent.

Princesse 103ᵉ demande aux ingénieurs du feu de la faire disparaître. Elles entassent dessous des feuilles sèches et, avec mille précautions, elles en approchent une braise rougeoyante. Aussitôt, le panneau brûle en emportant son secret. Pourtant, si elles avaient su lire les caractères de l'écriture, elles auraient déchiffré les mots : « Attention : risque d'incendie. Ne pas jeter de mégots. »

Les fourmis regardent le monument doigtesque partir en fumée. Princesse 103ᵉ est rassurée. Le grand totem blanc est réduit en cendres, et avec lui l'un des principaux symboles du déisme.

Elle sait que la prophétesse 23ᵉ a réussi à échapper à la troupe de 13ᵉ, mais Princesse 103ᵉ n'est pas inquiète. La prêtresse n'est plus assez influente pour lui créer des ennuis. Ses derniers fidèles seront bien forcés de se soumettre.

24ᵉ la rejoint.

Pourquoi faut-il absolument que les gens se situent toujours entre « croire » et « ne pas croire » ? Il est stupide de vouloir ignorer les Doigts et il est tout aussi stupide de s'entêter à les vénérer.

Pour Princesse 103ᵉ, la seule attitude intelligente face aux Doigts, c'est : « discuter » et « tenter de se comprendre pour s'enrichir mutuellement ».

24ᵉ approuve des antennes.

La princesse est déjà remontée en haut du dôme, accaparée par les soucis d'une ville nouvelle en pleine expansion. En outre, elle a des soucis physiologiques. Comme à tous les sexués, deux ailes commencent à lui pousser dans le dos et, au travers de sa marque jaune de vernis à ongles, un triangle de trois yeux à réception infrarouge lui perce à présent le front telles trois verrues.

Nouvelle-Bel-o-kan s'agrandit sans cesse. Les hauts-fourneaux ayant provoqué plusieurs incendies, on décide de n'en conserver qu'un seul à l'intérieur de la métropole et d'installer les autres dans des cités périphériques. Dans une autre société, cela s'appelle la décentralisation industrielle.

Avoir appris à vaincre la nuit s'avère la principale innovation. Désormais, le froid du soir n'ankylose plus les fourmis et elles peuvent travailler vingt-quatre heures sur vingt-quatre sans le moindre répit grâce aux lampions.

Princesse 103ᵉ affirme que les Doigts utilisent des métaux qu'ils trouvent dans la nature et qui, une fois fondus, leur permettent de fabriquer des objets durs. Il faut les rechercher. Les éclaireuses ratissent partout pour ramener les cailloux les plus bizarres, les ingénieurs les jettent dans le feu mais n'arrivent pas à produire de métaux.

24ᵉ poursuit sa saga romanesque, *Les Doigts*, en inventant des scènes où ces animaux se battent ou se reproduisent. Quand il a besoin de détails précis, il se documente auprès de 103ᵉ, sinon, il se fie à son imagination. Après tout, ce n'est qu'un roman...

Simultanément, 7ᵉ dirige le service artistique. Il n'y a plus une fourmi dans la Cité à ne pas s'être fait graver sur le thorax un motif de pissenlit, d'incendie ou de colchique.

Mais il subsiste un problème. 103ᵉ et 24ᵉ sont peut-être virtuellement reine et roi de la Nouvelle-Bel-o-kan, ils n'en sont pas pour autant les souverains réels. Ils n'ont pas de progéniture. La technique, l'art, la stratégie de la guerre de nuit, l'éradication de la religion les ont certes dotés d'une aura qui dépasse de beaucoup celle des reines ordinaires mais leur stérilité commence à faire jaser. Même si on importe de la main-d'œuvre étrangère pour suppléer à la crise démographique, les insectes ne se sentent pas bien dans une cité dont les gènes ne sont pas transmis.

Prince 24ᵉ et Princesse 103ᵉ le savent et c'est aussi pour faire oublier cette carence qu'ils encouragent si volontiers l'art et la science.

177. PHÉROMONE ZOOLOGIQUE : MÉDECINE

Saliveuse : 10ᵉ.
MÉDECINE : Les Doigts ont oublié les vertus de la nature.
Ils ont oublié qu'il y a des remèdes naturels aux causes de leurs maladies.
Alors, ils ont inventé une science artificielle qu'ils appellent « la médecine ».
Cela consiste à inoculer une maladie à des centaines de souris puis à administrer à chaque souris un produit chimique différent.
S'il y en a qui se portent mieux, on donne le même produit chimique aux Doigts.

178. LA PLANCHE DE SALUT

La porte de la voiture était grande ouverte et les gens du supermarché approchaient. Ils n'avaient plus le choix. Mieux valait l'inconnu

que de se faire attraper par le service de sécurité du magasin qui les
livrerait probablement à la police municipale.

La femme au visage caché appuya sur l'accélérateur.

— Qui êtes-vous ? demanda Julie.

La conductrice ralentit, baissa ses lunettes noires, découvrant ses
traits dans le rétroviseur, Julie eut un mouvement de recul.

Sa mère.

Elle voulut descendre de la voiture en marche, mais David la maintint fermement sur son siège. La famille, c'était toujours mieux que
la police.

— Que fais-tu là, maman ? maugréa-t-elle.

— Je te cherchais. Tu n'es pas rentrée à la maison depuis plusieurs
jours. J'ai appelé à la préfecture le service de recherches dans l'intérêt
des familles, ils m'ont répondu qu'à dix-huit ans révolus, tu étais
majeure et libre de dormir où bon te semble. Les premiers soirs, je
me suis dit que, dès que tu rentrerais, je te ferais payer très cher ta
fugue et toute l'inquiétude que tu me causais. Et puis, j'ai eu de tes
nouvelles par les journaux et la télévision.

Elle roulait de nouveau très vite et quelques piétons faillirent être
mis à mal.

— J'ai pensé alors que tu étais encore bien pire que je ne le
croyais. Et puis, j'ai réfléchi. Si tu réagis avec tant d'agressivité à mon
égard, c'est que j'ai dû me tromper quelque part. J'aurais dû t'estimer
en tant qu'être humain à part entière et non parce que tu te trouves
être « ma » fille. En tant qu'être humain à part entière, tu serais sans
doute devenue une amie. Et puis... je te trouve extrêmement sympathique et même ta révolte me plaît. Alors, comme j'ai raté mon travail
de mère, je vais m'efforcer à présent de réussir mon travail d'amie.
C'est pourquoi je t'ai cherchée et c'est pourquoi je suis là.

Julie n'en croyait pas ses oreilles.

— Comment m'as-tu retrouvée ?

— Quand j'ai entendu tout à l'heure à la radio que tu étais en
fuite dans le quartier ouest de la ville, je me suis dit que je tenais
enfin ma chance de rédemption. J'ai foncé pour ratisser le coin en
priant de te découvrir avant les policiers. Dieu a exaucé ma prière...

Elle esquissa rapidement un signe religieux.

— Tu peux nous abriter à la maison ? demanda Julie.

Ils arrivèrent devant un barrage. Décidément, les policiers voulaient les coincer.

— Faites demi-tour, conseilla David.

Mais la mère était trop lancée. Elle préféra accélérer et bousculer
le barrage pour passer. Des policiers sautèrent vivement en arrière
pour éviter le bolide.

Derrière eux, de nouveau, des sirènes retentissaient.

— Ils sont à nos trousses, dit la mère, et ils ont sûrement déjà relevé le numéro de la plaque d'immatriculation. Ils savent que c'est moi qui suis venue à votre secours. Dans deux minutes, les flics seront à la maison.

La mère s'engouffra dans une rue en sens interdit. Elle fit une embardée, tourna brusquement dans une voie perpendiculaire, arrêta le moteur et attendit que les voitures de police défilent devant eux pour rebrousser chemin.

— Je ne peux plus vous cacher chez moi. Il faut que vous vous planquiez là où les flics ne vous trouveront pas.

La mère avait opté pour une direction précise. L'ouest. Une forme verte, une autre encore. Des arbres s'alignaient comme une armée grandissante au fur et à mesure qu'ils en approchaient.

La forêt.

— Ton père disait que si un jour il avait de gros problèmes, c'est là qu'il irait. « Les arbres protègent ceux qui le leur demandent poliment », affirmait-il. Je ne sais pas si tu as eu le temps de t'en rendre compte, Julie, mais tu sais, ton père était un type formidable.

Elle stoppa et tendit une coupure de cinq cents francs à sa fille pour ne pas la laisser sans argent.

Julie secoua la tête.

— En forêt, l'argent, ça ne sert pas à grand-chose. Je te donnerai de mes nouvelles dès que je le pourrai.

Ils descendirent de la voiture et la mère leur adressa un petit signe de la main.

— Pas besoin. Vis ta vie. De te savoir libre sera ma récompense.

Julie ne savait que dire. Il était tellement plus facile de lancer des insultes et de trouver des reparties cinglantes que de réagir à ce genre de paroles. Les deux femmes s'embrassèrent et s'étreignirent très fort.

— Au revoir, ma Julie !

— Maman, une chose...

— Quoi, ma fille ?

— Merci.

Adossée à sa voiture, la femme regarda la fille et le garçon s'éloigner parmi les arbres ; puis elle s'assit au volant et démarra.

La voiture disparut à l'horizon.

Ils s'enfoncèrent dans les ténèbres végétales. David et Julie avaient l'impression que les arbres les acceptaient comme deux réfugiés. C'était peut-être là une des stratégies globales de la forêt. Sa manière de lutter contre l'espèce humaine était d'en protéger les proscrits.

Pour échapper à d'éventuels poursuivants, le jeune homme choisit systématiquement les sentiers non balisés. L'attention de Julie fut soudain attirée par une fourmi volante qui semblait les suivre depuis un bon moment. Elle s'immobilisa et l'insecte plana d'abord au-dessus de sa tête avant de virevolter autour d'elle.

— David, je crois que cette fourmi volante s'intéresse à nous.

— Tu penses que c'est un animal du même genre que celui des égouts ?

— On va bien voir.

La jeune fille tendit sa main, paume ouverte, doigts largement écartés afin de former un terrain d'atterrissage à l'intention de la fourmi volante. Elle vint doucement s'y poser et s'y promena un peu.

— Elle veut écrire, comme l'autre !

Julie saisit une baie dans la broussaille, l'écrasa un peu et, immédiatement, l'insecte y trempa ses mandibules.

« Suivez-moi. »

— Soit c'est la même qui a réussi à se sortir de la grenouille, soit c'est sa sœur jumelle, annonça David.

Ils contemplèrent l'insecte qui semblait les attendre tel un taxi.

— Pas de doute, elle voulait nous guider dans les égouts, elle veut maintenant nous diriger dans la forêt ! s'écria Julie.

— Qu'est-ce qu'on fait ? demanda David.

— Au point où on en est...

L'insecte voleta devant eux, les dirigeant vers le sud-ouest. Ils passèrent entre toutes sortes d'arbres étranges, des charmes aux ramures étendues en ombrelle, des trembles aux écorces jaunes craquelées de noir, des frênes dont les feuilles exhalaient le mannitol.

Comme la nuit tombait, à un moment, ils la perdirent de vue.

— On ne va plus pouvoir la suivre, dans le noir.

Aussitôt, il y eut comme une lueur et un petit éclair devant eux. La fourmi volante venait d'« allumer » son œil droit, comme un phare.

— Je croyais que les lucioles étaient les seuls insectes capables d'émettre de la lumière, remarqua Julie.

— Mmmm... Tu sais, je commence à croire que notre amie n'est pas une vraie fourmi. Aucune fourmi n'écrit le français et n'allume ses yeux.

— Alors ?

— Alors, il peut s'agir d'un minuscule robot téléguidé en forme de fourmi volante. J'ai vu un reportage à la télévision sur ce genre d'engins. Il montrait des fourmis robots fabriquées par la NASA en vue de la conquête de la planète Mars. Mais les leurs étaient plus grosses. Personne n'a encore atteint un tel niveau de miniaturisation, affirma David.

Il y eut des aboiements furieux derrière eux. La battue avait commencé et les policiers avaient lâché leurs chiens.

Ils s'élancèrent de toute la vitesse de leurs jambes. La fourmi volante les éclairait de son faisceau mais les chiens galopaient plus vite qu'eux. Et, avec sa jambe boiteuse, David n'était pas avantagé. Ils grimpèrent sur un talus d'où David, à l'aide de sa canne, s'efforça de maintenir les fauves à distance. Eux sautaient pour planter leurs crocs et cherchaient également à attraper la fourmi volante qui éclairait cette scène de désolation.

— Séparons-nous, dit Julie. Peut-être qu'ainsi, au moins l'un de nous parviendra à s'en tirer.

Sans attendre de réponse, elle partit en enjambant un buisson. Toute une meute de dogues partit à ses trousses, aboyant, bavant et décidés à mettre la jeune fille en charpie.

179. ENCYCLOPÉDIE

COURSE DE FOND : **Quand le lévrier et l'homme font la course ensemble, le chien arrive le premier. Le lévrier est doté de la même capacité musculaire par rapport à son poids que l'homme. Logiquement, tous deux devraient courir à la même vitesse. Pourtant le lévrier fait toujours la course en tête. La raison en est que lorsqu'un homme court, il vise une ligne d'arrivée. Il court avec un objectif précis à atteindre dans la tête. Le lévrier, lui, ne court que pour courir.**
À force de se fixer des objectifs, à force de croire que sa volonté est bonne ou mauvaise, on perd énormément d'énergie. Il ne faut pas penser à l'objectif à atteindre, il faut seulement penser à avancer. On avance et puis on modifie sa trajectoire en fonction des événements qui surgissent. C'est ainsi, à force d'avancer, qu'on atteint ou qu'on double l'objectif sans même s'en apercevoir.

Edmond Wells,
Encyclopédie du Savoir Relatif et Absolu, tome III.

180. RENOUER

Princesse 103e est immobile dans sa loge. Prince 24e tourne autour d'elle sans raison. Dans la Cité, certaines nourrices affirment que lorsque le mâle tourne autour de la femelle sans que se produise une copulation, cela génère une tension érotique perceptible comme de l'énergie pure.

Princesse 103e ne croit pas trop à ces légendes citadines mais elle reconnaît que de voir 24e tourner autour d'elle ainsi suscite chez elle une certaine tension.

Cela l'énerve.

Elle s'efforce donc de penser à autre chose. Sa dernière idée, c'est de construire un cerf-volant. Se souvenant de la feuille de peuplier qui est tombée non pas à la verticale mais en zigzaguant, elle pense qu'il est peut-être possible de lâcher des fourmis en équilibre sur des feuilles, qui voyageraient en surfant sur les courants d'air. Reste à résoudre le problème du contrôle de la direction.

Des exploratrices lui apprennent que de nouvelles cités de l'est viennent de rejoindre la fédération de la Nouvelle-Bel-o-kan. Elle qui ne comptait jusqu'alors que soixante-quatre cités filles uniquement peuplées de rousses, en comprend désormais près de trois cent cinquante, d'au moins une dizaine d'espèces différentes. Sans parler de quelques nids de guêpes et des quelques termitières qui parlementent déjà en vue de leur adhésion.

Chaque nouvelle cité intégrée reçoit le drapeau odorant fédéral ainsi qu'une braise rougeoyante et les recommandations d'usage. Ne pas approcher le feu des feuilles. Ne pas allumer de feu par temps de vent. Ne pas consumer de feuilles à l'intérieur de la cité, cela produit une fumée asphyxiante. Ne pas s'en servir pour la guerre sans autorisation de la cité mère. On les instruit aussi sur le levier et la roue au cas où elles découvriraient dans leurs propres laboratoires des utilisations intéressantes de ces deux concepts.

Certaines fourmis souhaiteraient que la Nouvelle-Bel-o-kan préserve jalousement ses secrets technologiques mais Princesse 103e pense, au contraire, que le savoir doit être répandu chez tous les insectes, même si un jour d'autres s'en servent pour les attaquer. C'est un choix politique.

La magie du feu et les résultats surprenants qu'on peut en obtenir en tant qu'énergie à usage civil font mieux comprendre à toutes les fourmis l'avance prise par les Doigts qui le maîtrisent, eux, depuis plus de dix mille ans.

Les Doigts.

Maintenant, toutes les cités fédérées savent que les Doigts ne sont ni des monstres ni des dieux et que Princesse 103e est en quête d'un moyen pour sceller une alliance avec eux. Dans son roman, 24e explique le problème en deux phrases lapidaires :

Deux mondes se regardent, celui de l'infiniment petit et celui de l'infiniment grand. Sauront-ils se comprendre ?

Certaines fourmis approuvent le projet, d'autres le désapprouvent, mais toutes réfléchissent au moyen de susciter cette alliance et aux dangers et aux avantages qu'elle pourrait représenter. Peut-être qu'en plus du feu, du levier et de la roue, les Doigts connaissent d'autres secrets que les fourmis ne sont pas capables d'imaginer.

Seules les naines et certaines de leurs alliées s'entêtent encore à vouloir détruire la fédération et les idées malsaines qu'elle répand dans la nature. Après la terrible défaite subie la nuit de la bataille des Lampions, elles n'osent plus s'attaquer pour l'instant à la Nouvelle-Bel-o-kan. Ce n'est que partie remise. Leurs reines pondeuses — les naines en possèdent plusieurs centaines — s'activent à mettre au monde une nouvelle génération de soldates qui, dès qu'elles seront en âge de combattre, c'est-à-dire dans une semaine, reviendront à la charge pour anéantir la fédération des rousses.

Il n'est pas dit que les technologies doigtesques soient éternellement plus efficaces que quelques ventres fertiles capables de produire de la soldatesque à profusion.

À la Nouvelle-Bel-o-kan, on est au courant de cette menace. On sait qu'il y aura de nombreuses guerres entre celles qui veulent changer le monde et celles qui veulent que tout reste comme avant.

Dans sa loge, Princesse 103e décide qu'il faut hâter le cours de l'Histoire. Sans instauration d'une vraie coopération entre les deux principales espèces terriennes, il n'y aura pas d'évolution durable. Elle convoque Prince 24e, les douze jeunes exploratrices et autant de représentantes d'espèces étrangères ralliées. Tout le monde joint ses antennes en ronde pour une C.A. collective.

La princesse dit qu'il faut tenter le tout pour le tout. Puisque les Doigts ne parviennent pas à entrer en contact avec les fourmis, aux fourmis de s'adresser à eux les premières. Elle pense que le seul moyen d'impressionner les Doigts afin qu'ils les considèrent comme des partenaires à part entière est de les approcher en nombre.

Les insectes conviés à la conférence comprennent où la sexuée veut en venir : une nouvelle grande croisade. Princesse 103e s'explique. Elle ne propose pas une croisade ; elle ne veut plus de guerre inutile, elle préfère une grande marche pacifique des fourmis. La princesse est convaincue que les Doigts seront intimidés en prenant conscience de la masse énorme des insectes qui vivent à leurs côtés. Elle espère que d'autres cités se joindront à elles durant la marche et que toutes ensemble, elles s'imposeront comme un interlocuteur indispensable pour les Doigts.

Viendras-tu ? demande Prince 24e.

Évidemment.

103e entend prendre elle-même la tête de cette grande marche.

Les espèces étrangères sont inquiètes. Elles veulent savoir qui va rester pendant ce temps à la Nouvelle-Bel-o-kan pour veiller à la sécurité de la Cité et faire fructifier leur travail.

Un quart de la population, propose 103e.

Les insectes branchés estiment que c'est là prendre un grand risque. Les naines seront bientôt à l'affût et il reste encore des déistes dans les environs. Les forces réactionnaires sont considérables. Il ne faut pas les sous-estimer.

Les avis sont partagés. Beaucoup se sont mises à apprécier la tranquillité et la réussite de la Nouvelle-Bel-o-kan. Elles ne comprennent pas pourquoi elles devraient prendre des risques. D'autres redoutent que la rencontre avec les Doigts ne se passe mal. Pour l'instant il n'y a eu que des échecs. À quoi cela sert-il d'investir autant d'énergie pour une marche pacifique au résultat somme toute plutôt aléatoire ?

Comment les Doigts distingueront-ils la différence entre une marche pacifique et une croisade militaire ?

Princesse 103e affirme qu'on n'a pas le choix : cette rencontre est cosmiquement indispensable. Si ce n'est pas elles qui organisent la marche, ce sera la tâche de la prochaine génération, ou encore de la suivante. Autant régler au plus tôt cette affaire et n'en pas laisser le fardeau à d'autres.

Les insectes discutent longtemps. Princesse 103e parvient à convaincre grâce, surtout, au charisme de ses phéromones. Elle s'appuie sur des anecdotes de sa propre légende. Elle insiste : en cas d'échec cela apportera des informations précieuses pour ceux qui voudront recommencer.

Elle persuade ses contradictrices l'une après l'autre du bien-fondé de sa décision. Il y a tant d'espoirs de progrès à l'horizon de cette marche. Peut-être les Doigts leur enseigneront-ils d'autres merveilles encore plus impressionnantes que le feu, la roue et le levier.

Quoi, par exemple ? interroge 24e.

L'humour, répond 103e.

Et comme aucune fourmi présente ne sait précisément de quoi il retourne, elles s'imaginent l'« humour » comme une invention typiquement doigtesque, conférant une puissance incroyable à qui sait le manier. 5e se dit que l'humour, ce doit être une catapulte dernier cri. 7e se dit que l'humour, ce doit être du feu en plus destructeur. Prince 24e se dit que l'humour, ce doit être une forme d'art. Les autres pensent que l'humour, ce doit être un nouveau matériau ou bien une technique inédite de stockage de nourriture.

Pour des raisons différentes, toutes sont attirées par ce Graal indéfini qu'est l'humour ; à l'unanimité, elles se rangent donc à la proposition de Princesse 103e.

181. SEULE DANS LA FORÊT SOMBRE

Pas le moment de plaisanter. Il n'y avait que ce sapin pour seul salut. Julie était intimidée par sa verticalité mais la meute de chiens aboyant s'avéra le meilleur des entraîneurs.

Elle s'élança dans les branches. Dans l'urgence, elle retrouva au cœur de ses cellules la mémoire de son ancêtre lointain qui savait d'autant mieux se mouvoir dans les arbres qu'il y vivait en permanence. Si un singe subsiste encore au fond de chaque humain, que cela serve à l'occasion.

Les mains et les pieds de la jeune fille trouvèrent des appuis infimes mais suffisants. L'écorce lui écorcha les paumes. Elle progressait quand des crocs malveillants se refermèrent en claquant tout près de ses orteils. Un chien avait réussi à monter dans l'arbre. Julie était lasse de tant d'entêtement canin ; dans un élan de fureur, elle montra ses canines et poussa un grognement agressif.

Le dogue la regarda, effrayé, comme s'il n'avait jamais cru un représentant de l'espèce humaine capable d'autant de bestialité. En bas, les autres chiens n'osaient plus trop approcher.

D'en haut, Julie jeta des pommes de pin sur les museaux tendus.

— Partez ! Allez-vous-en ! Fichez le camp d'ici, sales bêtes !

Si les chiens avaient renoncé à planter leurs crocs dans la jeune fille, ils n'en persistaient pas moins à avertir leurs maîtres que la fugitive était là. Ils aboyèrent de plus belle.

Quand un nouveau personnage surgit. De loin, on aurait dit un chien, mais sa démarche était plus calme, sa manière de se tenir plus fière, son odeur plus forte. Ce n'était pas un chien mais un loup. Un vrai loup sauvage.

Les chiens regardèrent avancer cet être exceptionnel. Ils étaient une meute et le loup était seul, pourtant c'étaient les chiens qui étaient impressionnés. Le loup est en effet l'ancêtre de tous les chiens. Lui n'est pas dégénéré par le contact avec l'homme.

Tous les chiens le savent. Du chihuahua, au doberman, du caniche au bichon maltais, tous se souviennent vaguement qu'un jour ils vivaient sans les hommes et qu'à ce moment ils étaient de forme et d'esprit différents. Ils étaient libres : ils étaient des loups.

Les chiens abaissèrent leur tête et leurs oreilles en signe de soumission, et rentrèrent la queue pour dissimuler leurs odeurs et protéger leur sexe. Ils urinèrent, ce qui, en langage canin, signifiait : « Je ne possède pas de territoire défini, aussi j'urine n'importe quand et n'importe où. » Le loup émit un grognement qui voulait dire que lui urinait uniquement aux quatre coins d'un territoire précis et que, justement, ces chiens s'agitaient sur celui-ci.

Ce n'est pas de notre faute, ce sont les hommes qui nous ont rendus comme ça, plaida un berger allemand en langage chien-loup.

Le loup répondit dans un rictus méprisant des babines :

On a toujours le choix de sa vie.

Et il s'élança, crocs en avant, décidé à tuer.

Les chiens comprirent et détalèrent en poussant des couinements.

Julie n'eut pas le plaisir de remercier son bienfaiteur. Furieux contre ses lointains petits-cousins dégénérés, le loup avait pris en chasse l'un des dogues de la meute. Il fallait bien qu'il y en ait un qui paie pour tout ce dérangement dans la forêt.

Quand on montre ses dents, c'est pour tuer.

Telle est la loi des loups et, de plus, ses louveteaux n'auraient pas compris que leur père rentre ce soir-là au terrier sans gibier. Au dîner, ils auraient du berger allemand pour menu.

— Merci la Nature, d'avoir envoyé un loup à mon secours, murmura Julie, dans son arbre où elle n'entendait plus que le chuchotement des feuilles secouées par le vent.

Un grand duc salua d'un hululement l'arrivée de la nuit.

Julie, qui craignait autant son loup salvateur que les chiens, décida de rester dans son sapin. Elle se cala plus confortablement dans les branches mais elle ne parvint pas à s'endormir.

Elle scruta la forêt que la lune inondait de lumière pâle. Elle lui semblait pleine de sortilèges et de secrets cachés. La jeune fille aux yeux gris ressentit un nouveau besoin, une nécessité qu'elle avait ignorée jusqu'alors : hurler à la lune. Elle leva la tête et fit jaillir du centre de son ventre une colonne d'énergie sonore.

— OOOOOOOUUUUUUuuuuu.

Yankélévitch, son maître, lui avait enseigné que l'art, au mieux, ne faisait qu'imiter la nature. En reproduisant l'appel des loups, elle était au meilleur de son art du chant. Au loin, quelques loups lui répondirent.

— OUUuuuHHH.

En langage des loups, ils lui disaient :

Bienvenue dans la communauté de ceux qui aiment à hurler à la lune. C'est bon de faire ça, hein ?

Et, pendant une demi-heure, sans discontinuer, elle hurla encore et elle pensa que si, un jour, elle reformait une société utopique, elle conseillerait à tous ses membres, au moins une fois par semaine, le samedi par exemple, de hurler ainsi tous ensemble à la lune. Ensemble, car ce plaisir devait être beaucoup plus jouissif à plusieurs. Mais là, elle était seule, abandonnée de ses amis et de la société. Seule, perdue en forêt, sous l'immense voûte du ciel. Son hurlement se transforma en un jappement plaintif.

La Révolution des fourmis lui avait donné de mauvaises habitudes.

Elle avait à présent en permanence besoin d'être entourée de gens pour leur parler d'expériences nouvelles, de projets à lancer.

Ces derniers jours, elle s'était accoutumée à vivre démultipliée en collectivité. Il lui fallait bien s'avouer à présent que le bonheur, elle l'avait connu non pas seule mais en groupe. Ji-woong. Mais il n'y avait pas eu que Ji-woong. Zoé, si ironique. Francine, si rêveuse. Paul, toujours maladroit. Léopold, si sage. Narcisse, pourvu qu'il ne lui soit rien arrivé de grave. David... David. Sans doute s'était-il fait déchiqueter par les chiens. Quelle mort horrible... Maman. Même sa mère lui manquait. Elle se sentit d'autant plus diminuée qu'elle avait été multipliée par sept amis, et même par tous ces cinq cent vingt et un révolutionnaires des fourmis, sans parler de tous ceux qui, de par le monde, s'étaient connectés à leur entreprise.

Elle essaya de fermer les yeux et de déployer le napperon de lumière de son esprit. Elle l'élargit pour qu'il sorte de son crâne puis forme un immense nuage recouvrant la forêt. Cela restait toujours possible. Elle rangea son napperon puis hurla encore un peu à la lune.

— OOOUuuuuHHH.

— OOOUuuuuHHH, répondit un loup.

Il n'y avait ici pour l'entendre que quelques loups lointains qu'elle ne connaissait pas et qu'elle n'avait pas envie de connaître. Elle se recroquevilla sur elle-même et sentit le froid lui grignoter les pieds. Son iris discerna une lueur.

« La fourmi volante qui voulait nous guider... », pensa-t-elle en se redressant, pleine d'espoir.

Mais cette fois, c'étaient vraiment des lucioles. Elles tournoyaient pour leur danse d'amour. Elles dansaient en trois dimensions, illuminées par leurs propres projecteurs internes. Ce devait être plaisant d'être une luciole en train de danser avec ses amies et leur lumière.

Julie avait froid.

Elle avait absolument besoin de se reposer. Elle savait que son sommeil risquait d'être court et programma son esprit pour foncer tout droit vers le sommeil profond réparateur.

À six heures du matin, elle fut réveillée par des aboiements. Ces jappements, elle les reconnaissait entre mille. Ce n'était pas les chiens policiers, c'était Achille. Il l'avait retrouvée. On avait pensé à utiliser Achille pour la retrouver.

L'homme mit la lampe de poche sous son menton. Éclairé par en dessous, le visage de Gonzague perdait de son côté angélique.

— Gonzague !

— Ouais, les flics ne savaient pas comment te retrouver, mais moi il m'est venu une idée. Ton chien. La pauvre bête était seule dans le jardin. J'ai pas eu à faire beaucoup d'efforts pour qu'il comprenne ce qu'on attendait de lui. On lui a donné à renifler le morceau de jupe que j'avais gardé de la dernière fois et il est tout de suite parti en chasse. Les chiens sont vraiment les meilleurs amis de l'homme.

Ils attrapèrent Julie et l'attachèrent à l'arbre.

— Ah, cette fois-ci on va être plus tranquilles. On dirait que cet arbre est un poteau de torture indien. La dernière fois on avait un cutter, depuis on a évolué en équipement...

Il montra son revolver.

— C'est moins précis, mais ça a l'avantage d'agir à distance. Tu peux crier, dans la forêt personne ne t'entendra en dehors de tes amies les... « fourmis ».

Elle se débattit.

— Au secours !

— Crie de ta belle voix ! Allons, crie !

Elle s'arrêta. Et les fixa de son regard gris.

— Pourquoi faites-vous ça ?

— On aime bien voir les autres souffrir.

Et il tira une balle dans la patte d'Achille qui afficha un air surpris. Avant que l'animal n'ait pu comprendre qu'il s'était trompé d'allié, une deuxième balle lui arriva dans la deuxième patte avant, puis une dans chaque patte arrière, ensuite une dans la colonne vertébrale, enfin une dans la tête.

Gonzague rechargea son revolver.

— À ton tour maintenant.

Il la mit en joue.

— Non. Laissez-la.

Gonzague se retourna.

David !

— Décidément, la vie est un éternel recommencement. David arrive toujours à la rescousse de la jolie princesse prisonnière. C'est très romanesque. Pourtant, cette fois-ci, on va changer la chute de l'histoire.

Il dirigea son revolver vers David, arma le chien du revolver... et Gonzague s'effondra.

— Attention, c'est la fourmi volante ! dit l'un de ses sbires.

C'était elle en effet, la fourmi volante qui déjà, de son dard, frappait les acolytes de Gonzague Dupeyron.

Ils cherchaient à s'en protéger mais il y avait autour d'eux suffisamment d'insectes volants pour qu'ils ne sachent pas repérer l'insecte-robot. La fourmi volante effectua trois piqués et les trois Rats noirs tombèrent. David détacha Julie.

— Ouf, cette fois-ci j'ai bien cru que j'y passais, dit Julie.

— Impossible. Tu ne risquais rien.

— Ah bon et pourquoi, donc ?

— Parce que tu es l'héroïne. Et dans les romans les héroïnes ne meurent pas, plaisanta-t-il.

Ce raisonnement étrange surprit la jeune fille ; elle se pencha sur le chien.

— Pauvre Achille, il croyait que les hommes sont les meilleurs amis des chiens.

Elle creusa rapidement un trou et l'enterra. En guise d'épitaphe elle prononça simplement :

— Ci-gît un chien qui n'a pas vraiment participé à l'amélioration de son espèce... Bon voyage, Achille.

La fourmi volante continuait à voleter autour d'eux, bourdonnant avec un rien d'impatience. Cependant Julie voulait un peu reprendre ses esprits ; elle se blottit contre David. Puis, s'apercevant de ce qu'elle faisait, elle se reprit et se dégagea.

— Il faut y aller, la fourmi volante semble s'énerver, remarqua le jeune homme.

Guidés par l'insecte, ils s'enfoncèrent encore plus profondément dans la sombre forêt.

182. ENCYCLOPÉDIE

QUESTION D'ÉCHELLE : Les choses n'existent que de la façon dont on les perçoit à une certaine échelle. Le mathématicien Benoît Mandelbrot a fait plus qu'inventer les si merveilleuses images fractales, il a démontré que nous ne recevions que des visions parcellaires du monde qui nous entoure. Ainsi, si on mesure un chou-fleur, on obtiendra, par exemple, un diamètre de trente centimètres. Mais si on entreprend d'en suivre chaque circonvolution, la mesure sera multipliée par dix.

Même une table lisse, si on l'examine au microscope, se révélera une suite de montagnes qui, si l'on suit leurs dénivellations, en multiplieront la taille jusqu'à l'infini. Tout dépendra de l'échelle choisie pour examiner cette table. Vue à une certaine échelle, elle fera telle taille, et le double à une autre.

Benoît Mandelbrot nous permet d'affirmer qu'il n'est pas, dans l'absolu, une seule information scientifique certaine, que l'attitude la plus juste, chez un honnête homme moderne, consiste à accepter en tout savoir une part énorme d'inexactitude, laquelle sera réduite par la génération suivante mais jamais complètement éliminée.

Edmond Wells,
Encyclopédie du Savoir Relatif et Absolu, tome III.

183. LA GRANDE MARCHE

Dès l'aube, les préparatifs de départ accaparent la Nouvelle-Bel-o-kan tout entière. Partout dans la Cité, on ne parle que de la grande marche pacifique vers les Doigts.

Cette fois, ce n'est plus une seule fourmi mais toute une foule qui s'en va à la rencontre de la dimension supérieure, à la rencontre des Doigts... à la rencontre des dieux peut-être.

Dans la salle des soldates, chacune remplit sa poche à acide formique.

Tu crois vraiment que les Doigts existent ?

Une guerrière secoue la tête, perplexe. Elle reconnaît n'être pas totalement convaincue mais elle émet que le seul moyen de le savoir, c'est précisément d'aller jusqu'au bout de cette marche. Si les Doigts n'existent pas, elles reviendront tout bonnement à la Nouvelle-Bel-o-kan continuer ce qu'elles ont commencé.

Plus loin, d'autres fourmis discutent avec encore plus d'acharnement.

Tu crois que les Doigts accepteront de nous considérer comme leurs égales ?

L'autre se gratte la racine des antennes.

S'ils n'acceptent pas, ce sera la guerre et nous nous défendrons jusqu'au bout.

À la surface, on prépare les escargots au voyage. Ces énormes pachydermes baveux sont décidément les meilleurs caravaniers possible. Ils sont peut-être lents mais ils sont tout terrain et si jamais les fourmis connaissent une période de disette, un seul d'entre eux suffira à en nourrir une multitude. Alors qu'on les couvre de bagages, ils bâillent, déployant leur vingt-cinq mille six cents petites dents.

On charge les escargots de très lourds fardeaux, de braises chaudes, de réserves de nourriture.

Autour de la Nouvelle-Bel-o-kan les pèlerins s'alignent.

Sur certains, on charge des œufs creux qui font office d'amphores pleines à ras bord d'hydromel. Les fourmis se sont en effet aperçues que, consommé à petites doses, cet alcool de miel permet de mieux résister au froid de la nuit et donne du courage dans les duels.

Sur d'autres escargots encore, on charge des fourmis-citernes, ces fameux insectes immobiles gavés de miellat au point que leur abdomen est cinquante fois plus volumineux que le reste de leur corps et distendu comme un ballon.

Il y a là suffisamment de nourriture pour tenir deux hibernations, s'exclame Prince 24e.

Princesse 103e répond qu'ayant traversé le désert, elle sait que manquer de nourriture peut suffire à anéantir la plus efficiente des expéditions et, comme elle n'est pas sûre que le trajet soit giboyeux sur tout son long, elle préfère prendre ses précautions.

Au-dessus des fourmis affairées aux préparatifs, de nouvelles escadrilles de guêpes et d'abeilles veillent à ce que nulle espèce ne profite des circonstances pour les attaquer.

7ᵉ installe sur son escargot-de-l'art une longue feuille de chanvre avec laquelle elle a l'intention de réaliser une tapisserie qui racontera leur longue marche vers le pays des Doigts. Elle entrepose aussi quelques pigments pour colorier sa fresque : du pollen, du sang de coléoptère et de la poudre de sciure.

Le plus grand désordre règne devant la troisième entrée de la Nouvelle-Bel-o-kan où toute une foule s'organise et se regroupe par peuple, par caste, par laboratoire d'étude ou par escargot.

Les ouvrières de la caste des ingénieurs consolident les harnachements herbeux qui serviront à maintenir les cailloux remplis de braises. Ce n'est pas tellement qu'elles craignent de provoquer un incendie, elles ont surtout peur de perdre leurs braises. D'ailleurs, elles emportent aussi du petit bois sec pour les nourrir. Elles savent que le feu est un animal vorace.

Enfin, tout le monde est prêt et la température suffisamment chaude pour se mettre en marche. Une antenne se dresse.

En avant.

L'immense caravane d'au moins sept cent mille individus s'ébranle. Les fourmis éclaireuses sont aux premiers rangs, disposées en triangle. Elles se relaient à l'avant de la procession pour rester toujours l'antenne fraîche. C'est comme si la truffe de ce long animal était sans cesse renouvelée.

Derrière les éclaireuses se trouvent des soldates fourmis rousses de la caste des artilleuses. Si les éclaireuses donnent l'alerte, ces dernières se mettront automatiquement en position de tir. Vient ensuite le premier escargot. C'est un escargot de guerre avec son chargement de braise fumante. Plusieurs artilleuses sont prêtes à tirer du haut de ce promontoire mobile.

Puis viennent les troupes de soldates d'infanterie, prêtes à charger au pas de course. Ces soldates vont aussi chasser dans les alentours pour nourrir l'ensemble de la procession.

Derrière on trouve le deuxième escargot. Lui aussi est recouvert de braises fumantes et d'artilleuses.

Puis marchent plusieurs légions étrangères. Fourmis rouges, noires et jaunes pour l'essentiel.

Ce n'est que vers le centre de la procession qu'on trouve les ouvrières ingénieurs et les ouvrières artistes.

Princesse 103e et Prince 24e ont leur propre escargot de voyage, ce qui leur permet de ne pas trop s'épuiser en marchant.

Enfin, en queue de procession, on retrouve une légion d'artilleuses, et deux escargots de guerre prêts à défendre l'arrière de la troupe.

Des soldates courent sur les flancs, encourageant les marcheuses, contrôlant les zones suspectes, maintenant la cohésion de la marche. 5e et ses comparses surveillent les surveillants, guident les guides. Elles sont les véritables promoteurs de cette marche.

Toutes ont l'impression d'accomplir quelque chose de très important pour leur espèce. Sous la masse de cette troupe, le sol tremble, l'herbe ploie, même les arbres ne sont pas indifférents. Jamais, de mémoire d'arbre, on n'a vu autant de fourmis réunies pour cheminer ensemble dans la même direction. Jamais, d'ailleurs, on a vu des escargots se joindre aux fourmis pour porter des fumerolles.

Le soir, les insectes de la procession se réunissent dans un énorme bivouac à plat. Au centre, les braises rougeoyantes permettent de garder une activité alors que les fourmis de la périphérie sont endormies. Princesse 103e, debout sur quatre pattes, conte à l'énorme masse de ses compagnes ce qu'elle croit connaître des Doigts.

184. PHÉROMONE ZOOLOGIQUE : TRAVAIL

Saliveuse : 10e.
TRAVAIL :
Les Doigts se sont d'abord battus pour manger.

Puis, quand ils ont tous eu assez à manger, ils se sont battus pour la liberté.

Quand ils ont eu la liberté, ils se sont battus pour se reposer le plus longtemps possible sans travailler.

Maintenant, grâce aux machines, les Doigts ont atteint cet objectif.

Ils restent chez eux à profiter de la nourriture, de la liberté et de l'absence de travail, mais au lieu de se dire : « La vie est belle, on peut passer ses journées à ne rien faire », ils se sentent malheureux et votent pour les chefs qui leur promettent de leur redonner du travail en résorbant le chômage.

Détail intéressant : en langage doigtesque français, le mot travail vient du latin tripalium, *trépied, qui était l'un des plus douloureux supplices infligés aux esclaves.*

On les pendait la tête en bas à un trépied et on leur donnait des coups de bâton.

185. LE SANCTUAIRE

Des buissons de ronces encerclaient une cuvette. Il y avait au centre une colline, elle-même surplombée d'une colline plus petite. Des oiseaux planaient en fredonnant des airs folkloriques. Les cyprès ondulaient en les écoutant.

Juchée sur un long rocher de grès, Julie marmonna :

— Il me semble que je reconnais ce décor.

Le décor la reconnut aussi. Elle se sentit épiée. Pas par les arbres, mais par le sol lui-même. Les deux collines étaient comme un œil avec une pupille protubérante dont les haies de ronces seraient les cils.

La fourmi volante ne les guida pourtant pas vers elles mais vers un fossé placé juste au-dessous du doigt de grès.

Julie s'avança. Cette fois, plus de doute. C'était ici qu'elle avait découvert l'*Encyclopédie du Savoir Relatif et Absolu*.

— Si on descend là-dedans, on ne pourra plus jamais remonter, estima David.

La fourmi volante tournait autour d'eux, les pressant pourtant de sauter. Avec fatalisme, ils obéirent.

La jeune fille et le jeune homme s'écorchèrent les mains et le visage à des ronces, des acacias, du chiendent et des cirses. C'était vraiment la grande foire de tout ce qui se fait de mal famé dans le monde végétal. Quelques liserons apportaient une note fleurie dans ce milieu rude.

La fourmi volante les conduisit vers un trou. À quatre pattes, comme des taupes, ils s'enfoncèrent dans la terre.

La fourmi volante éclairait le tunnel de son œil phare. David suivait tant bien que mal, sans lâcher sa canne.

— Au fond, c'est une impasse. Je le sais puisque je suis déjà descendue ici, annonça Julie...

En effet, au bout, le tunnel était clos. La fourmi volante atterrit comme si elle en avait fini avec son travail de guide.

— Voilà, il n'y a plus qu'à refaire le chemin en sens inverse, soupira la jeune fille.

— Attends, cet insecte robot ne nous a sûrement pas fait venir jusqu'ici pour rien, dit David.

Il examinait l'endroit avec attention. Il tâtonna contre le mur et sentit sous sa main quelque chose de dur et froid. Il épousseta le sable et dégagea une plaque ronde de métal que la fourmi volante s'empressa d'éclairer. Sur le panneau métallique était gravée une énigme et encadré un clavier plat de type Digicode pour y répondre.

Ensemble, ils déchiffrèrent : « Comment faire avec six allumettes huit triangles équilatéraux de taille égale ? »

De la géométrie maintenant. Julie se prit la tête dans les mains. Impossible d'y échapper, le système scolaire vous rattrapait partout.

— Cherchons. C'est l'énigme de la télé, dit David, qui aimait bien les énigmes et ne manquait que rarement « Piège à réflexion ».

— Ah oui ! eh bien, la bonne femme de la télévision, qui est telle-ment calée, elle ne l'a pas trouvée la solution. Alors, nous...

— Au moins, tant qu'on cherche, on est à l'abri, insista David.

Le jeune homme arracha une racine, à fleur de terre, la découpa en six morceaux et disposa ceux-ci en tous sens.

— Six allumettes et huit triangles... Ça doit être faisable.

Il joua longtemps avec les allumettes. Soudain il annonça :

— Ça y est, j'ai trouvé !

Il lui expliqua la solution. Il tapa le mot et, dans un feulement d'acier, la porte en métal s'ouvrit.

Derrière, il y avait une lumière et des gens.

186. PHÉROMONE ZOOLOGIQUE : INSTINCT GRÉGAIRE

Saliveuse : 10e.
INSTINCT GRÉGAIRE :
Les Doigts sont des animaux très grégaires.
Ils supportent difficilement de vivre seuls.
Dès qu'ils le peuvent, ils se regroupent en troupeaux.
L'un des endroits où leur rassemblement est des plus spectaculaires s'appelle « métro ».
Là-dedans, ils sont capables de supporter ce qu'aucun insecte au monde ne supporterait : ils se serrent les uns contre les autres, s'écra-sent et se compressent jusqu'à ne plus pouvoir bouger tant la foule est dense autour d'eux.
Le phénomène du métro pose problème : le Doigt dispose-t-il d'une intelligence individuelle ou est-il mû par des injonctions auditives ou visuelles qui l'obligent à ce genre de comportement grégaire ?

187. C'ÉTAIT DONC EUX

Le premier visage que Julie aperçut fut celui de Ji-woong. Fran-cine, Zoé, Paul et Léopold lui apparurent ensuite. Si l'on exceptait Narcisse, les « Fourmis » étaient au complet.

Leurs amis leur tendirent les bras et les soutinrent. Ils se serrèrent les uns contre les autres, trop contents de se retrouver. Ils embrassèrent Julie sur les joues qu'elle avait chaudes.

Ji-woong raconta leurs aventures. Sortis tant bien que mal, mais indemnes, des échauffourées du lycée, ils avaient voulu venger Narcisse et avaient poursuivi les Rats noirs dans les petites rues autour de la grande place mais ceux-ci étaient déjà loin. Les policiers s'étaient lancés à leurs trousses et ils s'étaient donné beaucoup de mal pour leur échapper. La forêt leur avait paru un bon refuge et, là, une fourmi volante était venue vers eux pour les conduire jusqu'ici.

Une porte s'ouvrit et une petite silhouette tassée s'encadra dans la lumière : un vieux monsieur à la longue barbe blanche qui ressemblait à un Père Noël.

— Ed... Edmond Wells ? bégaya Julie.

Le vieillard secoua la tête.

— Edmond Wells est mort il y a trois ans déjà. Je suis Arthur Ramirez. Pour vous servir.

— C'est M. Ramirez qui nous a dépêché des robots fourmis volantes pour nous guider ici, affirma Francine.

La jeune fille aux yeux gris clair considéra un instant leur sauveur.

— Vous connaissiez Edmond Wells ? interrogea-t-elle.

— Ni plus ni moins que vous. Je le connais uniquement par les textes qu'il nous a laissés. Mais, somme toute, lire quelqu'un n'est-il pas la meilleure méthode pour le connaître ?

Il expliqua que ce lieu existait grâce à l'*Encyclopédie du Savoir Relatif et Absolu* d'Edmond Wells. C'était une habitude d'Edmond Wells, faire des souterrains et des portes qui s'ouvrent avec des énigmes à base d'allumettes et de triangles. Edmond Wells aimait bien creuser des tanières et y cacher des secrets et des trésors.

— Je crois qu'au fond, c'était un grand enfant, dit le vieil homme malicieusement.

— C'est lui qui avait placé le livre au fond du tunnel ?

— Non, c'est moi. Edmond avait l'habitude de créer des parcours pour accéder à ses antres. Par respect pour son œuvre, je l'ai imité. Lorsque j'ai découvert le troisième volume de l'*Encyclopédie*, j'en ai d'abord photocopié les pages puis j'ai déposé l'original à l'entrée de ma tanière. J'étais convaincu que jamais personne ne le trouverait et puis, un jour, j'ai constaté qu'il avait disparu. C'était vous, Julie, qui l'aviez déniché. C'était donc à vous de prendre le relais.

Ils étaient dans une sorte d'étroit vestibule.

— Il y avait un mini-émetteur dans la valise. Je n'ai pas eu de mal à vous identifier. Dès lors, mes fourmis espionnes ne vous ont plus quittée, vous surveillant sans cesse de près ou de loin. Je voulais voir ce que vous feriez avec le savoir de l'*Encyclopédie* d'Edmond Wells.

— Ah, c'est pour cela qu'une fourmi est venue se poser sur ma main lors du discours du premier jour !

Arthur sourit avec bienveillance.

— Votre interprétation de la pensée d'Edmond Wells est ma foi assez « piquante ». Ici, grâce aux fourmis volantes espionnes, on disposait de toutes les images de votre « Révolution des fourmis ».

— Heureusement, car si vous aviez dû attendre que les journalistes en parlent à la télé ! dit David désabusé.

— On suivait cela comme un feuilleton. Avec mes petites fourmis espionnes téléguidées, on repère ce qui n'attire pas l'attention des médias.

— Mais vous, qui êtes-vous ?

Arthur narra son histoire.

Il avait été jadis spécialiste en robotique. Il avait imaginé pour l'armée des loups robots de guerre téléguidés. Ces machines permettaient aux pays riches soucieux d'économiser leurs propres vies humaines de faire la guerre aux pays pauvres surpeuplés, lesquels envoyaient volontiers à la mort leur surplus de bouches à nourrir. Il avait constaté cependant que les soldats chargés de manier les loups étaient pris de frénésie et tuaient à tour de bras comme s'ils se croyaient dans un jeu vidéo. Écœuré, il avait démissionné et ouvert un magasin de jouets : « Chez Arthur, le Roi des Jouets ». Ses talents de roboticien lui avaient permis d'inventer des poupées parlantes qui réconfortaient les enfants mieux que de vrais parents. C'étaient des mini-robots, munis d'une voix synthétique et d'un programme informatique adaptant leurs réponses au discours de l'enfant. Il avait pensé, avec ses peluches rassurantes, que toute une génération grandirait moins stressée que les précédentes.

— La guerre, c'est essentiellement une histoire de gens mal éduqués. J'espère que mes petites peluches participent déjà à un début d'éducation correcte.

Un jour, un colis lui était parvenu par erreur, le postier s'était sans doute trompé dans son circuit de distribution. Or, il contenait le second volume de l'*Encyclopédie du Savoir Relatif et Absolu* et était destiné à Laetitia Wells, la fille unique du professeur ; un message précisait que ce serait là son seul héritage. Arthur et Juliette, son épouse, avaient immédiatement pensé lui faire suivre l'ouvrage, mais leur curiosité avait été la plus forte. Ils l'avaient d'abord feuilleté. Le livre parlait de fourmis, certes, mais aussi de sociologie, de philosophie, de biologie et surtout de compréhension entre différentes civilisations et de la place de l'homme dans le temps et dans l'espace.

Passionné par les propos d'Edmond Wells, Arthur s'était lancé dans la fabrication de la fameuse machine à traduire le langage olfactif fourmi en langage parlé humain, dite « Pierre de Rosette ». Il était ainsi parvenu à dialoguer avec des insectes et, plus particulièrement, avec une fourmi très évoluée nommée 103e.

Ensuite, aidé de Laetitia Wells, la fille du savant, d'un policier qui s'appelait Jacques Méliès, ainsi que du ministre de la Recherche de l'époque, Raphaël Hisaud, il avait contacté le président de la République pour tenter de le convaincre d'ouvrir une ambassade formico-humaine.

— C'est donc vous qui avez envoyé la lettre d'Edmond Wells ? interrogea Julie.

— Oui. Je n'ai fait que la recopier. Elle se trouvait déjà dans l'*Encyclopédie*.

La jeune fille aux yeux gris clair savait le peu de crédit qui avait été accordé à sa missive, mais elle s'abstint de lui signaler que son envoi constituait désormais un sujet de plaisanterie lors des réceptions mondaines en l'honneur de plénipotentiaires étrangers.

Arthur admit que le Président ne lui avait jamais répondu et que le ministre qui avait soutenu son projet avait été contraint à la démission. Dès lors, il avait voué tout ce qu'il lui restait d'énergie à relever ce défi : l'inauguration d'une ambassade formico-humaine qui permettrait enfin aux deux civilisations de coopérer pour le bien de tous.

— C'est vous aussi qui avez construit ce terrier-ci ? demanda Julie pour changer de sujet.

Il acquiesça en précisant que s'ils étaient venus, ne serait-ce qu'une semaine plus tôt, ils auraient constaté que, de l'extérieur, l'endroit ressemblait davantage à une pyramide.

La pièce où avaient débouché Julie et David n'était qu'un vestibule. Plus loin, une porte ouvrait sur une pièce plus large. C'était une grande salle ronde avec, au centre, flottant à trois mètres de haut, une sphère de lumière d'environ cinquante centimètres de diamètre. L'éclairage provenait d'une fine colonne de verre grimpant jusqu'au sommet du plafond pointu, et qui apportait à l'intérieur de la pyramide l'éclat naturel du jour.

Autour, disposés en cercle, il y avait des modules de laboratoire où s'empilaient des machines complexes, des ordinateurs, des bureaux.

— Les engins de la grande salle sont des machines communes qui peuvent se connecter entre elles. Les portes que vous voyez ici et là donnent sur des laboratoires où mes amis travaillent à des projets exigeant plus de tranquillité.

Arthur désigna de la main une coursive, au-dessus d'eux, elle aussi truffée de portes.

— Il y a en tout trois étages. Au premier, on travaille, on effectue des expériences, on teste des projets. Au second, on vit en commun, on se repose. C'est là que se trouvent les salles à manger et celles consacrées aux loisirs ainsi que les réserves alimentaires. Au troisième, enfin, sont installés les dortoirs.

Plusieurs personnes sortirent des laboratoires pour venir se présenter aux « révolutionnaires des fourmis ». Il y avait là Jonathan Wells, le neveu d'Edmond, ainsi que son épouse Lucie, leur fils Nicolas et Grand-Mère Augusta Wells. Il y avait aussi le Pr Rosenfeld, le chercheur Jason Bragel ainsi que les policiers et les pompiers qui s'étaient lancés à leur recherche[1].

Ils se présentèrent comme les « gens du premier volume de l'*Encyclopédie du Savoir Relatif et Absolu.*

Laetitia Wells, Jacques Méliès et Raphaël Hisaud, tout comme Arthur Ramirez d'ailleurs, étaient pour leur part « ceux du deuxième volume[2] ». Il y avait vingt et une personnes dans les lieux, auxquelles venaient s'ajouter Julie et ses six amis.

— Pour nous, vous êtes les « gens du troisième volume », déclara Augusta Wells.

Jonathan Wells expliqua qu'après le désintérêt suscité par leur proposition d'une ambassade formico-humaine, les gens des premier et deuxième volumes avaient décidé de s'isoler du monde en restant ensemble, afin de préparer les conditions de l'indispensable rencontre. Dans la plus grande discrétion, choisissant un endroit particulièrement touffu de la forêt, ils avaient érigé une pyramide de vingt mètres de haut. Dix-sept mètres étaient enfouis sous terre et trois mètres dépassaient du sol, un peu comme un iceberg dont seule la pointe émergerait. Voilà qui expliquait que l'endroit soit si grand pour une pyramide si petite. Afin de camoufler la partie exposée, ils l'avaient recouverte de plaques de miroir.

Dans ce refuge essentiellement souterrain, ils pouvaient se livrer tranquillement à leurs recherches, perfectionner les moyens de communication avec les myrmécéennes et fabriquer ces fourmis volantes téléguidées qui protégeaient la pyramide des gêneurs.

En hiver, pourtant, l'inévitable chute des feuilles avait dévoilé la pyramide. Ses habitants avaient attendu avec impatience le printemps et la repousse mais ils n'étaient pas arrivés assez vite pour préserver l'édifice de la curiosité du père de Julie.

— C'est vous qui l'avez tué ?

Arthur baissa les yeux.

— C'est un regrettable accident. Je n'avais pas encore eu l'occasion de tester les dards-seringues à effet somnifère de mes fourmis volantes. Quand votre père s'est approché, j'ai craint qu'il ne révèle aux autorités l'existence de notre bâtiment. Je me suis affolé. J'ai

---

1. Cf. *Les Fourmis*, éditions Albin Michel.
2. Cf. *Le Jour des Fourmis*, éditions Albin Michel.

lancé sur lui un de mes insectes téléguidés qui lui a inoculé un anesthésiant.

Le vieil homme soupira et caressa sa barbe blanche.

— Il s'agissait d'un anesthésiant couramment utilisé en chirurgie et je ne pensais pas qu'il puisse être mortel. Je voulais juste endormir ce promeneur qui s'intéressait trop à nous. J'ai dû commettre une erreur de dosage.

Julie hocha la tête.

— Ce n'est pas cela. Vous l'ignoriez ; mon père était allergique aux anesthésiants contenant de l'éthylchlorène.

Arthur était surpris que la jeune fille ne lui en veuille pas davantage.

Il reprit son récit. Les habitants de la pyramide avaient installé des caméras vidéo dans les arbres avoisinants. Ils avaient ainsi vu que le badaud trop curieux était mort. Avant qu'ils n'aient pu sortir pour éloigner le cadavre, le chien avait alerté un autre promeneur qui lui-même avait prévenu la police.

Quelques jours plus tard, un policier était venu rôder autour de l'édifice. Il avait réussi à se débarrasser des fourmis volantes en les écrasant de sa semelle et avait rameuté une équipe d'artificiers pour dynamiter les parois.

— En fin de compte, c'est vous qui nous avez sauvés avec votre « Révolution des fourmis », annonça Jonathan Wells. Ce n'était plus qu'une question de secondes quand vous avez créé la diversion qui a éloigné le policier.

Normalement, les gens de la pyramide forestière auraient dû profiter de ce répit pour déménager. Mais il y avait trop de matériel lourd installé.

— C'est en nous branchant sur votre serveur « Révolution des fourmis » que nous avons trouvé la solution, expliqua Laetitia Wells. Une maison incluse dans une colline, quelle formidable idée de camouflage !

— Nous n'avions pas besoin de creuser la maison dans la colline, il nous suffisait de transformer notre pyramide en colline en la recouvrant de sable.

Ji-woong intervint :

— C'était une idée de Léopold mais, en fait, elle est très ancienne. Dans mon pays, la Corée, au premier siècle après J.-C., les rois de la civilisation de Paikche avaient construit des tombes géantes pyramidales à la manière des pharaons égyptiens. Comme tout le monde savait qu'elles recelaient les richesses et les bijoux des défunts, elles étaient régulièrement pillées. Alors, les souverains et leurs architectes ont imaginé de les recouvrir de terre afin de les dissimuler. Ainsi, les tombes se confondaient avec les collines et il aurait fallu aux éventuels pillards creuser toutes les collines du pays pour mettre la main sur les trésors funéraires.

— Nous avons donc profité de ce que la police était occupée au lycée pour recouvrir notre pyramide de terre. En quatre jours, tout était terminé, conclut Laetitia.

— Vous avez fait ça à la main ?

— Non. Arthur, notre bricoleur de service, a fabriqué des taupes robots capables de travailler très vite et de nuit.

— J'ai placé ensuite un arbre creux contenant une colonne de verre au sommet afin que nous bénéficiions de la lumière du jour par la pointe ; Lucie et Laetitia ont décoré notre colline d'arbustes arrachés et replantés afin de donner à l'ensemble un aspect sauvage.

— Ce n'est pas facile de disposer des arbres de façon totalement anarchique. Naturellement, on a tendance à les aligner, dit Laetitia. Mais nous y sommes parvenues. À présent, nous vivons sous terre, dans notre « nid », à l'abri du monde.

— Chez nous, les Navajos, intervint Léopold, on prétend que la terre protège de tous les dangers. Lorsque quelqu'un tombe malade, on l'enfouit dans la terre jusqu'au cou, en laissant seulement dépasser la tête. La terre est notre mère et il est normal qu'elle nous protège et nous guérisse.

Arthur demeurait quand même perplexe.

— Espérons que lorsque ce policier fouineur reviendra, il ne déjouera pas notre stratagème...

Le vieil homme poursuivit sa visite guidée du « nid ». L'électricité parvenait dans la pyramide au moyen de centaines de feuilles artificielles équipées de cellules photoélectriques, placées au faîte des arbres surmontant la colline et en tout point semblables aux vraies, nervures comprises. Ainsi, ils disposaient d'une énergie suffisante pour faire fonctionner toutes leurs machines.

— Quand il fait nuit, vous n'avez plus d'électricité ?

— Si, car nous avons aussi installé de gros condensateurs qui la stockent.

— Vous disposez d'eau douce ? demanda David.

— Oui, il y a une rivière souterraine à proximité. Il n'a pas été difficile de la canaliser jusqu'ici.

— De même, nous avons élaboré un réseau de tuyauteries pour assurer la bonne aération du bâtiment, dit Jonathan Wells.

— Enfin, nous avons mis en place notre propre agriculture à base de champignons qui nous permet des récoltes en sous-sol.

Plus loin, Arthur Ramirez leur présenta son laboratoire. Dans un aquarium de deux mètres de long, des fourmis couraient sur des mottes de terre.

— Nous les appelons nos « lutins », les informa Laetitia. Après tout, les fourmis sont les vrais lutins des forêts.

De nouveau, Julie eut l'impression de se retrouver en plein conte de fées. Elle était Blanche-Neige en compagnie de ses Nains. Les fourmis étaient des lutins et ce monsieur à barbe blanche avec ses fantastiques trouvailles, un vrai Merlin l'Enchanteur.

Arthur leur montra des fourmis affairées à manipuler de minuscules rouages métalliques et des composants électroniques.

— Elles sont très débrouillardes, regardez.

Julie n'en revenait pas. Les fourmis se passaient des pièces dont certaines étaient si minuscules que même un horloger armé d'une loupe ne les aurait peut-être pas distinguées parfaitement.

— Il a fallu les initier à nos technologies avant de pouvoir les utiliser, précisa Arthur. Après tout, même quand on installe une usine dans le tiers monde, on est bien obligé d'avoir recours à des instructeurs.

— Pour les travaux de l'infiniment petit, elles sont plus précises que nos meilleurs ouvriers, souligna Laetitia. Ce sont elles, et elles seules, qui parviennent à fabriquer nos fourmis volantes robots. Aucun homme ne réussirait à manipuler des rouages à ce point miniaturisés.

Armée d'une loupe, Julie observa les insectes en train d'œuvrer à l'élaboration d'une fourmi robot volante avec des outils à leur taille. Les minuscules techniciennes étaient autour de l'engin comme des ingénieurs en aéronautique autour d'un avion de chasse. En agitant nerveusement leurs antennes, elles se passaient de patte à patte une aile que deux d'entre elles emboîtèrent et fixèrent avec de la glu.

À l'avant, d'autres fourmis implantaient deux ampoules en guise d'yeux. À l'arrière, d'autres encore chargeaient le réservoir à venin d'un liquide jaune transparent. Une troisième équipe se transmit une pile qu'elle introduisit au niveau du thorax.

Les minuscules ingénieurs fourmis vérifièrent ensuite le bon fonctionnement de l'ensemble en déclenchant un œil-phare, puis l'autre. Elles mirent le contact et les ailes s'agitèrent à différentes vitesses.

— Impressionnant, fit David.

— De la simple microrobotique, répondit Arthur. Si nous étions moins malhabiles de nos dix doigts, nous y parviendrions de même.

— Tout cela a dû vous coûter très cher, remarqua Francine. Où avez-vous trouvé l'argent pour construire la pyramide et toutes ces machines ?

— Hum, quand j'étais ministre de la Recherche, dit Raphaël Hisaud, je me suis aperçu que beaucoup d'argent était gaspillé pour étudier des choses inutiles. Notamment les extraterrestres. Le président de la République, entiché de ce thème, avait lancé un programme fort onéreux de type SETI (*Search for ExtraTerrestrial Intelligence*). Je n'ai eu aucune difficulté à détourner certaines sommes avant de démissionner. Car il est plus probable que nous arrivions à communiquer avec les infraterrestres qu'avec les extraterrestres. Les fourmis, au moins, on est sûrs qu'elles existent, tout le monde a pu le constater.

— Vous voulez dire que tout ça a été construit avec l'argent du contribuable ?

Le ministre eut une mimique exprimant que ce n'était qu'un minuscule gaspillage par rapport à tous ceux qu'il avait eu l'occasion de constater lors de son mandat.

— Et il y a aussi, pour une moindre partie, l'argent de Juliette, ajouta Arthur. Ma femme, Juliette Ramirez, est restée hors du nid. Elle sert de porte-avions à nos fourmis volantes en ville et elle joue à « Piège à réflexion ». Je vous assure que les jeux télévisés, ça rapporte.

— En ce moment, elle a plutôt du mal, non ? signala David, se souvenant que l'énigme que Mme Ramirez avait tant de difficulté à trouver était précisément celle gravée sur la porte d'entrée.

— N'ayez crainte, dit Laetitia, ce jeu est truqué. C'est nous qui envoyons les énigmes. Juliette connaît à l'avance toutes les réponses. Elle n'a plus qu'à faire grimper la cagnotte à chaque émission pour que cela nous rapporte un maximum.

Julie contemplait, admirative, ce que ces gens appelaient leur « nid ». Peut-être parce qu'ils étaient installés ici depuis déjà un an, ils déployaient une ingéniosité que la Révolution des fourmis n'avait, elle, pas pu atteindre.

— Reposez-vous dans les loges. Je vous montrerai demain les autres merveilles de nos laboratoires.

— Arthur, vous êtes vraiment sûr de ne pas être le professeur Edmond Wells ? demanda Julie.

L'homme éclata d'un rire qui se transforma vite en une quinte de toux.

— Il ne faut pas que je rie, c'est mauvais pour ma santé. Non, non, non, hélas, je vous assure que je ne suis pas Edmond Wells. Je ne suis qu'un vieillard malade qui s'est réfugié dans une cahute avec ses amis afin de travailler sereinement à une œuvre qui l'amuse.

Il les conduisit ensuite vers leurs quartiers.

— Nous avons prévu ici une trentaine de loges, sortes de petites chambres à l'intention des « gens du troisième volume ». Nous ignorions combien vous seriez lorsque vous nous rejoindriez. Il y a donc largement de la place pour vous sept.

Francine sortit Jimmy le grillon et l'installa sur une commode. Elle avait réussi à le récupérer de justesse lors de l'assaut des forces de l'ordre.

— Le pauvre, si on ne l'avait pas tiré de là, il aurait terminé lamentablement sa carrière de chanteur dans une cage pour divertir les enfants.

Chacun aménagea sa pièce avant de dîner. Ils se rendirent ensuite dans la salle de télévision où se trouvait déjà Jacques Méliès.

— Jacques est accro à la télévision. C'est sa drogue et il n'arrive pas à s'empêcher de la regarder, dit Laetitia Wells, moqueuse. Il met parfois le son un peu fort, alors on l'engueule. Ce n'est pas facile de vivre en communauté dans un endroit exigu. Mais, depuis peu, il a isolé phoniquement sa salle de télévision avec des mousses et ça va mieux.

Jacques Méliès monta précisément le son car c'était l'heure des actualités. Tous se groupèrent pour regarder ce qui se passait dans le monde extérieur. Après avoir parlé de la guerre au Moyen-Orient, de la montée du chômage, le présentateur abordait enfin la Révolution des fourmis. Il annonça que la police était toujours à la recherche des meneurs. L'invité principal de ce journal était le journaliste Marcel Vaugirard qui prétendait être le dernier à les avoir interviewés.

— Encore lui ! s'indigna Francine.

— Rappelez-vous sa devise...

Ils dirent tous les sept en cœur :

— « Moins on en sait, mieux on en parle. »

En effet, le journaliste ne devait vraiment rien savoir de leur révolution car il était intarissable. Il prétendait être le seul confident de Julie, qui lui aurait révélé sa volonté de renverser le monde grâce à la musique et aux réseaux d'ordinateurs. Enfin, le présentateur reprit le micro et déclara que l'état de l'unique interpellé, Narcisse, était en légère amélioration. Il était sorti du coma.

Tous furent soulagés.

— T'en fais pas, Narcisse. On te sortira de là ! s'écria Paul.

Puis un reportage montra la détérioration du lycée après son occupation par les « vandales » de la Révolution des fourmis.

— Mais on n'a rien détérioré du tout, pesta Zoé.

— Les Rats noirs sont peut-être revenus pour tout casser, une fois le lycée évacué.

— À moins que la police ne s'en soit elle-même chargée pour vous discréditer, dit Jacques Méliès, l'ancien commissaire.

Leurs sept portraits apparurent de nouveau sur l'écran.

— N'ayez crainte, ici, sous la terre, personne ne pensera à venir vous chercher, signala Arthur.

Et il se mit à rire. Rire qui se transforma en une nouvelle quinte de toux.

Il expliqua que c'était son cancer. Il avait fait des études pour lutter contre sa maladie, mais sans résultat.

— Vous avez peur de mourir ? demanda Julie.

— Non. La seule chose dont j'aie peur est de mourir sans avoir accompli ce pour quoi je suis né. (Il toussa.) On a tous une mission, aussi infime soit-elle et, si on ne l'accomplit pas, on a vécu pour rien. C'est du gaspillage d'humanité.

Il rit et toussa encore.

— Mais ne vous en faites pas, j'ai beaucoup de ressources. Et puis... je ne vous ai pas tout montré. J'ai encore un grand secret caché...

Lucie lui apporta sa trousse à pharmacie. Elle lui donna de la gelée royale d'abeilles tandis que le vieillard s'injectait de la morphine pour ne pas souffrir vainement. Les gens du nid le portèrent ensuite jusqu'à sa loge pour qu'il se repose. Le journal télévisé s'achevait sur une interview de la célèbre chanteuse Alexandrine.

188. TÉLÉVISION

Le présentateur :

— Bonjour, Alexandrine, et merci de vous être déplacée jusqu'à notre studio. Nous savons comme votre temps est précieux. Alexandrine, votre dernière chanson, « Amour de ma vie », est déjà sur toutes les lèvres. Comment l'expliquez-vous ?

La vedette :

— Je pense que les jeunes se reconnaissent dans le message de mes chansons.

Le présentateur :

— Pouvez-vous nous parler de votre nouvel album, déjà premier en tête de toutes les listes de vente.

— Mais certainement ! *Amour de ma vie* est mon premier album engagé. Il contient un profond message politique.

Le présentateur :

— Ah bon ! Et lequel, Alexandrine ?

La vedette :

— L'amour.

Le présentateur :

— L'amour ? C'est génial. C'est même, comment dire ? Révolutionnaire !

La vedette :

— Je compte d'ailleurs adresser une pétition au président de la République pour que tout le monde puisse vivre dans l'amour. S'il le faut, j'organiserai un sit-in devant l'Élysée et je propose qu'on prenne ma chanson, « Amour de ma vie », pour hymne. Beaucoup de jeunes m'écrivent qu'ils sont prêts à manifester dans la rue et à faire une révolution en ce sens. J'en ai déjà trouvé le titre. Ce sera la « Révolution de l'amour ».

Le présentateur :

— En tout cas, je rappelle que votre dernier album, *Amour de ma vie* justement, est déjà dans les rayons de tous les bons magasins de disques, au prix modique de deux cents francs. Parrainé par notre chaîne, le clip sera diffusé toutes les heures avant le générique de nos émissions de vacances et, puisque nous en sommes aux départs de vacances, comment cela se passe-t-il sur les routes, Daniel ?

— Bonjour, François. Ici, au P.C. de Rosny-sous-Bois, nous n'avons pas eu la chance de recevoir la sculpturale Alexandrine dans nos studios mais nous pouvons vous dresser un premier bilan des bouchons sur les routes de France, en ce premier jour des vacances de Pâques.

Vues des hélicoptères, des voitures s'alignèrent à l'infini sur l'écran, immobilisées sur plusieurs kilomètres. Des accidents et des carambolages avaient déjà provoqué des dizaines de victimes, commenta sobrement le journaliste, ce qui n'avait en rien dissuadé la foule de se précipiter sur les routes pour jouir de ses congés payés.

189. ENCYCLOPÉDIE

COURAGE DES SAUMONS : Dès leur naissance, les saumons savent qu'ils ont un long périple à accomplir. Ils quittent leur ruisseau natal et descendent jusqu'à océan. Arrivés à la mer, ces poissons d'eau douce tempérée modifient leur respiration afin de supporter l'eau froide salée. Ils se gavent de nourriture pour renforcer leurs muscles. Puis, comme répondant à un mystérieux appel, les saumons décident de revenir. Ils parcourent l'océan, retrouvent l'embouchure du fleuve qui mène à la rivière qui mène au ruisseau où ils sont nés.

Comment se repèrent-ils dans l'océan ? Nul ne le sait. Les saumons sont sans doute dotés d'un odorat très fin leur permettant de détecter dans l'eau de mer le goût d'une molécule issue de leur eau douce natale, à moins qu'ils ne se repèrent dans l'espace à l'aide des champs magnétiques terrestres. Cette seconde hypothèse semble cependant moins probable car on a constaté au Canada que les saumons se trompent de rivière quand celle-ci est devenue trop polluée.

Lorsqu'ils croient avoir retrouvé leur cours d'eau d'origine, les saumons entreprennent de le remonter jusqu'à sa source. L'épreuve est terrible. Pendant plusieurs semaines, ils vont lutter contre de violents courants inverses, sauter pour affronter les cascades (un saumon est capable de sauter jusqu'à trois mètres de haut), résister aux attaques des prédateurs : brochets, loutres, ours ou humains pêcheurs. Ce sera l'hécatombe. Parfois, des saumons se retrouvent bloqués par des barrages construits après leur départ.

La plupart des saumons mourront en route. Les rescapés qui parviendront enfin dans leur rivière d'origine la transformeront en lac d'amour. Tout épuisés et amaigris, ils s'ébattront pour se reproduire avec les saumones survivantes dans la frayère. Leur dernière énergie leur servira à défendre leurs œufs. Puis, lorsque de ceux-ci sortiront de petits saumons prêts à renouveler l'aventure, les parents se laisseront mourir.

Il arrive que certains saumons conservent suffisamment de forces pour revenir vivants dans l'océan et entamer une seconde fois le grand voyage.

Edmond Wells,
Encyclopédie du Savoir Relatif et Absolu, tome III.

190. FIN DE LA PREMIÈRE ÉNIGME

Dans sa Jeep stationnée en pleine forêt, Maximilien tira de la boîte à gants un sandwich au saumon fumé dont il se délecta avec quelques gouttes de citron et un rien de crème fraîche.

Autour de lui, des policiers bavardaient dans leurs talkies-walkies. Maximilien consulta sa montre et s'empressa d'appuyer sur le bouton de sa petite télévision fonctionnant sur l'allume-cigares.

— Bravo, madame Ramirez, vous avez découvert la solution ! Applaudissements.

— C'était bien plus simple que je ne le pensais. Former huit triangles avec seulement six allumettes, cela m'a paru vraiment impossible. Et pourtant... Vous aviez raison, il suffisait de réfléchir.

Maximilien enragea. À quelques secondes près, il avait raté la solution de l'énigme des triangles équilatéraux de taille égale.

— Bien, madame Ramirez, passons maintenant à l'énigme suivante. Je vous préviens, elle est un peu plus épineuse que la précédente. En voici l'énoncé. « J'apparais au début de la nuit et à la fin du matin. On peut m'apercevoir deux fois dans l'année et on me distingue très bien en regardant la lune. Qui suis-je ? »

Maximilien nota machinalement sur son calepin les données du problème. Il aimait bien avoir une énigme en suspens dans sa tête.

Un policier interrompit sa rêverie en frappant à sa portière.

— Ça y est, chef. On a retrouvé leur trace.

191. ILS SONT DES MILLIONS

Leurs pattes gravent la terre. La grande marche ne cesse d'attirer du monde. Ils sont maintenant des millions d'insectes à avancer en direction du pays des Doigts. Longtemps, les fourmis cheminent sur des contreforts rocailleux et les anneaux d'écorce de racines affleurantes.

Princesse 103ᵉ perçoit l'immense esprit collectif de leur troupe s'épanouir comme un animal conscient de gagner en influence et pourtant anxieux de découvrir ce qu'il trouvera en face.

C'est un rendez-vous et, pour ce rendez-vous, les fourmis savent qu'elles se doivent d'être au zénith de leurs talents.

Toutes éprouvent la sensation de participer aux minutes les plus grandioses de la planète. Dans leur longue existence, les fourmis ont certes déjà connu de grands moments planétaires. Il y a eu la mort des dinosaures, mais cela a été confus et dispersé dans l'espace. Il y a eu la défaite des termites, mais cela a été long et laborieux. Maintenant, il y a le rendez-vous avec les Doigts.

Le dernier « grand rendez-vous ».

Avec leurs braises orange qui fument, les escargots donnent à l'interminable procession la forme d'un serpent fait d'un pointillé de lumières. Autour des coquilles qui lentement glissent, les ombres des petites fourmis s'étalent dans les herbes.

Bien installée au faîte d'un escargot qui se dandine mais qui bave abondamment, 7ᵉ entame sa fresque de la longue marche vers les Doigts. Elle mouille sa griffe de salive puis la trempe dans des pigments avant de dessiner des motifs sur la grande feuille qui lui sert de support. Pour l'instant, elle se contente d'accumuler des esquisses de fourmis pour donner une impression de foule.

192. LES TROIS ENFIN RÉUNIS

La première nuit dans la pyramide fut fort agréable. Peut-être était-ce la fatigue, peut-être la forme de leur nid, peut-être la protection de la couche de terre sur le toit, pour la première fois depuis longtemps, Julie s'endormit presque sans peur.

Au matin, elle prit son petit déjeuner dans la salle à manger commune, puis elle se promena dans la pyramide. Elle découvrit dans la bibliothèque, posés sur une grande table, deux livres semblables au sien. Elle contempla les premier et deuxième tomes de l'*Encyclopédie*, alla chercher le troisième dans son sac à dos et revint le placer à côté des autres.

Les trois volumes étaient enfin réunis.

Il était étrange de penser que toute leur aventure avait été déterminée par un homme qui, rien qu'en ayant écrit trois livres, parvenait à influencer ceux qui lui survivaient.

Arthur Ramirez vint la rejoindre.

— J'étais sûr de vous trouver ici.

— Pourquoi a-t-il rédigé trois volumes ? Pourquoi n'en a-t-il pas fait qu'un seul ? demanda Julie.

Arthur s'assit.

— Chacun des livres est consacré aux rapports avec une civilisation ou un mode de pensée différents. Ils représentent les trois pas vers la compréhension de l'Autre. Premier livre, première étape : la découverte de l'existence de l'Autre et le premier contact. Deuxième livre, deuxième étape : la confrontation avec l'Autre. Troisième livre, troisième étape : si la confrontation s'est achevée sans victoire ni défaite de part et d'autre, alors il est naturellement temps de passer à la coopération avec l'Autre.

Il empila les trois volumes.

— Contact. Confrontation. Coopération : la trilogie est close, la rencontre avec l'Autre est complète. 1 + 1 = 3...

Julie ouvrit le deuxième volume.

— Vous disiez que vous aviez construit la « Pierre de Rosette », la machine à parler avec les fourmis, c'est vrai ?

Arthur acquiesça.

— Vous pouvez nous la montrer ?

Arthur hésita puis accepta. Julie appela ses amis. Le vieillard les guida vers une pièce où des lumières tamisées éclairaient des aquariums remplis de fleurs, de plantes ou de champignons. Il y avait aussi tout un assemblage que Julie reconnut comme étant celui de la « Pierre de Rosette », telle qu'elle était décrite par l'*Encyclopédie*.

Arthur alluma un ordinateur qui ronronna doucement.

— C'est l'ordinateur à « architecture démocratique » dont parle l'*Encyclopédie* ? demanda Francine.

Arthur approuva, content d'avoir affaire à des connaisseurs. Julie reconnut le spectromètre de masse et le chromatographe. Au lieu de les brancher à la suite comme elle l'avait fait, Arthur les branchait en parallèle, si bien que l'analyse et la synthèse des molécules s'opéraient simultanément. Julie comprit pourquoi son propre prototype n'avait pas fonctionné.

Il régla différentes manettes sur des tuyaux.

Les préparatifs terminés, Arthur se saisit délicatement d'une fourmi et la déposa dans une boîte de verre transparente contenant une fourche en plastique. L'insecte plaça d'instinct ses antennes contre les antennes artificielles. Dans un micro, Arthur articula soigneusement :

— Dialogue souhaité entre humain et fourmi.

Il dut répéter plusieurs fois la phrase en réglant quelques molettes. Les fioles de parfum libérèrent les gaz qui serviraient de phéromones émettrices. Ils se rejoignirent avant d'être propulsés jusqu'aux antennes artificielles. Il se produisit un grésillement dans les baffles et la voix synthétique de l'ordinateur consentit enfin à répondre en langage auditif :

— *Dialogue accepté.*

— Bonjour, fourmi 6 142e. J'ai ici des gens de mon peuple qui veulent t'écouter parler.

Arthur effectua d'autres réglages pour améliorer la réception.

— *Quels gens ?* demanda fourmi 6 142e.

— Des amis qui ne savent pas que nous sommes capables de dialoguer.

— *Quels amis ?*

— Des invités.

— *Quels invités ?*

— Des...

Arthur commençait à perdre patience. Il reconnut cependant qu'il était généralement très difficile de dialoguer avec les insectes. Ce n'était pas la technique qui posait problème, non, on arrivait désormais à dialoguer des deux côtés, c'était plutôt sur le sens qu'on ne s'entendait pas.

— Même si l'on parvient à parler à un animal, il n'est pas dit qu'on comprenne son propos. Les fourmis n'ont pas la même perception du monde que nous et il faut toujours tout redéfinir et décomposer jusqu'à sa plus simple expression. Rien que pour faire comprendre le mot « table », il faut expliquer « support plat en bois, équipé de quatre pieds et utilisé pour manger ». Nous utilisons, entre nous humains, une masse énorme de sous-entendus et c'est en s'adressant à une autre espèce intelligente qu'on s'aperçoit qu'on ne sait plus parler clairement.

Arthur précisa encore que cette 6 142ᵉ n'était pas à mettre au rang des plus stupides parmi les fourmis. Certaines ne faisaient qu'émettre des « au secours » dès qu'il les plaçait dans la boîte à dialoguer.

— Cela dépend des individus.

Le vieil homme évoqua avec nostalgie 103ᵉ, une fourmi extraordinairement douée qu'il avait connue jadis. Non seulement elle entretenait des conversations avec un grand sens de la repartie mais elle parvenait à saisir certains concepts abstraits typiquement humains.

— 103ᵉ, c'était le Marco Polo fourmi. Mais plus encore que cet explorateur elle avait une ouverture d'esprit incroyable. Sa curiosité était insatiable et elle n'entretenait presque aucun a priori sur nous, se souvint Jonathan Wells.

— Et savez-vous comment elle nous appelait ? soupira Arthur. Les « Doigts ». Parce que les fourmis ne nous voient pas en entier. Tout ce qu'elles distinguent des humains, c'est le doigt qui fonce vers elles pour les écraser.

— Quelle image elles doivent se faire de nous ! remarqua David.

— Justement, ce qu'il y avait de bien avec 103ᵉ, c'était qu'elle voulait sincèrement savoir si nous étions des monstres ou des « animaux sympathiques ». Je lui ai fabriqué une télévision à sa mesure afin qu'elle voie les hommes en leur entier vaquer partout de par le monde à leurs occupations.

Julie tenta d'imaginer le choc que cela avait dû être pour la fourmi. C'était comme si on lui avait présenté à elle, d'un coup, la société des fourmis vue de l'intérieur et sous une multitudes d'angles. Les guerres, le commerce, l'industrie, les légendes...

Laetitia Wells alla chercher un portrait de cette fourmi exceptionnelle. Les gens du troisième volume s'étonnèrent d'abord qu'un cliché de fourmi puisse être différent d'un autre cliché de fourmi mais, à force de le fixer, ils finirent par distinguer quelques traits particuliers dans le « visage » de cette 103ᵉ.

Arthur s'assit.

— Joli profil, hein ? 103ᵉ était trop aventurière, trop visionnaire, trop consciente de son rôle planétaire pour se contenter de rester enfermée dans un aquarium à écouter nos blagues, à regarder les films hollywoodiens romantiques, et à voir défiler les tableaux du Louvre. Elle s'est évadée.

— Après tout ce que nous avions fait pour elle ! Nous pensions nous en être fait une amie, et elle nous a abandonnés, dit Laetitia.

— C'est vrai, on s'est sentis orphelins de 103ᵉ. Ensuite, nous avons réfléchi, reprit Arthur. Les fourmis sont des animaux sauvages. Nous ne pourrons jamais les apprivoiser. Tous les êtres sur cette planète sont libres et égaux en droits. Nous n'avions aucune raison de garder 103ᵉ prisonnière.

— Et où est-elle maintenant, cette fourmi si spéciale ?

— Quelque part dans la vaste nature... Avant de s'en aller, elle nous a laissé un message.

Arthur prit une coquille d'œuf de fourmi et la mit en contact avec les antennes synthétiques. L'ordinateur traduisit le message olfactif comme si l'œuf était vivant et s'adressait à eux.

Chers Doigts,
Ici, je ne suis d'aucune utilité.
Je pars dans la forêt pour avertir les miennes que vous existez et que vous n'êtes ni des monstres ni des dieux.
Pour moi, vous n'êtes « qu'autre chose », de parallèle à nous.
Nos deux civilisations doivent coopérer et je ferai tout pour convaincre les miennes d'entrer en contact avec vous.
Essayez de faire de même de votre côté. Signé 103ᵉ.

— Elle parle drôlement bien notre langue, s'étonna Julie.

— C'est l'ordinateur qui arrange les tournures des phrases, mais il doit y avoir déperdition à la traduction, reconnut Laetitia. Durant son séjour ici, 103ᵉ s'est donné beaucoup de mal pour appréhender les principes de notre langage parlé. Elle a tout compris sauf, selon son propre aveu, trois notions.

— Lesquelles ?

— L'humour, l'art, l'amour.

Les yeux mauves de Laetitia se posèrent sur le visage du Coréen.

— Ces notions sont très difficiles à saisir pour des non-humains. Les derniers temps, nous étions tous en train de collectionner des blagues à l'intention de 103ᵉ, mais notre humour est trop « humain ». Il aurait fallu que nous sachions s'il existe un humour typiquement myrmécéen. Par exemple, des histoires de hannetons qui s'emmêlent les pattes dans des toiles d'araignées ou de papillons qui décollent avec des ailes encore humides et fripées et qui s'écrasent...

— Il y a là un vrai problème, reconnut Arthur. Qu'est-ce qui peut bien faire rire une fourmi ?

Ils revinrent vers la machine à dialoguer et les fourmis cobayes qui n'arrêtaient pas de s'agiter.

— Depuis l'évasion de 103ᵉ, on est bien obligés de faire avec ce qu'on a, dit Arthur.

À la fourmi dans la boîte de verre, il demanda :

— Tu sais ce qu'est l'humour, toi ?

— *Quel humour ?* émit la fourmi.

193. LA GRANDE MARCHE

L'humour, ce doit être quelque chose d'extraordinaire.

Dans la chaleur du bivouac, Princesse 103e évoque pour ses compagnes un autre aspect du monde des géants qu'elles vont bientôt rencontrer. Pour ne pas être écrasées par la chaleur, elles se sont regroupées en une masse suspendue à une branche. Tout autour de la sexuée, la horde entière de la grande marche s'est rassemblée en une sphère vivante, à l'écoute de ses révélations.

À cause de l'humour, les Doigts sont secoués de spasmes au récit d'histoires d'« Esquimaux sur la banquise » ou de « mouche dont on coupe les ailes ».

Les quelques mouches présentes ne relèvent pas.

Princesse 103e, aux effluves qui montent vers elle, se rend compte que l'humour n'intéresse pas vraiment son auditoire et, pour conserver son attention, elle change de thème.

Elle explique que le Doigt n'a pas de carapace dure pour protéger l'extérieur de son organisme, il est donc beaucoup plus fragile qu'une fourmi. Une fourmi est capable de porter jusqu'à soixante fois son poids tandis que le Doigt soulève au plus un poids équivalent au sien. De plus, une fourmi peut chuter sans dommage d'une hauteur de deux cents fois sa taille alors qu'un Doigt mourra s'il tombe d'une hauteur de ne serait-ce que trois fois sa taille.

L'auditoire, ou plutôt l'olfactoire, suit avec application les vapeurs phéromonales de princesse 103e et toutes les fourmis sont contentes d'apprendre que, malgré leur taille imposante, les Doigts sont vraiment très chétifs.

La princesse explique ensuite comment les Doigts se tiennent en équilibre vertical sur leurs pattes arrière et 10e prend des notes pour sa phéromone zoologique.

MARCHE :
Les Doigts marchent sur leurs deux pattes postérieures.
Ils peuvent ainsi apercevoir leurs congénères par-dessus des broussailles.
Pour réussir cette prouesse, les Doigts écartent légèrement leurs membres inférieurs, basculent leur articulation abdominale pour déplacer leur centre de gravité vers l'avant et s'aident de leurs membres supérieurs pour trouver l'équilibre.
Bien que cette position soit inconfortable, les Doigts peuvent la tenir pendant de longs laps de temps.
Lorsqu'ils se sentent en déséquilibre, les Doigts lancent une patte en avant et se récupèrent de justesse.
On appelle cela « marcher ».

5ᵉ effectue une petite démonstration. Elle parvient maintenant à marcher une dizaine de pas d'affilée à l'aide de ses béquilles en branchettes.

Il y a beaucoup de questions mais 103ᵉ ne s'attarde pas trop sur le sujet. Elle a tant d'éléments à communiquer à ses troupes. Elle raconte que, chez les Doigts, il existe une hiérarchie des pouvoirs et 10ᵉ consigne d'une antenne fébrile :

POUVOIR :
Tous les Doigts ne sont pas égaux.
Certains ont droit de vie ou de mort sur les autres.
Ces Doigts « plus importants » peuvent ordonner qu'on roue de coups des Doigts inférieurs ou qu'on les enferme dans des prisons.
Une prison est une pièce fermée où il n'y a pas d'issue.
Chaque Doigt a un chef, lui-même soumis à un chef, lui-même obéissant à un chef... et cela, jusqu'au chef national qui domine tous les sous-chefs.
Comment sont désignés les chefs ?
Il s'agit d'une caste et les chefs sont choisis tout simplement parmi les enfants des chefs déjà en place.

Cela dit, 103ᵉ rappelle qu'elle n'a pas tout compris du monde des Doigts. Elle a hâte de retourner là-bas pour compléter ses connaissances car il reste beaucoup à découvrir.

L'immense bivouac remue des antennes. Les murs parlent aux planchers, les portes discutent avec les plafonds.

Princesse 103ᵉ se fraie un passage parmi les corps jusqu'à une fenêtre vivante. Elle contemple l'horizon, à l'est. La procession ne peut plus revenir en arrière. Elle s'est déjà aventurée trop loin. Il n'y a plus d'autre alternative que réussir ou mourir.

Les escargots qui broutent en bas ne prennent pas part aux discussions animées. Ils savourent paisiblement de pleines bouchées de trèfle.

Quatrième jeu :

TRÈFLE

194. ENCYCLOPÉDIE

JEU DE CARTES : Avec cinquante-deux figures, le jeu de cartes courant est en soi un enseignement, une histoire. Tout d'abord, les quatre couleurs signifient les quatre domaines de mutations de la vie. Quatre saisons, quatre émotions, quatre influences de planète...
1. Le cœur : le printemps, l'affectif, Vénus.
2. Le carreau : l'été, les voyages, Mercure.
3. Le trèfle : l'automne, le travail, Jupiter.
4. Le pique : l'hiver, les difficultés, Mars.
Les chiffres, les personnages ne sont pas choisis au hasard. Tous signifient une étape de l'existence humaine. C'est pourquoi le jeu de cartes banal a été aussi bien que le tarot utilisé comme art divinatoire. Par exemple, on prétend que le six de cœur signifie la réception d'un cadeau ; le cinq de carreau, la rupture avec un être cher ; le roi de trèfle, la célébrité ; le valet de pique, la trahison d'un ami ; l'as de cœur, une période de repos ; la dame de trèfle, un coup de chance ; le sept de cœur, un mariage. Tous les jeux, y compris ceux qui paraissent les plus simples, recèlent d'antiques sagesses.

Edmond Wells,
Encyclopédie du Savoir Relatif et Absolu, tome III.

195. LES ÉMISSAIRES DE LA DÉESSE

Julie et ses amis du troisième volume en avaient tant vu dans la journée qu'ils étaient trop excités pour dormir.

En guise de calmant, Paul ouvrit une flasque d'hydromel, « Cuvée révolutionnaire », qu'il avait sauvée du lycée. Ji-woong proposa ensuite une partie du jeu d'Éleusis.

Chacun posa à son tour une carte sur une longue rangée.

— Carte entrant dans l'ordre du monde. Carte refusée dans l'ordre du monde, annonçait tour à tour Léopold, prenant très au sérieux son rôle de dieu temporaire.

Les autres ne parvenaient pas à découvrir la loi inventée par Léopold. Ils avaient beau scruter les suites de cartes acceptées ou refusées, ils n'y discernaient aucun rythme, aucune régularité, aucune loi. Plusieurs avaient bien tenté de jouer les prophètes mais, chaque fois, Léopold avait rejeté leur interprétation de sa pensée divine.

Julie finit par se demander s'il ne se prononçait pas au hasard. Parfois, il disait oui, parfois, il disait non et elle ne trouvait pas de raison à ses choix.

— Aide-nous un peu. J'ai l'impression que les chiffres et les couleurs des cartes n'ont aucune importance dans ta loi.

— En effet.

Tous finirent par renoncer. Quand ils exigèrent la solution, Léopold sourit :

— C'était pourtant simple. Ma loi : « Une fois, une carte dont la dénomination s'achève par une voyelle, une fois, une carte dont la dénomination s'achève par une consonne. »

Ils le battirent à coups de polochon.

Ils se lancèrent encore dans plusieurs parties. Julie pensa qu'en fin de compte, de leur Révolution des fourmis il ne restait plus que des symboles : le dessin du drapeau aux trois fourmis disposées en Y, la devise 1+1 = 3, le jeu d'Éleusis et l'hydromel.

On veut changer le monde, et on ne laisse dans la mémoire des hommes que quelques broutilles. Edmond Wells avait raison. Toutes les révolutions manquent d'humilité.

La jeune fille aux yeux gris clair posa une dame de cœur sur la table. « Carte refusée », dit Leopold, qui en parut navré.

— Le refus d'une carte est parfois plus riche d'informations que son acceptation, dit Zoé en se proposant comme prophète.

Grâce à l'échec de Julie, Zoé avait compris la loi de cette partie.

Ils se passèrent l'hydromel. Ils se sentaient bien à jouer ensemble à ce drôle de jeu. Tout à leurs cartes, ils en arrivaient à oublier où ils se trouvaient. Ils parlaient de tout, en évitant d'aborder l'absence de Narcisse. Une fois constitué un cercle, on ne peut plus le reconstituer différemment. Un membre manque et tous se sentent estropiés.

Arthur entra dans la pièce.

— Je suis parvenu à entrer en communication avec votre université américaine de San Francisco.

Ils se précipitèrent dans la salle des ordinateurs. Francine avait demandé au vieil homme de rechercher la mémoire de leur serveur « Révolution des fourmis ». Il s'affichait à présent sur le petit écran. Francine s'installa au clavier et discuta avec les gens de San Francisco. Une fois son identité prouvée, ils consentirent volontiers à basculer de nouveau par voie téléphonique hertzienne l'ensemble de leur savoir.

En cinq minutes, l'ordinateur de la pyramide s'emplit de la mémoire de la Révolution. Miracle des technologies de pointe, tout renaissait. Une à une, ils rouvrirent les filiales. Le « Centre des questions » s'était mis en hibernation. David le réactiva. Le monde virtuel d'*Infra-World* avait en revanche continué à fonctionner dans l'ordinateur-hôte. Apparemment, il était capable de prendre ses aises tel un bernard-l'ermite dans quelque coquille qui l'héberge.

Julie, qui un instant plus tôt avait craint de ne conserver comme souvenirs que l'hydromel et l'Éleusis, s'émerveilla de voir sa révolution reprendre vie comme une éponge déshydratée à nouveau plongée dans l'eau. Ainsi donc, une Révolution pouvait ne disposer d'aucune assise physique et être réactivée à tout moment, n'importe où et par n'importe qui. L'immortalité par l'informatique, aucune révolution précédente n'y avait accédé.

Ils retrouvèrent les représentations des vêtements de Narcisse, les plans architecturaux de Léopold et même les recettes de Paul. Ji-woong remit en route les réseaux et annonça au monde entier que les révolutionnaires des fourmis étaient vivants, cachés quelque part, et que leur mouvement continuait.

Pour ne pas être repérés, ils centralisaient les informations sur l'université de San Francisco qui relayait ensuite par satellite leurs messages.

En regardant les lumières qui clignotaient, répandant la nouvelle de leur réveil, Julie ne comprenait plus comment ils avaient échoué au lycée de Fontainebleau.

Francine prit la place de Ji-woong et lança son programme.

— Il me tarde de voir comment *Infra-World* a évolué.

Elle constata que son monde virtuel avait connu une croissance exponentielle. Ses habitants avaient dépassé le temps de référence du monde réel et vivaient désormais en 2130. Ils avaient découvert de nouveaux modes de locomotion à partir de l'énergie électromagnétique et de nouvelles médecines fondées sur les ondes. Bizarrement, au niveau des technologies ils avaient opté pour des choix esthétiques et mécaniques très différents. Ils avaient notamment copié la nature. C'est-à-dire pas d'hélicoptères mais des avions qui battent des ailes baptisés *ornithoptères*. Pas d'hélices pour les sous-marins mais des engins prolongés par une longue queue mobile qui bat en cadence. Etc. Francine observa ce monde parallèle et perçut quelque chose qui clochait. Elle zooma sur les entrées des villes et eut un sursaut.

— Ils ont tué les « hommes-ponts » !

En effet, à l'entrée des villes, ses espions avaient été pendus, bien en évidence, à des gibets.

Politiciens, publicitaires et journalistes n'avaient pas arrêté les mains vengeresses, comme si les habitants d'*Infra-World* avaient tenu à adresser un message aux habitants du monde supérieur.

— Ils ont donc compris qu'ils n'étaient qu'une illusion informatique. Ils ont peut-être déduit que j'existais, articula Francine, bouleversée.

Elle circula dans son *Infra-World* pour mieux comprendre ce qu'il s'y passait et, partout, elle aperçut des inscriptions demandant aux dieux, au cas où ils les voyaient, de rendre leur liberté aux habitants virtuels.

« Dieux, laissez-nous en paix. »

Ils avaient peint leur demande sur les toits de leurs maisons, l'avaient gravée sur leurs monuments, inscrite à la tondeuse sur leurs pelouses.

Ils avaient donc pris conscience de ce qu'ils étaient et du lieu où ils vivaient. Francine aurait aimé leur montrer le jeu *Évolution* pour qu'ils voient ce qu'est un monde sous contrôle complet du dieu-joueur.

En tant que déesse, elle leur avait offert le libre arbitre. Elle n'intervenait pas dans leur vie. Ils pouvaient même laisser apparaître un tyran sanguinaire, elle avait décidé de ne pas imposer de morale et de respecter leurs choix, fussent-ils mauvais, fussent-ils suicidaires.

N'est-ce pas la plus grande preuve de respect d'un dieu pour son peuple émancipé ? Elle ne les dérangeait que pour tester des lessives et des concepts nouveaux, et même cela ils ne l'acceptaient pas...

Peuple ingrat.

Francine continua de circuler dans les villes. Partout, les corps de ses hommes-ponts étaient exhibés, atrocement mutilés, et les infra-worldiens exigeaient de s'émanciper de la tutelle de Francine. Elle scrutait l'écran quand, soudain, il lui explosa au visage.

196. ENCYCLOPÉDIE

MOUVEMENT GNOSTIQUE : **Dieu a-t-il un dieu ? Les premiers chrétiens de l'Antiquité romaine ont eu à lutter contre un mouvement hérétique qui en était convaincu, le gnosticisme. En effet, au deuxième siècle après J.-C., un certain Marcion affirma que le Dieu qu'on priait n'était pas le Dieu suprême mais qu'il y en avait un autre, supérieur encore, auquel il était lui-même tenu de rendre des comptes. Pour les gnostiques, les dieux s'emboîtaient les uns dans les autres comme des poupées russes, les dieux des mondes les plus grands incluant les dieux des mondes les plus petits.
Cette croyance, appelée aussi *bithéisme*, fut notamment combattue par Origène. Simples chrétiens et chrétiens gnostiques se déchirèrent longtemps pour déterminer si Dieu avait lui-même un dieu. Les gnostiques furent finalement massacrés et les rares qui subsistent pratiquent leur culte dans la discrétion la plus totale.**

Edmond Wells,
Encyclopédie du Savoir Relatif et Absolu, tome III.

197. LE PASSAGE DU FLEUVE

Les voici à nouveau devant le fleuve. Cette fois, cependant, les fourmis ont pour elles l'atout du nombre. Elles sont une telle multitude qu'avec des corps soudés pattes à pattes, elles sont à même de former un pont flottant sur lequel passent des millions d'autres fourmis.

Même les escargots porteurs de braises chaudes traversent le pont vivant sans qu'aucun ne se noie.

Parvenues sur l'autre rive, les fourmis de la grande marche font un nouveau bivouac et 103e leur rapporte d'autres histoires sur les Doigts. Dans un coin, 7e prend des croquis de la scène sur une feuille tandis que, de son côté, 10e n'en perd pas une miette pour sa phéromone zoologique.

DÉSŒUVREMENT :

Les Doigts ont un énorme problème : le désœuvrement.

Ils sont la seule espèce animale à se poser la question : « Bon, et maintenant, qu'est-ce que je pourrais bien faire pour m'occuper ? »

5e continue à tourner autour du campement avec ses béquilles-brindilles. La soldate est convaincue qu'à force de marcher sur deux pattes, son corps finira par s'adapter à cette étrange position et qu'elle évoluera en fourmi bipède avec des caractères génétiques qu'elle transmettra à ses enfants lorsque, elle aussi, elle prendra un jour un peu de la gelée royale des guêpes.

24ᵉ est tout à la rédaction de sa saga *Les Doigts*.

En fait, pour rédiger les derniers chapitres sur ces grands animaux si mal connus, 24ᵉ attend de rencontrer les Doigts.

198. INDÉCISION D'UNE FEMME

Francine n'eut que le temps de plaquer ses mains sur sa figure pour éviter les éclats de verre du tube cathodique. Ses lunettes avaient protégé ses yeux et elle n'avait que des égratignures, mais elle tremblait de peur et de colère. Les gens d'*Infra-World* avaient tenté d'assassiner leur déesse créatrice ! Un déicide !

Lucie pansa la blonde tandis qu'Arthur auscultait les composants derrière l'écran brisé.

— Incroyable ! Ils ont envoyé un message informatique conçu pour tromper la reconnaissance d'écran. Ils ont modifié l'identification de l'appareil. La carte électronique a cru que l'appareil fonctionnait en 220 volts alors qu'il est en 110. La surcharge a fait exploser l'écran.

— Ils ont donc trouvé le moyen d'accéder à notre réseau informatique..., remarqua Ji-woong, inquiet. Ils ont trouvé les moyens d'agir dans notre monde.

— On ne peut pas jouer les apprentis dieux comme ça, innocemment, remarqua Léopold.

— Il vaut mieux déconnecter totalement *Infra-World*. Ces gens risquent d'être dangereux pour nous..., proféra David.

Il en fit une copie sur disquette à grande capacité puis l'effaça de son propre disque dur.

— Ils sont inactivés. Peuple rebelle, te voilà réduit à ta plus simple expression : une disquette de plastique magnétisé protégée par un étui rigide.

Tous regardèrent la disquette comme s'il s'agissait d'un serpent venimeux.

— Qu'est-ce qu'on fait de ce monde maintenant, on le détruit ? demanda Zoé.

— Non ! Surtout pas ! clama Francine, qui se remettait progressivement du choc. Même s'ils sont devenus agressifs envers nous, il faut poursuivre l'expérience.

Elle demanda à Arthur un autre ordinateur. Un vieux ferait l'affaire. Elle prit bien soin de vérifier que cet ordinateur n'avait aucun modem hertzien, aucune connexion avec aucune autre machine. Elle installa *Infra-World* sur son disque dur et le mit en position marche.

Aussitôt, *Infra-World* se remit à vivre sans que ses milliards d'habitants aient pris conscience qu'ils avaient un temps transité sur une simple disquette. Avant qu'ils n'aient pu renouveler leurs agressions, Francine enleva l'écran, et même le clavier, la souris. Désormais, *Infra-World* tournait en circuit fermé, et il lui était impossible de prendre contact avec ses dieux ou avec qui que ce soit.

— Ils voulaient être émancipés, ils le sont bel et bien. Ils sont même tellement indépendants qu'on peut dire qu'ils sont abandonnés à eux-mêmes, annonça Francine, en caressant ses écorchures.

— Pourquoi les laisses-tu vivre, alors ? demanda Julie.

— Un jour, peut-être sera-t-il intéressant de voir où ils en sont...

Après tant d'émotions, les sept amis se couchèrent dans leurs loges respectives. Julie s'enveloppa dans ses draps neufs.

Encore seule.

Elle était sûre que Ji-woong allait la rejoindre. Il fallait qu'ils reprennent là où ils s'étaient arrêtés. Pourvu que le Coréen arrive. Maintenant que tout s'accélérait et devenait dangereux, elle voulait connaître l'amour.

Des coups discrets à sa porte. Julie prestement se leva, ouvrit, Ji-woong était là.

— J'ai tellement craint de ne plus te revoir, dit-il en la prenant dans ses bras.

Elle resta immobile, silencieuse.

— Nous vivions un moment tellement féerique quand...

Il la serra encore. Elle se dégagea.

— Que se passe-t-il ? interrogea le jeune homme, déconcerté. Je croyais que...

Presque malgré elle, elle articula :

— La magie, ça ne survient qu'une fois, et puis...

Quand le jeune homme voulut poser des lèvres chaudes sur son épaule, elle recula :

— Il s'est passé tant de choses depuis... la magie s'est dissipée.

Ji-woong ne comprenait rien au comportement de Julie. Elle non plus, d'ailleurs.

— Mais c'est toi qui étais venue à..., commença-t-il.

Et puis, doucement, il interrogea :

— Tu crois que la magie reviendra ?

— Je n'en sais rien. Je veux rester seule maintenant. Laisse-moi, je t'en prie.

Elle lui donna un petit baiser sur la joue, le repoussa et referma doucement la porte.

Elle se recoucha en essayant de faire le point. Pourquoi l'avait-elle repoussé alors qu'elle le désirait tant ?

Elle attendit que le Coréen revienne. Il fallait qu'il revienne. Pourvu qu'il revienne. Elle bondirait vers lui lorsqu'il frapperait de nouveau. Elle n'exigerait plus rien. Elle lui céderait, fondante, avant qu'il n'ait eu le temps de prononcer un mot.

On frappa. Elle bondit. Ce n'était pas Ji-woong, c'était David.

— Qu'est-ce que tu fabriques ici ?

Sans répondre, comme s'il n'avait rien entendu, il s'assit au bord du lit et alluma la lampe de chevet. Il tenait une petite boîte dans sa main.

— Je me suis un peu promené dans les laboratoires, j'ai fureté et sur une paillasse, j'ai trouvé ça.

Il plaça sa boîte dans la lumière. Julie était contrariée qu'il occupe sa loge alors que Ji-woong risquait de revenir, mais sa curiosité fut la plus forte.

— C'est quoi ?

— Tu as voulu fabriquer la « Pierre de Rosette » qui permet de dialoguer avec les fourmis, eux, ils l'ont faite. Léopold voulait construire une maison dans une colline, eux l'ont bâtie. Paul cherchait à cultiver des champignons pour qu'on puisse vivre en autarcie, ils en ont planté à profusion. Ils ont inventé l'ordinateur à architecture démocratique dont la seule idée excitait tant Francine... Et le projet de Zoé, t'en souviens-tu ?

— Des antennes artificielles pour une communication absolue entre humains !

Julie se dressa sur ses oreillers.

Dans un écrin, David lui présentait deux petites antennes roses terminées par un embout nasal.

Auraient-ils réussi même ça ?

— Tu en as parlé à Arthur ? demanda-t-elle.

— Tout le monde dort dans la pyramide. Je ne tenais pas à déranger qui que ce soit. J'ai trouvé deux paires de ces antennes. Je les ai prises, c'est tout.

Ils considérèrent les objets étranges telles des friandises interdites. Un instant, Julie fut tentée de dire : « Attendons demain et demandons l'avis d'Arthur », mais tout en elle lui criait : « Vas-y, essaie. »

— Tu te rappelles ? Edmond Wells dit que dans une C.A., les deux fourmis ne font pas qu'échanger des informations, elles branchent directement leur cerveau l'un sur l'autre. Par l'entremise des antennes, les hormones circulent ensuite d'un crâne à l'autre comme s'ils ne faisaient plus qu'un et, ainsi, elles se comprennent entièrement, totalement, parfaitement.

Leurs regards se croisèrent.

— On tente le coup ?

199. ENCYCLOPÉDIE

EMPATHIE : L'empathie est la faculté de ressentir ce que ressentent les autres, de percevoir et partager leurs joies ou leurs douleurs. (En grec, *pathos* signifie « souffrance ».) Les plantes elles-mêmes perçoivent la douleur. Si on pose les électrodes d'un galvanomètre, machine à mesurer la résistance électrique, sur l'écorce d'un arbre et que quelqu'un appuyé contre elle s'entaille le doigt avec un couteau, on constate une modification de cette résistance. L'arbre perçoit donc la destruction des cellules lors d'une blessure humaine. Cela signifie que lorsqu'un humain est assassiné dans une forêt, tous les arbres le perçoivent et en sont affectés. D'après l'écrivain américain Philip K. Dick, auteur de *Blade Runner*, si un robot est capable de percevoir la douleur d'un homme et d'en souffrir, il mérite alors d'être qualifié d'humain. A contrario, si un humain n'est pas capable de percevoir la douleur d'un autre, il serait justifié de lui retirer sa qualité d'homme. On pourrait imaginer à partir de là une nouvelle sanction pénale : la privation du titre d'être humain. Seraient châtiés ainsi les tortionnaires, les assassins et les terroristes, tous ceux qui infligent la douleur à autrui sans en être affectés.

Edmond Wells,
Encyclopédie du Savoir Relatif et Absolu, tome III.

200. LE POIDS DES PIEDS

Maximilien pensait avoir enfin trouvé une piste sérieuse. Les traces de pas étaient nettes. Une fille et un garçon étaient passés par là. Leur jeune âge était reconnaissable au fait qu'ils déportaient vers l'avant le poids de leurs pieds, imprimant ainsi une trace plus profonde au niveau des orteils qu'à celui du talon. Quant au sexe, le commissaire le détermina à partir de quelques cheveux. Les humains perdent partout leurs poils sans même s'en apercevoir. Les longs cheveux noirs ressemblaient assurément à ceux de Julie. La marque de la pointe de la canne de David acheva de le convaincre, il les avait retrouvés.

La piste le mena à une cuvette encerclée par des ronces, au centre de laquelle se dressait une colline.

Maximilien reconnaissait l'endroit. C'était là qu'il avait lutté contre les guêpes. Mais où était donc passée la pyramide forestière ?

Il regarda le doigt de grès qui semblait répondre à sa question en indiquant la colline. Le monde est rempli de signes qui vous aident à chaque fois que vous avez des soucis. Cependant, son cerveau n'était pas encore prêt à y accorder attention.

Maximilien essayait de comprendre comment la pyramide avait disparu. Il sortit son carnet et examina le croquis qu'il avait pris la première fois.

Derrière lui, les autres policiers accouraient, impatients.

— Et maintenant, que fait-on, commissaire ?

201. CONSCIENCE DU PRÉSENT

— Allons-y !

David déploya deux paires d'antennes nasales. Les appendices ressemblaient à deux petites cornes roses en plastique, soudées à l'écartement des narines et prolongées de deux tiges plus fines de quinze centimètres de long. Les parties destinées à servir d'antennes proprement dites étaient composées de onze segments percés de micropores et nantis d'une rainure afin de s'emboîter avec celles d'en face.

David brandit l'*Encyclopédie* et chercha le passage concernant les C.A. Il lut :

— Il faut s'introduire les antennes dans les narines, ce qui décuplera, en émission et en réception, nos sens olfactifs. La cavité nasale étant une muqueuse parcourue de petites veines perméables, toutes nos émotions y passent rapidement dans le sang. Nous allons communiquer directement de nez à nez. Derrière les cavités nasales se trouvent en effet des neurocapteurs qui transmettront directement les informations chimiques au cerveau.

Julie examinait les antennes, encore incrédule.

— Tout ça par le sens olfactif ?

— Bien sûr. Le sens olfactif est notre premier sens, notre sens originel, notre sens animal. Il est particulièrement développé chez le nouveau-né qui peut reconnaître l'odeur du lait de sa mère.

David s'empara d'une antenne.

— Selon le schéma de l'*Encyclopédie*, elle doit contenir un système électronique, sans doute une pompe qui aspire et propulse nos molécules odorantes.

Le jeune homme appuya sur le petit bouton marqué *on*, s'introduisit une paire d'antennes dans les narines et invita Julie à faire de même.

Au début, ils eurent un peu mal car le plastique comprimait la paroi nasale. Ils s'y habituèrent, fermèrent les yeux et inspirèrent.

Julie fut immédiatement assaillie par les relents de leurs deux sueurs. À sa grande surprise, ces odeurs de sueur lui transmirent des informations qu'elle s'avéra capable de décoder au fur et à mesure. Elle y reconnut de la peur, de l'envie et du stress.

C'était à la fois merveilleux et inquiétant.

David lui fit signe d'inspirer très fort et de laisser monter les fragrances jusqu'à son cerveau. Lorsque tous deux parvinrent à maîtriser cet exercice, il demanda à la jeune fille de se rapprocher.

— Prête ?

— C'est étrange, j'ai l'impression que tu vas pénétrer en moi, murmura Julie.

— Nous allons seulement connaître ce dont les humains rêvent depuis toujours : une communication totale et sincère, la rassura David.

Julie eut un mouvement de recul.

— Tu vas apprendre mes pensées les plus intimes ?

— Qu'est-ce qu'il y a ? Tu as des choses à cacher ?

— Comme tout le monde. Après tout, mon crâne est mon dernier rempart.

David la prit gentiment par la nuque et la pria de fermer les yeux. Il approcha d'elle son appendice sensoriel. Leurs antennes se cherchèrent un instant, se touchèrent et se titillèrent avant de se caler l'une contre l'autre dans leurs rainures. Julie eut un petit rire nerveux. À présent, elle se sentait un peu ridicule avec cette prothèse en plastique au bout des narines. Elle devait ressembler à une langouste.

David lui reprit fermement la tête. Leurs deux fronts se touchèrent sur toute la surface. Ils refermèrent les yeux.

— Écoutons nos sensations, dit David doucement.

Ce n'était pas facile. Julie avait peur de ce que David allait découvrir en elle. À choisir, la jeune fille, si pudique, aurait préféré dévoiler son corps plutôt que de montrer à quiconque l'intérieur de son cerveau.

— Inspire, chuchota David.

Elle obtempéra et fut aussitôt assaillie par une affreuse odeur de nez, l'odeur du nez de David. Elle faillit se dégager. Elle se retint car juste après l'odeur de nez, elle avait perçu autre chose, une brume rose, attirante et embaumée. Elle rouvrit les yeux.

En face d'elle, paupières bien closes, David respirait harmonieusement avec sa bouche. Julie s'empressa de l'imiter.

Très naturellement, leurs deux respirations s'accordèrent.

La jeune fille ressentit ensuite d'étranges petits picotements dans sa cavité nasale, comme si on y avait introduit du jus de citron. Là encore, elle voulut se retirer mais l'acidité du citron laissa peu à peu place à une lourde odeur opiacée. Elle la visualisa. La brume rose s'était transformée en une matière épaisse qui coulait vers elle comme une lave cherchant à pénétrer de force dans ses narines.

Elle eut une pensée désagréable. Dans l'Antiquité, avant de les momifier, les Égyptiens arrachaient le cerveau de leurs pharaons à l'aide de tiges passées dans les narines. Là, c'était le contraire : un cerveau était en train de s'immiscer dans ses cavités nasales.

Elle renifla un grand coup et, soudain, les pensées de David affluèrent dans ses hémisphères cérébraux. Julie n'en revenait pas. Les idées de David circulaient à la vitesse de la pensée dans son propre cerveau. Elle recevait les images, les sons, les musiques, les odeurs, les projets, les souvenirs qui sortaient du cerveau voisin. Par moments, en dépit de toute la résistance du jeune homme, une petite pensée de couleur chatoyante, rose fuchsia, apparaissait comme un lapin effarouché pour s'évanouir aussitôt.

David, pour sa part, visualisa un nuage bleu marine et une porte qui s'ouvrait dans ce nuage. Derrière, une petite fille courait et il la suivit. Elle le conduisit à un terrier que bouchait une énorme tête de Julie, pleine de circonvolutions et de couloirs. Le visage de Julie s'ouvrit comme une porte et dévoila un cerveau en forme de fourmilière. Il y avait un petit tunnel dans lequel il entra.

David entreprit de circuler dans le cerveau de Julie ; les images s'effacèrent et une voix jaillit non pas de l'extérieur mais de l'intérieur de lui-même.

— Tu y es, maintenant, non ?

Julie s'adressait directement à son esprit.

Elle lui montra comment elle le voyait et il fut très étonné.

Elle le considérait comme un jeune homme chétif et timide.

Il lui montra comment lui la voyait. Pour lui, elle était une fille d'une beauté et d'une intelligence extraordinaires.

Ils s'expliquèrent tout, se révélèrent tout, comprirent leurs véritables sentiments mutuels.

Julie ressentit quelque chose de nouveau. Ses neurones pactisèrent avec ceux de David : les uns et les autres bavardèrent, s'apprécièrent et devinrent amis. Puis, dans sa brume rose, le petit lapin fuchsia si effarouché réapparut, se tint immobile, fourrure palpitante, et, cette fois, la jeune fille comprit. C'était l'affection que David éprouvait pour elle.

C'était une affection qu'il lui avait portée depuis le premier instant où il l'avait aperçue, le jour de la rentrée au lycée. Elle n'avait cessé de s'amplifier comme lorsqu'il lui avait soufflé la solution, en cours de mathématiques. Elle lui avait donné tous les courages pour la tirer à deux reprises des griffes de Gonzague Dupeyron et de sa bande. Elle l'avait poussé à l'inclure dans son groupe de rock.

Elle comprenait David, il était désormais dans son esprit même.

1+1 = 3. Ils étaient trois, David, Julie et leur complicité.

Une vague glacée parcourut leur échine quand la communication cessa. Ils ôtèrent leurs antennes nasales et Julie se blottit tout contre David pour se réchauffer. Il lui caressa avec douceur le visage et les cheveux et, dans le grand sanctuaire triangulaire, tendrement, ils s'endormirent côte à côte.

202. ENCYCLOPÉDIE

TEMPLE DE SALOMON : Le temple du roi Salomon à Jérusalem représentait un modèle de formes géométriques parfaites. Quatre plates-formes ceintes chacune d'un mur de pierre le composaient. Elles représentaient les quatre mondes qui forment l'existence.
— Le monde matériel : le corps.
— Le monde émotionnel : l'âme.
— Le monde spirituel : l'intelligence.
— Le monde mystique : la part de divinité qu'il y a en chacun de nous.
Au sein du monde divin, trois portiques étaient censés représenter :
— La Création.
— La Formation.
— L'Action.
Le monument avait pour forme générale un grand rectangle de cent coudées de longueur sur cinquante coudées de largeur et trente coudées de hauteur. Situé au centre, le temple mesurait trente coudées de longueur sur dix coudées de largeur. Au fond du temple était placé le cube parfait du Saint des Saints.
Dans le Saint des Saints était disposé l'autel en bois d'acacia. Il était parfaitement cubique avec des arêtes de cinq coudées. Déposés sur sa surface, douze pains représentaient chaque mois de l'année. Au-dessus, le chandelier à sept branches symbolisait les sept planètes.
D'après les textes anciens et notamment ceux de Philon d'Alexandrie, le temple de Salomon est une figure géométrique calculée pour former un champ de forces. Au départ, le nombre d'or est la mesure de la dynamique sacrée. Le tabernacle est censé condenser l'énergie cosmique. Le temple est conçu comme un lieu de passage entre deux mondes : le visible et l'invisible.

Edmond Wells,
Encyclopédie du Savoir Relatif et Absolu, tome III.

203. ZUT, L'AMOUR

Ici se perdaient les traces de pas. Maximilien déambulait de haut en bas et de long en large sur la colline sans comprendre comment une pyramide de béton s'était ainsi volatilisée. Son sens de l'observation était en alerte. Quelque chose clochait, mais c'est comme s'il lui manquait un élément pour appréhender le décor. Du talon, il martela le sol.

Sous la chaussure de Maximilien, une semelle, sous la semelle l'herbe, sous l'herbe la terre.

Sous la terre, des racines, des vers, des cailloux, du sable. Sous le sable, une paroi de béton. Sous le béton, le plafond de la loge de Julie. Sous le plafond, de l'air.

Sous l'air, un drap de coton. Sous le drap, un visage endormi. Sous la peau du visage, des veines, des muscles, du sang.

Toc, toc.

Julie se réveilla en sursaut. Arthur passa la tête par l'entrebâillement de la porte. Il était venu la réveiller et ne s'offusqua pas de la présence de David dans le lit de la jeune fille. Il vit ses antennes sur la table de chevet et comprit qu'ils s'en étaient servis.

Aux jeunes gens qui se frottaient les yeux, il demanda si elles avaient bien fonctionné.

— Oui, répondirent-ils à l'unisson.

Alors, Arthur s'esclaffa. Ils le regardèrent sans comprendre tandis que le vieil homme retenait une quinte de toux pour leur expliquer qu'il ne s'agissait là que de prototypes. En fait, les habitants de la pyramide n'avaient pas encore eu le temps de mener à bien ce projet.

— Il faudra sûrement attendre des siècles avant que des humains puissent se livrer à une Communication Absolue.

— Vous vous trompez, votre système est parfaitement au point, ça a marché, rétorqua David.

— Ah oui, vraiment ?

Le vieil homme afficha un air réjoui, démonta les antennes et désigna un emplacement vide.

— Ça m'étonnerait que ça puisse marcher sans piles. Comment les pompes olfactives pourraient-elles se déclencher ?

Douche froide pour les jeunes gens.

Arthur, pour sa part, était franchement amusé.

— Vous vous êtes imaginé que ça marchait, les enfants, c'est tout. Mais c'est déjà beaucoup. En fait, c'est comme si ça avait marché vraiment. Lorsqu'on croit très fort à quelque chose, même d'imaginaire, c'est comme si ça existait réellement. Vous vous êtes figuré qu'avec ce petit gadget, les humains avaient droit eux aussi à leurs

C.A. et vous avez vécu une expérience unique. Remarquez, il y a des religions entières qui ont été fondées ainsi.

Arthur rangea soigneusement les prototypes dans leur boîte.

— Et quand bien même cela marcherait, serait-il vraiment souhaitable de répandre ces antennes artificielles ? Supposez ce qui se passerait si tout le monde était capable de lire dans l'esprit des autres... Si vous voulez mon avis, ce serait une catastrophe. Nous ne sommes pas prêts pour ça.

À leur mine, Arthur comprenait bien que Julie et David étaient fort déçus.

— Sacrés gamins, marmonna-t-il dans l'escalier.

Dans le lit, les deux révolutionnaires avaient l'impression de s'être fait avoir. Ils y avaient tellement cru, à leur C.A.

— J'ai toujours su que c'était impossible, affirma David avec une parfaite mauvaise foi.

— Moi aussi, renchérit Julie.

Et ensemble, ils éclatèrent de rire en roulant l'un sur l'autre. Arthur avait peut-être raison. Il suffisait de croire très fort aux choses pour qu'elles existent. David se leva pour fermer la porte et revint vers le lit. De leurs genoux, ils surélevèrent drap et couverture pour s'en faire une tente.

Dans les épaisseurs de coton, leurs bouches se cherchèrent et se trouvèrent. Après avoir mêlé leurs antennes, ils mêlèrent leurs langues, leurs épidermes, puis leurs respirations haletantes et leurs sueurs.

Elle était au pied du mur. Pour la première fois, elle allait connaître l'amour physique. Finie la virtualité, place à la réalité. Elle permit à David de la caresser, toutes ses cellules neuronales se demandant ce qu'il fallait en penser.

La plupart de ses neurones se prononçaient pour un laisser-aller total. Après tout, ils connaissaient bien David et il était inéluctable qu'un jour Julie perdrait sa virginité. Une petite minorité considérait, elle, que ce serait renoncer à ce que la jeune fille avait de plus important, sa pureté. Les caresses de David déclenchèrent cependant des vagues irisées d'acétylcholine — cette drogue euphorisante naturelle — qui finirent par réduire au silence les neurones réactionnaires.

C'était comme si une ultime porte centrale s'était enfin ouverte. Julie se sentait à la fois à l'intérieur et à l'extérieur de son corps. À l'intérieur, il y avait cette respiration ample et ce sang qui battait à ses tempes pour la remercier de leur autoriser le plaisir. Son cerveau était parcouru de milliers d'infimes courants de foudre électrique.

Échange de fluides.

Elle était heureuse d'être vivante, heureuse d'exister, heureuse d'être née et d'être celle qu'elle était à présent. Il y avait tant à apprendre, tant de gens à rencontrer, le monde était si vaste.

Elle comprenait pourquoi elle avait tellement redouté jusqu'ici de passer à l'acte. Il lui avait d'abord fallu trouver les circonstances idéales.

Maintenant, elle savait.

L'amour est une cérémonie secrète qui doit se dérouler dans un lieu souterrain de préférence pyramidal, avec un homme de préférence prénommé David.

204. DES CADAVRES DE PLUS EN PLUS CUITS

Prince 24e réclame des précisions sur la sexualité des Doigts, probablement parce qu'il est en train de rédiger un passage sur ce thème.

SEXUALITÉ :
Les Doigts sont l'espèce animale la plus sexuée.
Alors que tous les autres animaux limitent leur activité sexuelle à une courte période de l'année dite « période nuptiale », les Doigts sont en permanence disposés à faire l'amour.
Ils le font d'ailleurs n'importe quand, en espérant tomber au bon moment pour la fécondation : aucun signe extérieur n'informe le mâle de l'ovulation de la femelle.
Le Doigt mâle est capable de maîtriser l'acte sexuel et de le prolonger aussi longtemps qu'il le souhaite alors que, pour la plupart des mammifères, l'acte reproductif dépasse rarement les deux minutes.
Quant à la femelle Doigt, elle pousse de grands cris au paroxysme de l'acte. On ne sait pas pourquoi.

Princesse 103e et Prince 24e, doucement ballottés par leur escargot de voyage, discourent du monde des Doigts sans prêter attention ni au décor qui les entoure ni aux cornes oculaires de leur escargot qui parfois les observent.

Sous eux la masse sombre des pèlerins fourmis progresse sur deux colonnes pour éviter de patauger dans la bave. Quand ils s'arrêtent, leurs bivouacs sont désormais si importants qu'ils ne pendent plus comme des fruits mais recouvrent des sapins entiers. Partout, des braises fument.

Princesse 103e sent derrière elle la lourde, l'énorme odeur de la foule qu'elle a mise en marche. Les phéromones de ses récits n'atteignant pas toujours le bout de la longue file, ici et là, d'autres insectes font office de relais. Comme la transmission orale, la transmission odorante ne va pas sans mal et les informations arrivent parfois un peu déformées.

La princesse a dit que les femelles Doigts poussent de grands cris durant la copulation.

De la part des Doigts, on ne s'étonne plus de rien. Il y a quand même des insectes qui ajoutent au passage leur interprétation personnelle :

Pourquoi les femelles Doigts poussent-elles des cris ?

On leur répond :

Pour faire fuir leurs prédateurs afin qu'ils ne les dérangent pas durant la copulation.

Les insectes en queue de procession reçoivent les versions les moins fidèles du message originel.

Les Doigts chassent leurs prédateurs en poussant des cris.

Princesse 103e se veut résolument non déiste et, pourtant, de plus en plus de marcheuses commencent à prendre les Doigts pour des dieux et ont l'impression de participer à un pèlerinage.

Prince 24e demande encore des informations. Comment ils donnent l'alerte par exemple.

ALERTE :

Comme les Doigts ne connaissent pas le langage odorant, ils ne disposent pas de phéromones d'alerte.

En cas de danger, ils déclenchent des signaux auditifs : sirènes fonctionnant avec des pompes à air, ou des signaux visuels : lumière rouge clignotante.

De manière générale, ce sont les antennes de télévision qui sont les premières informées et qui signalent à la population qu'il y a danger.

Tout le monde les regarde passer dans la forêt. Ceux qui n'entrent pas dans leur procession sont de plus en plus inquiets. Non seulement le gibier consommé par cette grande marche est de plus en plus gros mais il est aussi de plus en plus... cuit.

205. L'ŒUF BRISÉ

Julie approchait ses lèvres pour un nouveau baiser quand, du dehors, une voix bien connue résonna :

— Sortez immédiatement ! Vous êtes cernés.

L'alerte retentit dans la pyramide. Tout le monde se mit à courir vers la salle de contrôle. Les écrans vidéo étaient emplis de silhouettes de policiers prenant position sur la colline.

Arthur Ramirez soupira :

— Encore la malédiction de Cro-Magnon...

Dans la loge de Julie, l'alerte s'exprimait par une lampe rouge qui clignotait.

— C'est fini ! murmura David.

— Continuons quand même, dit Julie. C'était trop bien.

Ji-woong entrebâilla la porte, lança un coup d'œil surpris et, sans commentaire, annonça :

— On est attaqués. Vite, il faut y aller.

Jonathan et Laetitia apportèrent une valise étiquetée « Observation ». Elle était emplie de mousse avec, placées dans de petits interstices chacune sous son chiffre, des fourmis volantes robots.

Quatre de ces minuscules merveilles de micromécanique furent amenées vers les bouches d'aération. Jonathan Wells, Laetitia Wells, Jason Bragel et Jacques Méliès s'installèrent devant leurs écrans de contrôle et empoignèrent leur manette de pilotage. Telles des torpilles sous-marines, les quatre insectes s'élancèrent dans les tuyaux tandis que des téléguideurs surveillaient leur trajectoire sur des vidéopériscopes.

Bientôt, ces espions volants ramenèrent des images télé plus proches. Tous les habitants de la pyramide suivaient avec anxiété les évolutions des policiers autour de leur nid.

Maximilien donnait des ordres précis dans son talkie-walkie. Un camion arriva, déchargeant du matériel d'excavation. Des hommes s'approchèrent, armés de marteaux-piqueurs.

Jonathan et Laetitia s'empressèrent de sortir une autre valise, marquée celle-ci « Combat ». De nouveaux habitants du nid les rejoignirent devant les écrans de contrôle. Arthur ne pilotait pas car ses mains tremblaient trop et les fourmis volantes exigeaient une direction en vol au millimètre près.

Un marteau-piqueur entama la colline. La terre atténuait les secousses, mais tous ici savaient qu'il finirait par atteindre l'os, la paroi du nid.

Une fourmi de combat adroitement pilotée atterrit dans le cou du policier qui maniait l'engin et lui inocula un anesthésiant. L'homme s'écroula.

Maximilien hurla ses ordres dans son talkie-walkie et, quelques minutes plus tard à peine, une camionnette livra des combinaisons d'apiculteurs. Les policiers avaient des allures de scaphandriers. Ils étaient hors d'atteinte des dards myrmécéens.

Les gens de la pyramide ne disposaient pas d'autres armes que leurs fourmis volantes anesthésiantes et elles étaient maintenant inoffensives. Ils se considérèrent, impuissants.

— Nous sommes fichus, proféra Arthur.

Si bien protégés, les policiers n'eurent aucun mal à percer le sol. L'acier des marteaux-piqueurs atteignait maintenant le béton, comme une roulette de dentiste touchant l'émail d'une dent. Dans la pyramide, tout vibra et les cœurs battirent plus fort encore.

Soudain, les coups s'arrêtèrent. Les policiers plaçaient dans les trous des bâtons de dynamite. Maximilien avait pensé à tout. Il s'empara du détonateur et entama rapidement le décompte.

— Six, cinq, quatre, trois, deux, un...

206. ENCYCLOPÉDIE

ZÉRO : Bien qu'on retrouve des traces du zéro dans les calculs chinois du deuxième siècle après J.-C. (noté par un point), et chez les Mayas encore bien avant (noté par une spirale), notre zéro est originaire de l'Inde. Au septième siècle, les Perses l'ont copié chez les Indiens. Quelques siècles plus tard, les Arabes l'ont copié chez les Perses et lui ont donné le nom que nous connaissons. Ce n'est pourtant qu'au treizième siècle que le concept de zéro arrive en Europe par l'entremise de Léonard Fibonacci (probablement une abréviation de Filio di Bonacci), dit Léonard de Pise, qui était, contrairement à ce que son surnom indique, un commerçant vénitien.

Lorsque Fibonacci essaya d'expliquer à ses contemporains l'intérêt du zéro, l'Église jugea que cela bouleversait trop de choses. Certains inquisiteurs estimèrent ce zéro diabolique. Il faut dire que, s'il ajoutait de la puissance à certains chiffres, il ramenait à la nullité tous ceux qui tentaient de se faire multiplier par lui.

On disait que 0 est le grand annihilateur, car il transforme tout ce qui l'approche en zéro. Par contre, 1 était nommé le grand respectueux car il laissait intact ce qui est multiplié par lui. 0 que multiplie 5 c'est zéro. 1 que multiplie 5 c'est 5.

Finalement, les choses se sont quand même arrangées. L'Église avait trop besoin de bons comptables pour ne pas saisir l'intérêt tout matérialiste d'utiliser le zéro.

Edmond Wells,
Encyclopédie du Savoir Relatif et Absolu, tome III.

207. LE GRAND PÈLERINAGE

Princesse 103e reconnaît le chemin. Elles vont bientôt apercevoir le nid humain d'où elle s'est évadée. Elles approchent du Grand Rendez-Vous.

La princesse demande à son escouade de jeunes exploratrices de signaler à l'arrière du grand pèlerinage que les premiers rangs s'apprêtent à ralentir leur marche. Elle sait que la procession est désormais si longue que, si elle pile net, le temps que l'information parvienne au bout et soit traduite dans toutes les langues des cités étrangères, beaucoup des pèlerins fourmis seront piétinés par ceux qui n'auront pas freiné assez vite.

Princesse 103e regarde le paysage et s'étonne. Il n'y a plus de nid. Une colline a pris sa place et tout autour règne un énorme désordre. L'air est envahi d'odeurs d'essence, d'odeurs de peur, d'odeurs de Doigts. La dernière fois qu'elle a perçu autant de tumulte et de stress, c'était lorsqu'elle avait interrompu rien qu'en marchant sur un tissu ce que les Doigts appellent un « pique-nique ».

208. PHÉROMONE ZOOLOGIQUE : REPAS

Saliveuse : 10e.

REPAS :

Les Doigts sont les seuls animaux qui mangent selon un rythme précis.

Alors que, partout dans le monde animal, on mange 1) quand on a faim, 2) quand on aperçoit de la nourriture dans son champ de vision, 3) quand on est capable de courir suffisamment vite pour capturer cette nourriture, chez les Doigts, qu'on ait faim ou pas faim, on mange trois fois par jour.

Ce système de trois repas par jour permet sans doute aux Doigts de séparer leurs journées en deux parties.

Le premier repas ouvre la matinée, le deuxième repas la clôt et ouvre l'après-midi, le troisième repas clôt l'après-midi et prépare au sommeil.

209. BONJOUR

Ils sont là. Les Doigts sont là. Et vu les odeurs qu'elle repère, 103e pense qu'il y en a beaucoup.

Molécule de salutation.

Tous les insectes du pèlerinage émettent leur phéromone de présentation. Rien d'agressif, rien d'ostentatoire dans ces signaux olfactifs.

Molécule de salutation à tous les Doigts présents.

Comme la phéromone *Doigt* ressemble beaucoup à celle signifiant *Dieux*, beaucoup s'y trompent.

Chassez l'irrationnel, il revient au galop et dès qu'il se passe quelque chose de trop extraordinaire, l'irrationnel s'en empare.

Molécule de salutation à tous les dieux présents.

Tout en escaladant les dieux, les fourmis émettent leurs phéromones les plus chaleureuses et les plus conviviales possible. Elles ont parfaitement compris que, désormais, quand on approche d'un Doigt, il faut s'adresser à lui avec beaucoup de respect.

Molécule de salutation à tous les dieux présents, émettent-elles à l'unisson en grimpant sur ces immenses animaux tièdes aux odeurs fortes.

210. ENCYCLOPÉDIE.

UTOPIE DE SHABBATAI ZEVI : Après s'être livrés à mille calculs et interprétations ésotériques de la Bible et du Talmud, les grands érudits kabbalistes de Pologne prédirent que le Messie surgirait très précisément en l'an 1666. À l'époque, le moral de la population juive d'Europe de l'Est était au plus bas. L'hetman cosaque Bogdan Khmelnitski avait pris, quelques années plus tôt, la tête d'une armée de paysans afin d'en finir avec la domination des grands propriétaires féodaux polonais. Impuissante à les atteindre dans leurs châteaux bien fortifiés, la horde, prise d'une frénésie meurtrière, se vengea sur les petites bourgades juives jugées trop fidèles à leurs suzerains. Quand, quelques semaines plus tard, les aristocrates polonais lancèrent de sanglants raids de représailles, une fois de plus, les villages juifs en firent les frais et des milliers de victimes furent dénombrées. « C'est le signe de l'ultime combat d'Armaggedon », affirmèrent les kabbalistes. « C'est le prélude à l'arrivée du Messie. »

Ce fut le moment que choisit en tout cas Shabbatai Zevi, un jeune homme doux au regard intense, pour se faire reconnaître comme le Messie. L'homme parlait bien, il rassurait, il faisait rêver. On prétendait qu'il pouvait accomplir des miracles. Il suscita rapidement une intense ferveur religieuse parmi les communautés juives éprouvées d'Europe de l'Est. Nombre de rabbins criaient certes à l'usurpateur et au « faux roi ». Des schismes apparurent entre juifs partisans et dénonciateurs de Shabbatai Zevi, des familles entières se déchirèrent. Cependant, des centaines de personnes décidèrent de tout abandonner, de laisser là leur foyer et de suivre ce nouveau Messie qui les entraînait à construire une nouvelle société utopique en Terre sainte. L'affaire tourna court. Un soir, des espions du Grand Turc enlevèrent Shabbatai Zevi. Il échappa à la mort en se convertissant à l'islam. Certains de ses disciples, parmi les plus fidèles, le suivirent dans cette voie. D'autres encore préférèrent l'oublier.

Edmond Wells,
Encyclopédie du Savoir Relatif et Absolu, tome III.

211. L'ARMÉE DES LUTINS

Un cri. Un policier s'effondra à la vision de cette marée noire et grouillante qui se dirigeait sur eux et semblait vouloir les escalader. Il y avait là vingt hommes. Trois périrent d'une crise cardiaque dans l'instant. Les autres déguerpirent sans demander leur reste.

Sur les trois corps doigtesques gisant, des exploratrices émettent gentiment *molécule de salutation* et ne comprennent pas qu'on ne leur réponde pas. Princesse 103e leur a pourtant affirmé que certains Doigts connaissent le langage olfactif des fourmis.

— Mais qu'est-ce que c'est que ça ? s'écria Julie en fixant l'écran vidéo.

Princesse 103e regarde autour d'elle les fourmis escalader les Doigts en leur souhaitant la bienvenue et elle comprend soudain que, si elle est à l'origine du mouvement, maintenant il la dépasse.

Elle demande à tout le monde de se calmer. Elle sait que les Doigts peuvent s'effrayer de leur présence en masse. Ils sont très timides, après tout.

Les douze jeunes exploratrices galopent tout le long de la colonne pour prier les marcheuses de rester à bonne distance des Doigts.

Devant, des fourmis grimpent sur les trois Doigts couchés, montagnes tièdes et figées.

Autour, on déplore des milliers de pèlerins qui, ayant escaladé des dieux, ont été emportés par eux dans une course folle.

Princesse 103e conseille de garder son calme. Elle stoppe ses troupes. Elle interdit de manger les Doigts ou même de les mordre. Elle demande à tout un chacun de ne pas s'affoler devant l'importance de cet instant délicat.

Puis, le calme revenu, elle essaie de masquer son affolement et inspecte la colline. 24e et les douze jeunes exploratrices perçoivent que quelque chose ne va pas. Tout a été si brusque et maintenant tout est si paisible. Trop paisible.

Les escargots sortent leur tête de leur coquille.

Princesse 103e erre parmi les fougères et retrouve la bouche d'aération affleurant le sol, par laquelle elle s'est enfuie du nid des Doigts.

Elle se perche sur un rocher et s'adresse à la foule. Elle dit que cette colline est un de leurs nids et que les Doigts qui y vivent sont parmi les rares à savoir parler le langage olfactif. C'est une aubaine à saisir.

Elle va y descendre d'abord seule pour dialoguer avec eux et elle reviendra ensuite rendre compte de son entrevue.

En attendant, elle confie la responsabilité de la longue marche aux bons soins de 24e et des douze jeunes exploratrices.

Tandis que les fourmis volantes téléguidées filmaient la nappe noire recouvrant la colline, il y eut comme un grattement à l'une des grilles d'aération. Arthur alla voir et aperçut une fourmi de bonne taille équipée de petites ailes. Elle tenait une brindille dans ses mandibules pour gratter plus fort.

Il demanda qu'on la laisse entrer. On discernait une marque jaune sur son front et le visage du vieillard s'illumina.

103e.

103e était de retour.

— Bonjour, 103e, prononça-t-il, très ému. Ainsi, tu as tenu ta promesse, tu es revenue...

La fourmi rousse, bien incapable évidemment de comprendre ces paroles auditives, remua à tout hasard ses antennes à la réception des odeurs buccales d'Arthur.

— Et tu as des ailes, désormais, s'émerveilla le vieil homme. Ah ! nous avons sûrement beaucoup de choses à nous dire...

Il prit précautionneusement 103e entre ses doigts et la porta jusqu'à la « Pierre de Rosette ».

Tous les gens de la pyramide se rassemblèrent autour de la machine dans laquelle 103e s'installait à son aise et mettait comme autrefois ses antennes en contact avec les tiges du bocal.

— Bonjour, 103e.

La machine grésilla et la voix synthétique répondit enfin :

— *Salutations, Arthur !*

Arthur fixa les autres d'un œil fiévreux et leur demanda de retourner à leurs écrans. Finalement, il préférait parler seul à seul avec son amie. Tous comprirent que le vieillard était bouleversé par ces retrouvailles et s'éloignèrent.

Pour être sûr d'être seul à écouter la fourmi, Arthur se coiffa d'un casque audiophonique et, ensemble, ils se confièrent ce qu'ils avaient à se confier.

212. ENCYCLOPÉDIE

NOS ALLIÉS DIFFÉRENTS : **L'histoire a connu de nombreux cas de collaboration militaire entre humains et animaux, sans que les premiers aient jamais pris la peine de demander l'avis des seconds.**
Durant la Seconde Guerre mondiale, les Soviétiques dressèrent ainsi des chiens antitanks. Harnachés d'une mine, les canidés avaient pour tâche de se glisser sous le char ennemi et de le faire exploser. Le système ne fonctionna pas très bien car les chiens avaient tendance à revenir trop tôt auprès de leurs maîtres.
En 1943, le docteur Louis Feiser imagina de lancer à l'assaut des navires japonais des chauves-souris équipées de bombes incendiaires miniaturisées. Elles auraient été la réponse des Alliés aux kamikazes nippons. Mais, après Hiroshima, ces armes devinrent obsolètes.
En 1944, les Britanniques conçurent, de même, le projet de se servir de chats pour piloter de petits avions bourrés d'explosifs. Ils pensaient que les félins, craignant l'eau, feraient tout pour orienter leur engin vers un porte-avions. Il n'en fut rien.
Pendant la guerre du Viêt-nam, les Américains essayèrent de se servir de pigeons et de vautours pour expédier des bombes sur le Viêt-cong. Échec encore.
Lorsque les hommes ne cherchent pas à utiliser les animaux comme soldats, ils tentent de s'en servir comme espions. Ainsi, durant la guerre froide, la C.I.A. se livra à des expériences destinées à marquer les suspects en filature avec l'hormone de cafard femelle, le péripalone B. Cette substance est si excitante pour un cafard mâle qu'il arrive à la détecter et la rejoindre sur des distances de plusieurs kilomètres.

Edmond Wells,
Encyclopédie du Savoir Relatif et Absolu, tome III.

213. MISE AU POINT

Nul ne sut jamais ce que se dirent ce jour-là Arthur et 103e. Sans doute la fourmi lui expliqua-t-elle pourquoi elle avait fui son laboratoire. Sans doute Arthur la pria-t-il de demeurer là avec ses troupes pour protéger la pyramide de la prochaine attaque des Doigts. Sans doute 103e lui demanda-t-elle où en était le projet de coopération entre les deux mondes.

214. COMMUNICATION DES APÔTRES

Dehors, les douze jeunes exploratrices établissent douze bivouacs au sommet de la colline avec chacun une braise en son centre.

Dans chaque campement, une des douze raconte durant toute la nuit ce qu'elle croit qui se passe à l'intérieur du nid humain. Toutes pensent que la princesse a rejoint les dieux qui savent parler, pas comme ces trois tas de viande incapables de dialoguer et qui se sont effondrés dès qu'on les a abordés.

Princesse 103e est en train de demander que se noue un pacte irrévocable entre les Doigts et les fourmis, annonce d'ailleurs Prince 24e pour rassurer tout le monde.

À l'heure qu'il est, ce doit être déjà chose faite.

Au matin, c'est 5e qui, dressée sur ses béquilles, perçoit le premier bruit. Des pales brassent l'air au-dessus des campements. Elle comprend tout de suite que ces gros frelons lointains constituent une menace mais ils volent trop haut pour être à portée de jets d'acide. Les tirs des artilleuses fourmis ne vont pas au-delà de vingt centimètres et ces frelons sont à bien plus de vingt centimètres des antennes myrmécéennes.

Sur les écrans vidéo de la pyramide, la menace était encore plus spectaculaire. Aux minuscules fourmis volantes robots, les forces de l'ordre répondaient avec d'énormes hélicoptères.

C'était le type d'hélicoptères généralement utilisés pour l'épandage agricole. Il était trop tard pour envoyer 103e donner l'alerte à ses troupes. Une pluie jaunâtre de cristaux d'acide s'abattait déjà sur ses compagnes.

Au contact des cristaux de poison, la douleur est effroyable. Les carapaces fondent, les herbes fondent, les arbres fondent.

Les hélicoptères déversaient un mélange d'exfoliant et de pesticide extrêmement concentré.

Les gens du nid enrageaient. Des millions de fourmis étaient venues pour pactiser avec les hommes et étaient en train de mourir sans aucun moyen de se défendre.

— On ne peut pas laisser faire ça ! enragea Arthur.

Tous leurs efforts n'auraient donc abouti qu'à ce massacre.

Princesse 103e suivait l'événement sur un petit écran de contrôle et ne comprenait pas.

— Ils sont devenus fous, murmura Julie.

— Non, ils ont peur, c'est tout, répondit Léopold.

Jonathan Wells serra les poings :

— Pourquoi faut-il toujours que des forces insurmontables se dressent pour empêcher les hommes de connaître ce qui est nouveau, ce qui est différent ! Pourquoi faut-il absolument que les hommes ne consentent à étudier les créatures qui les environnent que découpées en tranches et collées à une lamelle de microscope !

En cet instant, observant le liquide jaunâtre qui partout détruisait la vie, Arthur eut honte d'être humain. Avec détermination, il dit d'une voix qui se voulait ferme :

— Cela suffit comme ça. Assez joué. Rendons-nous et arrêtons ce carnage.

Ensemble, ils s'avancèrent dans le tunnel, sortirent de la pyramide et se livrèrent aux forces de l'ordre. Nul n'hésita. Il n'y avait pas d'autre choix. Ils n'entretenaient plus qu'un seul espoir : en capitulant, ils arrêteraient peut-être le ballet des hélicoptères semeurs de poison.

215. PHÉROMONE ZOOLOGIQUE : CORRIDA

Saliveuse : 10e.

CORRIDA :

Les Doigts sont les plus puissants prédateurs.

Pourtant, il semble que, par moments, pris de doute, ils ressentent l'envie de se le confirmer.

Alors, ils organisent des « corridas ».

Il s'agit d'un rituel étrange au cours duquel un homme affronte l'animal qui lui paraît le plus puissant : le taureau.

Pendant plusieurs heures, ils se combattent, le taureau armé de ses cornes pointues, le Doigt d'une fine pique de métal.

Le Doigt l'emporte toujours et il n'est pas prévu de libérer le taureau, fût-il vainqueur.

Le rituel de la corrida donne aux Doigts l'occasion de se rappeler à eux-mêmes qu'ils sont les vainqueurs de la nature.
En mettant à mort un lourd taureau furieux, ils se redonnent le titre de maîtres de tous les animaux.

216. LE PROCÈS

Trois mois plus tard, c'était le procès.

Dans la salle d'audience de la cour d'assises du palais de justice de Fontainebleau, il y avait foule. Tous ceux qui n'avaient pas été présents lors des heures de gloire des accusés étaient venus assister à leur mise à mort. Pour une fois, la télévision nationale s'était déplacée. Les six chaînes principales étaient là. Elles n'avaient pas assisté à la réussite de la révolution, elles assisteraient à son exécution. Pour les spectateurs, la défaite est toujours plus intéressante et télégénique que la victoire.

Enfin, on tenait les meneurs de la Révolution des fourmis et les savants fous de la pyramide de la forêt. Le fait qu'il y ait parmi eux un ex-ministre de la Recherche, une belle Eurasienne, un vieux bonhomme malade ajoutait un côté folklorique au procès.

Journalistes, cameramen et photographes se bousculèrent. Les bancs réservés aux spectateurs étaient pleins à craquer et on se pressait encore devant les portes du palais de justice.

— Mesdames et messieurs, la cour, annonça l'huissier.

Le président entra, flanqué de ses deux assesseurs, suivi par l'avocat général. Le greffier était déjà à sa place ainsi que les neuf jurés. Il y avait là un épicier, un agent des postes à la retraite, une toiletteuse de chiens, un chirurgien sans clientèle, une contrôleuse du métro, un distributeur de prospectus, une institutrice en congé maladie, un comptable et un cardeur de matelas. Leurs odeurs étaient diverses.

L'huissier ânonna :

— Ministère public contre le groupuscule dit « Révolution des fourmis » associé aux conjurés dits « gens de la pyramide forestière ».

Le juge se cala confortablement dans son trône, conscient que le procès allait probablement durer. Il avait les cheveux blancs, une barbe poivre et sel bien taillée, le nez chaussé de lunettes en demi-lunes et tout en lui respirait la majesté de la justice, volant très loin au-dessus des intérêts particuliers.

Les deux assesseurs étaient d'âge vénérable et semblaient être venus se distraire entre deux parties de belote. Tous trois prirent place à une longue table en orme surmontée d'une statue allégorique représentant précisément « La Justice en marche », sous la forme d'une jeune femme drapée d'une toge très décolletée, bandeau sur les yeux et brandissant une balance.

Le greffier se dressa et fit l'appel des accusés, encadrés de quatre policiers. En tout, ils étaient vingt-huit. Il y avait là les sept instigateurs de la Révolution des fourmis, ainsi que les dix-sept personnes du premier volume de l'*Encyclopédie*, les quatre du second.

Le président de la cour demanda où se trouvait l'avocat des prévenus. Le greffier répondit que l'une des accusées, Julie Pinson, avait l'intention de servir d'avocat et que tous les autres accusés étaient d'accord.

— Qui est Julie Pinson ?

Une jeune fille aux yeux gris clair leva la main.

Le président l'invita à prendre place au pupitre réservé à la défense. Deux policiers l'encadrèrent immédiatement pour prévenir toute velléité d'évasion.

Les policiers étaient souriants et sympathiques. « En fait, se dit Julie, les policiers sont des gens féroces lorsqu'ils sont en chasse, parce qu'ils ont peur d'échouer dans leur mission, mais une fois leur proie capturée, ce sont des gens plutôt aimables. »

Julie chercha sa mère dans le public, la découvrit au troisième rang et lui adressa un petit signe de la tête. Depuis le temps que sa mère réclamait qu'elle fasse des études de droit pour devenir avocate, Julie était assez contente d'être parvenue sur le banc de la défense sans le moindre diplôme.

Le maillet d'ivoire du président frappa la table de bois.

— L'audience est ouverte. Greffier, lisez l'acte d'accusation.

L'homme dressa un bref résumé des épisodes précédents. Le concert qui avait viré à l'émeute, les échauffourées avec la police, l'occupation du lycée, les coûteuses dégradations, les premiers blessés, la fuite des meneurs, la traque en forêt, le refuge dans la pyramide, enfin le décès de trois des policiers chargés de les arrêter.

Arthur fut le premier appelé à la barre.

— Vous êtes bien Ramirez Arthur, soixante-douze ans, commerçant, domicilié rue Phoenix à Fontainebleau ?

— Oui.

— Dites : oui, monsieur le président.

— Oui, monsieur le président.

— Monsieur Ramirez, vous avez assassiné le 12 mars dernier M. Gaston Pinson en utilisant pour arme un minuscule robot tueur en forme de mouche volante. Ce robot tueur étant téléguidé est assimilable à un missile à tête chercheuse et donc classé arme de cinquième catégorie. Qu'avez-vous à répondre à ce chef d'accusation ?

Arthur passa une main sur son front moite. La station debout épuisait le vieil homme malade.

— Rien. Je suis désolé de l'avoir tué. Je voulais seulement l'endormir. J'ignorais qu'il était allergique aux anesthésiants.

— Vous trouvez normal d'attaquer les gens avec des mouches robots ? interrogea l'avocat général, narquois.

— Des fourmis volantes téléguidées, rectifia Arthur. Il s'agit d'une version améliorée de mon modèle de fourmi rampante téléguidée. Vous comprenez, mes amis et moi tenions à travailler en paix, sans être dérangés par des curieux ou des promeneurs.

« C'est dans le but de converser avec les fourmis et de parvenir à une coopération entre nos deux cultures que nous avons bâti cette pyramide.

Le président feuilleta ses papiers.

— Ah oui ! construction illicite sans permis sur un site protégé, en plein parc naturel national.

Il fureta encore.

— Je vois ici que votre tranquillité vous est si chère que vous avez récidivé en envoyant une de vos « fourmis volantes » s'en prendre à un fonctionnaire chargé de l'ordre public, le commissaire Maximilien Linart.

Arthur confirma.

— Lui, il voulait détruire ma pyramide. C'était de la légitime défense.

— Tous les arguments vous sont décidément bons pour tuer les gens avec des petits robots volants, remarqua l'avocat général.

Arthur fut alors secoué d'une violente quinte de toux. Il ne pouvait plus parler. Deux policiers le ramenèrent au box des accusés où il s'effondra lourdement parmi ses amis qui, anxieusement, se penchèrent vers lui. Jacques Méliès se leva pour exiger d'urgence un médecin. Le praticien de service accourut et déclara que l'accusé poursuivrait dans un instant mais qu'il ne fallait pas trop l'épuiser.

— Accusé suivant : David Sator.

David se présenta devant le magistrat sans le secours de sa canne, dos tourné au public.

— David Sator, dix-huit ans, lycéen. Vous êtes accusé d'être le stratège de cette « Révolution des fourmis ». Nous avons en notre possession des photos vous montrant en train de diriger vos troupes de manifestants comme un général son armée. Vous vous êtes pris pour un nouveau Trotski en train de ressusciter l'Armée rouge ?

David n'eut pas le temps de répondre. Le juge poursuivit :

— Vous vouliez créer une armée fourmi, non ? D'ailleurs, expliquez donc aux jurés pourquoi vous avez fondé votre mouvement sur l'imitation des insectes ?

— J'ai commencé à m'intéresser aux insectes quand nous avons intégré un grillon à notre groupe de rock. C'était vraiment un bon musicien.

Il y eut des ricanements dans le public. Le président réclama le silence mais David ne se laissa pas déconcerter.

— Après les grillons qui ont une communication d'individu à individu, j'ai découvert les fourmis qui, elles, ont une communication tous azimuts. Dans une cité fourmi, chaque individu fait partager ses émotions à l'ensemble de la fourmilière. Leur solidarité est totale. Ce que les sociétés humaines tentent de réussir depuis des millénaires, les sociétés fourmis y sont parvenues bien avant notre apparition sur la terre.

— Vous voudriez que nous portions tous des antennes ? demanda l'avocat général, goguenard.

Cette fois, les rires dans la salle ne furent pas réprimés et David dut attendre que le calme revienne pour répondre :

— Je pense que si nous disposions d'un système de communication aussi efficace que celui des fourmis, il n'y aurait pas autant de méprises, de quiproquos, de contresens et de mensonges. Une fourmi ne ment pas car elle n'est même pas capable d'imaginer l'intérêt de mentir. Pour elle, communiquer, c'est transmettre de l'information aux autres.

Le public réagit **en** murmurant et le juge abattit son maillet d'ivoire.

— Accusée suivante : Julie Pinson. Vous avez été la Pasionaria et l'instigatrice de cette Révolution des fourmis. En plus des importants dégâts, il y a eu des blessés graves. Narcisse Arepo, entre autres.

— Comment va Narcisse ? interrompit la jeune fille.

— Ce n'est pas à vous de poser les questions. Et la politesse et la règle exigent que vous vous adressiez à moi comme à « monsieur le président ». Je l'ai déjà rappelé à un de vos complices tout à l'heure. Mademoiselle, vous me semblez bien ignorante de ce qu'est une procédure judiciaire. Ce serait vous rendre service, à vous-même et à vos amis, que de faire commettre d'office un avocat professionnel.

— Je vous prie de m'excuser, monsieur le président.

Le juge consentit à se radoucir, prenant des airs de vieux grand-père ronchon.

— Bon. Pour répondre à votre question, l'état de M. Narcisse Arepo est stationnaire. C'est à cause de vous qu'il en est là.

— J'ai toujours prôné une révolution non violente. Pour moi, l'idée de Révolution des fourmis est synonyme d'accumulation de petits actes discrets, qui, ensemble, renversent des montagnes.

En se tournant vers sa mère, désireuse de la convaincre, au moins elle, Julie aperçut le professeur d'histoire qui hochait la tête en signe d'assentiment. Il n'était pas le seul enseignant du lycée à s'être déplacé. Les professeurs de mathématiques, d'économie, de gymnastique et même de biologie étaient là aussi. Il ne manquait que les professeurs de philosophie et d'allemand.

— Mais pourquoi cette symbolique des fourmis ? insista le président.

Les journalistes étaient nombreux sur les bancs de la presse. Cette fois, elle avait la possibilité de toucher un vaste auditoire. L'enjeu était énorme. Il fallait bien choisir ses mots.

— Les fourmis forment une société où les citoyens sont mus par une même volonté de contribuer au mieux-être de tous.

— Vision poétique, certes, sans grand rapport avec la réalité ! interrompit l'avocat général. Une fourmilière fonctionne parfaitement mais tout comme un ordinateur ou une machine à laver. On perdrait son temps à y rechercher de l'intelligence ou une conscience. Il ne s'agit que de comportements inscrits génétiquement.

Brouhaha sur les bancs de la presse. Le contrer, vite.

— Vous avez peur de la fourmilière parce qu'elle représente une réussite sociale que nous n'arriverons jamais à égaler.

— C'est un monde militaire.

— Pas du tout. C'est au contraire semblable à une communauté hippie où chacun fait ce qu'il lui plaît, sans chef, sans généraux, sans prêtres, sans président, sans police, sans répression.

— Quel est donc le secret de la fourmilière alors, selon vous ? interrogea l'avocat général, piqué au vif.

— Justement, il n'y en a pas, dit calmement Julie. Les comportements des fourmis sont chaotiques et elles vivent dans un système désordonné fonctionnant mieux qu'un système ordonné.

— Anarchiste ! lança quelqu'un dans le prétoire.

— Vous êtes anarchiste ? demanda le président.

— Je suis anarchiste si ce mot signifie qu'il est possible de vivre en société sans chef, sans hiérarchie, sans maître à penser, sans promesse d'augmentation de salaire, sans promesse de paradis après la mort. En fait, le vrai anarchisme, c'est le summum du sens civique. Or, les fourmis vivent comme ça depuis des millénaires.

Quelques sifflets, quelques applaudissements, l'auditoire était partagé. Des jurés prenaient des notes.

L'avocat général se dressa, dans de grands moulinets de manches noires.

— En fait, tout votre raisonnement se résume à ériger la société des fourmis comme exemple à imiter. C'est bien cela ?

— Il faut prendre chez elles le bon et laisser le mauvais. Mais oui, sur certains points, elles peuvent venir en aide à notre société humaine qui, ayant tout exploré, tourne en rond. Essayons et on verra bien ce que cela donnera. Et si ça ne marche pas, tentons d'autres systèmes d'organisation. Peut-être que ce seront les dauphins, les singes ou les étourneaux qui nous apprendront à mieux vivre en collectivité.

Tiens, Marcel Vaugirard était là. Pour une fois, il assistait au spectacle. Elle se demanda s'il avait changé d'avis à propos de sa devise : « On parle mieux des choses lorsqu'on ne les connaît pas. »

— Dans une fourmilière, tout le monde est pourtant contraint de travailler. Comment conciliez-vous cela avec votre esprit... libertaire ? questionna le président.

— Encore une erreur. Il n'y a que 50 % des fourmis qui travaillent efficacement dans une cité. 30 % ont une activité improductive de type auto-nettoiement, discussion, etc. et 20 % se reposent. C'est ça qui est formidable : avec 50 % de fainéants et aucune police, aucun gouvernement, aucun plan quinquennal, les fourmis arrivent à être bien plus efficaces que nous et bien mieux en harmonie avec leur ville.

« Les fourmis sont admirables et dérangeantes car elles nous montrent qu'une société n'a pas besoin de contraintes pour bien fonctionner.

Un murmure d'approbation parcourut l'assistance.

Le juge se lissa la barbe.

— Une fourmi n'est pas libre. Elle est biologiquement obligée de répondre à un appel olfactif.

— Et vous ? Avec votre téléphone portable ? Vos supérieurs hiérarchiques vous joignent bien à tout moment pour vous donner des ordres auxquels vous êtes tenu d'obéir. Où est la différence ?

Le magistrat leva les yeux au ciel.

— Assez de cette apologie de la société insecte. Les jurés en ont suffisamment entendu pour s'être fait une opinion sur ce sujet. Vous pouvez vous rasseoir, mademoiselle. Passons à l'accusé suivant.

Butant sur chaque syllabe, yeux rivés sur sa fiche, il déchiffra :

— Ji... woong... Choi.

Le Coréen se présenta à la barre.

— Monsieur Ji-woong Choi, vous êtes accusé d'avoir créé le réseau informatique qui a disséminé un peu partout les idées subversives de votre prétendue Révolution des fourmis.

Le visage du Coréen s'orna d'un sourire. Dans le jury, les dames manifestèrent de l'intérêt. L'institutrice en congé maladie cessa d'examiner ses ongles et la contrôleuse du métro de marteler la table.

— Les bonnes idées, dit Ji-woong, méritent d'être répandues le plus largement possible.

— C'était de la propagande « myrmécéenne » ? dit l'avocat général.

— S'inspirer d'une forme de pensée non humaine pour réformer la pensée humaine, ça a plu à beaucoup de connectés en tout cas.

L'avocat général se dressa, avec de nouveaux effets de manches.

— Vous avez bien entendu, mesdames et messieurs les jurés. L'accusé entendait saper les bases mêmes de notre société et ce, en imposant des idées fallacieuses. Car qu'est-ce qu'une société fourmi sinon une société de castes ? Les fourmis naissent ouvrières, soldates ou sexuées et en aucun cas ne peuvent modifier le sort auquel elles ont été destinées. Pas de mobilité sociale, pas d'avancement au mérite, rien. C'est la société la plus inégalitaire au monde.

Le visage du Coréen exprima une franche gaieté.

— Chez les fourmis, lorsqu'une ouvrière a une idée, elle en parle tout autour d'elle. Les autres la testent et, si elles la jugent bonne, elles la réalisent. Chez nous, si vous n'êtes pas couvert de diplômes, si vous n'avez pas atteint un certain âge, si vous n'appartenez pas à une bonne catégorie sociale, personne ne vous laissera exprimer votre idée.

Le président n'avait pas l'intention d'offrir une tribune à ces gamins séditieux. Les jurés comme l'ensemble du prétoire suivaient un peu trop attentivement les arguments du jeune homme.

— Accusée suivante, Francine Tenet. Mademoiselle, qu'est-ce qui vous a incitée à soutenir cette Révolution des fourmis ?

La jeune fille blonde s'efforça de dominer sa timidité. Un prétoire, c'était beaucoup plus impressionnant qu'une salle de concert. Elle jeta un coup d'œil vers Julie pour se donner du courage.

— Tout comme mes amis, monsieur le président...

— Parlez plus fort, que les jurés vous entendent.

Francine s'éclaircit la gorge :

— Tout comme mes amis, monsieur le président, j'estime que nous avons besoin d'autres exemples de sociétés pour agrandir l'horizon de notre imagination. Les fourmis sont un excellent moyen de comprendre notre monde. En les observant, c'est nous-mêmes en miniature que nous observons. Leurs villes ressemblent à nos villes et leurs routes à nos routes. Elles nous permettent de changer de point de vue. Rien que pour ça, l'idée de la Révolution des fourmis me plaisait.

L'avocat général tira de ses dossiers des liasses de feuillets qu'il brandit avec conviction.

— Avant de procéder à l'audition des prévenus, je me suis informé auprès de vrais scientifiques, d'entomologistes spécialistes des fourmis.

Doctement, il poursuivit :

— Je vous assure, mesdames et messieurs les jurés, que les fourmis ne sont pas du tout les gentilles bêtes généreuses dont parlent nos accusés. Bien au contraire, les sociétés fourmis sont en permanence en guerre. Depuis cent millions d'années elles sont en expansion partout dans le monde. On pourrait même dire que les fourmis sont déjà maîtresses de la planète puisqu'elles en occupent pratiquement toutes les niches écologiques. Il n'y a que la banquise qu'elles ne soient pas parvenues à coloniser.

Au banc de la défense, Julie se leva.

— Vous reconnaissez donc, monsieur l'avocat général, que les fourmis n'ont nul besoin de conquérir encore quoi que ce soit ?

— En effet. D'ailleurs, si un extraterrestre débarquait soudain sur notre planète, il aurait plus de chances de rencontrer une fourmi qu'un humain.

— ... Et donc de s'adresser à elle comme au représentant de la population terrienne, compléta Julie.

Rires dans la salle.

Le président du tribunal était ennuyé par la tournure que prenaient les débats. Depuis le début de l'audience, il n'était question que de fourmis et de sociétés fourmis. Le magistrat aurait préféré qu'on ramène les interrogatoires sur le terrain plus concret du vandalisme dans le lycée, des émeutes et surtout du décès des policiers. Mais l'avocat général était entré dans le jeu de ces gamins aux idées farfelues et le jury avait l'air de se passionner pour cet étrange débat. De surcroît, son collègue de l'accusation avait visiblement pris la peine de se documenter auprès de spécialistes et il entendait maintenant étaler sa science toute neuve.

— Les fourmis sont partout en train de se battre contre nous, reprit l'avocat général avec fougue. J'ai ici des documents prouvant qu'on assiste actuellement à un regroupement des cités myrmécéennes. Greffier, distribuez des copies aux jurés ainsi qu'à ces messieurs et dames de la presse. On ignore encore la raison de ce phénomène, mais il est évident que cette coalition ne fera qu'accentuer leur emprise. Les villes fourmis poussent partout comme des champignons. Les fourmis s'insinuent partout. Elles parviennent à se creuser des nids dans le béton. Aucune de nos cuisines n'est à l'abri.

Julie réclama la parole :

— Ce que contiennent nos cuisines est issu de la terre. La terre n'a jamais précisé auxquels de ses enfants elle réservait ses richesses. Il n'y a aucune raison pour qu'elle les donne aux humains plutôt qu'aux fourmis.

— On nage en plein délire, s'exclama l'avocat général. Mademoiselle Pinson voudrait maintenant introduire un droit de propriété des animaux... Et pourquoi pas des végétaux et des minéraux, pendant que vous y êtes... Quoi qu'il en soit, les villes fourmis envahissent tout ! dit-il pour gagner du temps.

Julie rétorqua aussi sec :

— Leurs villes sont admirables. Il n'y a pas d'embouteillages alors qu'il n'y a pas de règle de conduite. Chacun perçoit les autres et s'adapte pour gêner le moins possible. Si ce n'est pas le cas, elles creusent un nouveau couloir. Il n'y a pas d'insécurité car l'entraide est totale. Il n'y a pas de banlieues déshéritées car il n'y a pas de déshéritées. Personne ne possède rien ni ne se promène nu. Il n'y a pas de pollution car un tiers de l'activité consiste à nettoyer et recycler. Il n'y a pas de surpopulation car la reine adapte sa ponte en qualité et en quantité par rapport aux besoins de la cité.

L'avocat général lança pour la défier :

— Les insectes n'ont rien « inventé » ! Notez, greffier.

— Si je puis me permettre, monsieur le greffier notera grâce aux insectes. Car c'est un insecte qui a inventé le papier. Si vous le voulez, je peux vous expliquer comment. Cela s'est passé au premier siècle en Chine, un eunuque du palais, Tchouen, avait remarqué que les guêpes prenaient des petits bouts de bois qu'elles mâchaient et qu'elles enduisaient de salive. Il a eu l'idée de les copier.

Le président n'avait vraiment pas envie de poursuivre dans cette voie.

— Je rappelle que vos fourmis nous ont tué trois policiers.

— Elles ne les ont pas tués, je vous l'assure, monsieur le président. J'ai assisté à toute la scène sur les écrans de contrôle de la pyramide. Les policiers sont morts de peur quand ils se sont vus recouverts d'une masse grouillante d'insectes. C'est leur imagination qui les a tués.

— Recouvrir des gens de fourmis cela ne vous semble pas cruel ?

— La cruauté est une spécificité humaine. L'homme est le seul animal à faire souffrir sans raison, rien que pour le plaisir de voir un autre être souffrir.

Les jurés étaient d'accord. Eux aussi sentaient confusément que les fourmis ne tuaient pas par plaisir mais par nécessité. Ils se gardèrent bien toutefois de manifester leur sentiment. Le président les avait dûment chapitrés là-dessus. Rien ne devait jamais transparaître de leurs impressions : un mot de trop, une manifestation d'assentiment ou d'humeur, et le procès risquait d'être annulé. Les jurés s'appliquèrent à conserver un visage impassible.

Le président réveilla du coude ses assesseurs qui avaient tendance à s'assoupir et s'entretint un instant avec eux. Il appela le commissaire Maximilien Linart à la barre.

— Commissaire, vous avez été à la tête des forces de l'ordre tant lors de l'assaut du lycée de Fontainebleau que de celui de la pyramide.

— Oui, monsieur le président.

— Vous étiez présent lors du décès des trois policiers. Pouvez-nous nous préciser les circonstances de leur disparition ?

— Mes hommes ont été submergés par une marée de fourmis hostiles. Ce sont bien elles qui les ont assassinés. En fait, je regrette que tous les coupables ne soient pas présents dans le box des accusés.

— Vous pensez à Narcisse Arepo, sans doute, mais le pauvre garçon est encore à l'hôpital.

Le commissaire eut un air étrange.

— Non, je pense aux véritables assassins, aux véritables instigatrices de cette prétendue révolution. Je pense aux... fourmis.

Rumeur dans le prétoire. Le président fronça un sourcil, puis usa de son maillet d'ivoire pour faire revenir le silence.

— Précisez votre idée, commissaire.

— Après la reddition des occupants de la pyramide, nous avons rempli des sacs entiers de fourmis présentes sur les lieux des crimes. Ce sont elles qui ont tué les policiers. Il serait normal qu'elles comparaissent, elles aussi, devant ce tribunal afin d'y être jugées.

À présent les assesseurs discutaient entre eux, semblant d'avis différents sur des problèmes de procédure judiciaire et de jurisprudence. Le juge se pencha en avant et dit à mi-voix :

— Vous tenez toujours ces fourmis prisonnières ?

— Bien sûr, monsieur le président.

— Mais le droit français s'applique-t-il aux animaux ? demanda Julie.

Le commissaire lui fit face, balayant son argument.

— Il y a des antécédents très précis de procès d'animaux. J'en ai d'ailleurs apporté les minutes au cas où la cour aurait quelques doutes à ce sujet.

Il déposa un lourd dossier sur la table du président. Les magistrats considérèrent le tas épais devant eux, se consultèrent longuement. Finalement le président fit résonner son maillet.

— Suspension de séance. La requête du commissaire Linart est admise. L'audience reprendra demain. Avec les fourmis.

217. ENCYCLOPÉDIE

PROCÈS D'ANIMAUX : **De tout temps, les animaux ont été considérés dignes d'être jugés par la justice des hommes. En France, dès le dixième siècle, on torture, pend et excommunie sous divers prétextes des ânes, des chevaux ou des cochons. En 1120, pour les punir des dégâts qu'ils causaient dans les champs, l'évêque de Laon et le grand vicaire de Valence excommunièrent des chenilles** et des mulots. Les archives de la justice de Savigny contiennent les minutes du procès d'une truie, responsable de la mort d'un enfant de cinq ans. La truie avait été retrouvée sur les lieux du crime en compagnie de six porcelets aux groins encore couverts de sang. Étaient-ils complices ? La truie fut pendue par les pattes arrière, en place publique, jusqu'à ce que mort s'ensuive. Quant à ses petits, ils furent placés en garde surveillée chez un paysan. Comme ils ne présentaient pas de comportements agressifs, on les laissa grandir pour les manger « normalement » à l'âge adulte.

En 1474, à Bâle, en Suisse, on assista au procès d'une poule, accusée de sorcellerie pour avoir pondu un œuf ne contenant pas de jaune. La poule eut droit à un avocat qui plaida l'acte involontaire. En vain. La poule fut condamnée au bûcher. Ce ne fut qu'en 1710 qu'un chercheur découvrit que la ponte d'œufs sans jaune était la conséquence d'une maladie. Le procès ne fut pas révisé pour autant.

En Italie, en 1519, un paysan entama un procès contre une bande de taupes ravageuses. Leur avocat, particulièrement éloquent, parvint à démontrer que ces taupes étaient très jeunes, donc irresponsables, et que, de surcroît, elles étaient utiles aux paysans puisqu'elles se nourrissaient des insectes qui détruisaient leurs récoltes. La sentence de mort fut donc commuée en bannissement à vie du champ du plaideur.

En Angleterre, en 1662, James Potter, accusé d'actes fréquents de sodomie sur ses animaux familiers, fut condamné à la décapitation mais ses juges, considérant ses victimes comme autant de complices, infligèrent la même peine à une vache, deux truies, deux génisses et trois brebis.

En 1924 enfin, en Pennsylvanie, un labrador mâle du nom de Pep fut condamné à la prison à vie pour avoir tué le chat du gouverneur. Il fut écroué, sous matricule, dans un pénitencier où il mourut de vieillesse, six ans plus tard.

Edmond Wells,
Encyclopédie du Savoir Relatif et Absolu, tome III.

218. LEÇON DE DIALECTIQUE

Deuxième audience. Devant les accusés les policiers avaient déposé un aquarium empli d'une bonne centaine de fourmis, désormais leurs co-inculpées.

Un à un, les jurés vinrent examiner le bocal éclairé par des projecteurs. Ils fronçaient le nez devant les relents de pomme en décomposition qui s'en dégageaient, s'imaginant que c'était là l'odeur naturelle des fourmis.

— Je peux assurer la cour que toutes ces fourmis ont participé à l'attaque contre mes hommes, affirma le commissaire Maximilien Linart, fort satisfait qu'on ait accédé à sa requête.

Julie se leva. Elle assumait maintenant avec beaucoup d'aisance son rôle d'avocate et prenait la parole chaque fois qu'elle estimait que la situation l'exigeait.

— Ces fourmis manquent d'air. La buée sur les vitres indique qu'elles étouffent. Si vous ne voulez pas qu'elles meurent avant la fin des débats, il faut percer davantage de trous dans le couvercle de plastique.

— Mais elles risquent de s'enfuir ! s'exclama Maximilien qui, apparemment, avait déjà eu beaucoup de mal à garder ses coupables en détention et à les amener jusqu'ici.

— Il est du devoir de la cour de veiller à la bonne santé de tous ceux qui sont déférés devant elle, et cela vaut aussi pour ces fourmis, déclara sentencieusement le juge.

Il chargea un huissier de forer les trous supplémentaires. Pour percer le Plexiglas, l'huissier prit une aiguille, une pince et un briquet. Il chauffa l'aiguille jusqu'à ce qu'elle devienne rouge puis l'enfonça dans le plastique en répandant une odeur de brûlé.

Julie reprit la parole.

— On croit que les fourmis ne souffrent pas parce qu'elles ne hurlent pas quand elles ressentent une douleur. Mais c'est faux. Comme nous, elles possèdent un système nerveux, donc elles souffrent. Voilà bien encore une tare de notre ethnocentrisme. Nous nous sommes accoutumés à n'éprouver de compassion que pour ceux qui crient quand ils ont mal. Échappent à notre pitié les poissons, les insectes et tous les invertébrés dépourvus de communication orale.

L'avocat général comprenait comment Julie était parvenue à galvaniser des foules. Son éloquence et sa fougue étaient très convaincantes. Il pria cependant les jurés de ne pas tenir compte de ses propos qui n'étaient encore que de la propagande au service de sa prétendue Révolution des fourmis.

Il y eut quelques protestations et le président exigea le silence afin de redonner la parole au témoin Maximilien Linart. Mais Julie n'en avait pas fini. Elle affirma que les fourmis étaient parfaitement capables de parler et de se défendre et qu'il n'était pas normal qu'on leur inflige ce procès sans leur donner la parole pour leur permettre de répondre aux accusations pesant sur elles.

L'avocat général ricana. Le juge demanda des explications.

Julie révéla alors l'existence de la machine « Pierre de Rosette » et en exposa le mode d'emploi. Le commissaire confirma avoir saisi dans la pyramide un appareillage conforme à ce que la jeune fille décrivait. Le président ordonna qu'on l'apporte. Il y eut une nouvelle suspension de séance tandis qu'Arthur, parmi les flashes des reporters-photographes, installait au centre du prétoire tout son attirail d'ordinateurs, de tuyaux et de fioles d'essences parfumées, ainsi que le chromatographe et le spectromètre de masse.

Julie aida Arthur à procéder aux ultimes réglages. Après son bricolage au lycée, elle était devenue une excellente assistante en utilisation de « Pierre de Rosette ».

Tout était en place. La cour, les jurés, les journalistes et même les policiers étaient très curieux de voir si tout ce bric-à-brac fonctionnait et si on allait vraiment assister à un dialogue entre humains et fourmis.

Le président demanda qu'on procède à une première audition. Arthur fit baisser les lumières dans le prétoire et illuminer sa machine, nouvelle vedette de ce procès à rebondissements.

Un huissier saisit une fourmi au hasard dans le bocal et Arthur la déposa dans une éprouvette puis y introduisit la sonde avec ses deux antennes. Il tourna encore quelques manettes et fit signe que tout était au point.

Aussitôt, une voix synthétique et grésillante résonna dans le haut-parleur. C'était la fourmi qui parlait.

AU SECOURS ! ! ! ! !

Arthur fit encore quelques réglages.

Au secours ! Sortez-moi d'ici ! J'étouffe ! répétait la fourmi.

Julie déposa près d'elle une miette de pain que la fourmi grignota d'autant plus avidement qu'elle était terrorisée. Arthur lui envoya un message lui demandant si elle était prête à répondre à des questions.

Qu'est-ce qu'il se passe ? demanda la fourmi à travers la machine.

— On fait votre procès, indiqua Arthur.

C'est quoi procès ?

— C'est de la justice.

C'est quoi justice ?

— C'est le fait d'estimer si on a raison ou tort.

C'est quoi raison-ou-tort ?

— Raison c'est quand on agit bien. Tort c'est le contraire.

C'est quoi agir-bien ?

Arthur soupira. Déjà, dans la pyramide, il était très difficile de dialoguer avec les fourmis sans redéfinir sans cesse les mots.

— Le problème, dit Julie, c'est que les fourmis, n'ayant pas de sens moral, ignorent ce qu'est le bien, le mal et jusqu'à la notion de justice. Dépourvues de sens moral, les fourmis ne peuvent donc pas être considérées comme responsables de leurs actes. Il faut donc les relâcher dans la nature.

Chuchotements entre le juge et ses assesseurs. La responsabilité animale était de toute évidence au centre de leur débat. Ils étaient assez tentés de se débarrasser de ces créatures en les renvoyant dans la forêt mais, d'un autre côté, ils n'avaient pas tant de distractions dans la vie et il était rare que les journalistes fassent état des audiences et des protagonistes des procès se déroulant au tribunal de Fontainebleau. Pour une fois que leurs noms seraient cités dans la presse...

L'avocat général se leva :

— Tous les animaux ne sont pas aussi immoraux que vous le proclamez, déclara-t-il. Par exemple, on sait que chez les lions, il y a un interdit : ne pas manger de singe. Un lion qui mange du singe est exclu de la horde, comment expliquer ce comportement sinon par le fait qu'il y a « une morale des lions » ?

Maximilien se souvint qu'il avait vu dans son aquarium les mères de ses poissons guppys accoucher de petits et les poursuivre aussitôt pour les manger. De même, il se souvenait d'avoir observé des chiots essayer de forniquer avec leur mère. Cannibalisme, inceste, assassinat de ses propres enfants... « Pour une fois Julie a raison et l'avocat général a tort, pensa-t-il. Chez les animaux, il n'y a pas de morale. Ils ne sont ni moraux ni immoraux, ils sont amoraux. Ils ne perçoivent pas qu'ils font des choses mauvaises. C'est d'ailleurs pour cela qu'ils doivent être détruits. »

La machine « Pierre de Rosette » se remit à grésiller.

Au secours !

L'avocat général s'approcha de l'éprouvette. La fourmi dut percevoir une silhouette car aussitôt, elle émit :

Au secours. Qui que vous soyez, sortez-nous d'ici, le coin est infesté de Doigts !

La salle se mit à rire.

Maximilien rongeait son frein. Cela tournait au cirque avec le pire des numéros : le dresseur de puces. Au lieu de mettre en lumière les dangers des systèmes sociaux fourmis appliqués aux sociétés humaines, on jouait avec une machine à faire parler les fourmis.

Julie, profitant de la bonne humeur réattaqua.

— Libérez-les. Il faut les libérer ou les tuer, mais on ne peut pas les laisser souffrir dans cet aquarium.

Le président détestait que ses accusés, même préposés au rôle d'avocat, lui ordonnent quoi que ce fût, mais l'avocat général songea pour sa part que c'était là une bonne occasion de se livrer à une petite surenchère. Il était furieux de s'être laissé damer le pion par

Maximilien Linart et de n'avoir pas songé le premier à faire inculper les fourmis.

— Ces fourmis-là ne sont au fond que des lampistes, s'exclama-t-il, debout près de la « Pierre de Rosette ». Si on veut châtier les vraies coupables, il faut frapper à la tête et donc juger leur meneuse : 103e, leur reine.

Dans le box des accusés, on s'étonna que l'avocat général fût au courant de l'existence de 103e et du rôle qu'elle avait joué dans la défense de la pyramide.

Le président déclara que si c'était pour parler sans se comprendre pendant des heures, autant y renoncer tout de suite.

— Je crois savoir que cette reine 103e sait bien parler notre langue ! asséna l'avocat général en brandissant un gros livre relié.

C'était le deuxième volume de l'*Encyclopédie du Savoir Relatif et absolu*.

— L'*Encyclopédie* ! s'étouffa Arthur.

— Mais oui ! monsieur le président, sur les pages blanches, à la fin de cette encyclopédie, se trouve le journal que tenait quotidiennement Arthur Ramirez. Il a été retrouvé à l'occasion de la deuxième perquisition demandée par le juge d'instruction. Il raconte toute l'histoire des gens de la pyramide et nous informe de l'existence d'une fourmi particulièrement douée, 103e, familière de notre monde et de notre culture. Elle serait capable de dialoguer sans qu'on ait besoin de lui rabâcher chaque mot.

Dans son coin, Maximilien écumait. Il avait mis la main sur tant de trésors lors de sa première perquisition qu'il avait négligé les livres dans les tiroirs, qui ne lui avaient semblé contenir que de simples calculs mathématiques ou des formules chimiques destinés à l'aménagement des machines. Il avait oublié l'un des principes essentiels qu'il enseignait lui-même à l'école de police : tout observer autour de soi avec la même objectivité.

Maintenant, cet avocat général en savait plus que lui.

Le magistrat ouvrit le livre à la page qu'il avait cornée et lut en haussant la voix :

— 103e est arrivée aujourd'hui avec une immense armée pour nous sauver. Afin de prolonger son existence pour transmettre son expérience du monde des hommes, elle a acquis un sexe et est désormais une Reine. Elle semble avoir bonne mine malgré toutes ses pérégrinations et elle a conservé sa marque jaune sur le front. Nous avons discuté par le truchement de la machine, « Pierre de Rosette ». 103e est vraiment la plus douée des fourmis. Elle a su convaincre des millions d'insectes de la suivre pour nous rencontrer.

Murmures dans le prétoire.

Le président se frotta les mains. Avec ces histoires de fourmis qui parlent, il comptait bien faire jurisprudence et même entrer dans les annales de la Faculté de droit comme ayant instruit le premier procès moderne impliquant des animaux. Avec assurance, griffonnant sur une feuille de papier, il décréta :

— Mandat d'amener contre cette...

— 103ᵉ, souffla l'avocat général.

— Ah oui ! Mandat d'amener donc contre 103ᵉ, reine myrmécéenne. Policiers, veuillez vous en charger et la déférer devant la cour.

— Mais comment espérez-vous l'interpeller ? demanda le premier assesseur. Une fourmi dans une forêt ! Autant rechercher une aiguille dans une meule de foin.

Maximilien se leva.

— Laissez-moi faire. J'ai mon idée là-dessus.

Le président soupira :

— Je crains pourtant que l'assesseur n'ait raison. Une aiguille dans une meule de foin...

— Ce n'est qu'une question de méthode, éluda le commissaire. Voulez-vous savoir comment on retrouve une aiguille dans une meule de foin ? Simplement en mettant le feu à la meule, puis en passant un aimant dans les cendres.

219. ENCYCLOPÉDIE

MANIPULATION DES AUTRES : L'EXPÉRIENCE DU PROFESSEUR ASCH :
En 1961, le professeur américain Asch a rassemblé sept personnes dans une pièce. On leur a signalé qu'on allait les soumettre à une expérience sur les perceptions. En réalité sur les sept individus un seul était testé. Les six autres étaient des assistants payés pour induire en erreur le véritable sujet de l'expérience.
Au mur était dessinée une ligne de vingt-cinq centimètres et une autre de trente centimètres. Les lignes étant parallèles, il était évident que celle de trente était la plus longue. Le professeur Asch demanda à chacun quelle ligne était la plus longue, et les six assistants répondirent invariablement que c'était celle de vingt-cinq centimètres. Quand on questionnait enfin le vrai sujet de l'expérience, dans 60 % des cas, il affirmait lui aussi que celle de vingt-cinq centimètres était la plus longue.
S'il choisissait celle de trente centimètres, les six assistants se moquaient de lui et, sous une telle pression, 30 % finissaient par admettre s'être trompés.
L'expérience reproduite sur une centaine d'étudiants et de profes-

seurs d'université (donc un public pas spécialement crédule), il s'avéra que neuf personnes sur dix finissaient par être convaincues que la ligne de vingt-cinq centimètres était plus longue que celle de trente.

Et si le professeur Asch leur reposait plusieurs fois la question, beaucoup défendaient ce point de vue avec vigueur, s'étonnant qu'il insiste.

Le plus surprenant est que lorsqu'on leur révélait le sens du test et le fait que les six autres participants jouaient un rôle, il y en avait encore 10 % qui maintenaient que la ligne de vingt-cinq centimètres était la plus longue.

Quant à ceux qui étaient obligés d'admettre leur erreur, ils trouvaient toutes sortes d'excuses : problème de vision, ou angle d'observation trompeur...

Edmond Wells,
Encyclopédie du Savoir Relatif et Absolu, tome III.

220. TENACE

Tous ses sens en alerte, Maximilien retourna à l'emplacement de la pyramide recouverte de terre. Il descendit dans la cuvette sous la colline cernée de ronces et retrouva le ravin débouchant sur le tunnel. Une lampe de poche entre les dents, il rampa pour rejoindre la porte métallique.

Il y avait toujours le Digicode avec la plaque métallique et son énigme sur les huit triangles et les six allumettes ; c'était inutile maintenant : après la capitulation des insurgés, les hommes du commissaire avaient tout bonnement ouvert la porte au chalumeau.

Lors de cette première perquisition, les policiers avaient saisi toutes les machines. Ils avaient transporté un lourd matériel et, fatigués, n'avaient pas poussé plus loin leur inspection. La deuxième perquisition ordonnée par le juge d'instruction avait permis à l'avocat général de faire une seconde récolte, mais Maximilien constata que beaucoup d'objets traînaient encore sur les lieux.

La pyramide n'avait sûrement pas livré tous ses secrets. Le cas échéant, il rappellerait bulldozers et artificiers et réduirait le bâtiment en miettes. Il éclaira de sa torche le lieu abandonné.

Regarder. Observer. Écouter. Sentir. Réfléchir.

Soudain, ses yeux, son sens privilégié, furent attirés par... une fourmi. Elle cheminait dans le coin de l'aquarium qui avait servi à dialoguer avec la machine « Pierre de Rosette ». L'insecte s'engagea dans un tuyau de plastique transparent qui s'enfonçait dans... le sol.

Discrètement Maximilien la suivit. La fourmi descendait sans savoir qu'elle conduisait le loup dans la bergerie. Simple question de myopie, la fourmi était incapable de voir l'infiniment grand. Son ennemi était si proche, si gigantesque, qu'elle ne se rendait absolument pas compte de sa présence. En plus, le tuyau l'empêchait de percevoir l'odeur de l'immense menace doigtesque.

Avec son canif, Maximilien trancha le tuyau au ras du sol et approcha son œil, puis son oreille du bord du trou. Il perçut des lumières lointaines, entendit des bruits. Comment descendre là-dessous ? Il faudrait de la dynamite pour faire sauter cette dalle épaisse.

Il tourna nerveusement dans la pièce. Il sentait la révélation proche. Il lui manquait un élément de compréhension. Il y avait énigme, donc il y avait solution.

Il monta dans les étages, examina tous les objets. Il entra dans une salle de bains, se rafraîchit. Il s'observa dans le miroir. Il baissa le regard et vit un savon triangulaire.

Le miroir...

Regarder. Observer. Écouter. Sentir... Réfléchir.

Ré... flé... chir.

Maximilien éclata de rire, seul dans la pyramide abandonnée.

Elle était si évidente, la solution !

Comment construit-on huit triangles équilatéraux de tailles égales avec seulement six allumettes ? Simplement en posant la pyramide, le tétraèdre plutôt, sur un miroir. Il sortit sa boîte d'allumettes, composa la forme et la plaça sur le miroir.

Reproduite à l'envers, la pyramide donnait un losange en volume.

Il se souvint de la progression de « Piège à réflexion ». Première énigme : « faire quatre triangles avec six allumettes ». On obtenait ainsi une pyramide. C'était le premier pas, la découverte du relief.

Deuxième énigme : « faire six triangles avec six allumettes ». C'était la fusion des complémentaires, le triangle du bas et le triangle du haut. Le second pas.

Troisième énigme : « faire huit triangles avec six allumettes ». Il suffisait de poursuivre la pénétration du triangle du bas dans le triangle du haut et on obtenait le troisième pas : une pyramide posée sur un miroir, donc deux pyramides, une à l'envers, une à l'endroit, formant une sorte de losange en volume.

L'évolution du triangle... L'évolution du savoir. Il y avait donc une pyramide à l'envers sous la pyramide à l'endroit... et le tout formait un gigantesque dé à six faces.

Vivement, il arracha toutes les moquettes et trouva enfin une trappe en acier. Il y avait une poignée, il la tira et découvrit un escalier.

Il éteignit sa torche devenue inutile. À l'intérieur, tout était lumineux.

221. ENCYCLOPÉDIE

STADE DU MIROIR : À douze mois, le bébé traverse une phase étrange : le stade du miroir.

Auparavant, l'enfant croyait que sa mère, lui-même, le sein, le biberon, la lumière, son père, ses mains, l'univers et ses jouets ne faisaient qu'un. Tout était en lui. Pour un bébé, il n'y a aucune différence entre ce qui est grand et ce qui est petit, ce qui est avant et ce qui est après. Tout est en un et tout est en lui.

Survient alors le stade du miroir. À un an, l'enfant commence à se tenir debout, la motricité de sa main gagne en habileté, il parvient à surmonter les besoins qui auparavant le submergeaient. Le miroir va maintenant lui indiquer qu'il existe et qu'il y a d'autres humains et un monde autour de lui. Le miroir va alors entraîner soit une socialisation, soit un refermement. L'enfant se reconnaît, se fait une image de lui qu'il apprécie ou n'apprécie pas, l'effet est tout de suite visible. Soit il se fait des câlins dans la glace, s'embrasse, rit à gorge déployée, soit il s'envoie des grimaces.

Généralement, il s'identifie comme étant une image idéale. Il tombera amoureux de lui-même, il s'adorera. Épris de son image, il se projettera dans l'imaginaire et s'identifiera à un héros. Avec son imaginaire développé par le miroir, il commencera à supporter la vie, source permanente de frustrations. Il supportera même de ne pas être le maître du monde.

Même si l'enfant ne découvre pas de miroir ou son reflet dans l'eau, il passera malgré tout par cette phase. Il trouvera un moyen de s'identifier et de s'isoler de l'univers, tout en comprenant qu'il doit le conquérir.

Les chats ne connaissent jamais la phase du miroir. Quand ils se regardent dans une glace, ils cherchent à passer derrière pour attraper l'autre chat qui s'y trouve et ce comportement ne changera jamais, même avec l'âge.

Edmond Wells,
Encyclopédie du Savoir Relatif et Absolu, tome III.

222. BAL TRAGIQUE AU CAVEAU

Quel spectacle !

Au début, le policier se dit que c'était son vieux rêve d'enfance de train électrique. Car c'était ça : une fantastique maquette de ville à échelle réduite.

La partie supérieure était occupée par Arthur et les gens du nid, la partie inférieure était une cité myrmécéenne.

Moitié pour les hommes vivant comme des fourmis, moitié pour les fourmis vivant comme des hommes. Et les deux communiquaient par des tuyaux-couloirs et des fils électriques transportant leurs messages.

Tel Gulliver, Maximilien se pencha sur cette cité de lilliputiens. Il promena ses doigts sur des avenues, les arrêta dans des jardins. Les fourmis ne semblaient pas inquiètes. Elles étaient sans doute accoutumées aux fréquentes visites d'Arthur et des siens.

Quel chef-d'œuvre de l'infiniment petit... ! Il y avait des rues éclairées de réverbères, des routes, des maisons. À gauche, des champs de branches de rosiers où paissaient des troupeaux de pucerons, à droite, une zone industrielle et ses usines fumantes. En centre-ville, devant des immeubles de belle allure, des rues piétonnes attendaient les chalands.

« MYRMÉCOPOLIS », la ville des fourmis, annonçait un panneau à l'entrée de l'avenue principale.

Des fourmis circulaient en voiture sur les autoroutes et dans les rues. Au lieu d'être munis d'un volant, les véhicules avaient été dotés d'un gouvernail, plus pratique à manier avec des griffes.

Dans des chantiers, des fourmis étaient en train de construire de nouveaux bâtiments avec des mini-bulldozers à vapeur. Intuitivement, les fourmis avaient opté pour des toits arrondis.

Il y avait encore un métro aérien, des stades. Maximilien plissa les yeux. Il lui sembla que deux équipes myrmécéennes étaient en train de se livrer à une sorte de match de football américain, sauf qu'il n'apercevait pas de ballon. En fait, c'était plutôt de la lutte collective.

Il n'en revenait pas.

MYRMÉCOPOLIS.

C'était donc cela, le grand secret caché de la pyramide ! Aidées par Arthur et ses complices, les fourmis avaient connu ici la plus fulgurante des évolutions de civilisation. En quelques semaines, elles étaient passées de la préhistoire à l'époque la plus moderne.

Maximilien découvrit une loupe par terre et la saisit pour mieux observer. Sur un grand canal voguaient des bateaux à aubes, semblables à ceux du Mississippi. Des zeppelins bondés de fourmis les survolaient.

C'était féerique et effrayant.

Le policier était convaincu que la reine 103ᵉ était là, parmi les habitants de cette fourmilière de science-fiction. Comment dénicher cette sexuée et la ramener au palais de justice ? L'aiguille et la meule de foin. L'allumette et l'aimant. Découvrir la méthode.

Maximilien saisit dans la poche de sa veste une cuillère à café et une petite fiole.

Pour retrouver une reine fourmi, il suffirait de suivre le trajet des couvains et de remonter à leur source. Or, ici, il n'y avait pas de couvains. Peut-être la reine 103ᵉ était-elle stérile ?

Il se souvint alors que l'avocat général avait signalé que cette sexuée portait une marque jaune sur le front. Très bien, mais toutes ces maisons pouvaient dissimuler des centaines de fourmis avec des marques jaunes sur le front. Il fallait donc les en faire sortir pour les rassembler en un lieu ouvert où il n'y aurait plus de toit pour les dissimuler.

Il remonta, fureta et trouva un bidon de pétrole. Il répandit ce poison.

Dans la panique, les gens révèlent toujours leurs secrets. Maximilien savait qu'aux premiers effluves de son noir venin, les fourmis se précipiteraient pour sauver leur reine. Si dégénérés que soient ces insectes initiés aux secrets des hommes, ils avaient forcément conservé en eux le besoin de sauver la reine.

Il déversa le pétrole en partant du coin droit le plus élevé. Le liquide noir, visqueux et puant, coula lentement, dévalant les avenues, noyant les maisons, inondant les jardins et les usines. Un raz de marée noir envahit la ville.

Ce fut la panique. Des fourmis jaillirent des maisons pour s'engouffrer dans leurs voitures et gagner au plus vite les autoroutes. Mais les autoroutes étaient déjà poisseuses.

Le canal n'était pas en meilleur état, son eau claire était devenue huileuse et sombre, les roues des bateaux à vapeur s'y engluaient.

Les fourmis semblaient surprises que les Doigts qui les avaient tant aidées permettent à présent une telle catastrophe. On avait l'impression qu'elles s'attendaient à une intervention rapide du ciel pour les sauver, mais la seule intervention fut celle d'une cuillère d'Inox qui patrouillait au-dessus de la marée noire.

Maximilien fouillait les artères de la ville. Soudain, il remarqua de l'agitation autour d'un immeuble plus grand que les autres.

Le commissaire approcha sa loupe. Il était sûr que la reine allait apparaître maintenant. Et, en effet, des fourmis surgirent avec, toujours à bout de pattes, une des leurs marquée de jaune sur le front.

La reine 103e. Le policier la tenait enfin !

Profitant de l'effet de surprise et des embarras de la circulation, il plongea sa cuillère et attrapa la souveraine. Promptement, il la jeta dans un sachet de plastique qu'il scella.

Il vida ensuite la totalité de son bidon de pétrole sur Myrmécopolis. Le liquide létal recouvrit la cité tout entière.

Des voitures, des catapultes, des briques, des montgolfières, des bateaux à vapeur, des voitures à gouvernail, mais aussi toutes sortes d'objets manufacturés flottaient à la surface de l'ancienne Myrmécopolis. Avant de mourir, les fourmis de la ville moderne se dirent qu'elles avaient eu tort de croire que l'alliance entre les fourmis et les Doigts était possible.

223. ENCYCLOPÉDIE

1 + 1 = 3 : 1 + 1 = 3 peut être la devise de notre groupe utopique. Cela signifie que l'union des talents dépasse leur simple addition. Cela signifie que la fusion des principes masculin et féminin, de petit et de grand, de haut et de bas, qui régissent l'univers donne naissance à quelque chose de différent de l'un et de l'autre qui les dépasse.

1 + 1 = 3.

Tout le concept de foi dans nos enfants qui sont forcément meilleurs que nous est exprimé dans cette équation. Donc de la foi dans le futur de l'humanité. L'homme de demain sera meilleur que celui d'aujourd'hui. Je le crois et je l'espère.

Mais 1 + 1 = 3 exprime aussi tout le concept que la collectivité et la cohésion sociale sont les meilleurs moyens de sublimer notre statut d'animal.

Cela dit 1 + 1 = 3 peut gêner beaucoup de gens qui diront que ce principe philosophique est nul puisque mathématiquement faux. Je vais donc être obligé de vous prouver que, mathématiquement, il est vrai. Car je ne suis pas à un paradoxe près. De ma tombe, je vais détruire vos certitudes. Je vais vous prouver que ce que vous prenez pour LA vérité n'est qu'une vérité parmi tant d'autres. Allons-y.

Prenons l'équation $(a+b) \times (a-b) = a^2 - ab + ba - b^2$.

À droite $-ab$ et $+ba$ s'annulent, on a donc :

$(a+b) \times (a-b) = a^2 - b^2$.

Divisons les deux termes de chaque côté par $(a-b)$, on obtient :

$$\frac{(a+b) \times (a-b)}{a-b} = \frac{a^2-b^2}{a-b}.$$

Simplifions le terme de gauche :

$$(a+b) = \frac{a^2-b^2}{a-b}.$$

Posons a = b = 1. On obtient donc :

$$1+1 = \frac{1-1}{1-1}$$

Lorsqu'on a le même terme en haut et en bas d'une division, celle-ci = 1. Donc l'équation devient :
2 = 1 et, si on ajoute 1 des deux côtés on obtient : 3 = 2, donc si je remplace 2 par un 1+1 j'obtiens...
3 = 1 + 1.

Edmond Wells,
Encyclopédie du Savoir Relatif et Absolu, tome III.

224. STRATÉGIE MYRMÉCÉENNE

Trois coups de maillet d'ivoire. Pour la première fois dans l'histoire de l'humanité, une reine fourmi allait témoigner.

Pour que le public n'en perde pas une miette, des caméras à macro-objectifs filmeraient l'accusée dont l'image serait ensuite projetée en direct sur l'écran blanc installé au-dessus du box des accusés.

— Silence. Qu'on amène la prévenue devant la machine « Pierre de Rosette ».

Avec une pince à épiler aux embouts protégés de mousse, un policier déposa la fourmi à la marque jaune sur le front dans l'éprouvette. Au-dessus étaient disposées les deux antennes de plastique reliées à la « Pierre de Rosette ».

L'interrogatoire commença.

— Vous vous nommez bien 103e et vous êtes la reine des fourmis rousses ?

La fourmi se pencha sur les antennes réceptrices. Elle semblait en effet parfaitement familiarisée avec cet outil. Elle secoua ses antennes et émit un message immédiatement décrypté et traduit par la voix synthétique de la machine.

Je ne suis pas reine, je suis princesse. Princesse 103e.

Le président toussota, ennuyé d'être pris en défaut. Il ordonna au greffier de modifier sur son compte rendu d'audience l'appellation de l'accusée. Très impressionné quand même, il formula avec beaucoup d'égards :

— Votre... Altesse... 103ᵉ... consent-elle à répondre à nos questions ?

Remous et moqueries dans le prétoire. Mais comment s'adresser à une princesse, fût-elle fourmi, quand on tient à se conformer au protocole ?

— Pourquoi avez-vous ordonné à vos troupes de tuer trois policiers dans l'exercice de leurs fonctions ? demanda plus carrément le magistrat.

Arthur intervint pour recommander des termes plus simples, plus compréhensibles pour une fourmi et conseilla au président de renoncer au vocabulaire usuel de la justice.

— Bien. Pourquoi vous, Altesse, tuer hommes ?

Arthur signala que le langage petit nègre ne convenait pas pour autant aux fourmis. On pouvait rester simple sans renoncer à s'exprimer normalement.

Le juge, qui ne savait plus comment s'y prendre, bafouilla :

— Pourquoi vous avez tué des humains ?

La fourmi émit :

Avant de poursuivre plus loin ce débat, j'aperçois ici des caméras qui me filment. Vous, vous me voyez agrandie mais moi, je ne vous vois pas.

Arthur confirma que 103ᵉ était habituée à l'usage de la télévision dans ses conversations avec les humains et, par souci d'équité, après un court conciliabule avec ses assesseurs, le président accepta de mettre à la disposition de l'accusée l'un des récepteurs miniatures récupérés dans la pyramide.

Princesse 103ᵉ se pencha sur le téléviseur qu'on avait mis devant son éprouvette. Elle vit le visage de son interlocuteur juge et remarqua que c'était un Doigt âgé. Elle l'avait déjà constaté, les Doigts à poils blancs ont généralement dépassé les trois quarts de leur existence. En général, chez les Doigts, les personnes âgées sont mises au rebut. Elle se demanda si elle avait vraiment des comptes à rendre à ce vieux Doigt déguisé avec une tenue noir et rouge. Puis, constatant que personne ne contestait l'autorité du personnage, elle avança ses antennes vers le récepteur phéromonique.

J'ai vu des procès dans des films à la télévision. Normalement, on fait jurer les témoins sur la Bible.

— Vous avez regardé trop de téléfilms américains, s'exclama le président qui avait l'habitude de ce genre de méprise chez ses prévenus mais s'en agaçait toujours. Ici, on ne jure pas sur la Bible.

Patiemment, il expliqua :

— En France, il y a séparation de l'Église et de l'État depuis déjà plus d'un siècle. On prête serment sur l'honneur et non sur la Bible, qui n'est d'ailleurs pas un livre sacré pour tout le monde, dans notre pays.

Princesse 103ᵉ comprenait. Ici aussi, il y avait des déistes et des non-déistes et des incompatibilités entre eux. Quand même, la Bible, ça lui aurait bien plu... Mais puisque telle était la coutume à Fontaine-bleau, elle se résigna :

Je jure de dire la vérité, rien que la vérité et toute la vérité.

L'image de la fourmi dressée sur ses quatre pattes arrière, une patte avant posée sur la paroi de verre près d'elle, était forte. Les flashes crépitèrent. Évidemment, en tenant à rester fidèle aux mœurs doigtesques qu'elle avait si longtemps étudiés, 103ᵉ marquait un point. Un proverbe ne conseillait-il pas : « Chez les Doigts, conduis-toi comme les Doigts. »

Les huissiers dispersèrent les photographes. Toutes les personnes présentes dans le prétoire avaient désormais conscience d'assister à un moment historique.

Le président se sentit dépassé, mais fit de son mieux pour n'en rien montrer. Il s'appliqua à s'en tenir à son mode d'interrogatoire habituel.

— Je répète ma question. Votre Altesse, pourquoi avez-vous ordonné à vos troupes de tuer des policiers humains ?

La fourmi appliqua ses antennes sur les sondes réceptrices. L'ordinateur se mit à clignoter puis envoya la traduction vers les baffles.

Je n'ai rien ordonné du tout. La notion d'« ordre » n'existe pas chez les fourmis. Chacune agit comme bon lui semble quand bon lui semble.

— Mais vos troupes ont attaqué des humains ! Cela, vous ne le niez pas !

Je n'ai pas de troupes. Du peu que j'en ai vu, ce sont des Doigts qui se sont retrouvés au milieu de notre foule. Rien qu'en marchant, ils ont dû tuer plus de trois mille des nôtres. Vous manquez tellement de délicatesse à notre égard. Vous ne regardez jamais où vous mettez vos extrémités.

— Mais vous n'aviez rien à faire sur cette colline ! s'écria l'avocat général.

L'ordinateur transmit sa phrase.

La forêt est ouverte à tous, que je sache. Je venais rendre visite à des amis Doigts avec lesquels j'avais commencé de nouer des rapports diplomatiques.

— Des amis « Doigts » ! Des rapports « diplomatiques ». Mais ces gens ne représentent rien du tout. Ils ne disposent d'aucune autorité officielle. Ce ne sont que des fous qui se sont enfermés dans une pyramide en forêt ! clama l'avocat général.

La fourmi expliqua patiemment :

Jadis, nous avons essayé d'établir des rapports officiels avec les dirigeants officiels de votre monde, mais ils ont refusé de dialoguer avec nous.

L'avocat général s'avança pour menacer l'insecte du doigt.

— Vous aviez demandé tout à l'heure à prêter serment sur la Bible. Savez-vous au moins ce que signifie pour nous la Bible ?

Dans le box des accusés, on frémit. L'avocat général allait-il mettre en échec leur minuscule alliée ?

La Bible, ce sont les dix commandements, émit la fourmi qui se souvenait parfaitement du film de Cecil B. De Mille avec Charlton Heston, si fréquemment diffusé.

Arthur soupira de soulagement. On pouvait vraiment compter sur 103e. Il se rappela que Charlton Heston avait toujours été, il ne savait trop pourquoi, l'acteur préféré de la fourmi. Elle n'avait pas vu seulement *Les Dix Commandements* mais aussi *Ben Hur, Soleil vert* et deux films qui lui avaient donné grandement à réfléchir : *Quand la marabunta gronde*, où les fourmis envahissaient le monde, et surtout, *La Planète des singes*, qui montrait que les hommes n'étaient pas invincibles et pouvaient être surpassés par d'autres animaux poilus.

Comme le président, l'avocat général s'efforça de dissimuler sa surprise et, rapidement, il enchaîna :

— Admettons. Alors, vous n'êtes pas sans savoir que parmi ces dix commandements, il y en a un qui ordonne : « Tu ne tueras point. »

Arthur sourit intérieurement. L'accusateur public n'avait pas conscience du débat dans lequel il s'engageait.

Mais vous-mêmes avez fait de l'assassinat des bœufs et des poulets une véritable industrie. Et je ne parle pas des corridas où vous transformez la mort d'une vache en spectacle.

L'avocat général s'emporta :

— Tuer dans le sens biblique, cela ne signifie pas « ne pas tuer les animaux », cela veut dire « ne pas tuer d'hommes ».

Princesse 103e ne se laissa pas déconcerter :

Pourquoi la vie des Doigts serait-elle plus précieuse que celle des poulets, des bœufs ou des fourmis ?

Le président soupira. Quoi qu'on fasse dans cette affaire, impossible de ne s'en tenir qu'aux faits, on glissait toujours dans le débat philosophique.

L'avocat général était excédé. Prenant à témoin les jurés, il montra l'écran où s'affichait la tête de 103e.

— Des yeux globuleux, des mandibules noires, des antennes, que c'est laid une fourmi... Même nos pires monstres de cinéma fantastique ou de science-fiction n'ont jamais été aussi hideux. Et ce sont ces animaux mille fois plus laids et mille fois plus disgracieux que nous qui voudraient encore nous donner des leçons ?

La réponse ne se fit pas attendre.

Et vous, vous vous figurez beau ? Avec votre maigre touffe de poils sur le crâne, votre peau livide et vos trous de nez au milieu du visage.

L'assistance éclata de rire tandis que ladite peau livide virait à l'écarlate.

— Elle se débrouille comme une championne, chuchota Zoé à l'oreille de David.

— J'ai toujours dit que 103e était irremplaçable, murmura Arthur, assez ému des prouesses de son élève.

L'avocat général avait repris son souffle et revenait à la charge, encore plus furibond :

— Il n'y a pas que la beauté, prononça-t-il dans le micro de la « Pierre de Rosette », il y a aussi l'intelligence. L'intelligence est le propre de l'homme. La vie des fourmis n'est pas importante parce qu'elles ne sont pas intelligentes.

— Elles ont leur forme d'intelligence rétorqua Julie du tac au tac.

L'avocat général jubila. Ils étaient tombés dans le piège.

— Dans ce cas, prouvez-moi que les fourmis sont intelligentes !

L'ordinateur « Pierre de Rosette » clignota, signe qu'il était en train de traduire une phrase de la princesse 103e. Celle-ci fut prononcée haut et fort dans le prétoire.

Prouvez-moi que l'homme est intelligent.

La salle était maintenant en ébullition. Tout le monde prenait parti, chacun donnait son avis. Les jurés avaient du mal à conserver leur impassibilité et le président n'en finissait pas de tambouriner de son maillet d'ivoire.

— Puisque c'est ainsi, puisqu'il apparaît impossible de poursuivre cette audition dans le calme, l'audience est ajournée. Reprise des débats demain matin, à dix heures.

À la radio comme à la télévision, le soir, les commentateurs donnèrent l'avantage à Princesse 103e. De l'avis des spécialistes, soumise à un rude interrogatoire, une fourmi de 6,3 milligrammes s'était révélée plus futée qu'un avocat général et un président de cour d'assises avoisinant ensemble les 160 kilos.

Gens du premier volume, du second volume et du troisième volume de l'*Encyclopédie* reprirent espoir. S'il existait vraiment une justice en ce bas monde, rien n'était perdu.

De rage, Maximilien donna un énorme coup de poing dans le mur.

225. PHÉROMONE MÉMOIRE : LOGIQUE DOIGTESQUE

LOGIQUE.

La logique est un concept doigtesque très original.

Des événements logiques sont des événements qui s'enchaînent de manière acceptable pour la société des Doigts.

Exemple : pour un Doigt, il est logique que certains citoyens d'une même ville pleine de nourriture meurent de faim sans que quiconque ne les aide.

Par contre, il est non logique de refuser à manger à ceux qui sont malades par excès de nourriture.

Chez les Doigts, il est logique de mettre de la bonne nourriture dans les dépotoirs à ordures, sans même qu'elle soit abîmée.

Par contre, il est illogique que cette nourriture soit redistribuée à ceux qui pourraient être intéressés par sa consommation. D'ailleurs, pour être sûrs que personne ne touchera à leurs ordures les Doigts les brûlent.

226. LA PEUR DU DESSUS

La cour quittait la salle quand un policier rattrapa un assesseur. Il tenait l'éprouvette où se trouvait Princesse 103ᵉ.

— Et cette accusée-là, qu'est-ce qu'on en fait ? Je ne peux quand même pas la ramener à la prison dans le panier à salade, avec les humains.

L'assesseur leva les yeux au ciel.

— Mettez-la donc avec les autres fourmis, répondit-il à tout hasard. De toute façon, avec sa marque jaune sur le front, elle est facile à reconnaître.

Le policier entrouvrit le couvercle de l'aquarium, renversa l'éprouvette-prison et 103ᵉ tomba du ciel au milieu de ses compagnes de captivité.

Les fourmis prisonnières furent très contentes de récupérer leur héroïne. Elles se léchèrent, se firent des trophallaxies puis se rassemblèrent pour dialoguer.

Parmi les emprisonnées il y avait 10ᵉ et 5ᵉ. Elles expliquèrent : voyant que des Doigts les mettaient dans des sacs, elles s'étaient empressées de monter dedans car elles pensaient que c'étaient des invitations à venir dans leur monde.

De toute façon, ils sont décidés à nous tuer, quoi qu'on fasse, dit une soldate qui avait perdu deux pattes arrière quand les policiers les avaient enfournées sans ménagement dans les grands sacs.

Tant pis. Au moins une fois, nous aurons pu présenter, dans leur dimension, nos arguments pour défendre notre manière de vivre, déclara Princesse 103ᵉ.

Depuis un recoin, une petite fourmi s'élança pour la rejoindre.

Prince 24ᵉ !

Ainsi la fourmi perpétuellement étourdie s'était pour une fois égarée dans la bonne direction. Oubliant les dures conditions qui avaient permis cette rencontre, Princesse 103ᵉ se pressa contre Prince 24ᵉ.

Qu'il était bon de se retrouver ! 103ᵉ avait déjà compris l'art, maintenant, elle commençait à découvrir vaguement ce qu'était l'amour.

L'amour, c'est quand on aime quelqu'un et qu'on le perd. Et qu'après, on le retrouve, pensa-t-elle.

Prince 24ᵉ se plaça tout contre 103ᵉ. Il souhaitait faire une C.A.

227. INTELLIGENCE

Le président frappa la table de son maillet.

— Nous exigeons des preuves objectives de leur intelligence.

— Elles sont capables de résoudre tous leurs problèmes, répondit Julie.

L'avocat général haussa les épaules :

— Elles ne connaissent pas même la moitié de nos technologies. Elles ignorent jusqu'au feu.

Pour cette séance on avait construit une petite estrade en Plexiglas avec la télévision et les antennes directement dans l'aquarium.

Princesse 103ᵉ se dressa sur ses quatre pattes arrière pour bien se faire comprendre. Elle émit une phrase assez longue. L'ordinateur la décrypta.

Jadis, les fourmis ont découvert le feu et l'ont utilisé pour faire la guerre ; mais un jour, elles n'ont pas réussi à maîtriser un incendie qui prenait de l'ampleur et détruisait tout, les insectes ont alors décidé d'un commun accord de ne plus toucher au feu et de bannir ceux qui utiliseraient cette arme trop dévastatrice...

— Ah, vous voyez ! Trop bêtes pour contrôler le feu, ironisa l'avocat général, mais déjà le baffle se mettait à grésiller, signe d'une suite au message précédent.

... Durant ma marche pacifique en direction de votre monde, j'ai expliqué à mes sœurs que, bien utilisé, le feu pouvait ouvrir une nouvelle voie d'avancée technologique.

— Cela ne prouve pas que vous êtes intelligentes, seulement que vous savez à l'occasion imiter notre intelligence.

La fourmi sembla tout d'un coup s'énerver. Ses antennes se mirent à s'agiter et elles giflaient carrément les sondes plastique tellement elle était agacée.

MAIS QU'EST CE QUI VOUS PROUVE, À LA FIN, QUE VOUS, LES DOIGTS, VOUS ÊTES INTELLIGENTS ? !

Rumeur dans la salle. Quelques rires retenus. La fourmi semblait mitrailler maintenant les phéromones.

Pour vous, je l'ai bien compris, le critère qui vous fait décréter qu'un animal est intelligent, c'est qu'il... vous ressemble !

Plus personne ne regardait l'aquarium. Tous les yeux étaient braqués sur l'écran et le cameraman oubliait qu'elle était un animal pour la cadrer comme une personne, en plan italien, c'est-à-dire avec la poitrine, les épaules, la tête.

À la longue, au macro-objectif, on parvenait à discerner des expressions. Il n'y avait ni mouvement de visage ni mouvement du regard, bien sûr, mais tant de mouvements d'antennes, de menton et de mandibules que chacun parvenait peu à peu à les interpréter.

Des antennes dressées marquaient l'étonnement, des antennes semi-fléchies, la volonté de convaincre. Antenne droite rabattue en avant, antenne gauche en arrière : l'attention aux arguments de l'adversaire. Antennes rabattues sur les joues : la déception. Antennes mâchouillées entre les mandibules : la détente.

Pour l'instant, les antennes de 103e étaient semi-fléchies.

Pour nous, c'est vous qui êtes bêtes et nous qui sommes intelligentes. Il faudrait avoir recours à une troisième espèce, ni Doigt, ni fourmi, pour nous départager objectivement.

Tout le monde en était conscient, la cour comprise, la question était cruciale. Si les fourmis étaient intelligentes, elles étaient responsables de leurs actes. Sinon, elles étaient irresponsables comme un malade mental ou n'importe quel mineur.

— Comment prouver l'intelligence ou la non-intelligence des fourmis ? s'interrogea tout haut le président en lissant sa barbe.

Et comment prouver l'intelligence ou la non-intelligence des Doigts ? compléta la fourmi sans se départir de son assurance.

— En l'occurrence, ce qui nous importe, c'est de définir quelle espèce est la plus intelligente par rapport à l'autre, rétorqua un assesseur.

Une cour d'assises ressemble peu ou prou à un théâtre. Depuis la nuit des temps, la justice a été conçue comme un spectacle, mais jamais le juge n'avait éprouvé aussi fortement l'impression d'être un metteur en scène. À lui de veiller à bien rythmer les interventions avant que le public ne se lasse, à lui de bien distribuer les rôles des

témoins, des accusés, des jurés. S'il parvenait à faire monter le suspense jusqu'au verdict final, à tenir en haleine tant le prétoire que
les téléspectateurs qui suivaient chaque soir la suite des débats sur
leur petit écran, il tiendrait là son plus grand succès.

Fait rare, un juré leva la main.

— Si je puis me permettre... Je suis grand amateur de jeux de
réflexion, dit l'agent des postes à la retraite. Échecs, mots croisés,
énigmes, jeux de mots, bridge, morpion. Il me semble que la meilleure manière de départager deux esprits pour déterminer quel est le
plus subtil, c'est de les confronter dans un jeu, une sorte de « joute »
d'intelligence.

Le mot « joute » sembla ravir le juge.

Il se souvenait avoir appris dans ses cours de droit qu'au Moyen
Âge, c'était de la joute que dépendait la justice. Les plaideurs enfi-
laient leurs armures et se battaient jusqu'à la mort, laissant à Dieu le
soin de décider du vainqueur. Tout était plus simple, le survivant
avait toujours raison. Les juges n'avaient ni peur de se tromper, ni
remords.

Si ce n'est que là, on ne pouvait évidemment pas organiser un duel
à forces égales, « homme-fourmi ». Il suffisait d'une pichenette pour
qu'un homme tue un insecte.

Le juge signala ce détail. Le juré ne baissa pas les bras.

— Il n'y a qu'à inventer une épreuve objective où une fourmi a
autant de chances de réussir qu'un humain, insista-t-il.

L'idée excita l'assistance. Le juge demanda :

— Et à quel genre de « joute » pensez-vous ?

228. ENCYCLOPÉDIE

STRATÉGIE DE CHEVAL : **En 1904, la communauté scientifique
internationale entra en ébullition. On croyait avoir enfin découvert « un animal aussi intelligent qu'un homme ». L'animal en
question était un cheval de huit ans, éduqué par un savant autrichien, le professeur von Osten. À la vive surprise de ceux qui
lui rendaient visite, Hans, le cheval, paraissait avoir parfaitement
compris les mathématiques modernes. Il donnait des réponses
exactes aux équations qu'on lui proposait, mais il savait aussi
indiquer précisément quelle heure il était, reconnaître sur des
photographies des gens qu'on lui avait présentés quelques jours
plus tôt, résoudre des problèmes de logique.
Hans désignait les objets du bout du sabot et communiquait les
chiffres en tapant sur le sol. Les lettres étaient frappées une à une**

pour former des mots. Un coup pour le « a », deux coups pour le « b », trois pour le « c », et ainsi de suite.

On soumit Hans à toutes sortes d'expériences et le cheval prouva sans cesse ses dons. Des zoologistes, des biologistes, des physiciens et, pour finir, des psychologues et des psychiatres se déplacèrent du monde entier pour voir Hans. Ils arrivaient sceptiques et repartaient déconcertés. Ils ne comprenaient pas où était la manipulation et finissaient par admettre que cet animal était vraiment « intelligent ».

Le 12 septembre 1904, un groupe de treize experts publia un rapport rejetant toute possibilité de supercherie. L'affaire fit grand bruit à l'époque et le monde scientifique commença à s'habituer à l'idée que ce cheval était vraiment aussi intelligent qu'un homme.

Oskar Pfungst, l'un des assistants de von Osten, perça enfin le mystère. Il remarqua que Hans se trompait dans ses réponses chaque fois que la solution du problème qu'on lui soumettait était inconnue des personnes présentes. De même, si on lui mettait des œillères qui l'empêchaient de voir l'assistance, il échouait à tous les coups. La seule explication était donc que Hans était un animal extrêmement attentif qui, tout en tapant du sabot, percevait les changements d'attitude des humains alentour. Il sentait l'excitation quand il approchait de la bonne solution.

Sa concentration était motivée par l'espoir d'une récompense alimentaire.

Quand le pot aux roses fut découvert, la communauté scientifique fut tellement vexée de s'être fait aussi facilement berner qu'elle bascula dans un scepticisme systématique face à toute expérience ayant trait à l'intelligence animale. On fait encore état dans beaucoup d'universités du cas du cheval Hans comme d'un exemple caricatural de tromperie scientifique. Cependant, le pauvre Hans ne méritait ni tant de gloire ni tant d'opprobre. Après tout, ce cheval savait décoder les attitudes humaines au point de se faire passer temporairement pour un égal de l'homme.

Mais peut-être que l'une des raisons d'en vouloir si fort à Hans est plus profonde encore. Il est désagréable à l'espèce humaine de se savoir transparente pour un animal.

Edmond Wells,
Encyclopédie du Savoir Relatif et Absolu, tome III.

229. RENCONTRE SUR LES MARCHES

Le juré spécialiste des jeux de réflexion se porta volontaire pour élaborer un test qu'après concertation la cour et la défense estimèrent acceptable.

Il fallait à présent désigner un représentant de l'espèce humaine et un autre de l'espèce fourmi pour la compétition.

L'avocat général proposa le commissaire Maximilien Linart d'un côté et Julie se prononça pour 103e, de l'autre. Le président les récusa d'office tous les deux. Linart, enseignant à l'école de police et limier réputé, était loin d'être un humain représentatif de son espèce. De même, 103e, avec tous les films qu'elle avait vus à la télévision humaine, n'avait plus rien d'une fourmi banale.

Le magistrat estimait indispensable que champion humain et champion fourmi soient choisis au hasard dans leur population respective. Le juge était conscient d'inventer une jurisprudence en la matière et prenait son rôle très au sérieux.

Un policier et un huissier furent dépêchés dans la rue, à charge pour eux de ramener le premier homme d'aspect convenable passant par là. Ils arrêtèrent un « humain moyen » âgé de quarante ans, cheveux bruns, petite moustache, divorcé, deux enfants. Ils lui expliquèrent ce qu'on attendait de lui.

L'homme fut pris de trac à l'idée de devenir le champion de l'espèce humaine et craignit d'être ridicule. Le policier se demandait s'il n'allait pas devoir recourir à la force pour l'amener devant la cour, mais l'huissier eut la bonne idée de signaler à leur cobaye qu'il passerait le soir même à la télévision. À la pensée d'impressionner ses voisins, il n'hésita plus et les suivit.

À la fourmi que la même équipe assermentée alla ramasser dans le jardin du palais de justice, on ne demanda pas son avis. Ils s'emparèrent de la première qu'ils avisèrent, un insecte de 3,2 mg, 1,8 cm de long, à petites mandibules et à chitine noire. Ils vérifièrent que tous ses membres étaient intacts et ses antennes s'agitèrent lorsqu'ils la déposèrent sur une feuille de papier.

Le matériel à mesurer l'intelligence inventé par le juré était déjà en place dans le prétoire. Il s'agissait de douze pièces de bois qu'il fallait emboîter afin de former un promontoire permettant d'atteindre une poire électrique rouge suspendue au-dessus d'eux.

Le premier des deux compétiteurs qui la toucherait enclencherait une sonnerie électrique et serait déclaré vainqueur.

Si toutes les pièces étaient exactement semblables pour l'un et l'autre, évidemment, l'échelle variait. L'échafaudage humain s'élèverait à trois mètres une fois monté, l'échafaudage fourmi : à trois centimètres.

Pour intéresser la fourmi à son travail, le juré enduisit sa poire rouge de miel. On disposa des caméras devant chacun des concurrents et le président donna le signal du départ.

L'humain s'était familiarisé dès sa plus tendre enfance avec les jeux de construction. Il se mit aussitôt à empiler méthodiquement ses pièces, soulagé de se voir proposer un test aussi simple.

La fourmi, de son côté, tournoyait, affolée de se retrouver dans un lieu étranger, avec autant d'odeurs et de lumière, loin de ses repères habituels. Elle se plaça sous la poire, renifla le doux arôme du miel et l'excitation la gagna. Ses antennes tournicotaient. Elle se dressa sur ses quatre pattes arrière, tenta d'attraper la poire et n'y arriva pas.

L'avocat général laissa sans broncher l'huissier rapprocher les morceaux de bois de l'insecte pour mieux lui faire comprendre qu'elle devait les assembler pour s'élever jusqu'à la poire. La fourmi considéra les bouts de bois et, à l'hilarité générale, les attaqua à la mandibule afin de les manger car ils étaient légèrement imprégnés d'odeur de miel.

La fourmi s'agitait, tenaillait, restait sous la poire rouge mais ne présentait aucun comportement susceptible de lui permettre de l'atteindre.

Encouragé par les siens, en revanche, l'humain était sur le point d'achever son ouvrage alors que la fourmi n'avait encore rien fait, sinon abîmer ses bouts de bois et revenir sous la poire pour tenter de l'attraper en se dressant sur ses pattes arrière et en brassant l'air de ses pattes avant. Elle claquait des mandibules, faisait du surplace et n'arrivait à rien.

L'humain n'avait plus que quatre morceaux de bois à assembler quand, très énervée, la fourmi abandonna soudain sa position sous la poire et s'en alla. On n'avait pas pensé à lui mettre de mur.

Toute l'assistance pensait qu'elle avait renoncé et s'apprêtait à plébisciter son adversaire quand elle revint, accompagnée d'une autre fourmi. Elle lui dit quelque chose avec ses antennes et l'autre se plaça d'une certaine manière pour lui faire la courte échelle.

Du coin de l'œil, l'humain aperçut la manœuvre et accéléra encore son travail. Il y était presque quand, à une seconde près, la cloche des fourmis retentit en premier.

Dans le prétoire, ce fut le tumulte. Certains huaient, d'autres applaudissaient.

L'avocat général prit la parole :

— Vous l'avez tous vu : la fourmi a triché. Elle s'est fait aider par une comparse, ce qui prouve bien que l'intelligence myrmécéenne est collective et non individuelle. Seule, une fourmi n'est capable de rien.

— Mais non, le contredit Julie. Simplement, les fourmis ont compris qu'à deux, on résout beaucoup plus facilement un problème que tout seul. C'était d'ailleurs la devise de notre Révolution des fourmis : 1 + 1 = 3. L'addition des talents dépasse leur simple somme.

L'avocat général ricana.

— 1 + 1 = 3 est un mensonge mathématique, un péché contre le bon sens, une insulte à la logique. Si ces sottises conviennent aux fourmis, tant mieux pour elles. Nous autres, hommes, ne faisons confiance qu'à la science pure et non aux formules ésotériques.

Le juge frappa de son maillet.

— Ce test n'est effectivement pas concluant. Il faut en imaginer un autre où, cette fois, un seul humain n'aura affaire qu'à une seule fourmi. Et quel qu'en soit le résultat, il sera entériné.

Le magistrat convoqua le psychologue délégué auprès de la cour d'assises et lui demanda de concocter le test objectif et incontestable en question.

Puis il accorda une interview exclusive au journaliste vedette de la principale chaîne nationale.

— Ce qui se passe ici est très intéressant, et je pense que les Parisiens devraient venir nombreux à Fontainebleau pour assister aux audiences et soutenir la cause humaine.

230. PHÉROMONE ZOOLOGIQUE : OPINION

Saliveuse : 10e.
OPINION :
Les Doigts sont de moins en moins capables de se faire une opinion personnelle.

Alors que tous les animaux pensent par eux-mêmes et se forgent une opinion par rapport à ce qu'ils voient et à ce que leur expérience leur a appris, les Doigts pensent tous la même chose, c'est-à-dire qu'ils reprennent à leur compte l'opinion émise par le présentateur du journal télévisé de vingt heures.

On peut appeler cela leur « esprit collectif ».

231. ON LA VOIT DE LOIN

Le psychologue réfléchit longuement. Il consulta des collègues, des responsables de la rubrique jeux dans des magazines, des inventeurs de jeux patentés dans le commerce. Créer une règle du jeu valable à la fois pour des humains et des fourmis, quelle gageure ! Et puis, quel jeu prouverait incontestablement l'intelligence ?

Il y avait le go, les échecs, les dames, mais comment expliquer leurs règles à une fourmi. Ils appartenaient à la culture humaine, tout comme le mah-jong, le poker ou la marelle. À quoi peuvent bien jouer les fourmis ?

Le psychologue pensa d'abord au mikado. Les fourmis devaient avoir l'habitude de dégager les brindilles dont elles avaient besoin parmi d'autres brindilles, inutilisables pour elles. Il dut y renoncer. Le mikado était une épreuve de dextérité, pas une épreuve d'intelligence. Il y avait encore les osselets, mais les fourmis n'avaient pas de mains.

À quoi jouent les fourmis ? Le jeu parut au psychologue une spécificité humaine. Les fourmis ne jouent pas. Elles découvrent des terrains, elles se battent, elles rangent les œufs et la nourriture. Chacun de leurs gestes a une utilité précise.

L'expert en déduisit qu'il fallait trouver une épreuve correspondant à une situation pratique, familière à toutes les fourmis. L'exploration d'un chemin inconnu, par exemple.

Après avoir soupesé beaucoup de pour et de contre, le psychologue suggéra un test lui paraissant universel : une course dans un labyrinthe. N'importe quelle créature enfermée dans un lieu qu'elle ne connaît pas cherche à en sortir.

L'humain serait placé dans un labyrinthe de taille humaine, la fourmi dans un labyrinthe de taille fourmi. Les deux labyrinthes seraient disposés exactement de la même façon, ils seraient tracés selon les mêmes plans, à échelles différentes. Ainsi, les deux concurrents affronteraient les mêmes difficultés pour trouver la sortie.

On changea de champions. En procédant comme pour la première épreuve, le policier et l'huissier réquisitionnèrent dans la rue un jeune étudiant blondinet. Pour représenter les fourmis, on prit la première venue dans un pot de fleurs, sur une fenêtre de la concierge du palais de justice.

Pour disposer d'une place suffisante, on installa le labyrinthe humain, avec ses barrières métalliques recouvertes de papier, sur le parvis du palais de justice.

Pour la fourmi, on construisit à l'identique un labyrinthe aux murets de papier à l'intérieur d'un grand aquarium transparent fermé à toute fourmi extérieure.

À la sortie, les deux compétiteurs devraient déclencher une sonnerie électrique en appuyant, là encore, sur une poire rouge reliée à un commutateur électrique.

Huissiers et assesseurs serviraient de juges de ligne. Le président saisit fermement son chronomètre et donna le signal de départ. L'humain partit aussitôt parmi ses palissades de papier et un policier lâcha la fourmi dans l'aquarium.

L'humain détalait. La fourmi ne bougeait pas.

En terrain inconnu, toujours éviter les gestes précipités est une vieille consigne myrmécéenne.

La fourmi commença d'ailleurs par se laver, autre consigne de base.

En terrain inconnu, on affine ses sens.

L'humain prenait de l'avance. Julie était très inquiète, les gens de la pyramide aussi. Leurs yeux étaient rivés aux écrans montrant la progression de la course. Même 103e, 24e et leurs amies qui suivaient la joute sur leur petit téléviseur ne dissimulaient pas leur anxiété. À force de vouloir choisir absolument une fourmi au hasard, ils étaient peut-être tombés sur une débile.

Allez, démarre ! cria olfactivement Prince 24e, sensible à l'enjeu.

Mais la fourmi ne bougeait toujours pas. Lentement, prudemment, elle commença enfin à renifler le sol autour de ses pattes.

De son côté, l'humain pressé s'était trompé dans son parcours et se heurtait à une impasse. Il détala en sens inverse car, ignorant que la fourmi ne s'était pas encore décidée à partir, il redoutait de perdre du temps.

La fourmi fit quelques pas, tourna en rond, puis soudain, ses antennes se dressèrent.

Les fourmis spectatrices savaient ce que cela signifiait.

Julie, qui suivait le match dans le box des accusés, serra le bras de David :

— Ça y est, elle a senti l'odeur du miel !

La fourmi se mit à cheminer droit devant dans la bonne direction. L'humain, dehors, avait lui aussi découvert le bon chemin. Sur les écrans affichant leur progression, tous deux paraissaient avancer exactement à la même vitesse.

— Enfin, les chances semblent égales, constata le juge, soucieux de maintenir le suspense pour satisfaire les médias.

Par hasard, l'homme et la fourmi prenaient les mêmes virages presque simultanément.

— Je parie sur l'humain ! s'exclama le greffier.

— Moi sur la fourmi ! dit le premier assesseur.

Les deux champions évoluaient de façon quasi parallèle.

À un moment, la fourmi se fourvoya vers une impasse et, dans l'aquarium, Princesse 103ᵉ et les siennes frémirent de toutes leurs antennes.

Non, non, pas par là ! hurlèrent-elles de toutes leurs phéromones.

Mais leurs messages olfactifs ne pouvaient circuler librement dans l'espace. Ils étaient bloqués par le plafond de Plexiglas.

— Non, non, pas par là ! criaient tout aussi vainement Julie et ses amis.

L'homme, lui aussi, se dirigea vers une impasse et, cette fois, ce fut l'assistance humaine qui clama :

— Non, non, pas par là !

Les deux concurrents s'immobilisèrent, cherchant l'un et l'autre où aller.

L'homme s'avança dans la bonne direction. La fourmi s'engouffra vers nulle part. Les défenseurs de l'espèce humaine se sentaient rassérénés. Leur champion n'avait plus que deux virages à prendre et il déboucherait sur la poire rouge. Ce fut alors que la fourmi, furieuse de tourner en rond dans une impasse, prit une initiative inattendue.

Elle escalada le muret de papier.

Guidée par l'odeur proche du miel, elle galopait tout droit vers la poire rouge, sautant au fur et à mesure chaque muret, comme autant d'obstacles dans une course de haies.

Tandis que l'humain négociait ses virages au pas de course, la fourmi sauta son dernier muret, se jucha sur la poire rouge enduite de miel et déclencha la sonnerie.

Un cri de victoire jaillit simultanément dans les box et dans l'aquarium où les fourmis se touchèrent les antennes pour fêter l'événement.

Le président demanda à l'assistance de reprendre sa place dans la salle d'audience.

— Elle a triché ! protesta l'avocat général, en s'approchant de la table du magistrat. Elle a triché tout comme l'autre. Elle n'avait pas le droit de grimper sur les murets !

— Maître, je vous prie de vous asseoir, ordonna le juge.

De retour sur le banc de la défense, Julie fit front.

— Bien sûr que non, elle n'a pas triché. Elle s'est servie de sa manière originale de penser. Il y avait un objectif à atteindre, elle l'a atteint. Elle a prouvé qu'elle était intelligente en s'adaptant plus vite au problème. À aucun moment, il n'a été signifié qu'il était interdit d'escalader les murets.

— L'humain aussi aurait pu le faire, alors ? demanda l'avocat général.

— Évidemment. C'est parce qu'il ne lui est pas venu à l'esprit qu'il pouvait agir autrement qu'en avançant tout droit dans les couloirs qu'il a perdu. Il a été incapable de penser autrement que selon des règles qu'il se figurait obligatoires mais qui, en fait, n'ont jamais été prescrites. Cette fourmi a gagné parce qu'elle a fait preuve de plus d'imagination que l'homme. C'est tout. Il faut être bon joueur.

232. ENCYCLOPÉDIE

SYNDROME DE BAMBI : **Aimer est parfois aussi périlleux que haïr. Dans les parcs naturels d'Europe et d'Amérique du Nord, le visiteur rencontre souvent des faons. Ces animaux semblent isolés et solitaires même si leur mère n'est pas loin. Attendri, heureux de s'approcher d'un animal peu farouche aux allures de grande peluche, le promeneur est tenté de caresser l'animal. Le geste n'a rien d'agressif, au contraire, c'est la douceur de l'animal qui entraîne ce mouvement de tendresse humaine. Or, cet attouchement constitue un geste mortel. Durant les premières semaines, en effet, la mère ne reconnaît son petit qu'à son odeur. Le contact humain, si affectueux soit-il, va imprégner le faon d'effluves humains. Ces émanations polluantes, même infimes, détruisent la carte d'identité olfactive du faon qui sera aussitôt abandonné par l'ensemble de sa famille. Aucune biche ne l'acceptera plus et le faon sera automatiquement condamné à mourir de faim. On nomme cette caresse assassine « syndrome de Bambi » ou encore « syndrome de Walt Disney ».**

Edmond Wells,
Encyclopédie du Savoir Relatif et Absolu, tome III.

233. SEUL PARMI LES ARBRES

Le commissaire Maximilien Linart ne voulait pas en voir plus, il rentra précipitamment chez lui.

Il lança son chapeau sur le portemanteau, ôta sa veste, claqua très fort la porte. Sa famille accourut.

Son épouse Scynthia et sa fille Marguerite l'insupportaient au plus haut point. Ne comprenaient-elles donc rien à ce qui se passait ? Ne saisissaient-elles pas les immenses enjeux de ce procès ?

Dans le salon, sa fille était à nouveau devant la télévision.

La 622e chaîne diffusait la célèbre émission de divertissement

« Piège à réflexion ». Une fois de plus, l'animateur énonçait l'énigme du jour : « Il apparaît au début de la nuit, à la fin du matin, deux fois dans l'année et on le distingue très bien en regardant la lune. »

La solution lui sauta à l'esprit. Il s'agissait de la lettre N. Au début de la nuit, à la fin du matin, deux fois dans le mot année et on l'apercevait dans le mot lune. Ça ne pouvait être que ça.

Il sourit. Il avait retrouvé son aptitude à réfléchir vite et bien. Toutes les énigmes ne lui résisteraient pas indéfiniment. Un signe lui était envoyé.

Deux mains fraîches se posèrent sur ses yeux.

— Devine qui c'est ?

Il se dégagea rudement. Sa femme le dévisagea, surprise.

— Que se passe-t-il, mon chéri, qu'est-ce qui ne va pas ? Tu es surmené ?

— Non. Lucide. Parfaitement lucide. Je gaspille mon temps avec vous. J'ai des choses essentielles à accomplir non seulement pour moi, mais pour tout le monde.

— Mais, mon chéri..., reprit Scynthia en le regardant d'un air inquiet.

Il se leva et d'une voix forte ne prononça qu'un mot :

— Dehors !

Il lui indiqua la porte et son regard était injecté de sang.

— Eh bien, si tu le prends comme ça..., finit-elle par dire, craintive.

Maximilien avait déjà claqué la porte de son bureau et s'était enfermé avec Mac Yavel. Avec des paramètres particuliers, il lança son jeu *Évolution*. Il voulait voir ce que donnerait une civilisation fourmi bénéficiant des technologies humaines.

Il avança à toute vitesse, de plus en plus captivé.

Il entendit au loin la porte du pavillon s'ouvrir et se fermer et, de son mouchoir à carreaux, il s'essuya le front. Ouf, il était enfin délivré de ces deux enquiquineuses. Les ordinateurs avaient bien de la chance, eux, de ne pas avoir de femelles.

Mac Yavel continuait à faire évoluer le jeu. En vingt minutes, il parcourut un millénaire de civilisation fourmi riche du savoir humain. C'était encore plus terrifiant que le policier ne l'avait imaginé.

Il n'allait pas continuer à se comporter en simple observateur. Il était décidé à passer à l'action, quel que soit le prix à payer.

Il se mit aussitôt au travail.

234. SOLEIL PARADOXAL

Profitant d'un instant de calme avant la reprise de l'audience, Princesse 103e et Prince 24e décident de tenter un accouplement dans l'aquarium. Depuis le début de l'audience, l'intensité des projecteurs de la télévision fait bouillir leurs hormones sexuelles tel un soleil printanier.

Cette lumière, cette chaleur, c'est quand même très excitant pour deux sexués.

Il n'est pas simple de se livrer à l'accouplement dans ce lieu clos mais, encouragée par toutes les fourmis présentes, Princesse 103e s'élance et commence à dessiner des cercles entre les parois de sa prison de verre.

À son tour, Prince 24e s'envole à sa poursuite.

Évidemment, c'est moins romantique que de faire ça dans le ciel, sous les arbres parmi les effluves forestiers, mais les deux insectes sont convaincus que, désormais, tout est fini pour eux. S'ils ne font pas l'amour ici et maintenant, jamais ils ne sauront de quoi il s'agit.

Prince 24e volette derrière Princesse 103e. Elle vole trop vite et il ne parvient pas à la rattraper. Il est obligé de lui demander de ralentir.

Enfin, il est sur elle, il s'arrime à l'arrière de son corps et se cambre pour arriver à s'emboîter. Exercice de haute voltige. Ce n'est pas facile. Toute à son souci de l'emboîtage, Princesse 103e oublie de se préoccuper de son vol et percute une paroi transparente. Sous le choc, Prince 24e se désincruste et doit repartir à l'assaut de sa belle.

Princesse 103e s'était moquée des parades nuptiales compliquées des Doigts, mais à cet instant elle aurait préféré se comporter comme eux et se rouler au sol. C'est plus simple que de chercher à créer une jonction entre deux minuscules appendices, en plein vol qui plus est.

À la troisième tentative, Prince 24e, passablement fatigué, arrive enfin à emboîter Princesse 103e. Il se produit alors en eux quelque chose de très nouveau, de très intense. D'autant plus intense qu'il s'agit de deux sexués ayant acquis cette distinction par des moyens artificiels.

Leurs antennes se joignent comme s'ils opéraient une fois de plus une C.A. La communion des esprits s'ajoute à celle des corps.

Des images psychédéliques se projettent simultanément dans leurs cerveaux minuscules.

Pour éviter de percuter de nouveau les parois de l'aquarium, Princesse 103e, qui dirige le vol, effectue de tout petits cercles concentriques au centre de leur prison, à quelques centimètres à peine du plafond de Plexiglas percé de trous.

Les images psychédéliques se font plus nettes. C'est 103e qui les émet, elle qui a encore en mémoire les grands moments romantiques du film *Autant en emporte le vent*.

À cet instant, pour les deux insectes, l'amour s'exprime plus clairement à travers les images de l'espèce doigtesque qu'à travers celles de leur propre culture. Chez les Belokaniennes, il y a certes beaucoup de mythologies mais aucune qui ressemble à *Autant en emporte le vent*. Pour le monde myrmécéen, l'amour n'est lié qu'à la fonction de reproduction. Jamais, avant d'avoir vu le film des Doigts, 103e n'avait pensé à considérer l'amour comme une émotion particulière, indépendante de la fonction procréatrice.

En bas, les autres fourmis les regardent tourner avec admiration. Elles comprennent qu'il se passe quelque chose de différent. 10e note sur une « phéromone mythologique » ce que lui inspire ce moment de pure poésie romantique.

Soudain, là-haut, tout se complique. Prince 24e a un malaise. Ses antennes s'agitent curieusement. Son cœur bat de plus en plus fort. Une immense vague rouge de plaisir pur et de douleur intense le submerge comme un raz de marée. Il a l'impression que tout se détraque dans son cœur, qui, hors de contrôle, bat la chamade.

Pan...pan, pan, pan, pan, pan...pan !

Pan, pan, pan !

Le juge frappa plusieurs petits coups secs sur son pupitre pour avertir l'assistance que l'audience reprenait.

— Mesdames et messieurs les jurés, veuillez prendre place, je vous prie.

Le président informa les jurés que les fourmis, ayant été reconnues intelligentes, étaient désormais juridiquement responsables. Ils auraient donc à statuer également sur le sort de 103e et de ses compagnes myrmécéennes.

— Je ne comprends pas ! s'écria Julie. La fourmi a pourtant gagné.

— Oui, rétorqua le juge, mais cette victoire prouve que les fourmis sont intelligentes, pas qu'elles sont innocentes. La parole est à l'accusation.

— J'ai là quelques pièces à conviction qui prouveront à ces messieurs et dames du jury à quel point les fourmis sont les ennemies de l'homme. Il y a notamment un article sur les invasions de fourmis de feu en Floride qui devrait édifier les jurés.

Arthur se leva.

— Vous oubliez de préciser comment on a arrêté ces fourmis de feu. Par l'entremise d'une autre espèce fourmi : la *solenopsis daugerri*.

Elle sait reproduire les phéromones d'une reine des fourmis de feu. Elle trompe ainsi les ouvrières qui la nourrissent tandis que leur propre reine dépérit et meurt. Moralité : il suffit aux humains de s'allier à certaines fourmis amies pour venir à bout d'autres espèces de fourmis ennemies...

L'avocat général interrompit Arthur en quittant sa chaise pour venir se placer face au jury.

— Ce n'est pas en confiant nos secrets aux insectes que nous nous en débarrasserons. Au contraire, il faut éliminer au plus vite ces fourmis déjà trop informées avant qu'elles n'aient transmis leur savoir à l'ensemble de leur espèce.

Dans l'aquarium, l'extase dure encore. Le couple myrmécéen tourne de plus en plus vite, comme happé par un tourbillon infernal. Le cœur de Prince 24e bat de façon de plus en plus chaotique. Pan, pan... pan... pan, pan, pan... pan... La couleur de la vague de plaisir rouge mue au fur et à mesure qu'elle grandit. Elle devient mauve, violette, puis franchement noire.

Le juge demanda à l'avocat général de conclure et d'annoncer ses requêtes.

— Pour les conjurés du lycée, je réclame une peine de prison de six mois ferme, sous le chef d'accusation de destruction de matériels éducatifs et troubles sur la voie publique. Pour les conjurés de la pyramide je réclame, sous le chef de complicité de meurtres, une peine de six ans ferme. Pour Princesse 103e et ses complices, sous le chef d'insurrection et d'assassinat de policiers, je réclame... la peine de mort.

Le public manifesta. Le juge tapa avec son maillet, presque sans y penser.

— Je me permets de rappeler à mon collègue de l'accusation que la peine de mort est abolie depuis longtemps dans notre pays, énonça-t-il doctement.

— Pour les hommes, monsieur le président, pour les hommes. J'ai bien cherché. Rien dans notre code pénal n'interdit la peine de mort pour les animaux. On pique les chiens qui mordent les enfants. On abat les renards qui transmettent la rage. D'ailleurs, qui d'entre nous peut se vanter de n'avoir jamais assassiné de fourmis ?

Même ceux qui ne l'approuvaient pas étaient obligés d'admettre que l'accusateur public avait raison. Qui n'avait pas tué de fourmis, ne serait-ce que par mégarde ?

— En décrétant la peine de mort pour Princesse 103e et les sien-

nes, nous ne ferons qu'accomplir un acte de civisme et de légitime
défense, reprit l'avocat général. Les documents saisis dans la pyramide l'attestent : elles avaient lancé une grande croisade contre nous.
Que la nature sache que les espèces qui veulent nuire à l'homme
finissent par le payer de leur vie.

Prince 24e dresse les antennes. Princesse 103e le sent, le voit, mais
son propre plaisir est si long et si grand qu'elle ne parvient pas à se
préoccuper de son partenaire.

Si lui est submergé d'une vague rouge qui vire au noir, elle est
envahie d'une vague rouge qui vire à l'orange puis ne cesse de
s'éclaircir jusqu'à prendre une teinte plus jaune et plus chaude. À
présent, elle n'est plus princesse, elle est reine.

Prince 24e va de plus en plus mal.

La pression grimpe toujours. Son cœur s'est arrêté.

La pression monte, monte. Il se désemboîte d'un coup, tente un
battement d'ailes pour ralentir sa chute et...

Le président donna la parole à la défense.

Julie fit appel aux ressources de tous ses neurones.

— Ce qui se passe ici n'est pas qu'un procès. C'est bien plus que
cela. C'est une occasion unique qui nous est présentée de comprendre un système de pensée non humain. Si nous ne parvenons pas à
pactiser avec les fourmis, ces infraterrestres, comment pourrions-
nous un jour espérer communiquer avec des extraterrestres ?

Dans l'air, une petite détonation sèche. La pression était trop forte,
le plaisir trop intense, à peine tous ses gamètes projetés dans la
femelle, le prince explose de jouissance. Les morceaux de chitine
partent dans toutes les directions et retombent comme les morceaux
d'un avion qui a éclaté en vol. Il n'y a pas un insecte en bas qui évite
un lambeau du corps du valeureux sexué.

Julie avait l'impression qu'à force d'avoir lu l'*Encyclopédie du
Savoir Relatif et Absolu*, c'était Edmond Wells qui, à présent, parlait
parfois par sa voix :

— Les fourmis peuvent s'avérer un tremplin pour notre évolution.
Plutôt que de chercher à les détruire, tentons de les utiliser. Nous
sommes complémentaires. Nous contrôlons le monde à hauteur d'un
mètre, elles à hauteur d'un centimètre. Arthur a démontré qu'avec

leurs mandibules, elles fabriquent dans l'infiniment petit des objets que même le plus habile des horlogers ne saurait reproduire. Pourquoi nous priver de si précieux alliés ?

Reine 103ᵉ virevolte encore un peu puis atterrit en catastrophe dans le récepteur phéromonal.

« Critch. » Un petit bruit résonna dans les haut-parleurs de la machine « Pierre de Rosette », mais dans le prétoire où les conversations battaient leur plein, nul n'y prêta attention.

Julie poursuivait :

— Il est hors de question de nous condamner parce que nous avons voulu améliorer le statut de notre espèce. Il est hors de question de tuer des fourmis.

En tombant, la reine perd ses ailes.
La mort du prince et la perte des ailes sont le prix de la royauté myrmécéenne.

— C'est bien au contraire en nous acquittant et en libérant ces insectes innocents que vous montrerez que le chemin que nous avons commencé à explorer mérite toute l'attention possible. Les fourmis qu'on le veuille ou non sont...

Sa bouche resta ouverte. La phrase resta en suspens.

235. ENCYCLOPÉDIE

POUVOIR DES CHIFFRES : 1 2 3 4 5 6 7 8 9 10
Rien que par leurs formes, les chiffres nous racontent l'évolution de la vie. Tout ce qui est courbe indique l'amour. Tout ce qui est trait indique l'attachement. Tout ce qui est croisement indique les épreuves. Examinons-les.
0 : c'est le vide. L'œuf originel fermé.
1 : c'est le stade minéral. Ce n'est qu'un trait. C'est l'immobilité. C'est le début. Être, simplement être, ici et maintenant, sans penser. C'est le premier niveau de conscience. Quelque chose est là, qui ne pense pas.
2 : c'est le stade végétal. La partie inférieure est composée d'un

trait, le végétal est donc attaché à la terre. Le végétal ne peut bouger son pied, il est esclave du sol, mais il est doté d'une courbe en son haut. Le végétal aime le ciel et la lumière, et c'est pour eux que la fleur se fait belle dans sa partie supérieure.

3 : c'est le stade animal. Il n'y a plus de trait. L'animal s'est détaché de la terre. Il peut se mouvoir. Il y a deux boucles, il aime en haut et en bas. L'animal réagit en esclave de ses sentiments. Il aime, il n'aime pas. L'égoïsme est sa principale qualité. L'animal est prédateur et proie. Il a peur en permanence. S'il ne réagit pas en fonction de ses intérêts directs, il meurt.

4 : C'est le stade humain. C'est le niveau au-dessus du minéral, du végétal et de l'animal. Il est à la croisée des chemins. C'est le premier chiffre à croisement. Si le 4 réussit son changement, il bascule dans le monde supérieur. Il sort de son stade d'esclave des sentiments, par le libre arbitre. Soit il réalise son destin, soit il ne le réalise pas. Mais la notion de liberté de choix autorise aussi à ne pas réaliser sa mission de conquête de la liberté et de la domination de ses sentiments. 4 autorise à rester librement animal ou à passer à l'étape suivante. C'est l'enjeu actuel de l'humanité.

5 : C'est le stade spirituel. C'est le contraire du 2. Le 5 a le trait en haut, il est lié au ciel. Il a une courbe en bas : il aime la terre et ses habitants. Ayant réussi à se libérer du sol, il n'est cependant pas parvenu à se libérer du ciel. Il a passé l'épreuve de la croix du 4 mais il plane.

6 : C'est une courbe continue sans angle, sans trait. C'est l'amour total. Il est presque spirale, il s'apprête à aller vers l'infini. Il s'est libéré du ciel et de la terre, de tout blocage supérieur ou inférieur. Il est pur canal vibratoire. Il lui reste cependant une chose à accomplir : passer au monde créateur. 6 est également la forme du fœtus en gestation.

7 : C'est le chiffre du passage. C'est un 4 inversé. Là encore, nous nous trouvons à un croisement. Un cycle est terminé, celui du monde matériel ; il faut donc passer au cycle suivant.

8 : C'est l'infini. Si on le dessine, on ne s'arrête jamais.

9 : C'est le fœtus en gestation. 9 est l'inverse du 6. Le fœtus s'apprête à retourner au réel. Il va donner naissance au...

10 : C'est le zéro de l'œuf originel, mais de la dimension supérieure. Ce zéro de la dimension supérieure va lancer de nouveau un cycle de chiffres mais à une échelle plus élevée. Et ainsi de suite.

Chaque fois que l'on trace un chiffre, on transmet cette sagesse.

Edmond Wells,
Encyclopédie du Savoir Relatif et Absolu, tome III.

236. DIFFÉRENCE DE PERCEPTION

Sur l'écran vidéo surplombant le box des accusés venait d'apparaître le visage de Maximilien. Il avait un sourire bizarre, presque gourmand. Un gros plan avait cloué Julie sur place.

On y voyait Maximilien, le regard fiévreux, armé d'un coupe-ongles. Il prenait des fourmis et les décapitait une à une, tout près de l'objectif de sa caméra. Cela produisait à chaque fois un petit bruit sec.

— Que se passe-t-il ? Quelle est cette mascarade ? demanda le juge.

L'huissier vint lui murmurer quelque chose à l'oreille. Maximilien s'était enfermé chez lui et, grâce à une simple caméra vidéo et au relais de son ordinateur, il retransmettait cette scène par le biais des lignes téléphoniques.

Les décapitations de fourmis se succédaient. Puis, fatigué sans doute d'avoir occis une centaine d'entre elles, il sourit à la caméra, ramassa les corps suppliciés et les épousseta négligemment pour les jeter dans sa corbeille à papier.

Ensuite il saisit une feuille et, se plaçant bien face à sa caméra, il articula :

— Mesdames et messieurs, l'heure est grave. Notre monde, notre civilisation, notre espèce sont menacés de disparition. Un terrible ennemi se dresse sur notre seuil. Qui nous met ainsi en danger ? L'autre, l'autre plus grande civilisation, l'autre plus grande espèce de la planète, j'ai nommé les fourmis. Je les ai étudiées depuis quelque temps, j'ai étudié leur influence sur les hommes. Mais surtout, j'ai installé sur un simulateur de civilisation un programme visant à savoir ce que serait le monde si les fourmis avaient accès à notre savoir technologique.

« J'ai constaté ainsi que les fourmis, qui nous sont supérieures par leur nombre, leur pugnacité et leur mode de communication, ne mettraient pas plus de cent ans à nous réduire en esclavage.

« Avec l'apport de nos technologies humaines, tous leurs pouvoirs seront surdimensionnés. Je sais, mesdames et messieurs, cela, pour certains d'entre vous, paraîtra aberrant. Je pense cependant que nous ne pouvons pas courir le risque de vérifier cette hypothèse.

« En conséquence, il nous faut détruire les fourmis et, en priorité, ces fameuses fourmis "civilisées" qui se sont approprié la forêt de Fontainebleau. Je le sais, quelques-uns parmi vous les trouvent sympathiques. D'autres estiment qu'elles peuvent nous aider et qu'elles ont des choses à nous apprendre. Ils se trompent

« Les fourmis sont le pire fléau que l'humanité ait jamais connu.

Une seule cité fourmi tue chaque jour proportionnellement plus d'animaux qu'un pays humain tout entier.

« Elles écrasent d'abord, puis utilisent comme du bétail toutes les espèces vaincues. Aux pucerons, par exemple, elles coupent les ailes pour mieux les traire. Après les pucerons, ce serait un jour notre tour.

« Ayant pris conscience du danger que représentent les fourmis intelligentes pour l'humanité, j'ai décidé en tant qu'humain, moi, Maximilien Linart, de détruire la partie de la forêt de Fontainebleau qui, en raison de l'insouciance d'un groupuscule d'humains, grouille maintenant de fourmis initiées à notre technologie. Et si c'est nécessaire, je réduirai en cendres la forêt tout entière.

« J'ai longuement réfléchi et pensé à l'avenir. Si nous ne détruisons pas maintenant ces vingt-six mille hectares de forêt contaminés, il nous faudra sans doute un jour détruire toutes les forêts du monde. Pour l'heure, cette infime amputation évitera une gangrène générale. Le savoir est comme une maladie contagieuse.

« La Bible nous enseigne qu'Adam aurait dû résister à la tentation de croquer la pomme du savoir. Ève l'a incité à commettre l'irréparable. Mais nous, nous pouvons empêcher les fourmis de connaître cette malédiction.

« J'ai placé des bombes incendiaires dans la zone forestière où se trouvent les fourmilières contaminées par les idées de 103e.

« Inutile d'essayer de m'arrêter. Je suis solidement barricadé dans ma maison et le système de mise à feu des bombes incendiaires, sous le contrôle de mon ordinateur, sera juste après ce message débranché du réseau, donc, aucun risque de voir son programme modifié de l'extérieur.

« N'essayez pas de m'arrêter. Si, toutes les cinq heures, je n'inscris pas une formule codée sur le clavier de mon ordinateur, tout explosera, chez moi et dans la forêt.

« Je n'ai plus rien à perdre. Je sacrifie ma vie pour mon espèce. Il pleut aujourd'hui et j'attendrai que le beau temps revienne pour déclencher l'incendie forestier. Si je devais périr dans un assaut inconsidéré, que l'humanité considère cela comme mon testament et qu'un autre prenne la relève.

Des journalistes coururent transmettre leurs papiers. Des gens qui ne se connaissaient pas s'interpellèrent dans le prétoire.

Le préfet Dupeyron, qui s'était déplacé pour entendre l'énoncé du verdict de ce procès sans précédent, réquisitionna dans la minute le bureau du juge. Il décrocha le téléphone, en priant pour que le commissaire n'ait pas eu la mauvaise idée d'arracher sa ligne.

Dieu merci, Linart répondit à la première sonnerie.

— Quelle mouche vous pique, commissaire ?

— De quoi vous plaignez-vous, monsieur le préfet ? Vous souhaitiez vous débarrasser d'un pan de forêt pour laisser libre place aux projets hôteliers d'un groupe japonais, vos souhaits seront exaucés. Vous aviez raison. Cela créera des emplois et contribuera à résorber le chômage.

— Mais pas ainsi, Maximilien. Il existe des moyens plus discrets de s'y prendre...

— En incendiant cette maudite forêt, je sauverai l'humanité tout entière.

Le préfet avait la gorge sèche et les mains moites.

— Vous êtes devenu fou, soupira-t-il.

— Certains penseront cela au début mais, un jour, on me comprendra et on m'érigera des statues en tant que sauveur de l'humanité.

— Mais pourquoi vous entêter à exterminer ces fourmis de rien du tout ?

— Vous ne m'avez donc pas écouté ?

— Mais si, mais si, je vous ai écouté. Vous redoutez à ce point la concurrence d'autres animaux intelligents ?

— Oui.

Il y avait tant de détermination dans la voix du policier que le préfet chercha un argument fort pour le convaincre.

— Vous vous imaginez ce qui se serait passé si les dinosaures, comprenant que les hommes allaient un jour former une civilisation de taille plus réduite mais surpuissante, avaient systématiquement éliminés les mammifères ?

— C'est exactement la bonne comparaison. Je crois qu'en effet les dinosaures auraient dû se débarrasser de nous. Il aurait dû y avoir un dinosaure héroïque qui, comme moi, comprenne l'enjeu sur le long terme. Ils seraient peut-être encore vivants à cette heure, répondit Linart.

— Mais ils étaient inadaptés à la planète. Trop gros, trop balourds...

— Et nous ? Peut-être que les fourmis nous trouveront aussi un jour gros et balourds. Et si on leur en donne la possibilité, que feront-elles ?

Là-dessus il raccrocha.

Le préfet envoya ses meilleurs démineurs pour tenter de repérer les bombes au phosphore disséminées dans la forêt. Ils en retrouvèrent une dizaine, mais ils ne savaient pas combien en chercher et la forêt est immense ; ils reconnurent alors la vanité de leurs efforts.

La situation semblait perdue. La population avait les yeux rivés au ciel. Chacun savait maintenant que dès que la pluie cesserait, la forêt s'embraserait.

Quelque part pourtant, quelqu'un murmura à voix basse : « J'ai peut-être une idée... »

237. ENCYCLOPÉDIE

CHANTAGE : Tout ayant été exploité, il n'existe qu'un seul moyen pour créer de nouvelles richesses dans un pays déjà riche : le chantage. Cela va du commerçant qui ment en affirmant : « C'est le dernier article qui me reste et si vous ne le prenez pas tout de suite, j'ai un autre client qui est intéressé », jusqu'au plus niveau, le gouvernement qui décrète : « Sans le pétrole qui pollue, nous n'aurions pas les moyens de chauffer toute la population du pays cet hiver. » C'est alors la peur de manquer ou la peur de rater une affaire qui va générer des dépenses artificielles.

Edmond Wells,
Encyclopédie du Savoir Relatif et Absolu, tome III.

238. SUR LE POINT D'IMPLOSER

Il plut toute la journée du samedi ; le soir, le ciel se remplit d'étoiles et les spécialistes de la météorologie nationale annoncèrent qu'il ferait beau le dimanche et que le vent soufflerait fortement sur la forêt de Fontainebleau.

Si Maximilien n'avait pas particulièrement la foi, en la circonstance il considéra que Dieu était avec lui. Il se vautra dans son fauteuil, face à son ordinateur, heureux et conscient de l'importance de sa mission sur terre. Puis il s'endormit.

Les portes étaient verrouillées, les volets barrés. Dans la nuit, un visiteur parvint à s'introduire subrepticement dans le bureau du commissaire. Le visiteur chercha l'ordinateur. L'appareil était en position de veille, prêt à déclencher les bombes au cas où l'impression du code ne l'en empêcherait pas. Le visiteur s'avança pour le neutraliser ; dans sa hâte, il renversa un objet. Maximilien ne dormait que d'un œil, le bruit, pourtant réduit, suffit à le réveiller tout à fait. D'ailleurs, il s'attendait à une attaque de dernière minute. Il braqua son revolver sur le visiteur et appuya sur la détente. Toute la pièce vibra quand le coup partit.

Le visiteur esquiva vivement la balle. Maximilien en tira une deuxième qu'il esquiva de même.

Énervé, le commissaire rechargea son arme et visa à nouveau. Le visiteur décida qu'il valait mieux se cacher quelque part. D'un bond, il gagna le salon et se dissimula derrière les rideaux. Le policier tira mais le visiteur baissa la tête et les balles passèrent au-dessus de son front.

Maximilien alluma les lumières. Le visiteur comprit qu'il lui fallait changer de cachette au plus vite. Il se glissa derrière un fauteuil au haut dossier sur lequel ricochèrent plusieurs balles.

Où s'abriter ?

Le cendrier. Il courut se blottir dans l'interstice entre un vieux mégot de cigare froid et le bord. Le policier eut beau soulever coussins, tentures et tapis, cette fois, il ne le trouva pas.

Reine 103e en profita pour reprendre haleine et retrouver son calme. Elle procéda à un rapide lavage de ses antennes. Une reine est généralement trop précieuse pour risquer ainsi sa vie. Elle n'est tenue que de demeurer à pondre dans sa loge nuptiale. Cependant, 103e avait compris qu'elle était seule au monde à être suffisamment « doigte » et suffisamment fourmi pour réussir cette mission d'une importance capitale. Comme l'enjeu était la destruction de la forêt et donc des fourmilières, elle avait consenti à risquer le tout pour le tout.

Maximilien pointait toujours son revolver, tirant parfois dans un coussin. Pour une cible si petite, il fallait cependant une arme différente.

Maximilien alla chercher une bombe aérosol dans le placard de la cuisine et vaporisa un nuage d'insecticide dans son salon. L'air s'emplit de relents mortels. Heureusement, les minuscules poches pulmonaires de la fourmi disposaient d'une grande autonomie. L'insecticide se diluant dans l'important volume d'air de la pièce, respirer restait supportable. Elle pouvait, certes, demeurer là une dizaine de minutes mais il n'y avait pas de temps à perdre.

Reine 103e détala.

Maximilien pensa que si le seul adversaire que les autorités et le préfet avaient trouvé à lui opposer était une fourmi, c'était qu'ils n'avaient plus aucune idée. Il en était là, satisfait de ses réflexions, quand la lumière s'éteignit. Comment était-ce possible ? Une minuscule fourmi n'était quand même pas capable d'appuyer sur l'interrupteur.

Il comprit alors que la myrmécéenne s'était introduite dans le central domotique. Cela signifiait-il qu'elle était apte à déchiffrer un circuit imprimé et à reconnaître quel fil électrique couper ?

« Ne jamais sous-estimer l'adversaire. » C'était le premier enseignement qu'il inculquait à ses élèves de l'école de police. Et lui-même venait de commettre cette erreur uniquement parce que l'adversaire était mille fois plus petit que lui.

Il se munit d'une lampe de poche halogène qu'il conservait dans un tiroir de la commode. Il éclaira le dernier lieu où il avait cru voir son visiteur. Il se dirigea ensuite vers le boîtier du compteur et constata qu'un fil électrique avait bel et bien été tranché à la mandibule.

Il se dit qu'il n'y avait qu'une seule fourmi capable de faire ça : 103e, leur reine dégénérée.

Dans l'obscurité, avec son sens olfactif surdéveloppé et sa vision infrarouge détectrice de chaleur, la fourmi disposait désormais d'un léger avantage. Seulement, c'était jour de pleine lune et Maximilien n'eut qu'à ouvrir les volets désormais inutiles pour inonder la pièce d'une lumière bleu-violet.

Il fallait se dépêcher. La fourmi retourna vers le bureau et l'ordinateur. Francine lui avait appris comment s'y glisser par la grille d'aération située à l'arrière. Elle suivit ses instructions à la lettre. 103e était maintenant dans la place. Il ne lui restait plus qu'à désactiver les connexions qu'on lui avait indiquées. Elle marcha sur les plaques électroniques. Ici, le disque dur. Là, la carte mère. Elle enjamba les condensateurs, les transistors, les résistances, les potentiomètres et les radiateurs. Tout vibrait autour d'elle.

Reine 103e sentait qu'elle se mouvait dans une structure hostile. Mac Yavel était au courant de sa présence. Il ne possédait pas d'yeux internes mais percevait d'infimes courts-circuits chaque fois que la fourmi posait ses pattes sur une connexion en cuivre.

Si Mac Yavel avait eu des mains, il l'aurait déjà massacrée.

S'il avait eu un estomac, il l'aurait déjà digérée.

S'il avait eu des dents, il l'aurait déjà mâchée.

Mais l'ordinateur n'était qu'une machine inerte, constituée de composants d'origine minérale. Reine 103e était en lui et se remémorait le plan du circuit imprimé que lui avait indiqué Francine quand, soudain, avec sa vision infrarouge, elle discerna à travers la grille d'aération l'œil immense de son ennemi humain.

Maximilien reconnut la marque jaune sur son front et lui envoya un nuage d'insecticide. Les ouvertures respiratoires de la fourmi étaient encore béantes et elle toussotait quand un second nuage vint transformer complètement l'intérieur de l'ordinateur en un port anglais dans la brume. De l'air acide lui rongeait l'intérieur. C'était insupportable.

De l'air, vite.

Elle sortit par la trappe du lecteur de disquettes et fut accueillie par de nouveaux coups de feu. Elle zigzagua entre les balles qui étaient pour elle comme autant de fusées. La lampe de poche ne la quittait pas et elle galopait dans un rond de lumière.

Afin d'échapper au projecteur, elle galopa sous la porte du bureau pour regagner le salon et s'enfoncer sous le pli d'un tapis. Le tapis fut soulevé. Elle se blottit sous un fauteuil. Le fauteuil fut renversé.

La fourmi courut entre des chaussures, affolée. Il y avait de plus en plus de Doigts à sa recherche. Au moins une dizaine. Elle se réfugia dans la jungle de nylon d'un rebord de moquette épaisse.

Et maintenant ?

Elle agita les antennes et repéra un courant d'air charbonneux. Elle quitta à toute vitesse la moquette et fonça vers le tunnel vertical, en face d'elle. Excellent abri. Oui, mais le projecteur avait suivi sa progression.

— Tu es dans la cheminée, 103ᵉ, cette fois je te tiens, maudite fourmi ! clama Maximilien en balayant l'intérieur de sa cheminée du faisceau de sa lampe de poche.

La fourmi s'éleva dans l'immense tunnel vertical, foulant au passage de la suie.

Maximilien voulut encore lancer sur elle un nuage d'insecticide mais sa bombe était vide. La cheminée étant suffisamment large dans sa partie inférieure pour laisser passer un corps humain adulte, il décida de l'escalader pour aller aplatir 103ᵉ. Tant qu'il ne verrait pas le corps de ce fichu insecte réduit en miettes, il ne serait sûr de rien.

L'humain s'agrippa aux vieilles pierres, ses deux troupeaux de cinq doigts s'informant mutuellement de leur progression par l'entremise du central de communication cérébral. Derrière, encore plus maladroits dans la prison des chaussures, ses pieds cherchaient des appuis.

Cependant, plus le conduit se rétrécissait, plus il était facile d'y grimper. En se calant avec ses coudes et ses genoux, Maximilien avançait sans problème, tel un bon alpiniste.

Reine 103ᵉ ne s'était pas attendue qu'il la suive. Elle monta plus haut. Il monta aussi. La fourmi percevait l'odeur huileuse des Doigts à sa poursuite. Pour les fourmis, les Doigts sentent l'huile de marron.

Maximilien haletait. Grimper à quatre pattes dans une cheminée verticale, ce n'était vraiment plus de son âge. Il éclaira le haut du conduit et crut discerner deux minuscules antennes qui semblaient le narguer. Il s'éleva encore de quelques centimètres. La cheminée se rétrécissait de plus en plus et il avait du mal à y enfoncer tout son corps à la fois. D'abord il envoya son flanc droit, puis, quand celui-ci fut bloqué, son épaule droite et, son épaule à son tour coincée, il lança son bras droit en hauteur.

Reine 103ᵉ se calfeutra au creux d'une brique que Maximilien aussitôt éclaira. L'abri était difficile d'accès mais il n'allait pas laisser

103ᵉ s'échapper après s'être donné tout ce mal. Son bras ne pouvant plus avancer, il envoya son poignet à l'attaque.

La fourmi recula. Un Doigt approchait et elle était dans un cul-de-sac.

— Je te tiens, maintenant, marmonna Maximilien en serrant les mâchoires.

Il avait l'impression d'avoir frôlé la fourmi et regrettait de n'avoir pas frappé plus fort. Il enfonça son index dans la cavité mais Reine 103ᵉ effectua un petit saut de côté et mordit le doigt jusqu'au sang avec ses mandibules.

— Aïe !

Le sang perla sur la blessure minuscule. La fourmi savait qu'elle n'avait plus maintenant qu'à tirer de l'acide dans la plaie. Comme elle avait, spécialement pour cette occasion, gonflé sa glande abdominale d'acide concentré à 70 %, le jet pourrait être suffisamment corrosif pour provoquer une réaction.

Reine 103ᵉ se mit en position de tir et rata sa cible. Son venin s'écrasa contre l'ongle sans susciter le moindre dégât. Le doigt fouetta l'air. Coincée qu'elle était au fond de sa cachette, le combat était désormais presque égal.

Elle n'était plus qu'une petite fourmi fatiguée contre un index virulent. Les armes de la fourmi : sa poche de tir abdominal gorgée d'acide formique et le tranchant de ses minuscules mandibules.

Les armes du Doigt : le tranchant de son ongle, le plat de son ongle et la puissance de ses muscles.

Maximilien souffla sous l'effort. Il voulut envoyer d'autres doigts à la rescousse de son index. Il s'écorcha la main mais parvint à introduire quatre doigts dans le creux de la brique.

Duel. Comme une grosse pieuvre sortie du roman de Jules Verne *Vingt mille lieues sous les mers*, la main de Maximilien Linart cherchait à assommer son petit adversaire en fouettant l'air en tous sens.

La fourmi était à la fois admirative et apeurée face à cette redoutable main de combat. Vraiment, les Doigts ne mesuraient pas leur chance de posséder de tels appendices ! Elle esquiva de son mieux les longs tentacules roses qui se déployaient pour l'écraser. Elle tira plusieurs salves, sans réussir à toucher sa cible rouge. Elle décida donc de multiplier les plaies. Elle entailla la chair rose d'autres infimes estafilades.

Les Doigts devenaient de plus en plus nerveux mais ne renonçaient pas. La fourmi avait sous-estimé leur acharnement. Elle reçut une tape en pleine face et fut projetée contre le fond de son refuge.

La main était déjà armée pour une nouvelle pichenette. Index complètement recourbé, il suffisait que le pouce le libère pour qu'il parte fort et droit.

Mon seul véritable ennemi est la peur.

Elle pensa à Prince 24e, son époux d'un jour. Il l'avait ensemencée. Bientôt, elle pondrait. Il était mort pour elle. Rien que pour lui, elle devait survivre.

Elle repéra l'entaille la plus large et, de toutes ses forces, elle y expédia son venin.

Sous la brûlure, l'homme eut un infime mouvement de recul, il perdit l'équilibre, chuta lourdement et s'effondra dans les cendres. Il resta là, les vertèbres cervicales brisées.

Fin du duel. Aucune caméra n'avait filmé l'exploit. Qui pourrait y croire un jour ? Une fourmi, une toute petite fourmi, avait vaincu Goliath.

Elle lécha ses blessures. Puis, comme à son habitude après les combats, elle procéda à un rapide nettoyage : elle lécha ses antennes, elle en lissa les poils, elle lécha ses pattes et se remit de ses émotions.

Maintenant, il fallait terminer le travail. Si d'ici quelques minutes Mac Yavel ne recevait pas son code, il déclencherait les bombes incendiaires.

Tandis qu'elle courait, elle aperçut une ombre qui la poursuivait. Elle se retourna et vit un gigantesque monstre volant. Il était enveloppé d'ailes fines, longues et molles dont les couleurs carmin et noir ajoutaient à l'aspect effrayant. 103e sursauta de peur. Ce n'était pas un oiseau. L'animal était doté de gros yeux globuleux qui pivotèrent en tous sens pour finalement se fixer sur la fourmi. Il ouvrit la bouche et des bulles inodores s'élevèrent vers le ciel.

Un poisson.

Assez rêvassé.

Elle retourna à l'attaque de l'ordinateur. Il y avait encore des relents d'insecticide à l'intérieur mais c'était supportable.

Mac Yavel tenta de lui envoyer de petites décharges électriques afin de l'électrocuter mais la fourmi sautilla pour éviter ces pièges. Elle se concentra sur sa tâche prioritaire : couper les fils reliés à l'émetteur radio commandant les bombes.

Ne pas se tromper. Surtout ne pas se tromper de fil.

Une seule erreur et, au lieu de désamorcer, elle déclencherait le désastre. Épuisées par le duel à mort, ses mandibules tremblaient. L'air imprégné de poison l'empêchait de réfléchir sereinement. La fourmi longea un chemin de cuivre aussi fin que l'un de ses poils. Elle compta trois microprocesseurs, tourna à un carrefour bourré de résistances et de condensateurs. Ses instructions étaient de trancher le quatrième fil du fond.

Elle tenailla la gaine de plastique, puis le cuivre et distilla du venin dessus. Mais alors qu'elle était à la moitié de la découpe, elle se dit que, non, ce n'était pas là le quatrième mais l'un des deux autres qui le jouxtaient.

Mac Yavel déclencha le ventilateur de refroidissement pour aspirer et broyer l'insecte dans les pales. Tempête !

Pour ne pas être emportée par cette bourrasque, Reine 103ᵉ s'arrima aux composants. Après avoir vaincu l'homme, il lui fallait vaincre la machine. Dans un bourdonnement, Mac Yavel entama son compte à rebours qui ferait exploser les bombes dans la forêt.

Le compteur numérique était devant la fourmi, l'éclairant des formes rouges de chacun de ses chiffres.

10, 9, 8,... Il ne restait plus que deux fils mais, pour la fourmi, avec sa vision infrarouge, le vert et le rouge apparaissaient tous deux marron clair.

7,... 6,... 5,...

La reine trancha l'un des deux au hasard. Le compte à rebours continuait.

Ce n'était pas le bon fil !

Vite elle entailla de manière désespérée le dernier.

4,... 3,... 2,...

Trop tard ! le fil n'était qu'à moitié coupé. Pourtant, le compte à rebours s'arrêta sur 2. Mac Yavel venait de tomber en panne.

La fourmi regarda, ébahie, le compteur bloqué sur le chiffre deux.

Il se produisit en 103ᵉ quelque chose d'inattendu, une pression piquante qui montait dans son cerveau. Peut-être dû à toutes les émotions qu'elle avait connues jusqu'à cet instant, un mélange phéromonal bizarre était en train de donner naissance à une molécule inconnue dans son esprit. Reine 103ᵉ était incapable de maîtriser ce qui lui arrivait. La pression montait, pétillait, irrépressible, mais pas du tout désagréable.

Toutes les tensions issues des dangers traversés se mirent à disparaître les unes après les autres, comme par enchantement.

La pression gagnait maintenant ses antennes. Cela ressemblait à ce qu'elle avait ressenti lorsqu'elle avait fait l'amour avec 24ᵉ. Ce n'était pas de l'amour. C'était, c'était...

L'humour !

Elle éclata de rire, ce qui chez elle se manifesta par des hochements de tête incontrôlables, l'émission d'un peu de bave et des tremblements de mandibules.

239. ENCYCLOPÉDIE

HUMOUR : Le seul cas d'humour animal recensé dans les annales scientifiques a été rapporté par Jim Anderson, primatologue à l'université de Strasbourg. Ce scientifique a consigné le cas de Koko, un gorille initié au langage gestuel des sourds-muets. Un expérimentateur lui demandant un jour de quelle couleur était une serviette blanche, il fit le geste signifiant « rouge ». L'expérimentateur répéta la question en brandissant dûment la serviette devant les yeux du singe, obtint la même réponse et ne comprit pas pourquoi Koko s'obstinait dans son erreur. L'humain commençant à perdre patience, le gorille s'empara de la serviette et lui montra le petit ourlet rouge tissé sur son rebord. Il présenta alors ce que les primatologues appellent « la mimique du jeu », c'est-à-dire un rictus, babines retroussées, dents de devant exhibées, yeux écarquillés. Peut-être s'agissait-il d'humour...

Edmond Wells,
Encyclopédie du Savoir Relatif et Absolu, tome III.

240. RENCONTRE AVEC QUELQU'UN D'ÉTONNANT

Les doigts s'entremêlèrent. Les danseurs enlacèrent fermement leurs cavalières.

Bal au château de Fontainebleau.

En l'honneur du jumelage de la ville avec la cité danoise d'Esjberg, il y avait fête en la demeure historique. Échange de drapeaux, échange de médailles, échanges de cadeaux. Représentations de danses folkloriques. Chorales locales. Présentation du panneau : « FONTAINEBLEAU — HACHINOÉ — ESJBERG : VILLES JUMELÉES », qui marquerait désormais l'entrée des trois lieux.

Dégustation enfin d'aquavit et d'eau-de-vie de prune française.

Des voitures arborant les drapeaux des deux nations se garaient encore dans la cour centrale et des couples de retardataires en sortaient, en vêtements de gala.

Des officiels danois faisaient la courbette à leurs homologues français, lesquels leur serraient la main. Puis on échangeait sourires, cartes de visite et on se présentait les épouses.

L'ambassadeur du Danemark s'approcha du préfet et lui glissa à l'oreille :

— J'ai vaguement suivi cette histoire de procès de fourmis. Comment ça a fini, au juste ?

Le préfet Dupeyron cessa de sourire. Il se demandait à quel point son interlocuteur avait suivi l'affaire. Il avait dû lire probablement un ou deux articles dans les journaux. Il éluda.

— Bien. Bien. Merci de vous intéresser à nos affaires locales.

— Mais pouvez-vous m'en dire plus, est-ce que les gens de la pyramide ont été condamnés ?

— Non, non. Les jurés ont été très cléments. On leur a juste demandé de ne plus construire de maison en forêt.

— Mais l'on m'a dit qu'on parlait aux fourmis avec une machine ?

— Ce sont des exagérations de journalistes. Ils se sont laissé berner et puis vous savez comment ils sont : prêts à monter n'importe quelle histoire en épingle pour vendre leurs feuilles de chou.

L'ambassadeur du Danemark insista.

— Mais, quand même, il y avait bien une machine qui permettait de parler en transformant les phéromones des fourmis en paroles humaines.

Le préfet Dupeyron éclata de rire.

— Ah ! vous y avez cru vous aussi ? C'était un pur canular. Un aquarium, une fiole, un écran d'ordinateur. Cette machine ne fonctionnait pas. C'était l'un de leurs comparses qui, placé à l'extérieur, répondait en se faisant passer pour une fourmi. Les gens naïfs y ont peut-être cru mais l'affaire a été éventée.

Le Danois se servit un canapé au hareng sucré qu'il happa avec un verre d'alcool.

— La fourmi ne parlait donc pas ?

— Les fourmis parleront le jour où les poules auront des dents !

— Hmm..., dit l'ambassadeur, il paraît que les poules sont des descendantes lointaines des dinosaures, elles ont donc peut-être déjà eu des dents...

La conversation agaçait de plus en plus le préfet. Il tenta de s'esquiver. Mais l'ambassadeur lui prit le bras et insista :

— Et cette fourmi 103e ?

— Après le procès, toutes les fourmis ont été relâchées dans la nature. Nous n'allions pas nous ridiculiser en condamnant des fourmis ! Elles se feront normalement écraser par les enfants et les promeneurs.

Autour d'eux, de plus en plus de gens déployaient l'antenne de leur téléphone portable. Chacun, grâce à ces antennes artificielles, dialoguait en permanence ailleurs, tout en restant là.

L'ambassadeur se gratta le sommet du crâne.

— Et les jeunes qui ont occupé le lycée au nom de la Révolution des fourmis ?

— Ils ont été libérés, eux aussi. Je crois qu'ils n'ont pas poursuivi leurs études mais qu'ils ont tous plus ou moins monté des petites entreprises d'informatique ou de services. Ça marche d'ailleurs pas mal à ce que l'on dit. Moi, je suis pour qu'on encourage les jeunes à se lancer dans les projets qui les intéressent.

— Et le commissaire Linart ?

— Il a fait une mauvaise chute dans les escaliers.

L'ambassadeur commençait à perdre patience.

— À vous entendre, on croirait qu'il ne s'est rien passé !

— Je crois qu'on a beaucoup exagéré cette histoire de « Révolution des fourmis » et de procès d'insectes. Entre nous...

Il lui fit un clin d'œil.

— ... C'était un peu nécessaire pour relancer le tourisme dans la région. Depuis cette histoire, la forêt accueille deux fois plus de promeneurs. C'est bien. Ça aère les poumons des gens et ça fait vivre le petit commerce local. En outre, le fait que vous vouliez vous jumeler avec notre ville doit être un peu lié à cette histoire, non ?

Le Danois consentit enfin à se détendre.

— Oui, un peu, je l'avoue. Dans notre pays, ce drôle de procès a intéréssé tout le monde. Certains ont même pensé qu'il pourrait y avoir réellement un jour une ambassade fourmi auprès des hommes et une ambassade humaine auprès des fourmis.

Dupeyron eut un petit rire diplomatique.

— Il est important d'entretenir les légendes forestières. Aussi farfelues soient-elles. Pour ma part, je regrette que depuis le début du vingtième siècle il n'y ait plus d'auteurs de légendes. On dirait que ce genre littéraire est complètement tombé en désuétude. Toujours est-il que cette « mythologie » des fourmis de la forêt de Fontainebleau s'est avérée bonne pour le tourisme.

Là-dessus Dupeyron consulta sa montre, c'était l'heure du discours. Il monta sur l'estrade. Sentencieusement il sortit sa « feuille habituelle de jumelage » déjà très écornée et très jaunie, puis il déclara :

— Je lève mon verre à l'amitié entre les peuples et à la compréhension entre les êtres de bonne volonté de toutes les contrées. Vous nous intéressez et j'espère que nous vous intéressons. Quelles que soient les mœurs, les traditions, les technologies, je crois que nous nous enrichissons mutuellement, d'autant que nos différences sont importantes...

Enfin, les impatients furent autorisés à se rasseoir et à s'intéresser à leurs assiettes.

— Vous allez me prendre pour un candide mais je pensais vraiment que c'était possible ! poursuivit le Danois.

— Quoi donc ?

— L'ambassade des fourmis auprès des hommes.

Exaspéré, Dupeyron le fixa dans les yeux. Il fit un signe de la main comme pour figurer un grand écran de cinéma.

— Je vois très bien la scène. J'accueille Reine 103e, habillée en souveraine avec sa petite robe lamée et son diadème. Je lui remets la médaille du mérite agricole de Fontainebleau.

— Pourquoi pas ? Ces fourmis pourraient être pour vous une véritable aubaine. Si vous vous en faites des alliées, elles travailleront à des tarifs incomparables. Vous les traiterez comme les habitants d'un sous-tiers-monde. Vous leur consentirez quelques colifichets et vous les pillerez de tout ce qu'elles ont de bon et d'utilisable. N'est-ce pas ce qu'on a fait avec les Amérindiens ?

— Vous êtes cynique, dit le préfet.

— Peut-on rêver d'une main-d'œuvre moins chère, plus nombreuse et aux gestes plus précis ?

— C'est vrai, elles pourraient labourer les champs en masse. Elles pourraient trouver des sources d'eau souterraines.

— Elles pourraient être utilisées dans l'industrie pour les travaux dangereux ou délicats.

— Elles pourraient s'avérer d'excellentes auxiliaires militaires, que ce soit pour l'espionnage ou le sabotage, renchérit le préfet Dupeyron.

— On pourrait même envoyer des fourmis dans l'espace. Plutôt que de risquer des vies humaines, autant expédier à moindre coût des fourmis.

— Probablement. Mais... il reste un problème.

— Lequel ?

— Communiquer avec elles. La machine « Pierre de Rosette » ne marche pas. Elle n'a jamais marché. Je vous l'ai dit, c'était une machine truquée. Il y avait un comparse à l'extérieur qui parlait dans un micro et se faisait passer pour un insecte.

L'ambassadeur danois semblait très déçu.

— Vous avez raison, finalement de tout cela il ne reste qu'une légende. Une légende moderne des forêts.

Ils trinquèrent et parlèrent de choses plus sérieuses.

241. ENCYCLOPÉDIE

UN SIGNE : Hier il s'est passé quelque chose d'étrange, je me promenais, lorsque soudain, chez un bouquiniste mon regard fut attiré par un livre, *Les Thanatonautes*.
Je l'ai lu. L'auteur y affirme que la dernière frontière inconnue de l'homme est sa propre fin. Il a imaginé des pionniers qui parti-

raient explorer le paradis tout comme Christophe Colomb s'en est allé à la découverte de l'Amérique.

Les paysages et l'environnement sont inspirés des paradis décrits par les livres des morts tibétains et égyptiens. L'idée est étrange. J'ai interrogé le bouquiniste qui m'a dit qu'à l'époque, ce livre n'avait guère eu de retentissement. Normal. La mort et le paradis sont dans notre pays des sujets tabous. Mais, plus je regardais ce livre, *Les Thanatonautes*, plus je ressentais une sensation de malaise. Ce n'était pas le sujet qui me troublait, mais autre chose. J'ai eu, comme un éclair, cette idée affreuse : « Et si moi, Edmond Wells, je n'existais pas ? » Je n'ai peut-être jamais existé. Je ne suis peut-être que le personnage fictif d'une cathédrale de papier. Tout comme les héros des *Thanatonautes*.

Eh bien, je vais traverser ce mur de papier pour directement m'adresser à mon lecteur. « Bonjour à toi qui as la chance d'être réel, c'est rare, profites-en ! »

Edmond Wells,
Encyclopédie du Savoir Relatif et Absolu, tome III.

242. UN NOUVEAU CHEMIN

Dans l'ordinateur ronronnant, *Infra-World*, le monde virtuel jadis créé par Francine, persiste à vivre en vase clos ; plus personne ne s'intéresse à lui.

Dans ce monde qui n'existe presque pas, un peu partout, religieux et scientifiques se lancent à l'assaut d'une dimension supérieure qu'ils ont enfin admise. Un auteur de roman de science-fiction en a, le premier, émis l'hypothèse, laquelle a été confirmée grâce à des fusées et des télescopes. Ce qu'ils appellent « au-delà » est, ils en sont dorénavant convaincus, un monde d'une autre dimension. Là-bas vivent des gens comme eux mais qui perçoivent différemment le temps et l'espace.

Les gens d'*Infra-World* ont déduit que ceux de la dimension supérieure se servent d'un ordinateur contenant un programme qui décrit leur monde dans les moindres détails et qu'en le décrivant, ils le font exister. Les Infra-worldiens ont compris qu'ils n'ont de réalité que dans un monde illusoire, créé par des gens d'une autre dimension, détenteurs d'une technologie capables de les inventer. Tous leurs médias en ont informé la population.

Les Infra-worldiens ont aussi compris qu'ils n'existent pas matériellement. Ils ne sont que des suites de 0 et de 1 sur un support magnétique, une suite de Yin et de Yang sur une longue chaîne d'information, un ADN électronique qui décrit et programme leur univers. Ils ont d'abord été bouleversés d'être si peu « existants » et puis, ils s'y sont habitués.

Ce qu'ils désirent désormais, c'est comprendre pourquoi ils existent. Tous savent avoir autrefois détecté leur dieu, un dieu femelle nommé « Francine ». Tous savent qu'ils l'ont tué ou, du moins, gravement blessé. Mais cela ne leur suffit pas. Ils veulent comprendre le monde du dessus.

243. ENCHAÎNEMENT

Elle courait droit devant elle. Elle dévala la pente. Elle slaloma entre les peupliers qui s'élançaient, flèches pourpres, autour d'elle.

Applaudissements d'ailes. Des papillons déployaient leurs voilures chamarrées et brassaient l'air en se poursuivant.

Un an s'était écoulé ; Julie, gardienne de l'*Encyclopédie*, avait remis le livre dans la valise cubique et la rapportait à l'endroit exact où elle l'avait découvert. Qu'un autre puisse à son tour dans l'avenir se servir du Savoir Relatif et Absolu.

Maintenant, elle et ses amis n'avaient plus besoin de détenir l'ouvrage. Tous les huit, ils en portaient le contenu en eux. Ils l'avaient même prolongé. Lorsqu'un maître a accompli son œuvre, il doit se retirer, fût-il un simple livre.

Avant de refermer la mallette, Julie relut la fin du troisième volume, la toute dernière page. La main nerveuse d'Edmond Wells avait tremblé en inscrivant ces ultimes phrases.

C'est fini. Et pourtant, ce n'est que le début. C'est à vous maintenant de faire la révolution. Ou l'évolution. C'est à vous de vous forger une ambition pour votre société et votre civilisation. C'est à vous d'inventer, de bâtir, de créer afin que la société ne reste pas figée et qu'elle n'aille plus jamais en arrière.
Complétez l'*Encyclopédie du Savoir Relatif et Absolu*. Inventez de nouvelles entreprises, de nouvelles manières de vivre, de nouvelles méthodes d'éducation pour que vos enfants puissent faire encore mieux que vous. Élargissez le décor de vos rêves.
Tentez de fonder des sociétés utopiques. Créez des œuvres de plus en plus audacieuses. Additionnez vos talents car 1 + 1 = 3. Partez à la conquête de nouvelles dimensions de réflexion. Sans orgueil, sans violence, sans effets spectaculaires. Simplement, agissez.

Nous ne sommes que des hommes préhistoriques. La grande aventure est devant nous, non derrière. Utilisez l'énorme banque de données que représente la nature qui vous environne. C'est un cadeau. Chaque forme de vie porte en elle une leçon. Communiquez avec tout ce qui est vie. Mêlez les connaissances.

L'avenir n'appartient ni aux puissants ni aux étincelants.

L'avenir est forcément aux inventeurs.

Inventez.

Chacun d'entre vous est une fourmi qui apporte sa brindille à l'édifice. Trouvez de petites idées originales. Chacun de vous est tout-puissant et éphémère. Raison de plus pour s'empresser de construire. Ce sera long, vous ne verrez jamais les fruits de votre travail mais, comme les fourmis, accomplissez votre pas. Un pas avant de mourir. Une fourmi prendra discrètement le relais et puis une autre, puis une autre, puis une autre.

La Révolution des fourmis se fait dans les têtes, pas dans la rue. Je suis mort, vous êtes vivants. Dans mille ans, je serai toujours mort mais vous, vous serez vivants. Profitez d'être vivants pour agir.

Faites la Révolution des fourmis.

Julie brouilla le code de la serrure et, à l'aide d'une corde, glissa dans le ravin où elle avait chuté naguère.

Elle s'écorcha aux ronces, aux épines, aux fougères.

Elle retrouva le fossé fangeux, le tunnel qui s'enfonçait dans la colline.

Elle y pénétra à quatre pattes et, avec l'impression de poser une bombe à retardement, elle déposa la mallette à l'endroit précis où elle l'avait découverte.

La Révolution des fourmis se renouvellerait ailleurs, différemment et en d'autres temps. Comme elle, un jour, quelqu'un découvrirait la mallette et inventerait sa propre Révolution des fourmis.

Julie sortit du tunnel boueux et remonta le talus en s'accrochant à la corde. Elle connaissait le chemin du retour.

Elle se heurta la tête au rocher de grès qui surplombait le ravin et bouscula une belette qui, en s'enfuyant, bouscula un oiseau, qui bouscula une limace, qui dérangea une fourmi au moment précis où elle allait découper une feuille.

Julie respira et des milliers d'informations se précipitèrent dans son cerveau. La forêt contenait tant de richesses. La jeune femme aux yeux gris clair n'avait pas besoin d'antennes pour percevoir l'âme de la forêt. Pour pénétrer l'esprit des autres, il suffit de le vouloir.

L'esprit de la belette était souple, tout en ondulations et petites dents pointues. La belette savait mouvoir son corps en trois dimensions en se situant parfaitement dans le paysage.

Julie plaça son attention dans l'esprit de l'oiseau et sut le plaisir de savoir voler. Il voyait de si haut. L'esprit de l'oiseau était incroyablement complexe.

L'esprit de la limace était serein. Pas de peur, seulement un peu de curiosité et un peu d'abandon face à ce qui se dressait devant elle. La limace ne pensait qu'à manger et à se traîner.

La fourmi était déjà partie ; Julie ne la chercha pas. En revanche, la feuille était là et elle ressentit ce que ressentait la feuille, le plaisir d'être à la lumière. La sensation d'œuvrer en permanence à la photosynthèse. La feuille se pensait extrêmement active.

Julie chercha alors à entrer en empathie avec la colline. C'était un esprit froid. Lourd. Ancien. La colline n'avait pas conscience du passé récent. Elle se situait dans l'histoire entre le permien et le jurassique. Elle avait des souvenirs de glaciations, de sédimentations. La vie qui se déroulait sur son dos ne l'intéressait pas. Seuls les hautes fougères et les arbres étaient ses vieux compagnons. Les humains, elle les voyait vivre et aussitôt mourir tant leurs vies étaient courtes. Pour elle, les mammifères n'étaient que des météores sans intérêt. À peine nés, ils étaient déjà vieux et agonisants.

« Bonjour la belette. » « Bonjour la feuille. » « Bonjour la colline. » dit-elle à haute et intelligible voix.

Julie sourit et reprit sa route. Elle sortit de la terre, leva ses yeux gris clair vers les étoiles et l'...

244. BALADE EN FORÊT

Univers immense, bleu marine et glacé.

L'image glisse vers l'avant.

Au centre de l'Univers apparaît une région saupoudrée de myriades de galaxies multicolores.

Sur les bords d'un bras d'une de ces galaxies, un vieux soleil chatoyant.

Autour de ce soleil : une petite planète tiède, marbrée de nuages nacrés.

Sous les nuages : des océans mauves bordés de continents ocre.

Sur ces continents : des montagnes, des plaines, des moutonnements de forêts turquoise.

Sous les ramures de ces arbres : des milliers d'espèces animales. Et, plus particulièrement, deux espèces très évoluées.

Des pas.

C'est l'hiver.

Quelqu'un chemine dans la forêt recouverte de neige.

De loin, on distingue une petite tache noire au milieu de la neige immaculée.

De plus près, on discerne un insecte maladroit, les pattes à moitié enfoncées dans la poudre blanche, qui s'efforce pourtant d'avancer. Il est tout en largeur. Ses cuissots sont massifs, ses griffes longues et très écartées. C'est une jeune fourmi du type asexué. Son visage est très pâle, ses yeux noirs et globuleux. Ses antennes noires et soyeuses couvrent son crâne.

C'est 5e.

C'est la première fois qu'elle marche dans la neige. À côté d'elle, 10e la rejoint vite avec une braise dans un lampion pour leur permettre de résister au froid. Il ne faut pas trop abaisser la braise, sinon elle fait fondre la neige.

Dans l'immensité blanche et glacée, la fourmi haletante accomplit encore quelques pas. Des petits pas pour une fourmi, de grands pas pour son espèce.

Elle marche et, comme elle en a assez d'avoir de la neige froide sous le menton, dans un suprême effort, elle se dresse sur ses deux pattes arrière.

Elle accomplit quatre pas dans cette position peu confortable puis elle s'arrête. Elle se dit que marcher dans la neige est déjà une prouesse. Marcher dans la neige sur deux pattes, c'est trop dur. Mais elle ne renonce pas.

Elle se tourne vers 10e et lui lance :

Je crois que j'ai découvert une nouvelle manière de se tenir. Suis-moi.

245. DÉBUT

La main a tourné la dernière page du livre.

Les yeux interrompent leur course de gauche à droite et leurs paupières les recouvrent un court instant.

Les yeux digèrent puis se rouvrent.

Peu à peu, les mots redeviennent une suite de petits dessins.

Au fond du crâne, l'écran géant panoramique du cerveau s'éteint. C'est la fin.

Pourtant, ce n'est peut-être juste qu'un...

DÉBUT

REMERCIEMENTS

Je remercie tous mes amis avec qui je déjeune. C'est en écoutant leurs histoires et en observant l'intérêt qu'ils portent aux miennes que je trouve la matière de mes livres.

En voici la liste en vrac : Marc Boulay, Romain Van Lymt, professeur Gérard Amzallag, Richard Ducousset, Jérôme Marchand, Catherine Werber, docteur Loïc Étienne, Ji Woong Hong, Alexandre Dubarry, Chine Lanzmann, Léopold Braunstein, François Werber, Dominique Charabouska, Jean Cavé, Marie Pili Arnes, Patrice Serres, David Bauchard, Guillaume Aretos, Max Prieux... (que ceux que j'ai oubliés m'en excusent).

Je tiens tout spécialement à remercier Reine Silbert qui a eu la patience de lire mes différentes versions de « la Révolution des fourmis ».

Merci également à toute l'équipe d'édition d'Albin Michel,

Pour ceux qui aimeraient baigner dans la même ambiance, en écrivant ce livre j'ai tout spécialement écouté les musiques suivantes : Mozart, Prokofiev, Pink Floyd, Debussy, Mike Oldfield (pour les scènes forestières), Genesis, Yes, les musiques des films *Dune*, *La Guerre des étoiles*, *Jonathan Livingstone le goéland*, et *E.T.* (pour les scènes de poursuite), Marillion, AC-DC, Dead Can Dance, Arvo Part, Andreas Vollenweider (pour les scènes de révolution des lycéens), et puis le silence, ou Bach (pour tout ce qui est extrait de l'*Encyclopédie du Savoir Relatif et Absolu*).

Enfin, tous mes remerciements aux arbres qui ont fourni la pâte à papier. J'espère qu'ils seront vite replantés.

Sites Internet : www.bernardwerber.com
www.esraonline.com
www.arbredespossibles.com
Facebook : bernard werber officiel.